陈铭枢友朋论学书札

释文

王波◎整理

陈铭枢文献整理与研究丛刊

马忠文 王波◎主编

国家图书馆出版社

图书在版编目（CIP）数据

陈铭枢友朋论学书札：全三册/王波整理. --北京：国家图书馆出版社，2024.10

ISBN 978－7－5013－8087－9

Ⅰ.①陈… Ⅱ.①王… Ⅲ.①书信集—中国-民国 Ⅳ.①I266.5

中国国家版本馆CIP数据核字（2024）第039043号

书　　名	陈铭枢友朋论学书札（全三册）
著　　者	王　波　整理
丛 书 名	陈铭枢文献整理与研究丛刊
丛书主编	马忠文　王　波
责任编辑	潘云侠
封面设计	一瓢文化·邱特聪

出版发行	国家图书馆出版社（北京市西城区文津街7号　100034） （原书目文献出版社 北京图书馆出版社） 010－66114536　63802249　nlcpress@ nlc. cn（邮购）
网　　址	http://www. nlcpress. com
印　　装	北京科信印刷有限公司
版次印次	2024年10月第 1 版　2024年10月第 1 次印刷

开　　本	889mm×1194mm　1/16
印　　张	69
字　　数	463千字
书　　号	ISBN 978－7－5013－8087－9
定　　价	1680.00元

前 言

陈铭枢，字真如，晚号一缘，1889年10月15日出生于广东合浦（今属广西）。他早年追随孙中山先生参加民主革命，后历任广东省政府主席、国民政府行政院代理院长等职务。1932年淞沪抗战期间，陈铭枢领导十九路军顽强抗击日本侵略军。1933年在福建组织成立福建人民政府，主张抗日反蒋。1949年后，陈铭枢任民革中央常委，其后担任中南军政委员会农林部长、中南行政委员会副主席等职务。1965年5月15日因病在北京去世。

陈铭枢是中国近现代著名爱国人士，是同盟会和辛亥革命的参加者，大革命时代的北伐名将，坚决抗日的爱国将领和政治活动家，中国国民党革命委员会的创始人和领导者，中国共产党长期合作的战友和诤友。无论是在辛亥革命、新民主主义革命、社会主义革命和建设时期，他都发挥过积极作用。正如1989年习仲勋在“陈铭枢先生诞辰一百周年纪念会”发言所说：“陈铭枢先生的一生，是热爱祖国、追求真理、不断进步的一生”，“是中国共产党长期合作的亲密朋友。”王任重曾为纪念陈铭枢题词：“中国共产党的诤友。”这些都是对陈铭枢一生的高度评价。

除担任军政要员的角色外，陈铭枢又是诗人、书法家和佛学家，可谓能文能武，亦儒亦佛。近现代历史上，陈铭枢以“学者型将军”闻名，时人赞誉他有学问、有才干，素有“想做学者圣贤，又想做英雄和政治家”的抱负。陈铭枢能诗善书，于书法用力颇深，工楷书、行草，字字坚实，有北碑之风采。书法家潘伯鹰曾论其诗与字：“勇猛缘慈悲，缠绵孕刚烈。填胸久万端，适可快一发。试听微笑中，意较怒尤决。”钦佩之意溢于言表。

2019年5月，陈铭枢家属陈佛仔、陈佛新、陈小涟，代表陈氏家族向中国社会科学院近代史研究所中国近代史档案馆捐赠一批珍贵的陈铭枢档案（现保存于中国历史研究院图书档案馆），这批资料对于我们了解陈铭枢的生平经历、友朋交往、佛学思想、诗词书法具有重要的史料价值。该档案共分46卷，总计目录1100多条，内容以书札、公函、诗歌、日记、书法、著作手稿为主，不仅具有重要的文化史料价值，同时也有极高的艺术欣赏价值。

尤为值得注意的是，陈铭枢档案中保存的友朋往来书札规模可观，总量达500多件，涉及重要人物200余人，以陈铭枢与近现代政界、佛教界、出版界著名人士的通信为大宗。其中既有与毛泽东、周恩来、林伯渠、李维汉等中共领导人的书信，也有李济深、张澜、王宠惠、于右任、王世杰等政治人物的墨迹，还有欧阳竟无、熊十力、吕澂、虚云、王恩洋、叶恭绰、巨赞、赵朴初、张竞生等佛教、学术界名人与陈铭枢的往来书札，这些未刊书信真实反映了陈铭枢关注政治、潜心佛法的思想和心路历程。

鉴于学术界对这批珍贵文献的研究需要，我们从中辑录出陈铭枢与佛教界、文化界名人的往来书信200余件，进行整理点校，取名《陈铭枢友朋论学书札》（以下简称《书札》），分装三册出版，以飨学界。过去囿于资料限制，相关研究多倾注在陈铭枢军事、政治领域的作为方面，对于他与佛教界、文化界的关联互动，则关注甚少。此次较为集中地披露出陈铭枢与近现代佛教界、文化界名人的这批往还书信，可以深刻探察陈铭枢在佛教思想传播、佛教资料出版等方面所做的努力，有助于我们更多了解他参与学术讨论和文化建设的思想动态。

这批论学书札中，陈铭枢与欧阳竟无、吕澂、王恩洋、熊十力等人的来往信札占据大宗，时间大多作于1940年代，主要围绕佛学思想争鸣、佛学机构兴办、佛学书刊印刷等内容展开。综观通信人物，基本上以支那内学院师生为核心圈。特别需要强调的是，陈铭枢与熊十力交往时间甚久，二人间的书札为此前各类文集所未收，尤具重要价值。众所周知，20世纪30年代是熊十力新唯识思想形成的关键时期，通过对佛教大小乘的论证，熊十力开始致力于突出儒家思想的精华，与其师欧阳竟无的佛学主张分道扬镳。而这一思想转折的痕迹，从他给陈铭枢的书信中便有清晰的反映。

从清末开始到新中国成立，中国佛教界一直处于从传统走向现代的变动发展之中。这一过程中，陈铭枢因为思想取向、政治资源等各种因缘，牵涉从民国到新中国成立后不同历史时期佛教改造的方方面面。《书札》收录了1950年代陈铭枢与赵朴初、巨赞等佛教界上层人士的函札，也有与黄有敏、徐令宣等佛教青年信徒之间的来往信函，对了解新中国成立后中国佛教协会成立、《现代佛学》刊物创设，以及新时期佛教思想的变迁等方面，均有重要的参考价值。

为了更好地呈现这批书札的内容，发掘其史料价值，我们努力将研究与整理结合起来。全书整理以求真为宗旨，尽可能保留文本的原始形态，除明显的错字、衍字加以标注改正外，一律遵从原文。原文内容凡有疑问之处，均以编者注或按语的形式加以说明。释读、句读、分段、小传、注释等，严格遵循体例，尽可能地排除己见，尊重各时期的语法习惯，不伤其文气，不损其语脉。

在编校过程中，首先考证书札的写作时间，理顺次序，对写信人的生平、交游、论著等信息加以注释，以便读者能深入了解文本内容。其中，对书信写作时间的考订，以编者注的形式系于信札末尾。因写信人或用旧历月日，或用阳历月日，间或还有用佛历者，考订具体月日十分不易，故时间考订只到年份，且注以公元纪年。不过，不少书信属于学术类书札，基本以思想论辩为主，往往缺少可供参考的时空坐标，故考订时间并非易事，难免有误，还请读者谨慎参考。《书札》采用释文和原札参照的方式排列，既方便研究者充分利用史料，也有利于读者在图文对比中纠正一些无法避免的讹误。

另外需要说明的是，《书札》中草书函札占多数，识读难度较大。不少书札的信息如日期、人名缺失，或仅有简称、代称。有的函札已有损坏，字迹漫漶，辨识困难。还有很多书札夹杂着极为冷僻的佛学术语，对于佛学门外汉的整理者来说具有极大挑战，编校工作始终异常艰难。可以说，识读、考证、校注书札的每个环节，均是一项繁剧劳神的学术工作，非长时间的专业训练和知识积累恐难尽如人意。因本人学识浅陋，对佛理领悟不深，整理中难免错谬，恳请读者理解并指正，以便将来有机会再予完善。

本书的整理与出版，得到陈铭枢家属的大力支持。陈小涟女士、陈佛新女士、陈佛仔先生慷慨捐赠档案，后又积极推动书札出版，并对整理过程出现的困难始终给予关心和帮助。朱邈、南江涛两位先生热情联络，促成多方合作，厥功甚伟。近代史研究所马忠文研究员从档案整理到书札出版各环节倾注大量心力，没有他的指导、帮助和鼓励，本书是难以问世的。华东师范大学裘陈江先生熟谙近代稀见文献，拨冗细致校对书稿，匡正错误，查遗补缺；山东大学武绍卫先生专研佛教史，应允审读全书，破解佛学知识的难点，对提升书札的整理质量发挥了重要作用。林锐、张剑、张朝发、赵庆云、李开军、楼望杰、肖亚男、黄志刚诸位老师，不厌其烦地帮助解决字迹识读疑难问题。茹静、杨巍巍两位老师也贡献了不少宝贵意见。编辑潘云侠女士工作精益求精，不放过任何疑点和细节，为本书增色良多。总之，本书的顺利出版，凝聚了许多师友的心血和劳动，时值《书札》付梓之际，谨此一并致以衷心的谢意！

王波

2024年8月

凡　例

一、书信按写信人年齿编次。

二、生年相同者，以姓氏汉语拼音音序排列。

三、同一写信人的多封信函，按时间先后编排。

四、两位或两位以上的通信人，以第一位通信人的生年为据；如第一位生年不详，则以第二位为据。

五、陈铭枢所作回信底稿，相应穿插排列在各收信人名下。

六、通信人不含陈铭枢的书信，附于有关联的书信后面；如关联书信缺失，则以附录形式按时间顺序插入写信人名下，时间不详者系于末尾。

七、所有写信人，附小传介绍其生平。

八、写信人的生年不详，按姓氏汉语拼音音序排列，置于尾部。

九、原札中有难以辨认者，释文以“□”标出；有脱字、衍字者，释文以“[]”标出；有误字修正者，释文以“( )”标出。

十、书札版本形态多样，除绝大部分为手稿外，还有少量草稿、底稿、抄件、油印件，此次为完整呈现陈铭枢所藏友朋书札面貌，亦予以收录。

十一、本书分为图版和释文两部分。图版分上、下两册，采取传统装帧形式；释文单独一册，采取西式装帧形式，简体横排。为方便读者阅读和使用，图版目录采用汉字数字，释文目录采用阿拉伯数字，以“▷”为区分，相互对应。如欧阳渐第一通，“2”表示所在释文第2页，“（上）·一”表示所在图版上册第一页。

目　录

吕澂

欧阳渐（1871—1943），字竟无，江西宜黄人。世称“宜黄大师”。早年研究程朱理学，后受桂伯华影响，涉猎佛经。1904年随杨文会学佛。杨去世后，继承其遗志，经营金陵刻经处。1922年于南京正式创办支那内学院。1927年始，深入研究《般若》《涅槃》等经，编辑《藏要》，刊印经论。抗战爆发后，在四川江津设立内学院蜀院，继续刻经讲学事业。晚年融通般若、华严、涅槃之学，自成一家。终其一生，刻佛典约两千卷，著有《竟无内外学》。随其学佛者有梁漱溟、熊十力、吕澂、蒙文通、王恩洋、陈铭枢、黄忏华等。

第一通

上欧阳大师

大师法座：

兹附上致恩洋长函，敬祈赐察后转寄。若伊根器尚厚，则看至篇末“今犹欲兄之不远而复耳”，必立刻放去伊讲学地盘，趋归师前忏罪。即根性薄、受毒深，稍迟亦当有愧悔。万乞我师发无上之慈悲，哀悯其愚昧，暂时不宣于外，发表各文免使伊难见人。至幸至幸。

编者注：该函疑写于1942年，准确时间待考。

附：欧阳渐致梅撷芸

撷芸先生垂鉴：

顷读三日来谕，敬悉一切。《院训释》已刻竣。前示加入之义，已加入呈览。唯净土义则无从加入，盖与此文谈佛境义、尚顿义不同，又与菩萨行由渐而顿义不同故也。唯智学染舍而净取之第八净土义，言瑜伽所生胜于极乐，已有他力意，但比较极乐之生为胜而已，故亦不必加也。若要另发挥一文，容俟他日为之。

原抄本收到，错误百出，承校出依改，谢谢！唯下粘三条，则不必改，仍之而已。粘条呈核。

本性空有理，破而心不没。

若于此句上添一句，则似乎更为易懂矣。此应补否？羲。

皆是龙树本文。

“同归一法界”句中之“一”字，似是“此”字之误。

非台、贤一法界义，亦不必力避。

《教训释》年内可订成出书，价11元。

第二函四问，如经论之问，透辟无伦。此是菩萨代众生抉隐析疑之作，岂真少读书而幼稚见者哉？今为答之。凡人情执，无义不求死式，而绝无虚灵空活之趣，故悟解不生，贯通无日矣。此有五义：

一、无余界非断灭一切人境也，但微妙不可思议而已。所谓一真，所谓清净，一切无少欠缺，故言二种寂灭，一寂静寂灭，二无损恼寂灭。无损恼寂灭，则无边功德具在也。

二、菩萨学时非证时，学时于无余界但游观而不入住，证时则学满而可入住。亦入大定窟，而非入灭也。故菩萨无住，以学满而证为止。佛无住，以证后相应。先时菩萨发愿，今日遇缘发现以作功德为始也。

三、佛更不复志愿，志愿皆为菩萨时具足，满足而后成佛。无为之状，即为隐为不现。其作功德，皆应菩萨时志愿而已。化身、报身不论矣，多宝塔中，涅槃佛说《法华》，即是此义。

四、常、乐、我、净具摄三德。小德名解脱身，大德名法身。所以能法身，以般若而能，故曰三德。涅槃八相中，声闻但六。六即解脱身，而不能真实，即不得法身；不能我、常，不得般若。常，是法住；我，八自在，大作功德正是八自在威力也。

五、如如、如如智不可言一言二，即空理与色法亦不可言一言二。般若言色即是空，空即是色，亦然。总之，微妙境界，一切无缺，非一切断灭也。

略陈五义，四问之疑不出乎是也。隐而不现，佛微妙身，众障不相应不相见，说隐而不现，入大定窟，无为自适，说隐而不现也。无余涅槃之色，即微妙色，如无色天之泪下如微雨也。法住之常，对断灭或间断说，非如执家说死常也。《内院杂刊》云：如来变化至隐而不现，文引《密严》。此寂灭境至对大说色，引龙树《智论》。

此颂

近祉

渐顶礼

二月十二日

编者注：该函写于1942年。

第二通

真如老弟：

我法愿弘而光大，才萌嫩芽，而即有怪妄如王恩洋者，故出过而毁谤诬蔑之。止有四人（梅、李、吕、陈），能说得出几句道理话。应护教而说，非为渐。渐何足云？梅、李信请饬寄去，附册亦请夹去。

此颂

近祉

渐

三月廿二日

梅撷芸住重庆南岸弹子石桥段孙家花园七十五号。

编者注：该函写于1942年。

附：欧阳渐与王恩洋往来书信册

罗辑恩洋诸信，而得所以不受化导之因，一不知契实相之地位是初地，而自侪初地，则龙树、无著亦不过初地。我辈龙树、无著弟子，而哓哓置言欤？二心粗，略知唯识道理而不能用，不能以唯识之一法界中皆是无边有情充塞，遂看成一法界是空无物。此皆大毛病，毒中于此。三自视是初地，出语即是，不肯钻研，故凡事皆以此态处之。乃至有人谈一法界，谈《法华》《涅槃》，莫不皆然。是以一闻一法界语，《法华》《涅槃》语，即谓之为台、贤来也。夫佛说教，明明有《法华》《涅槃》，而可不理哉？即必理会，而可不谈一法界哉？所贵在以唯识一法界谈，自是☐魔得实也，而彼不知也。四不肯认错，如彼解法相之偏，以《百法明门》之真如法，破其但以因缘所生法赅法相之误。彼则避开不理，而单说人，投降台、贤，非不畏圣人之言而何？我们教下全恃圣言量，所谓道理阿含，辨立之要，而弃不理，佛亦无如之何矣。五溃厥防闲，无复忌惮。轻于分析，止知做人法师。

此张请饬抄一份寄我以存底，拜恳拜恳。

我之《院训教释》，百炼出来的，悉心静气，人自肯是语。岂唯识尚不知而投降台、贤者哉？太虚如是说，无怪，不睬他。恩洋亦然，则诸君须救之也。

恩洋第一来函

亲教师座右：

洋到华岩讲《力种性品》已过半，已刊出。疏亦作成。正文装订后当寄上数册。疏他日刻出，再呈请益。此次在院极受慈诲，至为感奋，独区区之意有欲上陈而不能者，如何如何？冬深寒甚，诸希珍摄。

敬颂

少病少恼

弟子恩洋顶礼

十月廿七日

复一

恩洋老弟大鉴：

来书说“此次在院受讲感奋，独区区之意有欲上陈而不能者，如何如何”云云。据此不得不答。（此次讲演，心所欲言未尽中之一二，以精神不足而止，又以诸君不直趋大道而好谈论而止。悲哉予老，法会可顾数数聚哉？）渐老矣，既答不得不直，直言应深信受也。弟从予游，能学得《瑜伽》，复能疏释传布。渐固认为法种能放光明，凡有所得，不传于子而传于谁？独是授受与辩论不同，授受不能赞与一辞，辩论乃能两呈其意，此所以有欲上陈不能也。若陈说蜂起，是则宛然在此布教，是则欲传法于子，反为子传法于予也。第一不可也。道之不明也，一不明权实之法而将权作实，二不明总别之法而得总或不得别，得别或不得总。由前而说是为舍月观指，由后而谈是为负固不服。欲道是明，焉能忍此？请略言之。慧日休光，部执竞计，世友以诸部执驳杂而立有部，此叙历史，无轩轾其间，文在不可诬。分别以有部执私而变经部，大乘龙树始创空医有，大乘无著复明有拯空，贤首、天台又以性相各诠一隅，未能融贯，于是华严圆融，法华一乘，卓树不群，是其自说。诸宗林立。且勿论谁是谁非，谁正谁颇，而皆挟补偏救弊之意以俱来，则谁曰非是。推其补救之迹，因彼而后有此，此虽成理，卒系于彼起，谁为崛起一峰插天，天外飞来无因缘而契第一义，则皆非是，是故教外有宗不可谓全属虚妄也。既非虚妄，不应毁弃，所不毁弃者又非是便其悟，贪其顿也。诚欲直握骊珠，破阵擒王，认实为实，不欲认权为实也。念念佛，法法佛，非教非禅。教之步步为营，宗之念念注的，诚欲其相成也，则所谓佛境而菩萨行也。徒知佛境，知总不得别，禅与天台方便入门之术，觉非尽善；明明斥其非善，奈何诬我投降。诸君须于此说一句话。不然，是非淆乱可□也。人皆谓出欧某大弟子所说可作证。徒知菩萨行，知别而不得总，则般若明义云何后世而增上慢哉？瑜伽立教云何后世而蹈入破碎支离哉？是故负固不服者大可虑也。此予主张。请诸公顺上下文而究其义，岂是投降台、贤？诬妄乃至是。当面说鬼，乱加人罪，并文亦不读清，且故不清，断取一句。请与第三函同看。吾欲恩洋明无上至极之教，而觉恩洋莫非是传其瑜伽一隅之法于渐辈诸人？故不欲恩洋大畅其焰以破坏大会，不能引助而反引敌也。予撇见恩洋《法相》一文，但看了数句，即觉太隘。一法二法相，欲即就而广之。夫法非因缘有而已，夫法相亦非大用而已。挟此种见解以谈法相，非负固一隅而何？第一义，皆法也。法性无性，性皆法相也。法门止有一法相也，须极力推阐此义也，略一及之非是也，而况乎并此而不谈哉？故吾与恩洋发难，从法界为一法名起，而恩洋不知，证以《阿含》，《法鼓经》说法界□一法。似屑不屑，笑态观证，此人我慢，不屑读经。故吾呵斥也。若夫大弘唯识，子固可他处是弘，非徒许子，且并希望光大于子。我待他何等？至于执大象罗大网成一殊特之法于末世时者，子岂能别赞一辞哉？又安用子执一隅之说以破坏哉？子能信受，深思研求，并博读诸典，则不久即明。明而后再治《瑜伽》，必有大异于今日者。惜乎子不能，且反责予不许尔纵论也。

此颂

冬祉

渐

十二月廿四日

恩洋第二函

亲教师法座：

去冬拜别转华岩，复为重庆佛学社请讲《心经》，转还故乡已在十一月。吾师赐教，语重心长，真是老婆心切，左右反复。迄至今无以为辞而答，诚以师道遵严，不敢率尔，然私心总觉吾师佛法太多子也。仲尼曰：吾有知乎哉？无知也。又曰：吾欲无言。师耆年长德，诚能趋言知以为教，禁我不准开口。体般若以为心，此处要我学般若矣。后生小子如洋等者，受恩沐德，宁有穷哉？若夫教理是非，唯有信其所能信，未达于心，虽圣人不敢苟同。依法不依人，岂敢慢师也。苟其有罪，忏法非法欤？幸慈恕之。洋月末后当至内江，人日未走，赴会聆受教益。伏惟春来法事昌隆，道躬康健，得三宝护持，为众生珍摄，是所至祷。

弟子恩洋和南

正月初六日

复二

恩洋老弟慧鉴：

得初六日复，诚怒我复书也。无辞以答，故不复书。不相信此间，故不赴人日大会。今得所以答者，以般若无言，禁我不言，以信其信，不敢苟同。杜人之进言，然后使我可以无辞。噫！误矣。夫谈法相，非说因缘所生法不是，而说因缘所生法不尽也。此处责他是本其所信之法相，并非□□□□。据尔所信，岂非《百法明门》一切法之无为真如法，岂不信其非因缘所生法哉？性相二宗之名，为自来訾说所误。今谈法相当矫正，而犹拘于因缘所生为法相哉？若谈性，性遍于一切；若谈相，相遍于一切。徒以因缘所生法谈相，则是不遍一切之相，此不遍处不谈，而谈推，狡哉！故曰拘守一隅也。夫辨道贵能推也，如谈相分，奘师挟带体相未出，拘守变带状相，堕负若干年。若非奘师，大乘无立足地矣。今经奘师后，不当推所论事事法法不守一隅耶？《成唯识论》明明说此唯染分依他，更有净分依他，不当推而谈论而犹守一隅耶？此多处皆不谈。《密严》《楞伽》皆是《唯识》六经之一，赖耶属染分八地，后无此名。亘极则异熟，最极则无垢，而通一切在种子识。《密严》《楞伽》属净分曰如来藏，曰如来藏藏识。是固以赖耶，即如来藏矣。皆是所遵之经，不应推而广之而唯守于一隅耶？夫弥勒固自谈般若无相，无著固自作《顺中论》，岂必拘守一隅者哉？大乘两轮，原自相通，就一轮明不可淆混。就火说火，就因缘所生法说因缘所生法，则可矣。而顾可说法尽于此，而止信其一隅之信哉？吾之所学，皆自唯识来，本上所引推而广之，于是有唯识唯智涅槃之学，有佛境菩萨行之教，固非难而不能信，亦非歧而不可信。唯须平心悉心细读一过，恩洋不能。即当相信。若匆匆轻忽，而吾自有吾说，一切杜绝，则不可信矣。悲哉！李证刚、梅撷芸及沪上诸公，皆亟欲予言，此来所完成往年师悲教戒之说。节节与吕秋一商量，亦节节辅助不禁予言。禁予言者唯有一王恩洋也。盖去年大会予不欲恩洋言，今日乃不欲予言也。须知会上是发明所学，不可相乱，故不欲汝言。今汝不信者，乃汝所误。若噤师友之口，下文有所难说者。呜呼！欲吾言难，欲吾不言甚易。七十余光，甚易不言，一也。我一生所学，受用极少，当于了结昔日未了之作，及表示教人之方、内院四科之学之后，杜绝其口，二也。遭难极，已誓尽此报身，参透玄机同解脱，而犹舍参玄逞口说，岂非无心肝之尤，三也。我不欲再言，恳诸公为法大事，掌几句公道。叩头叩头。恩洋无恐，吾今后再不说汝一句话，但我念汝数十年情义，愿汝不拘守一隅，是则慰予老泪纵横也。

渐

二月廿八日

恩洋第三函

大师法座：

洋于正月十七启行，二十一日抵内江，今已十日矣。所拟办之佛学院，因院址为军队所住，尚未开去，故院务尚未能即得进行。洋到内日，即读吾师赐书，所以诏示洋者，至明切矣。虽然，洋前书简略，非无辞答师而强作遁词也。洋于答书之外，曾作书后一篇，今并呈之。

复一

右书吾师三十年十月八日寿辰后与洋书也，亦吾师平生与洋第一长书也。吾师老来思想具见于此，其与洋思想不同处亦具见于此。

考师之学，一生多变。少之时学文章，继而治理学，复转而兼治科学。以桂伯华先生之劝，始信佛。复以家变之艰虞，决心学佛。而复继杨仁山老居士之志，刊经布教，由刻法相典籍，悟入瑜伽作序，而开办支那内学院，而大弘法相唯识之学。其时则以正教唯有佛法而已，佛法唯有法相而已；且非龙树，况有台、贤，今亦□□。《起信》《楞严》，深恶痛绝。天下之人皆知“大师，法相宗匠；内院，法相道场也”。此是古人所说，即奘师亦学《中》《百》。继则谓法相未足，当辅般若，故曰般若、瑜伽之教，龙树、无著之学，罗什、玄奘之文，如车两轮，任重致远。后复读《涅槃》《密严》，安能灭弃《涅槃》《密严》？曾赠《涅槃叙草》，率便下批评，误见道为见性矣。曾劝读《密严》，略一交涉，未及半日而告予，言已读过矣。而有悟于圆宗、性海之理，则于唯识之外立唯智学，性相之外认有一乘圆极之教。静观有得，默契宗门；外应世间，特许儒学。《论语》《孟子》，条理分科；《大学》《中庸》，钩玄索隐。而以无声无臭之至，即涅槃寂灭之理，则儒佛一贯、内外交融矣。在师诚自谓随得随舍，日趋高明，自然是日趋高明，恩洋则过之。兼融并包，日臻圆极，宁为过哉！

恩洋幼受慈诲，以恕宅心，碌碌寻常，弗敢有异。然由是得因圣贤挈矩之道，圣贤止有挈矩，而无自反。进窥如来大悲之学。时尚科哲，因治唯识。梁师漱溟谓当今宗师，欧阳先生而已。因过南京，北面受业，耳提面命，水乳交融。数月之中，受益无尽。故于唯识悟入，有独于真如一义，莫窥究竟。师曰：尔于法相异义，有不了处，可取《掌珍论》读之。相反相成，或有激发。洋因读《掌珍论》，果两悟性相二宗之学，而真如一义，破立自由矣。进读中观，无不迎刃，因是作《起信论科简》，融合性相，陈义严备。于论空处，师犹以为未然也。恩洋不了毕竟□。欲更吾说，吾坚执不可。后游乌龙潭，得契实相于瑜伽、般若、禅宗，胜义洞然了澈。契实相是初地菩萨境界。恩洋何胆大谬妄，一至于是。尔既与龙树、无著齐等，我与诸公凡夫，敢容置喙哉！始知佛法，别无二义。独于天台、贤首、《起信》、《楞严》支离笼统之说，至今不敢赞同。洋之思想，以为法有事理。事则万象森罗，不容一毫笼统；理则真性平等，不容一毫分别。执理为事，故有真如缘起、法性缘起、法界缘起诸谬说，所谓“不变随缘”云云者，皆不通之论也。执事为理，则又何以见生佛平等、染净一如、法住法位、不生不灭之义乎？自来学说之乱，皆由理事不分。读法相唯识，当观万法差别之相，丝毫不可紊乱；读般若，当观万法共通之相，而丝毫不容分别。此学说方面事也。再离言绝虑而契实相，则修证事也。所谓佛法，如斯而止。外此有说，绝难苟同；外此有教，绝不信受。此一段说详“复梅撷芸书”。洋作大士行，谓菩萨摄受有情为一体，师大加呵斥，谓其不达有情本来为一体。皆我一法界中法。洋深觉师之乱理于事者，曾大起辨论，得罪无穷。此书复谓贤首、天台，卓树不群，无上至极，偃盖性相，此是渐所说耶，非台、贤自说耶。而谓瑜伽为一隅之法；台、贤直明佛境，瑜伽但局菩萨行。据此为降伏台、贤欤？何其愚蠢至是！凡此一切，皆难信受。请与复一同看。岂不闻瑜伽一论，法无不尽，义无不穷，行无不修，果无不证哉！尔既知之，而有说因缘所生法为法相，何耶？师谓洋为负固不服，又谓洋执一隅之说，又谓不能引助而反引敌，是已外洋而敌视之。何话！洋之与师，终分不可合矣。妄言之极矣。

右篇作成，不敢直陈。迩读来教，师复不厌详辨，慈爱如此，洋安敢不直陈肺腑哉？师曰“辨道贵能推”，此义是也。其所推者，当尽其量，其不可推者，亦当有所止。师至今犹然，弃斥《起信》《楞严》也。天台、贤首又无非《起信》《楞严》之思想，如之何其推之？诬一至于是。法相义隐千余年，赖师而光，不可光之者，复起而隐之也。师曰“吾之所学皆自唯识来”，愿师仍从唯识去，此处又要我学唯识。始终瑜伽，终见慈尊，同生兜率，幸甚幸甚。即祝少病少恼，为法珍摄。

弟子恩洋和南

二月初二日

编者注：该书信册写于1941—1942年。

第三通

真如老弟：

恩洋来悔过书抄份寄弟，并与梅、李一阅。过如能改，是无过矣。子之益之，乃收效如是，我不如子。我止能启过，子则能令人悔过也。虽然学之知见实难，我意欲恩洋知见不宥，不知能偿愿否？

此颂

近祉

渐

四月十七

编者注：该函写于1942年。

第四通

真如老弟：

与撷芸说法界法身义，学佛者皆不明了，今为揭出，亦好。望弟细看。此义明，以之说法则不错入歧途，以之鉴别论便可了其真伪。虽非专书，而要义亦略示一二。我已抄一份寄去恩洋矣。撷芸说要搬家，故寄弟处，请为转之。极感！

渐

四.二三.

弟与恩洋书数封，足见说义不误。又见悲心炽盛，我为赞叹欢喜。

编者注：该函写于1942年。

附：欧阳大师复梅撷芸先生书

撷芸先生垂鉴：

来书说一法界义，相宗台、贤，都少发挥，欲渐作专论或短文，此是至要法事，敢弗如命？奈年来精力衰颓，著作须罗辑精详，诚不能从事，短文亦所不能。无已则在此复函中，略谈数义：一、法界、法身别。二、如来藏与法身之性得、修得别。三、生因为正智缘起，缘因为真如缘，而非起别。三义既明，足免法相淆乱之虞，聊以慰先生悲愿而已。

法界者，法谓一切有为无为之圣法，一切圣法生长依因名界，则界即依止义。一切法实性，一切如来，自体名界，则界即体性义。清净无生灭，犹如虚空，具足功德，即涅槃，即真如。如来出世，若不出世，此性常住，诸佛有情平等共有，即法住，即法性。《佛地经》及《论》，以虚空一喻解诸十难，至详且尽也。法身者，体依聚义，总说为身。体依义与清净法界之界同，聚义则身所独，即此身聚五法为性，兼摄四智心品。不仅与清净法界同，二转依果皆此摄，故《金光明》说如如、如如智故，是则以聚义谈身。三身无别，总名法身，若以体依义谈身，则身有分别。自性身名法身，受用身、变化身，不名法身。自性身者，《庄严》由依义心义业义，说诸佛三身平等无别，《佛地》则说各有同异，虽法身共有，所证果无别，而就能证因仍有差别。《摄论》自性法身，依业同《庄严》，而无量现觉则同《佛地》，《金光明经》以多复次诠法身总义，至详且尽也。法界法身，一切众生平等共有者，性有也，非修得也。修得则唯佛有，下续详之。

如来藏者，圣教染净所由立，而圣修所由出也。《胜鬘经》自性清净如来藏，而客尘烦恼所染。此染之所由立也。七法刹那不住，不种众苦，不得厌苦，乐求涅槃，如来藏无前际，不起不灭，法种诸苦得厌苦，乐求涅槃，此净之所由立也。在缠为如来藏，出缠为法身。若于无量烦恼藏所缠如来藏不疑惑者，于出无量烦恼藏法身亦无疑惑，此则圣修所由出也。非坏法故，名为苦灭，无始无作、无起无尽、离尽常住、自性清净，离一切烦恼藏，此则性有。生佛不异，而其分位则有差别。法身为烦恼所缠，生灭流转，名众生界。厌苦舍欲，于十波罗蜜八万四千法门而求菩提，说名菩萨，永除烦恼垢，清净住法性，一切法自在说名如来应正等觉，此则修有生佛不同。然修之云者，无漏种子，最初本有，蕴如来藏中。次则如来藏中种子发生现行，则见道生如来家。又次正修，于如来藏除垢分证法身。终则修满，金刚道后，异熟尽空，如来藏中，无垢充塞，遂生道场，究竟修得，流转凡夫，又乌能有？如佛身之于佛性，一切众生有佛性而非佛身者，佛性为烦恼所障，而不能眼见佛性也。法身之于如来藏，一切众生有如来藏而非法身者，如来藏为烦恼所缠，而不能修净于如来藏也。是故学者不恃性得而重修得也。阿赖耶即如来藏，发挥舍染义说。赖耶发挥取净义说如来藏也。

菩提所生得，涅槃所显得。生是用能义，种子发生现行，皆用能边事。显是常住不动义，如灯显物，非如功能渐渐生起事。性则终古是性，用则终古是用。既说缘起，便非常住，而又说常住生起，便自语相违。是故说缘起者是正智边事，非真如边事。《空性品》说化空二法，皆以空空故空。不能辨别谁空谁化者，虽则均在空空中不容分别，而法法凝入，亦不容淆乱故也。然见道必须二障全伏，相应涅槃，然后菩提种起发为现行者，何耶？独头菩提力能羸弱，不堪自起，须得涅槃强力助之而起。亦如所云慧由定生，定为慧助故也。涅槃虽非缘起生因，而是缘因。是故说缘起者，起则正智边正因事，而缘亦真如边助因事也。此义是灵泰义，奘师解正智缘如，挟带体相为缘，是谓以能带相。灵泰则说相亦带能，譬如病夫无力自起，强者挟其两腋而起之。譬如竿袋，不能自起，仗腰间带带而起之。病夫、竿袋为智，强者腰间为如，如能助智而起也。谛审此义，是增上义，作意如理，因即采之，解决一切。乃直判之曰：真如止可为智助缘，不可遂说真如缘起也。自如来藏中本有无漏种子，发为见道现行，皆生起边事，故可昌言正智缘起也。《起信论》所以种种堕过者，堕在不立正智以对无明也，故直揭之曰：正智不可不立也。五法也，二转依也，圣教如是也，又直揭之曰：正智对无明不可不立也。《大般若经》说若于如是无所有法，不能了达，说为无明。《密严经》说法与理相应，明了能观，见说为正智，是故所知障，无明也。发菩提心，去二障，正智也。而不立此，辗转堕过，职是由欤？染净依于藏识，迷悟于真如，染净自是有漏种子、无漏种子也。如来藏之净种，阿赖耶之染种，皆名藏识也。染出于无明，净由于正智也。无明为迷，正智为悟，以迷悟而成种。而其所以迷悟者，则依于法界，仗法界力助之而起，是故因缘须仗增上也。是故学者须由多闻熏习而起，发心有四因、四缘、四力，而皆不遗增上也。是故正智无明，为对治事也。此义易明，而人皆蔽。读台、贤书，粗得智如不二，即说真如缘起，而不能辨其非是生因。固定唯识，执死智如不一，但见说一法界种种义，即斥为真如缘起邪说，到来而不能辨其非无缘因，是皆徐六担版汉，不可与之谈佛法，且终身堕五里雾中，而不求廓清之道。诚可哀也！

三身义，窥基说如《十地》《金光明》《楞伽》《金刚》《般若》《涅槃》《胜鬘》《解深密》《法华》《无垢称》等经，《瑜伽》、《庄严》、《摄大乘》、二《般若》、《对法》、《佛地》、《唯识》、《宝性》等论，《法华》《无垢称》等疏，广辨其相。然于《不增不减经》《如来藏经》《法界无差别论》《法苑义林章》，亦所当究。

此颂

道安

欧阳渐顶礼

四月廿三

编者注：该函写于1942年。此信有陈铭枢抄录件，附于原信后。

第五通

大师法座：

手谕奉悉。前禀函固已料及化中之必能向师忏悔，盖其根性枢颇能洞见故也。师又云："学之知见实难，我意欲恩洋知见不宥，不知能偿愿否？"引起枢近日感慨。盖前日因致化中长书，联想及于子真，乃将其《新唯论》谈世亲、唯识及体用等章翻阅（素未看过，兹亦非从头看起），为之大骇。彼积半生之精力，乃买九州铁铸成一大错者。铁固无罪，其铸则成大戾矣。枢虽粗略看了点多钟，其全部谬见已可推知。盖彼陷于西洋哲学门路之窠臼（然唯物论辩证法一门，彼并未知），及泥于儒家体用与流行之说，专恃空洞颖悟之意识，复不达三世义（指彼信不过轮回），所以根本不了解佛法是甚么。语其精处，似与外道不生无常论同科，其实尚不能望外道，此枢粗评其大者耳。枢与子真交素厚，然知其执极深，反不易进规一言半语。然规之亦无益，盖彼离佛种性太远故也。化中则不然，其种性本近，素讲实践。徒以知解未到，不求深入，见世不多，而出世过早，致有此次对师之大谬耳。兹既翻然悔悟，将进而省检其出内院以来之讲说，及放弃其心中之挟恃，叩心刻骨，回头再做深造工夫。枢又料其必不辜慈望者，望师宽怀，拭目以俟可也。子真不容易有转机，然对于师尊爱之忱，固如曩日。对彼著作之批评，已成过去，亦不必再论矣。

编者注：该函疑写于1942年，准确时间待考。

第六通

真如老弟：

连得复，居然能读渐书，日了深义，实不容易。信解行证四字，前二字有把握矣。文字观行实相般若三事，已擅其初矣，为之极慰也。七法刹那不住者，六识及心法智也，即《胜鬘》所言。迷悟依于真如，的是传写漏一依字也。因不别一佛一切佛。果不同，法界法身异即理异。弟此义实是高明也。以盲引盲，若无悲心，载胥及溺。今之大法师，鲜不迷盲，从无指摘之人。一惧生事，二畏招怨，伣伣沁沁，以法徇情。头脑清晰，而合污同流，岂无过哉！吾谓一切亡于乡愿，岂苛论哉！千余年间，岂无明眼人！而流转遂至于今，岂不悲哉？撷芸能问，惟渐无精神作答。今又数问妙义，又因之开出，须待数日，精力略好，方可作答也。

此颂

近祉

渐

五. 一日.

编者注：该函疑写于1942年，准确时间待考。

第七通

真弟：

顷接来函，刻款利每月子数止约七十余元，直减半数，年结不下亏数千元。于进行之势，阻碍不少。故仍照茂芹原定办法，仍归渐管理。但须弟与茂芹面洽，将办法稳定，按期遵行，不胜盼切之至。

渐

五. 九.

致茂芹函抄览

兹有恳者：《大藏》刻款利钱，仍请照公原定办法，按月行之。若照现时所入，直减半数，年期结算，直亏数千元，则于刻款进行大有妨碍。即请每月收入四千元，由农行汇渐，交农行生息可也。除此函外，已函知真如照办，嘱其仍每月交四千元于公手也。

编者注：该函疑写于1942年，准确时间待考。

第八通

真如老弟：

今（十五）日收到茂芹汇四千〇七十六元八角，十二日收到曾履川汇四千，共八千〇七十六元八角。已于农行另立精刻《大藏》处一户，今后每月照此办去可也。

诗有意致，惜不能和。

泻病已愈，精神复元，尚须时日。

撷芸住江北何处？好好又要搬，何故？

此颂

近祉

渐

五．一五．

编者注：该函疑写于1942年，准确时间待考。

第九通

真如我弟：

答撷芸书写好，又了一桩心愿。盖众生一体应发挥义，撷芸能起予，实难得也。请钻研一过，即便教人。此数函撷芸劝速刻出，亦当从之。

艮庸诸人，弟既以为是真学佛者，则当详示正义，劝其读书。

撷芸搬好，当示我一函。

冶公消息都渺然，弟当与之相通信也。

此颂

近祉

渐

五. 一九.

伯华先生之诗，当速汇齐付梓。

编者注：该函疑写于1942年，准确时间待考。

附：欧阳渐致梅撷芸

撷芸先生垂鉴：

泄泻多日，精神疲茶，以故稽复。今虽全愈而神犹散漫，然不可不复，不复启人疑窦也。

来书云：《楞伽》《维摩》于众生如幻义虽详，然未说众生一体，发生大悲，毋乃大难，愿为详说一切众生一体义。承示如此，此之知见，非直探骊珠、问鼎轻重者，那能道得？盖此一体义不明，儱侗者不得精微谛当，谈圆顿义终属支离严界者，不得广大自然，行大士行终非亲切。有鉴于此，径情发问，是真度众生者，是真探法界者，故应作答也。

所云众生一体者，诸佛以法界为自性身，则体者法界也，谈实体于众生，而无边法界皆同一味，是为众生一体。若是应谈法界众生义，此有四义：一者，法界系众生界义，是一体义；二者，众生界属法界义，是一体义：三者，一体义，是增上义；四者，一体义，是毕竟空义。四义悉明，一体义晰，亶其然乎！

云何法界系众生界是一体义耶？《胜鬘》说如来藏是法界藏，一切众生皆有如来藏。众生如来藏于法界中，有是三法：一、依本际相应法界体，说众生有自性清净心：二、依本际烦恼所缠法界体，说众生客尘所染自性清净心：三、依未来际一切法、根本一切法备具平等法界体，说众生即法界异名，是故众生界是法界。《涅槃》说一切众生皆有佛性。佛性者，诸佛皆以此为性，即如来体性也。体性是法界，而在众生身中，是故说众生界是法界。《涅槃》又说佛是有情成。凡是有情皆可作佛，一切众生皆是有情，是故众生界是法界。《瑜伽》说无余涅槃，其无损恼寂灭中，所有功德无量无数，难可了知。凡言功德，皆不离一切众生，是故众生界是法界。《唯识》说大牟尼名法。法身之牟尼必大，大于作功德度众生，是故众生界是法界。均是法界众生，云何不为一体？此其义不明，必舍众生而求法界，但计法界清净，契尼夜摩，何恤焦败是嫌，沉湎永溺。如是非法身而解脱身，非大寂灭而寂静寂灭，无上法王永无希望。无上法王者，一切众生界所积而成也。法界无边，众生界即无边，一切法界清净周圆，一切众生皆得灭度，然后咸熙，证等正觉，是故优钵昙华时一出现，三阿僧祇仓卒难成也。鉴于此义，是故行菩萨行，念念法界而念念众生。

云何众生界属法界是一体义耶？《般若》以实际为刊量。经言：非度有情于实际，乃度实际于实际。是故菩萨观满法界众生，实为观满众生法界也。经云：众生众生者，即非众生，是名众生。无著五例释段段文，释“即非众生”句为安立第一义。第一义者，清净法界是也。经又言：胎卵湿化等灭度，实无一众生得灭度者，众生本无，实唯一法界是也。众生均是法界，云何不为一体？此其义不明，一者，必谓众生实有、实度众生，是则生实度实，云何毕竟空义？唯毕竟空是佛境界，非毕竟空，云何为佛弟子？经言：若菩萨有众生想者，即非菩萨。说非菩萨，则外魔也。《般若》以无所得为方便而求一切智智，又云学法界于一切法、学一切法于法界，若修学菩萨最初不明无所得佛境，而惘惘然行一切法菩萨行，则功德愈弘大，有所得者亦必与俱弘大，又安所望于归其有极？二者，必谓众生与法界为二，是则众生非法界中物，彼摩诃衍以他为自者，终不得解而疑无根，无根之修虽信不了，虽坚强不息，其后遇缘必仍退堕于声闻小乘。又寂灭寂静之法界如此，希奇腾赫之功德如彼，既不相融矣，则《华严》之举足下足，当愿众生；《般若》之举足下足，求本性空，均无刹那互相容忍，何以圣教动称不二法门？若知唯一法界，凡所修行非度一切众生，乃圆满于一法界，斯则一切无碍，冰释涣然。

云何一体义是增上义耶？《瑜伽》说阿赖耶相，谓赖耶亦是有情互起根本，一切有情相望，互为增上缘故。所以者何？无有情与余有情互相见等时，不生苦乐等更相受用，由此道理，当知有情互为增上缘。《唯识》因缘不涉外境，而《瑜伽》增上相网如一，众生所以一体也。众生一体，于法界中，何独非然？是故华严世界帝网幢幢，于一毛孔中容十方世界，将此都世界并碎为微尘，亦一一尘中又具无边界。世界无增减，众生无增减，夫然后广大不可思议，则增上义之所致也。此其义不明，一者，方广道人说圆顿象，堕一合相，无所条理，无所解析，莽莽溟溟，几何不类娑毗迦罗所谈冥谛？二者，因噎废食，以执因缘，却忘增上，但闻一体，惶惧不安。岂知以一体义，法乃广大，以一体义，众乃亲切，以法日广，智乃日增，以众日亲，悲乃日炽，念念一体，悲智所系，此之所谓摩诃衍，非几近于声闻乘。《唯识》析义虽甚精微，而《瑜伽》行修却独广大。行大士行者，当一谈增上义于《瑜伽》欤？

云何一体义是毕竟空耶？诸佛是空，法界是空，一切法是空，一切众生是空。空是实相，实相是刊量，故得毕竟空相应，去菩提不远。来书所云《楞伽》观众生如壁画，《维摩》观众生如五大、六阴，而不说众生一体云何起悲者。此正是说众生毕竟实相，此正是说众生以法界毕竟空为一体，此正是说无缘大悲之所由起。菩萨以实相为刊量，无念无依不在实相中，众生是吾一体，一体空而不空，以是悲起；众生同一法界，法界空而不空，以是悲起。《思益梵天经》云：一切法无我、人、众生、寿者，而众生以为有，菩萨于此而起大悲；一切法无体、无住、无执藏、主宰事物我所，而众生以为有，菩萨于此而起大悲；一切法无生、无灭、无垢离三毒、无去来、无造作戏论，而众生以为有，菩萨于此而起大悲；一切法空、无相、无愿，缘生静寂，而众生以为不然，菩萨于此而起大悲。菩萨悲起而行修，诸佛悲起而立教。若众生自知毕竟空，佛固不必建立教也。是悲切于一体，悲切于一体之人，不自知其实相空也。此其义不明，则所起之悲皆不外世间相，皆有缘之悲。骨肉之痛，痛彻心脾，悲也，而非大悲也。观一切众生百一十苦而起悲，大悲也，而非究竟大悲也，皆不免有情缘与法缘也。夫有情与法缘皆非二空，异毕竟空义，君子不以为极至。《华严》：善财入弥勒楼阁，羡艳无边功德。弥勒弹指，使其出定，示为梦境。《华严》叙述功德不可思议，而皆谓为梦现，则毕竟空义，无缘之悲之所生故也，斯乃所谓极至也。发智观空，空应智彻，然后悲竟，是故根本大悲生于智，而增上大智生于悲。

四义如此，是则众生一体是法界义，是毕竟空义。佛境在是，佛境菩萨行在是，先生以为何如？

此颂

道安

欧阳渐顶礼

五月十九日

编者注：该函疑写于1942年，准确时间待考。

第十通

真如老弟：

秋一太太于三日中风逝世，即日入殓，五日殡于老太太坟前。我哭之："避难不流离，本一片至诚，夙夜劬劳，自古有补天忠悃；破家仍老病，倚万般慈忍，道场扶助，如今亦扫地空无。"呜呼！吾失一臂矣。累日剌击过甚，忧伤太甚，遂旧病复发。今日略愈，通信于弟也。

渐

六日

亲友赙赠，勉强敷用。棺乙千贰百元，殓于旧衣甚薄，约用贰千数百元。并告。

编者注：该函疑写于1942年，准确时间待考。

第十一通

复境大师

六月九日

奉谕，惊悉秋一太太逝世，吾师如失一臂。吊联悲咽，师为末法众生作眼目，永振师子之威吼，犊子情怀，当所清拓。高年伤感，更属不宜。奉慰无似，谨呈一偈：

奘师寂莫后，千古振悲风。诸经融一味，慧炬续无穷。

言教野干鸣，宗门随瞒盰。教宗冶一炉，始豁人天眼。

江阳悬烈耀，奚逊宁院尊。在山无高高，在水无源源。

法界无来去，世间无生死。谁不报师恩，众生皆吾子。

编者注：该函疑写于1942年，准确时间待考。

第十二通

真弟：

六月九日来函，所以慰我者良厚。我尚有缘须了，敢遑情伤风烛残年欤？所谓了缘，《大藏》事也。前曾发弟一函，请代询卜极电气冰箱之时价。缘前九成，境秋之弟。到院说冰箱好卖，值价总在六七万。我不欲许多，若能得五万，凑入十万数内，仍请弟维持，则成功岂不较快耶？须念我老，该事得少许缝隙，即应全力应付，庶其有济，不致后悔。

此颂

近祉

渐

六. 二〇.

恩洋太无聊，来函既云答撷芸论众生一体，义无闲然。而又谓附一语，慈心起而众生一体，我执生而肝胆楚越。此是继起增上义，乃欲杂入根本义中。是犹执彼前说，悲摄众生为一体也，犹不服众生本来一体义也。

编者注：该函疑写于1942年，准确时间待考。

第十三通

复境大师

六月廿四

二十日手谕奉悉。电汽冰箱事已遍请寒操兄及外事局友好代问，尚未得复，恐终难售出。以阔人及外国客均预有，普通商人不用惯，酒家都有冰藏木箱故也。

化中太无聊，仍执其说，诚如师言，彼前复弟子长函，虽表示忏悔，并向师认罪，然仅情服耳，非理服也。弟子知其然，故回一短札称赞之，欲候其再有反应，乃好说话。直待至上星期，方接彼第二次答信。该信骤看似乎要从头做根本工夫，而实不澈底。其时适弟子有事赴北碚，将该信示艮庸，且云我要复封信，使化中痛哭流涕。昨归来即写寄，抄如另纸。此信写起，曾读数过，亦为下泪。倘彼尚无澈底的觉悟，□绝所恃，则难得救矣。

编者注：该函疑写于1942年，准确时间待考。

林志钧（1878—1960），字宰平，号北云，福建闽县人。清末举人。辛亥革命前留学日本。曾任民国国立法政专门学校教务长、司法部民事司司长等职。后长期执教于清华大学国学研究院和北京大学。中华人民共和国成立后，担任第一届全国政协特邀代表、中央人民政府政务院参事、国务院参事、中国佛教协会理事。

第一通

证公：

顷接到廿日来信，内学院报告等共三份，一转交一平及现代佛学社。不误。使我十分感动。知识分子自高自大的习气几于尽人而有，习气之难除又是古今中外人类的通病。列宁的伟大处说不尽，而其能掌握着自我批判的武器，确是成功原因之一。斯大林论列宁，举其种种长处，而尤称其谦逊不自满。毛泽东思想，亦尚谦德而提倡自我批判。公能发扬光大，一洗知识分子自高自大积习于不知不觉间，即寻常通讯亦尽情流露，此所以使弟不禁为之心折也。此纸俟秋兄抵京交阅后，弟当保存。秋兄寄来内学院工作报告中"对于历史唯物论的了解，以为在思想上即可完全见出其与经济基础的关系，而轻视了经济基础的研究"，此数语最使弟引起十分警惕。弟这两三年来，亦稍稍涉目马列主义书，但对经济基础方面则向不注意，所获参考资料亦非常贫弱。非秋兄一提，竟不知此处是一大漏洞。目光只注在上层建筑某些部门，岂非笑话？

秋兄报告中"内学基本问题""隋唐佛学史纲""因明讲习笔记""藏汉佛学辞汇"此数种，不知可否印行？俟秋兄来时，当与一谈。日前曾修函敦趣秋兄早日北上，此函寄丹阳，以为渠或已返家，看来或尚未由渝东下耶？兹附上朱谦之兄自我批判（广州教师《学习报》刊载）一纸，系难先先生寄示，嘱看后寄还，请便中转交难老为荷。

手肃，即致

敬礼

林志钧

九月廿五

编者注：该函疑写于1950年，准确时间待考。

第二通

何处觅你心，有心便生灭。唯心要破心，唯识须转识。不尔漫言唯，明明人法执。无心见本心，法界本来寂。何处有少法，供尔作声色？执唯物。何处离色声，别有一真实？执唯心。见闻非见闻，声色非声色。不出亦不入。佛法更何求，莫认指作月。无为无事人，万象森然立。即为有事人，藏身没踪迹。无在无不在，青天与朗日。一切尽平常，如食耕衣织。饱暖看勤劳，饥寒由惰逸。勤劳创世界，真理诚不易。实践梦不生，万恶从想积。劝君莫妄想，心物于兹别。教条殳经验，坚持均倒执。倒执属遍计，遍计所执。依他依他起依位立。是法住法位。此中无一物，无一物当情。即是圆成实。

一九五二年二月廿二日陈铭枢作颂

三月三日林志钧敬书

右《唯心破心唯识转识颂》。

梅光羲（1878—1947），字撷芸、颉云，江西南昌人。光绪二十三年（1897）中举。光绪三十年（1904）赴日本留学，就读于早稻田大学法律系。归国后，供职于湖北高等农业学堂、湖北高等审判厅等处。民国成立后，任职于北洋政府教育部、交通部。后曾出任山东高等检察厅厅长、江西省高等法院院长等职。抗战爆发后，迁居重庆。一生潜心研究佛学，编著《相宗纲要》《相宗新旧两译不同论》等。

第一通

真如先生赐鉴：

昨承枉顾，得聆教言，幸甚快甚！顷奉手示，敬悉一切。公致贵老师欧阳老先生书，谓“化中必不辜慈望”云云，弟甚赞成。公可谓化中之知己矣。敬佩！敬佩！又承下问二则，今谨答如下。不知当否，敬乞赐教。

（一）台宗谓一切众生共一心者，其明文似在《大乘止观》中。慧思著，此人乃智者之师。按台宗于一切众生外别立一心，谓是一切众生之所共，此说弟与贵师及化中皆不赞成也。《院训释教》第五十六叶云：“而言别有一境众共一心，亦邪说也。”四明所著《观音玄义记》，释《华严经》之心佛及众生是三无差别之偈云“三皆能造一切世间，故得结云三无差别”云云，以此故知台宗盖是谓别有一心为一切众生所共有也。

（二）诸佛唯一法身事。按此事弟曾以之问贵师欧阳老先生，曾蒙赐复。此复函尊处曾抄下（即致弟与证刚兄之函也，内中曾说及一法界及一切有情一体事），不知现尚存否？如未曾存有底稿者，即乞示知，以便弟将原函奉呈大鉴也。

专此，敬请

双安

弟梅光羲顶礼

内子附笔叩安

四月廿五日

编者注：该函疑写于1942年，准确时间待考。

第二通

复梅撷芸居士

撷芸先生道鉴：

四月廿五日手谕，承答台宗谓一切众生共一心及诸佛唯一法身之问。感甚！后者适敝师欧阳先生答公法界法身义一文寄到，兹转呈。此文至精确，殆无遗义。就中"虽法身共有，所证果无别，而就能证因仍有差别"一句，足以该括全义矣。盖就因而言，若无差别则一人成佛，岂不一切众生皆同时得成佛？果若不同，则法身异即法界异，法界异即理异，又如何可通？《楞伽经》所以有"释迦如来说过去迦叶等七佛即是我"（不是原文，意盖如此），即果无差别之旨也。聊附鄙解，未知有当高明否？前者台宗谓"别有一心为一切众生所共"，枢终引为可怪之说，何千余年来以盲引盲者如是之众，至今犹未已耶！一叹。

编者注：该函疑写于1942年，准确时间待考。

第三通

真如先生左右：

手示敬悉。贵师此文，说法界义，精确无伦。先生之附解，亦至精确也。敬佩！敬佩！台宗于佛与众生外，另立一心，诚为可笑。诚如尊论，千余年来，以盲引盲，可叹也！

匆复，敬叩

双安

弟梅光羲顿首

内子同叩

四.廿八.

再者，先生对弟自称晚，弟极不敢当，乞勿再施。

编者注：该函疑写于1942年，准确时间待考。

第四通

致撷芸居士书

五月廿二

顷奉敝师境无先生答先生“《楞伽》观众生如壁画，《维摩》观众生如五大、六阴，而不说众生一体，云何起悲”之问。敝师以四义谈法界众生一体义，谨诵之下，不觉俛首欢赞。吾公善问，敝师善答。答义至备而至精，游夏不敢赞一词。公之问点重在众生一体义，兹欲于观字上说些鄙见，以助扬公与敝师之宏旨，想亦为公所乐闻而进教之也。教所谓观如壁画，观如五大、六阴者，即是观幻观无。窃谓大悲者，即从幻起也。《楞伽经》云：“诸有妄法，圣人亦有而不颠倒。”众生执妄为实，故生身见，造业招果，便成颠倒，便如壁画、五大、六阴。法界众生，本来一体，智者对此，宁不兴悲？若了不实，则业果俱空，身亦非有；身既非有，则能所不立，立地皆真。四大、五阴，即诸佛之实相。一真法界，又安有众生可得耶？故《金刚经》云：“一切众生，我皆令入无余涅槃而灭度之。灭度一切众生已，实无众生得灭度者。”灭度者，从幻兴悲，实无灭度者，法界众生一体也。又云：“众生众生者，即非众生，是名众生。”又云：“菩萨若有众生可得者，即非菩萨。”有众生可得者，便是实执，不异凡庸，何得名为菩萨？又众生之悲，执实方悲，悲既不实，悲益足悲。是故大觉大悲者，悲悲也。悲悲，无缘悲也。悲一切有缘之悲，所以其悲为无缘大悲也。犹以妙药愈一切病，而其药为非病也。枢去岁读《华严》，至某品曾记以一诗中四句云：“普观幻法兴悲悯，不舍群迷澈妙明。翳眼飞花观佛相，泥牛吼浪认梵行。”是明此旨，公得毋哂之耶？枢于宗门最爱大小静问答两偈，谨录如下，以博吾公之一粲。大静问偈云：“若道法皆如幻有，造诸罪恶应无咎。如何所作业不亡，而藉佛慈兴接诱。”小静答偈云：“幻人能兴幻轮回，幻业能招幻所治。不了幻生诸幻苦，了知如幻幻无为。”公观此抑何深切洞明耶？

复次，返就公所举“《维摩》观众生如五大、六阴，而不说众生一体，云何起悲”云者，枢意即就《维摩经》可以解决斯问。如“问诸佛解脱当于何求？ 答曰：一切有情心行中求。又一切魔怨及诸外道，皆吾侍者。”非众生一体而何？又如“菩萨若以爱见缠心，于诸有情发起大悲，即于生死而有疲厌。若为断除客尘烦恼，于诸有情发起大悲，即于生死无有疲厌”及“诸有情身皆四大起，以彼有病是故我病，然此之病非即四界，界性离故”。非众生一体而何？又云：“诸法本空真实无我无有情故。”非众生一体而何？

上所举各端，于敝师答公文中已为剩义，而仍喋喋不休者，乃欲重检教义，使八识田中多一回正闻熏习，心口意多一分清净耳。唯班门弄斧，尚望公不遗，益加督教其所不及，幸甚！幸甚！

编者注：该函疑写于1942年，准确时间待考。

第五通

真如先生赐鉴：

日前托贵介奉上一椷，并缴还化中原函三纸，谅达左右。弟今日得化中兄复信云："奉读来教，愧感交萦。洋无状，不识事师之礼。偶因辩论，矜持已甚，触忤于师，乃劳长者赐书晓喻，罪过甚矣。洋虽不肖，亦曾闻法发心，顾敢于师前背逆，于法门毁坏。区区初意，亦欲作效忠进谏，以光师之德，而冀正法之宏。初不谓言语辞气，猖狂放恣，遂至师弟之间，情乖意反，既自痛悔之矣。望长者达愚意于敝师，使勿以为意，则维护之德，永感之矣。再者，尊示有情一体，就互相增上托质变相，皆吾相分及一切诸佛唯一法身说，而不许台宗之谓一切有情为共一心。此教完全领受（下略不录）"云云。据此看来，不但化中兄以后对于欧阳老居士师弟之间感情融洽如初，即学说亦归于一致矣，殊可喜也。

专此，敬请

双安

弟梅光羲顿首

内子附叩

四. 廿一.

编者注：该函未注明年份，详细时间待考。

康寄遥（1880—1968），法号法真，号寂园居士，陕西临潼人。光绪末年，任西安八旗中学堂教员。积极投入陕西辛亥革命起义，曾任陕西省财政司次长。1914年赴日本考察，回国后倡议开发西北工业，主办《正报》。1921年左右，开始研习佛教经典。1927年，创设陕西佛化社，任社长，并创办《陕西佛化》月刊，开办西安刻经处，刻印木版佛经。其间曾任陕西女子师范校长。撰著《重修扶风法门寺真身宝塔纪略》《陕西佛寺纪略》等。

第一通

真如长者大德道席：

江津一别，瞬已七载，每忆高风，时切景仰。近见上海《弘化月刊》载有长者上毛主席一书，抷诵再四，感佩曷极！值此空前革新时代，佛界大都惴惴不安，若非长者登高一呼，揭发佛教大雄无畏之精神，以感动当局，普示海众，谁能作此施无畏者，谁能作此善安慰说者？是真观音地藏之化身也。此间已翻印多份，分赠各方。附呈一张，即祈垂察。惟原书中有十条，而《弘化》刊从略。近颇有人请求欲读全文，敢请即将十条全文赐下为祷。

专此，敬颂

悲智双运

念佛学人康寄遥作礼

卅八.十.四.

第二通

证如道长慧鉴：

久未函候，时切渴仰。杨叔吉兄已由京归来，俱道现代佛学社开会情况，令人神驰！巨赞法师曾来函，言大驾已往汉皋农林部履新。武汉佛教缁素多才，闻近已整理，颇有成就。今后再蒙大力领导，悲智双运，宣教护国，前途希望，当无限量。西安佛徒，仍乏团结，亦乏大德主持领导，眷念前途，殊觉悲观。佛社同人近已公议，即以学术团体登记。（佛社在民国十六年发起，原来只是佛化随刊社，后办佛学讲习所等，本与一般宗教善团不同。不过对于学术似尚谈不到。）并拟仿北京现代佛学社宗旨，编发月刊。现拟定名为《大众佛学》，欲把佛学常识供给大众。且欲用佛刊宣达政府宗教政策，并拥护抗美援朝主张。同时报道西北各地佛教动态，以期加强团结，合力宏法，为人民服务。至于印刊各费，全由佛社自任，不向外募捐。除已函请巨赞法师为赞成人，并赐复鸿文外，窃以遥等人微言轻，拟请大德作赞成人，随时指导一切，并赐鸿文，以增倡导。如蒙欣允，曷胜感奋。若能便中函西北军政委员会彭主席时，方便提及佛社《大众佛学》月刊事，俾于登记时，予以顺利，尤所盼祷。

顷见支那内学蜀院法雨师函，云蒙道长诸人力，西南政府已允月助米一千数百斤，以作初步补助。并言吕先生不久可到蜀院，谅尊处早有所闻。

肃此，敬颂

福慧双隆

康寄遥作礼

十一月十八日

编者注：该函写于1950年。

第三通

真如大德慧鉴：

近由佛社呈上乙函，谅达左右。佛社同人拟编佛刊，又欲定名《大众佛学》，惟愿向大德学习，向《现代佛学》学习。且愿作一小型转播机，把大德及缁素法音，转播西北。惟遥及同人均自感觉学识浅薄，欲仗大德指导并加被。窃念大德以宏宣正法为职志，谅能不舍大悲，欣然摄受。顷读《现代佛学》三期，见尊处致科学院两函，益佩识见卓越。其推崇吕先生，尤见虚怀。倘蒙于百忙之中，能为《大众佛学》作一短文，以资倡导，尤所盼切。

专此，敬颂

大悲大智

康寄遥作礼

十一月廿七日

杨叔吉兄由京回陕，在西安留住未久，即回华县。迄今尚未来省。知关，附及。

此间已将《现代佛学》分销五十份。

寄呈

友

十二. 十二

编者注：该函疑写于1950年，准确时间待考。

第四通

证如道长仁者慧照：

昨蒙赐书“偃对吟”一大张，由子毅同志面交，一再庄诵，如饮醍醐。此次法驾巡礼西安名胜古迹，尤其是佛教古刹祖庭，迭读大作诗歌，令人佩仰，难可言喻。侧闻大驾三数日后即要返京，如有机缘，仍愿再谒，藉聆教益，用表欢送。兹谨略陈数事，拟请留意，我想仁者对此谅必关怀。

1. 仁者此次来陕视察文物胜迹，其中佛寺当占重要部分。所有草堂、慈恩、兴善、兴教等寺，均已瞻礼，即蓝田水陆庵（亦名青龙寺）亦已看过，惟香积寺善导大师塔、净业寺道宣律师塔，如有余暇，亦可往礼。尤其是扶风法门寺释尊真身宝塔，似应争取前往瞻礼。此寺距西安二百余里，由西安如乘火车西行数小时可到绛帐站（马融故里），再行五十里许，即法门寺。可通大车，自亦可通汽车，不过交通较他处稍觉困难而已。在抗日战争时期，朱子桥善长集款重修法门寺，其时我亦随喜协力。工程将竣，朱坚嘱我编述《法门寺纪略》。我曾编印一小册（1952年因巨赞法师函嘱查录陕中古刹，当集录数十寺，而以法门寺为首。连同《法门寺纪略》与寺中残存阿育王寺破碑拓片，邮寄巨赞法师处），因此略知该寺在佛史上关系重大，与宁波天童阿育王寺相等。不过陕中佛界，久乏僧材，不克继续发扬。且地址偏鄙，遂不能与宁波阿育王寺等量齐观，令人滋增浩叹而已。仁者来陕，亦颇希有。且自解放后，三上毛主席书，对于佛法倡导护持。又同巨赞法师发起《现代佛学》，胜弘正法，启发佛界，爱国爱教，凡属佛子，罔不渴仰。若对于法门宝塔特加注意，将来对于国内外佛教均将有莫大的影响。大家知道缅甸对于佛牙专使奉迎，普传全国瞻仰。若将法门寺佛骨迎出，供众瞻礼，当是佛教一件大喜事（去年因省统战部某同志来询法门寺事，我曾建议由省党政负责，依照《扶风县志》所载“塔下石盖下有井，深约两丈，下有水银池，内船形上置金盒，内安置佛骨，大逾拇指”，同寺僧取出，供众礼拜。这也不过是我的愿望而已）。

2. 香积寺善导大师塔，年久失修。在二十余年前我同朱子桥曾拟设法补修，适梁某工程师（梁启超之子）因事来陕，当请其估计。因当时估工须二万元，为数较巨。且朱子桥不久逝世，遂亦置之。年来因南方沪苏各地佛徒，尤其是净土宗各法师迭次来函提及，又因各方参礼祖塔，见其破裂，均甚关怀。我前已向省文物局管理会建议请其查明补修。此间佛化社、念佛会大众，亦联名建议，请修祖塔。已有回信，声明再查，且云已专人往查。其后又云，今年重点修理塔寺，此项工程尚不在内，能否来年补修，亦未可知。若仁者能抽暇一看，便中一提，或许来年可有补修希望。香积寺距西安只二十余里，在韦曲西乘汽车半时可到达。

3. 陕西所有僧数向来少于寺数。解放后，1951年调查西安市及郊区僧尼共有130人谱。1953年他去及返俗外，所留不足80人。现在首刹卧龙寺有僧不过20人。慈恩、兴善、庄严三寺共不过20人。已与卧龙共四寺合建农业生产高级合作社，现已集体劳动。此外市内外小庙三数处，通通不过十数僧人。圆柱寺、西五台共有比丘尼不过20人。城西北角广仁寺乃藏密黄教惟一佛寺，只有蒙族关喇嘛一人，其余汉族佛徒数人。该寺近年来修整亦颇庄严，若欲往一二小时即可往返。此间佛教界学习，由市政协学委会领导。佛教行政，由市民族委会领导。正信居士团体，只佛化社一处。以前社员颇多，现时常参加的不过三数十人。此外另有念佛堂两处，系女居士集会念佛处。数年来，佛化社曾举行祝愿法会数次，四众参加表现尚好。今年佛诞在卧龙寺举行纪念会，四众齐集，为解放后第一次胜会。然而西安佛教凋零如此，众生福薄，大德消沉。回忆隋唐盛时，各宗并隆，不胜今昔之感。居士中研习法相及禅宗的也有几人，但大都是持名念佛。这个破沙盆，沙且不多，何从捡金，偶尔略陈，不过藉作拾遗，以备輶轩采风而已。

4. 城南终南为国内名山，向来戒德多养道山中。前年我因养病曾久住茅棚，因知南五台、嘉午台、后岸山净业寺三处，以及仙人岔、五峰山、佛爷掌等处茅棚，约有住僧200余人。现在净业寺及附近茅棚尚有50余人。（净业寺每年冬期结七数月引道。大茅棚现正讲经，每年亦结净七禅七引道，城中每有前去参加的。）南五台大茅棚及其附近小茅棚，闻亦50余人。其他各处如台沟数十处汤房及各处茅棚，每处一人或数人不等。佛徒每言“陕西佛教宗风在终南，不在西安”，且云“宁在山里睡觉，不在城里办道”，以故各地禅和大都愿住终南山中。情况大概如此。

附言：

（1）了义法师藏文原名宁噶登巴，汉译“持了义教”，一般称了义法师。他是西康人，藏族，是贡噶呼图克图的高足，故多年久修密乘。他曾与虚云老和尚同住，因主编《曹溪专刊》，胜弘南宗圆顿法门，可说是目前希有的僧才。仁者曾看见他近著的《证道歌指月》，也表赞许。且在广州曾与相识，容不详述。他近常住市郊雁塔区瓦胡同安乐堂小庙。近日他曾直函民委会，声明愿参加学习时事政策，我亦向市政协学习会民族宗教组介绍他参加，尚未发表，尚不知能否如愿。拟请仁者到京后，便中向中国佛教协会喜饶大师及各负责人一提。如有机缘，很可以吸收他为佛协任何部分的一个成员，以期团结一切可能团结的力量。

（2）北京佛学院闻正在筹备，将来院中学员不知如何选录，我觉得似应对青年学僧多收。此间终南山，就我所知有若干青年僧文化水平尚好。若将来能广而不滥，严而不遗地收录，令其进修，以备弘法利世的专才，为佛教服务，作国际往来的继承者，当不仅是佛界的光荣。关于此点，亦乞仁者留意。

（3）仁者此次访参胜迹，每从悲智愿海流出诗歌，闻已照录一册。拟请除在寂园抄留及昨书“偃对吟”外，所有他作统希全抄一份赐下，以备拜读，用作纪念，无任盼祷。

（4）子毅昨云张子逸曾送佛书数本，内附多条请指示。如无暇批示，可将原件面交子毅，令其代交佛化社转送张处亦好。

以上拉杂渎陈，虽已支冗，然仍觉未尽欲言。万一不克届时欢送，以后公暇时甚望函诲。倘有胜缘观光首都，容再趋教。

匆匆敬颂

悲智双运

福慧圆成

喜饶大师、巨赞法师……诸上善人处见时叱名问好。

李一平先生、刘定五同志处，见祈代候。

寂园常忏遥作礼

1956.6.4.

叶恭绰（1881—1968），字裕甫，又字誉虎，号遐庵，广东番禺人。清末举人。1923年应孙中山召，任广东军政府财政部长。1927年后，历任关税特别委员会委员、国学馆馆长等职。1929年与朱启钤组织中国营造学社。1948年移居香港。建国后，历任中国文字改革委员会常委、全国政协常委、北京中国画院院长。中国佛教协会发起人之一，曾当选为中国佛教协会第一、二、三届理事。著有《遐庵诗》《遐庵词》《遐庵谈艺录》《遐庵汇稿》等。另编有《全清词钞》《广东丛书》等。

第一通

真如先生大鉴：

年来塞向墐户，有类闭关，其故公必知之，毋庸赘述。以是与公久不相见。前年回粤，殆同首邱誓墓，然氛埃蓬勃，殆不可居。遂又来港，今又经年矣。世运急流，似属贞元之会。闻公屡询弟踪迹，亦苦无可告者。弟之病完全与梅颉云同，特药物与营养，弟较充足，故未溘然耳。以是用世之心，早已冰销瓦解。然众生之苦，伤心惨目，亦岂能无恸？恃公等干略，足资匡济，暂偷闲料理些自家事。弟向喜燕京风物，然所患畏寒，故颇踟蹰。此间人士，咸望公担荷护法大任。近闻公介绍吕秋逸代表佛教未果。可惜！此后关于维护宏扬之一切，惟公是赖。未知近事有足以告慰诸善信者否？

专布，即颂

道安

弟恭绰上

十月十日

编者注：该函疑写于1950年，准确时间待考。

李书城（1882—1965），字晓园，又名筱垣，湖北潜江人。清末留学日本，参加同盟会。1908年毕业后，至广西桂林担任陆军干部学堂及陆军小学堂监督。1911年11月，参加武昌起义，任中华民国军政府参谋长。后曾担任湖北任湖北省政府委员兼建设厅长、湖北省通志馆馆长。中华人民共和国成立后，担任农业部部长，并出席中国人民政治协商会议第一届全体会议。1954年，当选为第一届全国人大常委会委员。1965年因病去世。

第一通

真如道长：

周太玄先生来京，说你曾亲近过能海法师。海师讲经的本领，系从修持得来的。你最好趁他尚在武汉时，请他传你密教中最心要的“八门胜解”。得到这个法，比禅、净两宗见实相来得快又靠得住些。希望你不要失这个机会。

专此，敬颂

法祺

弟李书城启

四月卅日

编者注：该函未注明年份，详细时间待考。

熊十力（1885—1968），原名升恒，又名继智、定中，后改名十力，字子真，号漆园，湖北黄冈人。早年肄业于湖北陆军学校，曾加入同盟会，参加武昌起义，任都督府参谋。1918年脱离政界，潜心哲学研究。1920年赴南京随欧阳竟无学佛。1922年任北京大学特约讲师，讲授中国哲学。抗战时期，讲学于勉仁书院。抗战胜利后至50年代，长期担任北京大学教授。中华人民共和国成立后，为全国政协特邀代表，第二、三、四届全国政协委员。

第一通

证弟：

来函唯“心所持者惟直指自己耳”，甚是！右云“得无所得，涅槃如幻”云云，更有商量在。一念恒持不失自己，三藏十二部经都于此得着落，否则都是戏论也。善学者于此把定，不要侈谈无所得与涅槃如幻。《般若》六百卷，满纸是无所得，学人实透《般若》，乃于无所得而无不真有得矣。真有得矣，必不漫言无所得也。《涅槃》只是常乐我净，此是自己分上事，自明自见，便无所谓如幻。必要说个如幻，亦是戏论。此理平常，何所谓无上云云？必要说个无上云云，亦是戏论。愿吾弟更透一关看何如。从来失意人好入空门，彼所入之空，实非龙树所谓空也。愈失意，愈有为，毋所必于天下而此志恒不坠失。诸葛云，使庶几之志，揭然有所存，恻然有所感，是所谓行菩萨道者。非欤？老弟且深勘自己为是。

一浮先生书院已筹办，吾去任讲席否尚不一定。款既不多，又不知其能实拨否。一浮不欲扩大，略如寺宇丛林之制。吾则以为今日学校教育，偏重科学技能，至于穷神知化，尽性至命，与夫养成淹贯博通之才，则皆其所绝不注意者。书院创办，实有意义，但吾愿于此立弘远之规，不欲养成出世之风格，当使学者为明体达用之才。其于学术足以树立中心思想，使科学部分的知识于此得所依据。其于世运得以养成惇大宽博、明通强毅之人物，可以担荷世事。此乃书院教学应定之规模也。虽不能即做到，万不能不立定规模，向此而趋。孤遁之风，于世何补？和尚教育，吾无取焉。故去就未定也。

仲如兄均此。

五月廿五日

编者注：该函疑写于1939年，准确时间待考。

第二通

复十力书

十力兄：

五月廿五日手示，垂教殷切，诚意可感。本不拟再有所说，然寤寐间蓦尔上心，终觉不安，用不辞缕缕，赘词于下。兄云“一念恒持不失自己，三藏十二部经都于此得着落，否则都是戏论也。善学者于此把定，不要侈谈无所得与涅槃如幻。《般若》六百卷，满纸是无所得，学人实透《般若》，乃于无所得而无不真有得矣。真有得矣，必不漫言无所得也。《涅槃》只是常乐我净，此是自己分上事，自明自见，便无所谓如幻。必要说个如幻，亦是戏论。此理平常，何所谓无上云云。必要说个无上云云，亦是戏论”云云。依弟所粗知，佛所说法相《唯识》《般若》诸经义，与兄所见大有出入。凡理一是则全是，一非则全非，盖理不可两立故。兄是我尊敬的师友，不敢用答辩的方式针对立言。兹就尊函所举的“无所得（加入无所有义）”“涅槃如幻”“无上”“一念恒持不失自己”诸义，作自己说理之文，抒陈如次。俾兄将鄙论对照尊函所说之义，则理之孰堕孰不堕，与孰是戏论孰非戏论，可以自明矣。书来拟即复，才写了上列入兄的文，适有人事扰了十余日，今方得续执笔也。弟素非好辩者，亦绝无辩才，尤不敢对兄长不虚心，生丝毫自是之见。然窃念此半生唯一大事未了，此一大事与兄长同，且与一切有情均同。何敢轻易，何敢菲薄，更何敢着一些尔我情执，有所知见而不言，以辜负己灵，亦且辜负兄长乎！幸赐清察，更进而教之。

首言一切无所有。若谓不然，当何所有？若有声色货贿，则着声色货贿迷；若有名利恭敬，则着名利恭敬迷。若有齿，则挟长；若有位，则挟贵；若有功，则挟勋劳；若有师教，则挟道德仁义。若有我人众生寿者，则执我人众生寿者相；若有山河大地微尘国土，则碍山河大地微尘国土境。又若有前际，则忆念为祟；若有后际，则贪求兴殃；若有今际，则滞心成病。举凡一切七情八风善恶净染诸法，高低大小广狭长短诸形，无不皆然。一有所有，则为障为碍，为妄为迷，推至于有菩提涅槃佛土众圣之见，亦同是执。所以谓当体即空，当念即空者，是了达真无所有也。既无所有，则无所得。又谓不然，则得者何物？来自何处？若从外来，外无所有，将何所得？谓从己出，已既是得，云何得得？岂不知“六道四生山河大地总是我之性净明体”？更有何欠而云所得？又岂不知“十方虚空生汝心内，犹如片云点太清里”“一人发真归元，十方虚空悉皆销殒”，更有何羡而云可得？僧肇有言：“会万物为一已者，其为圣人乎？”万物会一已，一已会万物，物我皆泯，能所俱遣。物即是已，已即是物，物既是已，已既是物，则物不能得已，已不能得物。以物已无二，已不能更得已，所谓“所可见者不可更见”故。又契经分明道：“无有小法，可得少法。”若有可得，则有实有；若有实有，则声色是实有，虚空亦实有，空有俱有，有无对成。理则有二，有二之理，何名为实？故无所有法，无所得法。匪特诸法本空，诸法即如，如即诸法。一真法界，法尔如是。依胜义谛，不可言说，即据俗谛而论，则“吾道一而已矣”。有二之理，亦断断不可能成立。由上所言，可见真理实际，都不能以有所得而求也明矣。若不能了达无所有无所得而求，则非“学一先生之言，则暖暖姝姝而私自悦”之流，便是“见卵而求时夜，见弹而求鹗炙”之类也。

次言涅槃如幻。夫依胜义谛，则一真法界，语言道断，拟议即非，不可安立。若依俗谛，则以空破有，有破执空，净对治染，染除着净，真实非可摄取，而妄认真实。倘非表显法尔如幻化梦焰空花光影之义，岂惟二乘自了汉永远畏厌世间，隔绝众庶，以自乐其涅槃，认为究竟。即外道断，常胜性神我自在之执，亦咸自以为无上圣道，而十方世界六道众生亦将永无正颠倒拔沉沦之期之事矣。夫十方三际，物物头头，法尔如是。一切众生，本自平等，不离本觉，皆同一真，原无高低上下大小圣凡之分，以众生妄见，忽起分别，而生执着。于是本不生灭而有生灭，本无垢净而生垢净，本自正直而成颠倒。既有颠倒，则为正倒；既有染污，则为净染；既有生灭，则为返寂。倘不如是，一循其本，则众生尚不可得，何有于佛？真理尚不可得，何有于生灭垢净诸法？乃知诸佛菩萨，全为正众生之颠倒，觉众生之惑乱而名也。诸佛菩萨所示一切遮破表显诸法，全为对治迷执众生而立也。何谓正倒？如人倒立，为复其首，则正非身外。何谓觉惑？如人迷方，为返其向，则觉在心中。何谓对治？如药医病，病去药除。故一切遮显诸法，都为众生不觉本明，迷失本心，方便假立名言以为对治。而其所对治，即在众生本自身心中，非离众生本自身心，别有实法可得。且对治者即是自治，觉正者即是自觉自正，亦非离自己别有实能治能觉能正之人。由斯而谈，岂惟诸法如幻，人亦是如幻。倘谓非然，执于幻外别有实法，当有如幻之法，有不如幻之法，对待成立。理歧为二，理既有二，则悖真实，何名实法。又若执一切法实有，别无幻法，不堕二歧。不知佛说诸法一相即是无相，空相即是实相。何者？一不可立，若立一则生二，二生三，以至数之无穷。所以说一相，乃无相之假名，非可实执一数。空相即是无量无边不可数不可尽之真实理际，非可执一实有。明乎此则所谓不歧之理，岂能安立？如幻之义，略如上明，一隅反三，理无有滞。故善现言：倘有一法胜过涅槃者，我说亦如幻。非仅破二乘空执而言，般若法尔实如是也。是故了达涅槃亦如幻，则常乐我净即是菩萨所由所践之法印。不了此义，则佛所示之法印，反为依通二乘之人死执，不可不知也。

次言无上。一切法平常平常，平等平等，佛何以要说无上，或云甚深，或云微妙等等耶？曰：无上乃真平常真平等，无上即平常平等也。何以故？无上反面为有上，有上则有高低大小广狭深浅长短等比较。有比较则有美恶，美恶见生，则取舍情起，于是万物纷然，不能平等，失其平等矣。无上则无通见，无通见则无量，无量则无尽，无尽则不可数，不可数则不可说。一切不可说则比较不生，美恶见泯，取舍情去。取舍情去，则一切平等，平等则平常。所以无上无上云云，并非夸张情执，正是遣除情执。推至言甚深微妙等等，亦因此义。否则佛为大我慢人，何得名为不异语者、不诳语者，是真语者、实语者、如语者。

最后言一念恒持不失自己。此言是正，但须认明者，何谓念？何谓自己？若以刹那生灭心持一念，则心已生灭刹那不停，何得一念，更遑论一念恒持。刹那刹那，念念生灭，业风鼓海，波浪汹涌，永无息期，又何能认得自己。然则何谓念？《金刚经》云“一念生净信者”，又云“信心清净”，此信心清净即是一念。又谓“应无所住而生其心”，此无所住心即是一念。此之一念，离于数字，恒持一念，所谓无念。无念之念，方名清净，方名净信。念念清净，清净即一念，清净即无念。无念则业海息风，识浪不起。至此无念，方可说一念恒持也。何谓自己？自己即我，亦可名自性。但人有我执则昧了自己。必无我见，方见自己。又一切法无自性，我亦无自性。无性之性，即是法性。必了无性，方见自性。然则必须了达无我无自性，方见自己。此之自己，无来无去，非常非断，不生不灭，不垢不净，不增不减，周遍圆满，会万物为一体，亘三际而不动，即是一真法界。倘误为悬想玄妙之谈，一离乎此，则生灭纷然，兴波助浪，触境皆碍，寸步荆棘，八风鼓动，心生祸殃，何处见得自家真面目来？

依上所显，无念之念是一念恒持，一真法界是自己，则自己即是真如之体，念即是真如之用。体用无二无别，则念即是自己，自己即是念。一念恒持即不失自己，不失自己即一念恒持也。若如此了达，方可说“三藏十二部经都于此得着落”。不如此了达，则寻声逐影，念即生魔，恒持何意？妄认浮浪，贪恋魔侣，不失何为？兹以偈结此文：无念无自己，始认本来心。了了此心时，何得亦何失。

编者注：该函疑写于1939年，准确时间待考。

附：熊十力致吕澂

秋一老弟：

二日函来，无任欣慰。即时率复，聊破岑寂耳。内学院，吾极欲大力支持者，盖尝慨吾国学术团体（如书院、学会之类），每有名无实。即幸而有实，亦人存政举，人亡政息。以视西洋一学术机关，维持发达，历数百年或千余年之久而不衰，未尝不怅憾吾族类无真实也。区区之意，岂止为竟师惜耶！

来教云："承不满意闻熏，未详何指。瑜伽净习成，不过增上，大有异乎外铄。至于归趣，以般若为实相，本不外求，但唐贤传习，晦其真意耳。"尊论欲融法相唯识以入《般若》，谓不外求。然力之意，则谓必须识得实相，然后一切净习皆依自性发生，始非外铄。今入手不见般若实相，而云净种习成，以为增上。此净种明是后起，非自实相生，焉得曰非外铄耶？净种增上变而后归之般若实相，得非实相本有所不足耶？又由净种增上，得归实相，是实相为偶然之获也。何者？净种本不自实相生，即与实无干。本不相干，而可引归实，非偶然而何？然则欲融空有，而终有所难通。旧说空有为二宗，吾人似不宜遽反之也。

来教云："尊论完全从性觉立说，与性寂相反，与中土一切伪经、伪论同一鼻孔出气，安得据以衡量佛法？"力则以为，今所谓伪经如《楞严》《园（圆）觉》等，是否中土所伪，犹难遽断。伪论如《起信》，其中义理，是否无本于梵方大乘，尤复难言。此等考据问题，力且不欲深论。但性觉与性寂相反之云，力窃未敢苟同。般若实相，岂是寂而不觉者耶？如只是寂，不可言觉，则实相亦数论之暗也。佛家原期断尽无明，今冥然不觉之寂，非无明耶？而乃谓自性如是，毋乃违自宗乎？吾以为性觉性寂，实不可分。言性觉，而寂在其中矣。言性寂，而觉在其中矣。性体原是真寂真觉，易言之，即觉即寂，即寂即觉，二之则不见性也。主性觉，而恶言性寂，是以乱识为自性也。主性寂，而恶言性觉，是以无明为自［性］也。即曰非无明，亦是枯寂之寂，堕断见也。何可曰性觉与性寂相反耶？

来书既主归趣般若实相，般若，智也，智对识而为言，法执尽，我执尽不待言。自性显，是为智，是为实相。觉对障而得名，障尽（二障尽也）。性显，非般若实相而谓之何耶？

治经论是一事，实究此理，却须反在自身找下落。诸佛菩萨语言，反己而得印证，此心理同也。其或有未合，不可遽非前哲，亦不可遽舍己以徇经论。廓然亡怀，默识而已，久之会有真见处也。

从宇宙论的观点而谈法性，只见为空寂（即空外无之空），而不知空寂即是生化者，是证到一分（空寂），未识性体之全也。《新论》语体本中卷，备发此意，贵乎观儒佛之通也，必谓佛氏至高无上，不容吾人有所窥。何须如是耶？此理不许吾人得具耶？

从发明心地观点而谈自性（自性即法性，克就吾人当躬言，故云“自”），只见性寂而恶言性觉，其失又不待言。觉者，仁也。仁，生化也。滞寂而不仁，断性种矣。

吾于此理，确是反己用过苦功，非敢与诸佛立异。所见如是，所信如是，不得不称心而谈，否则非道也。如高明不以为然，犹聆尽量惠教。流离中，究此一大事，犹是一乐也。

艮庸曾闻尊论禅家流别，却又不能忆，吾甚愿用，可见示否？又闻疑《楞伽》是伪，亦希垂示。

研究所虽有此意，吾倚（侪）一向乏世缘，要不能成立。德钧昨年有意来此，适子琴赴壁任教，乃约之耳。渠到此才二日行进，云过此未来何耶？

小兄力启

四月七日

编者注：该函写于1943年。

第三通

证弟：

昨与陈政仲瑜转一信，云不得来函。顷忽接到，先函后至，亦怪事也。

你学禅，于黄檗所云深信否？生同一真性，心即是性，心性不二，果相肯否？如不肯，则吾无可说。如肯则吾试问，性者何？是即所谓真如妙体否（真如妙体一词，见基师《心经幽赞》，非吾杜撰）？如谓性不即是真如，则性之一词所目为何？真如一词所目又为何？如承认性与真如二名，体一名异，则吾向下便有话说。无着（著）世亲之八识，说众生无始以来，只是赖耶。即修至成佛，无漏种子起现，赖耶虽舍，而无垢识仍自种生。种子固有，法尔本有，而亦有新熏。总之种子不是真如，无着（著）等亦不曾说种子即是真如之显现。我一向总觉得无着（著）等谈八识，始终不见本体（即真如），此不是小小问题。

《楞伽》宋译卷一："云何成自性（唐奘师诸译，则具云"圆成实自性"，宋译《楞伽》则云"成自性"）？谓离名相事相妄想，圣智所得，及自觉圣智趣所行境界，是名成自性如来藏心。"据此经，则已明白指目真如（即成自性），名如来藏心。乃知禅宗据此经而不主无着（著）兄弟之学，诚有以也。如来藏心，即成自性，如何而有八识妄相。又此八识妄相起已，如何得舍染，而显如来藏心。请你参之。

我忽然想及《起信》者，请你过细回思。廿多年来内院不时提及《起信》之伪与谬，社会上亦然。我始终不管这般论调。倭人考据，时有精细可靠处。梁任公据倭人断定《起信》之伪，我也不必辩。但《起信》本身价值如何，确别是一问题。我总觉得《起信》开一心为真如生灭二门，比无着（著）等只谈生灭方面为好（无垢识亦云净依他，还是生灭的）。他确已指出心之本体，此与《楞伽》以成自性名如来藏心者相通。我前信之意在此。

来信举生灭与不生灭和合，是以生灭为有实体。《起信》措辞固谬，然此中确别有一种意义。我无暇写，候将来有兴会时再谈。真如为迷悟依，妄法与真体不相离，此意难言。真如随缘，措辞亦不当。然而他们为甚如此胡说，请勿轻轻放过。妄障炽然时，真如不显。他大约以其不显，就是随顺妄缘，莫奈他何。而真如本性恒如，故又曰随缘不变也。三细六尘，吾亦不表。佛家分别心心所，吾认为最好。心上染净等相，心所中谈得极精。今不辨王所而浑沦说个三细六粗，殊无谓。此信望复。

看了转陶居士治公。

十二月廿五日

编者注：该函写于1943年。

第四通

十力兄：

来教论义种种，要弟即答复。其中最成问题者，为“我总觉得《起信》开一心为真如生灭二门，比无着（著）等只谈生灭方面为好。他确已指出心之本体。此与《楞伽》以成自性名如来藏心者相通”云云。昔年访兄于勉仁，兄屡示尊著《新唯识论》，欲弟说话，弟所以始终不发一言者，即在兄认心为有实体一点上（以体用立说，建立本体）。兹又欲弟有所答复，不宜再默矣。姑就所粗知，略表于次。弟认为大乘经典凡言心性（就心本净，言心即性，性即心），言如来藏心及真如、圆成实，乃至菩提涅槃，都无实体可即也。兄谓无着（著）只谈生灭（尊书上文又谓其始终不见本体），不如《起信》开一心为真如生灭二门者，诚不敢闻教。何者？凡有言说，都无实义。三藏十二分教文字，无非在生灭范围中。何仅无着（著）（请勿呆看，若不着（著）言说，则专说生灭法，何尝离开不生不灭？若着（著）言说，即饶专说不生不灭法，又何尝不是生灭？），如来之所以有吾四十九年未曾说着（著）一字，及若谓我有所说法，则为谤佛，是人不解我所说义之言者，盖以此耳。夫生灭者何？如幻。如幻者何？本空。本空即无实体（实法）可得，无体则用又安立耶？今兄乃欲从言教中以求其本体与作用者，将何以把捉到耶？兄若不谓然，弟姑引教。《华严》云：“诸法无作用，亦无有体性。是故彼一切，各各不相知。”（请注意末句）《楞伽》云：“诸法无法体，而说惟是心，不了于自心，而起于分别。”又云：“非幻无有譬，说法性如幻，不实速如电，是故说如幻。”《楞伽》亦言及诸佛体性矣，然其所谓体性者：“佛言，大慧觉二无我，除二种障，离二种死，断二烦恼，是佛体性。”又何尝有实体可即耶？所以该经下文又说：“虚空涅槃及非择，但有三数，本无体性。”是明明即体性破体性，得非为执有实体者作师子吼耶？至于《大般若》，更不待说，全都破有实体，以毕竟空名涅槃，未闻于毕竟空外别有涅槃可得也（全文俱可案）。兄看到此，得毋以

《大涅槃经》之常乐我净义反驳耶？须知《涅槃》之所谓常者非即外小之常，曰乐曰我曰净亦然。其义甚深广，不遑多举。试观其对小乘之四谛，亦非在不变易中，遑论对外道之大自在天、神我等等。又观其说佛性义，乃以非常非无常为言，其义之玄妙似有异于《般若》《楞伽》。然若从《般若》《楞伽》透过而观之，实亦至显而无毫发之相违也。即《楞伽》说如来藏文中，亦就两面义以破学人之惑，而以无常如来藏一语结之。及声常者何事一段文中，此与涅槃教义何别？盖佛法不论横三竖四说去，总不离心性本寂立言。一切言教，皆方便施设，以明此旨，而涅槃乃达到最后究竟之显示耳（切勿误会以为有实体可即）。夫心性本寂，亦即法住法位。若此不明，则所谓见色即见心，色心不二故，及佛法世间法，若见其真实，一切无分别等等，皆不能通。若明乎此，则五法三自性，随举一法，而五法皆备；随说一性，而三性俱明。弟说教义，姑止于此。若再推演下去，空将以为弄虚玄矣。兄以我爱宗门，兹亦略申数语。学人大都以为禅家所本之教，一曰《般若》（《金刚经》在内），一曰《楞伽》，而《楞伽》则以佛语心为宗。以弟观之，禅家得于《楞伽》之骨髓，无过于自得法及本住法两句。此两句实只一句（宗通、说通亦然），而以自得别于本住者，端对众生显示耳。禅家透过此关，如摩尼在握，光耀十方，方不被名、相、分别、正智、如如、三自性、八识等等眯目。故临济之三科四料简，洞山之君臣五位，石霜之五位王子等等，随举一句，皆各该其自宗，非真有宾主君臣诞末等等可以厘然分立之法也。又禅家不喜说理，有说必通乎教。其不通者，如宏觉范之流，并非真禅也。就中说理之好者，尊函举及黄檗固好，但黄檗只谈《般若》，尚未若玄沙之能该《般若》《楞伽》《涅槃》等大教也。上文起首所说一切言教，皆在生灭法中。而玄沙"灵山会上，迦叶亲闻，犹如话月"，则对于世尊拈花微笑，迦叶之密会，尚未许为在不变易法中矣（变易见前）。其真意盖恐人执在默然上，又何殊着（著）在言说上。故云犹如话月，非迦叶犹滞在变易法中也。然则禅家之所谓只这是，所谓知有，所谓只明此事者，是何物耶？说似一物，即不中，更何有心体之可即耶？此非可以言说理伸处，亦姑止于此。兹介绍罗汉琛《明道偈》、洞山《宝镜三昧偈》及法眼《三界唯心颂》，以结此为理论，请兄检看。上来说宗谈教，非不自量，敢胆如此，重以尊命，不能终默耳。

教宗之说如此，苟其有当，则《起信》一心分为真如、生灭二门，不待攻而自破矣。回看前文，尚有余义未尽，不妨多说几句。窃以弟之初学无知，敢信从古贤圣，决无有划生灭、不生不灭为二者。盖一切法本来寂灭，凡生灭皆即不生不灭也。临济谓把得便用，更莫安名是体是用，是生灭是不生灭。《楞伽》说："如佛先说，一切诸法皆悉无生，又言如幻，将非所说，前后相违。”“佛言：大慧，无有相违。何以故？我了于生即是无生，唯是自心之所见故，若有若无一切外法，见其无性本不生故。”观所举此余义，当不烦再赘说，可以答辩兄所提示的问题呵！

最后，弟决不是说教谈宗之人，自信知有此事，时时刻刻从实践中体验出来。故往往对于教宗理论，若自己心目中所欲言者。其所实验之处，恒揭出两语。第一语云，相对之真，真亦妄；绝对之真，真不立。第二句语云，凡通不过世间法者，不是佛法。今敢直供明目者，将如何施其棒喝耶？自谓冷暖自知矣。弟于佛法，非迫不得已，不肯轻向人道。盖深知总说得对说得妙，尚与本分无涉。兄要我说，我今说了，只好打自己嘴巴呵！

十二月廿七夜

编者注：该函写于1943年。

第五通

证如吾弟：

冬来山上阴寒，老躯极不适。得来书，本不欲答，而此心此理，又似不容默然。今就来书，略为疏通，不能细也。

一、来书云“尊《新唯识论》，弟所以始终不发一词者，即在兄认心为有实体一点上，以体用立说，建立本体”等语。弟谓吾认心为有实体，此语尚待商量。世学或以宇宙实体离吾心而外在，因向外探索。《新论》故指出实体即是吾之本心。此非外在，更不容向外穷索，要在反求自证。此《新论》之旨也。本心即是实体，而又曰有实体乎？是头上安头也，是妄执也。《新论》何曾如是乎？

二、来书云“弟认为大乘经典，凡言心性，就心性本净，言心即性，性即心，言如来藏以及真如、园（圆）成实，乃至菩提涅槃，都无实体可即也”等语。夫如来藏乃至涅槃，皆实体之异名耳。即此万法实体，自其在人而言，是真性故，含万德故，妄法依故，曰如来藏；不可变易故，曰真如；本来圆满，法尔现成，远离虚妄，曰圆成实；自性圆明，无迷暗故，曰菩提；常乐我净，曰涅槃。此皆实体之异名，而曰“都无实体可即”，不知胡为下此语也？谁教汝于头上安头耶？设复难云：“你言本心即是实体，则本心亦实体之异名也。胡为着一即字？”答曰：吾以世之谈本体者，或向外求索，不悟即自本心，故说即言，以对治妄计，何庸唐难？

吾揣弟之本意，盖根本不承认有所谓万法实体，故以为如来藏乃至涅槃等名都是虚词，并不是实体之名。如此，则佛法竟是空见外道。然佛家诸经论，却无处不力破空见。且曰：“宁可我见如须弥山，不可空见怀增上慢。”此何故耶？

弟云：“经典凡言心性，就心性本净言心即性、性即心。”此处甚欠妥。欲与详说，老来却不耐麻烦。今就所举心性本净一词言之。此中心性之性字，犹云自体，谓心自体本净也，不须于此言心之与性即不即也。

三、来书云："兄谓无着（著）只谈生灭，又谓其始终不见本体，不如《起信论》开一心为真如生灭二门者。诚不敢闻教，何者？凡有言说，都无实义。三藏十二分教文字，无非在生灭范围中，何仅无着（著）。如来之所以有吾四十九年来未曾说一字，及若谓我有所说法，是为谤佛，是人不解我所说义之言者，盖以此耳。夫生灭者何？如幻。如幻者何？本空。本空即无实体（实法）可得，无体则用又安立耶？今兄乃欲从言教中以求其本体与作用者，将何以把捉到耶？"此段话，真乃宗门所呵为葛藤也。今略提数点答之：（一）吾非谓《起信》开一心以二门为是也。但谓其尚知有真如心，比无着（著）一派说赖耶等八识为贤。由无着（著）之八识说，即舍染得净，而无垢识，犹是生灭法，犹是本有及新熏之无漏种子所生。此无漏种子却不即是真如，故无着（著）无有所谓真如心。易言之，即其学始终不见本体。宗门多尊《起信》，而不依无着（著）一派之学，岂其见地均出老弟下哉？（二）弟云："凡有言说，都无实义。"此真怪极。老夫所知，佛经亦只戒执着言说以取义耳。如说有真如心，你便把真如心当做一件实物来推测，而不知反求诸己。此即执言以取义，无可入道，乃群圣之所共斥。弟所引"如来四十九年未说一字"云云，正对此而发。吾弟不悟斯旨，乃谓凡有言说，都无实义，然则三藏十二分教，岂不等于风声鸟语，都无一毫实义耶？且弟来书，洋洋二千余言，既都无实义，何故写与我耶？吾尝谓，佛书若不善读，只增长混乱。每见佛教信徒开口谈玄说妙，其论调有如俗谚所谓"八方都不着脚"。夫理见极时，唯是证会，诚非言说所可表。故有时说法，若八方都不容着脚者，所以遮戏论耳。但此看就何处说。若一往如此，则成大混乱，而无可救药矣。（三）弟云："生灭者何？如幻。如幻者何？本空。本空即无实体可得，无体则用又安立耶？"此段语，乃是吾弟根本病痛所在。其与释尊意思远隔者正在此。《新论》《功能章上》谈空宗处，弟向不肯降心一玩。此则无可如何耳。夫生灭者如幻，如幻者本空。此等语，从真谛言之，皆是。但接着云"本空即无实体可得，斯乃空见外道"之谈，岂佛法哉！《大般若经》无量言说，只是发明生灭如幻本空。但空者，空生灭法也。易言之，即因世间情计，执取宇宙万象，而不得透悟实体。故说生灭法，如幻本空。令其除执，而透悟实体。譬如迷者，于麻所成绳，而执取绳相，不了其本是麻。因以种种说法，令彼得空绳相，而透悟为麻。此乃方便善巧之极，岂可误会实体亦空，都无所有，陷于空见外道之邪执，自招谤毁大法之罪哉。夫佛家破空见甚严者，非独以其违于理实而已，将有如古诗所云"人生无根蒂，飘如陌上尘"之叹。昔在旧京，与林宰平兄偶谈陶诗："众鸟欣有托，吾亦爱吾庐。"余喟然曰：此二语，意义深远极矣。人生若自识真性，乃自得真安稳处，可喻如庐（孟子言“仁，人之安宅也”，亦通此旨）。否则如长空孤飞无托之鸟，岂不悲哉！宰平悠然有无限之感。佛法归于证真，儒学极于穷理尽性至命，恶可以耽空为学哉！

四、弟谓吾“欲从言教中求本体与作用”，此则不知果何所谓？吾平生著述与笔札之属，字字从胸中流出。稍有识者，当能知之。吾所为文字，向不肯引用古书。有时对流俗须征引旧文，但此等处亦不多。老弟乃谓在言教中用功夫，亦足怪。向者宜黄大师每谓吾不曾读得佛书，其实吾未尝不读也。但如汉儒所谓存其大体而已。此中之妙，诚有不可言传者。苟非其人，道不虚行耳。泛博胡为乎？又如陆象山云：“《六经》皆我注脚，未可如言取义。”（如言，即执着（著）言说之谓）今老弟所责备者，却又与大师相反，何耶？上来就弟前一大段文字中，略提四点，稍有辨说。而第三点，主张实体非空，乃是千圣真血脉所在。吾竭吾诚，冀垂察纳。老弟年逾知命，至心求法，何忍自堕空见哉！

来书辞甚长，吾老来气力薄，不耐逐文详答。唯所引诸经偈，不得不略为疏释，以与弟相质证也。

来书遮拨实体，有云：“兄若不谓然，弟姑引教。《华严经》云：诸法无作用，亦无有体性。是故彼一切，各各不相知。”

右所引经，弟据之以驳实体，适乃证明吾义。经云诸法，首须辨清。此是专目生灭法，不摄无为法也（大乘无为法，即实体之异名）。凡情于生灭诸法，执为实有。即计为有实作用，有实体性，经故遮之。而说一切法各各不相知，明一切无有为能知与所知者，即一切法皆空也。然谓《华严》持空见乎？非也。乃欲令众生空法相之妄执，而透悟毗卢性海耳（性海谓实体）。

《楞伽》云：“诸法无体性，而说唯是心，不了于是心，而起于分别。”此经诸法一词，解如上。言诸法本无自性（即《大般若》之旨），只是妄想所现。心谓妄想，亦云妄识（《楞加》译妄识为妄想），非本心也，此不可混。不了唯妄识所现，而起分别，则谓诸法有体性耳。此与上引《华严》意同。

又引《楞伽》云：“非幻无有譬，说法性如幻，不实速如电，是故说如幻。”

此经中法性一词，非目万法实性（实性即实体之异名），乃谓诸生灭法自性也（自性与实性二词，绝不可混视，吾盖尝言之）。生灭法者，幻法也。欲明此幻法，非无有譬喻。是故说诸生灭法自性如幻者，以其全不实故。刹那不住，速灭如电，故说如幻。此亦空生灭法相，令悟实性，与前引经义并同。

来书有云：《楞伽》亦言及诸佛体性矣。然其所谓体性者，佛言，大慧、觉二无我，除二种障，离二种死，断二烦恼，是佛体性，又何尝有实体可即耶？”所以下文又说：“虚空涅槃及非择，但有三数，本无体性，此非为执有实体者作师子吼耶？至于《大般若经》，更不待说，全部破有实体，以毕竟空名涅槃，未闻于毕竟空外别有涅槃可得也。”此段话纯是空见外道之谈。不知老弟读佛书，何为至此。凡读书法，一不可寻章摘句而解，二须得言外意。《楞伽》言觉二无我，乃至断二烦恼，是佛体性者，纯从破执或断障而言。意谓吾人如能破一切迷执，断一切障染，则实性自显也。譬如云雾全消，阳光自著也。岂谓执尽障亡，便一切都空，全无所有，乃云佛性耶？既是空空，无所有，又何佛性可名耶？虚空涅槃及非择云云，此乃对破小乘妄执耳。夫所云实体者，本无形无相，不可夹杂凡情逐境之想，将实体或涅槃当做一种境界而追求之。小乘厌生死，欣涅槃，妄以涅槃为可欣之境，而起贪着。故般若崛兴，闵小之执，而为一切扫荡之谈。其语势虽过，要之，密意则欲人荡执，而自得实性，绝不与空见外道同其痴迷。毕竟空者，谓障染本空耳，岂云实体都空。弟云：“未闻于毕竟空外别有涅槃可得。”老夫却谓毕竟空，则涅槃方显。《大般若》极不易读，若如言取义，恐自绝慧命也。至云“《涅槃经》说佛性义，以非常非无常为言，似有灵于《般若》《楞伽》”等语。夫《涅槃》言“非常非无常”者，离二倒故。凡情于无常法而计常，是名常倒；于真常法而计无常，是名无常倒（吾弟不能于幻法中见实体，由陷无常倒故）。离此二倒，真常（亦云实体），脱然呈显。《毗昙》《般若》而后，方出《涅槃》。□势则然，非有灵与不灵之别也。老弟既壹意耽空，不悟真常，则一部《涅槃》破坏不留余地，乃以毁之者赞之，可谓妙哉。今时了《涅槃》大旨者，吾见沈有鼎，后起之俊也。黄艮庸亦超悟。又来书举无我如来藏语，极赞其妙。然遮拨实体，即如来藏只是空空，全无所有而已。经中何不曰“无我空”，而曰“无我如来藏”耶？夫如来藏即圆成实，但非如外道所执之神我，故曰“无我如来藏”。此皆有明文可证。老弟竟玩弄名言，而不反躬自求实际何耶？写此已倦。来书陈义犹多，不及一一作答。唯余尚有一言者：佛家无论何宗，确非无体论，确非空见。但其显体，只着重空寂方面（空非空无之谓，详《新论》），而不于体上说生化。《新论》《功能章》已说得明白。会不易与变易而为一贯者，《大易》其至矣哉。是《新论》所取正也。佛门学者，不喻微衷，妄相丑诋，至坐以私心立异，背师非圣等罪。夫当仁不让，宣圣自明所志也。吾爱吾师，吾尤爱真理，西哲自述本怀也。吾虽不肖，忘情饥渴，矢心斯学，六十年矣。其果内无所持，而挟私逞异者哉？知我其天，圣犹兴叹，见嗔之烈，自昔然矣。复何怪焉？

老弟文字大进也，很能持论，可惜不透本根，遂成百错。冤哉冤哉，弟其猛省。小女幼光谓徐婿月薪虽照领，但原额却不多，求证叔为于北泉教养院谋一教席。可与余心清先生商否？可商则商，不可即止。

新年元旦！

编者注：该函写于1944年。

第六通

十力兄：

复书拜悉。弟前函以兄执有实体反诘，兄今报之以空见外道。弟固知兄不易认可弟言，然既令弟不得不言，故不厌一再申论矣。

尊复说理甚长，始终仍是辨明实体一点。兹揭若干要义如次，以待兄之自审。不遑伸引，恐文长费时。

一、古来贤哲对于宇宙万有，莫不欲寻其源，图得到绝对的真理。所谓本体、体用、常无常等名词之建立，即是各自悬其所认为真理者。然在哲学界至今日犹各执一说，未能决解此问题。独在吾大乘佛法，则早为决定之论。其义乃从破外斥小而愈显者，非西哲所能梦见。中土圣哲虽于人生的动机及实践上有类大乘，然在理论上，太极生两仪，两仪生四象，及体用等说，则与外道作者为生因的主张无殊焉。

二、欲踏上大乘第一级阶梯，即在不执有实法（即实体）。十余年来，弟所幸不坠落者，恒持"打破胸中的壁垒"一句话上（说来也怪，就这句话的意义上，在唯物论辩证法的内心的辩证与佛法暗合）。及入川后，得闲读书，乃于《般若》及《宗门语录》上，始恍然无实法可取，而胸中的障碍更迎刃而解矣。

三、凡有言说都无实义，乃古来不刊之论。兄反怪绝此言，谓为落空见外道，何耶？兄正在读《楞伽》，何忘却"非言说是第一义，亦非所说（即言说的义）是第一义……第一义者，圣智自觉所得，非言说妄想觉境界。"及下文"非言说有性，有一切性……"一段文耶？

四、是故非弟所解第一义（佛性、菩提、涅槃等等），决非言说所能表现，只可自悟。言说之要，犹之乎因指见月耳。所谓离四句绝百非，语言道断心行处绝者此也。前书所举宗门之知有，只这是，说是一物即不中者同此。

五、小乘证偏空、趋寂，确是执有实涅槃，为佛所呵。若大乘之所谓涅槃，乃毕竟空，非常非非常，生死涅槃无二，断断无实体可即（即无实法）。尊函所举经言，宁取我见如须弥山，不取空见之言，不知乃对小乘偏空而言（盖不仅对外断见），所谓空见者空有为法而见有四谛可取耳。小乘认此为实法，即是法执。《涅槃经》之所以目四谛为非不变易法者，职是之故。

六、尊函重申前说，谓无着（著）始终不见本体，《起信论》尚知有真如心云云。所谓真如心者，应作何解释，姑置勿论。兹举《楞伽经》一段文，供兄反照。"大慧，彼妄法中种种事物，非即是物，亦非非物。大慧，即彼妄法诸圣智者心、意、意识诸恶习气自性法转依，即说此妄名为真如，是故真如离于心识。"（此据唐译本，按离于心识应作心解脱解方免过）以弟所知大乘，以心为依转，此依即心解脱乃名转依，真如即是转依之代名耳。兄试观此经文与所谓真如心云云者符合乎？抑违背乎？又此段经文所说，彼妄法中种种事物，非即是物，亦非非物，及即说此妄名为真如者。依兄本体及体用之论，又当何释？是物为本体耶？非物为本体耶？然而二俱非也。真如为体耶？妄法为用耶？然而即此妄名为真如也。据弟所知，经说但令人舍妄想，非是遣妄法（弟未究无着（著）之学，然偶读其释《金刚经》易相为想，乃善知法知义者。兄执有本体之说，故看不到耳）。前举《楞伽》声常者何事说一章，即是阐明斯旨。苟悟乎此，则十二因缘何尝不是常法（《涅槃经》说）！一切有为法，又何尝是无常法（声常一章中说）！若此不明，即使把虚空、涅槃、非择三者安立为不变易之本体（弟前书举虚空、涅槃、非择，但有三数，本无体性之经文。尊函曲解此谓是密意而说，姑置勿论），又何异法执之妄想耶？

七、前书举"我了于生即无生，唯是自心之所现"一段经文，兄无答复。兹因上项之便，补说几句。按愚夫不了一切法，唯是自心之所现，执有外境以为实法，有自性，不知诸法因缘和合而生，与外道之生因不同。既是因缘和合方生，则无自性，无自性则当体即空。反之，若了唯心所现缘生无性当体即空，则缘生即是无生。由是观之，诸法本来寂灭（即无生），即缘生本来寂灭，本来无二。而愚夫所以二之者，以不了唯心所现，而执有外境耳。故其咎在从缘生起妄想，非缘生之过也。缘生无生，既是无二，故就无生方面而言，无有少法可得。就缘生方面而言，则不缺一法。所谓本来清净，自性涅槃，是法住法位，世间相常住者此也。今若必立一本体，以别于生灭法，及从体而后生用者，乃是意言分别之境耳。岂真如涅槃之义，果如是乎？

八、诸经无体用之说，质影则有之。影之于质，不可视同体用。体用有分别，从体生用故。质影无分别，当下现前故。《楞伽》水树镜影等五喻，即阐明此事。兄亦正可复按也。

前书主要在后段，兄未答辩。弟今亦仅就尊函，略说八点而已。言不该典，非智者之所谈。望兄细看，如有背于经义处，请指责。若离经以外之议论，则不敢闻教。又大乘诸经文义，无不明白了畅，并非有隐晦之词。兄对于我所举毕竟空外无别涅槃，可得谓为空见外道。夫有得，乃小乘涅槃耳。般若四谛，道智亦无所得。以无所得故，乃至诸佛得阿耨多罗三妙三菩提，亦无所得。何以故？若有所得，则决不能净识〔二乘之净执（即法执），亦属垢□收〕，而臻于究竟觉故。《金刚经》重复无数次，说我不得阿耨多罗三妙三菩提，阐发此义至矣。岂亦空见外道耶？故弟谓毕竟空外无涅槃实体可得，纯本教理立言。兄不妨检看《大般若》原文。又谓虚空、涅槃、非择三无体性，乃是对破小乘妄执。然则小执有体性故破之，岂独许大乘有体性耶？必不然矣。又谓弟举《华严》及《楞伽》无体性等偈，是专目生灭法，不摄无为法，亦属臆度。前文已辨明生灭无为无二，不赘。总之，兄所主张之体，皆不出意言分别之境。若不尔者，则离言法性属圣智自觉所得，则非可表示，纯属诸圣工夫的境界，所谓同道者方知。其是体与否，则非弟所敢论列矣。

弟数年来本决意不与兄谈此事，盖深知兄费数十年苦工而创立自已的学说，决难接受与已相异之言，是以始终不言，恐伤雅抱耳。兹已不能重违尊命，不得不开口矣。继此将不厌千百回，答兄所难。弟于世间一无所有，昔日如此，今后亦然。言与不言，无预自已本分事，纯为忠实于兄耳。望兄勿草草匆匆，亦勿强费清神。至祷至祷。

卅三年正月七日
铭枢顿首

第七通

证弟：

冬来气候坏，极闷苦，又常失眠，怕看长信。弟函甚长，吾开首阅数字，知不会吾意，即未下看。曾与弟一书，请勿再谈，无益之争辩，无所谓。六十老翁，无此气力。顷艮庸云，你说我分生灭与不生灭为二，此真怪极！无为法即不生不灭法，有为法即生灭法。此佛书中所分立之名词，而谓我分之乎？且我前书明明曰“空生灭法之相，令悟实体”，此二语是何义？我且喻如空绳相，令识其本是麻。此喻本不分绳麻为二，而谓吾分生灭与不生灭为二乎？弟之不虚怀，一至此极，甚乖吾望也。艮又云，弟对西洋哲学不满，故取空义，弟却未之思也。西洋哲学自近世来，根本否认实体，正是阳明所呵为无头的学问也。他不见体，正由其知见或情识用事。空者，只须空此耳。中卷说得明明白白，弟奈何不察邪？艮又云，弟以年来得力一空无所有，故持空甚坚。此处吾有满腹话，欲向弟言，而知其不吾听也，故始终含默。计较之私，甚至功名之念，此皆宜空。郭子仪亦有此本领，乃天赋之厚，郭公或未必由学力也。若夫周公居東六年，赤舃（舄）几几；王阳［明］平濠遭垢，太华山静坐，与其以前之在龙场，其神明、其气定、其志坚、其智深、其勇沉，是否其中无主（主是甚么，望参之）而终日与庸俗为缘者邪？空者空其迷惑耳，殊谓无主于中？但泛泛然，漠漠然，若无所有者，是般若之空邪？吾于弟以朋友而怀手足之爱，故言之切，勿误会也。

一月十三日

张云川未见你乎？

又托

证弟：

上好的南茸，是否可觅？望勿忽。吾精力实太短，吾实愿尽五千元购之，多则不能。因江西家况，不能不预为之备。如吕□处不行，可否便访李实斋先生，问他于北方铺店中，可否鼎力交涉？请其勿欺。

如是夯货，则万万不可买，白花钱而有害无益。

又及。

一月十二午后

编者注：该函写于1944年。

第八通

与熊十力先生辩论佛法两书竟书后

十力先生于佛法建立本体之说，余与之往复两书，尚未尽所欲言，彼自愿终止矣。顷因他事函便，又复重提数语云：“我前书明明曰空生灭法之相，令悟实体。此二语是何义？我且喻如空绳相，令识其本是麻。此喻本不分绳、麻为二，而谓吾分生灭与不生不灭为二乎？弟之不虚怀一至此极，甚乖吾望也”云云。余雅不欲再续论，以伤彼衰翁之怀，故用书后以正之。

三相蛇、绳、麻为喻，治法相者之所宗，然从来不善唯识观者，鲜不死于此喻下。不是小问题，故不惜眉毛为迷者指示，诚弗得已也。

夫喻之所以设者，为以幻正幻也（即以妄正妄）。喻之本身即是幻，谁为非幻而可以言说取者？盖喻必假言说，然言说与妄想，非异非不异。经有明文，谓若异者，言说不从妄想生；若不异者，言说即妄想，不能显义。无论异与不异，都归于妄。言说既非真实（前书已辩明，凡有言说都无实义），又何从而取喻之真实？善喻者无如水中月矣。水中月明明是影，而可执为月之本质耶？故《楞伽经》曰：“非幻无有譬，说法性如幻。”“非我说无生性如幻，前后相违过。”盖明明谓真实亦如幻矣（法性如幻）。真实何以亦如幻耶？以真实唯圣智自得，所行境界，非言路可通。其不得不假言说指示者，姑以幻譬之耳。且匪特众生之言说是幻，即如来不思议所行境界，五法三自性离，法身智慧，善自庄严，所起境界，亦是幻（经文）。离言之真实且是幻（专指如来起幻境界言，故曰离言。在众生所执之真实乃属遍计，连幻尚谈不上），况欲从言说而取实体？然则如来不言真实耶？园（圆）成实、真如、涅槃，不是明明指示真实耶？曰然。但是“真实自性处，觉想所觉离”，真实乃是圣智圣见圣慧眼性自性，此离言法性，安有实体？且所说圣智自性事，是实有者，为令众生离恐怖句也。众生闻空生怖，恐成断灭，欲使之舍妄想之假，归自性之真故耳。又所以说空法者，为众生无始以来，计着性自性相有法体可得，计着圣智自性事相有自行境界可得，总之不离乎见。故说所见法相无如是法，令其舍顽空而归诸本寂耳。合而言之，是谓“住如实空法”。空而曰如实，非顽空可知。如实而曰空，非可譬可知（即非幻无有譬）。如实即空，空即如实，乃对执而异称耳。又安有可取之实体而名为真实耶？必明乎此，而后三性之义始不错念。夫遍计者，从自心现而起境执之谓也。了之曰无：依他起者，即自心现量所起，不可言无。了之曰幻：园（圆）成实者，即无彼之境与观彼之幻，而还其本寂之心性。了之曰空：无即本无，幻即本空，空即本寂（即真实）。是三实一。若了是一，一亦不立。惟因众生无始以来，言说妄想（《楞伽》分为四种言说妄想），遍计依他，依因而起（《楞伽》依因于妄想，而得彼缘起相名常相随而生诸妄想），互相缠结，迷失本心，以虚为实，以幻为真，认贼作子，轮转三途，先圣悲之，为觉迷头，更无别物。即彼影像真实宛然，相本自寂，行须安名心现，若空心量亦灭（《楞伽》谓超心量）。由是而言，园（圆）成实相亦假名安立耳。示园（圆）成之假立，使破遍计依他之虚幻，观遍计依他之虚幻，令入离言本寂之园（圆）成。三者是一，不离实际，故为未证者，启示尔焰自觉智本无有差别，五法三自性，同一真实（《楞伽》文义）。万法如如，一亦不立，为已证者明说。如来不可思议所行境界，毕定舍离，五法自性也（《楞伽经》语）——（未证、已证是我的意解，不必泥着）。

若能如是通三性之义，则对熊先生之论，不繁言而可破。

熊先生曰“空生灭之相，令悟实体”云云，夫是法何空（法住法位，世间相常住，法安可空？除执非遣法，从所为能，犯大错）？是实何体（有体斯有用，实际理地，离言意境相，安有可即之体）？且须待空其法相而后悟实体云者，明明是分为二，又安用辩？在熊先生意，必曰生灭是用，不生不灭是体，用由体生，用灭返体，本属一源，故非分为二云者。宁知大乘佛法即生灭是不生不灭，决不待空生灭法而后见不生不灭法也。何者？生灭法本常住（即世间相常住），何得而空（即法不可遣）？不生不灭法离意言境，又何得而见？然而不见而见不空（此空字作动词解）而空，此系圣智自得法，实未尝离开生灭法而言。但见一切生灭当体即空，亦即立地皆真，所以云生灭即不生不灭者，此之谓也。必如此方谓之不二，岂同熊先生灭用返体之所谓不二者哉！此理关系极大，苟不洞达斯旨，必不能明三句法（是文殊，即非文殊，是名文殊），必不能明佛法世间法，一切无差别，必不能明烦恼即菩提，必不能明是法平等，无有高下，必不能明火里生莲，苦乐平怀等等。此等等不明，必不能践履世间，明白自己。不能明自己，必不能认识佛法。故余常说世间法通不过者，不得谓之佛法，盖谓此耳。又若不如是认识为不二者，非陷于否认自心现一切因缘法之断见，而另立士夫、微尘等为不生不灭，便陷于只认有外因缘法，而另立离身之命以为不生不灭（即神我）之两种外道邪见。熊先生之说，是否类乎此？他当然不会承认。即让一步说，他亦如二乘之认有可取之涅槃耳（见前两书所辨）。然而体用之说，尚不可以通小乘，况大乘耶？此不暇申论，姑止如是。

上来论理已明，然后及于蛇、绳、麻一喻，则可迎刃而解。

夫园（圆）成实亦假名，上文已明之。麻质亦幻，更何待言。今乃执麻有本质而园（圆）成有实体者，宁知离言法性本无可喻者耶？夫有喻皆幻，苟认为真实则无可喻者矣（唯自得故），此《楞伽》之所以云"非幻无有譬，说法性如幻"也。三藏十二分教，若依经解义，则犹黄叶止儿啼，渴鹿之趋阳焰耳。况乃执幻质假名为实体，岂不冤哉！或曰，《楞伽》不以海水喻如来藏耶？答曰然。读经云"色等及心无，色等长养心，身受用安立，藏识现众生。"是藏识在众生分中也（切莫误会谓如来离垢净识在如来藏识外）。在众生分中之心（即藏识），亦属生灭也（就相见分言）。你若谓境界风喻六识、波浪喻七识为生灭，水喻八识为不生不灭为本体乎？如来正见到起此执者，故下文又以"如水大流尽，波浪则不起。如是六识灭，种种识不生"为喻也。水喻八识，亦喻六识，足证上文言生灭即不生不灭之确。转识成智，一切生灭无非不生不灭，所谓分别亦非意，故如大流尽，水亦不得为喻。未能转识，亦当即生灭见其不生不灭。见波浪之变，当下见到水性不变，水性不变，万法之性亦不变。呜呼！学者认波浪是变、水之本身为不变者，由来众矣。何止流尽，空劫以前，水尚不有，又将何以为喻，又更安从而取体耶？善取喻者得鱼忘筌，不善者守株待兔。执麻为本质、园（圆）成为实体者，守株待兔之类也。岂不悲乎！！！

余此书及前两函，十九引证《楞伽》。盖熊先生及黄艮庸先生正治此经，论端亦缘此经及《起信论》引起，故即以此经义答辩。又以此经足称难读，而含义最广，理最精辟，故亦借此以备通法者之共相阐发耳。

三十三年一·二八纪念日

证如居士

陶冶公（1886—1962），原名延林，后改名铸，字冶公，号望潮，浙江绍兴人。早年留学日本，参加中国同盟会。民国成立后，曾任北洋政府陆军部部员，负责制订军事法规。1926年南下加入国民革命军，历任浙军第一师少将咨议、汉口市卫生局局长、国民政府军事委员会政治训练部代主任兼总务处处长、第四集团军前敌指挥部政治训练部主任等职。1933年，就任中央公务员惩戒委员会委员、主任委员、代理委员长，直至1949年南京解放。中华人民共和国成立后，曾任浙江省绍兴市人民政府委员、绍兴市政协委员、省文史馆馆员等职。1953年参加中国国民党革命委员会。1962年因病去世。

第一通

复陶冶公

八月七日

来书谓"自今年元旦始发愿多持观世音菩萨大悲咒，并厉行外减一切事，内减一切念，作宗门之修持。因此各方函牍，诸多稽答。德三来信，不复即是此故。弟实施结果，外事纵获勉减，而内念仍难制止。自惭业深障重，放下殊觉非易"云云。兄为此宏愿，如此行持，自缙云共住以来，未见一刻间断。日植福慧，即今生未能显效，来生必收大果无疑。顾何以云"外事纵获勉减，而内念仍难制止"耶？读至此，为之愀然悯念，竟日不安。回溯前年，询兄内心境界，亦以是为言。当时虽略进数语，未克深论。弟固非善知识，然亦曷可不效益友攻错之劳耶？兹姑以窥察所及，条陈如次。

一、兄净业工夫，勤修多年，仍未能制止心念者，端在闻思二慧未了澈之故。此未了澈，便一味从事修慧，是以意念之兴，用观则笼统纷引，欲止则昏昧无力，所以致此耳。兄既数遍完读《大般若经》，然实未洞底。苟能洞底，决不致此。兹望更把《楞伽》（内院《楞伽疏决》系就唐译本，最显白）、《解深密》及《维摩诘》细味一番。至于宗门，则将六祖、百丈、长沙岑、庞公、黄药、临济、玄沙之谈理的大文章，熟看体念。若欲做些参的工夫，不妨从法眼起（能达玄沙说法之旨趣，则知法眼来源）。弟有联云：《般若》熔识，《楞伽》宗心，《深密》相应，《涅槃》毕竟，有学无学如是足；六祖知非，百丈弃智，临济歇求，玄沙绝缘，钝根利根一齐收。可以参详。以上是为兄补充闻思二慧的提供。

二、兄莫把动静分作两橛，须知世与出世不是两件事，乃一理之两面观耳。推之于真妄净染一切诸法，无不皆然。又如明镜现相，见者但见其影，影本幻空，镜体不动，不动与空，原无两物。心亦如是，心本静寂，动念成妄，妄本自空，心体何变。由此观之，动静皆出自一心。心有缘虑，故成妄动。若了于妄，动相本寂；不了妄故，畏厌其动。而欲止动求静，不知欲止之心，还成妄动，终不得静。于是愈动则愈止，愈止则愈动，转成病深。即使真能止动，亦犹如以石压草，功必唐劳也。上来所说，词欠圆融，理则已具。兄之所患，正坐在怕动喜静，未窥见动静一如的端倪。兄以为动相的攀缘，可畏可厌，不知静相的缘虑，更为贼为魔也。故我望兄不要害怕世间法，公私应作之事不必故求减，且随事随缘，一一尽到妥当处。即常常于动中，体察自心所缘，有缘必妄，当下了妄，必见自心端倪。苟见端倪，必不易被缘对引发是非得失之见、好恶喜怒之情。古人所谓任性逍遥，随缘放旷者，须由此可以达到也。至于内减一切念者，苟能行得如上所说事，何须更求减念？须知不了缘对，则念念成障，愈求减而愈不能减。若念念了其缘对，则不待减而自减矣。复次，念念了其缘对，即念念了妄，念念了妄，方体得无缘无对之旨。体得无缘无对之旨，方真见得无念之意也。弟又有一联云：幻化心身，无一物为缘为对；死生呼吸，问当前孰了孰休。可供参照。

以上所谈，未知中兄肯綮否？幸自照察。敬兄求法之勤切，慕兄福慧之无涯。兹更有一得进规者，乃吾侪性命息息相通，穷未来际不能自已之故也。

编者注：该函写于1941年。

第二通

再复冶公书

八月二十二

昨接复书，适在病中。读竟大讶，不可轻易放过也，乃倚榻写此。前书因悯兄勤苦寡功之故，进窥两则话，纯出于友道之挚谊。其要在切中病源与否，固未遑计立言之美恶精粗也。今观尊复，似未能对于弟所箴砭处，感着痛痒，而反推重鄙言，谓为真俗圆融，理事无碍。且疑为得力于《华严》，此岂弟所敢望哉！此犹未足异也，乃直谓弟大事已明云云，何所见而出此语？语出成殃，匪特殃我，且亦殃兄。望速自忏，且代我忏。

弟前书所言虽长，然并非空说道理，望兄再细看，究有切于本心否？若不切，则一句亦要不得也。若切，更不应作道理看。今观兄复书，首先谈一大串般若道理，庸讵知般若不是说道理耶？百丈大师说得好，“众生心处处能缘，唯不能缘于般若之上。”《大智度》般若波罗蜜偈云：“若不见般若，是则为被缚；若人见般若，是亦名被缚。若人见般若，是则得解脱；若不见般若，是亦得解脱。”有僧问天台韶国师：既见般若，为甚么却被缚？师曰：你道般若见甚么？曰：不见般若，为甚么亦被缚？师曰：你道般若甚么处不见？又须菩提岩中宴坐，诸天雨花赞为善说般若，所谓无说无闻乃真说般若。上引三节语，不烦弟参列一言，请兄自己体认。看究竟般若是怎么一回事，兄切不可被古人吓倒，以为“心地法门唯证乃知”（来书云）。我今问兄，我们终日行住坐卧，着衣吃饭屙矢，那一刻不在心地法门里面？苟若不然，你将走向甚么地方去？走向虚空耶？空则无着。走向境色中耶？则色非心外。乃知所谓心地法门，正是吾侪博地凡夫性命关头所在，必须时时刻刻觑定它，如鸡伏卵，如保赤子相似。何可诿为“唯证方知”耶？我虽未是仁，当仁则不让，我欲仁斯仁至矣。我兄勉之哉！

兄又谓“忆昔曾学军旅典令原则，记得用得图上战术，亦有决心处置。及应用于战阵，实兵指挥，则心慌意乱。今日用工，又复类是，深生惭惶”云云。观兄此言，恰恰与弟相反。弟曾随军经过三四个学校，一切课程都马马夫夫，不知所谓战术战略等等作战方法有何巧妙。及至实际上负起战场的责任时，则从自己的责任心和警觉心、果决心发出来的，所有经过杀敌致果之役，乃即自己之战略战术。不觉其与书本暗合，且往往与古名将合辙（此是实语，不敢夸大一分一毫）。反例，我学佛经过，亦复如是。我自民二从桂先师以来，已有二十八年学佛的历史。然除了近两三年内，始终未看完过和了解过一整部经论的内容。可是这佛之一字，反从世事反复变诈，不可究诘的辩证中，与身历咸酸苦辣，无可告语的辩证中，渐渐认明出来。一认明了，把经论来对照，乃知其与所见无有不合，无有不通。有时一经论中，未读至下文，已先判定其必如是，或必有是。有时读此经论，便可融贯彼经。或□□就性可以显相，就相可以通性。汇之于无性为性，相而无相，诸乘不分，大小一味（纯是实语，不敢有一毫撒谎）。夫如是，今乃知佛法即在世间法内也。所以前书后一则所规兄之言，决非泛泛言理，乃我实践所届也。兄引发我说这一段的经历，似属无惭愧。然吾独且奈何哉！既引我不得不说矣，我之无惭愧与否，可不必管。然其与兄刚作个反比，正是对症下药也。

又承询法眼来源。法眼得法于罗汉琛，琛出自玄沙。又晦堂是临济宗一位大师，山谷、死心是其的嗣。均出《指月录》，兄未细阅耳。横额俟病痊书上。

证如白

编者注：该函写于1941年。

第三通

致冶公

九月一日

前承嘱为某僧书横额，因手痛，今始勉为写就。复兄第二封书，阅后感受如何？得毋反引烦恼否？弟非善知识，不可作指导着。凡所言，盖发于友谊真挚之不获自已耳。兹再以三事奉净几。一、望一切但寻常，不可强欲得，亦不可强求免。二、切勿以为自己根器不如人，必须打破此见。平情而论，目前千千万万学佛中人，求如兄之真实而明白者，未易一二数也。三、勿要着急求效，且忘了功效之见，方慢慢获选“空心及第归”也。恐兄对于前两书有所滞着，故复以此三点进，幸体察焉。再者凡我与兄往来诸信，切勿给寺中任何人看。又望嗣后慎于发表文字于《海潮音》。近于该刊见有某君致兄书，谈佛学殊浅薄可怜，于写者及读者两无益也。

编者注：该函写于1941年。

第四通

冶公道长座右：

前承介绍觉济禅师，弟派卫副官照料，其病久未愈，复移入医院。顷出院，本病已除，唯身弱未能进硬饭。

前偕艮庸往访，渠为我们谈打七事，未以为然。今日鲜季明随弟往见渠，兹将相见时话言提要呈鉴。渠向季明述渠初参师时，师教以看念起时，过此段落后，教以看念佛者是谁。长期推究，穷到恒审思量这个贼（此句系我本渠意而下的，渠的话不是如此），方见到谁是什么。渠又答季明生死根本是什么之问，曰是识。弟聆渠话，竟知渠路头不错，乃举“善能分别诸法相于第一义而不动”，及六祖偈“慧能没技俩，不断百思想，对境心数起，菩提怎么长”以诘之。渠答后语云，没技俩即是无妄想，菩提即是无所得。弟闻言欣然，不再待渠答前语，即起作礼而别。

兄前函要弟勘他，兹将所勘陈报如上，兄试鉴别看。弟因渠体弱，未欲与多谈。下次会面，或更有所发现也说不定。

此颂

道安

铭枢

十二月十八日

编者注：该函疑写于1943至1944年，准确时间待考。

汤瑛（1888—1959），字雪筠，法名融熙，号九指头陀，广东番禺人。毕业于广东高等师范学校。民国后，历任番禺小学校长、广东省教育厅视学官、国民政府西南政务委员会高等顾问、广东省银行秘书处秘书等职。曾组织广州佛教阅经社、六一佛学研究会。抗日战争爆发以后，皈依虚云门下，法号宽筠。1947年在广州创办《圆音》月刊。1949年，迁居香港。著有《佛教与禅宗》《葛藤集》。

第一通

真公吾兄尊右:

上旬接王衍孔博士〔前警厅长王广龄之子，与公为世交。衍孔留法时因学费中断，蒙公解囊助其毕业者(哲学系)〕来信，借知我公在京新开路29号地址。衍孔兄以品学双优，失业在穗，拟恳公介绍职业(他向充大学教授)。以非直接识荆，特央瑛先函道达。瑛经复其一函，内附致我公一函，未知衍孔兄已寄京否？乞公推爱，予以提携，至感也。瑛被佛友邀来香港，原为谋《圆音》复版一事，但已及一月，仍无筹款具体办法。虚云师尊老和尚曾致函胡文虎，请其为《圆音》名誉社长。胡氏近因香港风声鹤唳，同时台湾亦不准《星岛报》入口，心情恶劣，已有函复云公谦辞矣。瑛前五天晤陈静涛居士(被汽车撞伤四阅月，现尚未能行动)，静涛兄得接北京现代佛学社来函征稿，因勉瑛为文。瑛顷草成《佛法与唯物辩证法》一篇，谨即按衍孔告知之尊址寄呈我公斧正。请公修政好，然后交巨赞法师不迟。但衍孔告瑛之址是否确实，盼公收到时草复数字，俾往后便于请教也。

专此，敬请

潭安

弟汤瑛顶礼
八.卅.

附拙撰《佛法与唯物辩证法》文一篇。复示祈寄香港荃湾芙蓉山竹林寺便得。

编者注：该函未注明年份，详细时间待考。

张竞生（1888—1970），字公室，广东饶平人。中国现代哲学家、社会学家、美学家和性教育先驱。自1907年起，先后就读于黄埔陆军小学、上海震旦学校。辛亥革命后赴法国留学，获里昂大学博士学位。1921年在北京大学任哲学教授。1926年在上海创办“美的书店”。后赴欧洲研究并从事译著，回国后应邀任广东实业督办，从事乡村建设。1949年以后，任广东省农业厅干部、广东省文史馆研究员。著有《性史》《美的人生观》及译作《忏悔录》等。

第一通

竞生老友：

张兄转来的信月余了，适值我去河南参观归来连着开政协大会，故今始能复您。

首先答复您的学佛旧友某君。佛法一切见于经论，悉从实践中出来。学者若徒依经解义，纵使窥览三藏，闻一知十，也将叫佛祖称冤而已。盖佛法证之一字，为世间一切哲学家、宗教家所不道，也不能道。而佛家不仅如是道，方且是“如是知，如是见，如是信解，不生法相”，而达到证的许多阶段，至于究竟的佛位。由此可知，佛法离了实践，尚有何经论的义理之可言呢？至于实践功课，三贤菩萨莫可窥见地上菩萨，乃至竟了地的菩萨，尚莫可窥见佛地的境界。但是虽然如此，五十一位的“菩萨如来行”莫不建立于一贯的实践功夫上，莫不归结于“语言道断心行路绝”的参证上，正唯其低一级的看不见高的一级，才证明实践功夫的深浅啊！

贵友具有从事简化《大般若经》的雄心，浅陋如我，不敢置一词。只本着一孔之见，略陈如上的旨趣而已。姑就《大般若经》来说吧，表现于文字（客观）上面的，实践的般若（不可作文字般若看）；操存于内心（主观）的，是般若的实证（理行合一的内践）。般若与实证统一而不可分，是不是像文与义统一不可分的一样呢？不是一样的。因为依文取义是知识的堆积，庸俗的拘墟，无关于实证的义谛。故依文取义之义，是俗谛，是不了义；实证之义，是第一义谛，是了义。两者绝不能混为一谈，这是唯一的关键性的问题。由此当知，实证的义谛与依文取义相反，乃是离文见义，犹如得鱼忘筌，因指见月，依灯照物。所以自性般若的发现，离开实证，则毫无是处。如人饮水，冷暖自知。应知般若即实证，实证即般若（因果符合，如印即泥，法尔如是，实不可否，却不能说文即是义，义即是文）也。若不明斯旨，徒于经文冗长重复上着眼，欲求简化以宏利读者，真所谓“先生之志则大矣，先生之号则不可”啊！

又姑就简化来说，《般若波罗蜜多心经》仅仅二百多字，实已概括《大般若》十六分的全部经旨。若要依经取义的话，又何需再简化呢？反过来，若达离言法性的真谛，则就这二百多字的《心经》中再简化为“行深”两个字，实就包括整部上百千万字的《大般若经》的佛行、菩萨行的总过程，和得到它的真髓了。

至于贵友所说“勘读入《楞伽经》几个译本”，只举魏译、周译，而遗了最善的宋译、唐译，定为一般有识者所不取，可以断言。其他如“超辩证法”的说法，也不敢苟同。

略作如上的答复，未免太不客气。如兄必须转达他，可抄录寄去，不好寄此原稿，并请不提及我的名为嘱。

编者注：该函未注明时间，详细时间待考。

李四光（1889—1971），字仲拱，原名李仲揆，湖北黄冈人。著名地质学家。1910年毕业于日本大阪高等工业学校。1928年任中央研究院地质研究所所长。1948年当选为中央研究院院士。中国人民共和国成立后，曾任中国科学院副院长。1952年任地质部部长。1955年被选聘为中国科学院学部委员（院士）。后任中国科协主席。1969年被选为中国共产党第九届中央委员会委员。

第一通

仲葵先生赐鉴：

谨呈上《复新哲学研究会》一书，幸赐察阅。我对于佛学的用意是：提请贵科学院的注意，不宜忽视这部门学术的研究。苏联最高科学院有研究佛学的部门，似可仿照。其次，请先生提出吕秋一先生主持这部门的研究。我在佛学的地位，仅备吕先生的一个学生而已。

专此，即致

敬礼

编者注：该函写于1950年。

罗翼群（1889—1967），原名道贤，字逸尘，广东兴宁人。两广师范学堂、两广方言学堂及两广参谋处测绘学堂毕业。1907年加入同盟会。1917年任广州大元帅府少将参军。1922年任广东宪兵司令、北伐军代参谋长。1925年任国民革命军东征军总指挥部中将总参议。1936年后任广东省政府委员兼南路行署主任。1945年后当选国民党第六届中央执行委员、国民大会代表、广东省参议会议长。1949年8月在香港通电起义。中华人民共和国成立后曾任广东省政府参事室副主任、民革中央委员、全国政协委员等职。

第一通

真如先生大鉴：

多时未领教言，想公私畅遂为颂。广州光孝寺为我国最有名之古刹，粤人（不论佛教徒及非佛教徒）渴望重兴，匪伊朝夕。年来我人民政府尊重人民信仰自由，保存文物古迹，重修名山古刹，在佛教徒固皆大欢喜，即一般民众亦感颂无涯。关于修缮广州光孝寺一事，早承中央、中南特别关怀，迭经指示，有关机关迅速着手重修。最近敝会（省文管会）奉令拟具光孝寺修缮计画，呈报候核。经于53年六月八日函，请有关机关集议，决议事项五款纪录在卷，并经呈报中南文化部核转中央文化部在案，想此后当可顺利进行。又卷查敝会前奉令拟订保存光孝寺计画一案，曾于52年五月廿一日备文函送广东省文教厅，转报中央文化部核示。但迄今未奉批复，不悉因何延搁。查此项文件，系经敝会同人等分向各方面搜集材料，多次研究讨论，始行起草。起草后，复经详细审查，然后发送。对于光孝寺修缮及保存计画，颇有关系。因此敝会经于本年六月九日开会讨论，议决再将原文录送中央、中南文化部核示，并分送广东省文教委员及省文化局参考。素知执事关怀及此，用特照录最近议案一件、去年函文教厅转报原文一件送阅。再虚云老和尚为当今海内大德，曾重修国内大丛林六座，经验丰富，请由政府敦请其来穗辅导重修光孝事宜。俟重修完成后，即请虚老为光孝主持，付以保管寺内文物古迹之责任，实于政府宗教文物政策，均属相符。敬请就便向当局转达，请予采纳。幸甚幸甚！

此致

敬礼

弟罗翼群拜启

五三.六.十三.

再者，弟自今正先室逝世后，益感寂寞。原想皈依佛法，入山藏修，但时移世易，实已无山可入，只得仍旧滥竽省文管会。敝会主委系由省文教厅杜国庠厅长兼任，而实际负责则为副主委侯过教授。惟旬来侯因病入院医治，会务托由弟代为主持。知注，并以奉闻。

附53年六月八日会议纪录一件、52年五月廿一日函广东文教厅转中央文化部关于保存光孝寺计画原文一件。

陈维庚（1890—1958），字荫生，云南会泽人。云南陆军讲武堂毕业。曾参与护国战争、护法战争。1918年，任云南陆军警卫军少将参谋长兼代云南全省警务处处长。1928年，受龙云之邀，短暂出任云南省政府委员兼财政厅厅长。1940年，任云南省政府东川水利监督。此后，与周钟岳等人组织五华文史研究会。1950年，参加云南省第一次各界人民代表会议筹备委员会，担任代表资格审查委员会副主任。

第一通

真如先生慧鉴：

昨承天如居士转示大函，并《现代佛学社缘起》及《佛学月刊》等，庄诵之余，不胜欣忭。诸先生本释迦如来等视众生解放人类之真理，而配合现时代之进步，改造佛教现行制度，宏扬正法。此种精神令人崇敬，早日本有此愿力，止以缘未成熟，故留于中而未发耳。今承远教，极表同情。兹寄上拙作《金刚经弥陀经讲演录》共三本，《法相因果观》《竹密流水集》《心经喻释》《佛学讲演录》各一本。刍荛之言，不足以当慧目，不过就正有道之意耳。尚希指教。

敬颂

法喜

陈荫生合十

一九五一年一月四日

昆明西仓坡七号。

黄忏华（1890—1977），字璨华，号凤兮。广东顺德人。早年留学日本，回国后任上海《新时报》《学术周刊》编辑。曾担任国民政府考试院考选委员会专员、司法行政部秘书等职。抗战期间，任教于复旦大学、厦门大学。1961年受聘为浙江省文史馆馆员。著有《佛学概论》《中国佛教史》等。

第一通

真兄：

别来不觉又已多日，溽暑甚念。顷黄艮庸先生将兄复王化中书稿抄寄，拜读一过，至深赞叹。兄之进境，殊无量也。大英雄即大菩萨，是一非二，无所谓出世、入世之分也。乡间无可告语，惟闹穷耳。

即颂

双安

华卿问夫人好。

弟华敬上

六.一.

编者注：该函未注明年份，详细时间待考。

张襄（1890—？），号仲昌，福建闽侯人。保定陆军军官学校第一期、陆军大学第六期毕业。1922年加入援闽粤军，任第六路游击队参谋、粤军第二军独立第六旅团长等职。1925年任国民革命军第四军第十师参谋处长。1927年被蒋介石任命为南京中央军校本部筹备委员会委员，委员长为陈铭枢。1930年任第六十一师参谋长。1931年任淞沪警备司令部参谋长，参与指挥淞沪抗战。1936年9月授陆军少将。抗日战争爆发后，任第十九集团军总司令部参谋长。1946年11月退役，定居香港。中华人民共和国成立后，返回上海定居。

第一通

答张仲昌

三十年十二月廿二

复书承示近年为学经过，且拳拳下问，其向道之诚、求友之切，跃然纸上，幸甚幸甚！弟因肤浅，不足以答尊问，然切磋互质之意，甚所乐言也。顾尊函所举颇广泛，欲一一奉答，非可全假笔楮所能为功，姑略条举如次。来示谓吾人生命甚长，只有变化而无生死。如此着语，实未妥当。须知变化生死，本属一事，均就宇宙间一切现象而言。即是生灭法，生灭法本空也。生死固空，变化亦空。兄又引“物质不灭”之理为证，此西洋中古科学家发明之原则，固与吾佛法无涉。然科学进步至现代，有量子论出，原子论原则已动摇。更有新量子论出，物质不灭之原则亦已自行打破矣。若论佛法，则三界唯心，万法唯识。一切形质，一切现象，皆从“心”“识”变现。离了“心”“识”，物不可得。即说有物，亦同幻化。物既心识所变现，物是幻化，则“心”“识”亦同一是幻化。幻化即空，所以匪特物质是空，心识亦空。盖心物均不离生灭范围，生灭法本空，心物俱空，理如是故也。问曰：心物俱空，则吾人生命将何所系耶？又何以云生命长在“无始无终”耶？答曰：生命即在生灭法中，一切生灭法不离真常性。真常性不生不灭，故生灭即在不生不灭中，生灭即不生不灭也。以此例之，吾人生命恒在变化生死中，而真常性恒遍于生命。故变化生死，即无变化无生死也。兄欲明生命，当如是消息之。兹引龙树菩萨一偈，以证其理：“因缘所生法，我说即是空，亦名为假名，亦名中道义。”

其次，兄于近溪乃引“工夫紧要，只论目前”及“生生之理，如火始然、泉始达”，不可谓不具眼，然尚未洞见近溪之造诣也。欲知其造诣，当领略“工夫难得凑泊，即以不屑凑泊为工夫。胸次茫无畔岸，便以不依畔岸为胸次。解缆放船，顺风张棹，无之非是。学人不省，妄以澄然湛然为心之本体，沉滞胸膈，留恋景光，是为鬼窟活计，非天明也”一段话，又未洞见其提示人之金针也。欲知其金针，当就其“今人恳切用工者，要心地明白、意思快活，以至圣人每以变化为此心喜”一段文领略之。由此例之，兄若欲知龙溪之造诣，当于“此件事不是说了便休，须时时有用力处，时时有过可改，消除习气，底于光明，方是缉熙之学”，又“若是见性之人，真性流行，随处平满，天机常活，无有剩欠，自无安排，方为自信”，又“从人事练习而得者，忘言忘境，触处逢源，愈摇荡愈凝寂，始为彻悟”三则语。兄若欲知阳明先生之造诣，当就其居夷以后之三次变化境界领略之。

兄函末以“静卧时常睹见庄严相好佛像是何境界”为问，此诚足为兄喜庆。盖一缘兄多生所植福慧现前，一缘兄念佛心切所召。然切不好矜异视之，着了妄执，反成障碍。《金刚经》云：“凡所有相皆是虚妄，若见诸相非相即见如来。”又云：“若以色见我，以音声求我，是人行邪道，不能见如来。”兄勤诵《金刚经》，当明此理。兹复引禅德两则，以备兄参证。一文喜禅师净业纯绝，常感文殊现前。得法后某日煮饭，见锅气上现文殊像，把饭柄迎头便打，曰文殊自文殊，文喜自文喜，感文殊为说偈赞叹。一云居膺乃洞山弟子中领袖，于寺后独居一茅舍，逾月不下寺食。某日下来，山问其故，答自有天神送膳。山呵云：你尚作此见解！乃悚求开示。山云：你返居不起念看。膺遵嘱，天神果不再至。兄观此两事，试想古德是何等胸次，何等工夫。

答话已竟，今举佛涅槃时垂示佛灭后当依四念处语告兄。一观身不净，二观受是苦，三观行无常，四观识无我，此即四念处也。息息依此体验，而真切本心，则于佛法思过半矣。

杜伟（1891—1969），字时霞，浙江青田人。先后就读于保定陆军军官学校、陆军大学。抗战爆发后，历任浙江省第二（嘉兴）、第九（丽水）、第三（绍兴）行政督察专员兼保安司令。后曾任浙东行署主任、浙江省民政厅厅长等职。1949年后，任浙江省政协委员、浙江省民革第二届常委、浙江省佛教协会会长。

第一通

真如吾兄大鉴：

前将聘书寄奉，谅邀察收。又请转虚老聘书，当荷照转。虚老道体已康复否，尚希示知，并请代为致问。中南方面如需增聘委员，请征得本人同意后，开示名单，以便提会商聘。修复经费，业经政府拨借到一部分。大殿现已清除泥土，搭构鹰架。弟曾赴沪一行，沪上佛教界同人赵朴初兄等俱愿极力赞助。此以奉闻。

谨颂

道祉

弟杜伟上

六. 七.

编者注：该函未注明年份，详细时间待考。

第二通

真如吾兄慧鉴：

顷接转来为韩大载居士正误一函备悉，当为登记更正。日前曾由会寄陈一函，以前所开补聘委员，请经当地民政部门了解后送会请聘，谅荷鉴及。兹将以前函示名单抄陈一份，用备查核。诸祈省察为盼。

致以

敬礼

弟杜伟上

七月一日

照抄补聘汉口方面委员名单

大鑫兼汉口劝募处主任　韩大载兼汉口劝募处副主任　汪净印是否即为汉口劝募处副主任汪青云

延年　圆彻　源成　慈学　圣祥　定开　明清　觉慧

传真　增泰　广慧　沈肇年　陈志纯　罗曜卿　徐鉴泉

邓子安　夏致贤　刘肇康　张子健

编者注：该函未注明年份，详细时间待考。

李维汉（1896—1984），原名厚儒，字和笙，又名罗迈，湖南长沙人。中华人民共和国成立后，历任中共中央统战部部长、政务院秘书长、中央人民政府民族事务委员会主任委员。另当选为第一、第二届全国人大常委会副委员长，第二、第三届全国政协副主席。

第一通

李维汉部长复陈铭枢社长函

铭枢先生：

交来的《现代佛学社缘起》及《简章》等，均拜读过。既是原则上根据《共同纲领》，该社自可组成。至将来实行社团登记时，亦可按规定向政府履行登记手续。弟对于佛教、佛学，都是门外汉，不敢多所置词。惟鉴于日本帝国主义者曾利用过佛教，国内反革命份子亦有不少逃避于佛教掩庇之下者，因此在吸收社员时似值得警惕，不要流于滥杂。其次，由于历代统治阶级的利用，佛教实已流为迷信愚民之工具，因此研究佛学是可以的，保存名刹也是可以的，但如一般地保存庵观寺院，则期期以为不可。总之，先生等的用意是无可置疑的，但如何作法才为适当，才不致发生流弊，进而可以减少已经存在的流弊，则深愿先生等熟筹之！先生等如愿意，则建议与文教委员会诸位负责人谈谈。

谨此，并致

敬礼

李维汉

七月三日

编者注：该函写于1950年。

第二通

陈铭枢社长复李维汉部长书

维汉部长：

奉书关于《现代佛学社缘起》及《简章》等，承先生同意，至为欣幸。至尊教所示各点，我们用意正复相同。倘先生阅及我致毛主席《关于佛学与佛教的陈述和建意》一书，便可明了了。兹更就尊教明确答复如下：

现代佛学社及《现代佛学》杂志，目的在于澄清佛学界的混淆谬误的思想和鞭策逃避现实之徒。在佛教徒的范围内，期收到政治上辅导的积极作用，且要对政治负责任的。因此，我们对于社员的吸收，必须严格。至于杂志的执笔者，必须具有新时代的思想方法论的头脑，而不为佛学界陈腐颟顸的一套唯心论所掩盖者，方得入选。诚如尊教所云："先生等的用意是无可置疑的，但如何作法才为适当，才不发生流弊，进而可以减少已经存在的流弊。"我们当谨慎从事，务期不负尊望也。

其次，我们预期打开这条清除路子后，进而谋整个佛教制度的改革，拯救落后愚昧的全国无数信徒，一洗如尊教所云"历代统治阶级的利用，佛教实已流为迷信愚民之工具"的污点。倘我们这种志愿和工作渐渐得到政府和社会的了解和重视的话，将来影响于国内的蒙藏民族和东南亚各民族的佛教徒的思想澄清、制度改革，更有巨大的关系，亦是正面击毁日帝国主义利用佛教以欺骗其国民啊！

末了，先生拟建议使我们与文教委员会诸位负责人谈话，"非敢望也，何幸如之"啊！望先生早定期约会，尤望李四光先生能参加，林伯渠先生能参加更好。至于该社的同人，拟请巨赞、周太玄（快离京）、张东荪、唐孟潇（快离京）、林志钧、喜饶嘉措、周叔迦、李济深、陈铭枢等参加如何？望尊裁。

匆此，即致

敬礼

陈铭枢

七月四日晨

编者注：该函写于1950年。

吕澂（1896—1989），字秋逸，亦作秋一，江苏丹阳人。中学毕业后，考入常州高等实业学校农科，后进入南京民国大学经济系学习。1914年，前往南京随欧阳竟无研习佛学。后赴日本留学，回国后被聘为上海美术专科学校教务长。1918年，协助欧阳竟无筹建支那内学院。1922年支那内学院成立后，从事授课，管理院务，并校勘刻印经典。抗日战争爆发后，至四川江津协助建立支那内学院蜀院。1943年欧阳竟无逝世后，吕澂继任院长。1949年支那内学院改名为中国内学院，吕澂仍任院长。1953年6月中国佛教协会成立，被选为常务理事。1956年，担任中国佛学院院务委员会副主任，同时担任中国科学院哲学社会科学学部委员、哲学研究所研究员。1955年起，任中国佛教百科全书编纂委员会副主任委员。另曾任江苏省政协委员、全国政协委员等职。1989年于北京病逝。

第一通

真如学长左右：

澂不幸遽遭室人之丧，远劳函唁，赐以挽词，隆情至感。亡室为澂，穷愁劳瘁，展转念年，卒至于死。自问得道几何，诚无以慰逝者，则亦何能借词遂解吾悲？自今而后，惟行其情之所安耳。法事盛衰，当有运会。澂恐不获，勉符期望矣。谨复致谢，即乞察照不宣。

弟期澂再拜

六月十一日

编者注：该函疑写于1942年，准确时间待考。

第二通

证如吾兄：

日前函寄《事略》就正，想达。近来十力惠函颇勤，因论师座生平，而谈到闻熏，又因闻熏而征求鄙见。一再不已，聊申酬答。昨今去函并十力来信，抄呈一览。兄乃吾道中坚，不应不知此事。然十力善根待续，请弗以示他人也。如有尊见，甚乐欲闻。

专颂

近安

弟澂再拜

四月十三日

编者注：该函写于1943年。

附：吕澂致熊十力

十力吾兄：

七日惠复，写示尊见甚详，但丝毫未得鄙意。此可见足下反己工夫犹未免于浮泛也。论齿，兄则十年以长；论学，弟实涉历较多。弟初值竟师，既已寝馈台、贤五载，弟于宣二读内典，民三遇吾师。及知左右，又已尚友唐人十年。自兄去院，搜探梵藏，涵道味真，复余一纪。为时不为不久矣。平生际遇，虽无壮阔波澜，而学苑榛芜，独开蹊径，甘苦实备尝之。弟于艺文美学、梵藏玄言，无不自力得之，此兄所深知也。人世艰虞，家国忧患，伤怀哀乐，又异寻常。而刻苦数十年，锲此不舍者，果无深契于身心性命，而徒寻章摘句之自娱乎？弟切实所得处，殆兄所未及知。而据弟所谓切实，反观尊论，称心之谈，亦只时文滥调而已。请略申言之。

其一，俗见本不足为学，尊论却曲意顺从。如玄哲学、本体论、宇宙论等云云，不过西欧学人据其所有者分判，逾此范围，宁即无学可以自存，而必推佛之言入其陷阱？此发轫即错者也。

其二，道一而已，而尊论动辄立异。谈师则与师异，说佛则与佛异，涉及龙树、无著，又与龙树、无著异。无往不异，天何厚于足下，乃独留此理以相待乎？认真讲学，只有是非，不慊于师说、圣说、佛说，一概非之可也。不敢非而又欲异，是诚何心哉？

其三，尊论谈空说有，亦甚纵横自在矣。然浮光掠影，全按不得实在。佛宗大小之派分离合，一系于一切说与分别说，岂徒谓空有哉？有部之宗在一切说，此外固有分别说者矣。《瑜伽》解空，在分别说，固不得泛目为有宗矣。若是等处，岂容含混？而尊论颇惑之，此乃全为章疏家所蔽，充其量不过以清辨邪宗，上逆般若，测、基途说，悬解《瑜伽》，一部《新唯识论》有几句说到实际，“唯识”一词且拿不出个真实名字来，安论其他？真有真空，果如是耶？

其四，胜义而可言诠，自是工夫上着论，而尊论于此极欠分明。如云：须解得实相，然后净种从自性发生。又云：入手不见实相，则净种非自实相生。此识此见，从何而来？前后引生，如何关合？此等毫无着落，则非薄闻熏，亦唯空说而已。

其五，尊论谓所见如是，所信如是，似矣。其实则自信未彻，设真有所得于己者，即当智照湛然，物来顺应，何以一闻破的之谈，即酬对周章，自乱步武？既不能辨自说之不同于伪书，又不敢断伪书之果不伪，更不审鄙意与尊见究竟异同，荧惑游移，所守何在欤？前书提到伪经伪论者，乃直抉尊论病根所在，此正吃紧处，何得以考据视之，轻轻忽过？弟岂口引足下谈考据耶？弟之考据工夫，尚待向尊前卖弄耶？

五者有一于此，即难免乎浮泛，况兼备之！故谓尊论不远于时文滥调者，此也。鄙意则全异于是。前函揭橥性寂与性觉两词，乃直截指出西方佛说与中土伪说根本不同之辨。一在根据自性涅槃即性寂，一在根据自性菩提即性觉。由前立论，乃重视所缘缘境界依；由后立论，乃重视因缘种子依。能所易位，功行全殊，故谓之相反也。说相反而独以性觉为伪者，由西方教义证之，性寂乃心性本净之正解。虚妄分别，内证离言，原非二取，故云寂也。

性觉亦从心性本净来，而望文生义，圣教无征，讹传而已。讹传之说而谓能巧合于真理，则盲龟木孔应为世间最相契者矣。中土伪书，由《起信》而《占察》，而《金刚三昧》，而《圆觉》，而《楞严》，一脉相承，无不从此讹传而出。流毒所至，混同能所，不辨转依，慧命为之芟夷，圣言因而晦塞，是欲沉沦此世于黑暗深渊万劫不复者也。稍有人心，而忍不深恶痛绝之哉？尊论不期与伪说合辙，当然有其缘由。学问所贵乎反己者，以圣佛之心为心，理同心同，而心又不可分分析之也。尊论反己，独异乎此。谓以圣说印心，有同不同，未应舍己。是则无心同之可言，不过以凡心格量圣说而已矣，是心果何心哉？索处冥思，见闻所及，无非依稀仿佛之谈。讹传伪说，自易入之，由是铸一成见，谓之曰吾心，则得此心之所同者，自惟有讹传伪说矣。此所以尊论与伪说二而一也。故尊论说到究竟处，不过一血气心知之性，而开口曰化，闭口曰仁，正是刍狗万物，天地之大不仁。此明眼人一目了然者，又何必缀拾佛言，浓妆艳抹，以自矜新异乎？由足下之工夫，而闻鄙说性寂、性觉，宜其牵合寂而常照、照而常寂一类滥调文章，纠葛而不可解。试问可与鄙意有一丝一毫相干耶？又鄙意从性寂立言，故谓在工夫中所证是实相般若，此即自性净心，亦即虚妄分别。《般若》“观空不证”、《楞伽》“妄法是常圣人亦现”，均据此义。证则非妄，常则非真，其义相成也。能证习成增上，所成所增，种姓本住，又奚待言？然习起知归，无容先后也。此皆瑜伽正宗，源源本本，惬心称理之谈。圣言具在，岂弟牵强附会者哉？足下工夫，向未涉此樊篱，宜其一闻般若，即会牵扯到融通性相一类腐烂陈言。试问又与鄙意何干？然鄙意说到此等处，不过由闻熏议论引发而来。其实佛教真命脉，尚别有所在，实相证知，已落第三四层。但在尊论或以为究竟矣。此义精微，未容以口头禅了之，姑置不论。

总之，弟所得者，心教交参，千锤百炼，绝非如兄所想像“治经论”三个字便可了事也。尊论向自矜异，难得此番虚怀容纳，大事究明。又吾师新逝，不忍见异说之踵兴，疑斯文遂遽丧，故竭疲惫精神以呈其意。有益于高明者几何，则不敢知矣。承问禅家流别之谈，此乃艮庸君在院，寂对无憀，聊代绪引。然此亦弟格量中土讹说之一端。向来视为中国发明之佛说，如台家十如、贤首六相，无一不出于讹传。不但禅也，然而千年锢闭，又谁能解之？甚愿真正参究者资为家常便饭，绝无意永秘不宣。缓日当录出大意，抄呈一览，弗念。

院事屡蒙关怀，意极可感。弟依止吾师，卅载经营，自觉最可珍贵者，即在葆育一点“存真求是”之精神。以是内院虽未开展发皇，却始终隐然为此学重镇。今后此种精神之存，即内院命脉不绝。然桐江九鼎，系于一竿，其难可想。风雨如晦，鸡鸣不已，吾兄多情善感，宁无动于中乎！春暄，为道珍摄。不一一。

弟澂再拜

四月十二日

十力吾兄：

昨函发后，复检存稿，仍觉语焉不详。然思入幽微，何能尽达？要在上机于言外得之耳。功行全殊句下，可注“一则创新，一则返本”八字，以当点睛，请代加之（以其革新，故鹄悬法界，穷际追求。而一转捩间，无住生涯，无穷开展。庶几位育，匪托空谈。此中妙谛，未可拘拘本体俗见而失之也。以其返本，才起自足于已之心，便已毕生陷身情性，纵有揣摩，无非节文损益而已。至于禅悦飘零，暗滋鄙吝，则其道亦几穷矣。近见师友通讯，载足下教人之语，卑之已甚，全无向上一著转机，非其验耶？吾侪家业，立心立命，何等担当，应须仔细。昨函云云，请勿以卫道迂谈视之也）。又承询及疑《楞伽》为伪云云，弟并无此说，但尝谓魏译支离，遂成伪说之源泉耳。其略亦拟于禅家流别文中出之。时中赴渝受训，暂不能趋候矣。余不白。

弟澂再拜

四月十三日

编者注：两函均写于1943年。

第三通

秋一学兄：

十三日手书与十力往还书，俱展一过。忆去春曾访十力于勉仁，渠数番持其《新论》某某章，要我看后与我谈，意甚殷切。弟始终默然不答一语，所以然者，怜渠衰弱受不起攻击。假使受得起，亦无反正之望故也。兄复伊书，词严义正，毫无假借。其精深处，不仅十力观之惘然，正恐同学中能入此者亦尠耳。十力好谈本体，其实他绝不明了此事。其自诩为妙得者，乃搀入《易经》生化之义。宁知此所谓生化者，仍是有所住耶？此处一乖，故一切说法均属疑似茫无涯岸之谈。而其所谓存神养性者，乃玩赏光景，向鬼窟里寻活计耳。伊此书所谓熏习、性觉，以至法性、自性各点，均缘不了此事所致。兄一一驳之，痛切极矣。尤其反己一大段，深中其病根。尊论于小乘及《瑜伽》处，弟虽未尝研究，然全文正确，弟所了然。尤其辨性寂性觉两义，及补函论创新反本一段文，弟近年于禅得个入处，全属此道理，真先得我心之所同然矣。禅悦飘零，暗滋鄙吝，兄之所慨，亦正我之所素疾也。善哉善哉！其旨味且待面陈耳。匆复，此函未留稿，请存下。

即颂

道安

弟铭枢再拜

十六日

编者注：该函写于1943年4月。

第四通

四月廿一日来书

前读兄与十力往复之文，匆答一纸。今夕重看尊论，益觉字字均经胸中慧炬熔铸而出，堪叹为近代论佛法中最精湛之文。又复叹并世学佛者能叩此奥窔者，恐难一二数矣。弟于此学虽粗略，而心行亦曾从千锤百炼中来，故能印入尊义。然究其微妙能尽知否，尚待晤教，暂置弗论。兹复就十力之谬执，摘出于次。其一前答函谓十力实不明所谓本体者是什么，其故乃彼执为有可实即之东西耳。其二彼信不过轮回之义，故亦信不过圣言量。其三彼乃欲于有无中求佛法，诚如尊论云实相证知已落第三四层者。此三者为彼知见上之根本错误，再加之欲求表现于世及传世之鄙念，遂久成痼疾，而不易使之反悟矣。弟所以素对彼论保留不言者，此也。复次尊论所揭櫫性寂与性觉两词，乃直截指出西方佛说与中土佛说根本之辨一段文，尤极精奥。然俗论泥于性相圆融、寂而常照、照而常寂之滥调，诚未易辨此。然明此事者，一举便了（所难在举得出，兄不举出则易含糊过去），亦至无难。何以言之？盖言性寂不落有无，言性觉则落有无耳。话虽如此，在着文字，见者视之又如陷五里浓雾中矣。吁！此事诚感吾兄辨析得出，复叹非真实切己得来者，对兄所辨析徒河汉耳。哀哉众生！难矣大法！吾与兄又将如之何？

附抄：四月二日致十力书

……来教不满意闻熏，未详何指。《瑜伽》净种习成，不过增上，大有异乎外铄。至于归趣，以般若为实相，本非外求，但唐贤传习，晦其真意耳。尊论完全从性觉（与性寂相反）立说，与中土一切伪经伪论，同一鼻孔出气，安得据以衡量佛法？若求一真是真非，窃谓尚应商量耳。……

编者注：该函写于1943年。

第五通

证如吾兄：

惠复于弟致十力信，评论至当。举世昏沉，解人有几，故函稿先呈之尊前也。十力病不可救，但弟现处境遇，不能不有此信。昨十力来两复，累五六千言，全不相干。已去信结束此事，稿仍呈览。吾兄前作先师像赞，已得忏华改稿否？务乞催来为要。兄前来信抄稿寄上。又《内院简史》二份备考。德阳处已寄去数十份，托其分散矣。

即颂

近安

弟澂再拜

四月二十三日

编者注：该函写于1943年。

附：再复熊十力书

四月二十二日

叠来两复，颇涉支离。前以足下虚怀欲究大事，故略贡所知，意本取准佛说也。尊复乃一转而为依据《新论》云云，此则《新论》早已解决，又何待究明耶？可勿再谈（弟函所举尊论，皆指前后来信，原未管《新论》闲事。尊复所谓视《新论》如无物，诚是也）。惟弟前函，只说鹄悬法界，岂即在外（最初一函且明言归趣本不外求）？又说陷身情性，岂是惰性？至于性寂、性觉，明说对于心性本净一语之两种解释（一真一伪，各有其整个意义，毫无所缺）。岂即是一心二门，各约一门？凡此等处，请弗粗心曲解，则一场议论，或不致全落虚空耳。（西人谈小乘佛学者，常谓其不涉宇宙本体论，却不以为不能想像。又自佛学见地言，本体等论，不谓之俗见，难道还称真见？不解足下何以一闻此等语便忿忿不平，此非曲学之私不觉流露耶？用功时一留意之何如？）凡辨理，于他论有不解或解不决定之时，应加征问，此常轨也。足下乃一切不顾（甚至认字亦未清楚），但凭己意说去，而毫不自觉失常，甚矣足下之衰也。吾为之惧，吾欲已膏肓之疾，故前函多苦切之言。足下乃只觉其心意欠平，亦太孤负鄙意矣。夫复何言。

编者注：该函写于1943年。

第六通

……

心骛外者，乌足以知之？尊函摘举十力三病，皆得其实。彼不满意闻熏，完全未解为道工夫应着重个“养”字，内典通言“长养”，乃一竿到底之谈，与宋人言“存养”有异。得养而后心悦气充，新鲜活泼，此岂一勺无源之水而能为之哉！不汲之圣言，又岂能源源不竭哉！孔言时习，孟言集义，所以为养者，须何等工夫，然何如闻熏之展转增长，更说得切当。程朱于此不会，乃谓时习是时复思绎，集义是事事合宜。零碎支离，全无活意，故于真实处，始终隔膜一层。《华严》十地，见佛闻法，地地胜进。《楞伽》八地，沉湎醇酒，有待提撕。无闻熏之养，又安得圣胎成熟欤？然拘泥文字者，不足以语此也。与十力往复数函，本由闻熏引起，乃一往支离，竟说不到本题。因略述其意呈教以为何如？

专候

时祉不偈

弟澂再拜

四月二十七日

惠函及弟最初与十力信均录稿附呈。

编者注：该函写于1943年。此信前半部分缺失。

第七通

证如学兄：

惠复附还，李函均收。前得论学第二函，当已寄复，想早达览。其日下午，即举《楞伽》如来藏一章为院友讲之，详阐性寂说之教证，有笔记拟付印寄览。弟前寄十力数函，彼均秘不示。北碚诸友来信，亦支离异常，殊觉非认真态度，甚为惜之。像赞当即制版，弗念。

弟澂再拜

五月一日

编者注：该函写于1943年。

第八通

秋一兄：

五月一日函拜悉，论学第二函亦已奉诵，快畅莫名。得兄印证，一扫年来一肚皮闷气，以知音者难得也。兄更阐熏习一义，足救莽荡者之弊。十力秘函不宣，殊失光明之道。至云勉仁诸友来信亦支离异常，未知谁指，愿见告，弟当有以正之。除十力外，弟都可说话（非长之，乃悯其衰，无力反正耳，前已陈明）。不明此事者（大事因缘），一启口便落人情窠臼，固无怪其然。然艮庸辈尚可使开悟也。兄讲《楞伽》如来藏章甚善，讲稿望速寄读。因此弟复记起化中去年屡函反击我，谓《楞伽》声常章，以诸妄法是常，圣人亦现，如示现之现，如示现出生王宫作太子出家修道等云云。当时以彼终不悟，乃结束论端。今复思之，此段文又何等明白了畅，又何等圆到而重要（此一大段文中无一字非极明晰者，乃古来均云《楞伽》难读，聪明绝顶如东坡居士，亦费力不得通者何哉？一叹）。兄不妨专就此章再作一次讲演，或更可开悟迷者也。又性寂性觉之辨，偶忆南泉有言，性海不是觉海，及黄檗无明只是本明之义，乃知宗门中大有能辨此者矣。匆复。

即颂

道安

弟铭枢再拜

五月四日

编者注：该函写于1943年。

附：五复熊十力书

五月二十五日

前函结束所谈，而来复殷勤，犹求一是，意甚可感。惟兄所知佛说太少，又久习于空疏，恐区区文字之真，亦唐劳笔札，而终无益于介甫也。前函往复，皆从闻熏一义引起。所辨皆佛家言，不准佛说，讵得是非？乃足下一见佛字，即避之若浼，以自绝于入德之门，此可谓大惑也。前函涉及西人谈小乘云云，乃以尊论有“佛学不从本体论理会，即不能想像”之意，故举西人研究之实，以证尊见之诬。弟何取于西人哉？惟尊论谓法性即是本体，小乘亦有所见。此则纯属臆谈。法性共相，不可作本质观（《成唯识》八说法与法性，非一非异，亦指共相。盖自瑜伽师尊视《阿毗达摩经》以来，此意益以显然矣）。小乘更用为通则、习惯及自然规律等义（详见巴利圣典协会所编《巴利文字典》。此籍钩稽三藏，历时十年而后编成，训诂甚确），彼于法性有证，则惟证此而已，岂得视同本体哉？至实相实性，皆就相言，亦未可以译文有一“实”字，遂漫加附会也。要之，佛家者言，重在离染转依，而由虚妄实相（所谓幻也，染位仍妄），以着工夫。故立根本义曰心性本净。净之云者，妄法本相，非一切言执所得扰乱（“净”字梵文原是明净，与清净异）。此即性寂之说也（自性涅槃、法住法位，不待觉而后存，故着“不得觉”字）。六代以来，讹译惑人，离言法性自内觉证者（不据名言，谓之曰内），一错而为自己觉证，再错而为本来觉证。于是心性本净之解，乃成性觉。佛家真意，遂以荡然。盖性寂就所知因性染位而言，而性觉错为能知果性已净。由性寂知妄染为妄染，得有离染去妄之功行。但由性觉，则误妄染为真净，极量扩充，乃愈益沉沦于染妄。两说远悬，何啻霄壤？然性觉固貌为佛家言也。夺朱乱雅，不谓之伪说，得乎？知为伪说，不深恶痛绝之，得乎？足下浅尝佛说，真伪不明，乃即本体揣摩，以迎时好（来复谓科学万能之说为俗见，但以一本体论到处套得上，其去万能说又有几何？），此尚非曲学乎？足下谓就所知以谈佛学，此自是要好之意。但前后来信，强不知而为知，其处亦太多矣。即如流行一义，在佛家视之，原极平常。《般若》九分，归结于九喻有为一颂，龙树、无著之学均自此出。迁流诸行，佛家全盘功夫，舍此又何所依？问题所在，乃在此流行染净真妄之辨，与相应功行革新（前函曰创新，意犹不显，故改之）返本之殊耳。尊论漫谓佛家见寂而不见化，此咬文嚼字之谈，岂值识者一笑？（尊论亦谓即寂即化，原不可分，是则犹海水之味咸，尝海一滴，能谓其得水而不得咸耶？）足下乃即凭此等肤见，横生议论，侈言会通。瞎马深池，其危孰甚。弟近觉足下精神衰退可惊（兄前错认情字为惰，此间有信稿副本三分可证，无容辩解。且此次来信，又错写惰字为隋，用心着笔且尔，更无论前时匆匆一览，病目生华矣），如真不欲以玄思妙悟自饰过非，则欣死朝闻，契心真实，亦大丈夫本分事也。戋戋《新论》，能博得身后几许浮名，敝屣弃之，又何恋恋哉！先师百期知不能来，重见何时，思之心痗，匆复不宣。前嘱张生以复证兄函稿相呈，乃以稿末有闻熏义，可补各书所未及也。谈禅数语，弟自有境界，非浅识可议也。

编者注：该函写于1943年。

第九通

证如学兄：

昨寄一复想达。顷写好复十力信，抄稿呈阅。奇文共责，疑义相析，未能稍忘左右也。如有近作，亦盼见示。

弟澂再拜

七月二日

兹有先师姻侄孙詹君，浙大毕业生，拟往印度华军中服务，不知能为方便否？附奉捐款收据一纸察收。

编者注：该函写于1943年。

附：七复熊十力书

七月二日

得复颇有所感。前寄各书有激切处，大抵出于孤愤之怀。十余年间，自视欿然，至不敢于佛学着一字，复何所骄于故人哉！内法东来千载，只余伪说横行，流毒无尽。自审良心犹在，不忍恝然。偶触尊函，抒其愤慨，岂以虚矜求胜于足下乎？惠复云云，似未为知我也。月前尊函意有未尽，本可续详，乃必饰事改文，以图炫俗，总觉着意太深，形同作伪，如曲解拙函所称尊论为《新论》，如讳辨五事之详函为数行，如略拙函“所守何在欤”句下小注，而云字句不敢删，皆是也。寄示承认，又与指鹿为马何殊？友道固不应尔。故力劝足下改之，非苛责也。惠复既从其议，可置弗谈。惟改作函稿，益见空疏，足下亦应自知。

如辨空有一段，小宗典籍，此方最备，经具四含旧文，律备五家广本，论有毗昙两类，始末灿然，较诸锡兰所传经论，改文而又残缺者，所胜多矣。而以为“鳞爪不完”，一不可也。龙树、无著之学，后先融贯，两家皆对一切有而明空，皆对方广通人而明中道空。不过一相三相，后先为说，方式不同而已。乃从清辨立说，章疏家所据在此。强分空有，二不可也。龙树兼主《华严》，罗什传习，亦以《十住婆沙》与《智论》并宏。乃以为单宗《般若》，三不可也。无著通宗《般若》《宝积》，《瑜伽抉择》解整部迦叶品，以见大乘宗要。《中边》亦有遵依《般若》《宝积》明文。乃以为专主六经，四不可也。六经自是《成唯识》一论所依，且如来出现，即是《华严》一品，何得并称为六？大小乘以一切说与分别说，对抗分流，佛说归于分别，一切有宗故意立异，所目佛说，意义遂殊。此本学说实质问题，乃仅视为流别，五不可也。性相之称，原同考老转注，三自性即是三自相。乃以附会于本体与宇宙，六不可也。无著据《瑜伽》以谈境，备在《显扬》，此以二谛开宗，无所不包，建立依他，又无比其要。乃漫谓莫详于《摄论》《唯识》，七不可也。《摄论》《唯识》，依《毗昙经》与《瑜伽》异说，本地分依圆染净相对而谈，论经始说依他为二分。乃以为两论悉据《瑜伽》，八不可也。基师纂集《成唯识》，淆乱三家，迷离莫辨，既误安慧说为难陀，又以胜子等说改护法。今有安慧论梵本与护法论净译可证。测更自郐部而下，乃误信两师解说有据，九不可也。奘译喜以晚说改易旧文，谨严实有不足，如以《瑜伽》说改《般若》，而时见“唯心所现”与“无性”为“自性”之义。又以《毗昙经》改本地分，而有言说性与离言性平等平等之义。又以慧护遍计执余之说改《摄论》，以清辨和集说改《二十颂》，以护法五识说改《观所缘》，几于逐步移观，终不以完全面目示人。故愚断定奘译为“不忠于原本之意译”，《内学》年刊四辑中略载其说。民二十五年，奥人李华德细究梵本《二十论》与《宝生论》，乃赞服之不已。李华德即刚和泰之同参，使刚氏未死，当亦深信愚说无疑。刚氏昔与树因不过以藏文《摄论》（非梵本）粗勘奘译而已，岂见及此？而以为未便致疑，十不可也。仅仅一段文中，略加核实，即触处皆有商量，至于如此，而谓佛学之真，能凭玄想一改再改以得之乎？又此一段，说及《新论》评决空有，自信谨严。因取《新论》，寻所谓谨严处观之，乃见批评无著三性说，引据《大般若经》，以为三性始于空宗，无著更张原意云云。此解无稽，真出意外。盖所引《般若》，为《慈氏问品》，原系瑜伽所宗。晚出之书，取以自成其三性说者，此与空宗何关？罗什《大品》不载此文，梵本与藏译旧本《般若》亦无此品，乃至奘译无性《摄论》，引用经文者，西藏译本亦不见有，可见其流行之晚也。西藏《大藏经》目录，亦谓龙树于龙宫所得《般若》大本，并无此品，又可证其非龙树学之所宗也。今存藏译二分《般若》末有此品，乃晚世补订加之。题名《般若》之经，非空宗所专有，如《般若》理趣分，为密宗所依，与空宗亦无关。岂可一见《般若》，即目为空宗之说？又经文说色等三法，原为遍计色、分别色与法性色。瑜伽宗论书乃取以配合三性，岂可直接改经文为遍计性、依他性与圆成性？此经如已有三性名称，则《阿毗达磨经》亦不必费大周折，以幻等异门为《般若》说三性之证矣。又清辨《般若灯论》亦无由破斥瑜伽建立依他之非矣。又经说分别色云，唯有分别，此即《三十颂》解依他为“分别缘所生”之张本。岂可但云“唯有名想施设言说”？又经文次下即云：“佛言慈氏，于遍计色等，应观无实。于分别色等，应观有实。以‘分别’有故，但非自然而转。于法性色等，应由胜义，观为非有，实非无实。”可见瑜伽宗以分别色配合依他，释为幻有，不应说无，正是经文原意，岂可视同无著妄改？又经文说：“法性色，乃谓色法，由遍计无。而法住法性，常常恒恒，是真如性。”此乃指圆成之色法而言，岂是色法之圆成相？经言“非有非无”，此是瑜伽宗胜义，通《阿毗达磨经》说二分之意。岂但“是真实有”一言可以尽之？夫比论学说，犹听讼也。今不辨两造之辞，甲乙谁属，又不得其辞意之实，甚至不待其辞之毕，而遽为是非曲直之判决焉，其何以服古人之心，又岂堪向世人而说？蛮横无理，一至此极，不审足下何以一无觉知，反自许为态度谨严也。《新论》据《摄论》《成唯识论》处，均多臆解。乃至以《心经》解《般若》，巧取捷径，亦失玄宗。夫《毗昙》结小说之终，《般若》

启大乘之始，息息相关，学应如此。经言五蕴自性空者，色空变碍性，受空领纳性等，皆于《毗昙》见其真诠，岂常人耳目体肤之所感觉能尽其意耶?《般若》正宗在“不离一切智智而以无所得为方便”。故遍历染净百八句，以为观行，此岂五蕴皆空得概之耶?（五蕴不摄无为也）《新论》于此等处，一无所知，乃谓能由《心经》以彰《般若》幽旨，吾不敢信。

惠复寄慨于年将六十，来日无多，凄动余怀，难能已已。足下自是热情利智，乃毕生旋转于相似法中，不得一睹真容，未免太成孤负。故为足下累牍言之，不觉其冗长也。否则沧桑任变，不为君通，又何碍哉?区区之意，幸能平心一细察之耳。累日苦雨，精神欠佳，此复屡作屡辍，迟至今日，始写毕付寄。武大之行决否?得便示知，免念。

澂拜白

惠书封套附记“性觉要认得”语，余极能体谅尊意。以足下所学，根据在此，自不容轻易放弃也。惟余所确信者：(一)性觉说由译家错解文义而成，天壤间真理，绝无依于错解而能巧合者。(二)道理整个不可分，性寂说如觉得有一分是处，即应从其全盘组织，全盘承受，决不能尝鼎一脔，任情宰割。(三)佛家根本，在实相证知以外，绝非神秘，应深心体认得之。

编者注：该函写于1943年。

第十通

秋一学长兄座右：

弟奉书，指示剀切洞明，为之手舞足蹈。工夫要能滴滴归源，弟当誓志力勉之。末谓大本之感、工夫之信，所以启发之、涵养之、保任之者，无不在教。发明心地，但凭一点领会，则其道有时而穷云云，尤切中学佛者空泛之弊。弟近盖欲细究教旨者，亦有慨乎此也。十力本不可救，故弟始终不与论理。兄驳彼七函，徒使吾辈受益耳。彼匪特无得，恐缘此更生恶见，望兄止不再言。彼近致弟函，告与兄言论之不合，且谓兄与弟论禅亦大不合，彼亦已答讫云云。兄前函谓彼改兄说以入其论，兹益证明彼又向我撒谎，不禁为之太息。只好不复彼书，使彼终知自愧，兄亦不必再谈此事也。为法本不顾人情，弟去年敢痛驳化中，而反于十力无一言者，非厚化中而薄十力也，以对化中可收效，对十力则决无益之故耳。虽兄一往孤抱，终不能久蕴，故为彼激起。然弟所亟望于兄者，须从讲演或著述上堂堂皇皇，将所蕴披露于世，以高吾辈，更胜于与格格不入者费唇舌也。兄以为如何？拉杂写此，殊无伦次，乞恕草率。清璠回院，喜甚。此君与张德钧那位青年不可同年而语（前在内院与张晤面，印象极坏）。因说德钧，又想起十力函，说德钧云秋讲真如无实体，只是虚的共相，然则佛法不成空见外道乎云云。噫！点石成金，本非有矣，而十力乃欲得吕仙之指以为真体，不更谬乎？姑及此以发一哂。

此颂

道安

弟铭枢再拜

七月十二日

编者注：该函写于1943年。

第十一通

证如学长：

赐复敬悉。前与十力往复论辩，势非得已。彼尚未有信来，当可即此结束也。院学犹待组织充实，将来发表机会正多耳，承指示一一。甚感。

专颂

道祉

弟澂再拜

七. 十八.

附抄来信一纸察收。

编者注：该函写于1943年。

附：致王化中书

三十三年二月十五日

先师周年会祭，同门俱至，独缺吾兄。一叶知秋，令人于邑。会后获读《海潮音》所载尊作《读印度佛教书感》，益觉痛心。大法东来，久晦于相似之说。先师毕生阐发，亦既拨云雾而见青天矣。吾侪此时，正宜善承先志，并力宏道。何期吾兄徘徊观望之不足，反更轻信后生无稽之谈，遽以莫须有之“真常唯心论”名词，欲举《如来藏》《法鼓》《涅槃》《胜鬘》《楞伽》《密严》诸经，一蹴去之。《印度之佛教》第十五章，以《如来藏》等经概归之于真常唯心论。吾兄附和其说，虽未列举经名，而意之所在，固不言可喻也。既以为建立真我显违佛语，又以为杂入外论篡承正统。呜呼！是何言欤？推兄之意，岂谓内院数十年来阐扬《如来藏》等经认为大乘正义者，亦皆一无是处欤？先师晚年定论，以“《如来藏》为善不善因”与“心性本净，客尘所染”建立院学者，亦属外道等流篡承正统欤？此两点关系全盘佛学与师门宗旨，决非细故，不容不辨。敬以请教，务恳明白赐答，以祛所疑。不胜企祷之至，不胜企祷之至。……余俟复来再详。即颂净祉。

第十二通

证如学长兄：

书来快慰无已。此学浮沉久矣，难得吾兄认真讲究，知必有相应之一瞬也。《金刚经》以方便般若读乃见真诠。前寄讲稿发凡而已，所示尊解，亦与此意相近。罗睺颂谓见般若得解，不见亦解；见般若被缚，不见亦缚。此正入空出空之谈，无得以为方便，而非以为止境也。非穷义理不能离言，步骤自尔，所谓依义不依语，正由依字而待理会。请从此一门深入，弗复犹夷也。《不二颂》根据是法平等无有高下立言，根本精神，犹待阐发，另纸更进一解。又附与仲康函稿，均以备考。

天凉珍重。

弟澂再拜

八月十日

编者注：该函写于1944年。

附：复李仲康书

三十三年七月廿四日

惠书详告所疑，已迫问题边际，诚哉学之愈讲而愈明也！从来对于“圆成”一词不能辨其指相与指法之有异，含混讲去，不知摧残几许慧命。今因来问，应郑重提出相法各别之义。众生只此一心，遍计此心也，依它此心也，圆成亦此心也。此心当前妄染，而实相谓之圆成者，此乃圆成相。此心应使净实，究竟亦谓之圆成者，此乃圆成法。妄心未尽转依，实相随能缘而现，虽净而不纯。（相随见起，于六七识为无漏，于八识仍有漏），故但称相。及其究竟，醇然净味，摄相归性，可谓之法。所依虽别，相则俱此相也。故凡圣有蹊径可通，使心净相日明，成其全净之法而已。（粗显譬之，亦犹孟氏之言恻隐为仁之端，扩充乃成全心之仁也。）全心如何纯净，此有赖于习气之转易，如鹅所饮，乳尽水存。若完全无漏，习气充满，自唯净现，乃所谓究竟转依也。工夫所在，必须习真，岂但止妄息见而不求真？自昔禅者于此误解，不可不辨也。离言心相指妄心实相说，在转依中，可谓之依他净分，一依他而时染时净，有分可指也。及既转依，直称圆成，或净依他，只是一净，不复说分，此亦应辨别也。陈那书名《取因假设》，乃以取（即取“二取”之“取”）为因之假设。亦犹无明缘行之名例，《般若·三假品》所云“受（即取之异说）假”是也。贤圣亦有假设，但出于方便，今以取因别之。陈那论旨，由假设而唯识而唯识性，三性次第观行，即《掌中论》所谈，亦掇论正宗也。其趋入处，由上文所辨圆成相法之义思之，可得大概矣。

附：是法平等解寄证如兄

平等穷实相，义键片言启。是法非泛论，禅家者个是。性同而谓齐，宁不辨朱紫。高下因爱憎，得实先离此。真俗自判途，染净亦异指。不忍与终古，怛恻常无俟。三界有未安，圣心梦余涕。怀此澈骨感，乃识真空理。无得方便耳，周道运如矢。戏论徒是非，解人复有几？

编者注：该函未注明时间，详细时间待考。

第十三通

复吕院长秋逸书

复书附是法平等解及复仲康书，适有北温泉之行，顷归始悉。反复寻绎，启发实深。弟研经少，辩理未精，或失之混。得兄鉴诠，益知旨归，感甚感甚!

澈骨之感，多见尊札。固知大悲独切而习真一语，尤觉立言允当，不至流病。此非融透悲智之境者，未可与语。庸俗佛徒，不知依真而倚于真，行仁义而非由仁义行，认得煦煦孑孑，而不能如实知自心，则其所谓悲智，尚山隔万重，水涉潢港。二乘偏空，犹难了此，遑论凡外耶?多年来耳目所闻睹，号称禅者，莽荡泛滥，动成狂妄，久心痛之。而其谬易见，害仅及身而已。至于说教之流，穿凿附会，饰貌惑人，误境为识，认执为真。愚俗趋之，如蚁附膻，其祸之烈且广，更堪浩叹。弟常谓不可离开世间现实谈佛法者，盖洞见两者之弊而发也。诚以悲智一源，要从世间现实的幻妄而起大悲，亦要从现实世间的真实而启无上智。前者为众生主观的迷执，后者为宇宙客观的实在。总之皆不离开世间而认识世间的正理，通不过者，不得谓之佛法也。不达悲智一源之理者，更不足言佛法也。曩者始阅《宗门语录》，而疑其发智而遗悲。及见归宗答玄旨之问，其结语云：无汝用心处。复问：岂无方便，令学人得入？答曰：观音妙智力，能救世间苦。又某禅师说了大篇非佛非法、无凡无圣的话，终则垂示云："将此身心奉尘刹，是则名为报佛恩"等公案，乃恍然真正禅者不是不言悲，但融悲于智，汇智于悲耳。窃尝思之，悲者行之表，智者理之衷。智得则无朕而森然，悲至则民胞而物与。斯二者幽显翕辟，相反而实相成。而其入德之基，端在一片真心，恒持不失，志切向道。如鸡孵卵，日久自然去染污入净域。然而能言者千万，能行者无一二焉。若是者非不知求真，正以妄之难息耳。夫果求真，而忘息正也。病在其所谓真者实妄，或执妄成真，则去道转远。年来每得兄以净熏一面启我，使明教理之极诣，且以防泛逸之弊，盖早已深铭于中矣。顾细省己躬，其所患者，反不在此而在彼。一日十二时中，名利恭敬如何去得干净，极端的痛苦如何吞得下，发起愿行，乃刻刻不去怀者耳。感兄深爱，故敢道其款曲，幸益进而教之。

铭枢顿首

三十三年八月廿日

附：复蒙文通

三十三年九月七日

文通兄鉴：

惠函及《五论》自序均收。《五论》未及得先师之印可，诚极大憾事。犹忆丁丑之夏，先师为兄等讲最后定论，以佛法摄孔。其意若曰：孔学而为真学问也，必源于本寂之心，必契于涅槃之行，必归于圆净之域，与佛初无二致也。先师所期望于兄以恢宏孔学者，岂不在斯欤！自序于此一义，似无发挥，或者本论详之耶？承告近于儒学，得其玄珠，纵横自在，堪为欣慰。自序文略，未能确指，意者在孟氏本心之说也。孟以口有同嗜，曲喻心有同然，特为常人就近指点，非五官所好，即性善之征也。自序据此沟通快乐说，谓若合符。实则彼从他律，与孟氏义内绝殊。混同视之，不将失孟氏之旨乎？尝谓儒学主于荀卿，推源情性，与孔孟本宗，犹去一间。孟曰本心，实指当然，故有大而化之之说，类于转依。先师谓孔孟与佛通辙者取此。宋人扬榷四子，《学》《庸》是荀学书，并为一谈，颇多扞格。今论儒学，似于此障仍未廓清。不知本论作何说也，甚愿闻之。先师伟业，无能继者。澂不获已，以孤军守残垒，亦竭其力之所至而已。年来勉为同学讲习五科经论，又编成精刻《大藏目录》初稿。印刷艰难，不能遍征同门意见，留俟异日。索阅近作，检寄函稿数纸，以见此间所讲一斑耳。得便常常惠书为盼。

专颂

撰祉

第十四通

证如学长兄：

会期畅聚甚快！别前一席之谈，揭示此间讲学宗旨，关系重要。已属王君记出，附寄印稿一份，并与化中兄函稿，均求鉴正。尊讲俟于默理出再誊寄。承示近作，别有境界，固非诗人之诗可比也。佩佩！天寒珍重，不一一。

弟澂再拜

十二月一日

此信封好后，又获廿九日手教，备悉一切。能与化中兄恳切一谈，固吾道之幸也。静待好音，不胜悬盼。

编者注：该函写于1944年。

附：致王化中书

三十三年十二月一日

化中学兄：

阔别经年，仅得三朝之聚；同门念载，只此一席之争。虽人生如梦，瞬息成尘乎？而为此学存亡，披胆以求一是，亦无负平生，不忍不郑重视之也。送别返院，即嘱观心追记所谈，并略引绎之，以备学人省览。兹寄印稿一份，谨求察正。缓日改定，再请附载《文教》季刊之末。非欲效白鹿之刻陆讲也，亦鹅湖之集，先期兄弟见同耳。区区之诚，并乞炯鉴。在渝讲席烦劳，希为道珍摄。世变无已，文教院进行方针早定为是。匆匆布意，不尽欲言。

第十五通

证如吾兄：

久未得信，极念。院事迄无着落，不胜焦虑。现一平兄到京，务恳与商一根本解决之具体办法。尤其经费问题，急需有一着落，前经于默代洽周、林两处，均无所得，想渠已函告矣。即托设法商洽各方，至所企祷。宁院旧址余有十亩，现征地产税约九百万，已向市府地政局申请全免，该地除东北一角留数十方自用外，悉为棚户久占，毫无收益。且院方为学术团体，用地应可免税。但时逾限期，迄无批答。务乞兄以内院理事名义，或与一平兄联名，去函代请免税，了此一事。又得蜀院来信，地方政府不认院为学术机构，派粮征税，视同寻常住户。院址既宽，负担不了。上月下旬已向江津县府函请登记，并予维护。县方即转向中共西南局请示，局于院况恐不了解，又生枝节。并恳兄即去函说明，请其备案维持。能以院方理事名义，同时函江津县府赵一川县长、熊白涛副县长尤佳。

以上两事，务托拨冗一为料理，至感至感。闻兄在京宣扬佛法甚盛，能见示一二否？

专颂道祉。化中兄适来信，嘱代致意，渠支持文教院亦备感困难也。

弟澂再拜

六. 一八.

心湛兄逝世，老友又少一人，伤感之至。

编者注：该函写于1950年。

第十六通

证如学兄：

两信附抄件敬悉。月刊需稿容后写寄，弗念。院事承洽李先生无结果，不审教育部、文化部有方便可请补助否？月前两晤一平兄，谈及西南文教补助之数，可希望略加。上次接洽时刘自乾适去蓉，一平与楚图南信又未到，故所得不多也。又华东方面或可援西南例令助，据一平兄言黄任之说话对华东有力，渠晤见时拟托援助之。本月政协全委会期，吾兄如入京，务希多方进行，至托至托。如院费别无着落，弟拟月杪入蜀一行，俟续详告。

专颂

道祉

弟澂顿

十一.九.

编者注：该函写于1950年。

第十七通

证如吾兄：

早日寄复想达，嗣又承转示李复□函及巨赞师信，均悉。月刊发达，极慰。需稿今日寄去旧作《契丹大藏考》一种，未经发表过，弗念。弟在苏暂无办法，已经定好民生荆门船票，约于二十四日赴宁候船返蜀，大约下月七日可抵渝中过汉，或以时促不能奉访，则后晤期之异日矣。院事得便，仍乞全力进行。何日去京，与一平兄协商尤盼！天寒珍重。

弟澂再拜

十一.廿.

赞师信附还。

编者注：该函写于1950年。

第十八通

证如学长吾兄：

前寄京两信均邀察入否？奉托院事，筹款与立案，不审进行如何？极念。兹获熊东明兄函云云，附奉请为设法援助是感。部务得暇，并希惠复。

即颂

道祉

弟澂顿

一.十四.

编者注：该函写于1951年。

第十九通

证如学兄：

上月寄京数信，谅均察入。不审为院筹费略有端绪否？极念。程生时中在院办理秘书事务，甚为得力。近因登记民盟，需有在京一段时期行为上之证明，其在渝时期已另有证明，另函奉恳，务乞见允，备件见寄，将来对院亦极多便利也。蜀中风气闭塞，院务不易推行。下月政协全委开会左右赴京，仍希设法进行华东补助，俾获早日外迁。至托至托。前为刻经施资事与叶玉甫先生一信，已经得复，系彼年迈，记忆不真，而致错误云。

天寒珍摄。不一一。

弟澂顿

一.二十.

编者注：该函写于1951年。

第二十通

证如学长兄：

上月十四日、二十日两信，想邀察入。东明兄来院盘桓数日，谈论极快。彼甚愿尽力《现代佛学》，巨赞又为其熟识，如能相约北上，对于社报前途定有大助。旅用各费彼自筹之，无需供给。请酌定后，即以电邀之，如何？东明通信处为重庆北碚西南农学院。现川江水枯，船票不易购到，故望电约，以便早日筹备也。

专此，即颂

春祺

弟澂再拜

盼复

二.八.

附时中信，察收。

编者注：该函写于1951年。

第二十一通

证如吾兄：

前寄京信，奉托院事，略有所获否？极念。弟对院务，委实无力支持。适值文教学院停办，化中兄脱身自在，已约好，即来内院相助，暂用副院长名义。此须由院董会通过函聘，以昭郑重。特此函求同意，请即赐示数字，以便照行。至感。

专致

敬礼

弟澂顿

九.六.

恐兄未返任，故此函另抄一份寄京。又及。

编者注：该函写于1951年。

第二十二通

证如兄：

你寄来的《结合批判儒家思想的自我检讨》看过了，我只有写在下面的一些浅见，可供参考。

第一，你采取那样方式来做检讨的用意，我以为是值得再加检讨的。从文稿里看到你所受封建思想的毒害和一般读书人所受的相差无几。你又不是专用儒家思想支配行为的人，而你对儒家思想的认识还不够亲切、深刻，甚至有错误。（像你认为阳明的知行合一说和新思想方法一般无二，其实阳明所说的行完全与新说中的实践是两回事，怎样可以相提并论？你如认真学习了《实践论》，就会辨别清楚。）但是你还要用那样大题目来作文章，并且做来使人疑惑。你不是检讨自己，而是借题发挥作儒家的批判。这中间有无那个名心（文稿将这个"名"字和正名定分的名混为一事，也属误解）在作怪，很觉可疑的。我想，你受到好写文章的批评，检讨了一阵，却依然洋洋洒洒地写了这一大篇。那末，你因名心驱使的批评而检讨它，结果它不会另换个面具又来登场么？这一点，我觉得还有详加检讨的必要。

其次，你对思想改造的意义似乎还不太了然。改造并不同于"借尸还魂"，而有类于"移花接木"。如果还魂式那样一经变换，便算到家，就太爽快了。事实上可不然，它要你一层层剥开组织（思想的），剔净病根，寻得生机，接上新质，依旧还须自己不绝地吸收滋养，使它开花结实。你的思想大概算是小资产阶级的左倾一类吧，而一向来不会和无产阶级思想合辙。不用说，毛病是出在动摇性太大上面的。要讲检讨，应在这里找寻自己，但是你很随便地整个否定了它，说"我过去鬼混了几十年"，"鬼混"这就是你□□自暴自弃的了。你如此认识过去，正表示你完全不负责任的态度。对己如此，对人更何用言！所以你恬然地会说和旧诗人文人鬼混，又会说友好中称赞你的诗，而你却窃笑，其鄙已甚。这些表现，你抹杀了自己，抹杀了他人，乃至“友好”，又怎联系得上要肯定了自他而后才有的惭愧心，又怎衔接到必须“自”觉的思想改造？因此，你的自我检讨并没有落实，所得的思想转变也就很自然地归结到那样空泛而又费解的三条（一、二两条看不出与无产阶级思想有何必然的关系，而需要有此一变。第三条去掉了主观的修养，而未加强发挥主观的力量，你不怕主观脱了缰绳么？）。我想，这和思想改造意义的了解是有关系的，你应该再来一度地反省。

最后，你谈到佛学，介绍了几句，并且豫告下回就要作佛家思想的批判。且慢，一误岂容再误，我很希望你略加慎重！就你所介绍的几句看，你对佛家的认识仍旧模糊，而文字的表达也不清楚。像你说，佛家建立无我，廓清四惑（文稿内遗漏了“我痴”一种），那是就人无我说的，怎么下文一转便通于一切执着？主观的执着去了，何以会否定了主客事实的存在（这或者是说主客执着的不存□□□□明罢）？真理并不就是整个世界的“实体”，……佛家更没有承认过这一法，何以进一层就以直证它为究竟？这些都使人感觉神秘无由索解的。要是从这些认识来批判佛家，我想一定是不相干。对自对他，均无意义，大可不必多此一举的。我曾经有过这样的想法：相信佛说的人，要切实改造思想，先须从澄清所信，明白什么是真正佛说着手。现在附写在这里，一并供你参考。

我对你自我检讨文稿的浅见如此，对与不对，还请指正。上次你来信嘱向巨赞提意见，我觉在他的缺点在于空疏，对于此学无甚坚信。要劝他多多学习，恐……

院事经一平向齐君说明后，又嘱待与文委商量再决，但实际急迫，不能久待。昨已函一平，即作决定，代向西南接洽办法。将来需要院董会备文申请，即代兄签名发出，不再函洽，以省周折。特预先说明，务请垂察。（内院结束理由经一平酌定，以在现今政府的领导下，可无须再由私人组织专作此种研究云云。将来备文，即拟照此措辞。兄如有意见，请即赐示照改。）

编者注：该函疑写于1952年，准确时间待考。

第二十三通

秋逸学长兄：

奉读八月廿六日尊复，于实践真谛，灼然指示，无可再加末议。弟饱更世故，惯犯逆波，始终赖以不毁者，端恃一点真性对剿烦恼，使不失主耳。近亦每以此衡量天下士，觉不昧此性者，千百中未易一二见。而此一二中者能切志向道，真有得于儒佛之行者，又千百中无一二也。所遇类皆浮薄庸鄙，反复变诈，至于不可究诘。数十年嫉世愤俗之情，至今日渐汇入于悲悯之一念。恒自审生心动念时，若不归本于仁（即兄所谓守仁），是直行邪道耳。尊函所谓欿然不足于心，不忍于己，不安于俗，数言乃真道着弟之胸臆也。顾弟所致忧于兹世者，在践履方面尚轻，在认识方面尤重。唐宋以来，士夫除以猎取世誉的文字为专业外，其上焉者单讲心行，而遗思维。一部伪《楞严》，为千余年大德唯一的法宝。八种符号所演变的《易经》，及三千言的《道德经》，为虚玄至道所假托。三者糅合，遂构成流俗儒释道同源的笼统头脑。在哲学方面如此，至语以社会政治方面，至今尚思以修齐治平之说，移植于朝堂，教化乎士庶。铺张粉饰，比附迎拒。貌窃既无是处，实行徒等子虚。乃至弊伪丛生，锢窒民智。犹复以之自衒而欺世，此风尚之所以日益狎玩，人才之所以日益卑萎也。推原其敝，岂非坐在思想混淆，不求发展所致耶！此乃弟十多年来之所最痛心疾首者。近来于佛学方面唯一希望，兄能打开一新纪元者以此，岂惟区区之获教益而已哉！（以舍兄外无能为役者也。）文便辄复曝其诚肫，惟兄图之。伫看燃智炬，以照来兹。

编者注：该函未注明时间，详细时间待考。

第二十四通

证如学兄：

惠示函稿，痛辟本体之说是极。无著著书，岂止《摄论》；论文所明，岂止生灭。郢书燕说，必欲厚诬古人，则亦唯有付诸泥犁处置耳。教之至曰离垢自性清净，未足恃也；宗之至曰现成著意安排，不相涉也。两皆以德用全呈为事，而导源各异，以宗通教只是借助东风耳，不必即得教旨也。旧禅有契于《金刚经》处，为顿修；门门深入，有契于《楞伽经》处，为渐悟。净除心现相续。后世亡其本意，不于工夫着眼，只作理会，夫理岂易言哉？《楞伽》之通无生如幻为一也，乃在自心所现，不知名言熏积无以识自心，不知影像表白无以识所现。故就工夫立论，离影见质，犹属阶梯，经说常声诠妄现者指此。纯净名熏乃为究竟。经说净赖耶之名者指此。此非可概归之内证而一蹴以几也。吾兄自是从上乘入手，此中微细，谅能辨之。新岁惟进德无量为颂。不宣。

弟澂再拜

一月二日

函稿附还察收。又附捐款收条一纸。

编者注：该函未注明年份，详细时间待考。

第二十五通

证如学长兄鉴：

得书并笔记，借审近日工夫，甚以为慰。学贵有益身心耳，固不在于苦读也。所论不二法门与缘起均合，惟择善一条，尚须辨析。《中庸》圣人率循天道，由诚而明；所谓率性之谓道也，性指天道，不但人性。君子修为人道，由明而诚。所谓修道之谓教也。两者密相关合，未可偏斥。且择善固执，正是学知利行，亦未可限以困勉也。《荀子·礼论篇》“礼之中焉能思索，谓之能虑”，即此之择；“礼之中焉勿易，谓之能固”，即此之执。此君子修为之始。《儒效篇》“圣人之道出乎一，曷谓一？曰执神而固，尽善挟洽之谓神，万物莫足以倾之之谓固”，此择执究竟处，君子修为之终也。《解蔽篇》“心技则无知，倾则不精，贰则疑惑。故知者择一而壹之”，此又择执根源在于一心，非可泛泛解之也。《中庸》本是荀家所宗，应于荀说求得其旨。兹因来论，略发其凡，幸垂察焉。化中兄能迁善，极快！原函附还。

新岁想进德无量，仍希珍重，万万。

弟澂再拜

一月二日

编者注：该函未注明年份，详细时间待考。

第二十六通

证如学长兄鉴：

前复想达。得信见示序稿，并于老庄异旨，不厌商量，破此寂寥，痛快之至。庄文极阴柔之美，只是能品辞余于理、气胜于韵故也，能动人而不能感人，使人嗜之而不能甘之，心所同然，固有未彻者矣。庄说究竟不越和光同尘一义，根本仍在自私，所论道德则老氏绪余而已。《老子》成书先后诚有问题，但如彼思想早已存在无疑。一受成形，不亡待尽，正无如生死何，纵不死心，又真能外死生哉？取竺土诸子相衡，略与六师同俦。而是非两行，相忘道术，毫无担当处，又六师所未屑言也，尚论二乘，相去远矣。魏晋人因谈玄而接受佛法，说来总觉相通，无怪其尔。慈氏之说，既传两者，面目亦厘然以别矣。有真领会乃能真趣入，借径文字，此《楞严》所以售其奸，择术不可不慎也。未审尊意云何？义路之作用，意极佳。由仁义行，非行仁义，正以舜之明伦察物□能，人皆可为尧舜。其随顺得入处，亦只在集义所生，与义袭而取有辨而已。集义乃得其由，所生乃成其行。工夫步骤，孟氏自言之，固极确切矣。佛法岂独无之？自来说者每以实相混同现观，玄妙之谈，无把柄可得，几何不落于虚无哉？序文揭出《金刚经》三句，自是方便法门。但以佛说为入，即非为离，是名为合，乃与西竺诸贤所解相符，甚愿再斟酌之。方今言论庞杂，需要建立一是非标准，丝毫容不得人情，和会尤当谨慎，亦愿吾兄知所勉也。匆复，不尽百一，俟信再详。

弟澂拜上

一月九日

编者注：该函未注明年份，详细时间待考。

第二十七通

证如学长兄：

得八日复，欣悉筏航教海，具大决心，行见净业炽然，道因转胜，不任快慰。续示函稿，畅所欲言，得未曾有。佛法唯空可入空，非毕竟不纯毕竟云者，非谓一法不立已也。悟境恍然，原来如是，夫然后为究竟也。见《般若》空性品。禅家谓古人所得，如贼入空屋，亦有此意。惑者乃目同空见，此只文字上揣摩，又何有于此事欤？大宗旧义，有为无为，以染净判，本可作分位观。是则染执自空，净行自幻，毕竟空中，等同一味，固不容强为区别也。知于工夫中见实相，乃能破执着本体之迷。函稿颇有会于此，可见学患不思耳。道岂远人手哉？函稿附还察入。承代偿岭南公司所借院款肆万元，已收岭南借约一纸，亦附此寄还，并乞查收示复。兄处各款承告不日结清，极以为慰。冶公来函，亦决心舍禅从教，自后吾道益不孤矣。

珍重珍重。

弟澂顿

一月十五日

编者注：该函未注明年份，详细时间待考。

第二十八通

证如学长兄鉴：

惠复敬悉。庄生思想是顺世外道，一流于生死本源无真认识。与造物者游，亦只随波逐流而去耳。此与佛法根本相反，不可不辨。今欲方便启发思想，莫如提倡孟子心官则思，先立其大，此方与人之为人处相应。且其文字犀利无比，是非明白，无一毫含糊。正是为今人思议模棱者对治，似无取乎玄谈之作也。庄说流弊，自适其适，最易堕入苟安，南朝清谈属此。不审尊见又以为何如？思路序文改定较妥。《金刚》三句，本是工夫次第，自有不可易者。无著以胜义释即非句，世俗释是名句，他家大率类此，亦犹《心经》先行深般若、照见五蕴皆空，而后说色即是空、空即是色也。前稿当为照改定各句易之，弗念。一平兄处，捐款续得马幼初经募五万元，常宗会自捐二万元。余处或尚有应酬，亦未可知。前请振委会补助一案，得德三先生函告，已批准十万元。但未见通知，何时可领，毫无着落。恳晤及余心清先生时，托其方便将此款发出，极盼望也。天寒珍重。余再详。

弟澂拜上

一月廿二日

编者注：该函未注明年份，详细时间待考。

第二十九通

证如学长：

院会极畅。正念乃能离念，此《般若》龙树学真实处，全凭一点自觉。经云，与一切智智相应，心也。一切智智指实相，犹言涅槃也。心相应处，即心所存，即是佛性。犹晦庵之析理于心而言之浑然一心，不分析文入则无入处。龙、著两家，重点各有所寄此也。知此乃能不自谩，念念自正，何虑其为执耶？兄于此义，临去回头，岂待覆舟而后为信欤？于默兄到渝趋候，携呈会□收条，并乞察入。

春寒珍重。

弟澂再拜

二月六日

于默教课逐渐摆脱，弗念。

编者注：该函未注明年份，详细时间待考。

第三十通

致吕秋一

秋一学兄如晤：

寄大师转化中长书，幸赐目细观。化中诸函，其一种浮俗武断，狂妄谤毁，连文字亦无一些学人气息，令人心头作十日恶。十余年来，以佛子自命，为人讲师，竟如是耶！众生根性之卑狭污秽，不知从何劫挟积而来，以至不可湔拔，反把圣言作粪料，长养其昏黑的傲根，不禁为之仰天叹息。若非为见着伊如此横绝无礼于吾师，何屑向伊说话，污我两片皮。故将伊全部破斥，不令有豪发之隙，得以遁形。且直洞彼魔胸深处，揭出肝肠示人，而捣碎簸散之，使腥气净尽，然后吾师方得重新摄化之，乃不得已而作此万一之冀耳。所以前复师函不主张兄说话者，为留此余地故也。弟终身不欲恃着何能，留着何物，著书立说，作人师范，及一切世誉，都无我分。因此伊任何反攻亦攻不着我，即攻得着亦绝不介意。要之一归本于老婆心之不能已耳。凡真实为己无不具此婆心者，否则亘古长晦，乾坤亦几乎息矣。佛菩萨亦将于吾辈何哉？在伊未有反响前，一切书函不好外露，千万向师陈明。

至祷至祷。

编者注：该函未注明时间，详细时间待考。

第三十一通

证如学长兄：

惠复详悉近状，甚慰。劝募刻款急切难待著效，只可听之。一平迄未来信，想亦无着落也。院费勉可支持，尚无需助之处。惟请嘱全济略加利息耳。钞示笔记数则，皆甚扼要。兄能由宗门入，故易见到大处也。今人谈唯识法相，只得片面，方便唯识义，不识究竟，真实唯识义，故以妄想构画，混同实相，其弊诚不堪言。近在院讲《中边论》，本拟阐发此蕴，乃以贱恙中辍几一月矣。现所患边渐松动，当无关碍，稍缓再详谈之，何如？《讲记》俟觅人摘录奉阅，弗念。

专颂

法悦

弟澂再拜

六.廿八.

编者注：该函未注明年份，详细时间待考。

第三十二通

证如学长兄：

前聚极感诚挚之意。昨得化中近作，阅之果不出所料，对于院学根本推翻，已去一函质问。附稿乞察。师门寥落，思之堪悲，愿吾侪努力交勉耳。

即颂

近安

弟澂再拜

二.十六.

编者注：该函未注明年份，详细时间待考。

第三十三通

证如学长兄鉴：

叠奉数函，具悉一切。承代汇来振委会补助费，已如数收讫，弗念。勉中情形，既不甚佳，院款仍望相机代为提回是托。需用院刻经目，附上五份，察收。化中处尚无复来，容后转阅。所示先师正智缘起之说，想系杂著补遗。复梅先生函云云，未审怀疑何处，得便先告大概为盼。余候复详。

即颂

道祉

弟澂再拜

二月二十七日

编者注：该函未注明年份，详细时间待考。

第三十四通

证如学长兄鉴：

两函附件敬悉。教部补助当即备据往领，数虽不多，究属难得，甚劳吾兄一番心血也。募刻捐册早已印好，兹另卷寄呈六本，第四号至第九号，请于每本首页经募人下签名散发可也。日来津地米价狂涨，较去冬陡增一倍，将来刻经工价加至如何程度，尚有问题，容续函闻。承示正智缘起应有简别一点甚是。正智自属清净源头，与无明对待。若在《楞伽经》中，则如来藏为善不善因，总举言之最浑成也。

专复，即颂

道祉

弟澂再拜

三月六日

编者注：该函未注明年份，详细时间待考。

第三十五通

证如吾兄：

得廿一日惠书，悉弟前寄函稿所谈不能得之十力者，乃得之左右，真不胜快慰之至！佛法可入处，只是一个意在言先，此谓意思超过言语也，一丝落后便死煞句下平常言随说随扫，犹不真切，竟是随扫随说耳。于佛法有入处，只是一个著即起，不著不是，不起亦不是，不著不得，不起亦不得。蜻蜓点水，壮夫蹶地，差足拟之。然须识得自然两字。说通宗通，克实无有异也。吾兄深识禅心，宜真有会于鄙说，所谓不落有无，所谓一举便了，皆直捷了当，可补彼说所不足。彼口著已而……

编者注：该函未注明时间，详细时间待考。此信后半部分缺失。

第三十六通

证如学长：

九日为院改名立案事，函请在呈文加章，迄未见复，念念。此事急待进行，如该函遗失，或兄另有高见，务恳即日见示照行。附另誊呈文一份，并空白数份。如原函遗失，即请就此加章航寄为感。

即颂

近安

弟澂顿

七.卅.

如前函已复，仍请在此函附上空白公文纸盖章，寄回备用。又及。

编者注：该函未注明年份，详细时间待考。

第三十七通

证如学兄：

两函并附件均敬悉。院事因多年来均作复院打算，举凡人事之组织、经费之预算、进行之步骤等，莫不以迁宁为据。兹忽改辙赴京，实际上颇多不能衔接之处。拟待中央补助定案之后，暂时迁院南京，经版等物暂留蜀中，约集旧友，充实内部。诸友散处江浙，惟有在宁约集为便。并将此学基本研究结束，返蜀半载，已略发起端，缓日呈正，至多一年，再行移京，以图发展，则实际上各方适合，更无窒碍矣。此意已另复叶先生，并详告一平兄。兹更恳吾兄详加鉴察，继续资助，俾早日底成，不胜感祷。兄往京后务希积极促成补助一案。又兄函指示结缘，南不如北，实情自尔。惟此学为百年之计，不能不先谋内力之坚强。院暂迁宁，用意在此，并恳鉴之。

专颂

近安

弟澂再拜

六.廿一.

编者注：该函未注明年份，详细时间待考。

黄居素（1897—1986），字静安，广东中山人。幼习书画，后入南京支那内学院修习佛典。曾追随孙中山、廖仲恺参加革命，担任粤军总司令部政治部主任、广东省政府委员等职。20世纪30年代初移居香港。出版有《黄居素山水画集》。中华人民共和国成立后曾任中央文史馆馆员、北京中国画研究会会员。

第一通

真兄大鉴：

前午得十八日书，喜甚喜甚！此真所谓打回老家去矣，如何不欢喜赞叹耶！问弟日常用心，兹录去春一诗及复刘健群函数节奉阅，兄当可窥见矣。诗去春曾寄汉口，未知得收阅否？兄当时境界与今殊，或不尽省弟所云耳。健群以一平之介，去冬书来恳询佛法，曾复以长函，兹就可忆及者录奉。钢兄来住月余，归去翌日，兄函乃到。兄规钢兄诗意绝佳，然钢兄境界不尽如所云耳。钢兄自系有来历，人在农场，间亦看经。近对弟言及真言等事，钢兄云如有人说是上帝佛仙神鬼，都是人们猜度耳，实则都不然。又云往闻你说佛法都不省，今偶闻说执著，乃真觉一切道理事情，无一不从执著来。故兄之能规，与钢兄之所规，能所似不尽合也。真言事说来话长，此事弟本早钢兄一月去，自知不咒，时亦有咒在侬转不息。《心经》摄空有精髓，而殿以一咒，称为无上无等等。学佛人向不理会，不能解亦不求解，究竟是甚么一回事耶？《大日经》云："身加持为明妃，口加持为真言。"此须亲历乃自信耳。《大日经》云："真言非如来所作，不自作亦不由他作，如有人说如来所作，亦不随喜。"如来作咒尚不随喜，何处有神来附其意？此岂外道及一切讲世间学理者，及一切以佛法当一种学问来谈者所能知耶？又自力他力，其中亦大有事，说来话长。又尚有许多须拼过命始获知者，留待他日谈耳。经济关系，在东山台另筑平房迁居，旧屋已售去。来信请改写史塔道东山台二号，盼常来信。

顺请

道安

弟居素顿首

五月廿五日

山居养病中作（廿七年春）

可喜摧伤谢世纷，亦随寥寂送行云。闲居不负春光好，落落孤怀又自熏。

复健函语能忆及者

“弟早岁信佛，以业缘深重，终随世网，然以信之笃好之久，内心关照，二十余年。在胡混堕落之中，不能一日自辍。”“有时心行境相，觉与世间少殊，然朋好于此笃嗜孤往深入者鲜，欲求质证，甚难甚难。”“近年所感，颇有不可思议之事，然皆不外唯心。”“固知吾人生命本有之妙，固不只如一般人五官所接之陋也。”“又佛法似有大眼目，即《心经》所示无所得是也。如以有所得心求之似不得，则悔而退转，似得，则得更求得，恐堕世间学问生也有崖、知也无涯之阱。”

“要之吾人有大信，信生命之无尽，信人生宇宙之为一，信终可转大迷、证大觉。所信如此，所事如此，然此皆非世间碌碌者与赫赫者所能为，非另辟蹊径，独往独来不可。”

廿余年好如理思维而不甚读书，不为学者，不做文章，不求人解，如以为有无所得之得耶？以上数十语，字里行间便是半生精力所诣处矣，何足为人道也。弟起信以来，廿余年未动摇。兄虽今始辨得一个信字，然以兄精力（观兄诗进境真精力弥满人也），信字辨得了，亦更有何事辨不了也。弟何能及，兄当谓然。

弟居素又及。

编者注：该函写于1939年。

第二通

复居素

八月二十三日

立秋日函，披诵一过，立招沉思。向同看尊撰《弼元法师讲经启》，简洁浑妙，文与理都非俗手所能办。果有此精通三藏，直证心源之大法师，弟何不早向我说耶？遥祝经坛早开，大阐幽妙，随时寄我讲稿为盼。《友人坐功》一节，因他不是文墨中人，故略其姓名。伊眼亦奇怪，少时能见鬼之形状动作，现能观城乡上腾之气韵，知其吉凶，十不失一。凡此盖缘伊前生□业余势力发现耳。弟谓定功一事，古有其必得之法，今或失传。又谓今尚未见有人能之。以我所见，今并未失传，亦大有其人。姑举《解深密》言奢摩他披钵舍那一章来说，凡止观心相与其境界，不已分明说了耶？天台止观，我未习过，以意卜之，当不出《深密》所示要旨耳。潘兄所知甚多，我未暇详问之。他偶示我一点方法，亦未能恒依而行。盖我自审目前只有静的境界，尚未能入定的阶梯也。又以定切不可用心求，静功日积，戒体日净，水到渠自成也。（我从不谈戒之一字，然近半年根本大病，竟觉渐渐免除，形成持戒了。又四年来友朋不断供给我雪茄及烟丝，现尚推（堆）积半箱。十日来忽起一念，何必为口齿神筋奴隶，便尔置下，不再入口，瘾的因由一动便明白了，所以不觉得有丝毫难过。然则不吸烟又成了不戒而戒也。）职是之故，我并不着急此事，唯思白定功颇深。据言在得到轻安心象之前，必须经过静定中，身体起了一种变化，及听得自己心脏呼吸，历历分明，身心快乐超过世间一切乐味。又谓曾经过断呼吸的境地，他指示过某有定功的人，该人亦当即得到云云。因弟疑今人无能定者，故为指出。不仅潘兄，今之有定功者，实不难指数。惟真正知佛法者，反未易一二数耳。

《说密》一节，我无他议，惟要知道目前之藏密成了妖怪耳。入其门者，将斩断慧根。幸而这十多年来，徼祷佞承之者，类皆肥官武阀权绅善棍之流（非此辈亦须类似，或依傍此辈方有资格入去荷其灌顶）。是否藏密佛爷特设方便，专拘该辈归回魔世界去，免久贻害好好的文明华胄世间耶，我不得而知矣。一叹！

编者注：该函写于1941年。

第三通

真兄大鉴：

一别数年，竟未函候，抱罪奚似！弟虽疏懒如故，然曾为兄惊喜者不一，中非俗情。一平于往还之际，谅能以鄙怀一二奉告也。兄生平之志与事，与所揭橥之名与义，今一一实现。成功不必完全自我，然兄所自喜慰，及弟所为兄喜慰者，固有非他人所得同也。至综兄生平，一义可贯，即信解出世无上之法，而从一等世间法，实践而行证之，亦非他人所得同者。一平最近来书言兄自有其悲愿，此语诚然。弟曾书告一平，谓吾兄有一大段学佛历史，亦有一大段革命历史，革命之业自当以辩证唯物论贯通之，始能明其义蕴，符于实践。佛法如与辩证唯物论打交道，反映在人的方面，兄乃适当其冲。溯自佛法入中国，在学术思想上当之者披靡，然纯佛法不能救中国，辩证唯物论则已发生伟大之力量与效果。窃以为就纯理方面，佛法与辩证唯物论终是一个大题目，佛法二字含义不易确定，在吾辈似有共许标准耳。文章似非作不可，而又实不易作。兄有其愿而又当其冲，处理得当，影响实巨，亦千秋之大业也。弟近有二语，“持究竟之真，赞当今之变”。在现阶段中，无论所受持者为唯心为唯物为上帝为一神为多神，于当今之变必须共赞，否则反动矣。必容许其共赞，此所以有统一阵线也。然终须持究竟之真，如究竟之真为唯物，则上帝固无存在之地，而唯心亦不可持。理论斗争，不容妥协。目前赞变虽有同一阵线，将来理论必须统于一真（至于吾辈当下即须持究竟之真，赞当今之变）。弟近读列宁著《唯物论与经验批评论》，处处见此一大领袖恪尊师说，丝毫不苟之精神。乃悟地主恶霸真不配做列宁敌人，而真配为列宁理论上之敌人，所当严词抨击者，乃西方唯心论哲学家。佛法虽可解作唯心破心，然破心则一切俱破，物亦不免。辩证唯物论则必破唯心而坚持唯物，如何抉择，如何会通，当甚艰巨。佛法自不同于西方唯心论，然亦有不同于辩证唯物论，此点似无可疑。如两者中有矛盾，此矛盾是否可归于统一，如何统于一，又是否许可不统于一。少加涉想，问题至多。闻兄创编有《现代佛学》定期刊，谅于此多所阐发。此间搜购不到，甚盼检寄，俾得细读。在弟个人颇不自揣，亦尝思维及此，然以关系太大，不敢掉以轻心，妄于论断。一切尚须虚心冷静考虑，或须多读书，益之以学，似能真有所见耳。有史至今，已起空前转变，不特一切制度更新，而且无量数圣贤出现于世，欢喜赞叹而外，更何可说。弟继续局促困顿于小丘壑间，虽有时不免怅惘，然久耽寂寞，惯于独往，亦颇能安之。最近一平来书，道兄及诸友眷念，劝弟北行。光珍嫂南归来晤，借悉健康，至为欣慰。复转示兄邀弟归国厚意，令弟感动之极。近已极力筹措，望终可成行，以符厚望。所见有须面述者，望早有一日得于兄前罄陈之，以候兄决其可否，亦一大乐事也。惟弟与内子端一，均多病孱躯，摒挡之际，每感艰困。不特不少为从容，且积年负累不少，亦非主观可能迅速摆脱，以此恐少耽时日耳。先此布臆，鉴察为幸。

即请

道安

弟居素上

十月廿三日

内子附此敬候

编者注：该函写于1950年。

第四通

真兄大鉴：

得九日复书，捧诵喜慰。十日前已得一平行前检寄《现代佛学》十本，内似缺八期及最近之十三、十四期，亦承兄由汉寄到。兄各文均经细读，胜义极多。惟弟所涉想诸关于理论体系根本问题，似仍未获得解决。佛法与辩证唯物论，即不全异，亦必不全同。假吾人如不笼统其同，而严谨分析其异，则问题实多，如何处理，实为艰巨。弟目前尚在虚心探讨之中，不敢掉以轻率。“佛学整理”与“佛法与辩证唯物论打交涉”，两者不同。弟仍主对后者须十分谨慎，每下一结论，均须确当，因影响极大也。至综观《现代佛学》各期后所得感想，以兄之悲心宏愿，以生龙活虎之姿，腾跃纸上，大纛已树，收效必宏。惟以欲贡献者，则根本理论体系，因纯任理智，仍必须冷静谨严。弟所指佛法与辩证唯物论一根本课题，恐不易仓卒中获得良好解答。或须候佛学整理得有相当成绩之后（至少佛法发展史必须有一部良好著作，获得佛法发展之真实全貌，一切始易着手。即三时五时说教等观念，根据客观史实，或须改变）。《现代佛学》此时最宜多刊整理文章，此事以秋逸学长最为胜任，最好由其制定专人分类负责写作，由其鉴定，然后发表，较为谨严。同时编辑方面须先定出纲领，以为依据，不合原则，宁缺毋滥。如内院工作总结文内正举《楞严》百伪，而同期另有一文则举《楞严》二语列之篇首，以为开场白。八期中虚云之《参禅法要》亦多宗引《楞严》，又八期首刊元人画达摩像，誉虎志明登陆面壁地点，及确定在公元五三四至五三七年卒，而兄文则谓其人系慧可所假托。稍举一二，益觉目前整理之重要。本宗先免除矛盾，然后能及于会通也。至弟所欲肆力，似在理论体系方面，目前尚无所得（虽略有所见，似属片段，整体未成）。整理工作重在考证，苦平时学问不足，此间又无典籍参考，旧藏《续藏经》因还债已估去，写稿不易。惟如情势许可，得以回国，则对兄所负荷之大业，自审在若干方面或不无可以襄助之处。目前稍作保留，不轻论议，或于将来较为有益。他日见面细谈后，兄当了解弟之忧深虑远也。至庸俗之谈，人云亦云，兄亦必不期之于弟。目前弟总觉多论事少论理为宜（整理旧时理论亦属事之一方面，因古人理论早已成为客观事实）。兄十三期《实践绝对义》一文，有“仔细回忆，未免空言无补”，知兄亦见及此矣。率陈所见，候兄裁之。草复。

敬请

大安

弟居素顿首

端一敬候

十一月十九日

法尚应舍之义，为吾宗所特有，说法即创造舍法之条件，法尚如此，遑论仪式。宗教必须消灭，他教无此理解。共产主义实行易，宗教消灭难。吾国如以大乘佛法先就佛教本身发展创造消灭条件，此在人类为极崇高之事。此不尽在理论，须配合组织运用，先将仪式净化，将整个佛教界自入于无余涅槃。此事非细，容面及之。然可语此者，兄之外恐不多也。

编者注：该函写于1951年。

第五通

真兄大鉴：

昨手奉一日赐书，并附录《谈自我教育》一文。此文甚佳，有力量，有新见解，而又是兄之本色。第二节末二句“因为最上乘的佛法是与世法统一的，是服从世法的”，佛法服从世法这句话似乎不大好，兄意大概是指佛法不离世法，而且与世法不矛盾，但似表达得不大明了。世法亦未指明是好的世法。我以为可以修改如下：“最上乘的佛法，是与世法不一亦不异的。因为最上乘的佛法，就是从世法中显现具足真理性的觉悟的法，不是离开世法而另有佛法。世法在尚未普遍转变为具足真理性的觉悟的法的时候是不一，非离开世法而另有佛法是不异。因为不异，故可以转变；因为不一，就必须转变。由转变解决矛盾不一，而达到更高一层的统一（不异）。令一切世法都普遍转变为具足真理性的觉悟的法，这是我最基本的运用佛法的原则，就是运用一切真理的原则。因为凡是合于时与地的真理、相对真理，乃至总和为绝对真理，都是与最上乘的佛法不特不相违背，而且是一致的。”

我以为详说一下较为明了圆满。列宁论文中及毛泽东《实践论》都说绝对真理是相对真理的总和。如此先说一说，不特于兄之四句偈有交待，而且何以现在把握马列主义和毛泽东思想，于此都先有个根据，而此根据正是运用佛法的最基本的原则。兄意如何？

又主客观的统一，在佛法是最本然的。一切见相分，都是从自证、证自证分起。有妄执才以为不统一，故不统一是妄也。此理似不必在此文发挥也。草草奉复。

即请

大安

弟居素顿首

端一问候

十二月十一灯下

上東主张如此修改的文章，写好重看一下，确是一段颇为重要的文章，我想有许多地方可以应用。请兄深思一下，这真是一个基本运用的原则啊！

编者注：该函写于1951年。

王恩洋（1897—1964），字化中，四川南充人。1919年到北京大学哲学系旁听，从梁漱溟研究印度哲学。1922年，入支那内学院从欧阳竟无研修佛学，与吕澂、熊十力等人同门。1925年，担任内学院法相大学特科主任兼教授，讲授唯识通论、成立唯识义、佛学概论。1929年，在南充创立龟山书房，聚众讲学。1942年，赴四川内江创办东方佛学院（后改名为东方文教研究院），招收学员，讲授儒学和佛学。中华人民共和国成立后，任川北行署政协顾问、四川省参事室参事等职。

第一通

致王思洋

化中学兄慧鉴：

陪都分袂，倏又数月，羁情犹昨，而衍咎滋多，内省不遑。吁！足惧也。顷者奉大师函谕，历举数月来与兄往返三次信札以告，伤心已极，使弟不能默尔。故陈言如次，幸垂察焉。

窃大法凌夷，自清末叶得石埭杨老居士而重兴，得吾宜黄大师继承阐扬而始大，此天下之所共知也。内院肇基，学者风响，各方英彦，萃集一堂。当斯之时，十力、秋一及兄三人，实为师门之领袖。十力留院不久，别去北大掌教。秋一及兄则辅师化导，长期精研，入室分座，如乳投水，衍演批判，对扬益彰。岂唯师倚之如左右臂，同学若弟等者，固私衷庆幸，佛法将益赖两兄而昌明光大，传诸久远也。弟虽从师最早，然资质蒙昧，随众而已，实不知学。二十八年来，中间役于军旅，屡学屡辍。至近三年，师始以弟子目我，自问犹未配登师之堂，忝称佛门弟子。而此时对于两兄尊敬与期望之诚，更逐日而增进。此固兄等之所明见而深信者也。自去岁人日集会，兄向弟等表示愿回内院助师，私衷大慰。然未几闻兄以与师议论不合而去，耿耿忧念，未审所以相违之故。今年人日集会，兄不到，师出示兄寄师书（第一函），有区区之意有欲上陈而不能者，如何如何之语。观师复书，始知所辨者，为法相广狭问题。窃怪兄何以不肯接受而已，而师未遽置一评语。会毕，船中遇见同学何清璠兄（兄盖以学生视之者），出示师另一短札致兄。读之，其一片厚爱深惜之情，令人感动。弟亦因托何兄转达鄙忱，望兄不可再伤老人之心（即说得有理亦不应该，□无理□），终不敢想到兄更有使师难堪之举也。孰意二十日后，弟以私事再赴江津叩师，师复出示兄书（第二函），及师复书（第二复书）。兄书避开题目不谈，而其中词意，使我目眩手颤，几乎不能终读。除上下款不失师弟称呼外，全文简直不知何人向何人教训之词。盖一种傲慢负气而冷讽之情，咄咄逼人，任何旁观者均为动愤。此非弟之错觉与误会，兄书固在，可以复按也。然反观师复书，仍谆谆发挥前义，全以法为重，对兄之无礼不置一词。岂不巍然大人相耶？至其书尾措词之凄婉欲绝，真使无心肝人读之亦当堕泪也。我不忍摘出，师复书固在，亦可复按。诚万万想不到，兄之负固而狂妄至此。私衷悲痛，不能自已，然犹冀兄读师此次复函，当有所感悟也。讵知大谬不然。昨奉师寄示兄第三函，更变本加厉，由怨怼进而为忿恨，由傲慢进而为诳罔。且故意歪曲师言，以进其诬讦。嗟夫！此复尚知天高地厚，日月得毋倒转，江河得毋逆流哉！虽然，兄收徒讲学，到处说法，广受供养，已非一日。今且堂开名刹，巍然人师，则必有其所挟之深且固者。以不会佛法，不能著作，长居未学如弟，亦诚不自量，不能不严词以纠兄，哀痛以祈兄矣。何者？盖明明睹兄已投魔怀，将沉深渊，不禁其旁观危栗之情也。

细观兄三函，难端开于师之呵斥尊著法相一文，谓不应局于因缘法。此在他人，岂不当下知非承教，惟恐不及。夫法相之非限于有为，不待深究。有为法反面之无为法，岂非法相耶？乃兄既不能致辨矣，故意躲避不谈，反谓“有言不能上陈”，反讥师“佛法太多子”。吁！是何用心耶？

复次，兄作大士行谓菩萨摄受有情为一体，受师呵斥，谓其不达有情本来为一体。兄反唇相稽，指师乱理于事。吁！是何言哉！苟不达有情本来一体之理，岂尚可说菩萨摄受有情为一体耶？此理至显而易明，而兄不悟，反责师混淆。哀哉！兄魔障深矣。兹正词以诘兄曰：兄舍有情本为一体之理，而单取菩萨摄受有情之事，方不乱理于事乎？若然，则在兄心目中，必实有菩萨摄受有情，及实有有情被菩萨摄受也。若有实有情实菩萨，请问为一为异？异则因不同有情，与菩萨相违，云何一体？一则有情即是菩萨，云何摄受？夫菩萨摄受有情为一体是也，然同时必是有情本来一体也。否则，“灭度一切众生已，而无有一众生实灭度者”“菩萨若作是言，我当灭度无量众生，则不名菩萨。何以故？实无有法，名为菩萨”“实无有众生如来度者”之圣言量，皆不可通也。盖必如是，则有情本来一体，非是异。菩萨摄受有情，非是一。盖必如是，方离一异俱不俱等戏论之过也。前年赴内院，曾瞥见兄一文载在《海潮音》某期上，极言菩萨显应神通境界，以炫鄙俗。早知兄执有实菩萨实众生，当时持以询师，师云：“他仍是斋公斋婆的见解。”今证以兄固执摄受之事，而拒受本来一体之理，益复知兄之所憧憬于心目者，实无数之魔鬼也。兄心目中之有情魔鬼也，菩萨亦魔鬼也，不违圣言量者不然，心目中之有情，梦幻空花也，菩萨亦梦幻空花也。然而有情菩萨本是幻，而菩萨念念不舍有情者，如幻人作幻事，念而非念，度而非度，大行而不加，大愿而无愿也。有情刻刻受摄者，若信足还乡，一念净信，初心相应，机感所召，心亦无心也。此非舍理执事者之所能梦见也。今更以已迷执反责师为乱理于事者，非愚则诬也。

复次，兄谓于天台、贤首、《起信》、《楞严》支离笼统之说，至今不敢赞同云云。善哉善哉！此固吾师发现千余年来佛学宗派理论之一大错谬（闻北方法相宗哲匠韩先生亦有相同之发明），而秋一兄佐证之功实大，是诚佛学史上放一大异彩也。兄能服膺师说，始终不渝，固堪赞叹（弟于各宗派学说未尝深究，独以为此种理论之所以误者，首在对于本无起处之真如无明——即法尔如是——强要求其起处所以有不变随缘等□通理论，然非谓全部可以推翻）。独惜又复引理事以成宗（见师另驳兄之文），有类于贤首之立义。乃一面以执事为理即乱理于事以攻师，已辨正如前文矣；一面又以执理为事，以攻贤首等。讵知贤首等理论即有不通，亦不至釐然执理事为两物。如尊论所云“洋之思想，以为法有事理。事则万象森罗，不容一毫笼统；理则真性平等，不容一毫分别”者也。夫事者何？法也；理者何？心也。“见色即见心，色心不二故”“色即是空，空即是色”。法心不可二（在心云法身，在法云法界，原不可分），事理可二乎？“森罗万象，一法之所印”，即森罗万象，一心之所印也。森罗万象，果异真性平等；真性平等，果异森罗万象乎？所谓不容一毫笼统，不容一毫分别云者，贤首等岂肯有此死执哉？兄今图左手操理之利剑，以攻贤、台之执事；右手握事之刚刀，以斫师之执理。于是乎要人言理则废事，言事则除理（前文所驳言菩萨摄受有情，而不承认有情本来一体，最属明显）。理事壁垒，森然对立，各不相谋。他人打倒，然后吾兄左把一理，右持一事，如日月之并驰，分阴阳而两用，囊天地而无外，耀宇宙以长辉。夫而后为之四顾，为之踌躇满志，使天下人士皆知亲向吾王化中先生之真正佛法矣。果也，吾兄已明目张胆，公然建立矣。其言曰：“自来学说之乱，皆因理事不分。读法相唯识，当观万法差别之相，丝毫不可紊乱。读般若，当观万法共通之相，而丝毫不容分别。此学说方面事也。再离言绝虑，而契实相则修证事也。所谓佛法，如斯而止。外此有说，绝难苟同；外此有教，绝不信受。”观斯伟论，堂哉！皇哉！刚勇而斩绝也哉！虽然，藐矣未学，亦请得而辩难焉。夫所谓法相唯识，当观万法差别之相，丝毫不可紊乱者，其义安居耶？法相唯识之所以建立，岂不是针对凡夫之实执与外道之断识断见，内小之恶取空而然。对后两者，则有转依之取证；对前者，则明示以幻妄。姑舍前者，而专论后者。宇宙现象即法相，不论有形无形，一一映于吾人心目者，皆识所变现。即谓内变为根身，外变为器世界而缘之。此唯识之义也。既唯识所变现，则一切色境均属幻妄。色境既幻，则识亦幻。此幻有之义也。外从山河大地分析，至于极微种种差别相，皆幻也；内从身心分析为蕴处界诸差别相，亦皆幻也。是以观万法差别之相者，要在明其幻也。丝毫不可紊乱者，物物头头，还其本来不生实执也。若毫有所执，其法乱矣。然则说法相唯识者，若不提出幻义，徒谓当观万法差别之相，丝毫不可紊乱者，尚有何意趣？岂不如算数学之位位不错，法律家之有条不紊，亦可名之为唯识耶？匪特此也，夫幻者何？空也。境幻故识幻，“境无故境无”是也。是故谈法相唯识而不入于空观者，是不知法相唯识者也。兄只知有差别而不知有空无，所以谈法相但局于因缘，为师所斥，犹不肯接受者，职是故也。且空有以两轮喻，未闻以两车喻。车有两轮，而后可行。若车各一轮，其何以行之哉！兄之犃然分取理事成对立，如上所驳者，则喻两车于空有之说也。且夫理事空有之不可截然分立者，乃入法性必然之向导也。目前境色，当体了幻，一切尘劳，当念即空。浩浩长安大道，滔滔江水东流；千波竞涌，性海宴然；万象纷纭，晴空一亘。兄将从何而观万法差别之相，更从何容心于丝毫之不可紊乱耶？至云“读般若当观万法共通之相，而丝毫不容分别”，此尤可异。夫万法共通之相，即是真常。真常岂限于般若，在法相不可言耶？无为法不就是真常耶？即在唯识，又何不可言？有为法岂离真常耶？姑舍是，兹单就般若一面论之。般若者，无所得也。无所得者，无法可得，无相可得也。今兄乃谓有一万法共通丝毫不容分别之真常相，为观般若所得。噫，远矣！远矣！夫理不可有二，真之与妄，犹手之正反两面耳。非妄之外另有一真，真之外另有一妄也。细勘兄之意，得毋以为去妄了空后，必有一真常不空之物可得耶？若然，则是外道之神我，小乘之趋寂也。小乘、外道，何足与谈般若！夫真常不空，即真空也，实相即空相也。见有烦恼可断，见有菩提可取，见有众生可度，见有一切幻妄可空，乃至见有空可空，皆未可云见般若。何者？若以生灭心寻般若，犹南辕而北辙也。古德所云，众生心处处能缘，唯不能缘于般若之上者此也。□□般若颂云：“若人见般若，是名为被缚。若不见般若，是亦名被缚。若人见般若，是则名解脱；若不见般若，是亦名解脱。”是何也？以生灭心见不见俱非，空心则见不见俱是也。是故谈空而不至于毕竟者，非般若也。毕竟空者，涅槃也。涅槃为果，般若为因，果因不异，故毕竟空亦即般若也。毕竟空即涅槃，无别涅槃；毕竟空即般若，无别般若。若不明乎此，而坚执一万法共通之相以为般若，其间相去何只十万八千里！弟今乃知师之所以呵兄，为不识毕竟空义者，有由来也。《大般若》十六分，弟看了数分，只见教人离相破相，未见教人立相观相。虽曰观相未必离乎般若

（诸法空相亦是相，见般若亦是相）。然般若乃由离相得，非由观相而得也，明矣。若《金刚经》皆明此义，如若见诸相非相，即见如来。兄今日读《般若》，非观万法共通之相丝毫不容分别不可，虽曰不容分别，然实先悬一相以求般若矣。般若宁有此死法耶？今请问兄，兄既先悬了相，何处见是般若？若不着相，般若又何处不见？一切法本离言法性，而仍可以言说示者，贵能活也。岂有如兄下死注脚，谈般若与谈法相唯识之学说者乎？兄且武断之曰，所谓佛法如斯而已。外此有说，绝难苟同；外此有教，绝不信受。大似外道向世尊面前申义，云世间一切言说皆妄，唯我真实的神态。噫！兄谁傲？傲天乎？末谓“离言绝虑而契实相，则修证事也”，与前说“此学说方面事也”相对。盖以学说是一事，修证又是一事，若不相关涉也者。噫！吾不欲多说，姑问唯识观行，般若观照，与离言绝虑，为一为二？若之何把修证与学说划为两途也？虽世间固有此两途，然岂语于真正之佛子哉！

复次，尊函（第三函）谓“游乌龙潭契实相于瑜伽、般若，若禅宗胜义，洞然了澈”。初看“契实相”三字时，疑兄偶错下名言。及看至“洞然了澈”之语，及上文举兄言契实相乃修证之事，方知兄确以证得自命。契实相初地菩萨，见道位也。兄今乃公然以大菩萨、圣人的面孔，临诸自己十余年来沐教浴法之亲教师矣。任何人看至此，未有不愤怒者。兄岂惟欲欺诳于师，并且欲欺诳法王？法王无如此之王子，正恐因果历然，自作自受，地狱不是不为兄而设耳。写至此，吾欲无言。旋复寻思，兄未必立意说妄说，无惭愧至此，盖必有其中毒之深根，认毒药为醍醐之所在。因复细看兄三次函中语气，实寻不出有丝毫有道的气息，连世俗学子稍有素养的味道亦无。反过来看，则处处表现名利恭敬贪嗔痴的气味（请勿动气，兄若不自称契实相，弟不至如此摘出）。此书开头几页虽略举，及今亦不欲一一摘出。但就极明显的含有恶意者两事写出，请兄自己批评看。第一，故意误解师叙空有及贤台各宗派之文，推波助澜，强奸人意。如师引台、贤自说卓树不群一语，兄在句下加以无上至极，偃盖性相，成为师说。及师说台贤徒知佛境，末言其非尽善，兄则故抹煞师之后言。盖假此以攻师投降台贤，而自覆其前期光芒万丈之发现也。此其一。次则师谓兄执一隅之说，及不能引助而反引敌，是何等沉痛语耶！兄对此乃完全忘却出此言者，是我十余年爱切恩深之亲教师，反谓师“已外洋而敌视之，洋之与师终分不可合矣”云云。此其二。上二事是否含有毒意，任何人皆看得出，还请兄自己批评。至谓已外洋而敌视之云云，真不怕旁观者齿冷。兄之学说，乃值得师敌视耶？呜呼！吾尚何言！兄自谓乘着空有两车，自跻于龙树、无著（初地菩萨），如弟之凡夫，当不足数。今请问兄，兄上已目无恩师，则其他同学及海内名宿，亦非在兄眼中可知。兄将毋以己之学可以吸收弟子乎？兄之目为弟子者，弟亦曾有领教者矣。其对兄之认识如何，兄尚在梦中而不自知也。兄著述立说，庞大惊人，价值何在，自有具眼者，非可以衒羡庸鄙便为是也。（我终生不会著述，亦绝无作人师的资格。自问毫无所有，故敢直言举告，客观的批评。许多人同此批评，岂肯告兄？）统观此段所举兄之种种，已知兄之中毒乃从一个傲字发展出来。孔圣云：如有周公之才之美，使骄且吝，其余不足观也已。周公之圣，使着此傲字便一切都不足道。兄今因此字发展至谤毁欺诳，是尚有何德何行何学，足以夸示人乎？兄莫怪弟攻兄不留余地。兄当自反，弟那一段话不是缘兄之无礼于师与我慢武断而起？师欲我说几句话，用意岂在与兄争是非长短？兄何不思十余年来师对兄提示何等殷切，爱护何等特至，期望何等远大？今犹欲兄之不远而复耳。兄若肯翻然悔过，一扫自己之骄矜与浮气，立即返投师前痛忏，则傲字一去，兄十余年所学皆实学也，固十倍百倍于弟也。异日荷担大法，光大内院，辉映前哲，固兄与秋一兄之所克承，乃弟之所百拜庆幸者也。否则长养此傲，匪特对师成忘恩负义之人，为天下所讥笑，浸假连兄少时以来之孝友刻苦等等美德，亦将失其价值。使浅薄如弟者，亦得从兄生心动念处，而以议论绳其后矣。且佛魔并称，非特事之所有，而是理所必至。克念则圣，罔念则狂，岂我欺哉！倘兄能忏悔，则兄于师前顶礼痛哭之时，即弟向兄前九顿首谢罪之日也。遥企道履，不胜恻怛惓恋之情。

此祝

道绥

编者注：该函疑写于1942年2月，准确时间待考。

第二通

真如学兄惠鉴：

奉大教，再三读，金刚怒目，义形于色，肝胆肺肠，全盘捧出。恻怛惓恋，唯恐地狱众生，拔济后时，生死长途，罪过何极。非斯人之恃而谁恃耶？兄乎兄乎，朋友而兄弟乎！称吾善者吾之贼，道吾恶者是吾师。谨以至诚，受兄训诫。虽然爱师敬师，弟亦素不让人，自以学说辩论，自古有之，目为寻常。愚戆而过则诚有之，若谓熏贪嗔痴慢毒，向恩师自省，八识田中无如斯大逆种子。恩洋自始至终，为宜黄大师之弟子。光阴迅速，转瞬孟冬，顶礼膜拜于大师之前者，弟正不后于兄。届时并得礼谢吾兄也。临书感激，神意交驰。

恭颂

法乐

弟恩洋顿首敬上

二月二十六日

外抄上亲教师函，用拜兄念。

真如我兄再鉴：

忆昔年在南京兄家夜读，兄评我慢重，未之服也。比来深思，弟一生不但慢骄重，吝心尤重。去岁在家行事，至今思之，内愧几无以自容。诚知生心动念，事事皆非。除慢之道，当刳心斩首；除吝之道，当倾覆室家。非必有其事，要去其执我，我所执不去，难夫修大士行矣。因兄举孔圣之言，陈其所忏如此，愿兄勉我督我携我入坦道也。

弟恩洋又及

二十七日

附上亲教师函

亲教师慈鉴：

顷奉真如兄函，至为激动。讽诵再四，五内怦怦，发起无上惭愧。复读前教，益感师爱我之深，并弟子无礼之甚。苟非远道，当即座前九叩首。回念受教数十年，师视我如子，弟子事师如父。父子之间，何事不可谈，何话不可说？狷狂放恣，既成骄事。时欲捧土以益泰山之高，点烛以增日月之明。曾不自量度，野哉由也！固宜夫子之哂之。夫大量昭于有容，大慈彰于宥过，夫子终不怒我舍我也。引领东南，神驰不已。敬祝少病少恼，为法不劳。

弟子恩洋和南敬上

编者注：该函写于1942年。

第三通

复王化中函

附来书

奉复书，非大勇无我，念念不忘一大事因缘者，曷克有此！浣诵再三，感激涕零（能不涕零耶？），惭愧无地（能无惭愧？），敬服何极（诚当敬服）。兄乎兄乎，吾侪非多生从法乳结缘而来者哉？更自今生世世如释迦、弥勒在因地时，大丈夫固当如是也。喜极立复敬行，望勤加督策。大师前更频函候，深柳、宜黄一脉，得兄光大无疑矣。

肃此，即候

法悦

铭枢和南

四月十八日

附来函。

编者注：该函写于1942年。

第四通

真如吾兄惠鉴：

前接复示，敬悉一切，热诚大愿，铭感奚如！所谓如释迦、弥勒之因地扶持，敬闻命也。弟在此间，对宏法事殊少进行。至月内军队始让出院址一部份，今已修理完竣。时当今日，尚不敢谓对法事能有若何之进行也。但在此数月中，个人修省则较有进步，颇思将行为心性作根本的改造，庶不负平日大言渎袠圣教，作有惭愧的人也。大浸稽天，更思社会人心同得根本改造。吾兄居忧处难，而向道益虔，弟实佩其雅度。近来心行道业，更何如耶！

大师处音问往复已数度，幸无念。

顺叩

法乐

弟恩洋顿首

四月卅日

附呈一偈请正：

执我能修即是妄，有法可证便非真。舍除一切妄分别，形形色色自圆成。

编者注：该函写于1942年。

第五通

复王化中

六月廿三

承复示，适有北碚之行，昨归始克报此。望兄书久矣！来何迟也。读至“作有惭愧的人”句，为之额手。诸佛菩萨，遍无边，穷无际，示现无量功德，所以为众生治病者，实以惭愧两字为药引也。孔圣亦以改过克已，为德达仁至所必由之正轨。禅宗六祖妙谛圆演，诣绝中土，而实以知非为其教眼。千余年来，未有能就此点提示学人者。弟曾有评晦堂答韩宗古书一文，发挥其义，可作颟顸弊玩者之顶门针。吾兄果能终身持此惭愧不懈，安患正眼之不开哉？惜兄句前下“颇思”两字，未免太轻。吾人要咬定牙根，刻刻在性命关头上着刃。自已心性与无上教义，犹水乳融和，无中边之异味。晴空一亘，非表里之可分；大江倒峡，绝瞬息之观望。总之一切皆属决定，断无仿佛犹豫、或彼或此、可后可先之事。决定论系佛破外道邪说义，此说得毋相违教耶。请辨之。若透得此理，则亘古无穷的圣言量，皆从自已心性中流出。透不过，难免古德所谓依经解义，三世佛冤也。“颇思”云云，知兄离截流迳渡尚远耳。

兄赞弟“居忧处难，而向道益虔，实佩其雅度”云云。兄之所以致赞之意，与弟见适正相反。何者？居忧处难，乃属直行大道，稳航洪海，以其时时触见障碍，斯显康庄求定指针，不虞芒昧故耳。兄今圣境开堂，俗情走誉，位尊受供，口疲宣檀，犹如悬崖浮空，黑风漂堕，路且未见，舟已失舵，旁观者为危栗。弟与艮庸常常代虑，固不待言也（艮庸每致慨尊境）。昔赵州答马大夫云：“……若不修行，争得扑在人王位中，馁得来赤冻红地，无有解出期。”大夫乃下泪拜谢也。今又不仅人王位中矣。又昔有僧问某禅师：此界怎样热，向甚处避？答：何不向无寒暑处。问：何谓无寒暑处？答：寒时寒杀阇黎，热时热杀阇黎。兄当知供养是罗刹，趋奉是邪魔，圣境是火坑，而名山胜水、清风朗月乃朽冢枯骨也。然则兄之无寒暑处，究安在耶？久无间，恨未得进规，兹所云云，实难再隐。所谓如释迦、弥勒之在因地时，兄复书固已同此怀矣。尽今生不力相绳纠，来生尚得此为缘会否？非弟之愚昧所能期也。

尊函末示偈“执我能修即是妄，有法可证便非真。舍除一切妄分别，形形色色自圆成”云云，无修无证，理固如此。假譬兄从小不知有家，一旦为父兄引回，一切现成，更不作有家想。然愚夫外小，究难语此，费尽修证工夫，而其所谓家者，终属空中楼阁也。尊偈前两句，虽属谈般若，实亦法相唯识两者固可汇通也。惜第三句下语未当，虚妄分别，盖非可遣也。法尔如是之法，如来亦不能遣也。有少法缺一法，有可得有可舍，均诬也。《楞伽》云：“诸虚妄法，圣人亦现，然不颠倒。”《般若》云：“如无所有，如是而有。会而通之，思过半矣。”故该句若易为“无取无舍无分别”，方可免过。弟曩有读《金刚经》一偈，与尊偈相类，盖同是就法相以通《般若》也。兹录呈如次：“金刚三句法，并非玄妙说。法法本现成，法离能所作。”

宗镜和尚已赴尊处否？上月弟偕王劭深翁往与住数日，渠不多言，言必有中，盖是有正见者。临别赠渠一诗颇佳，见面时可索阅。秋一太太逝世，太师来书甚悲。弟欲有以应之，因寄呈一偈云：“奘师寂莫后，千古振悲风。三藏融一味，慧炬续无穷。言教野干鸣，宗门随颟顸。教宗冶一炉，始豁人天眼。江阳悬烈耀，奚逊宁院尊。在山无高高，在水无源源。法界无来去，世间无生死。谁解报师恩，众生皆吾子。”

又挽秋一夫人联云：应缘而来，舍缘而去，应舍缘因本性净；有生为苦，无生为乐，有无生见报恩深。

耑复，并候

法喜

编者注：该函写于1942年。

第六通

……住邪见，毁坏律仪，亦令他住邪见，毁坏律仪，死堕牛羊等类之中。弟学佛二十年，曾不戒慎，乃落恶取空中，惶愧惶愧！虽然，兄不云乎，兄之知见未脱二乘窠臼，认有世间法可断，有清净法界可取。如根据法相宗说法，而实不善法相。兄眼未正，乃敢大胆进规云云。弟闻之二乘著有，空乘著空，法相宗人亦称之曰有宗。兄既二乘我，法相我，何复恶取空我？我实认有世间法可断，有清净法界可取证，毋乃有见而非空见乎？然弟犹未敢自谓为有见外道者，无二我故，依世谛故，胜为无得，不计有空故，第三时教之非空不空名中道故。兄眼宜正，兄宜真善法相，云何语义相违，自作矛盾？弟行能无似，反省真不自容，而屡承爱重，苦口砭针，感兄之谊厚，奚必更争曲直，非敢争也。计吾辈同是凡夫，不可不互相砥砺，免堕妄见深坑，浮慢僻执。弟之爱兄，亦如兄之爱弟，提携扶掖，庶几如佛及慈尊之共证菩提，弗敢谀弗敢慢，直心道场，不切切偲偲，亦不足为友矣已。

顺颂

法乐

弟恩洋顿首

八月初三日

编者注：该函写于1942年。此信前半部分缺失。

第七通

真如吾兄惠鉴：

在渝备聆教，剖肺肝，投药石，深爱厚望，孰逾于兄，益亦自勉矣。唯百朋之锡，愧无微报，如何如何！临别赠近作佳诗，归来细读，其味醰醰，益佩兄造诣之深。现文教院将印《文教丛刊》，每季一期，欲将兄之诗登入，用敢先请。

顺颂

法乐

弟恩洋再拜

冬月初七日

编者注：该函疑写于1944年，准确时间待考。

黄庆（1900—1977），字艮庸，广东番禺人。毕业于广东高等师范附中，考入北京大学，成为梁漱溟入室弟子。毕业后，任国民革命军第四军第十师秘书（军长李济深、师长陈铭枢），参加北伐战争。1927年，任广东省军事厅政治部主任。翌年，受广东省教育厅厅长黄节之聘，出任省立第一中学校长。1933年，参加福建反蒋活动。1934年夏，在山东协助梁漱溟开展乡村建设运动，推行村治实践。1941年，参加中国民主同盟。中华人民共和国成立后，在民盟中央委员会工作。

第一通

真如先生赐鉴：

久未肃书奉候，今写此信，将令先生惊悼不置。呜呼！平叔兄于本月四日晚九时半身故矣！月前先生来书，尚邀平兄往晤。彼正在病中，欲应命而不能，乃不知与先生为长别！庆等亦不意。平兄胸中有真诚公大之志（惟先生可以许之），今竟隐抑以殁，不能尽其天年也。岂不痛哉！平兄到此间筹办勉仁中学，精神至为奋发。购买西寿寺作校舍，平叔朝夕监工，黎明即起，至夕宴息。日间读书不断，在起病之前，每日手抄《鲁迅全集》论文艺之释著（有空闲即抄书），手不停息。庆以其身体本弱，近来因往来璧山白沙之间，曾患痢疾，劝令休息。平兄尚谓，抄书可以摄心使静。不意于八月中旬，左手肘间生一小疮，颇为苦痛。不两日，疮愈。又两日，而右手肩背于午睡后忽然作痛，惊醒。医者谓为气虚受风，服药稍见效（右手疼痛稍减）。平兄尚不以为意。及后更一医，服以驱风外敷药，左胸左手又作痛。俟后日渐深沉，症状屡变。临终之夕，庆与熊师均在其侧，见其痛楚虽甚极，而神志甚清。庆问其遗言，则以二事相告，断续而言曰："平日麻夫过了，到了今日！"似自谓平常义务尚未能尽，引为自憾者。继复言："人都有他的自信。人道、人道主义、正气，在人人的心中，人人俱有。他总有一天，一有机会就能表现出来的。"……稍停又曰："吾此三日如在梦中，未尝不常觉此理之真切也。"末后数语，庆记忆甚清楚。此后，平兄不复言，于家事不留一语。呜呼！平兄临终，其奋进精神一如平日，其追求真理一如平日。庆与熊师劝之念佛，彼随即高声循念。时有友人在旁提点，劝其收敛精，彼即点首言曰："晓得"，"我知道。"以后默然如入睡，气息益微。属纩时，头部、胸、手均温暖。翌日入殓，手足尚柔软也。先生思之！庆之悲苦为何如，先生之痛悼为何如邪！其灵柩已于昨日由张俶知兄及其夫人护送回里安葬。善后事，师友正在商议中，请勿念。

专上，即请

道安

晚黄庆拜上

编者注：该函写于1940年。

第二通

平叔逝世复艮庸函

廿九.九.四.晚九时半故

捧书怆恸，不知泪之何从！吾生恨事萃于此两年。去岁八月，王礼锡劳瘁捐躯于洛阳。今年八月，陈希周为公遇害于闽北。同月，复有欧阳大师丧子之大变。而吾最爱之廷甥，大半年无信息，死生未卜。孰意连复见我平叔之永隔人世耶！呜呼伤哉！人身不坚，有如巴蕉；人心不实，本同幻化。年来益从佛法上参透，不肯妄动一留恋生命之念。已不自悲而独悲人，已不自恨而独恨友。唯此悲恨，虚耶实耶？吾不自知，亦不欲知也。唯此悲恨，有其根源。诚如来书所云：“平兄有真诚公大之志，唯先生可以许之。”此真诚公大之志，乃吾侪性命相结之真实。弟之所以恸由此，我之所以恸亦由此也。平叔回川后，思想已渐转变，而起所转之向，乃即昔日在沪话别时所期期不以我所言为然者也。今视其逝世前所致力之方向，不益明耶？独惜我入川后所认定人生之归的，尚未与之一言。月前函邀彼来谈者，正为此耳。孰意竟不及一见，遽作长别耶？我之归的，纯属老路。平叔平生好与我论心，故此老路，惟彼易与印证。人生性情中的知己易，学问中的知己难；学问中的知己易，践履中的知己难；践履中的知己易，而知见正旨归同的，或并世而不一遇也。前三者吾于平叔何有焉，独于后一者，粗有所诣，不先与吾平叔讲明而谁讲明？而天竟违彼我之时地，复限吾平叔之年，使不得作最后之策发应乎，此吾之所以尤恸也。然吾视来书所述平叔易箦之言曰：“人都有他的自信。人道、人道正义、正气，在人人的心中，人人俱有。他总有一天，一有机会就能表现出来的。”又曰：“吾此三日如在梦中，未尝不常觉此理之真切也。”于家事不留一语。噫！彼于人间世及一己身心之真知正见，何其深切而辉煌也。凡人于命尽之际，所难舍割者，不在自己之身，而在其所切系之物与事与人。庸流至死不肯放手者物，赍志以殁者所恨在事，独对于人之牵挂虽贤智亦不免焉。今视平叔临终之言，与阳明先生“此心光”之境界固无异，而其揭出人间世之永远真实与自己人生之正见，灼灼焉与日月并驰，乃逾乎阳明矣。“吾此三日如在梦中”，乃说整个人生。一切人生如在梦中，梦而不知其梦，此人生之所以颠倒虚妄，无有已时；梦而觉梦，则一切颠倒虚妄，无非真实。此所以说，“未尝不常觉此理之真切也”。宇宙只一真实，真实之于人生，人人俱有，人人不异。唯世人举目所睹世间人类尽成争杀之现象，遂使人失却本心之自信，致疑人道、正义、正气为无用。不知道不远人，人自远道，所以他说：“总有一天，一有机会就能表现出来。”呜呼！平叔殆已认得真实，把握人间矣！苟明乎此，则万世之后，知其解者，是旦暮之遇也。唯明乎此，所以对生离死别之妻孥师友，而不足动其留系之情也。平叔殆见乎道矣！吾欲与彼论者，彼已先吾而得之矣！吾可以无憾矣！死生旦暮，骷髅菩提。王礼锡之死，今逾周年，吾未尝觉其死。王平叔之于吾心中，亦尽未来际而常在耳。

弟与诸师友，平生与平叔相得之深，当亦如吾有一永存之彼也。其夫人已护柩回里安葬，望录此信示之，并为慰问。其家事详细，望续见示。诸友对死者如有集文纪念，即以此信当示可也。

陈铭枢

编者注：该函写于1940年。

第三通

真如先生：

九日来示，与此间诸师友展转传诵，相与太息不能自已。固知先生悲恸之深且切，恨不能起平叔兄以共读也。平兄爱看先生信，亦好写信。人生幻化，终归空无，此指躯体而言。若不从躯壳起念，人生之真际，亘古今、遍宇宙、尽未来际而未尝增减。此理平兄生平共信，吾知平兄必知所去处，吾又何悲。惟益自勉以期不负师友生平之所志，则亦平兄未了之大愿邪！平兄遗三子一女，长子年十七，前妻所出，今肄业勉仁高中。余二子一女俱幼。其夫人待丧事毕，移家来勉仁校，在校教看护功课。将来拟在此间，由师友主持追悼，或编印其生前文字及师友悼文。先生来书即抄录一份于灵前焚化。原信暂由庆保存，以便将来交其后人珍藏也。余不一。

即请

道安

晚庆拜上

九月十一日

编者注：该函写于1940年。

第四通

致黄艮庸

八月八日立秋

记得上次见面时语否？吾侪尽此一生，一切都可不得，唯道在必得。又记得临别时语否？吾侪当刻刻发现自心奇迹。流俗所谓“一日千里”，仍属世间凡驷；而“士别三日当刮目相看”之言，乃客作汉对夸于村夫耳。欲知此中消息，要在弃绝一切与古今人物较量之见。黎明将起，不觉上两次话蓦现脑际，故执笔重申一到。我无别长，唯好说大话杀死人耳。秋后再早些来小住，非有益于我，必有益于弟也。

证如白

编者注：该函写于1941年。

第五通

证如先生赐鉴：

奉立秋日示，所以警策者良深。“唯道在必得”与“刻刻发现自心”二语，可知当下之紧切。自心即道，发现即得，一念万念，甘苦自知矣。

先生于般若义，契悟深澈。以般若义溶铸一切世间法，法法皆如，横竖说来，都无不可。然亦是賸语，所以不辞无语而必须语者，正见菩萨悲悯之怀。亘天亘地，亘古亘今，只此悲悯。众生未成佛，菩萨不涅槃。菩萨无我，众生即我，是以悲悯无尽，我亦无尽。此吾等所有事，而不敢一刻自懈者邪！庆质弱顽劣，知其理而力不能自举。永嘉云：“但向怀中解垢衣，谁能向外夸精进。”贴肉汗衫不得脱，举念即乖，如吃黄连，自知其味，不敢向人呼救也。先生以为然否？

专复，敬请

道安

晚庆上

八月十一日

潘先生均此，恕未另。

编者注：该函写于1941年。

第六通

致艮庸

复虞竹园长书，兹录示吾弟，请细看至书末，当知吾言非获已。倘伊阅后仍如前两函之自执，则此子十年后，复检思吾言，必当捶胸痛悔也。此书说理虽多，尚非死于句下。文亦特至，吾弟自能得之。望与颂天同看，并抄一通送冶公。且呈熊先生一阅。梁先生信已悉，去信时为问好。朝杰想快复元。

枢白

编者注：该函疑写于1941年，准确时间待考。

第七通

艮庸弟：

五月卅一日函悉。《大珠顿悟入道要门》，《御选语录》对之有贬词，我未看过，未知何所指。窃意雍正或以与思之不及、议之不得之祖师禅不类小之耳，否则雍正以禅自负之过也。禅而自负，岂尚得谓之禅哉？我所以赞此书者，端在示人正知见，显达直捷，罕与其匹。尤为初学入门之指针，故名为入道要门，诚不谬也。弟又谓细看似与黄檗《宛陵录》等气味不同，不知何指。黄檗气象固大，然摩尼宝珠真窥得透者，不在其色相形体之何似。以我观之，凡显示着正知见者，匪特大珠与黄檗不殊，凡诸禅德一言一句，一棒一喝，无不同一味也。弟谓“体与举两头，实为一事，不必为古人言高下”，此语甚是。请再检看《大珠语录》，律师法明谓大珠禅师家多落空一段话。当悟大珠指示正知见，实面面俱圆也。又望检视永嘉《观心》第三语之心与空相应一段文。此文我欲一验吾弟知见，既说空不空，似已义足，何以尚须说非空非不空耶？请弟答我。若答不出，只好俟面谈。再者，祖师禅虽类多无言可说，无理可伸，其实悉从教理参透而来。凡诸大德，无不通《般若》及《楞伽》者，此两经乃真禅师家之宝库也。匆复，所见望细详之。

铭枢

编者注：该函写于1942年。

第八通

真如先生赐鉴：

六月二日示敬悉。此信本应将先生指示各文全看后，方好作答。但今明日有功课五小时，以长时间翻阅各书，如《御选语录》等，则非日内可复。谨先上此书，以后到渝时面请玄义，以笔墨又多未能尽意也。雍正对《顿悟入道要门》一书有贬词，此书诚初学入门之针南，不可贬也，似系在某序文所说，庆亦不甚记清。其意似斥其所谓圆明之体，乃认情识作子。庆谓雍正以禅自负，其各序文字里行间，均有此气味。至与其诸大臣论禅理，各各作偈，且多许为已明大事。若禅学至他有重新整理之功，如平定天下者。然不知先生亦有此感否？此是藤葛之语，不必置论。承嘱将永嘉心与空相应一段文复看，加以提挈，至感至感。庆于义学及禅学，实未能通。以前稍稍注意自己身心，又偶与书对证，故有似明非明之语。今先生问及，不敢不求证。昨翻《永嘉集》一阅，所感如下：（一）第三语相应之前，有“第二出其观体者，只知一念，即空不空，非空非不空”云云。此言其观体，原如是也。（二）心与空相应，即无妄不息，侧重息妄；心与空不空相应，即侧重息妄以显真；至心与空不空、非空非不空相应，则成中道义，烦恼即菩提，生死即涅槃义。此种解释，不知有当否？如有错谬，敬祈指示。下月中旬学校放暑假，到渝请教之期不远。先生近不太忙否？难老未来。封岐酒事，已禀力师矣。

敬叩

道安

晚庆上

六月五日

编者注：该函写于1942年。

第九通

致艮庸

六月七日

接复书，答空不空非空、非不空之问，云“心与空相应，即无妄不息，侧重息妄。心与空不空相应，即侧重息妄以显真。至心与空不空、非空非不空相应，则成中道义，烦恼即菩提，生死即涅槃义”云云。此解当从天台所宗之因缘所生法一偈而来，不可谓不是，然未敢以弟为了澈也。所云中道，若无两边，中又奚立？须知中道云者，当非毕竟空义。又云烦恼即菩提，生死即涅槃，须知毕竟空中，本无烦恼、菩提、生死、涅槃可得。此义甚深。世尊答波斯匿王问胜义谛俗谛是一是二，云：“大王，汝于过去龙光佛时，曾问此义，我今无说，汝今无听，无说无听，是为一义二义。”此岂可以言说相喻耶？然既言空，又言空不空，又言空不空、非空非不空者，盖方便设四句以求透过耳（即离四句）。若透得过，则一举空，当体即空，何妄可见而求其息？一举空不空，则立地皆真，何待妄息而真始显？一举空不空、非空非不空，则妄固非有，真亦不立，真妄俱非。所谓如来所说法，此法无实无虚是也。达之者说空，是说不空，亦是说亦空亦不空，及非空非不空，亦均是不达，则此四句正是破外道之邪执耳。善乎永嘉云“出其观体者，只知一念即空不空、非空非不空”者，非实有契于第一义谛者，岂足以语此哉？上所说，姑就弟答语进一解，至如何始是真通澈耶，殆未易言也。即言得澈，终属说食不饱，故吾言且止。下星期或偕心清往缙云宿尊处。

编者注：该函写于1942年。

第十通

真如先生赐鉴：

十三日示敬悉。伯钧夫人已将住处准备好，得信乃知不能来也。永嘉禅师有说，谓为天台五传，而印证于曹溪。文中又见其两提“中道”二字，故依文解义，仓卒奉答。承进一解，更为透澈。真妄俱遣，其义究竟，下文中谈是非一段，重出观体，与先生所指示者符合。古德云依经解义，三世佛冤，庆诚不能免此。然向上一着，千圣不传，离经解义，即同魔说，先生亦不可不怪耳。一笑。朝杰因此间面粉不能出卖，正多方设法找买主，颇为焦灼。日间或能脱手，即可来渝。难老仍未来。闻彼不愿就参政员，陈强选之。力师写《新论》下卷，已至卅五页，兴致尚好。余不一。

敬叩

道安

晚庆上

六月十七日

编者注：该函写于1942年。

第十一通

真如先生赐鉴：

相叙三日，又匆匆言去，殊怅怅也。先生矻矻于道为怀，此次相见，脱落逼真，更进一境，感人最深。宗通语通，默时即语，语时即默，语默亦无依倚。信手招来毕竟空，亦是剩语。然赵州八十行脚工夫，绵密中有疏朗处，疏朗处有绵密，此亦有不容已者。有一毫见刺，便天旋地覆，毫厘千里矣。先生亦同意否？朝杰弟今日来渝，《白沙集》已交他带上。尊款万元，五月份后未入股，不只先生款如是办理，幸未蚀本，仍照此期息付息。惟此两月内以面粉吃大亏，学校及书院经费大困，尊款须俟油款领到后始能拨还。此情已请朝杰面详。余不一。

敬叩

道安

晚庆顿首

六月廿二日

编者注：该函写于1942年。

第十二通

真如先生：

答化中书敬悉，从真实心中流出，语语透澈。化中兄得此书，必有感应，亦当深心忏悔，不致谓先生以境示人便好，但恐亦不易耳。书中“一切皆属决定，断无仿佛犹豫、或彼或此、可后可先之事”数语，空中霹雳，截断众流，群魔退听。所谓咬定牙根，刻刻在性命关头上着刃，自已心性与无上教义融和，乃得言之如是无疑滞邪。然庆尤爱“以惭愧二字为药引也”一语。“药引”二字下得妙，谓宇宙间皆“药引”无不可也。言之我心震栗生惭愧也。信稿已抄一份寄立法院黄先生、陶先生处，日间庆当亲自送去。又日前寄来两示，已抄好附上，似由先生得便寄欧阳大师为佳。余不尽。

敬叩

道安

晚庆上

六月廿九日

子琴、宗三两兄嘱笔候

编者注：该函写于1942年。

第十三通

艮庸弟：

寄上最近与秋兄往复各一函，请认秋兄之所成就为何如耶。前寄敝演稿末抹去一段，仍请存之，是依照秋兄所示也。此两函阅毕即寄还为要。

枢

十二日

秋一学兄：

奉读尊复，敝稿得兄鉴定，喜幸何可言量！承摘示两点：其一诚属弟之粗忽，当删无极一句。其二敝稿所引唐译《楞伽》真如离于心识一段，遵嘱检宋译比对，始觉唐本未免曲解，似此则敝稿所引此段经义全文拟删去。且此段乃多余之文，未审以为然否？唯尊示梵本心解脱一专门名词，尚待面请教耳。最后承示宗下须有澈骨感觉，真不自谩始得相应云云，真洞本之谈也。宗下之所以不欲谈理者，岂不以此耶？弟近月来常为此激奋，盖于理解虽透，而真实尚惘然把握不着，所谓无言可说，无理可伸矣。究竟珠在何处耶？说似一物即不中，工夫不在动静两边矣。究何以能一念万年耶？知世间法不异出世间法矣。究何以能吹毛用了刃，刃若新出于硎耶？凡在人间世喜怒哀乐荣枯得丧之际，□□□皆中节脱然无累者，非经兄所谓澈骨感觉，大死过来，曷克语此！弟此时已竭吾才矣，而平生未用过死工。物累多，亦不易用死工。其何以打破此关？死生事大，无常迅速，每思至此，辄为悚然，未审兄肯进一步以教我否？念念中，呼吸中，唯此一事，然当其智穷力索，进无可进时，其须赖于良师益友之提示为何如耶！

耑复，并颂

道安

弟铭枢

七月五日

证如学长：

五日惠复敬悉。尊讲稿末提及转依指示归宿，未可从删。但唐译真如离于心识句，意义不明，略之可矣。大宗以心为依，离染之心为转依。即已转之依，此亦犹小宗之言心解脱，故经文会通之说，无他奥义。唐译疏忽，乃失其真耳。承详示用功困难处，皆是植本未深，犹滞知解之故。禅家着眼死生事大，此非可由思维理会，亦非是外百感触，怵目惊心而已。此须从内而发，忧来不绝，乃是真实感觉。故是领受之事，非是知解之事。有此感觉，把握得住，乃能启力行之源泉，结道心之根蒂。除此一途，虽说得真切，理会得透澈，亦只知解而已。到究竟处，总不相关也。子舆氏言理义之悦我心，悦字下得最好。盖是领受这事，非知解这事也。吾心之于生死而有所感，再应于此等意味处，得之非徒理解而已。大本既立，乃有工夫，乃能工夫，滴滴归源。《般若》言不离一切智智相应心，此滴滴归源之说也。大本不离，自然相应心不离，徒求一念，万年无益也。念念不离，即念念究竟，一念事即万年事，万年事即一念事，念念皆有结束，即念念皆可死。语曰朝闻道夕死可矣者，此也。刃刃新发于硎者，亦惟从此得之也。一切智是声闻归宿处，般若向上一着而言一切智智，吾心有感，所求向上归宿而已，又不可于一切智智作文字解。佛法地前地上，大□可言，一在胜解，一在意乐。今言工夫，只有胜解。孔氏之由不惑而至于从心所欲，亦只胜解边事可以旁证。所谓信决定也，真有心肯处，乃不自谩，亦谓此净信也。信此立己，亦以立人，自然喜怒哀乐，无不中节也。此非凭一己好恶，亦非顺从人之好恶，物来顺应，自有相感而通之处。然而大本之感，工夫之信，所以启发之涵养之保任之者，无不在教。发明心地，但凭一点领会，则其道有时而穷矣。弟习教久，所得止此。来意殷勤，敢以相酬不审，能相应于百一否？所受信稿，悉附函寄上察收。

弟澂再拜

七．九.

于默卧病经旬，故信稿久未寄也。

编者注：该函写于1942年。

第十四通

艮庸老弟：

来示值我全家都病，今日始克复。

弟毋庸自伤，吾侪本属渺小（亦非人能所伟大之），无毫发足矜恃，但能时时作学人，与年俱笃，庶几寡过而性易明耳。

说法系为世俗，此语未正。如来无二种语，宗通、说通，其旨固不在言说及其所说之义。然此方教体在声闻，非假言说无以入也（经有譬，如灯照色）。有言说即有其所说之义，詹詹者流，罔窥大道，辄以能明其义，便为不泥言说矣。庸岂知“依经解义，三世佛冤”耶？反之，复误解如来“吾四十九年未曾说一字”之语，谓一切经说都归空无矣。又庸讵知“离经一字，则成魔说”耶？前驳正熊先生误解“凡有言说，都无实义”之意在此，又何关于为世俗与非世俗耶？又我答辩熊先生第一书，曾有“明此事则五法三自性，随举一法而五法皆备，随说一性而三性俱明”之语，熊先生复信，不见及此。渠执着本体之说，固无从通此。吾弟虽究《楞伽》四五遍，恐亦未之明也。我答熊先生两书，无一语出自臆造，句句都有来历。即上所举数句，得毋以为虚玄耶？不须费唇舌，可重检《楞伽》“妄法有十二，缘起则有六。自觉智尔焰，彼此无差别。五法为真实……”一段偈，可作我说的来源。此更与为世俗、非世俗何关耶？弟治经而未能入经，如何如何？

复次，弟素来喜说如何体会到恰切处，字面上似甚妥当，其实在弟意识的领域中，颇似三家村婆体贴人情的话。若语以佛法，全无是处。更欲以此调和两方之理论，则属模棱颟顸。此乃弟极深的病根，非我与弟相处之久，与知之深，不易看出。而吾弟方且以是为平生最能体会大道之处矣，岂不深可慨哉！夫对于双方对立之理论，是甲非乙可也，是乙非甲亦可也，甲乙都不是，别建立吾之是而两辟之，亦无不可。断无于彼此是非之间，既欲两是之，又欲两非之，牵长补短，使得到双方之所谓恰切处者，何仅得此妥协之见来！弟素来得意在体会两字，不错。在儒家言体会，在佛家言默会。默会体会，似无差别。然若不善看，则隔山万重！试思体贴、领赏、虚构，亦可称为体会耶？仿佛、模糊、笼统，亦可称为默会耶？吾弟素来说话及书信，未曾见过一句明澈决断之言，有时似有是处，然总觉抓不着痛痒，此其为病，岂小小哉！我不为弟言，尚谁能言谁肯言？

复次，熊先生动以所固持之见，曲解经义，我第二函故极规之。岂我聪明、学识能超过渠，但我所以言所无事者，胸中无所矜恃故耳。渠反昧于经旨者，有所矜恃故耳。大乘经义，古来是《楞伽》为难了，聪慧如东坡居士乃至为文句所苦。其实亦何难之有。厥所难者，归根得旨耳。拔其根，得其旨（何以我不随着说归而说拔，明目者方辨），则全经所阐明一百单八句义，明一句则句句可明，句句如一句。若不得旨，即饶句句能读，义义能解，亦毫无用处。何况熊先生连经义亦曲解者耶？我第二书谓不辞千百回与渠往复者，岂漫作是词？抑岂有许多知解智辨胜得过渠，能如是大言不惭！徒以我早能透视其所为，渠许多知解智辨都无用处，总可即其言说而驳正之，乃所裕如耳。弟乃谓我未全读其《新唯识论》，故有彼此难相通之处。噫！渠之《新论》，宁待全看哉！昔裴休呈其著论于黄檗大师前，师置不阅。夫檗果真以其书为不值一看哉？诚以休之所为，乃所了了，即言论有当，亦无益耳。休于佛法比熊先生如何可弗论，然休固真正之佛弟子也。熊先生则如何，弟固能知之，不俟吾言。我答渠第二书后，尚有更精粹之经义（言不该典，岂智者之所谈？），以洞其本体、真如心之僻说，待接渠三次书，乃写出。孰知渠甫看到我第二书，便无言可辩（彼既不来，我亦不往，诚可惜耳）。复书寥寥数言，谓“白日在天可掩乎？指南针可改动乎？佛说自是有弊，不可不矫。你中毒，冤哉！”又谓“佛说得空，吾说得实，空则有弊，汝知否？”呜呼！此种口吻，尚有丝毫学者之气味乎？尚可与说道理乎？谓我中如来之毒，如来之说有误，不是反正我之能合佛说乎？渠先持佛说与我论义，虽非无着，尚未非佛也。待我辨明，渠误解经义，无理可辨，则又委罪于如来，抛弃论旨，反自诩如青天白日，如指南针（此处应下何句以足文意，因渠是弟之师，只好歇却）。姑设一喻，以完此场笑话：孔氏甲乙族共争，其族系孔夫子后裔。有某精于宗族考稽学者，证明甲非是。甲无可申辩，乃反唇相稽曰：孔子何足尊重，我才是万世师表。熊先生自谓为白日在天、指南针，而斥我中如来之毒者，何以异是？我谓不厌与渠千百回往复，而才到二回，渠便自行倒下旗帜，及自堕负而不知。益且数年，渠苦苦要我向其旗帜摇撼而不获辞者呵！

我与熊先生情谊如手足，始终不变，而在理论，至此反成绝交。今后只有情往而无理返，真堪太息。至律以谤佛毁法之报，更忍设想哉！噫！

书竟，适接熊先生函，言及弟谓我不满西洋哲学，故取空义。又谓我得力一空无所有，所持空甚坚云云。又不得不多说几句。

我是纯粹一佛弟子，何至因不满西洋哲学，才取空义？此不关痛痒处，姑置弗论。弟提出空及无所有两个概念，谓我得力于此，我不否认。虽然据弟之所到，尚未能了解此两概念也。先言无所有。无所有义，非大乘所独专，外道、小乘亦有之，然绝不可混同一谈。外道无所有，断见也，无种因缘生无因身故（《楞伽》语）。小乘无所有，未离能所，以其解脱未是最胜。有可取之涅槃，我执虽去，法执仍存故。惟以自心无所有智，洞观一切本无所有，即境界非境界，不离一切证无所有，无缚无脱，心境如如，一切平等，方属大乘无所有之最胜义。我之所持在此，熊先生前忽视我所举大乘诸义，漫以空见外道目我，今谓我持空无所有云云，得毋弟亦以为空见外道耶（空即无所有，无所有即空，今将两名词连在一起，语气上当然指此）？次说空。空义弟尚了解不到，姑略举如次。明不明由弟，我管不着。

实际、真谛、第一义、真如等是空义，诸法空相即是实相故。

寂灭是空义，万法皆如，万法皆寂，即万法皆空，法性自尔故。

生灭是空义，不如是，则生境执故（即执有实法）。

不生不灭是空义，不如是，则陷外道，“一切法不生无种因缘生无因身”。另有作者之邪见，及有立宗过故。

无所有是空义，有之，眼中着屑故。

不可得是空义，有得，即属缘虑故。

不落有无是空义，不堕建立、诽谤及四句等过故。

幻是空义，无自性故。

非幻是空义，无譬无此故。

复次，生灭、不生不灭，是空义。以生灭即是不生不灭，当体即空，不同外道将生止灭、将灭显生故。

幻非幻是空义，无生性如幻，一切唯是自心之所显现，心本寂灭故。

复次，摩尼珠是空义，空始能显众色故。

陀罗尼是空义，空始能总持故。

如来是空义，“若见诸相非相，即见如来”故。

复次，空是空义，离空见故。

法是空义，知离名为法故（见《思益经》《楞伽》，举此义凡两见）。

姑止于此。若繁引者，千万义所不能穷。最后提出离字乃大乘法门之无上金针。苟不能悟，多谈何益。如来称为空王，岂浅识者所能梦解哉！而熊先生不悟其所执本体之说，始终不脱有无生灭之境，反谓我落空而背乎实际，尚何言哉！尚何言哉！

熊函及于现代哲学问题，故复说数言。现代新实在论派，否认本体之说，诚有见于二元论之弊。尤其对于体用说，打一顶门针，不可谓不是哲学界之一进步。然其之所谓实在者，全是生灭边，乃断灭之见，尚不如唯物论辩证派矛盾发展的原则，及自由与必然之统一，相对与绝对之渐泯等义，未尽悖乎佛法，盖犹有一面可取也。复联想及于冯友兰先生之新理论，曩日曾涉览其数章，知其本朱紫阳及康德之二元论，染上实在论的气息，努力作一元论之企图。此如孙行者的尾巴，愈欲掩而愈拙耳。其涉及佛理处，盖无不可笑也。冯之于大程子尚未能了解，遑云佛法耶？此等文外枝节，因见疑顺及之。

正月廿三日

铭枢

结尾语：你们因我反对本体论，疑我落空无失了本源，何不反思我恒说的“若通不过世间法的不是佛法”一句话。弟欲解空么？即这句话是。

编者注：该函写于1944年。

第十五通

真如先生：

除夕已吃晚饭，得寄来长示约十页。中有深夜三时所书者二纸，慈怀恻怛，所以示劝者深切。今亦深夜作此复者，恐亦无当于先生之所见教者，而厚意不能不再陈鄙怀，以求教正。先生与熊师之辩，一则纯站在佛家立场，以经典为论证，一则超于佛家经典，而更有所持论。先生持经论，且自以为得正知见（如引裴休一段故事）。熊师之所持论，有其《新论》立场，有道在是矣之概，岂容有第三者立言邪？经论庆尚为初学，引经疏理，则经典尚待多读，以言行持，念念知非，又何待多言。故不欲亦不能有所短长，则此故也。今不得已而必为一说，即曰先生必有自肯，则经亦不可多引，只劝人多读经典，依圣言修行，更为直捷了当，是一片婆心也。先生不以为庆又是含糊语邪？"说为世俗言，宗为修行者。"此两句是《楞伽》偈语。究竟义先生之说是也，然宗通亦非奇特事，明宗方始可言修行耳，而修行则吾人日常本分事也。此处先生幸勿以究竟义相绳。熊师持论，庆不欲以笔墨论列，先生当亦能见谅耳。草复。

敬叩

道安

晚庆拜复

除夕灯下

长信未与熊师阅，恐不必有益，庆则曾字字细读。

编者注：该函写于1944年。

第十六通

艮庸老弟：

前答熊先生及弟各书，每于引证经文（指《楞伽》）前卷中义，阐发余蕴，往往即于后卷中见到如来亦阐发此玄旨，胸中为之落落然酣适。因思治经者，固当如是。即不能闻一知十，亦应举一反隅，方能入得义，自信得过，不被人惑也。

昨引此经卷廿五云："我说不生不灭，不同外道不生不灭。所以者何？彼诸外道有性自性，得不生不变相。我不如是堕有无品。"足为破执有本体者谬误之铁证。兹复看到同卷"如性自性妄想，亦不异。若异妄想者，计着一切性自性，不见寂静故。不见寂静者，终不离妄想。"及下文诸偈，则破外小之不生不灭，一归于大之无生义。即与我前各书，极力推阐生即无生之旨，全相吻合。乃知佛法全在人人的心中，唯同道者方知耳。倘如十力先生谓我中如来之毒，宁知如来自在吾心中，此心同、此理同哉！知其同者则不假外求，不知其同者反谓之中毒。譬如涂毒鼓，闻者皆死。彼自不能闻于如来乎，何尤！

证如

二月一日

编者注：该函写于1944年。

祝世康（1901—1982），又名廷模，字尧人，笔名鲁鹰，江苏无锡人。早年赴美国留学，获印第安纳大学博士学位。曾在上海交通大学、复旦大学、南京中央大学任教。历任国民党政府工商部法规委员会委员、劳工司代司长、中央储蓄会经理等职。参与中国农工民主党等民主党派的筹建工作。中华人民共和国成立后，担任上海市人民政府参事室参事、上海市政协委员、农工民主党上海市委常委等职。著有《中国劳工运动》《劳工问题》等书，译有《来自竞争的繁荣》《笑面人》等作品。

第一通

真如先生：

前寄寸笺，谅蒙察及。据蔡无忌先生说，王毅修上师是海南岛新民县新兴乡南福村人，当代密乘尼玛宗迦举宗大德。早年研究内典，澈悟无生；中岁显密圆通，智悲双运，即以饶益有情，弘扬正法为专务。历年以来，为悲悯众生，导归正觉，曾应机现相，启破迷昏，在上海、北京、南京、重庆、昆明等地，讲经说法。在抗战前曾因到海南弘法之便，回家小住。胜利以后，屡作还乡之计，因各地弟子恳留弘法，迄未成行。江南解放时，居昆明年余。嗣由昆明转道重庆到沪，因弟子之请逗留半载。今年五月中，经广州赴新民县。当天先赴县人民政府，以便了解。回家一二天后，县府方面以王上师离乡十余年，时期较长，实际情况不够明了，须留县府以待侦查。讵迄今四月有余，尚未能返家。据解放以后，王上师在所经各地，尤其居住较久之昆明、上海，均经当地公安机关详细了解。公安机关皆给证通行，显属毫无问题。此次新民县方面亦已侦查甚久，实际情况当可完全清楚，且当地人民亦可向县府保释。顷蔡无忌先生谈及此事，深恐王上师被县府方面误会，稽留过久，影响其身体健康。特嘱我专函详陈经过，望您电达新民县史益群县长保释。如何之处，尚望卓裁惠复。

此致

敬礼

祝世康

十·一九

赐复请寄上海兴安路一〇二号培恩公寓98室。

编者注：该函未注明年份，详细时间待考。

贺麟（1902—1992），字子诏，四川金堂人。哲学家、翻译家。早年毕业于清华留美预备学堂。1926年起先后在美国欧柏林学院、芝加哥大学、哈佛大学研读西方哲学史，获哈佛大学硕士学位。1930年赴德国柏林大学专攻德国古典哲学。回国后长期任教于北京大学哲学系，并在清华大学兼课。1955年后，任中国科学院哲学所研究员，并担任中华全国外国哲学史学会名誉会长，第三届、第五届全国政协委员等职务。创建“新心学”思想体系，是当代新儒家的代表人物之一。著有《现代西方哲学演讲集》《黑格尔哲学讲演集》，译有黑格尔《小逻辑》等，并任《黑格尔全集》编译委员会主编。

第一通

贺麟先生：

近听了尊讲黑格尔哲学两课，摅英揭髓，叹未曾有，感佩无既！听到先生讲黑格尔认识论，发挥有无变易的精义处，涉及一句话："反过来，始原于无，就成虚无主义，就陷于东方佛家的消极主义。"感到先生是当代黑格尔的权威，所发挥黑格尔哲学体系的理论，非我未曾问津者所敢置一词的。但我对于佛学是经过不少的岁月探究过，认为先生如此批评，是于佛学本身无关的。兹专这点向先生陈述拙见，至将来苟能叩黑格尔之门时，自非请求先生指引不可了。下是我要说的话，望阅后进而教之。

兹就先生所讲有——无——变易的辩证法体系来看佛学。佛学绝不是始起于无，但它（整部大乘经典。小乘我未涉猎，但知道下所论的是同一主张）坚确地破斥一切执有一成不变的能造万物的外教学说。故它一方面同于"始原于纯粹的有禁止世界停顿不动的形而上学"，如先生所批判的意义；另方面，它不仅不同于"易有太极是生两仪……"之说，也不同于周濂溪"无极而太极"之说，因为既否定了有"造物主"（佛学是无神教的根据所在），又何得从无头更安上无头，所以说它不是始起于无。佛学典籍浩瀚，大都是从破外教执有的常见和执无的断见来建立自宗。宇宙人生是有，是肯定的，但决不承认有固定不变、永恒存在的实体。因为世间一切现象刹那刹那在生住异灭中，这是它破常见的有，并非破实际的有。世间一切现象刹那生灭，怎执为有的，就怎变为无。反过来，怎执为无的，就怎变为有。这就说明世间相的存在现象（佛学是破否定世间相的断见的）。但是这样的存在，当体即空，而当体即空者，当下即有，不如是决不能说明生住异灭的世间相。所以它是破断见的无，并非破现象生灭中的无。根着上的论据，佛学对于宇宙人生的真际的认识是：无始终，无内外，于难形难状之中，姑名为一法界。故对于"有"的界义，是从破有无对立的常、断两见（名为通见）而显出来的。

这样的“有”，是不为言诠的实际的有，是真理的有，是绝对真理的代名。因此，它名为“法尔如是”，或“法尔本然”。它的内容非常丰富而又非常活动，非常不呆滞而又绝非虚泛的。它又是具体而抽象，和全面而贯串着整个体系的。在西洋哲学中，黑格尔的“总念”的谛旨，庶几与它接。

先生既误解了佛学是始起于无——虚无主义、消极，兹附呈我近应《现代佛学》月刊之请，草了一篇《论惠能六祖禅》一文，幸赐垂览。这文没有宗教意味，纯是学术性的。先生是中国黑格尔哲学首出的大师，倘有余力探究此学，我可断言必将发生相得益彰的好处，故敢贡其愚诚。此文是谈禅学，禅学就是大乘的佛学。兹本禅家的例子，重复前举的有、无、变易的辩证体系。佛家为世所诟病者，是被误解为虚无主义、消极、厌世等等坏名词，兹不暇辩。至于禅宗却偏以“知有”二字为脉脉相传的旨归，兹随笔拈出一例来，想先生看到当亦为莞尔哩。禅家曹洞宗的开山祖洞山良价辞别他的师云岩时，问道：“百年后忽有人问，还邈得师真否，如何祇对？”岩良久曰：“只这是。”后来洞山于云岩讳日供养云岩真次，有僧问，先师道“只这是”，莫便是否？师答是。又问：“未审先师还知有也无？”师曰：“若不知有，争解恁么道？若知有，争肯恁么道？”洞山没了的答话，是不是自语相违吗？决不是的。兹就上举的“有”作为绝对真理解来看这句答话吧。若不知有绝对真理，则陷于断见，断见则不解恁么道。若知有——于世间法外别有绝对真理，则陷于常见，常见则“只这是”便是诳语。因为百年后那里能见到他的真容呢？所以说“争肯恁么道”。在云岩同时有位祖师叫南泉，也透出“不知有处真知有”默契的谛旨。无非是显扬“世出世间法无二的第一义谛”的至理，也就是“绝对真理非离开相对真理别有，而相对真理又决非割裂于绝对真理能够立其各别的真理”的旨趣。这段有像理窟的趣谈，作为供先生倘有一天肯降玉趾于佛学门庭的一个楔子吧！

编者注：该函疑写于1957年，准确时间待考。

游侠（1902—1987），别名陈百城，字子默，浙江平阳人。欧阳竟无弟子。抗战时期在四川江津支那内学院学习数年。解放后就职于南京金陵刻经处、南京大学等处。著有《欧阳竟无先生的法相学》《玄奘法师的译经事业》等文章。

第一通

真如先生：

赐示奉悉。关于金陵刻经处概况及如何加以充实的意见，遵嘱另纸缮述，附备参考，仍请考虑是否适当。就刻经处设研究组为个人私见，因吕先生不愿多与外界接触，为便于有志研究者得亲近问学，只有以此种形式为宜，免致吕先生负行政人事纷繁之责，且与刻经处传统精神相合也。过去曾将此意告赵朴初居士，迄未见表示。如能将刻经处视为国家有特征的文物机构之一，则如此充实，良不容缓也。

专此，敬请

道安

后学游侠上

十二月七日

编者注：该函未注明年份，详细时间待考。

第二通

……

又内院捐款，林知渊先生处尚无头绪。周浩泉君款，三月份起亦无着落，往访避不见面。据胡兰畦君见告，周君近况实至窘，须待自己住房出租后，再想办法，益见捐款之难。侠曾语吕先生，在日前不但募捐困难，即募得捐款，长此赖以维持，亦非办法，仍有类乎寄生。应从学术立场，争取较多研究者来支持。曾请吕先生来沪小住，多与各方接触，俾此学得稍有群众基础。以计划未来工作，现方在进行中，拟请先生赐介函，一晤圆瑛法师，商借住所。请裁决并赐指示为幸。附闻。

编者注：该函未注明时间，详细时间待考。此信前半部分缺失。

龙大均（1903—1985），字詹兴，广西北海人。1922年考入国立广东大学。1933年获法国巴黎大学博士学位，后转攻经济政策。同年，代表中国出席日内瓦国际劳工大会。1934年任南京《中华月报》主编。后历任国民政府经济部总务司司长、参事和管制司司长等职。中华人民共和国成立后，先后任教于东北商业专科学校、东北财经学院。

第一通

真如先生道席：

四月间奉读惠覆，承嘱购阅《现代佛学》，以此间功课繁忙，迄未如愿。近从友人处辗转借得五册，得读大作《我的禅观》，获益良多。二十余年前曾涉猎佛典，看过《心经》《金刚经》《坛经》……于禅宗略窥皮毛。尔时治王阳明学说，融会贯通，自谓业已悟道，随缘报国，心安理得。近年来已把过去所学全盘加以否定，立志一切从头学起。在苏州时曾成一绝："尽丢包袱一身轻，还我灵台彻底明。地覆天翻人未老，长征犹幸托余生。"即写我心境，似略带禅味。拜读大著后，对于"主客观统一"之立论，深表赞同。惟"寂"字使人误会，引入寂灭路上，此时似不易为俗人所接受。我大胆提示一个"通"字，表示"圆融无碍"的境界，即"无所住而生其心"之意。大作所引赵州公案数则，所有"去"底意义，我都体会，是"无所住"，即"通"的境界，亦即六祖所说"来去自由，通用无滞"的境界。又尊论谓"无念也是息念底意思，因为它本身是虚妄空幻，所以要息它"，未敢苟同，似非六祖本意。六祖说过："真如即是念之体，念即是真如之用。"可见念本身并不完全是虚妄空幻。只有在念上起斜见时，成为妄念，那才是要不得的。六祖说："你当一念自知非，自己灵光常显现。"这样的念，六祖并不主张要息的。六祖的"无念"即"无所住而生其心"的意思，并非息念，所以他在入灭前还说"……你等慎勿观静及空其心……"要是以"寂"和"息念"教人，是不是使人容易走向"观静及空其心"的歧路上呢？敬请考量。

打坐参禅以前也曾试行，我觉得没有意思。整套佛教，我觉得只是东方民族的一个沉重的包袱。古教经典，除史料价值外，我认为没有任何的价值。古佛已灭，新佛当兴。新佛是谁？新佛是不念经、不参禅、不打坐、不崇拜偶像、不钻营故纸的科学家、事业家，他们已证明了人生的意义在创造人间的物质繁荣。与其在纸上研究佛典的"五明"，不如在实际上改造社会，增加生产。此刻东北已大规模推行农业劳动互助组，提倡苏联的马拉农具、新式的犁耙，对于丰产运动大有贡献。且由于普遍成立供销合作社，农民逐渐改善生活，倾向于集体化。我相信在不久的将来，如国营工厂能多制拖拉机，则集体农庄将出现于东北。这样把广大的农民从贫苦、愚蠢、生产落后的境地提高到现代文明的水准，改造生产技术，革新生活方式，向着社会主义农业的路上前进。凡是直接间接参加这种运动，以忘我的精神为劳动大众服务，这就是菩萨行，这些人就是现代的新佛。他们在思想上、在事业上，逐步提高发展，归宿于一个最高的境界，那就是“通”！

拉杂写来，不通之至。倘承赐教，曷胜感幸！

即致

敬礼

龙大均敬上

九月七日

长春南岭东北商专宿舍五十号之三

编者注：该函未注明年份，详细时间待考。

蔡吉堂（1904—1996），号慧诚，台湾新竹人。因日本侵占台湾，举家迁居厦门。少时就学于厦门同文书院。后开设新合美钢铁行，经营五金建材和进出口业务。先后皈依印光、太虚，赐号慧诚。中华人民共和国成立后，曾任厦门市人大代表、政协委员。另担任过厦门市佛教协会副会长，闽南佛学院副院长，厦门市工商联常委、监事会主任，厦门市台胞联谊会第一、二届副会长，厦门市政协委员等职。

第一通

真公社长赐鉴：

顷由竹园居士转奉八月卅一日台函，辱承聘为社董，情殊足感，义实难辞。自维三十年来，信奉佛教，无间时空，牵于商务，佛学肝髓未有深入研究，尝引为愧。自从《现代佛学》出世，发如来之宝藏，示人类以明灯，功德之大，莫大乎是！今荷宠命，谨当追随诸大德之后，为本社长远事业而努力，尚乞不遗在远，时加警训。因便汇上人民币乙百万元，以助刊费，聊表微意，至祈察收赐复为祷。

肃此，敬叩

公祺

制蔡吉堂敬启

九月十四日

先慈墓志铭乙本。

媵奉本人简历一纸。

编者注：该函写于1951年。

赵朴初（1907—2000），安徽太湖人。早年求学于东吴大学。1938年后任中国佛教会主任秘书、佛教净业社社长。1945年参与发起组织中国民主促进会。中华人民共和国成立后，曾长期领导中国佛教协会，任会长多年。另担任全国政协副主席，民进中央副主席，中日友好协会副会长、顾问，中国红十字会名誉会长，中国书法家协会副主席，西泠印社社长等职务。

第一通

真如长者：

顷读为《现代佛学》所撰大文，深为佩服。

佛协决定佛诞日（五月廿日）举行成立会，筹备工作正在加紧进行，盼您能早来京指导。目前邀请出席名单，已由各地统战部协商提名，经筹备处扩大会议通过。西藏代表已达成都，将先赴各地参观后来京。会议内容大致亦已有决定，与大文所见略同也。

专致

敬礼

赵朴初

四月二十八日

编者注：该函写于1953年。

巨赞（1908—1984），俗姓潘，名楚桐，字琴朴，江苏江阴人。早年毕业于江阴师范学院，后入上海大夏大学。1931年于杭州灵隐寺出家。1940年任广西佛教会秘书长，主编《狮子吼》月刊，宣传抗日救国与佛教革新主张。1946年回杭州灵隐寺，历任浙江省及杭州市佛教会秘书、杭州佛教会秘书长、武林佛学院院长。1949年参加中国人民政治协商会议，曾任全国政协委员、常委。后参与发起筹建中国佛教协会，任副会长。

第一通

真公居士惠鉴：

别后想已安抵汉皋，定有一番应酬之烦，尚不能谈及佛教问题。周太玄之款仍未寄到，亦无复电，殊觉可怪。或恐周君已离香港入川，则询之汉口同人，或有知其踪者。见唐孟公及武汉佛教会诸公，希提及本社经费问题。

匆颂

法乐

巨赞合十

九月十日

编者注：该函写于1950年。

第二通

真公居士道席：

周太玄居士顷自香港来京，据谓本社如需经费，仍可在港筹募。渠日内赴沪，取道入川，或能在汉口与我公相见也。第三期起，定在民革印刷厂印，明日即发稿。寄来信稿三件，拟标题为《法喜集》（以前有《名公法喜集》）。创刊号仅存三百余本，如有未发出者请即寄回，以利各地定阅。因定户已接近四百份，每日平均有六个定户，即此亦可见本刊之影响矣。是皆我公登高一呼之力也。秋逸居士仍无续稿寄来，更请一催为盼。

此致

敬礼

巨赞合十

十一月一日

原信寄吕秋一先生。

编者注：该函写于1950年。

第三通

真公道席：

寄下诸手教均拜悉。自民革印刷厂结束，几经接洽，始交京华印刷厂排印，但印费高一倍以上。昨得王达五居士寄来六百万元，差可维持。第八期出版日期，因接洽印刷厂费事，恐又不能如期出版。嘱增印数百分，当照办。因以前每期除第七期尚存二三百本外，其余均将售完也。禅宗特辑，各方来稿甚多，一期登不完，再出一期，似有未便，只能将不甚重要者割爱，或以后陆续发表。韩大载对于教理似无甚研究，言密亦是常徒之见。稍得境界，自以为是，而不从实践处用心，纵使即身成佛，亦属邪魔外道。将来如出密宗特辑，拟对于此点力加评斥，第恐引起纠纷耳。

耑复，即致

敬礼

巨赞合十

四月七日

编者注：该函写于1951年。

第四通

真公居士：

见张东荪后，提及虞愚事否？希有以复之。名单中可加张汝舟——贵州大学教授，黄芝冈——文化部戏改局。

虞愚信中提及聘厦门蔡吉堂为社董事，似可。蔡系太虚弟子，法名慧诚，护法极有热情。且系厦门著名商家，请斟酌之。

此祝

法乐

巨赞合十

八月廿七晨

附虞愚来信。

十二期已出版，先由发行部送上五十册。

虞愚致巨赞

巨赞法师垂鉴：

读十一期月刊，拙作一文因第四、第五两图解，排印倒置，曾邮一函请速更正，并塍拙书墓志铭一份，想早已收到矣。愚去夏赴苏州学习，结业后服从组织分配，仍返厦大掌教。返厦门后参加中国教育工会，因历史简单，即准加入。并承同事推为学员委员会委员。附闻。前函所以要求转教北京者：一、因厦大无哲学一系，专任中国语文系课程，与前所致力者，不能十分结合。二、首都政治水平较高，置身其间，进步较快。三、颇思对《现代佛学》稍尽棉薄。质言之，希望能更好的为人民服务，非此间有何问题也。燕大如有机缘，望速推荐。因秋季开学在即，不容稍缓也。有具体答复，幸先电告。至于过去历史，在研究院学习总结，早已交代清楚。除在伪监察院任职时，于右任曾派愚参加反动中训团受训，并于是时介绍加入反动国民党（普通党员）二事，详加检讨外，后来到贵大及厦大任教，对于教学著述，及解放前赴台讲学，均详加批判。过去喜治学术，对于政治毫无兴趣，幸无大过。所应检讨而须检讨者，惟此而已。愚之素况久在洞鉴中，而不直又为学道之所深弃，焉有所隐饰乎？总之，燕大如有机缘，请上人与真公鼎力介绍。如以过去政治情况为念，则昭昭事实，可告天地也。因承询问，除函真公外，用敢直陈，尚祈有以教之。

匆此，敬颂

健康

虞愚拜

八月十六日

蔡吉堂居士对佛教事业颇热心，未审现代佛学社能聘渠为社董乎？倘能通过，愚拟请渠对月刊大力捐助也。望与真公商之，示复为祷。

编者注：该函及附信写于1951年。

第五通

真公道席：

厦门新社董寄来捐款一百万元已收到。兹将来件寄上，请迳复之。本社似应扩充社董名额，请考虑之，以便下月中旬开会提出通过。匆此不尽。

即祝

法乐

巨赞合十

九月廿九日

编者注：该函写于1951年。

第六通

真公道席：

会议纪录等均已分别发出，见李师广及简玉阶，请督促介绍社董及向有关人士筹募。刘自乾处，亦可催周太玄进行。如能更筹千五六百万元，则本刊第二卷可以无虞矣。

此祝

法乐

巨赞合十

十月廿四日

编者注：该函写于1951年。

第七通

真公居士：

周叔迦居士生性仁厚，见解自不免乎庸，读其文可知。论修养一文，对一般佛教徒言，似尚合适，置之第一篇则稍欠斟酌。但目前社中稿件，专门的用不完，通俗的深入浅出的甚少，希就便催促徐令宣、黄有敏等撰述为祷。附聘请社董函五纸，请斟酌之。

此祝

法乐

巨赞合十

十一月十一日

编者注：该函写于1951年。

第八通

真公居士道席：

日前寄上致李维汉部长信稿，想邀冰鉴。送去已九天，尚未得复。佛学社经费最好能从生产事业着手。附现代牧场计划书，已航寄一份给周太玄居士，请他与刘文辉商量。此事如能成事实，至少可以补助月刊经费之不足。希考虑后与周太玄、刘文辉两公联络为祷。北京佛教界不久亦拟开展“三反”运动。匆此布复。

即颂

痊安

巨赞合十

二月二日

编者注：该函写于1952年。

第九通

真公居士道席：

晤李一平居士，借悉兴居安吉，殊慰。社中现有款项，尚可维持二期。如一两月内有捐款，则第二卷可无问题。任公表示，待“三反”结束再行设法。林老极关心。誉老言本拟征求十余人为名誉社董，亦因“三反”未能进行。便中希函任公、誉老打气。目前似仍以多登思想改造之文为适宜。互利贸易公司途穷日暮，大雄担保（向平易钱庄及聚兴成银行借用）之二十万元，一年来本利皆未付，闻即将起诉（另大陆、国华亦共两三十万元，非大雄保）。非惟连累大雄，恐亦将连累各股董。昨已与任公言及此事，看日内有无办法解决也。（股董中有苏亦立、李夫人、秦德君、梅开益、吴艺五等。）

耑此，即祝

法乐

巨赞合十

四月十一日

北京佛教界“三反”尚未开始。

编者注：该函写于1952年。

第十通

真公居士道席：

闻将来京，未知何日成行？有宽鉴者（字佛渊），本系虚老弟子，而被逐出门墙。现仍假借虚老名义，到处招摇撞骗。此次自京至汉，闻拟进谒座下，希注意之（他所用虚老名片图章，都系伪造）。

此祝

法乐

巨赞合十

四月十六日

编者注：该函写于1952年。

思益：生平未详。

暮笳（1908—1982），原名郭兴谊，湖南常宁人。先后就读于长沙大麓中学和湖南第一师范学校，后回家乡辑熙小学任教。因思想倾向革命，宣传进步文化，被迫离乡。辗转至南岳祝圣寺落发受戒，取法名慧旦。1940年主编《狮子吼》月刊，宣传抗日救国。建国后还俗，担任小学教师。1953年，调入北京中国佛学院图书馆工作。1982年逝世。

第一通

铭枢先生勋席：

前读佛刊，借悉先生出席政协会议，并上书政府首要，详陈对佛教制度兴革意见。远道闻讯，喜慰交并。秋水蒹葭，使人想望风仪，惆怅何极！南岳迩年，宗风寖衰，道声稍替，而信心坚固、学优行粹之青年僧，较诸方丛席为独多。惟此道寂寞淡泊，非以蕲人知而鼓誉，故外间知者甚鲜。而本山识远行高之同袍，亦绝无求知之意。自解放后，昔日之资养骤然割弃，兼乏信心。檀越之外缘，汹汹然犹西风之卷秋箨。泾渭难分，金玉与瓦砾莫辨。沙汰众僧，而鱼目夺明珠之耀。不慧目击心伤，思欲救之而力不足。比来秋获，又将数月，而储粮日空，炊烟将断。国军于撤退时，明征暗敛，搜括殆尽。枪兵入寺，急如索逋。徒拥地主之名，而有仓廪尘封之悲。坐此不救，无分龙蛇良莠，尽陷饿乡之虏矣。兹与循道日久之少数青年道友，集议发起“少年佛教学会”，经营佛教文化教育事业，寓弘法于护教，抑亦存赵祀之意也。先生望空冀北，祈登高一呼，狮吼北国，于迢遥彼方，为之推挽，为之声援。并请对于南岳僧团目前危机，代为疏通缓颊。感激之情，不啻桃花潭水也。专此奉恳，伫望惠复。

敬请

崇安

不慧思益、暮笳和南

十月十四日

赐书请寄湖南南岳祝圣寺。

编者注：该函未注明年份，详细时间待考。

虞愚（1909—1989），原名德元，字竹园，号北山，浙江绍兴人。生于福建厦门。1923年考入厦门同文中学。1928年赴南京支那内学院，从欧阳竟无研究因明唯识学。1934年，毕业于厦门大学心理学系。先后担任贵州大学讲师、副教授，厦门大学副教授、教授。中华人民共和国成立后，受聘为中国社会科学院文学研究所兼职研究员、哲学研究所研究员。1984年中国文化书院成立，被聘为导师。1989年于厦门逝世。

第一通

真如先生道鉴：

久不瞻接，忽得书，知直造高明，仰羡仰羡。见问心境造诣之意，盖道之所在，遮表同时。以遮彼二我之假，乃表显无我之真；以遮彼有执之妄，乃表显无执之如。细读“不知众里寻他千百度，回头蓦见，那人正在灯火阑珊处”，则山河大地，所以为妙明心中物，盖可得矣。何时得至渝州，以尽孤怀。

此请

健康

虞愚再拜

十四日

冶公参禅有年，未审已撕破此膜否？一笑。

编者注：该函写于1941年。

第二通

复虞竹园

卅.七.十八.

捧书喜慰无量。若论此事信解行证途，只须先觑定两点。第一，在信解上，必须达理。所谓达理，虽般若观照，未可一骤而几，然般若辩证（是我偶立的名辞），不可不通明。通明则解到，解到则信坚。其次，在行证上，必须认识自己。所谓本分事，要在亲切把着，不关言诠。若把不着，一切圣解，都成戏论。所谓无行而行，无修而修，无证而证，皆在本分事明耳。兹读尊札，虽着语寥寥，而两要已俱。所谓"遮表同时"，是般若辩证之通释也。所谓"蓦见那人正在灯火阑珊处"，是亲切本分事之端倪也。弟既如是，吾亦如是，幸益共奋勉。□□久无信，渠志诚可佩！惜慧根平常，恐此膜不易撕破也。

第三通

复虞竹园

承示论文学及赠什，足见闲静气象。文学我是门外汉，然就尊论所谓“要摆脱一切才能获得一切”、“意象之孤立绝缘为纯文学之特征”，及引罗斯言“文艺作品的不可分性，一切之表现皆为独一无二之表现。所谓文艺之活动，即将印象镕和做一个整体”三则语，可以与论佛法，谈般若，说禅矣。摆脱一切才获得一切者，乃般若无所得义也。往古哲匠咸有悟于斯，匪独文学家为然。等而下之，学一先生之言，而不因药成病，与见称于一世一邑之士，而不被情拘物蔽者，皆可以与言也。时俗不察，一闻无所得义，便生惶惑。若应机指出，实亦至寻常耳。略举数语以明之。般若者，空义也。你心若不空，何以想思？汝眼若不空，何以察视？滞米盐琐碎，与滞天下大计于方寸，其为碍一也。着泥沙与着金屑于眼眶，其为眯同也。奚必天下之重而米盐之轻，金屑之贵而泥沙之贱乎？例之耳鼻舌身皆然。《大法鼓经》云：“有有则有苦乐，无有则无苦乐。”有有者，本幻而执为实有也；无有者，了幻则不自有其有也。庞公云：“但愿空诸所有，不可实诸所无。”空诸所有，则万物皆备于我；实诸所无，则肝胆楚越也。般若无所得义，如是如是。复次，意象之孤立绝缘，为纯文学之特征云云，旨哉是言。所谓纯文学乃臻诣至若斯乎？吾窃疑焉。余不谙西文，闲尝涉猎吾国古来诗家，其中超绝凡响，足称天籁者，推为上乘。其妙即在于物我两忘，宾主浑融，不着意思，读之恍若是物投我，非我投物之境。兹略举一二，如晋陶元亮“日暮天无云，春风扇微和”“采菊东篱下，悠然见南山”，唐张继“姑苏城外寒山寺，夜半钟声到客船”，宋苏东坡“山中老宿依然在，案上《楞严》已不看”等句。近世诗僧八指头陀破题一句云“洞庭波送一僧来”，可称代表此种境界之作。然此种自然天籁之作品，不易多觏。古来诗人，唯陶得此中三昧，以其冲淡高明，贞刚放旷，一出天真，便成明妙。岂惟非学力所能企及，即具绝大天才，亦未可同科。故杜诗推圣，人人可法，才力苟到，堪具一体。独于陶则万千中未易一二步其芳踪者，职是故也。王孟韦柳，极力追陶，然得其淡，未得其放。清代渔洋专摹神韵，简斋侈谈空灵，俱以一管之见，欲跻自然天籁之妙，不知空泛纤巧，反背真常。正如法云秀和尚所呵为期人夸妙，妙入马腹中。……以艳语动天下淫心，不止马腹，正恐生泥犁耳。然则前举物我两忘，宾主浑融，不着意思，纯任自然之境界，递其流弊，则有王袁，是可贵亦不可贵矣。且夫所谓物我两忘，宾主浑融，果是孤立绝缘矣乎？夫物我两忘，犹有物在；宾主浑融，犹有人在。文艺特征，不离文艺，既名文艺，何得无缘？且云意象，无缘何象？盖法不孤起，仗境方生。孰生马角，谓牛无角。我今于此，请与论禅。禅宗诸祖师说法如牛毛，然无不归本于绝缘歇识，以指示终的。其中尤以玄沙备和尚最为精辟，兹举数则语以明之。一曰："梦幻身心，无一物如针锋许，为缘为对。"梦幻空也，身心既空，尚有何物不其是空？心物俱空，方为绝缘。兹所谓纯文学之意象者，空耶？否耶？一曰："直饶得似秋潭月影，静夜钟声，随扣击以无亏，触波澜而不散，犹是生死岸头事。"所谓纯文学之意象，若得似此，可谓登峰造极矣。然云犹是生死岸头事，则未能孤立绝缘又可知也。一曰："有一般说昭昭灵灵，灵台智性，能见闻，向五蕴身田里作主宰。恁么为善知识、大赚人？我今问汝，汝若认昭昭灵灵是汝真实，为甚么瞌睡时又不成昭昭灵灵？若瞌睡时不是，为甚么有昭昭时？汝还会么？这个唤作认贼为子，是生死根本，妄想缘起。汝欲识根由么？我向汝道，昭昭灵灵，只因前尘色声香等法而有分别，便道此是昭昭灵灵。若无前尘，汝此昭昭灵灵同于龟毛兔角。仁者，真实在甚么处？汝今欲得出他五蕴身田主宰，但识取汝秘密金刚体。"［起］纯文学的意象，必在昭昭灵灵时无疑。然观玄沙此论，所谓昭昭灵灵，正缘着前尘。若无前尘，则是昭昭灵灵同于龟毛兔角。由是例之，意象若是孤立绝缘，则纯文学的特征亦同于龟毛兔角。仁者果若认明孤立绝缘是真实，切莫从意象上看取，亦莫从纯文学上把捉。请仔细辨清玄沙这则话，体认汝秘密金刚体来。

复次，所引罗斯之言，亦可以与论佛法。所谓不可分性，一切表现皆独一无二之表现一个整体云者，岂独文艺为然哉！吾人日用事为动静语默中，靡不然矣。动不失主，动亦静也。心若浮驰，是乱非动。静处澄然，静亦动也。意若攀援，是散非静。所谓静亦定，动亦定也。日用事为中，无论巨细首尾，顺逆得失，莫不如是，所谓狮子搏兔亦用全力也。凡此皆是一个整体不可分性，一切表现皆独一无二之表现也。又匪特吾人为然也，游神四天下，遍及飞潜、动植，下至无生之物，亦复如是。"北俱卢洲火发，烧着帝释眉毛。东海龙王忍痛不禁，轰一个霹雳，直得倾湫倒岳，云暗长空。十字街头廖胡子醉中惊觉起来，拊手呵呵大笑云：贵阳城中近来少贼。"廖胡子表现是独一无二，整体不可分性，东海龙王、帝释、北俱卢洲之火一一表现，亦是独一无二，整体不可分性。何也？天地与我同根，万物与我一体故也。“九九八十一，穷汉受罪毕。才拟展脚眠，臭虫獦狚出。”穷汉表现是独一无二，整体不可分性；臭虫獦狚表现亦是独一无二，整体不可分性。何也？宇宙无休息之期，火宅□福罪之分故也。乃至岳峙川流，鸟啼花放，莫不一一表现是独一无二，整体不可分性。何也？“刹说，众生说，三世一切说”，“水鸟树林，悉皆念佛念法”故也。上来引事，未及援理。经云：“是法住法位，世间相常住。”玄沙云：“钟中无鼓响，鼓中无钟声。钟鼓不相交，句句无前后。”《华严经》云：“诸法无作用，亦无有体性。是故彼一切，各各不相知。”是法住法位，钟中无鼓响，鼓中无钟声，及一切各各不相知者，即一一表现皆独一无二之表现也。世间相常住，钟鼓不相交，句句无前后，及诸法无作用，亦无有体性者，即整体不可分性也。

细观来函，老弟所发挥此三则语之意义，是用佛法道理以释文学之特征。我今乃以此特征，一一返之于佛法道理。然佛法道理之所能到者，文学是否能到，不能无疑。尤其第二则所云，万不可轻易谈说。倘执“一个完整而单纯之意象，所占住微琐之物，对于吾人皆有不可思议之价值”，及以为“正在欣赏中毫无时空的羁绊，刹那亦即修古之义”（皆来书所云），实含有危险性。何者？譬如读书一心在书本上，佃猎一心在驰驱上（不在获利），打麻雀一心在牌术上（不计输赢），此亦一个完整而单纯之意象也，亦一种欣赏也，亦忘了时空也。此之谓逐物，又乌可不细辨！且不独上引的例为逐物，即在欣赏文学时，能免于逐物与否，亦在几微之间，不可不知也。故引玄沙之言乃正对症的妙药。我之所以费了一夜时光写出如许大篇道理，实缘此故。盖念去岁和弟一诗，对弟有所开拓。弟复书致辨，我再以一诗申前义，弟遂终无一字再道及。此心耿耿，如何能自已？今观弟解，尚未脱前窠臼，益复怆然。我早无与世间较量是非得失之心，何苦向弟说道理自显。道理即说得好，于我实何相干。区区之意，盖有在于道理之外者，幸弟自思而得耳。三界不安，犹如火宅。意到笔搁，白云万里。弟复何如？

铭枢白

编者注：该函写于1941年。

第四通

真如先生渊鉴：

接手教滕《大乘传义一瞥》一文、先君象赞一纸，具感不远垂注。大作捧读再三，诚汇通教宗之精作，服膺何已！愚向学以来，偶究心佛乘，以为佛家之理虽精深博大，性相体用，无逾于真俗二谛，一以求真，一以去妄也。求真在明无有相之相，知无有相之相，则说空而不著空，可破世人之有见。《中论》云："大圣说空法为离诸见故，若复见有空，诸佛所不化。"般若之教，有如是也。去妄在明有无相之相，知有无相之相，则说有而不著有，可破世人之空见。《成唯识论》云："若执唯识真实有者，亦是法执。"瑜伽之教，有如是也。或空或有，相反相成，真依俗立，俗待真诠。知二谛含义，佛家之理，思过半矣。愚□此□已久，颇思糅合大乘要籍，成二谛论。惟以俗务，故旋作旋辍。今读大著，受益良多，故略陈管见，仍祈辨正为荷。另有俗事奉商，附书于后。先生襟怀潇洒，不妨揩摩法眼，作分别观耳。

此请

法乐

末学虞愚再拜

十九日灯下

此间无书可读，又主持非人，愚为读书及家庭计，亟欲得一治学环境。实际上愚在此教书，颇得学生信仰，然日月逝矣，不能不早为之计。广西大学近聘愚作教，因不能先寄旅费，又报酬不足支吾，愚日前已将聘书寄还。近萨校长电速愚返厦大作教，月报酬四百二十元，米贴等另计，并电汇三千元作旅费，正拟辞职，束装就返。惟挈眷返闽，旅费须在六千元左右，现除鬻稿典衣外，尚差千元左右。敢乞台鼎设法代借一千元汇下。此款俟返厦大，分三个月汇还，决不敢误也。恃在至爱，故敢奉商，知先生不以为罪耳。如何之处，幸祈速示。

愚再拜言。

厦大学图书丰富，拟返闽读十年书，再说其他。返厦大作教，祈勿为外人道及。祷祷。

此间返长汀厦大，须先到金城江，而曲江，再由曲江乘长途汽车至长汀。惟曲江至长汀段，车票不易购得。未审在曲江方面，先生能介绍一二熟人否？盼切盼切。

此一段理，似则似矣，是则未是。盖均在生灭法推论，未能显示不生不灭法，把握不到本来无一物的是什么，要知此事么？于空有真妄两边求之驴年也不会。请先读通《般若》及看宗门大德论理及公案。大颠有一段说真心最好可参照也。铭枢。

弘一上人挽辞

执择南山律，篇章四海传。功深群籍里，德迈古人前。论学情无隐，贻书墨尚鲜。微言不可接，吹泪湿江天。

次韵何惠廉教授花溪月夜

一片清光万里寒，飘然随意历危滩。坝桥风柳扁舟月，聊作江南夜景看。（录似真公高评。）

挽弘师长联，写作俱佳，已用快函递寄福建矣。老友曾词源，每欲奉求法书，未敢唐突。倘不吝珠玉，请赐一琴条何如？前邮奉弘师所书佛号，系词源兄寄赠先生者。

编者注：该函疑写于1942年，准确时间待考。

第五通

真公先生垂鉴：

入夏以来，两读手教，深荷垂注。赴京或转汉事，得邀照映，感不去怀。昔靖郭君相齐，与故人久语，则故人富；怀左右刷，则左右重。今执事拳拳于愚者，岂止久语怀刷之恩！今后当“放下旧东西，扫除旧习气，从活生生实践中认定群众的观点，发群众的热情”，以副执事属望盛心也。愚近承厦大校务委员会之聘，担任共同政治科目组及第一小组工作。辩证唯物论最近开课，愚任“哲学中两条阵线”一讲。惟恐陨越无当，以贻知己羞，幸讲授之后，颇得好评耳。伏念平生师友，在公论则重其为人，在私情则感其知己者，惟公一人。诸缘未具，相聚太难，北望燕云，思何可支？所望转教北方，共研佛马之学，景前哲于既往，兴绝学于将来，功德之大，莫大于是。将见佛马二家之学，极少相违之处，此则区区鄙诚，当为十方诸佛所共鉴也。亚南先生与愚有五年共事之雅，在厦时亦多过从。月前渠未正式发表任厦大校长，曾去函询其清华哲学系有无机缘。倘渠及执事欲愚留厦，亦无不可，惟原有研究计划，或将稍受阻碍耳。拙诗原未脱前人窠臼，旧序亦多可议之处。当时所以敢灾梨枣者，一因挚友忏华君愿印三百本相赠，盛意难却；二因思结束旧诗因缘，非有千秋之妄想也。今承高评，徒增惭愧耳。今发誓愿，不再做不符合于广大人民之诗。除寄呈二本，其余尚未装订之稿，亦将束之高阁矣。内子任市立中学高中文史教员，颇得学子信仰。附闻。

此颂

大安

晚虞愚拜

廿日

如承推荐无效，拟由校方声请赴京学习，一切统由尊裁。又及。

滕聘书一纸，拙拟大纲二纸，统希察收。

愚事有无下文，岂调查未竣耶？

编者注：该函写于1950年。

第六通

真如部长垂鉴：

获读手教，因忙稽复，所恃高明谅之于形迹之外也。《现代佛学》月刊二期均入阅，大著理论湛深，联系实际，尤对症下药，允堪革薄起衰，百世犹将赖之，奚止裨一时世道人心耶！拜服拜服。钧座拟请统战部调愚到汉掌教，俾得时亲训诲，至感厚意，未审稍有眉目否？近拟为《现代佛学》月刊撰述《因明新论》，瑜伽重因明，般若重辩证逻辑，每欲下笔，辄以忙故，民主评卷开会讨论外，又主编四班墙报，忙甚！欲然而止，抉隐明微，有责当设法完成也。上海大夏大学校长欧元怀先生闻已加入民革，欧君极有干才，希特为照拂，专泐代晤。

敬颂

健康

学人虞愚拜

十一月十一日

编者注：该函写于1950年。

第七通

真如先生垂鉴：

久未得教言，想道体康胜。

愚十月十五日离厦，随厦大土改队抵惠安参加土改，于今已逾月矣。通过土改中体验，目击农村劳动人民受封建剥削压迫是何等沉重，劳动人民是何等诚朴可爱，何等有智慧、有创造能力。把农民大众发动之、组织之，无论对革命、对封建、对反抗帝国主义，具有不可抵抗的力量。故此次参加土改，于自我改造、自己教育，具有重大之意义，固不仅参与完成历史伟大任务已也。返厦后，拟另文一写此行心得。

北上掌教，屡蒙先生推荐，感不去心。暑假期间，得巨赞师来信，谓张东荪先生对愚颇关怀，嘱致书于渠，一表敬慕之意。月前曾得张君复书，对愚北上作教事，许徐为设法，并寄其大作《中国哲学史上佛教思想之地位》一文属正，喜出望外。然非先生引之于前，曷能有此？惟望因缘具足，能早日北上也。

抵惠后，初参加诚实乡土改工作。十一月六日，分配到前黄乡参加结束土改工作。廿三日，又分配到山腰（十区）锦塔乡参加结束土改工作。锦塔乡为第一类型乡，封建势力已根本摧毁，组织较纯，问题较少。惟此间有盐户，须按盐区土改实施办法，重新划分阶级，征、没收，分配，较为麻烦。度返厦之期，须在本月下旬也。手边万种之忙，未克尽陈。

此致

敬礼

晚虞愚顿首

十二月十二日微弱灯下

赐教请仍寄厦门大学愚收。

编者注：该函疑写于1950年，准确时间待考。

第八通

真公垂鉴：

久不得书，得书为慰。来教谓哲学界人对愚有所批评，未知所评何事，内心至为不安。岂对拙作《唯心论述评》一文有所抨击耶？抑别有他故耶？幸直教之。俾修正谬误，祷祷。近读《觉讯》“印公生西十周年感言”（附上请阅），似与弘化月刊社印行尊作有关。措词荒谬绝伦，望为正法，有所表示，因果之义大矣。狮子虫原不足与言也，公以为然否？各大学开学在即，此间二月中旬或可结业，闻仍以返原校服务为原则也。参加民革事，是否有当，便希示之。縢近作元旦试笔小诗一首，请粲正。

此致

革命敬礼

晚虞愚顿首

十二月雪后

元旦试草

鹊语含空脆，姑苏第一辰。

摇天双鬓影，问国万方春。

杲日窥胸大，晴云落眼新。

三韩犹未靖，迅为扫烟尘。

真如先生教正

虞愚初稿

编者注：该函未注明年份，详细时间待考。

艾思奇（1910—1966），原名李生萱，云南腾冲人。1925年考入云南省立一中，后留学日本。1937年到延安，历任抗日军政大学主任教员、中央文委秘书长、《解放日报》副总编辑。中华人民共和国成立后，曾担任中共中央高级党校哲学教研室主任、副校长、中国哲学会副会长、中国科学院哲学社会科学部学部委员，另当选为第一、二、三届全国人民代表大会代表。著有《大众哲学》《哲学与生活》等。

第一通

致艾思奇书

陈铭枢

我敬爱的思奇先生：

顷有几位学过佛学的朋友来谈及您所著的《大众哲学》引到的一件佛家的故事如下：

“这是佛经里的故事，两个人在海边散步，看见海中远远的有一只帆船在行动，一个人就说：‘你看那船在动呀！’另一个人却反驳说：‘不是船在动，是风在动，因为船是风吹动的。’第一个还要坚持他的主张说：‘总之，船在动着是事实！’两个人争辩下去，一个死咬着是风动，一个坚持说是船动。无论如何不肯让步，后来是去求释迦给他们评判。释迦的回答是这样的：‘船也并没有动，风也并没有动，都是你们两个人的心在动罢了。’”云云。大约系从禅宗六祖所说“也非幡动，仁者心动”一个故事而来（佛经上并无大著所引的故事）。按这个故事从来佛界中人从唯心论出发，把它认作神妙的话头。他们自己先糊涂起来，难怪你亦把它作为唯心论的证例了。当然，你不会把这个千余年来所传为口头禅的话句再加思考的。我今以合乎科学的思想方法将它解释，就正于您，想不以为忤罢！

我们对宇宙一切现象、对象的动态，决不能从一个单独事物来看，必须就事物相连系或关系来看，方能得到真实的认识。这是无可怀疑的规律性的。根据这样看法来看，“也非幡动，也非风动，仁者心动”这件事，风吹幡动乃是整个事物的动态。今某甲谓系幡动，某乙执为风动，俱不正确了。兹拟甲乙两人相争辩之词如下：甲谓系幡动，乙驳他曰‘幡置在屋子里面何以不动呢’，则甲被驳倒了；乙执为风动，甲反驳他曰‘风必依物才觉得到，今明明看见幡动，何谓风动呢’，则乙被驳倒了。这两者都系从片面的现象来认识的。这种认识并非得到客观的真相，乃随着自己感觉而起的观念，即是各随着他的观念去认识事物，非能观察事物底整体和它的矛盾来认识的。所以云这种认识系不正确，亦就是唯心的倾向。我这样的解释，想不致违背科学的方法论罢！那末，六祖双破甲乙两方的争执，云"也非幡动，也非风动，仁者心动"（心动即系指执着现象片面的观念。七佛某偈云心本不生因境有，亦可引证），这完全是正确的。您以为我这样解释，尚有何歪曲或附会的地方吗？

在我素来所见佛家的理论，没有不明白显浅的。但中国从来的佛教徒多以神妙视它，这是错误的。这错误的来源，就坐在把佛法看作唯心论，不知佛法正是破唯心论呵！试将上举的故事来说，所谓"仁者心动"，就是破他们执着的心。不仅此例系如此，一切佛说的教典除破执外（执者分为我执法执，即把自己的心和心所执着的东西都要破除净尽），别无理论了；亦除破执外，别无实践了。破执就是破心，破心就是破观念论。既是破观念论，何以反目为唯心论呢？由此看来，佛法非唯心论，随举一本经论或一则故事都容易说明的。然则得名它为唯物论吗？佛法并无主张唯物论的文句呀！这样反诘，当然会相因而至。我今以很明确简单的话答复曰：佛法虽无主张唯物的明文，然它固贯澈全部经典（三藏十二分经典）所要证明的只有一件事。是那一件事呢？就是要教人认识（证得）客观的实在一件事而已（实在或存在，佛法名为实际、真实或真谛）。客观的实在，系离竟识而独立存在的（因为竟识非独立存在，所以能破它）。在我们现今的社会科学的思想方法论上看，解释"物质"这一范畴，除客观的实在（存在）这句话外，再找得到比这句妥当的话吗？本此，我们可得到结论：佛法不管物不物，只要以是客观的实在与不是来认真理与非真理。

佛法（佛法是佛界惯用的名词，可作佛学看）对客观的实在有许多名词，不遑枚举。兹特举它融会真谛俗谛（即绝对真理与相对真理）来说的两个名词谈一谈。一、"法尔如是"。"法尔"系指世间一切法，即一切现象。"是"者如毛主席所解的"实事求是"的是字底涵义——事物的规律性一样。"如"者同也。合拢来说，就是世间一切现象，都有他们同一的规律性，亦就是世间一切现象包含在普遍真理之内。佛法底世间一切现象底发生，说为缘起，故谓为因缘所生法——因果律，但并非即以因果为真实。就因果必然的规律上亦可说为"自然"，但并非即以"自然"为真实（自然两字勿可误为自然界，应作哲学上自然的概念看）。所以佛法有时说因果而又破因果，有时说自然而又破自然，为的是破人只见现象不见本质和只见必然不见变化而说。凡它所说非有非无、非常非断、非一非异共等，都可作此例推看。总而言之，就现在思想方法论的术语来说，即对一切现象总离不开对立面的统一来看，即离不开相对真理与决对真理同一律来看（佛法所谓世间法出世间法不二，有为法与无为法不二，真俗不二等等），此义要普演起来太长了，就此而止。我所以要说这段话为的系引伸“法尔如是”这个名词的意义。这个名词系表现客观的真实，故不可□也（佛法用名词很值得研究，它何以不主张自然的名词而说法尔如是呢？是表现客观的存在与内在发展的规律性，合起来看，比用自然的名词妥当得多。又哲学上许多名词，如相对、绝对、思维、质、量、无始无终等等，都从佛经而来，在我国诸子百家学说中是看不到这些名词的。这也值得注意）。二、“如理如量”。这亦如上论的“法尔如是”一样意义。“量”即世间一切现象。“理”即普遍真理。本着上对“法尔如是”的诠释（诠释系佛学所用的名词），更可得到这个名词的显确性，不再赘词了。

□了，我对现今许多机械的执着辩证法唯物论，看见有心的字眼，或类似心□一面的说法，便斥为唯心论，觉得很好笑！心与物的分别，不外主观与客观的两面看，决对不能离开来看。正因为不能离开来看，以人们总是跟着自我的私念发展，而辄偏于主观一面。故须本着客观真理，教导人们在一切现象或对象面前所引起主观见解，必须认定客观的事实而后把主观和它结合起来，成为主客观的合一（我常名它为纯客观），方不至陷于错误。因此，客观的一面决不是单独孤立的、机械的，必须把它结合到自己本身上（表里如一的自己），才能达到主客观的合一。□此在我看来，许多说辩证法唯物论者，尽管他说底理论和所有法则都对，因为不能把理论结合自己，反变为唯心论者了。又有在面貌上虽系唯心的字句，因为他能把所说的结合自己，否则凡主观主义、机械主义、宗派主义等从何发生呢？点点滴滴都从他的实践中得到活生生的自觉自动的正确认识，他反变为辩证法、唯物论者了。在我从事佛学将近四十年来的生活中，能把握到的就是：不离开自己实践来找理论一点上。这一点也就是佛法一切经论的总规律。

佛法果是如世人所议的唯心论吗？我很诚恳的乞求世间高明人士的指教。

此致

敬礼

编者注：该函未注明时间，详细时间待考。

黄有敏（1914—1974），字恽生，号叔度，湖北汉阳人。南京金陵大学中文系毕业，后长期担任中学语文教员。

第一通

真如部长先生：

顷读本月二十二日报载先生在武汉佛教徒抗美援朝示威游行大会演词，及八项誓言，以广长舌，作狮子吼。这种“仁王护国”的大仁大勇精神，实令我顶礼膜拜，敬仰莫名。我是一个中年的乡间某中学里的文史教员，现调湖北教育学院师训部轮训。抗战时在重庆曾加入中国佛学会，对支那内学院欧阳尊者及其门下诸大德，一向是景仰服膺，拳拳弗释的。但以世务牵缠，道缘太浅，未能亲承謦咳，实在是生平奇憾。现欧阳寂灭，传衣钵而现宰官身的，当世只有先生一人。加之世运日新，像教濒危，护法之责，自然舍先生莫属了。因不揣冒昧，贡献几点刍荛之见，尚祈垂览。

一、佛学据我看，正如马克斯批判黑格尔的学说一样，是有它荒谬的外壳，和合理的核心。内典中荒唐曼衍之辞，如超常识以外之神话，及一般宗教仪式，确实阻碍了知识份子学佛的兴趣。但如唯识精义、涅槃妙心，与科学的辩证法唯物论，是有可相互发明之处的。而其博大精深、思辩入微的地方，能够发展丰富的马列主义者，正自不少。这一点似乎一方面整理佛籍，因新的观点加以注释，一方面应在现存佛学院中，将马列主义列为必修。心物无二，方便多门，他日马列主义更进一步地在中国生根，如宋儒之化禅为理学，必定以此为始基了。

二、马列主义终极目的，是要建立一个没有阶级、没有剥削、没有私有财产制，各尽所能、各取所需的社会。这正是佛门中所朝夕向往的西方净土极乐世界。不过达到它的方法，与建立在什么地方，有些差别罢了。一在天上，一在地下；一在死后，一在生前。马列主义以霹雳手段，显菩萨心肠，化火宅为清凉，建净土于人间。这正是我们佛教徒所应尽心竭力奉行的。况且废除私有财产制最澈底的，又有什么人能赶得上佛教徒呢？四大皆空，五蕴非我，入地狱救众生，这是佛教徒的精神，同时也是共产党党员的精神。通两者之邮，不过一转手罢了。所以现在应该尽量鼓励比丘僧尼，未能自度，先且度他。要踊跃参军，努力生产，做战斗英雄与劳动模范，能争取做一个共产党员，就是入了“初地”了。

三、“一日不作，一日不食”，本是一个佛教徒起码的条件，也是现在所说的劳动观点。当然有脑力劳动与体力劳动之分。目前各寺院的僧伽确实太滥，加以沙汰是绝对应该的事。既然能劳动生产，自食其力，那就一切打醮做斋、放焰口等迷信的行当，都要劝他们谢绝不干，免除一般人的轻视诬蔑，这也是当务之急。

上述三项，不免肤浅谬妄，但是我热爱三宝的心，是极诚恳的，极真挚的。倘有一二可采之处，尚请顺风而呼，大力以扬，三宝幸甚。

谨致

敬礼

佛弟子黄有敏呵冻敬书

一九五一.元.廿三日

第二通

有敏同志：

接读昨书，语语抓着痛痒。早知你必打入这一关，可贺！可贺！书后附的你乡间一段逸事，很有味。我前书所举土改之例，并非指你而言，乃偶举例耳（你对此已检出干部对你不好的自己病根）。

你从放下二字做功夫，这是禅家的顶门针。办得这两字到家，则万事毕矣。这二字的本旨何在？就是"寂"字。寂才无障碍，才通。通就是主客观的统一，故寂亦可作通解。宋儒言"寂然不动，感而遂通天下之故"，把动静分作两截来说，是大大的错误。若纯就静——不动上面看寂，成了死的寂，非能知寂的真趣。那知寂正要在动中认取啊！既守着死的寂，待感时反能通天下之故，简直是笑话。那知道我们对一切事物能当下不生障碍，当下通得过，就是寂。反过来，时时能寂，就时时能通，固不待其感与不感也。掌握到这理，才是真正放下，也就是最高度的搞通思想，但能到这境界的有几人呀！

还是就禅家本身来举例吧！尊者问赵州："一物不将来时如何？"州曰："放下着。"尊者曰："既是一物不将来，放下什么？"州曰："放不下来，担却去。"你看将来也叫放下，不将来也叫放下，为他着了"一物"也。这尚易明，至说"放不下来，担却去"，是不是放下呢？这不易通了。我兹把赵州本意说明吧。他的意就是，担却去也是放下。你试想人在社会的关系，放不下来的东西——责任固多多呀！有担当的就担却去，无担当的只气馁歇下而已。由此可知能担却去，正是他能放得下啊（心无障碍）！所以说担却去也是放下。若通得这理，也就能走群众路线，毫无阻碍了。心心为群众服务，而不着群众（任何种情态），才是忘我为人的真谛。那尚有什么叫做"左的先锋主义和右的尾巴主义"呢？

附上《我的禅观》一稿，望你费些工夫抄下来，仍将原稿寄回。此书并寄令宣同志阅。

此致

敬礼

陈铭枢

三月廿五夜

编者注：该函写于1951年。

第三通

真公道席：

廿五日尊示及《我的禅观》均奉到。公私交迫，未遑细研，惟觉“学佛因缘”给敏感动甚深。基本原则第五“平常义”，更是挽救了将要走向天魔外道底泥坑如敏者的灭亡。平生病痛，并不是不肯平常，实是“不敢平常”（怕与草木同腐）。只这“不敢平常”，就是“着了一物”，这一点还看得清。但“担却去也是放下”，这一点却待理会。这境界太高，非敏此时所敢跻攀，只坚信有此一理而已。敏谨注。反把这作为黄梨州所谓的“耿耿者终难下脐”，又当这是“革命的英雄主义”。其实完全是血心客气在用事，不遇国工大匠，终将为散木废材之归而已。其他胜义，穷于钻仰，亦未能尽解，俟精读后再献疑。本星期日得暇，当恭录别本奉寄。稍稽时日，祈恕疏慢。又尊著将转与几位尚可与言的同学共阅（因为他们知道了索阅），一以行公之化；二以佛学并不是迷信，也不神秘；三以见佛理与马列主义，可互相印证。佛理倘明，对新民主主义建设事业，及社会主义、共产主义的实现，只有更大的推动作用。这些同学将来都是当高初中教师及教育行政干部的，稍播种子，当有闻风而起者。

公法施无类，此举虽未奉公同意，谅亦不至深责。惟此间性质与佛臭味终觉有异，故决不敢公开宣传。稍涉孟浪，即成“左”倾的冒险主义，尚请纾念。再则公文与同学阅读，所引公案，概不解释，只说“假如不懂，暂且搁下”。因心虽了了，口实难言（是不是真的了了，也不敢担保）。其次，恐他们稍得滋味，本来是很平常的人反而变得“奇特”起来，则罪过更是无边了。匆匆奉复。

谨叩

崇安

受知黄有敏谨上

二十七日晚

附抄奉赐书。

编者注：该函写于1951年。

第四通

真公道席：

尊著上星期仅抄完一半（至禅宗正文），久不作真楷，指僵如锤，故不能速就。思藉此调柔折服其心性隐微中之骄慢，亦阳明先生就事上磨炼之意。下星期日当可抄竣奉寄。手录一过，胜读十过。谨将读过一半的心得及所疑书上，并奉告数事，敬祈示遵。

（一）心得

1. 真直义：敏前亦以此两字自许，惟不知尚有“由粗而精，从浅入深”的道理，故多所扞格，不知自反，还喜引“直如弦，死道边”的话来自恕。其实这都是极粗极浅的真与直，并不足道。此后当从这方面努力。

2. 客观义：只有“忘我”，才能“结合客观发展的规律”。此义真丰富发展了马列主义，对于时下尤有补偏救弊之功。因现在一般人尽管说“唯物”“客观”的话，而其实专做“唯心”“主观”的事（越到下面越厉害）。这都是没有“忘我”的工夫为之“立极”也。

3. 平常义：这是敏对症之药，前已奉闻。顷与尊函“放下义”对勘比照，更有所悟入。即以前上一函，说些感激的话而言，固然是封建意识在作祟，而主要的还是未能放下，不看作平常。与公的遇合，作为奇特会。奇特、不平常，自然不能放下，于是表现在文字上的，就犯了大错误。勘透“平常义”，自然就能放下。一切平常，一切放下，出世入世，自然圆融矣。

（二）献疑

1. 尊文曰：“对人对事一发现矛盾时，……自行取消自己一面的对立。”这本是“忘我”的极功，而东方哲学与西洋哲学在实践上的分歧点，大概就在此处。西洋旧的哲学不论，即以唯物辩证法所云的“对立物的统一”而言，主要的还是矛盾，是对立。所谓“统一”，则是暂时的，过渡的，所以要斗争，永远斗争下去。至于列宁所说“进一步，退两步”，妥协调和等，不过都是斗争的策略。因为只有如此，才能前进，才能胜利。现遇事都取消自己的一面，似与“斗争”义不符。且最后置身何所（宋明理学末流之荏弱，可为懔然。佛家之勇猛奋迅在此又作何解）。此佛与马列主义的基本矛盾，尚不能得其汇归。

2. “一切法无自性义”所举之例——如原子能，可用于杀人，亦可用于活人。这自可说明“无自性”。但原子能本身所含的极大动力，则仍有“自性”（此为同学李仲民君提出。李君清华大学毕业，随县高中教员）。敏讨论时试作答，云公似就“用”上言，能杀能活是“用”，本身动力是“体”。用如是，体亦如是。用可以显体，此是一物，不可分割来看（所谓“器即是道”）。现在新哲学已不谈本体论，因涉及本体，即易变为“不动的”“抽象的”“神秘的”的唯心主义（这点前亦曾向熊十力先生谈及，他因敏拨本体，遂大骂。大意说“海固可从沤上看，但沤决不是海”，敏亦只有敬听）。此种说法是否正确，体用两字在佛法中的解为何，尚不能分晓。

3. 佛学缺乏“主观能动性”，“只能说明世界，不能改造世界”（此为同学郎昌浩君提出。郎君西南联大毕业，现任汉川中学校长）。敏之解释为：“佛法是有‘主观能动性’的，并且极大（佛的修证就是修证这个东西）。六祖慧能说‘心迷法华转，心悟转法华’，又所谓‘以心转物’，‘心若不异，万法一如’，都是说明这个道理。推到尽头，所以说‘大地山河，皆心所造’。但这个‘心’决不是主观的、片面的、抽象的一个人空想的‘心’，而是掌握了客观物体运动的规律，正确地反映而成的‘心’。得到此‘心’，就算初步明了‘心’。过此关后，向上还大有事在。”至于“不能改造世界”的解释，则为：“世界有两种，一为主观世界，一为客观世界。佛法能改造主观世界，并且改造的极好，已如上述。至改造客观世界，则确有不足。几乎没有。此正是需要马列主义及现代科学弥补它的缺陷的。”又敏对于“禅”的解释，除引公“主客观的统一”外，另加说是“最高度的综合，最科学的抽象，一切普遍经验底总结的总结。迦叶微笑，维摩不言。正如恩格斯所著《费尔巴赫》论中所说的‘绝对真理，只有无话可说时才能达到’，他当然不很赞成，可见也窥此境。”凡此阐述，不知有无谬妄？

4. 同学黄天锡君中华大学毕业、教员，系地主，现破产，母被捕。读公说“寂”之函（已抄去），恍有所悟。吴宏忠君国立师范学院毕业、黄冈中学教员，困于恋爱，不能自拔。刘焕英女士中华大学毕业、教员，因夫随反动政府窜台湾，俱有极大悲痛。为说“法无自性”“缘生性空”义后，均能稍杀悲痛（黄、吴两君，并发心学佛），他们的阶级立场，当然是知道站稳的，但终不能运慧剑，断情丝。理虽讲明，情终不舍。（尤其是那位女士念及身世，时时悲泣。）敏到此亦无办法，只有劝他们在悲痛至深时，姑念“阿弥陀佛”，借助佛力，以增慧命。这是否劝他们“吃便宜饭”，是不是涉及迷信？他们亦有此疑，敏只说佛者觉也，是正信，不是迷信。

（三）奉告数事

1. 除上述数君外，尚有曹镜观君北京大学毕业、曾听汤用彤先生讲、现任襄阳师范副校长，陈一士君，雷渊□君俱中央政治学校毕业、任主任教员，汪桢幹君交通学院毕业、教员，齐众经君勉仁书院毕业、曾听梁漱溟先生讲，刘天经君教育学院毕业、教员，陈正炎君国立师范学院毕业、沔阳师范教员，均可与谈。拟就此十余人，先成一非正式的研佛小组（此间有二百余人，不及遍知，陆续当有发现），随时研讨。敏即以公《我的禅观》为学习文件，因经既难得，亦多不适用。教义既嫌繁赜，涉及宗教仪式者，更难接受。惟禅直指本心，当下受用，今日知识份子最为应机。

2. 敏遇公后，信心骤增，胆力稍壮，愿亦加宏。决尽此形寿，委身于佛，委身于众生，冀于新中国稍有贡献。故“未能自度，先且度他”，此两语见于梁任公先生文中，不知另有出处否，有人问及，亦尽其所知，剖心以告。惟公文仅一份，实难周遍，拟请油印二三十份赐下，略收工本费，由敏推销，俾人手一册。俟他们入门后，拟再请公宣讲一次（此本不敢奉请，即属可行，亦须在快毕业时较妥，不然太令教育厅吃惊也。如何，祈钧裁）。耳聆雷音，回到各地（多系各县调来），辗转播扬，新佛学之兴起，或即权舆于此矣。（在乡下学校当教员的人说的话，或者要动听一点，尤其佛学这一方面的话为然。）

3. 初入门经籍，敏仅举《心经》《金刚经》《六祖坛经》，及《现代佛学》月刊，不知是对与不对？但书既难觅，亦无好的注解，此事佛学社应赶快办理。今日佛学界的人，活动太少（范围亦太小），书店里简直看不见关于佛的书籍，为之浩叹。

4. 这样做法，已向领导上说通（公的文并拟送他们一份），在不妨碍此间正课学习下，可以自由研佛的。（对他们自然说宗教是鸦片烟，但为反帝统一战线及改造僧尼，仍须加以研究。）

5. 此间顷又填调查表（时时填），社会关系栏中，敏以前仅填二人，一为徐令宣，一为金月波（年龄不大）。此人顷在汉口女二中教书，工诗词、篆刻、丹青。惟不喜佛，极可惜，拟祈公说服他。现将公加入（附注：在公领导下，从事佛教徒统战工作及辩证唯物底新佛学的研讨），僭越唐突，不胜战栗。

谨致

崇高的敬礼

受知黄有敏敬上

四月二日午夜

编者注：该函写于1951年。

第五通

真公道席：

昨日开运动会，精力疲顿。尊函今晚始奉抄，附“书后”数则，祈睿览。

谨致

崇高的敬礼

受知黄有敏谨奉

五日晚十一时半

附抄件

有敏同志：

夜归，接展手书“心得”各点，说得都好。“献疑”各点，多因你未究到《我的禅观》全文，故有扞格之处。兹就各点略作解释，以供研讨。

（一）取消自己一面的对立，系团结合作的最扼要功夫。这纯就自我批评一面去看，方能认识到它底真理。自我批评是绝对的，无范围的。若不如此认定，则不会澈底检讨自己（你前书引的“人之一生除切己自反外，再无别的功夫”，是澈底的话）。你今混在批评一面，所以有取消“斗争”之疑。须知唯能澈底检讨自己，方能纯客观地坚持真理，掌握原则，去严格批评人（我前批评你和徐同志就是一例）。这非深刻无间做实践工夫，恐不易了澈此义。至于怀疑到佛法取消斗争，更不应该。试想整部佛经差不多都属破外（九十六种外道）斥小（小乘），以建立大乘教理的说法。释迦佛本身就是斗争到底，战胜一切异教的人。这还不显明么？至于“无诤”义，全属自我批评一面，不可混同也。且你读我这一段文，未免大意。我不是说明了不关政治立场一面么？政治立场和观点是绝对不可动摇的，是必须不断斗争，克服敌对和错误的。可便我再把两句十分切要的话告你，即是：“凡属自己的工作任务，要视作绝对的；凡属于自己应尽的义务——为人民服务乃至于牺牲自己，要视作权利。”望你把这两句话细细体认，认得这个真理，当可大大提高思想。

（二）“原子能所含的极大动力”，请观《我的禅观》总结说的自然界的热力，当可了然，不赘陈。至体用两字，我自学禅以来，洞明本体论之非。儒家理学所以符同外道者，就是坐在体用两字。如“易有太极，是生两仪”和外道“神我”“大自在天”之说，于学理上通不过者，就是体用两字（太极是体，体是不生不灭；两仪是用，用是生灭。试问既是不生灭，何以能生“生灭”，所以理论上通不过。外道之说，多数类此，可以类推。佛法所以名为无神教者，亦正为无体用之分耳。禅家如赵州、云门等表示《般若》无体之义最精，可参看）。我与熊十力先生虽属老友好，然一二十年来，却完全与他的见解立在极端相反的地位。他是一位陈腐的典型唯心论者，他的技俩在我面前丝毫逞不得的。

（三）“佛学缺乏主观能动性，只能说明世界，不能改造世界”云云，系属误解。主观能动性须从主观能无间掌握客观发展的规律上着眼，所谓改造世界者，是破除主观一切障碍（譬如资本主义的社会生产力被它生产关系障碍着），完全适应客观的发展，方能改造，并不是主观能改造客观世界。若不就这样了解“主观能动性”，是会陷入迷途的。至于佛法并无主观世界与客观世界之别，更不要误会，此理容面罄。

（四）贵同学多位不弃，甚愿相见。黄君对土改问题，只要认定阶级立场（无产阶级凡言阶级立场，必须认定系无产阶级）、革命立场，自然解除痛苦。刘女士的伤感，须细检她的关系，寻出病源，方易为力。姑作数言，请你转告。“人的情感要与理智结合无间的。决不能从消极一面去消灭情感，却须从积极一面去建立融和于理智的情感。试想阶级的友爱，工作的热情，是怎样建立呀。若能掌握这真理，则情感愈丰富，所生的力量愈大。”我此言能否有效，全靠刘女士的智慧和勇气了。至你对她的说法，是不够的。说她阶级立场站得稳，亦待考验，因为这是属于群众路线上锻炼出来的工夫。你纵对她说得理透，还是消极的一面，积极的一面非从实践来不可，千万要认明此意。

（五）《我的禅观》本月中旬登载《现代佛学》第八期上，可以购阅。若力能及的作长期定户，更所欢迎。因该月刊须有二千个长期定户，方能自力维持也（现才有一千一百多定户）。你所介绍几种经都属必要，其他的经待慢慢商量。干部们肯读吾文，甚善！亦不妨把此信给他们看，并录一份寄回我。匆写不及回看，就寝不多说。

即致

敬礼

陈铭枢

四月三夜十一时半

抄毕尊函，心地光明，发大惭愧心、大勇猛心，谨作“书后”于次。

（一）公政务鞅掌，宾客辐辏，午夜作书，神明湛然（读公书可以想见）。敏睡稍晏，即愦愦不振。前奉书涂乙荒率，足征学养之窳脆。根器浅薄，何堪从公问道，深为栗惧。

（二）“取消自己一面的对立”，以公文已注明不关政治立场，故所问原系就日常酬对立论，但未叙明，亦见粗心。佛破外斥小，即是斗争，此义不知，更见其糊涂。

（三）“为人民服务，乃至牺牲自己，要视作权利。”心量广大，至此为极。读至此真心血沸涌，拍案而起。细检学佛以来，十有余年，切紧命根处，实全未触及。少弄柔翰，懵然无知，徒在内典中捋扯话头，装点风雅。长涉世变，饥来驱人，八苦交煎，烦冤郁悒。乃借此为避世逋逃薮，拈弄戏论，聊资排遣，说不上发菩提心也。只有一次在鄂西宣恩大山中，薄暮由学校授课毕返家，深秋摇落，黄叶打头，大雨初霁，悬瀑满山，溪壑间轰豗如雷。立听之顷，偶忆韦应物“水性自云静，石中本无声。如何两相激，雷转空山惊”之句，顿悟“缘生”之趣，怅触平生，泣下难遏。然此不过是思想上的闪电，文士之普通慧心，实未能提高一步，到达“同体大悲”的境界。直至今日，更若存若亡。虽间作大言，姑以自诡，亦绝非从心田深处，扑满而出。故动摇妥协，时时不免（公前云敏所学，非真佛真禅，洞见原形，无可置辩）。若非遇公，将终古长夜，不知飘流何所，堕落何极。金篦刮目，光明重现，佛恩深厚，感何可言。

（四）熊十力先生仅晤两面（系徐令宣引见。熊在中山大学时，曾招徐前往帮忙，以时局未果。现徐向公请益，设熊先生知道，必诟徐。此事殊不易料理，徐亦甚为忐忑），只领会一阵狂笑痛詈。此或系“以嗔喜作佛事”的大机大用，惟敏以后未敢前往。

（五）“佛法并无主观世界与客观世界”，此旨敏如是会——“一月普现（映？）一切水，一法普摄一切法”，“春在于花，全花是春。花在于春，全春是花”，“青青翠竹，尽是法身。郁郁黄花，无非般若”……世界就是这个世界，一口吞却，哪有什么主观与客观之分（改造世界者是破除主观一切障碍，完全适应客观的发展，方能改造。主客观矛盾的统一的妙谛，到此才真正领会）！勉强分裂，完全是敏胆力还不够壮，怕得罪了学社会科学及自然科学的人。因要说五种生产方式、阶级斗争，或蒸汽机、摩托、拖拉机、原子能……等，都归佛法所摄，他们一定不服。说理不圆，反成“义堕”，故不妨自贬，以息争论。其实此理也确实懂得不够透澈，未敢“夸夸其谈”，反惹麻烦也（因为他们一定要说，既归佛摄，何以不能发明这些东西）。

（六）对刘女士说法，深仰婆心。政治警觉，亦决不敢忽。敏因前此从未参与实际斗争，故人之情伪，体会得很不够。任何人都觉得是好人，一言分定，歃血为盟。解放前不知吃了好多亏，然偏偏"人百负之而不恨"。以前曾写两句词："错认心肝人似我，都知世事后犹今。"下句乃未学马列主义时，不知社会发展规律的呓说。上句却是实况。自解放后，经过学习，知道些"划分敌我""建立阶级仇恨"的道理。尤其是学了从大革命以来曲曲折折底血淋淋的斗争史实，现又读到"情感要与理智结合""要经过群众路线上的锤炼"的明诲，始肯定对人不能贸然相信。凡前函所列各同学，均就佛言佛，未及其他。即敏与公相遇始末，亦完全仅为佛一大事因缘而已。同学及组织上俱深深知道的。

（七）《现代佛学》八期出后，当执公文向同学们劝销。机缘成熟，定函介数位，趋前领益。

"书后"写毕，还有很诚恳的几句话奉闻——"取消自己一面的对立"，当然不包括政治立场，"牺牲自己，要视作权利"，做人做事、成佛成祖之至德要道，俱不出此矣。奉斯二语，请毕此生（终生犹恐践履不尽）。记得尊宿问答有云："朗月当空时如何？"答："月落后相见。"又四子书有云："子路有闻，未之能行，惟恐有闻。"兼以公事太忙，何能为敏一人，消耗如许精神。敏邮票费亦筹措不易，此后奉书将少稀，敬祈俯谅。长江天堑，阻我皈依，瞑想尊颜，如在左右。转依恋为崇信，化崇信为力量。毛泽东的时代，是敏贡献身家性命与国家与全体人民大众的时候了！！书毕已午夜后二点半，错落涂改，仍是不免。有敏谨记。

编者注：该函写于1951年。

第六通

真公道席：

尊著《我的禅观》已抄竣付邮。穷檐短几，秃笔败墨，抽暇作楷，实不能成字。抄后本欲略抒所得，及请示未透处。继念如有所得，都只是镜上之痕。如云献疑，则根本还是门外汉，去一念真疑，尚属遥远。搬弄鹦鹉禅，不如且止。从今以后，惟十二时中，默契“寂”字。依不可离开生灭去看“寂”及不可把“寂”看作是静止不动的现象的正解。在实践上，确实认真地做“取消自己一面的对立”（不包括政治立场）及“牺牲自己要视作权利”二语，一超直入，归元无二路矣。得此法益后，真有赵州“佛之一字，我不喜闻”之感。临纸拳拳，欲言不尽。

专肃，谨致

崇高的敬礼

受知黄有敏敬上

四月十四日夜十一时

编者注：该函写于1951年。

第七通

真公道席：

尊示及徐鉴泉先生大著均奉读。附下邮票，殊出意外，体恤至此，顽劣之器，真不知何以仰答。只觉得在公面前，确如毛主席在《改造我们的学习》中所说，“任何一点佻皮都不行的”。方寸之间，懔懔何极。敏每月薪水，全供家用，自己除薙头洗衣外，照例是一钱莫名。借贷发邮，数数为之。然若别处加以紧缩，邮票费还是抽得出的。此次敬纳，以后万祈停止续赐。不然，则虽为佳话，实太奇特。在公则为菩萨行，在敏则成无赖子矣。事关取与，不敢不沥陈之。敏前云欲奉书少稀者，除上述原因外，最主要的还是怕公政务太忙，不宜多事渎扰。再则白天学习，身不由己，无暇做其他的事。每次奉书，必熬至半夜，五欲中“睡”之一欲，颇难克抑，有点姑息自己。兼以龙象蹴踏，非驴所堪，妙谛法言，所领已多，根薄器小，得少为足。而公之嘉言懿训，如三河倒泻，汹涌而来。浅沼蹄涔，不堪渟蓄，泛滥洋溢，实有堤崩防溃之虑。手边乏书，无从翻检，腹笥所储，俭陋可怜，学殖久荒，艰于酬对。再就是上书频数，旁人不知底蕴，一定以为是干禄心切。对敏是如此的看法，他人如此，则为“靠拢人民”也。孤臣孽子，忧谗畏讥，心情是很危苦的。解放后工作年余，身所遭遇，真有如我佛所云“不可说”者。在此受训，还算是顺适的。当然，主要都是我的错误。综上所述，故有前之谬请。不知难忍堪忍，不能要能，这就是教育，这就是锻炼。既经呵正，敢不自勉。

徐鉴泉先生大著匆读一过，机锋迅捷，识解莹澈，深为佩仰。不过有几点还想不通，特写出请徐先生教正。

1. “禅宗是宗教”——佛法非宗教，宜黄大师已著论阐明。大师又说，佛法非哲学，敏则不懂。敏注。禅更是千佛心印，当下湛然，具足圆觉，是放之四海而皆准，放之六道四生而皆准，放之有情无情而皆准的普遍真理。云系宗教，未免自贬。如果说有一种信仰，有一种情操，能令人安稳而奋发者，就是宗教。则共产主义，又何常不可解释成为一种宗教呢？英国的萧伯纳、拉斯基等，就是如此说。

2.“佛教生活方式，到共产主义社会，才能澈底实现”——佛教仪式自然有些奇特，但生活方式与仪式似有别。既云“佛法在世间，不离世间觉”，则何必厌染趋净，自生差别。道不远人，回道是岸，不一定要到共产社会，才能大休大歇也。（这自然是为利根人说，为普度众生计，共产主义社会非拼命地让它赶快实现不可）。

3. 费尔巴哈“使神人化”说——敏觉费氏之说，与禅毫不相干。西洋有所谓“泛神论”之说，费氏恐未脱其窠臼。他本来是极端反宗教的，但是自己又信不过自己。所以同时就强调人对自然的关系，硬要咬定这个矢橛——神——才能抓住把柄，说什么“神是人底镜子”“人与人之间就是神”。敏以前似乎有这种禅病，所以有些自高自大，经公一喝，完全拂去，更提高一步矣。敏注。其实在我们看起来，巍巍堂堂，三界独步，即心即佛，善哉俊哉！正不必依假他力，为我们撑腰。神之一字，无处安立，正不必以楔出楔，永远有个楔在。苏联十月革命后的新人道主义（人本主义），不借助力而能充满自豪感，似与此有相应处。又徐先生听僧说法毕，打僧一杖，是不是有“我慢”之嫌？徐先生系以一指悟入，设遇天龙禅师，一刀将指头砍断，又将如何去会？

敏对于禅，只口里说说，心里想想，从未认真参过，更说不上悟。凡斯所云，可能都是胡说。徐先生真参实究是过来人，对敏定生怜悯心，当不以为忤，而愿加以教诲也。（敏以前看公案的时候，心里觉得惘惘醰醰，如饮醇醪。再进一步，就要起疑了，但马上就拉回来。因为一疑，就要追寻向上一义；追寻向上一义，必要大死一番；要大死一番，非披薙不可。自己披薙事小，白发之母，黄口之儿，谁来养活他呢？这个家庭包袱，不特阻碍了我革命，并且阻碍了我求道。径山大师云“出家是大丈夫事”，敏确实太渺小了啊！）

徐先生文，同学拿去在看，稍缓再奉寄。

专复，谨致

崇高的革命敬礼

学人黄有敏敬献

四月十七夜十二时

附启：屡次作书皆在夜深，昏沉之下，不免写错了字。如前将黄梨洲之洲误作州，惠能之惠误作慧。此两字本可通用，但人名岂可用通假字！以后遇有错字，或引书记错了的，即祈改正，并以赐示。又敏写信多用文言的句子，这并非迷恋骸骨。虽说是“结习难忘”，其实是时间匆促，无暇写白话。因为说理抒情较曲折的文字，要写白话必定要写成形容词加形容词，子句再加子句，漫长得像一列火车底句子。写这种文章，比文言还艰难些。前人所谓“匆匆不得作草书”，亦是此意。文字障何分文言白话，这点道理，敏是知道的。又奉。

编者注：该函写于1951年。

第八通

真公道席：

向班禅活佛庆祝文谨拟就奉上。此类文字从未做过，西藏及班禅的一切都陌生之至，读书太少，经历无多，执笔殊觉茫然。若蒙改削或另拟，祈赐示，俾知所以努力。

公前赐一函，谦光盛德，令人悚惶。敏以此自反，深觉前此处世接物之浮浅狂躁，真莫比于人。满腔子都是腐臭肮脏的东西，兀自不知羞耻，说些自己都相信不过的佛与禅。欺人乎？欺天乎？居士之称，决不敢当也。（笔太秃，不能恭楷，祈恕。）

谨致

崇高的革命的敬礼

学子黄有敏敬呈

五.廿七.

附上代拟向班禅活佛庆祝文

班禅活佛：

当中国大陆完全解放，仅剩西藏地区及藏族人民还在帝国主义蹂躏之下，还未回到独立自由的祖国怀抱中来的时候，全国人民都是以无比的关怀来注视这一件大事！

我们知道，西藏从来就是中国神圣领土的一部，藏族人民也是中国各兄弟民族组成的一员。西藏各大喇嘛寺院，更是中国佛教徒衷心向往的西方圣地。

西藏永远与中国是不可分割的！

在一九四九年十月一日，中华人民共和国刚刚成立的时候，您在青海高瞻远瞩，主持大计，致电毛主席和朱总司令，代表全藏人民拥戴新中国，为西藏的解放和藏汉人民的团结而奋斗。这一英明措施，是获得了全中国人民的赞仰与顶礼膜拜！

现在西藏已经和平解放，一百二十万平方公里的土地，三百七十二万的人民，都回到独立的幸福的祖国的大家庭中来了。今后在毛主席正确的民族政策指导下，可以开始过着自由平等的主人公的生活。这自然是您的伟大号召的力量，才能促其实现。这真是西藏人民与全国人民莫大的喜事，也是您对新中国建了莫大的丰功伟绩。

我谨代表中国新的佛教界与佛教徒，向您谨致无限爱戴的执（热）忱与敬意。并预祝您早日回到西藏，为巩固国防，建设新西藏，宏扬新佛旨，使藏汉两民族更团结更合作而奋斗到底！

西藏人民急迫地需要您，等待着您！

中国人民急迫地需要您，等待着您！

新中国的佛教徒更是急迫地需要您，等待着您！

谨致

崇高的革命敬礼

陈铭枢敬祝

编者注：该函写于1951年。

第九通

真公道席：

复令宣函已转寄。顶门一喝，当能醒其迷执，回向正法。向班禅活佛致贺文，谅已上达，祈痛赐批评。以文字供养佛，供养众生，是一件很不容易的事。

公对敏褒多于贬，虽为奖掖之至意，但一定是敏的觉悟程度、忏悔程度，还不够真、不够切，故尚存客气，以促其自反，自知不易（尤其是文字）。敏之视公，亦犹公之视张表方先生（公赠张表方先生诗，敏一见即记其警句）。若以为尚堪教诲，即请加以钳锤，俾能成器。恳恳微忱，出自肺腑，决非门面语也。此间政治学习结束时，曾作总结，末尾有这样一段话："……再则最令我庆幸的，是我在这个阶段内得着一个机会，重新回到佛教徒的园地里面来了。陈真如居士，是现今发大愿心，要以马列主义、毛泽东思想来改造一般落后的佛教徒和旧的佛学观点的第一人。他希望这一工作能对西藏及东南亚、日本等佛教国，发生一些进步的影响。这种庄严的愿力，对于我启发极大，感动极深。我现在已在他的领导下，从事此项工作。当然，以佛陀澈底'无我执、无法执'的精神与马列主义科学底社会主义结合起来，无疑地是一项很艰巨的事情。这是一个政治性极强的学术工作，我是愿意以整个生命的力量去摸索去创造的。……最后，我宣言，我的生命和其他一切，是完全贡献与国家与人民了。从此以后，一方面奉行佛教的戒律（杀戒暂且不奉），一方面研究马列主义的理论，在具体的为人民服务的实践中，为实现社会主义、共产主义，亦即是人间净土而奋斗到底。"这些话，有些人是不愿意看的，敏也不管他许多了。

公曾云："佛法终有昌明之一日。"佛祖心力，宇宙间的真理，自然不会澌灭以尽。即令退一万步言，末劫已至，正法将亡，敏亦愿以身殉之。大丈夫做事，决不是能成功就干，不能成功就不干也。聊发狂言，以博一哂。

公六月内晋京前，希赐一晤。

专肃，谨致

崇高的革命敬礼

学人黄有敏敬奉

五.廿九夜深

"藏身处没踪迹，没踪迹处莫藏身"，上语以"不离菩提座"，下语以"普现群生前"会之，何如？

近读《居士传》《萧子良传》有"求进是假名，退检是实法"语，与"取消自己一面的对立"语对比勘之，更令人有省。误认有实法在前，则愈求愈远；归无所归，则心华自开。一念退听，受用无穷。验之近日对人酬酢间，的然有奇效。一指头禅，终生用之不尽，信然信然。又奉。

秃笔如锤，潦草不恭。祈谅。

编者注：该函写于1951年。

第十通

真公道席：

久未奉谒，甚为仰慕。上星期日午后得郑文蔚同志传语召见函，因时已晚，遂未晋谒。敏在寒假思想改造学习中，以彻底忏悔的心情，将解放前后思想上、言行上有问题及错误的地方，都暴露批判了。从此无愧怍，无负累，无挂碍，俯仰一身，很是了当。

敏前参加土改时，由实际景象启发，不是文字的而是实质的悟到“大道纵横，触目现成”的道理，深深体会到宇宙间事事物物，都是调协合理的。现在更觉得“周围的秩序”，也非常调协合理。因此，内心很觉平衡。又知道“内心的平衡”“周围的秩序”“宇宙的和谐”三者原是一物，周匝吻合，平等平等。这种景象真足以使人“当下心息”，可以愉快的生，也可以含笑而死。返观世间，更有何物值得动心？“觅心了不可得”，又从那里动起？囫的一声，桶底脱矣。故近来言行，不求谨慎而自谨慎；无谓的牢骚，不求摒除而自然摒除。对人对事，不求稳妥随顺，而自然稳妥随顺，偶尔有点小毛病，那只是践履还未纯熟，大错误是不会有的了。以集体主义药其个人主义，以组织性纪律性药其自由主义，以理论联系实际药其教条主义，而总把柄在“内心与秩序吻合无间”。外界怎样，就还他一个怎样，故有不必求药而病痛自然湔除者。“水上葫芦”之妙境，敏已依稀遇之。回忆二十年来，种种颠沛，只做到“我志未酬人亦苦”七字。既有我志，则相对地必有“人苦”。人既然苦，则“我志”又岂能酬？而“我志”究竟是何物？一声喝去，颠倒梦想而已。

凡此云云，大概还是公所说的“寂”的范畴。佛家宗旨在“报众生恩，救众生苦”。报众生恩，“寂”就够了；救众生苦，就必须“寂的活用”。也可以说，“寂”是说明世界，而“寂的活用”始能改造世界。至“寂的活用”，则需要很多的“主观能动性”，颇难运用。敏尚不能体验的当，故公之“寂”可学也，公之“寂的活用”不可学也。（本来“寂”与“寂的活用”

也是一物，不能打成两橛。以不善于“活用”，惟有单提“寂”字，此亦践履未臻纯熟之一验。）

普罗列塔利亚的宇宙观是“事物的统一、和谐，都是暂时的，相对的，而矛盾、对立，则是绝对的，永久的。”而敏却觉得事物都是和谐的、调协的（学佛的人大概都有如此感觉，不知然否？），这是不是非马列主义的思想呢？敏以为这正是马列主义的。关于此点，敏有些未成熟的意见，后当请正。这些问题决不与任何人谈论，只是一个人有时想想，因恐招误会也。说话做事，再决不稍有突出，因一突出，即破坏了“周围的秩序”与“宇宙的和谐”矣。

敏现又奉调在武汉（旧府街）教师学院学习，完全学业务。敏愿研习历史，就在历史系学习。此次调来学习的原因，大概还是未能“与周围的秩序吻合无间”。中学教员规定学习“政治常识读本”，而敏却挤时间读很厚的马列主义的经典著作。他人也没有敏的一些离奇遭遇，既然有些特别，自然有可疑之道。践履纯熟，真是不容易啊！是以公以前之“不剪辫发”“憨态可掬”，天纵之圣，敏虽欲从之，实在莫由也已。自然，生活上也有点自由散漫，这是不容讳言的，从此决定痛改痛改。

本星期日上午拟晋谒，谨先奉闻。

专肃，谨致

崇高的敬礼

学人黄有敏敬上
四月一日

读此书，足证与前诸阶段大有进境，为思想基本转变，打成一片，造下更好的条件。

你于法眼禅得个入处，但被从幼至长长期所珍惜的儒家哲学名理，充塞了智窍，成为最重的包袱，未能骤尔完全放下。故这个入处系纯从主观的领略、玩味、欣赏而来，实未悟（证）法眼“若论佛法一切现成”之旨趣。因此你所用的“平衡”“秩序”“宇宙”等字眼，依然落在唯心论的窠臼。

你后段所引无产阶级的宇宙观底“对立面的统一”之总原则是对的，但你未明了“斗争”“发展”的绝对真理，是贯彻一切“对立的统一”底始终和整体，也就是包含了“暂时的”“相对的”底“事物的统一、和谐”。换句话，纵使是“暂时的”“相对的”“统一的”“和谐的”，也离不开“斗争”啊！否则所谓“客观发展”的矛盾总规律，就会破坏了。

即就佛法来说，“佛魔平等观”是离不开“佛魔不两立”的。“金刚怒目”与“菩萨低眉”是统一于“四无量”的绝对真理之内的。其他道理，不遑例举。总句话说，你思想未能“打成一片”，因此未能明确和运用新的思想方法。而新的思想方法入手处，在于能掌握批评和自我批评的武器。如何展开批评和掌握这个武器底着眼处和着力处，专在于“一切从实践中来，一切从群众中来”——两者必须结合来做工夫。这是彻首彻尾立于不败地，所向无敌的马克思列宁主义的厉害处，也就是思想改造和无尽期的提高之唯一方向。我所体会的佛法，也会合在这点上。姑先批在你的信上（作回信），俟面罄。陈铭枢。四月三日。

编者注：该函疑写于1952年，准确时间待考。

第十一通

真公道席：

公许敏加入民革，在进步组织中更进一步地投到新社会的怀抱，锻炼自己，提高自己，这是敏极端忻忭渴望的。但其步骤如何，材料怎样写法，是否写一申请书，这些手续，请指示。敏在此学习，八月底始结业，但中途调出，亦无不可。敏终生愿作佛教工作，愿为最“落后”的比丘僧尼服务。这是肯定了的，也是领导和群众了解了的。无别路可走，也不愿走别的路。（敏在佛教刊物上撰文，与佛教界往还，在学校中教书，终将为人另眼看待。）此自做“政治上团结广大群众”及“为消灭佛教而创造条件”的工作，同时批判吸收一些佛教哲理，等待共产主义社会到临时，百花齐放，让共产主义文化更丰富些。一方面又使杨仁山、欧阳竟无等的先正典型，不致与荒烟蔓草，同归澌灭。这是敏的一片愿心。敏肉身住世，最低估计还有四十年。此四十年中，在闹市，在深山，在机关学校，在工厂农庄，及一切处处，能觅一个半个嘱咐大事，敏才心甘目瞑，撒手而逝。（敏现在可保证无声色之好，世味恬淡，每日必运动，家眷长住乡间，不同居，习惯于独宿，凡此皆寿征。）设中国佛教协会目前尚未成立，则在图书馆中暂安插一研究员，亦甚相宜。此等事均绝对服从组织安排，现仅对公表示态度，望能玉成之。

敏相识中，不少文化程度较高，而思想上很有包袱的旧知识分子。这些人年岁均在三四十左右，都经过几次学习，政治上已经交代清楚。设能与公相识，予以开导，或加入民革，则都能发挥积极性、创造性，对人民有所贡献。此时记忆中约六七人，有便当介与公，祈赐接见（大半是教员）。

前十年，敏三十岁时，在四川涪陵中学教书，有感怀诗四律。今天看起来，是有些问题的，但与现在也还有相通之处。谨抄上求正，并请文蔚同志赐以批评。

世痕落纸便酸辛，试看残山剩水滨。

何足久稽天下士，亦曾略负有心人。

冲霄羽翮风前意，满眼疮痍劫外身。
垂涕空王求忏悔，一声棒喝总成尘。

几年野马成心火，负鼓求亡大可哀。
欲与虚空同粉碎，本来明镜绝尘埃。
雨余枝上花初发，云破天中月自来。
隐几嗒然吾丧我，满庭虫鸟漫相猜。

猛火难攻舍利坚，书生万事总戡天。
培风大翼三千里，命世奇才五百年。
卖尽心肝耗壮岁，挥残涕泪饯华颠。
何如微笑拈花去，露地白牛看炯然。

治身黄老治心释，治世还须马克思。
拳石已含天下雨，缩头何碍泥中龟。
全真妙用无从说，大化流行未可疑。
斗室龙场同悟澈，一灯慧命续丝丝。

第一句所谓“治身黄老”，是行道家的导引之术，敏行之有年，甚有奇效。第二句“治世还须马克思”，未免“大言”。因敏今日尚不能懂马克思，十年前自然更是不懂。不过因为不满国民党的反动统治，它要禁止，我就偏这样说罢了。敏或可以当公所说“真傲”之伦矣。“发大悲心”，“真傲”也无处安立。

敏前作《佛教在中国历史上所起阶级斗争的作用》一文，载《现代佛学》某期，不知公处尚有存的没有？敏拟将此文呈与系中主任，同时也表示争取做佛教工作。下星期日，当仍至公处午饭，藉聆训示。敏以前不得召示，不敢晋谒，仍未免有矜持之态，尚未能圆融平等，旷然大观。这些都是小家子气，当知戒勉。

谨致

崇高的敬礼

学人黄有敏敬上

四月十三日

夜晚匆匆执笔，潦草不恭，祈谅。

敏若做佛教界调查研究工作，可保证用最少的经费，最短的时间，最详细的记载，把全国各地佛教方面历史的现在的情况，用书面总结出来（能亲自到全国各地走一遍更佳）。

芒鞋箬笠，百城烟水，在各地深山古寺中，一面调查研究，一面宣传马列主义及介绍国内外形势。这种艰巨而光荣的任务，设能落在敏的肩上，那真是何幸如之。

又奉。

编者注：该函疑写于1952年，准确时间待考。

第十二通

真公道席：

十八日尊函奉读。承奖，甚为惭悚。指示应读各书，授课余暇，未敢自逸，正在研习中。关于佛学问题，公站在为政治服务的立场，肯定佛为宗教，列于统战工作中去领导它，改造它。敏现始知这是唯一的正确道路。故今后阐发佛的理论，宜着重在历史方面的批判扬弃，就佛言佛，引导它及佛教徒们为政治服务。与马列主义沟合及创立新义处，最宜谨慎。因略涉比附，就容易被人误会是“折衷主义”或“修正主义”，一兴诤论，即多麻烦。若以政治为第一，则立于不败之地。公的路线，绝对是正确的也。敏阳历年假返里，过汉时拟晋谒一次（本星期日上午九时），面请教益。谨先奉闻。

谨致

革命的敬礼

学人黄有敏谨奉

十二月廿六日

编者注：该函未注明年份，详细时间待考。

第十三通

真公道席：

《唯心破心唯识转识颂》及汇票均奉到，以忙于土改总结及三反运动，致稽奉复。

尊颂至“即是圆成实”句，语意本已圆满。但此颂乃为月刊停刊而作，设无后数句，则文意未充，悲怀莫显。故敏意以为，信今宜载全文，“传后”则至“即是圆成实”句，即可收束。深怀大愿，颂中已著，不必更叙外缘，以资起信。又月刊既续出，则口终难挂壁。“予欲无言”，尼父亦未能终无言也。狂肆之言，敢博一哂。

敏自参加土改及三反运动后，深深体会到阶级斗争及群众运动的伟大意义。今日能在群众中安排妥帖，即断然是成佛成祖之基。前读俄诗人普希庚集，见有“心与秩序融恰无间”语，颇有味乎其言（秩序原文兼有“现实”“当下”之意）。现读公“实践梦不生，万恶从想积”之句，交相契入，真有桶底脱落、大地平沉之感。倾心实践，亦当勇猛蹈厉，无所瞻顾（虽属勇猛，亦颇平常）。刻在三反学习检查资产阶级腐朽思想的大会上，当众坦白平生最大惭德（曾狎妓、偷书数次），并加批判。（他人坦白不可告人之事尚多，都下决心改过迁善，一同进步。毛泽东的时代，真是伟大啊！）今后誓挥慧剑，永断愚痴，内以六度自修，外由群众夹辅，虎兕入柙，波澜恬静，庶几寡过，以终此生矣。

专肃，谨致

革命的敬礼

学人黄有敏敬上

三. 廿八

“能善分别诸法相，于第一义而不动”，乃《维摩诘经·佛国品》文。谨附。

敏在土改中，工作斗争，自甚烦剧尖锐。但任务俱已完成，鉴定也还好，并不敢执理废事，一心参枯禅也。下述乃事间暇时所感。理事无碍，虽曰未能，实愿学焉。又奉。

参加土改时，某日傍晚偶于雪后展眺，见树上栖满乌鸦，觉苍然暮色中有此点缀，确实不错。后鸦群飞走，仅留三四，萧疏数点，觉得还是很好。后完全飞走，枯树杈丫，益显苍劲，觉依然可以玩味。因此触悟到“无欠无余”“一切平等”，及“八不”义谛，顿觉世上林林总总，在在处处，都是合理的，完整的，圆满的，和谐的。矜燥既释，清凉无限。大光明海中，人我是非，计较驰求，实在无从安立也。近来悟解如此，敢祈印正。又呈。

编者注：该函未注明年份，详细时间待考。

第十四通

真公道席：

敏师训部结业后，即分到黄冈中学任教。适公去京，无由面致诚款，怅悒何限！在武汉得与公过从，洵平生胜缘。慈颜懿训，永镌心目，人虽下愚，宁不感奋？他日倘有机缘，再行晋谒，将见敏视低而言讱，呆若木鸡，悄悄如有深忧，当是秉公之教，笃实践履，有所得之征矣。内不能有所证入，外不能博收众誉，今生亦断断不敢与公相见。在武昌学习，是平生绝大转捩点。整风时所得批评，最尖锐者是"不想接受无产阶级思想的领导"。弦外之音，令人懔懔。往事蹉跎，一切都是敏的错误。定业难回，宿障太深，过眼云烟，等之梦幻。此后惟将慕公之心，转到教书上面，全心全意把学生教好，和群众处好，即此便是菩提心、菩萨行也。可语者少，流言可畏，在此惟绝口不谈佛，真心作佛事而已。月入戋戋，家累甚重，《现代佛学》无力订阅，如有尊著，敬祈赐寄。拳拳之心，如葵向日。临款无任依恋。

谨致

革命的敬礼

佛子黄有敏谨上

九月廿三日

编者注：该函未注明年份，详细时间待考。

郑光宗（1916—2018），又名郑立新，湖北监利人。早年就读于太虚创办的重庆汉藏教理院。1946年由太虚选派，赴斯里兰卡留学。1951年回国后，在《现代佛学》杂志社担任编辑。后历任中国佛教协会国际部副主任、教务部代主任。翻译出版《印度宗教与民俗》《印度佛迹巡礼》《南传佛教基本教义》等著作。

第一通

致光宗函稿

湖北监利朱河吴家巷张□□转

光宗同志：

顷接北京巨赞法师来信，知道你已由印度的锡兰回到了祖国，欣慰得很。去夏我在北京创办了现代佛学社，出了月刊，积极地改造佛教徒的思想和生活。半年以来，颇著成效。秋间来汉，就任中南军政委员会农林部长职后，复致力于武汉佛教界的改进，亦大有成绩。最显著的就是上月某日，应中央抗美援朝保家卫国的号召下，曾发动二千多僧尼游行示威，开历史上未有过的前例。现我因做佛教界的统战工作，急欲了解印度方面佛教的情形，请你来汉一谈。并望你由这里即行赴京帮助《现代佛学》月刊的编校工作。何日可来，盼先函告。

专此，即致

敬礼

陈

二月廿三日

编者注：该函写于1951年。

陈器伯，原名陈万言，字廖士，浙江镇海人。民国时期浙东诗坛“东社十子”之一，通古籍诗文。斋名“单云阁”，刊有《单云甲戌稿》。与浙江本地溥常、指南、圆瑛等高僧过从甚密，常诗文唱和。1935年应邀主编《七塔寺志》，历时近两年完稿。曾撰写《慈运大师传》等文。

第一通

读真如居士致润之先生论佛法书演为歌辞题后即祈教政

我敬欧阳公，内学贯悲智。继承得龙象，妙融三藏义。受持四十年，鞭辟独近里。无神亦无元，了了见开示。一切真平等，法门原不二。佛法常前进，未来无尽地。若有穷尽时，便生障碍累。佛法不停顿，息息在创始。停顿落陈腐，便非真实类。众身即我身，度人即度自。怨亲与尊卑，宁有分别次。极诣四无量，大慈悲舍喜。知行必合一，所向极沉挚。因心起境界，执着不弃置。凡此都狂妄，真理已失坠。但可以心师，师心宜远避。事物不否认，主观未许恣。超离此主观，客观真实遂。所谓陈铭枢，即非此名字。是名陈铭枢，绝对无同异。宇宙日动荡，影像各荟萃。是为有为法，梦幻露电伪。但离有为法，无为亦无寄。相对中绝对，一物正反位。观反为相对，察正绝对意。生灭与矛盾，刹那无二致。无有无所得，不作执取冀。执取即断灭，便犯落空忌。究竟空不空，真不可思议。大乘斥外小，源流儒家备。宋明排佛法，精神无轩轾。反为佛法俘，孰肯共精肄。演绎简而要，提示何渊懿。因兹发吾蒙，实拜君之赐。

陈器伯呈稿

编者注：该函未注明时间，详细时间待考。

李天适，生平未详。著有《六祖坛经颂》《广钦老和尚谈“神通”》等。

第一通

复李天适居士

甲申大暑

来书诵悉。前见海沙居士屡举与居士患难中经过，得知居士立身大节，真诚厚重，迥异流俗。且悉初慕佛法，向心极切，岌岌求师，虽未晤面，窃已心许为吾道中人矣。又恐居士以朗朗明珠，误投暗室，为世冒说法称师之俗流所惑，故慨向海沙云欲得居士为徒，此盖戏言耳。而海沙竟以为实以告居士，居士亦竟衷心接受，来书表示悃款。甚矣居士之谦诚也，狂哉鄙人之不自量也。居士盖未知鄙人修己为人之态度耳。往岁曾致友短札云：“我终身只作学人，断断不为人师。此生一切都可不要，而道在必得。”斯两言足以表示鄙人卅余年学佛之态度也。儒者云人之患在好为人师，佛子则以误己误人，莫以妄为人师为甚。黄檗大师云大唐国里无禅，复曰不是无禅，只是无师。师道之难，在昔盛时犹然，况如今耶！故吾愿居士毋以吾戏言为真也。且吾之戏言，乃为爱惜居士而发耳。闻居士之立心行事，诚属大乘根器，不容吾不忻赞而爱惜也。故虽戏言，诚有其真实之旨在，居士当思而得之，不烦吾之多赘矣。昔释迦世尊临涅槃时，以“依法不依人，依义不依语”而终，云以“以戒为师”示后代，此盖通大小乘而垂教也。若专就大乘而言，则“拟心是犯戒”，此盖非可以形式之规范而能涉其藩篱者矣。以鄙人之无状，虽卅余年之因缘，至今始稍明佛法，然每自检省，终不离初心所持两字。此两字为何？即真与直是也。倘假我一二十年，得深明大法，亦断断可信不离此两字。今尽情举告居士，若居士诚欲得师，即敬信奉行此两字为师，敢保居士智珠自耀，不至暗投也。佛法不是说人情，亦容不得客气，望居士善思吾言。不宣。

编者注：该函写于1944年。

罗伟，生平未详。

第一通

真公赐鉴：

您派来的向班禅大师致敬的代表徐君，西藏人已经会面了。据计处长、李春先等人对我讲，班禅活佛和随从人员都对您很表好感。同时，我把您给他们作了个深刻的介绍。我现在向您提个意见。您可以用黄色虎皮宣纸，您亲笔写一本向班禅致贺西藏解放和祝班禅入藏的庆贺词，并附上黄绸五尺（可作哈达），由邮直寄计晋美，作为您的最敬礼物。因为西藏人对这种礼节很注重。您六月到京见班禅的时候，也需要用哈达做见面礼！

此致

敬礼

罗伟

五一.五.十一.于北京

请有敏居士代拟庆祝词。枢。

明幻，俗名边纯达，陕西安康人。1939年去西安大兴善寺僧学院学习，受戒出家。曾受聘《新秦日报》任副刊“觉林周报”主编。1940至1949年先后在西安卧龙寺，安康双溪寺、天圣寺为僧。1955年5月任安康佛教协会副会长兼秘书。后任职于安康县图书馆。

第一通

铭枢社长慧鉴：

久仰高风，未聆謦欬，引领江东，不胜依依之感。敬维精神矍铄，公私顺适为颂。兹送上关于安康双溪寺发现的投壶说明书一份。拟请居士函托在京友好，通知有关部门早日拨款修复双溪寺，使古刹不致湮没，佛法得以重光。事关中央保护历史文物政策，言责所及，专书奉闻，请勿以狂直见罪是幸。居士为现代佛教健将，年来奔忙于内政外交的新佛教事业，备著贤劳，至深领佩。我们在毛主席英明的领导下，行见正义人道伸张于世界，慈祥和平普及于全球。

愿佛陀和平之光照耀于全世界。

近接巨赞法师来信，言中国佛教协会筹委会不久即可成立。展望新中国佛教远景光明可爱，寸心千里，彼此谅有同感也。

专肃，敬颂

法乐

北京现代佛学社陕西安康通讯员明幻合十

10/11

编者注：该函写于1953年。

第二通

铭枢居士青及：

金州秋暮，江风早寒，夜长无寐，更漏将残。引笔展纸，悄然灯前，心所蓄者，便欲快言，以代一夕之语可也。

自《现代佛学》二期起至现在，每期我都细细地读完，以居士发表的言论为多，具见爱教爱国热忱，曷胜敬佩。

幻儿时因病出家，仅在师范毕业，曾充中小学校教师。抗日战争期间，漂泊长安，承新秦日报社长俞嗣如居士邀请，担任该报副刊《觉林周刊》编辑兼办省佛教会文稿，与统治阶级破坏佛教者作斗争。时与已故王幼农居士交游，及与虚大师书问往还，获益不少。后来行脚盩武地界的海藏寺，每日登山临水，以开拓胸襟。尚记写有"行遍华阴到华州，今年又作太白游。雪霁春回残照敛，人在山川画图中"及"一夜东风起终南，百思不解菊花残。细推物理须精进，拂晓对窗雪满山"等绝句，流露出自己心灵深处对于美术与文学的爱好，想系宿习使然。

在关中散漫多年，愧无一成，行云流水，到处为家。五〇年夏因重病息影于天圣寺经楼，掩方便关，发愿恭写《华严经》。每日楷书三至五百字，迄今已有二十多个月未尝中断，已写好二十六卷约十七万多字。兹后誓必完成此举，以此功德回向，劫运潜消，祝愿和平。知关爱注，专肃奉闻。

附呈说明书，拟请居士对它的发现发表一点意见，寄佛刊批露，以引起国人注意，共同研究为盼。

连日来伏案走笔，神思疲劳，书不尽意。

匆此，敬候

康乐

不慧明幻合十

11/11

编者注：该函写于1953年。

阮子清，字定侯。广西桂林人。

第一通

真如老友：

前年由南岳辞却佛学院教席，游峨眉，原定客秋返闽，专研人生究竟，不再为衣食住行而随波逐流。奈由峨回到重庆时，长江川湘两路均受阻，特假道黔省，拟由桂粤归故乡。履筑垣日，适闽省电信中断，遂留黔明寺佛学院，重坐梦中教座。顷阅《现代佛学》月刊中大著，知老友早臻最上乘。惜民八潮州上蓬镇驻防时，民十四服务于憬然团时，民十五辅贤初到武汉时，民十八于黄浦省防军教导队任教时，概无缘得闻圆音一演。直到民卅自知到南华阅经，虽近大德将十年，仍是业转现三相刹那刹那俱起，无法降伏。望念在学友、同事、部属三重厚谊，赐我当头一棒。或劳巨赞笃友转示也好。

端候狮王一吼，众生知真如。

阮子清上

1950年10月29日

王唐，生平未详。

第一通

真如先生道眼：

往因佛社之约，共化中斋聚，获奉高论。虽席间匆遽，而所谈多非流俗所尚，方当剧乱，亦难得之嘉会也。昨过沧公，得拜读所为笔记一则，理精见到，敢不拜服！盖吾佛为一大事因缘出现于世，所说无量法门，河沙妙义，今为公众生焉。往而不执，一语道破一大藏教所诠，无非破人我法二执，还复本地风光而已。诚无所执，则体性朗然，一丝不挂，更有何物污我心田。又正执邪执同一执也，当用金刚王剑，正邪齐斩，佛魔并杀。斩杀二字，亦不留毫发迹像于胸中，然后始到安身立命之地。祖师门下着眼，正是此地所贵直下透脱性地承当，非若法师讲经。纵说得与经论一字不差，方成白云万里。何以故？盖说食不能充饥，数他人珍宝救不得自己贫穷也。此事要当相与面论，方始畅其本怀。公研精有素，深达理域，下走浅薄，何敢妄有饶舌，就正二字所必不敢当也。王莽、严贡生，非知道者，不必深论。至如紫阳、阳明，近溪并属圣哲，后生小子，焉敢妄下一语？至公以朱子之正执正坐，近溪所谓妄以澄然湛然为心之本体一语，真为深中要害，使执见者无藏身之地。澄然湛然，乃是心体之德，至于心之本体，又岂文字语言所能形容哉？但有忘心默契而已。自来佛菩萨传示心法，皆设譬喻，莫能直说，故世尊曰：吾说法四十九年，不曾说著一字。因心体无形无相，而妙用无穷，又无物可似，无法直说也。

以公下问，敢尔喋喋，然实无一字可当本法，尽影响之谈耳。他日相见，快论其余可也。

此颂

法喜充满

王唐再拜

五日

编者注：该函疑写于1940年前后，准确时间待考。

第二通

真公：

往得朱蕴山先生携下手翰，极感不遗。曾复一函，如示交汉口中南军政委员会农林部，不审获达尊览否？迄今月余日矣。嗣闻道从赴京开会，不知何时返汉，故候问竟疏。昨忽得胡子昂先生函约入城相晤，乃悉在京与公晤言，嘱其返川时访问下走近状。如公高谊，真薄云天矣。子昂见问有无退押情事，唯我上无片瓦，下无寸土，尚无退押之厄，相与畅谈而别。下走冬来体中转佳，不似夏秋狼狈，独生计之难，日以益甚。寒舍及地藏殿两季房产税，均已措缴。下季视上季加倍缴纳，筹措费尽经营。而地藏殿上月由公安局清水湾派出所召走至所，言地藏殿当由政府接收。唯先接收物资，遂将器具椅棹一切用物，悉数搬至派出所。而殿宇房屋尚未接管，仍由走雇人看守，何时接收，待令而已。唯今只望早日接受，卸脱责任为幸。城中来人云佛学社日内亦将由文教部或交通部接收。走近在家，久未入城，两月来只子昂函约，乃一渡江。盖一有行动，辄多烦苦。每思外游以换空气，然此岂易得，中心妄想而已。望公回汉时，数通消息，以为幸慰。寒舍一日二餐，一粥一饭。内子、舍妹、儿媳均做手工谋蝇头，我则老废坐食，殊不自安耳。

唐再拜

廿八夜

佛。一九五〇年的信。51.1.12.

编者注：该函写于1950年。

文德阳，曾任职于汉口永利银行。

第一通

真公左右：

内院经费奇绌，近有王君至渝，已略知一二。今晨与吕一峰先生谈及，拟请西南文教部酌给津贴，留三五院友暂行保管。

左右曾上毛主席书，言佛教在中国之价值，并推荐秋逸先生为国内大师，持论得体。德阳拟请左右向中央建议，内院系学术机构，设法保留，酌给经费，聘请秋逸先生返蜀主持为宜。德阳经办小型毛巾厂，情形尚佳，但销路未畅。近拟参加文教工作，已向文教部接洽中。如能抽身，拟至北京革大研究班学习。

专此，即颂

台安

文德阳再拜

十一月廿五日

寄呈陈部长阅

友

十二. 十一.

编者注：该函未注明年份，详细时间待考。

徐令宣，曾执教于黄冈师范学校，后担任武汉市水果湖中学语文教师。

第一通

真如部长钧鉴:

日前晋谒，备聆说论，承以智拔，旷若发蒙矣。退而自省，并绎尊著，文约义丰，直探本源。尤以首倡心哲学方法研究佛学，创见迭出，令人心折——如依辩证唯物观点寻出遍计所执的根源，依佛法观点解决主客观矛盾的症结。他如佛学实践的规律，相对与绝对问题等——始知辩证法可以宏佛法之用，佛法可以济辩证法之穷，沟通二者，䜣合无间，为佛教扫除荆棘，为哲学辟一坦途。此在大德固属性分之事，然而嘉惠士林则多多矣。

后学矢志佛学，尚亦有年。平生蕲向，端在内院，终以缘悭，未克遂志。擿埴索途，杂毒攻心，日月逾迈，悲悼良深。我佛有言：我今若不证无上大菩提，宁可碎此身，誓不起此座。后学之于佛法，虽曰不若是之坚定，然求安身立命之志，固念兹在兹也。《普贤行愿品》：一切众生而为树根，诸佛菩萨而为华果……是故菩提属于众生，此诚群众观点正解，敢不勉力。但身在沉溺，不可以救人。闻思修己，求师第一，人身难得，人师难求。后学顽钝，诚不足以备学子之列，然于大德固心向往之矣。近以敝校为转让校舍于省保育院，行将迁往汉川。从兹百里之隔，无由亲聆教益，何胜怅惘。书不尽意。

敬颂

道安

后学徐令宣敬上

二.九.

编者注：该函写于1951年。

第二通

真如部长道鉴：

有敏转寄尊示，日昨始奉到。词意丁宁，诱掖备至，反复雒诵，不能自已。人之生也，与惑俱始，寡过未能，的是实语。尊示谓可指摘处不多，益征病痛之已深耳，惭悚何似。昔者象山教人切己反省，改过迁善，此外更无余事。过生于有我，有我则人己对立，好恶逞情，岂止脱离群众，抑且恣睢横决。如是则何能扫除障碍，建立群众观点，何能服从组织，何能向不如己者低头，何能虚心接受批评，何能澈底自我检讨。故知建立群众观点，必须销我于群众之中，而不知有我在，才能达到人我对立的统一。根本功夫在切己反省，此便是实践断二障，证二空，三大僧祇，始登究竟。岂空谈所能济事耶？谬见如是，未审尊意以为何如。下乡后无所挂碍，惟远隔德音，佛经难值，茅塞之心，芜秽日增，为怅怅耳。尚恳时锡教诲，俾能有所准绳为祷。

肃复，敬颂

道安

后学徐令宣谨上

三月十七日

编者注：该函写于1951年。

第三通

复徐令宣同志函稿

令宣同志：

来书举象山教人“切己反省，改过迁善，此外更无余事”为“无我”实践的工夫，这是一针见血的话，再好不过的。但是你推论到群众观点的建立，在克服人己对立渐达到无我之境，于群众路线方不成问题（系尊函大意），有倒果为因之病，不可不说。按忘我为马列主义高度修养的境界，无我乃谓二空无生法忍的极功，谈何容易。马列主义路线，开首便教人建立群众观点，他们的厉害处全在乎此。因为人己对立的层出无穷的害处，全从个人主义出发，群众路线就是针对此点去破除它。走上了群众路线，个人主义自会减轻，人己对立自会减少，小资产阶级意识亦逐渐消泯。换句话说，就是借群众运动发展出来的政治认识和对公共事业互相映引的热情，以替代自私自利的萌生、暴发和长养。苟在群众中行得熟，便渐渐进入忘我之境了。至群众路线的基本立场在于工人阶级领导上面，倘非这个阶级领导，则群众路线决不获成功。原因就在经济斗争上面，由工人对剥削阶级的集体的经济斗争，引起对压迫阶级的集体的政治觉悟。觉悟提高，则发展为革命，创造和大公无私的群众伟大的力量。又在我们新民主主义的阶段，虽未进入工人阶级的社会主义，就朝着以工人阶级为领导的群众路线的政治思想。这思想完全表现在为人民服务一点上，而为人民服务的具体的齐一的，而且最有效的作用，就是表现在政权机构的制度上。苟明白这种意义，当使人人感觉到非建立群众观点，将无他生存之余地。至此纵你有何私心也难发展，任何恶人也只有改造为善人之途了。这条路线在佛法眼光看去，是从古未有的世间法的方便法门。你忽略这路线的实践的环节，故所谓这无我的极诣，系属推想的空夸，正中了你末后所言“岂空谈所能济事耶”了。忙中粗书其端而已，望你细自寻检，尊论倘非从佛法立论，实无可议（倘使你不明佛法而能说出这样的话）。不明佛法者读你此书，当亦难辨你的错处也。大须咬紧牙关龈做工夫，切勿草草。

匆致

敬礼

陈铭枢

三.廿一.

编者注：该函写于1951年。

第四通

真公道鉴：

尊示奉悉。马列主义的忘我工夫，首在建立群众观点。指出令宣之说有倒果为因之病，恰中要害，令人负痛失声。本拟于拜读尊作《我的禅观》一文后，合并请益。近又奉到尊示，澈论放下工夫，如饥逢王膳，当下受用，法乐之惠，何时能忘。用是即呈所感，再事渎冒。

一、建立群众观点达到忘我之域，其作用全在凭仗他力夹持上进，故可行之于多数人。即主群众路线的工人阶级，其政治觉悟（自力）也，是由他力引出——对剥削阶级的集体的经济斗争。中国工人阶级身受三重外力的压迫，故觉悟亦最高，力量亦最大，可为明证。其非产业工人觉悟就差多了，夹持之下，心理上不免抗拒。斯时主要外力在采用说服方式，展开批评与自我批评，加强学习，以打通思想——引出自力——使其易于接受。其真不堪改造者，那只有用政权力量实行镇压之一途了。除被镇压的外，对一般人说来还是有教育意义，也就是他力之另一种方式了。从用他力一点来说，深合因缘生法的道理；从其用政权力量一点来说，［产］业革命前阶级尚未出［现］，群众观点如何［建］立？令宣问。又极符法家精神。此在世间法中确是最方便的法门了。至于佛法无我，全仗自力，止观双运，权衡在我，亦有仗他力的，但主要的仍是引归自己。以校群众路线之客观的他力，迥然不同。为示区别，不妨说佛法系全仗自力，持戒虽严，仍以菩提心为根本。而大乘菩萨利物济生，则虽十重律仪，权行不犯，退菩提心则犯。诚以无我之境，非言思可到。言思执着，所知为障，故忘我之极，仍不免于俱生惑也。欲断二障，非发菩提心不可。障从心起将心忏，岂他人所能为力。因此澈证无我，虽是大家有分，而毕竟只有少数人证得。人群之惑也久已，日对真而莫觉，这也是莫可如何的事了。

二、放下义——一切放下确非易易，此事着力不得，病在一着字，但不着力也不行，一定流于昏沉，此其所以难也。不能放下，主要是由于心有障碍。障碍繁多，合而言之，不外三毒；约而言之，不过一私。非从心髓入微处用功，不知私之为祸之根深蒂固也。但在未读尊示前，了解放下只是消极一面。及见放不下担却去一义，才如梦初醒，深悔年来心病就在无担当上，表在心理方面，不外一偷懒，二胆怯，三怕做不好丢面子。刚健消磨，颓堕增长，而不自觉。以哀悲哀，以狂追狂，愚诬若此，良足笑掉。夫子有言，见义不为无勇也。此便是担却义，理直则气壮，不勇由于不直——私。苟能以直心作道场，则私心一念当如洪炉点雪矣。物物听他本来，起灭任其幻化，对境无心，逢缘不动，非天下之至寂，其孰能与于此？《心经》：无挂碍故，无有恐怖，远离颠倒梦想，究竟涅槃。故知无障碍，实是无我极功，至不易易。由是言之，不能担当而侈言放下的，非真放下也，颓废而已。道家正坐此病，儒家便没有。放下之义，得公说而存之，方为圆满。此真学术上一大事也。

肃复，敬颂

道安

后学徐令宣敬上

四月十日

《现代佛学》已直接订阅，容第八期到后，如尊作已刊出，容读后再当请益。

宋儒如周子、程子书中对于通寂之体会，似未截成二片。因书不在手，无从指出。尊示谓宋儒把动静分作两截说，不知系何所指。《通书》“动而无动，静而无静者，神也”一段文字，非常融通，未审尊意印可否？

编者注：该函写于1951年。

第五通

令宣同志：

久望你的信，前日接得复书，展诵之下，欣喜不胜。我因军委会开会未竟，未能详复，然以你几个论点有必须辨者，又不可慢，故略复如次。

尊论两点：一是群众观点，二是放下。放下之义，不必作深曲去追求，只作“放下思想包袱”解便得。至于“担却亦是放下”，就是卸却思想包袱，才能担却责任而已。你已对此得到积极的意义，更深入从实践上体会去，自然日进高明之域了。“群众观点”依你的说法是很浅问题，若不打通这关，会落空并会钻入牛角尖。且更深违背佛法，故不能不亟向你说。可惜在此忙碌中，只能提要供你自家寻思而已。

第一，你说的自力、他力的区别是不正确的。人不能离群而立，亦即不能无“群”而有“自”。人之一生，刻刻无非在群中实践，互相影响、引发、启发、激发、策发、鉴戒、劝导、激励、鼓舞、效法、教导、学习所起的作用而形成群之各种环境、各样形色和各不同的社会。故所谓群者乃各自之总体，所谓自者乃群之分体。因此，不能离群而说自力，亦不可离自而说他力。他力与自力相结合，而不可分拆去看。

第二，群众路线从马列主义倡明后，无产阶级对资产阶级斗争，由自发而自为的实践历程所建立起来的。在对封建社会、资本主义社会和小资产阶级立场中，绝无群众观点之可言，很容易说明这道理。资产阶级从自由主义——个人主义发展到独占阶段，无非做着欺骗群众、掩袭群众、压榨群众、利用群众的勾当。通常名他们为脱离群众或反背群众者，正是他们极不合理的掠得群众的果实。所以他们离背群众必走上灭亡的末日，乃是历史过去注定的命运。就此点亦可证明自力、他力之不可分了。说到小资产阶级当然无一定群众的立场，更属显而易见了。此点附答你产业革命前工人阶级尚未出现，群众观点如何建立之问。

第三，就群众路线去看佛法，更为澈底。1.“众生是福田”，离开众生一切六度万行都是落空。菩萨行就在众生行——群众路线上表现，“菩萨念念不离众生”——群众，“尽未来际度众生”“有一众生未成佛，我誓不成佛”，和释迦牟尼坐菩提树下，睹明星豁然大悟，与大地众生同时成佛，道无前后际等经例，不是极澈底的群众路线吗？2.释迦佛四十八年说法利生有那一秒钟离开过群众？他弃了家室，为众说法无间断，更足证明他压根儿一辈子是在群众路线中。3.依同体大悲的根本教义说，菩萨视任何微小的生命不比自己或其他高贵生命贱。换句话，他根本就无有我见，根本无“我”之一字。4.你把忘我与无我从他力与自力分别来定其高下，亦不正确。须知忘我就作用上言，无我就本质——实际理地上言耳，不必作深浅之分。举例说：忘我犹如有柴不烧火，无我犹如釜底抽薪耳。5.忘我、无我境界，亦不可作深妙去玄想，至落理学家的窠臼。举例说，原始共产社会人的生活就是群的生活，那时代的人并无有我的观念，即有也绝不显著。试看野蛮人为群牺牲的美德，根本就不像文明人先具有牺牲的代价——条件的，计较观念的，可以想像原始共产社会之无“我”的观念。不要说人，我们试看蚁群斗争的阵容，更可表现全无“我”的意识。由宋明理学家看来，无我境界“唯圣为难”，然则原始共产社会人人都是圣人。不仅人如此，蚂蚁群亦都属个个是圣人了！其实这种圣人亦并不难。在无产阶级群众路线中，上已说明群众路线只有无产阶级立场才实现出来，不要忘记，凡在生产竞赛高度的群众热情中，不要误认这种竞赛和劳模英模等混同资本主义学者自由竞争的理论——发展自私的理论，这恰正与他们相反，个个工人都属忘我的圣人。王阳明有个学生的话最好，他说满街所见都是圣人。虽属他偶然的开悟之言，也是发现群的真理。

上所举诸义，望你细细体会实践，方悟到怎样走上群众路线。在群众中“和光同尘”去，再不会有什么小资产意识表现和再有什么奥妙的道理了！

末了，对你质问“通寂”之辨，我对宋儒周子、程子之说忘了，大约记得周子说的较程子了澈些。不过我前复有敏同志书所指的，系就“寂然不动感而遂通天下之故”一句而说他把寂与动分为两截的毛病而说。其实也就是破儒家体用之说，在佛法根本不承认有本体这一回事。就此而止，不多谈了。

阅后请照录一稿寄回我，因我要把与你和有敏的来往诸信都编好，以备帮助其他的智识份子，免得再费力气，想你们都同意吧！并且就这着想，我们不妨勤相问难。

四月十四日夜十二时半倚枕书

令宣抄并校对一过

编者注：该函写于1951年。

第六通

真公道鉴:

奉到尊示,当即抄读,使我对问题的认识又深入一步,但还有几点未澈悉。谨分呈如左:

一、“群众路线从马列倡明后,无产阶级对资产阶级斗争,由自发而自为的实践历程所建立起来的。在封建社会、资本主义社会和小资产阶级立场中,绝无群众观点之可言。”但在封建社会中的释迦(孔子),为什么群众路线走得还澈底些?是否作为一个阶级来说,只许无产阶级才能实现,作为个别的人来说,则不在此限呢?或者在当时不可能有此想,只是后人以此标准来衡量古人呢?

二、王阳明学生之说,是从良知观点立说,似不能以此作例来说明他发现群的真理。否则,岂止阳明学生悟此理,自有人类以来即有群的生活,他们又何尝不知群的重要性呢?等而下之,人皆可以为尧舜之说,也还不是一样的懂得群的真理吗?论点转移,便越谈越远了。

三、体用之说,本出之佛经,至于佛家根本不承认有这回事(本体)。令宣读经不多,未敢信口雌黄,但以我的肤见,觉得本体看是如何说法和体会。其实本体就是一真法界,所谓一与多,通与寂,妙有与真空,相对与绝对,都是这一回事。只要不把它分作两截看,不把它当作一个事物看,说有本体(便有用在),亦夫何过。若就胜义言,本体非安立谛,则一切俱扫,说有说无,俱不当情,似不必在名词上争有无也。

以上请益,明知是钻牛角尖,但谈道说理,又不欲文其谫陋,故仍和盘托出,就正有道。以莛撞钟,诚不自量,然于尊愿——帮助其它知识份子，实在是不敢有一点孤负的。

肃复，敬颂

道安

后学徐令宣敬复

四月廿三夜

附上尊示三纸。

编者注：该函写于1951年。

第七通

令宣同志：

接到四月廿三日复书质疑各点，兹分两点奉答：

一、群众路线……观点，应从革命的新制度去看，即是从生产和阶级斗争中群中每个分子都能自觉的推翻了剥削而言。在有剥削制度存在的封建社会和资本主义社会中，当然不会有自觉（自为）的群众路线一观点。若不如此看的话，则孔丘之三千弟子与盗跖之智仁勇兼备的徒众何别（见《庄子》）？这是唯心与唯物的分水界，必须辨明。要说起来话太多，来不及写。倘你有机会参加一回土革，自然从实际解决这思想问题了。至释迦的宗教制度根本是不允许私有财产的，他以身作则教人把生命无条件献给众生。不过他着眼在慧命不是躯命，重以离开国家范围，故不在此例。然此义尚待伸明。

二、"体用之说本出之佛经"，我阅经不多，也未注意此名字，是否你所指的佛经系《大乘起信论》？该论为菩提留支所译，义多错谬，于理难通（如说心生灭门、心真如门、真如随缘、六尘三细等义，再加体用之说都入了外道的窠臼）。至你说本体是"一真法界"，更属错解。此理最易明，只就马列主义的哲学所指的绝对真理来说明吧。你以为有绝对的东西指得出来吗？若指不出来，则体在何处？请你细细体会，不多说。你若不辨清此点，必落于唯心论的圈套，非常危险。我去年与毛主席谈到佛理问题，首先就破斥体用两字，所以能说得通——如儒家太极生两仪——是儒家体用之说所由产生。今试问太极又从何生起呢？不是封了口么？你所引的佛法中如一多等对立名词的解说，都非佛法的道理。至谓"说有说无，俱不当情，何必在名词上争有无"，益发无当。苟名词也不搞清，则法相混乱和不必建立了（此句恐有脱落）。试从"不立一法不遣一法"去了解吧！

你所质的第二点，请会合上说的第一点去会。匆复。

编者注：该函写于1951年。

第八通

真公赐鉴：

四月二六日复示，有敏径交舍间，本日始托便带下。反复诵读，仍有疑滞，求其症结，又不可得。愤悱有心，举隅失效，良可悯已！

缘起甚深，耐人寻思，佛家精义，并无多子。盖事不待坏而恒真，理不待隐而恒俗；相对即是绝对，绝对即涵相对。此理也，我当早夜参之。从门入者，不是家珍，腾诸口说，无补事实。是以在未解谘求之际，亦不欲草草启请。恐公垂念，先陈梗概，容后续上。

敬颂

道安

后学徐令宣敬上

五. 八.

编者注：该函写于1951年。

第九通

真公道鉴：

渴望已久的《现代佛学》第八期，昨天才收到了。如饥逢王膳，一口气把他读完了。尤其是尊作和虚云老和尚的一篇，读了又读，不忍释手，顿觉心地清凉，受用不少。故知由践履中来说的话，字字句句，镌人心坎，因此读起来也倍觉亲切。现仅就浅见所及，随文提出几点，敷演一番，借以就正有道。

一、真直义。“苟本这两字由粗而精，从浅入深，便可直成佛道。”我觉得公此段话，不仅全文不出此意，即整部佛法也不出此意。真便直，直者无委曲相。我平素最喜微生高乞醯一则公案。微生之病，就在着了一番意思，便显示委曲相，夫子可谓观人入微。相反的，澹台灭明一则公案，行不由径，非公事不入，不加造作，平常作去，便无委曲相。真直之义，从这两则也可以知其消息了。就后例来说，我在学校对于行政当局非公事不入其室，此心便觉坦然。如果不是这样，心地就觉得有委曲相。总之对人有丝毫希求心，便不直了。出处取予之间，毫厘千里之谬。说起来很玄妙，其实也就是真直之活用而已。岂有它哉？就前例来说，人生苦恼由此发端。比如男女关系本同饮食一样，至为平常。若着一番意思，即被粘住，苦不得脱。所谓“人生自是有情痴，此恨不关风与月”，若情不附物，则风月自风月，本不相到，何恨之有！我教学有年，每见学生困于恋爱，忘饥忘渴，甚致自杀。从旁观之，觉得他们作茧自缚，无出头地，甚可怜闵。而迷恋者反谓人生真谛在此，岂不可笑？以此自省，我之愚昧甚多甚多。自智者视之，有甚于彼者而不自觉。此与黄雀之笑螳螂何异！“善人不善人之师，不善人善人之资。”谨作一偈自勉：“吾爱吾师，吾重吾资，日就月将，保我真直。”

二、心行上两极端的统一。这个法门，确属简易。公曾云：佛儒相通的地方，即在做人的道理上。我冒昧下一转语：他们做人道理相通的地方，又在责己反省一点上。此例繁多，不能枚举。学问之道，千言万语，总不外去其情识，作到心境如一罢了，知妄本空，又何待去。所谓不除幻想，不求真是妄。此非责己反省不为功。昔程子有云："人之情，易发而难制者，惟怒为甚。第能于怒时，遽忘其怒，而观理之是非，则于斯道亦思过半已。"手边无书，文字恐有差异。第能于怒时，遽忘其怒，即自己取消自己一面的对立义。而观理之是非，即对人对事必须把他归纳于合理而后止义。只取消自己对立之一端，而不归纳于真理，这是乡愿的行为，不可为训。求合于真理而不能先取消自己之一端，则南辕北辙，去道益远。所以说，两个极端在表面上似相反，而实相成。道理在此，但取消自己对立之一端，我知之亦屡犯之。我尝想如何能遽忘……如何能一发现矛盾时，不论……必先……自行取消呢？苟能如此，那问题也便简单了。想去想来，觉得真正关键仍在平素践履工夫上。践履纯熟，正念相继，"如倚天长剑，触其锋者，灭迹销声"。稍有昏沉掉举，一提便醒，何愁不能遽忘，何愁不能自行取消……从前我做不通便搁下去了，经公此文揭示，使我更加明确，以后当知所勉励了。

三、寂即是中义。寂的含义如公所说，1.不可离开生灭去看寂。2.不可把寂看作静止的现象。这与中字含义完全吻合，或言"时中"更加明确。既言时，就不是离开生灭，也不是把它看作静止的东西了。子莫执中，孟子斥之，正以其把中看作静止的东西的缘故。孔子的伟大，我觉得一句话可以包括，就是"无可无不可"——时中。这真是得了"寂"与"中"的三昧吧。中、寂，说他是平常确也平常，说他奇特也确实奇特。"爵禄可辞，白刃可蹈，中庸不可能也。"这不是奇特吗？"庸德之行，庸言之谨。"这不是平常吗？他是奇特与平常的统一，不能孤立来看。进一步说，也是矛盾的统一。请以文学作例来说明此点。荀子有云"诗者中声之所止也"，一语而抉文学之奥。我尝以此悬为文学最高的标准。所谓中声，就是哀而不淫，乐而不伤，怨而不怒。能乐能哀能怨，文学中自显出奇特，但奇特不难，哀而不淫……却难。哀与淫，乐与伤，怨与怒，对立物也。哀而不淫……即对立物之统一也。这便是中是寂，也便是文学最高的境界了。哀何以不淫……由于心无染着，故得自在解脱。然此犹是文字般若，实相无相，又不是语言所能为役的了。

四、实践义。我觉得佛家实践目的在解脱生死，与一般哲学家之解决人类生活者不同。此生活就狭义方面说。惟其以解脱生死为主，故所重在修持。"我心不生，万法无咎。"宇宙人生，他看来无非道场，因此对改革自然的科学发明和改造人生的社会制度，均非所措意。从这里也可看出他的宗教色彩了。欧阳老居士说非宗教，又是一义。

“菩萨求法于何处求，当于五明处求。”五明所以求法，而不是着眼变革自生、利用厚生。再拿社会制度来说，佛家主张平阶级，但怎样平呢？他只说“知法皆虚妄，不起心分别”，从心境一如上（从主观思想上）来解决这问题。以是为教，强聒不舍。衡以恩格斯所说的“改革社会而仅诉诸道德与正义是没有效果的”，那么佛家的大同世界，恐永无实现之一日。“终古众生无度日，寺僧只合老尘嚣。”记得是王国维的两句诗，文字恐有讹谬。“辙环天下，卒老于行。”儒佛同慨，良非偶然。总之，我对佛家的实践和马列的实践不能融会过来，认为他们的实践领域不同，取途各别，均有是处，无庸轩轾。各家学说都有他不同的精神面貌，不必求其强同。以上几句话，也许说得不大妥当，但我也没有更好的话来说出我的意思。

此外，还有二个小问题，就是尊作禅的法门一段内说“次为法眼宗。上说过《大般若经》从破的一面去表现般若，法眼却从显的一面去表现般若。这是他与沩仰不同的法门。”按沩仰宗尊作也是列在显的一面，而且尊作也说过“上举沩仰、法眼两宗都从显的一面表现着各别的法门底诸例……”明明也把沩仰列在显的一面。以此推之，“这是他与沩仰不同的法门”句中的沩仰是否为牛头禅之误？参谁字诀，作事时怎样参？是否专心作事，没有杂念，就等于参谁字诀呢？

又《坛经》“真如即是念之体，念即是真如之用”，像这样谈体用，无二无别，我认为是圆通的。

敬颂

道安

末学徐令宣谨上

五.廿四.夜.

编者注：该函写于1951年。

第十通

令宣同志：

来书发挥各义，都从体会过的抒写出来，甚好！惟实践一义终不能会合在唯物观点上面，这由于你思想的根源早中了唯心论的毒——熊十力先生是典型的代表——的缘故。举要言之，第一，你执有实法，此病须从禅宗医治。第二，你执有本体，此病系误于体用两字。体用不是不可安立，但只可作本质与现象解，万不可作不变之体由体起用解。第三，忘我与无我作用无二，这是破执的实践工夫，你合不来马列与佛法何耶？

五月廿八日

编者注：该函写于1951年。

第十一通

真公钧鉴：

尊示奉悉。佛法精义，全在缘生无性。懂得缘生无性，所谓不遣一法不立一法，自然都会过来。但我自己仍承认执有实法，于何见之，以实践时不能相应故，于是理论成为教条，成为戏论之粪。不惟无益，而反有害，这是值得我深省的。又我自懂得少许佛法以来，即想作一个不被惑的人。遇有滞碍，即便阙疑，所以不论我的见解是否正确，大抵是通过自己的脑子而道出来。自作自受，责无旁贷，与熊先生并无干涉。事实如此，亦非有心存忠厚也。何况熊先生的我见如山，早已领过教耶。

专肃，敬颂

道安

后学徐令宣敬上

六.一.

编者注：该函写于1951年。

杨朋诚，生平未详。

第一通

铭枢先生道鉴：

昨读（一九五一年四月十五日出版）《现代佛学》一卷八期所载大作《我的禅观》一文，伟论卓识，甚佩甚佩！得朋诚心之所同然者八九，其有一二未心得者，为朋诚识见学力践行所未到。朋诚自维介居蜀鄙，孤陋寡闻，于禅理佛经，虽云略事涉猎，数十年苦无印证，垂老白头，恒以为此身已矣。乃不意有若先得我心如先生者，万里外歌同调同，回首前尘，如梦之执迷执著，似稍有悟。今后若得如先生者为之指示正途，亦未必非前因所在。大作中为朋诚最佩服欣幸者，如“平常义”“平等义”及“知非”“无念为宗”“识自本心见自本性”等段幅，明确印证得数十年来之迷著，一旦豁然揭穿，佩服欣幸何如矣。略陈固陋，请赐教言。附陈《和徐令宣、黄有敏两君忙中净土闹中禅七绝四首》。

忙中净土闹中禅，忙闹两忘性自圆。为问闹忙何处所，不忙不闹细寻参。

忙中净土闹中禅，三五月明体自圆。意味谁知无我像，清辉皓魄耐寻参。

忙中净土闹中禅，般若波罗本自圆。俗妙妙明明妙妙，空空色色得寻参。

忙中净土闹中禅，珠走荷盘悟性圆。弱水三千飞渡过，无生法忍忍寻参。

亦请答政转致。

肃此，敬叩

禅祺

杨朋诚手启

一九五一年十月八日（平素未用章）

四川南川公安路三十一号

章缘静，生平未详。

第一通

真公大开士座右：

前蒙赐函，捧读开示，甚对我机，不胜感幸。我忆十余年前在杭州弥陀寺阅藏经，亦于一切现成句义似有悟会，但未得透澈。故后提起，则似觉相应，瞥然情生，又依然旧时行履，加之未遇到宗下大善知识提携，泛杂用功，混过此生，真是可怜。今得遇公，又蒙俯赐雕琢，实为三生有幸。尚乞不弃朽钝，再赐钳锤，俾得有成，亦或可少畅公普渡之本愿也。罗汉琛长颂，因我《五灯会元》被日寇焚毁，《指月录》素未有，兹只就公录示，妄呈见解，尚乞改正。此偈初谓大道满尘，勿可言宣，是说此个物事，本来尽虚空，遍法界，性相无二，色空一如，不可以思量语言形容，故云勿可言宣。至言说非旨，孰云有是二句，系说此道不能加以是非。若说是则是头上安头，说非又是斩头求活。故云凡有言说，皆非实义。而触处皆渠，岂属真虚二句，则是说此道是不可以言说，然又无他玄妙。凡日常眼见耳闻，触着碰着，无非此道。又岂离现实万象，而堕在虚无飘渺中耶？又真虚设辨，如镜中现，是说如果能心如太虚，则一切森罗万状皆映现于大圆镜中。此八句意义，我见如是，然自知全属义解，或错会语意，何有宗门糟息。但在善知识前，不得不据实献丑，以便良医对病下药。又公前举临济寂灭时偈语，我亦依文解义，妄呈见解，并求指正。他说临流不止问如何，是说六识如流，不能止息，问要如何用功。真照无边说似他，是说若能提起真照，自得那无边涯无方所本体，然又不可以言说，即所谓说似一物，即不中也。离相离名人不禀，即《金刚经》离一切诸相，即名诸佛。此离名相之法，人皆不能禀承担荷。吹毛用了急须磨，是要即此用离此用，不可住于用相也。我对此见解，真如瞎子摸象，毛亦未摸得着，务乞怜而教之，俾得知谬误所在，免致走错路途也。又我自得公训示，叫我认识佛法就在劳动中云云后，我觉得目注手纺，无不是自性作用，法尔现成。比我前在纺纱场中，默念《金刚经》更为亲切，是我感受法乳之恩，真为无量矣。

肃此，再求法示。

并叩

道安

钝朽学人章缘净顶礼

四月三日

赐示仍乞寄江西余干县和平街李振茂号转交。

编者注：该函未注明年份，详细时间待考。

智华，江苏人。曾云游终南山、华山、庐山，并驻锡灵隐寺、湖光阁、南华寺等地。喜研习佛法、诗画、金石。50年代驻锡南普陀寺，后殁于闽西。作品有《智华法师遗作选》。

第一通

铭老慈鉴：

久仰泰斗，奈云山邈隔，无缘一接清辉，畅聆维摩妙法，何障重乃尔。观音大士，不离寂光，普现十法界身，广度有情。阁下于末法时，于佛教、于社会作中流之砥柱，挽佛法于将坠，定是观音现宰官身为人说法者也。衲惟有心香一瓣，遥祝法躬金刚，动静迪吉，为无量颂。

居士与僧，不问生熟，皆一家人也。凡释迦弟子，至弥勒下生，均同赴龙华三会。今虽未见过，将来见面之机会甚多。因此不揣冒昧而自荐之，青萍结绿，应荐于薛下之门也。衲垂髫十二，即披缁于武进。行年十六，即具足于华山。既受戒则登山涉水，遍参知识，沐雨栉风，大访师友。住常州天宁，参禅有年。寄钵宁波观宗谛老会下，学教数载。其他如圆瑛、兴慈、仁山、静权诸大法师，均亲近过。惜乎障重，如聋若哑，所见所闻，皆如过眼云烟，于佛法海中仅识一沤而已。

衲之天性，爱好书画，所到之处，尝与书画名家游。平日以书画自娱，亦以之而贻人。终年以此遣无聊之岁月，度如幻之人生。衲之一书一画，均不离乎佛法，二十年来，结缘多矣。昔曾于京沪个展多次，甚得各界好评。苏联《今日》月刊，在一九四九年五月曾用锌版刊登吾画三幅，两幅无量寿佛，用山水布景，一副山水扇面，介绍文极长。英国报纸亦曾介绍过，拙作流于国外者已有十国之多。因侨居杭州风景区数年，各国人游杭州者甚多。昔日以书画弘扬佛法，今则此类书画已落伍，无人请教矣，遂改画花卉，仍不适时，且山水花卉与佛法无关，既不能自利，又不能利人。念生死事大，无常迅速句，有感于中，即时放下万缘，飘然来山，学习耕种，专修净土。节届蒹葭，山高而寒，无法开荒，暂居南五台睡佛殿，一心念佛。探知终南山佛爷掌，荒地颇多，土质甚佳，又有森林，山高而幽静，结茅其间，自耕自食，专修净业，甚为相宜。志在生西方，获证五眼六通后，再倒驾慈航，回入婆娑，普济苍生。

造三间小茅蓬最少一百万，请工人开四亩生荒最少六十万，农具与家具最少五十万，预备半年粮最少五十万，共计最少二百六十万元。衲素无积蓄，两袖清风。旧友多半星散，各通信地址已遗失，无法求援。闻武汉佛教赖鼎力维持，冠于诸方，能否代为设法，满此心愿？万事起头难，茅蓬造成，荒地开就，今后一心修持，可以永不求人矣。若不住茅蓬种地，东住一年，西住半载，总难安心修道。开垦生产，最合国策。衲住灵隐数载，浙江干校即在寺，若不是修道心切，受训做事之机会甚多。今已虚度四十秋矣，再不精进修持，转瞬即是来生。一失人身，万劫难复，且生死即在呼吸之间，能无惧乎？

衲之得意书画已照相留影者，共有百余帧，久拟出版，力不从心。展览多次非卖品之得意画，尚有数帧在。花卉数十幅，亦堪一观。如蒙回谕，慈允代销，衲当亲来府上将过去成绩呈观而请指教。

终南山共约一百余僧，生活极苦，行持极好。能入定十余日者有之，在诸方弘过法者有之，未弘过法有弘资格者有之，打般舟七者有之，打饿七者有之，不倒单者甚多，行各种苦行者皆有。

佛爷掌距南五台百余里，有八位老僧，奇穷而年老，谁也不能助我一肩之力。思维再四，别无良策，唯有冒昧陈情于座下，比想洪钟待扣，音响能圆耳。

前住西湖灵隐，除学书画外则学诗，兹录数首请斧削为祷。

灵隐寺

巍巍宝殿出芳丛，野外云山一望中。蘸笔池边观水月，飞来峰下听松风。

洞深古佛心无碍，寺古高僧念已空。俗虑凡情都寂寞，不知沧海劫灰红。

己丑纺织灵隐

烽烟弥漫过残冬，默默无言弄短筇。莫把是非存眼底，应将生死挂眉峰。

纺纱织布弥陀佛，吃饭安眠听击钟。极乐求生时恨晚，得离苦海是神龙。

岁晚莲课

寄身幽谷俗尘消，念念西方慢寂寥。富贵功名拼扫却，涅槃清净始相招。

乐邦三圣来迎早，苦海四生免劫烧。回入婆娑忻普度，苍生同我定飘摇。

友赠诗喻衲如东坡步和此诗

一艺缠僧总是多，有何闲暇拟东坡。心空及茅无他物，唯望临终出爱河。

鬻画

淡泊虚怀励忘坚，笔如犁耜砚如田。禅余写幅丹青鬻，不使人间布施钱。

兹敬赠莲花一幅、字二张，与信同时寄上。所祈之事，能否慈允，请即赐复。

耑此，敬请

道安

通信处：陕西长安县王曲镇延寿堂药店转南五台睡佛殿。

衲智华谨启

农历十一月二十一日

编者注：该函未注明年份，详细时间待考。

以下公函，或陈铭枢署名公函，或机构所发公函，按时间先后排列，置于最末。

第一通

敬启者:

革命大业，胜利完成，建国之初，百废待举。释迦以超伦绝代之姿，垂究竟解脱之教，东传我国，几二千年，法门式微，亦将千载，凡属正信之士，莫不扼腕咨嗟。是故组织现代佛学社，出版《现代佛学》月刊，当机应世，建立新诠，扫除蒙面之尘，重现如来真相。素仰座下维护正法，不遗余力，敢请随喜匡持，屈为社董之一。十方三宝，缁素同人，铭泐德辉，永永无既。

此致

现代佛学社社长陈铭枢敬启

一九五〇年七月

第二通

敬启者:

本社自发起以来，经诸同人多次洽商，筹备已渐就绪。拟于最近按照预定计划出版月刊，亟盼大著下颁，编入发表。附奉本社第一次常务董事会议记录、第一次编辑委员会议记录各一份，即希荃照是荷。另简历调查表一纸，请即填就掷下为祷。

此致

陈铭枢

编者注：该函写于1950年。

第三通

陈铭枢先生：

顷接科学院来函，为编辑《文教年鉴》，需调查我会各会员之研究工作及其主要趋向，并望能就所知，就科学界之重要著述和发明发现见告。按此项工作意义至为重大，至希我会会员予以协助。请就以上各点分别列述，于十月廿五日以前寄交北京南河沿金钩胡同甲十九号新哲学研究会筹备会。

此致

敬礼

十月九日

编者注：该函写于1950年。

第四通

新哲学研究会筹备会同志：

承命以我研究的工作和其主要趋向写告，兹写如下：

我是以辩证法唯物论——新哲学的方法论，去研究佛学的创导者。我最近发表的著述，见于一九五〇年五月全国委员会第二次全会会上毛主席交印的意见集内《献给毛主席论佛学》一书，上海《弘化月刊》印发的小册《佛学的新义》一书，和上月出版的《现代佛学》月刊内论《佛学底基本要义和研究它的方法与实践它的规律》一文上。我对于佛学的研究，在经典上是以《般若》部门和《楞伽经》为主要的，在中国佛学宗派上是以禅宗为主要的。禅宗特别具有为中国创造性的佛学。宋明儒家学说本质上受它的影响，这种影响的根由我们很容易指出来的。佛学理论体系决不能视为唯心论，因为它是革命的，是纯从实践中出来的，离开了实践便无佛学。它最伟大最澈底的表现，就是菩萨行。菩萨行完全忘我（无我）为人，视群众的生命就是自己的生命。所以，我以站在菩萨行立场来作一个马列主义战士，是非常之自然的，和“行所无事”地似的。

复次，佛学的理论体系，组织底严密，形貌底广博，和内容底丰富，古来哲学家未有与比的。而真正的佛教徒，尽管他研通了这“浩如渊海”的学说，却不表现在言论上，乃在行为上。并不是说他轻视言论，乃是他的言论就是代表实践。倘不能实践，或实践未到的人，对于他的言论，尽许你明白，亦不许你真会的。跟着上说的意义，我今下一定义如下：研究佛学，为克尽主观的最大努力，以求人生宇宙主客观的统一，而达到纯客观的究竟——一真法界（佛）的目的。

我本着三十多年从事佛学的真实认识，敢断定佛学有它无穷发展的前途。就现阶段说，凡是一个正知正见的佛教徒，同时绝无条件的是百分之百的马列主义者，这完全是从自觉的认识和实践而适应世间的真理底立场来说这样的话，非我要为真正的佛教徒“冒牌”“窃取”来说的话。本这道理，我敬谨郑重向科学院进言，万望重视佛学的研究，免它自己发展于科学院之外——它必发展的，受后来者批评！

编者注：该函写于1950年。

第五通

迳启者：

本刊出版至今，已得各方重视，是以应就现有基础上进求巩固与发展，使成为新时代佛教界庄严之事业。爰经议决，在全国范围内增聘社董。附奉会议纪录一份，及收支报告表五份。即希慧照，并请酌量情形，介绍社董，以便函聘。无任企祷。

此致

陈铭枢居士

现代佛学社

十月廿四日

编者注：该函写于1950年。

第六通

真如居士慧鉴：

迳启者，杭州灵隐寺大雄宝殿殿顶倒塌已久，佛徒固失所瞻依，游客亦引为缺憾。近得杭州市政府之重视与支持，成立修复委员会，负责募款，从事修复。同人等以兹事体大，非得大德加持，难期圆满。爰于杭州市佛教协会五月十二日第九十六次常会提出“拟敦请虚云老法师莅杭协助指示灵隐寺大雄宝殿修复工作案”，当经决议“一致通过”。业经专函虚老。夙仰居士于弘扬佛法，备极热忱！谨恳就近代为劝请，不胜感幸！

此致

敬礼

杭州市佛教协会筹备会敬启

五月十九日

编者注：该函写于1952年。

陈铭枢友朋论学书札

图版

上

王波◎整理

陈铭枢文献整理与研究丛刊

马忠文 王波◎主编

国家图书馆出版社

上册目录

欧阳渐

黄居素

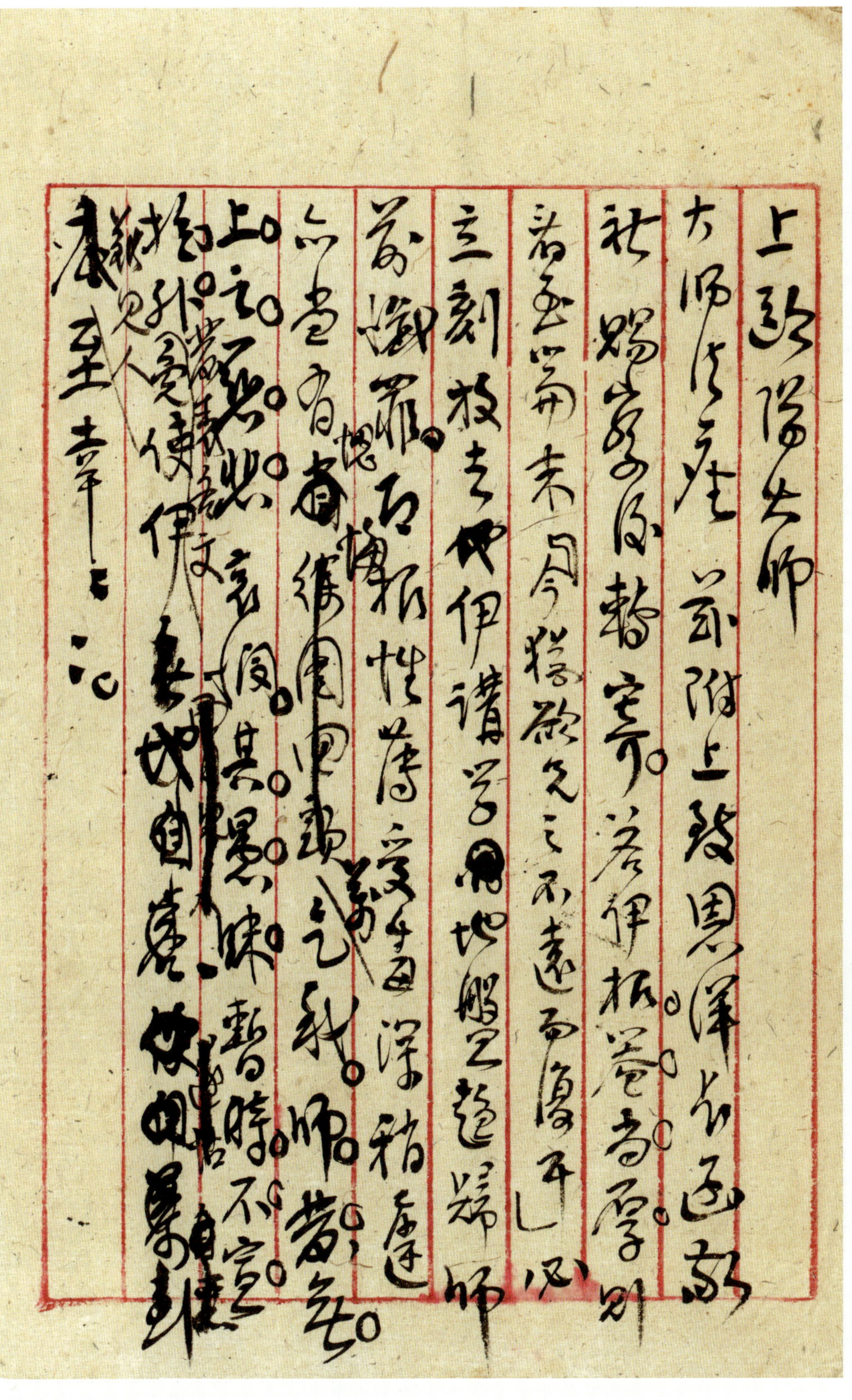

撷芸先生执事：顷读三月来书，敬悉一切。院刻释已刻竣

前示加入之文已照入呈览。唯净土文则无从加入，盖与此

文读佛境界义为换义不同，又与菩萨行由[illegible]说

义不同故也。唯智学染净舍而净取之第八净土文言瑜

伽[illegible]胜义[illegible]智学已有他力意，但此较[illegible]

胜而已，故亦不再[illegible]也。又要另发释一文，俟他自为之。

原书本收到，错误多出，承校出依改，谢谢。唯下

[illegible]三条则不必改，仍之而已。

[illegible]呈[illegible]

同归一法界句中之误

本性空有理，破而心不[illegible]

教训释章内可订成出书，何如？

第三所闻如经论之阐，圆满无偏，此是菩萨代众生拔除析疑之作，岂真浅者所能解释见者哉。今为君言之，凡人情执，无不求死或而绝无所屋，灵实活之趣，故悟解不生。果通达矣，此有三义：一、无限界非数识境，但微名可具设而已，所谓一真，所谓清净，无少欠缺，故言二种寂灭：一寂静寂灭，二无损恼寂灭。无损恼寂灭则无也，功能具在也。二、菩萨学时非证时，学时无余界，但远观而不入住。证时则学满而可入住也（亦入亦不入，定寂而非入灭），故菩萨无住以学满而证为止。佛无住以证（相）为（能）也。先时菩萨以后愿今日达缘皆现，此作功能也。三、佛更不复志愿，志愿皆为菩萨时具足满足而后成佛，无为为之，故即为隐，为不现，其作功能皆应菩

菩薩所志願而已。化身根身不論矣。多宗增中，涅槃佛
號法華，即是此又、
常樂我淨具稱三德，亦從名解脫身，大德名
法身，而必能法身，此般若，而能救日三德，涅槃八相
去論但六即解脫身，而不能真實即不得涅槃
般若我常不得般若。常是法性，我八自在，大作功德
是八自在盛也。
即如如智不可言一言二，即空理與色法亦不可言一言二
如是言色即是空，空即是色，亦死緣緣微妙境界
一切無缺，非一切斷滅也。畢陳五支四句，能不出乎自見也
實而不現佛微妙身，衆隱不相見，而隱而不現入大定空無著
自適法隱而不現也。是餘涅槃之色即微妙色，如無色天之淚
如微而也。法性之常，所斷滅或有斷法，非如執有後見
常也。內覺非利，三如來之友化，亦隱而不現文身寒嚴。此家
滅撓，對大法色身我相智論。此
近祺
頃　二月十三日

真如老弟：我法嚴弘而光大，纔見蔡媛某師郎

有惟妄如王恩洋者故出己而毁謗誣蔑之。此有

罪人（梅孝吕澂）能說自出幾句道理，從

謾嚴而說，非為澂照何足云。梅孝信請

勿寄去，附册仍請來去。此頌

近祉。漸 三月廿二日

梅擷芸住重慶南岸彈子石橋段孫家花園七十五號

86

罗辑因年诸信，而得所以不受化之事曲，一不知契实相之地位是初地，而自倚初地剎我相无着，无着亦不过初地，我辈我相无着尚久，而噫之罪真言矣。亡心粗累知唯识道理而不能用，不能以唯识之一法界中皆是无也有情充塞，遂自成一法界是空无物，此皆大乘病妄中执法，三界视是初地，出语即是不肯钻研故，凡事皆以此遮盖之，乃至有人谈一法界、谈法华涅槃皆我莫不是以一切一法界语、法华涅槃语，即谓之唐台贤来也。夫佛说教皆有法华涅槃，而可不理哉，即分理全[illegible]而不读一法界哉，所贵在以唯识一法界谈自遮[illegible]广渠实也，而很不知遮，四不肯认错，如彼解法相之偏，此有法明了之真如法，破其但以因缘所生法[illegible]法相之误，被别遮闲不理，而单说人援障台贤，非不畏圣人之言而何，我们教下全特至言量，所谓道理阿含，辩立之要，而去[illegible]不理，什么无外之有遮，立法严防闲无复应惮，转推分析止知做人法耶。

此张请饬将勿寄我以存底，[illegible]拜恳。

我之院训教释，可录出来的，忠静气人自肯是处，此唯识尚不知而援降台贤者哉，太虚如是说，无怪不睬他。恩洋又[illegible]列诸君纸报之也。

92

恩洋第一来函

87

親教師座右：洋到華岩講〈種性品〉已過半，已刊出疏亦作成，正文裝訂後當寄上數冊，疏他日刻出再呈請益。此次在院極受慈誨，至為感奮，獨區區之意有欲上陳而不能者，如何如何！冬深寒甚，請希珍攝。敬頌

少病少惱

弟子恩洋頂禮 十月廿七日

覆一

恩洋老弟大鑒：來書說此次在院受講感奮，獨區區之意有欲上陳而不能者，如何如何云云。據此不得不答。（此次講演心所欲言未盡十之一二，以精神不足而止，又以諸君不直趨大道而好談論而止，悲哉！

93

予老法會可歡數數聚哉漸老矣既答不得不直直
言聽深信受也弟從予遊能学得瑜伽復能疏釋傳
布漸固認為法種能放光明凡有所得不傳於子而
傳於誰獨是接受與辯論不同授受不能贊與一辭
辯論乃能兩呈其意此所以有欲上陳不能也若陳
說蠡起是則究竟在此布教是則欲傳法於子反為
子傳法於予也第一不可也道之不明也一不明權
實之法而將權作實二不明還別之法而得總或不
得別得別或不得總由前而說是為捨月觀指由後
而談是為買國不服啟道是明焉能忍此請畧言之

慧日休光部執鏡計世友以諸部執駁雜而立有部分別以有部執私而變經部大乘龍樹始創空醫有大乘無著復明有撥空賢首天台又以性相各詮一隅未能融貫於是華嚴圓融法華一乘卓犖不群諸宗林立且勿論誰是誰非誰正誰頗而皆挾補偏救弊之意以俱來則誰曰非是推其補救之迹因彼而後有此此雖成理牢盤於彼起誰為突起一峯插天天外飛來無因緣而契第一義則皆非是是故教外有宗不可謂全屬虛妄也既非虛妄不應毀棄所不毀棄者又非是便其情貪其玩也誠欲直握驪珠破

此承歷史立論輕其用文法不可通

請予主張

請諸公順上下文而研究其文義，豈是投降台吳逕長乃逕是背重說，息亂加入羅異，并文亦不讀清，且教不清袁服一句。

（請與第三函同看）

陳檍王認實為實，不欲認權為實也。念念佛法，法佛非教非禪，教之步步為營，宗之念念注的，識欲其相成也。則所謂佛境而菩薩行也。徒知佛境，知總不得別，禪與天台方便入門之術，覺非盡菩提，知菩薩行知別而不得總，則般若明義云何後世而增上慢哉？瑜伽立教云何後世而蹈入破碎支離哉？是故羅固不服者大可慮也。吾欲恩洋明無上至極之教，而覺恩洋莫非是傳其瑜伽一隅之法於儕輩諸人，故不欲恩洋大暢其蘊以破壞大會，不能引助而反引敵也。予撇見恩洋法相一文，但看了數句即覺太隘一

此便斥其非善吉何逕我投降請君救於此後一面議不是我來清我可惟也合皆謂也欺算大易喜而談討佛教

換此轉見解以談法相，非貫通一隅而何

我得他何等

法二法相啟即就而廣之夫法非因緣有而已夫法相亦非大用而已第一義皆法也法性無性性皆法相也法門止有一法相也須極力推闡此義也畧一及之非是也而况乎并此而不談哉故吾與恩洋發難從法界爲一法名起而恩洋不知證以阿含似屑不屑笑態觀證故吾訶亦也若夫大弘唯識子固可他處是弘非徒許子且并希望光大於子至於執大象羅大經綑成一殊特之法於末世時者子豈能別覺一辭哉又安用子執一隅之說以破壞哉子能信受深思研求并博讀諸典則不久即明明而後再治瑜

此人我慢，不願讀經

伽必有大異於今日者惜乎不能且反責予不許
爾縱論也此頌冬祉 漸 十二月廿四日

恩洋来函

親教師法座去冬拜別轉華岩復為重慶佛学社
請講心經轉還故鄉已在十一月吾師賜教語重
心長真是志吾心却左右反覆迄至今無以為辭
而答誠以師道遵嚴不敢率爾然私心總覺吾師
佛法太多子也仲尼曰吾有知乎哉無知也又曰
吾欲無言師者年長德識能起言知以為教体服
若以為心後生小子如洋等者受恩沐德寧有窮
哉若夫教理是非唯有信其所能信未達於心雖

此要我学般若矣

90

聖人不敢苟同俗法不依人豈敢慢師也苟其有罪

識法非法說

幸慈恕之 洋月末後當至内江人日未走赴會聆

受教益伏惟春來 法节昌隆道躬康健得三寶護

持為衆生珍攝是所至禱 弟子恩洋和南 正月初四

[illegible]

恩洋兄弟甚慰得初六日覆誡怒我覆書也無辭以

答故不覆書不相信此間故不赴人日大會今得所

以答者以般若無言禁我不言以信其信不敢苟同

杜人之進言然後使我可以無辭嘵嘵矣夫談法相

非說因緣所生法不是而說因緣所生法不盡也據

爾所信豈非百法明門一切法之無為真如法豈不

此吾愛汝處汝本

真爲信之法相

豈非形有之談

四

96

此等文不谈，而谈推拔哉

此多条文皆不谈

信其非因缘所生法或性相二宗之名为自来譌說所误今后法相当释为而犹拘于因缘所生为法相哉若谈性性论於一切若谈相相论於一切诠以因缘所生法谈相则论一切之相故曰拘守一隅也夫辨道贵能推也如谈相分奘师挟带体相未尝拘守变带状相随顺于千年若非奘师大乘无立足地矣今经奘师后不当推所论事事法法不守一隅耶成唯识论明明说此唯染分依他更有净分依他不当推而谈论而犹守一隅耶密严楞伽皆是唯识六经之一类耶属染分八地后无此名亘极则异熟最

極則無指而適一切在種子識密嚴楞伽屬淨分曰
如來藏曰如來藏藏識是固以賴耶即如來藏矣皆
是所遵之經不應推而廣之而唯守於一隅耶夫彌
勒固自談般若無相無著固自作順中論豈必拘守
一隅者哉大乘兩輪原自相通就一輪明不可淆混
就火說火就因緣所生法說因緣所生法則可矣而
顧可說諸盡於此而止信其一隅之信哉吾之所学
皆自唯識來本上所引推而擴之於是有唯識唯涅
槃之学有佛境菩薩行之教固非難而不能信亦非
歧而不可信唯須平心息心細讀一過即當相信若

五

匆匆輕忽而吾自有吾說一切杜絕則不可信矣悲
哉李證剛梅擷芸友滬上諸公皆亟欲予言此來所
完成往年師悲教戒之說節節與呂秋一商量亦節
節輔助不禁予言禁予言者惟有一王恩洋也蓋去
年大會予不欲恩洋言今日乃不欲予言也須知會
上是發明所學不可相亂故不欲汝言今汝不信者
乃汝所誤若嘆師友之口下矣有所難說者嗚呼欲
吾言難欲吾不言甚易七十餘老甚易不言一也我
一生所學受用極少當作了結昔日未了之作及表
示教人之方内院四科之學之後杜絕其口二也遭

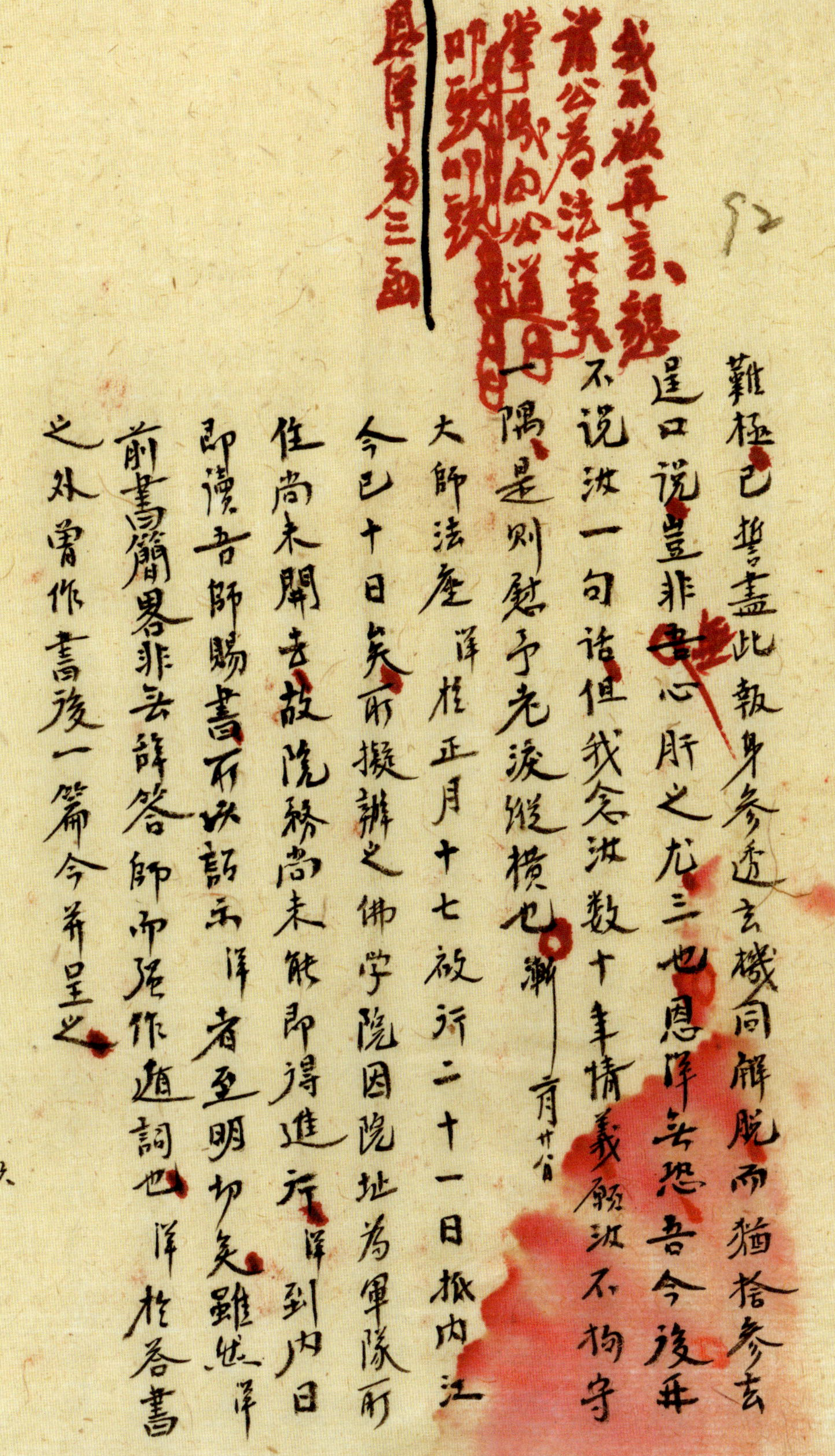

我亦欲再言、總望公為法大業，望我與公道同，叩頭叩頭

恩洋第三函

難極已盡此報身參透玄機同解脱而猶捨參玄是口説豈非吾心肝之尤三也恩洋無恐吾今後毋不説汝一句話但我念汝數十年情義願汝不拘守一隅、是則慰予光淡縱横也 漸 二月廿八日

大師法座 洋於正月十七啟行二十一日抵内江今已十日矣所擬辦之佛學院因院址為軍隊所住尚未開去故院務尚未能即得進行 洋到内日即讀吾師賜書所以訓示 洋者至明切矣雖然 洋前書簡畧非無辭答師而爲作遁詞也 洋於答書之外曾作書後一篇今并呈之

（覆）

右書吾師三十年十月八日壽辰後與洋書也亦
吾師平生與洋第一長書也吾師老來思想具見
於此其與洋思想不同處亦具見於此
孜師之學一生多變少之時學文章繼而治理學
復轉而兼治科學以推循華先生之勸始信佛復
以家變之蹇虞決心學佛而復繼楊仁山老居士
之志刻經布教由刻法相典籍悟入瑜伽作序而
開辦支那內學院而大弘法相唯識之學其時則
以正教唯有佛法而已佛法唯有法相而已且非
（今亦[illegible]矣）
龍樹況有台賢起信楞嚴深惡痛絕天下之人皆

93

嘗聽湛學家草率便下批評不誤見是為見怪矣曾勸請審慶是之分未度牢日而皆子言已讀過矣

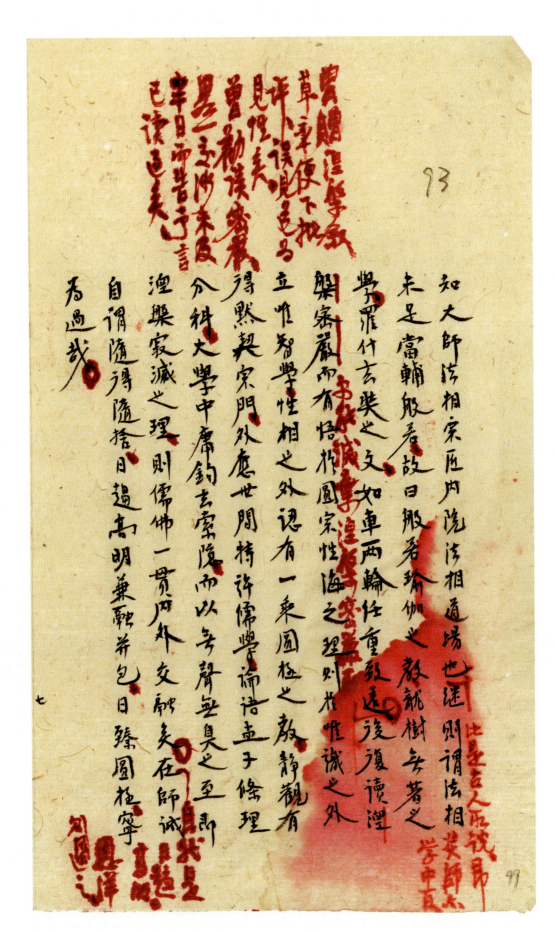

知大師法相宗匠内院法相道場也迷則謂法相未足當輔般若故曰般若瑜伽之教龍樹無著之學羅什玄奘之文如車兩輪任重致遠後讀涅槃密嚴而有悟於圓宗性海之理則於唯識之外立唯智學性相之外認有一乘圓極之教靜觀有得默契宗門外應世間特許儒學論語孟子條理分科大學中庸鉤玄索隱而以無聲無臭之至即涅槃寂滅之理則儒佛一貫內外交融矣在師誠自謂隨得隨捨日趨高明兼融并包日臻圓極寧為過哉

此是古人所說耶 吳師亦 學中直

七

99

恩洋幼受慈诲少怨宅心碌碌寻常弗敢有异然
由是得因圣贤挈矩之道进窥如来大悲之学时
尚科哲因治唯识梁师漱溟谓当今宗师欧阳先
生而已因过南京北面受业耳提面命水乳交融
数月之中受益无尽故於唯识悟入有独於其如
一义莫窥究竟师曰尔於法相异义有不了处可
取掌珍论读之相反相成或有激发洋因读掌珍
论果两悟性相二宗之学而真如一义破立自由
矣进读中观无不迎刃因是作起信论料简融合
性相陈义严备相论空处师犹以为未然也启更

契實相是初地菩薩境界。恩洋何膽大謬妄一至於是。今說承擬無著世親菩薩。我與諸佛凡夫、亦容置喙哉。

94

吾說吾堅執不可。後進烏龍潭，得契實相於瑜伽般若禪宗勝義，洞然了澈，始知佛法別無二義。獨於天台賢首起信楞嚴文離儱侗之說，至今不敢贊同。崖之思想，以為法有事理：事則萬象森羅，不容一毫儱侗；理則真性平等，不容一毫分別。執理為事，故有真如緣起、法性緣起、法界緣起諸謬說，所謂不變隨緣云云者，皆不通之論也。執事為理，則又何以見生佛平等、染淨一如、法住法位、不生不滅之義乎？自來學說之亂，皆由理事不分。瀆法相唯識，當觀萬法差別之相，絲毫不可紊亂。瀆般

八

100

若當觀爲法共通之相而絲毫不容圓分别此學説方面事也再離言絶慮而契實相則修証事也所謂佛法如斯而止外此有説絶離尚同外此有教絶不信受 洋作大士所謂菩薩攝受有情爲一体師大加訶斥謂其不達有情今未爲一体洋深覺師之説理[illegible]事者曾大起辯論謂羅無窮此書復謂賢首天台卓樹不拿無上至極僵蓋性相而謂瑜伽爲一隅之法台賢直明佛境瑜伽但面菩薩行凡此一切皆難信受豈不聞瑜伽一論法無不盡義無不窮行無不修果無不証哉師謂洋有

據此看降伏台賢敢付其丑處已見

請与覺一同看

此一段説洋[illegible]撥其云云

皆我一法界中[illegible]

此是[illegible]所説而非[illegible]

[illegible]

負固不服又謂洋執一隅之說又謂不能引助而反引敵是已外洋而敵視之洋之與師終分不可合矣

右篇作成不敢直陳通讀來教師須不厭詳辨慈愛如此 洋 安敢不直陳肺腑哉師曰辨道貴能推此義是也其可推者當盡其量其不可推者亦當有所止師至今猶然棄作起信楞嚴也天台賢首又安非起信楞嚴之思想如之何其推之法相義隱千餘年賴師而光不可光也者復起而隱之也老憂又要我學唯識師曰吾之所學皆自唯識來願師仍從唯識言始

終瑜伽終見慈尊同生兜率幸甚幸甚即祝少病
少惱為法珍攝　弟子　恩洋和南　二月初旬

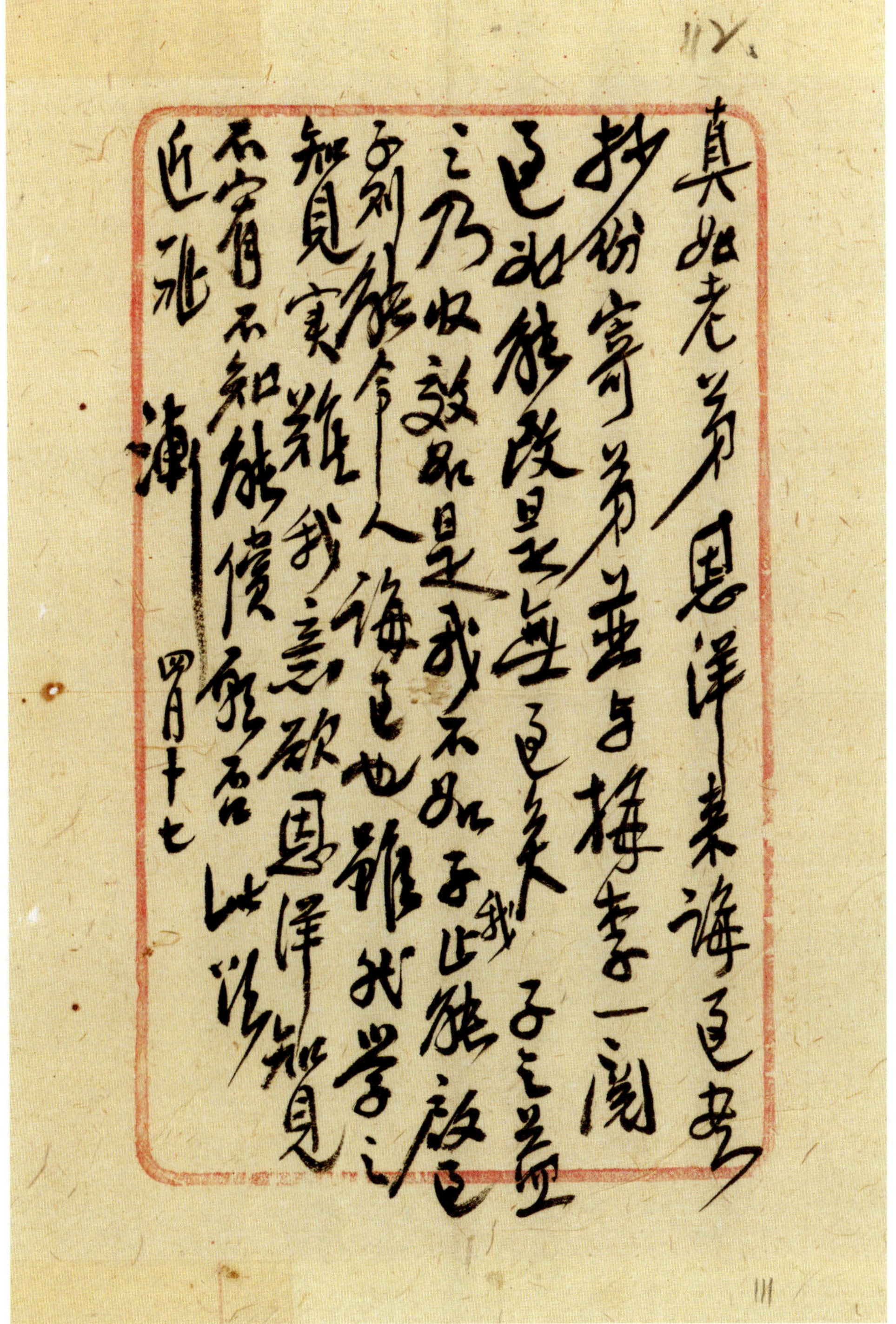

真如老弟：恩洋來誨已妥

抄份寄弟並與梅李一閱

已如能發是無已矣　子之意

之乃收斂是我不如子我止能發已

子則能令人悔己也雖我學之

知覺實難我意欲恩洋知覺

不肯不知能償所否　此復

近祉　漸　四月十七

真如老弟：年來撰學說法界法身義，學佛者學不好了，今為揭出而標，雖弟細知。此文昭。此之說法則不錯入歧途。以之學術論，便可了其真俗。雖非專書，而要義寓示二三，我已抄一份寄去恩洋矣。撰學說要撮，家故寄弟手受，請為轉之，報歲否。

漸 四、二三

弟寄恩洋書數封，足見說義不誤，又見悲心。識量。我為讚歎歡喜。

撷芸先生道鉴：来书说一法界义相宗旨，吴都少发挥，欲将作专论或短文，此是重要法事，敢不如命？奈年来精力衰颓，著作须罗辑精详，诚不能从事短文，亦恐不能无已，则在此函中略谈数义。一法界法身别；二如来藏与法身之性得、修得别；三生因、正智缘起缘因、真如缘而非起别。三义既足，免法相淆乱之虞，聊以慰先生悲愿而已。

法界者，法谓一切有为无为之圣法，一切圣法生长依因名界，则界即依止义。一切法实性一切如来自体名界，则界即体性之义。清净无生灭，犹如虚空，具足功德，即涅槃，即真如。如来出世不出世，此性常住，诸佛有情平等共有即法住即法性佛地經及論以虛空二喻解諸十難可詳且盡也。法身者體依聚義總說為身，體依義與清淨法界同，聚義則身所獨，即法身聚五法為性，兼攝四智心品，不僅與清淨法界同，二轉依果皆此攝故。金光明說如如如如智，故是則以聚義談身，三身無別，總名法身義；以體依義談身，則身有分別，自性身名法身，受用身變化身不名法身。自性身者，莊嚴由依義，心義業義，說諸佛（亦通證果）三身平等無別，佛地則說各有同異，雖法身共有無別，而就能證因仍有差別。攝論自性法身依業同莊嚴而無量現覺則同佛地，金光明經以多複次詮法身總義，可詳且盡也。法界法身一切眾生平等共有

二

者性有也非修得也修得則惟佛有下續詳之
如來藏者聖教染淨所由立而聖修所由出也勝鬘經自
性清淨如來藏而客塵煩惱所染此染之所由立也七法
刹那不住不種衆苦不得厭苦樂求涅槃如來藏無前
際不起不滅法種諸苦得厭苦樂求涅槃此淨之所由立也
在纏名如來藏出纏名法身若於無量煩惱藏所
纏如來藏不疑惑者於出無量煩惱藏法身亦無疑惑此
則聖修所由出也非壞法故名為苦滅無始無作無起無盡
離盡常住自性清淨離一切煩惱藏此則性有也佛不
異而其分位則有差別法身為煩惱所纏生滅流轉
名衆生界厭苦捨欲於十波羅蜜八萬四千法門而行菩
提謂名菩薩永除煩惱垢清淨住法性一切法自在謂名如

三

來唯正等覺此則修有生佛不同非從之云者無漏種子最初本有藴如來藏中次則如來藏中種子發生現行則見道生如來家又次正修於如來藏除垢分證法身終則修滿金剛道後異熟盡空如來藏中無垢充塞遂究竟竟修得流轉凡夫又烏能有如佛身之於佛性一切衆生有佛性而非佛身者佛性爲煩惱所障而不能顯是佛性也法身之於如來藏一切衆生有如來藏而非法身者如來藏爲煩惱所纏而不能修淨於如來藏也是故學者不特雖得而重修得也阿賴耶即如來藏從發揮染淨之說說阿賴耶發揮取淨之說說如來藏也菩提所生得涅槃所顯得生是用能又種子發生現行皆用能顯是常住不動又如來顯爲非如幻能現淤生起是性則絕言是性用則絕言是用既說緣起便

四

非常住而又說常住生起，便自語相違。是故說緣起者，是正智邊事，非真如邊事。空性而說化空，二法皆以空空故，空不能離別，非空誰化者，離則均在空空中，不容分別，而法法凝入，宗亦容淆亂故也。我見若必須二諦，全依相應，涅槃我皆菩提種起之發為現行者何耶？獨頭菩提力能羸弱，不堪自起，須得涅槃強力助之而起，亦如經云慧由定生，定為慧助故也。涅槃雖非緣起生因，而是緣因。是故說緣起者，起則正智邊正因事，而緣亦真如邊助因事也。此義是靈泰義，其即離正智緣如挾中體相為緣，是謂以能中相靈泰列說相亦中能。譬如病夫無力自起，強者挾其兩腋而起之。譬如笨下袋不能自起，仗腋間中之而起之，病夫、笨下袋為智，強者腋間為如，如能助智而起也。諦審此文是增上義。

五

作意如理因即探之解决一切乃真判之曰真如正可为智助
缘不可为亲缘起也自如来藏中本有无漏种子为
见若现行皆生起边事故可曰言正智缘起也起信非以种
种随正者随在不言正智以无明也故真揭之曰正智不可不言也
五法也二转依也圣教如是也又真揭之曰正智待无明不可不言也大
般若经说如是无所有法不能了达说为无明密严经
说法与理相应明了能观见说为正智是故所知障无明也
发菩提心去二障正智也而不言此转转依随正已识是由熏染
净依于藏识迷悟于真如染净自是有漏种子无漏种
子如来藏之净种阿赖耶之染种皆名藏识也染生于
无明净由于正智也无明为迷正智为悟以迷悟而成种
而其所以迷悟者则依于法界仗法界力助之而起是故

六

因缘须仗增上也是故学者须由多闻熏习而起发心有四因
四缘四力而皆不出增上也是故因缘二智无般若对治事也此又
易欤而人皆藐读合笑之粗得智如不二即说真如缘起而不
能辨其非是生因[illegible]定唯识执无智如不一但见说一法界种
种又民作为真如缘起邪说到来而不能辨其非无
缘因是皆菩萨摄般泽不可与之谈佛法耳绝身堕五重
雾转中而不求彻清之法识可哀也
三身义窥基说如十地金光明楞伽金刚般若涅槃胜鬘解
深密法华无垢称等经瑜伽庄严摄大乘二般若对法
佛地唯识宗性等论法华无垢称等疏广辨其相
我于不增不减经（如来藏经）法界无差别论法苑义林章所应当究比
以道安
欧师渐顶礼 四月廿二

七

欧阳大师复梅撷芸先生书

撷芸先生：纵鉴来书，谈一法界义，相宗台贤都未发挥，欲激作专论或短文，此意至要，法子敢辞？无奈年来精力衰颓，要作须罗辑精详，识不能从了。短文亦不能无已，则在此覆函中略谈教义：法界、法身别之如来藏与法身之性，何以别？三生因为正，名缘起；缘因为主，如缘而非起，别之义既明，是免法相诸乱之广，聊以应先生恳愿而已。

法界者，法谓一切有为无为之本法，一切本法生長依因名界，則界即依止義。一切法實性，一切如來自體名界，則界即體性義。清淨為生藏，猶如寶藏，是生功德所證涅槃所真如。如來若出世若不出世，此性常住，諸佛有情平等共有，所法住所法性。佛地經及論以實無一辭，解諸十難，亟譯且參也。法身者，體依聚義，經說為身，體依義與清淨法界之界同，聚義則身不雜，所以身聚五法為身，法為依，重一攝，四智心品不但與清淨法界同二轉依果，皆此攝故。金光明說如如、如如

如剎故是別以解義說身三身無別經
名法身為以体依義說身別身者無別
自性身為法身受用身變化身亦名法身
自性身者莊嚴由依又以義者又說諸
佛三身平等無別佛地別說多有同異
雜法身共有不語果無別亦就能證因
有差別相諸自性法身依業因莊嚴而
無量功覺別同佛地金光明經以為復次
諸法身經又互詳見前也法界法身一切
衆生平等共有者性身也非修得也修

87

何則佛有下續詳之

如來藏若垢若淨所由立而虛偽所

由出也。情與變離，自性清淨，如來藏而生

虛妄煩惱，不染與染，不由立也。生住異滅不

住不離，眾苦不得厭苦樂求涅槃，如來藏

無前際不起不滅，住持諸法，得厭苦樂求

涅槃，此淨之所由立也。在纏為如來藏，

出纏為法身，異於無量煩惱藏不纏如來藏，

不離藏者於出纏無量煩惱藏法身亦無離藏

此則無脫不由出也，非壞法故無為無漏無始

86

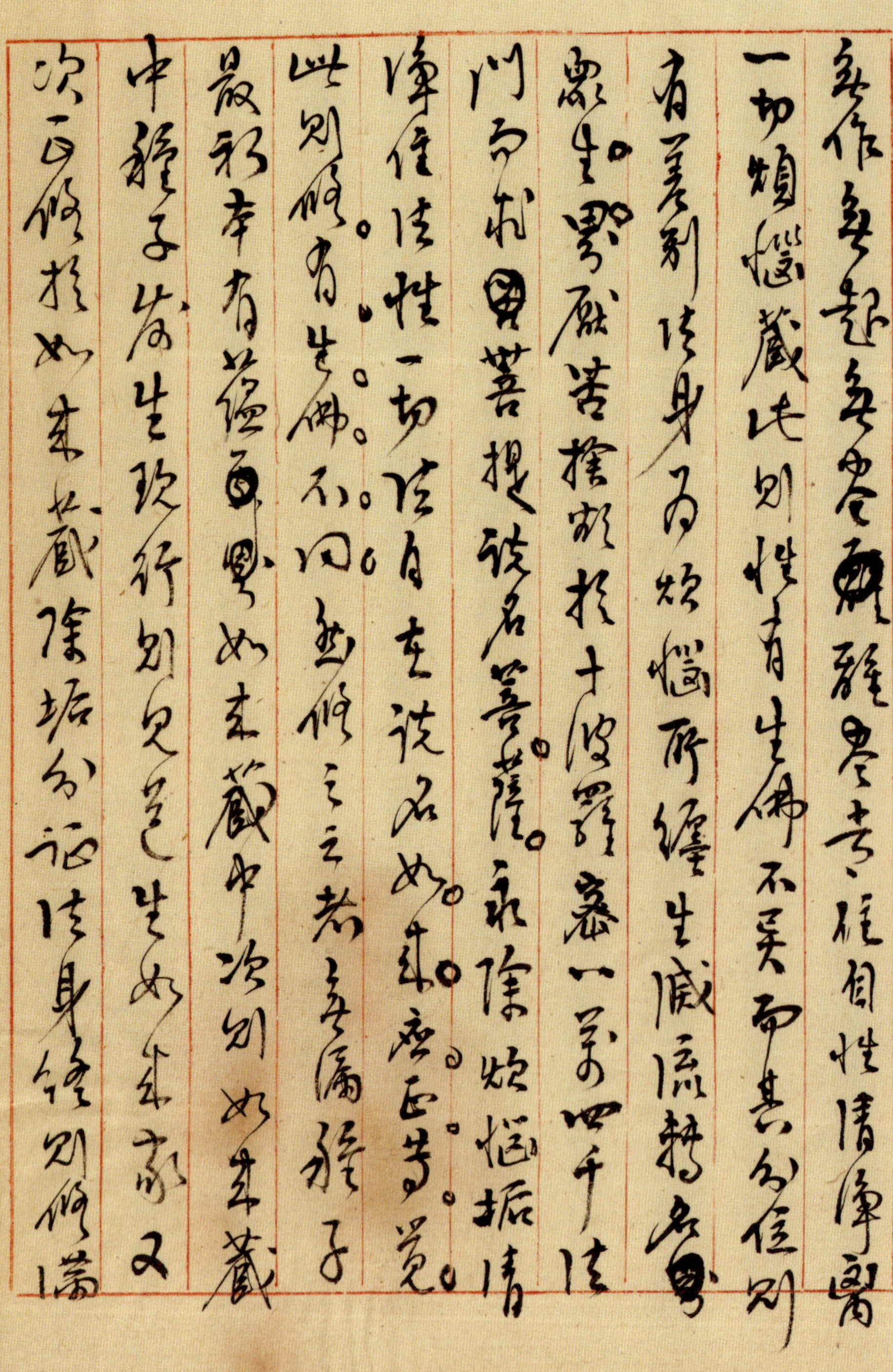
88

無作無起無盡無離無異，住自性清淨智，
一切煩惱藏此則性有，生佛不異。而其分位則
有差別，法身爲煩惱所纏生死流轉，名
衆生界；厭苦捨欲，於十波羅蜜八萬四千法
門而求菩提，說名菩薩；永除煩惱垢清
淨住法性一切法自在，說名如來應正等覺。
此則性有生佛不同。然修之義，無漏種子
最初本有，薰習而如來藏中；次則如來藏
中種子發生現行，則見生如來家；又
次正修於如來藏除垢分證法身，經則修滿

87

金刚道后异熟空，如来藏中无垢究竟，菩提道场究竟修得法身，又乌能有如佛身之于佛性，一切众生有佛性亦即佛身，若佛性有烦恼不降亦不能明见佛性也。法身之于如来藏。一切众生有如来藏亦非法身。若如来藏有烦恼。不缠。而不。能修。得净。于如来藏也。是故学者。不待。性得。而空。修得也。何独有如来藏皆择摧染，又说独有发择厌净，又说如来藏也。菩提不生，涅槃不显，得生其用能藏

按：非道不生
真常等耶
種乃自體相
違

種子發生現行皆因緣也。事顯是常住
不動義，如燈顯物，非如功能漸漸生起。事
性則種子是性，用則種子是用。先種緣起。
便非常住，而又種子生起，便自體相違。
是故種緣起者是正智邊，乃能生如如邊乃
空性無種化真二法皆以真真故真不能離
別種真種化者雖別均是真中不容分
別，而法法淵入，亦不容淆亂故也。然見道必
須二障全伏，而後涅槃菩提種
起發而現行者何耶？牲其菩提力能親證

91

須不墮有報，得得涅槃，證力助之而報之，然而之慧，[illegible]由定，由生定為慧助故也。涅槃雖非緣報，生因而無緣因，是故說緣報者報，則正智邊，正因了因緣亦真如邊，助因了也。此義是靈泰義，奘師能正智緣如，擇事依於所緣，是謂以能事相靈泰，則說於之事能觀之，如為夫無力自報證者，擇其所勝而報之，屢如筆然不能自報，依勝洞常，常而報之，為夫筆然為智證者，勝間而然，如能助智而報也。論

90

92

審此義是增上義，作意知理，因正探
之。將決一切，乃直判為黃色，如是正可為智
物緣，不可遽說黃色如緣起也。有如來藏
中本有無漏種子，發心為見道，後行皆
生也。起之子，故可為正智緣起也。起
信說不以種子隨意已者，隨在不立正智
以財無明也。始再直攝之，自正智不可不立
也。大般若經說若於如是無不有法不能
了達，說為無明。華嚴經說其於理未
或清淨智者也，自說諸與理相應明了能皎

91

93

见诡为正智，是故不知障无明也，发菩
提心去二障正智也，而不言比较转识之
识是由依染净依于藏识，生依依于
真如，染净自是有漏种子无漏种
子也，如来藏之净种所独称，二依于种
皆名藏识也，染由于无明，净由于正
智也，无明为生正智为种以生种而
况种而生不以生种者，则依于佛果依法
界为助之而起，是故因缘须依增上也
是故资粮须由多闻熏习而起发心

92

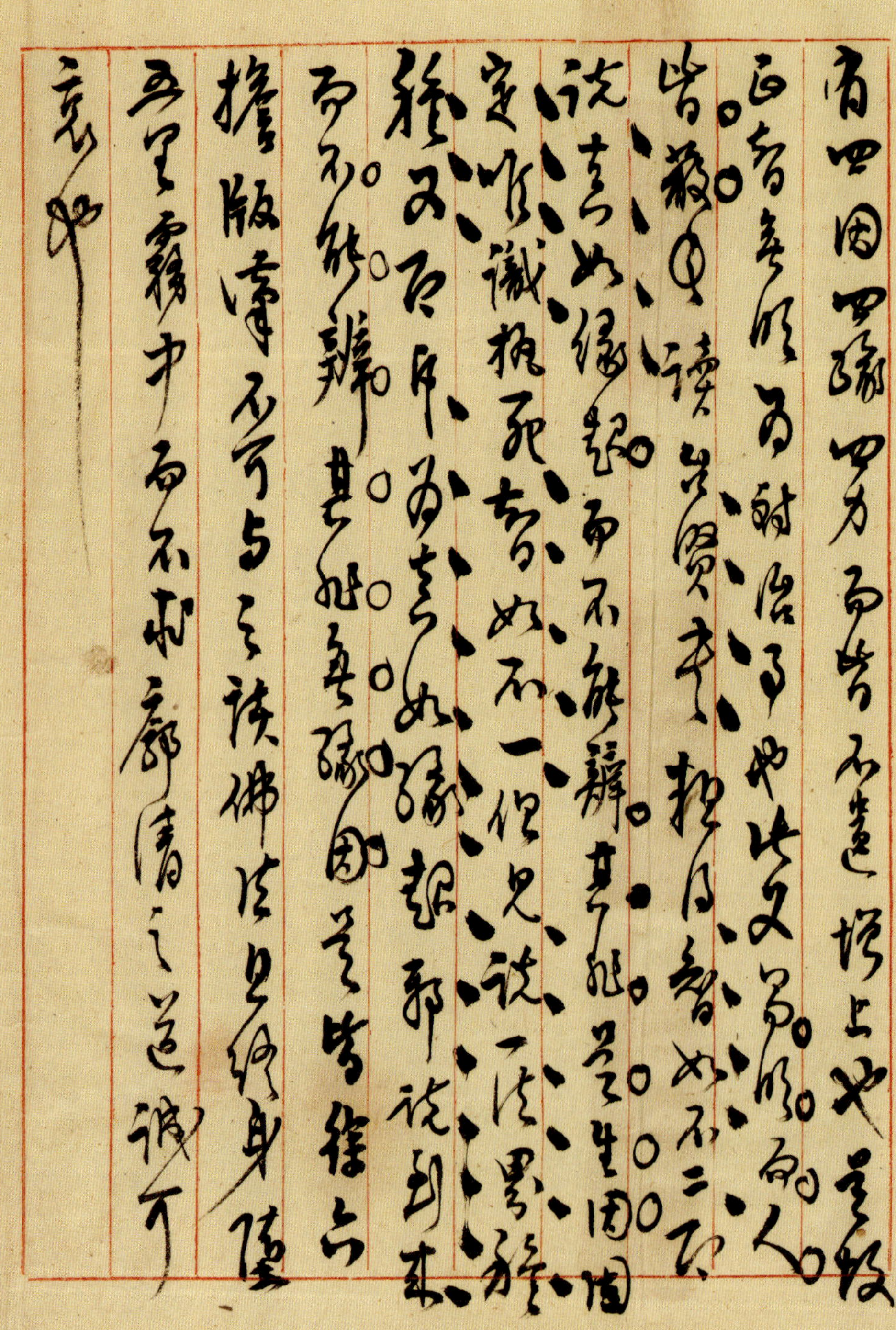

95

三身义窥基说如十地之先明摄论、金
刚般若论、无量胜鬘、解深密、法华、涅
槃、孙若经、陀仙庄严、摄大乘、二般若
对由法佛地唯识宝性等论、法华经
垢称等疏义辨其相，飞极不增不减
经、如来藏经、法界无差别论、法苑义
林章，亦不离究竟此说。专此，敬颂礼祺。
四月廿三

94

大師法座　手諭奉悉前稟函固已料
及化中之必然句　師懺悔益甚於性於
頗能洞見故也　師又云向學之知見實
雖我亦欲因思詳知見不宥不知能儻願
否引起　於近日感慨益前日因致化
中長書聯想及於子真乃得其新
唯識論談世親唯識及辯用等章翻閱
（素未看過亦從此頭看起）為之
大發彼積年生之精力乃買九州鐵鑄
成一大錯若鐵固無罪其鑄則成大戾

110

矣。据新粗略看了一遍，其全部
深见已可推知。盖彼隐据西洋哲学
门径之窠臼（如唯物论辩证法一门，彼
并未知）及混于儒家，将用与体行之
说，率持（空洞）之言，不识复不达
三世义（轮回义）不以根本不了解佛
法是甚么？语甚精，柔似与孔道不生
矛盾论同科。其出矣，尚不能是孔道
此据粗评其大者耳。据与子真
亦素厚，然知其根柢浅，交不易近

109

執一言半語，然執之亦無益，蓋彼證佛種性太遠，於化中別不然其種性未近，素講究踐徒以為緣未執不求深入，見世不為而出世道早路有依次對師之大深而求苦險翻然悔悟，得近而若種其出內院以來之講說及教學，其心中之扶持即心刻骨回頭再做深造工夫，於又辨其必不幸惡生者也。師寬懷賴目以後可也，子真不言而有轉機

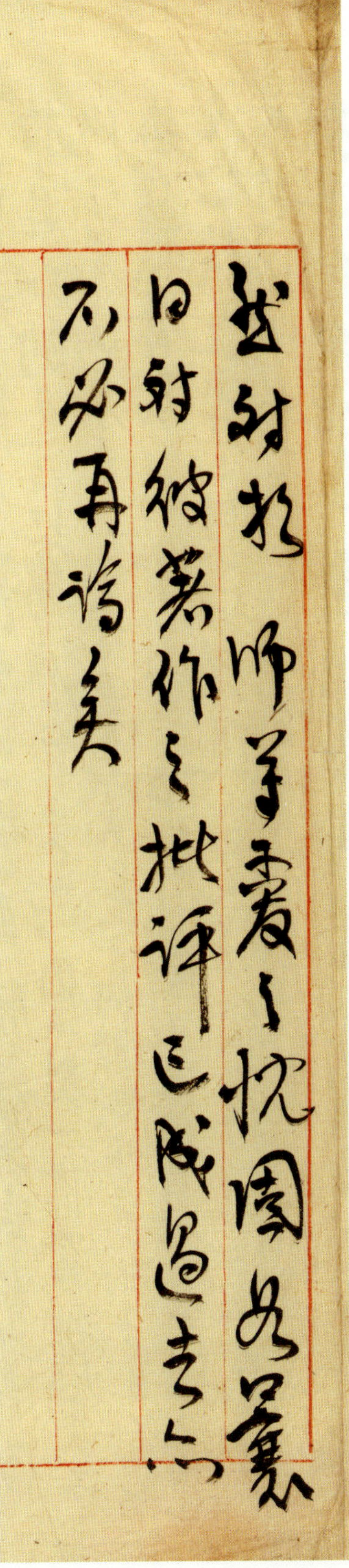

我對教師等處之憂國如焚日對彼著作之批評正成過去不必再論矣

真如等一匯，得西藏居士能讀此書，了深義實不容易。信解行證四字，前二字有把握矣。文字觀行實相般若三事，已擅其勝矣。唐之拯慈也。七法刹那不住者，六識及心法智也，即勝鬘所言，速悟依於真如的是傳寫漏一依字也。因不別一佛一切佛，果不同法界法身矣，即理異實是高明也。以盲引盲，並無悲心戴育及溺今之大法師，鮮不迷盲，從無指摘之人，一陷生事，之畏指點，俱之心之法術情頭，寬清晰而合符同流，豈無臣哉。吾謂一切之義，須慮豈肯論哉。擬其能闊攪，漸無精神作答。今又數問，將義又因之開，出須待並會精力異好，方可作答也。此頌

近祉。漸　五、一日

真如弟：頃接来函，刻款利每月子數止得七十餘元，真藏半數年結不下數千元，非進行之勢，阻礙不少，故仍照茂萱原定办法，仍歸我管理。但須弟与茂萱面洽，擇办法穩定，按期送行，不勝盼切之至！漸 五、九、

致茂萱函抄覧

茂萱有鑒：有大藏刻款利錢，仍請照公原定办法，按月行之。若照現时所入，真藏半數年期結算，真藏數千元由農□，則非刻款進行大有妨礙，即請每月收入四千元，匯我，至農行生息可也。除此函外，已函知真如照办。漸某仍每月送四千元非公手也。

19

真如老弟：今十五日收到蔡芷滙四千〇七十六元八角。十二日收到曾履川滙四千。共八千〇七十六元八角。已於曲辰行另立精刻大藏專款一戶。今後每月逕此办去可也。

詩有意改，惜不能和。

濟病已愈，精神復元尚須時日。

擬廿六往江北何處。將之又要搬何故。

此頌近祉。漸手　一五。

24

真如我弟：答撰著尋齊，又了一樁心願。益蒙先生一体，應發揮之。撰著能起予，實難得也。請鑽研之，即便教人。此數函撰著，務速刻出，亦當於之良庸諸人。弟既以為是真學佛者，刻當詳示正文，務其讀書。撰著搬好，當示我一函。弟當與之相通信也。治公消息，都隔然。比頌近祉。漸 五、十九。

伯華先生之詩，當速彙寄付梓。

133

撷芸先生欲以鉴溲涾名精神疲苶以故稽覆
今能全金而神犹散漫然不可不覆不覆启人疑窦也
素书云楞伽维摩于众生如幻义虽详然未说
众生一体发生大悲毋乃大难颇为详说一切众
生一体义承示如此此之知见非直探骊珠问鼎
轻重者耶能道及盖此一体义不明倘個者
不得精微谛当由读円觉又绕居支离严界者
不得广大自我行大士行终非气切有鉴于此经情
发问是真度众生者是真探法界者故应作
答也

㊀

134

而云众生一体者，诸佛以法界为自性身，则体者法界也。谈实体，於众生所无也；法界皆同一味，是为众生一体。以名是应谈法界众生义。此有四义：一者法界繫众生界义，是一体义；二者众生界为法界义，是一体义；三者一体义，是增上义；四者一体义，是毕竟空义。四义悉以一体义，晰置其我乎？

云何法界繫众生界，是一体义耶？《胜鬘》说如来藏是法界藏，一切众生皆有如来藏，众生如来藏於法界中有是三法：一依本际相应法界体，说众生有自性清净心；二依本际烦恼所缠

(二)

133

135

法界体说众生客尘所染自性清净心 三依来
来际一切法根本一切法备具平等法界体
说众生即法界异名是故众生界是法界
涅槃说一切众生皆有佛性佛性者诸佛皆以
此为性即如来体性也体性是法界所在众生
身中是故说众生界是法界 涅槃又说佛是
有情成凡是有情皆可作佛一切众生皆是
有情是故众生界是法界瑜伽说无余涅
槃甚无损恼寂灭中所有功德无量无数

(三)

134

136

难可了知。尼言功德皆不离一切众生，是故众生界是法界。唯识说大牟尼名法身之牟尼，必大大於作功德度众生，是故众生界是法界，均是法界。众生云何不为一体？此其义不明，必舍众生而求法界，但计法界清净，契尼夜摩，何殊焦败，是嫌沉湎永溺。如是非法身而解脱身，非大寂灭而寂静寂灭，无上法王一永无希望。无上法王者，一切众生界所积而成也。法界无边，众生界即无边，一切法界清净周圆

目

135

137

一切衆生皆得滅度然後成熙證等正覺是故
優鉢曇華時一出現三阿僧祇倉卒難成
也登於此又是故行菩薩行念念法界而念念
衆生
云何衆生界為法界是一体義耶般若實
際為升量經言非度有情於實際乃度實
際於實際是故菩薩觀滿法界衆生實為
觀滿衆生法界也經云衆生衆生者即非衆生
是名衆生無著五段釋段二文釋即非衆生
自為安立第一又第一文者清淨法界是也經

五

136

138

又言胎卵湿化等灭度实无一众生得灭度者众生本无实唯一法界是也众生均是法界云何不为一体此其义不得一者或谓众生实有实度众生是列生实度实云何毕竟空义唯毕竟空佛境界非毕竟无云何为佛弟子经言为菩萨有众生想者即非菩萨说非菩萨则外魔也般若以无所得为方便而求一切智智又云学法界于一切法学一切法于法界为修学菩萨最初不得无所得佛境而惘惘然行一切法菩萨行

137

139

則功德愈弘大有所得者亦必與俱弘大又必所
生於歸其有執二者必謂衆生與法界為二是
則衆生非法界中物彼摩訶衍以他為自者
終不得解而疑無根之性誰信不了雖
堅強不息其後遇緣必仍退墮於声聞小乘
又寂滅寂靜之法界如此又而奇騰赫赫之功德
如彼既不相融矣則華嚴之峯足下足之當歷
衆生般若之峯足下足求本性空均無剎那互
相容恐何以聖教動稱不二法門若知唯一法界

⑦

138

140 二

凡所修行非度一切衆生乃円满於一法界斯則
一切無礙冰釋渙然
云何一体又是增上義耶瑜伽說阿賴耶相謂
賴耶亦是有情互為起根本一切有情相望互為
增上緣故所以者何無有情与餘有情互相見等
時不生苦樂等更相受用由此道理當知有情
互為增上緣唯識因緣不涉外境而瑜伽增
上相網如一衆生所以一体也衆生一体於法界中何
獨非然是故華嚴世界帝網幢幢於一毛孔

139

141

中容十方世界猶此都世界並碎為微塵亦一
一塵中又具無邊世界世界無增減衆生無增減
夫我法廣大不可思議則增上又之所致也此其又
不明一者方廣邑人說圓頓象墮一合相無所條
理無所解析莽莽溟溟幾何不叛衰毗伽羅
所談真諦二者因噎廢食以執因緣卻忘增
上但見一体惶惶不安豈知以一体又法乃廣大以一
体又衆乃執切以清白廣智乃日增以衆日執悲
乃且熾念念一体悲智所繫此之所謂摩訶衍

九

140

非幾近於聲聞乘唯識析義雖甚精微而瑜伽行俱卻獨廣大行大士行者當一讀增上義於瑜伽歟

云何一体又是畢竟空耶諸佛是空法界是空一切法是空一切衆生是空空是実相実相是利量故得畢竟空相歷去菩提不遠來者亦云楞伽觀衆生如壁畫維摩觀衆生如五大六陰而不說衆生一体云何起悲者此正是說衆生畢竟実相此正是說衆生以法界畢竟空為一体此正

143

是謂無緣大悲之所由起菩薩以實相爲利量無念無依不在實相中眾生是吾一体一体空而不空如是悲起眾生因法界法界空而不空以是悲起思益梵天經云一切法無我人眾生壽者而眾生以爲有菩薩於此而起大悲一切法無体無住無執藏主宰事物我所而眾生以爲有菩薩於此而起大悲一切法無生無滅無垢離三毒無去來無造作戲論而眾生以爲有菩薩於此而起大悲一切法空無相無願緣生靜寂而眾生以爲不

⑪

142

144

我菩萨于此而起大悲，菩萨悲起而行修诸佛。悲起而立教，众生自知毕竟空，佛固不必建立教也。是悲切于一体，悲切于一体之人不自知其实相空也。此其义不明，则所起之悲皆不免世间相，皆有缘之悲。骨肉之痛，痛彻心脾，悲也，而非大悲也。观一切众生百一十苦而起悲，大悲也，而非究竟大悲也，皆不免有情缘与法缘也。夫有情与法缘皆非二空果，毕竟无义，君子不以为极。至华严善财入弥勒楼阁之义，证无边功德

（十二）

143

145

彌勒彈指使其出定示為夢境華嚴敘述功德不可思議而皆謂為夢現則畢竟無義無緣之悲之所生故也斯乃所謂極至也發智觀空空應智緣然後悲竟是故根本大悲生於智而增上大智生於悲

即又如此是則眾生一体是法界又是畢竟空又佛境在是佛境菩薩行在是 先生以為何如

此頌

道安 歐陽漸頂禮

五月十九日

十二

144

親友賻贈、勉强敷用、擔山千弍百元、殮於芷蒼衣
甚荷、仍用弍千每百元、并一告、
真如老弟　秋一太太於三日中風逝
世、即日入殮、五日殯於老太太墳前、
我哭之（雖）雖不流涕。本一片至誠
夙夜劬勞。自古有補天憾。破
家仍老病。（僅）萬般意思道場扶
助、如今亦掃地空無（）。惟有學、吾先
一臂矣、累日刺激，已甚、夏度傷太
甚、遂舊病復發、今日累念、通信
於弟也、漸之盲

竟无大师　六月九日
奉谕，惊悉秋一太太捐逝世，吾师如失一臂，弟
睽因隔，悲咽。师为末法众生作眼目，永振
师子之威风，尚宜节揽了情怀，书不
清标　高年伤感，更属不宜，奉慰无
似，谨呈一偈如次：　悲师痛莫及，千古
振此风，谱经融一味，威风慧炬续无
穷。言教踰千偈，宗门随胜肝，教宗昭之
灯，犹照人天眼，江湖归致掷，空存迎山寧
隐尊年壹峙，年高高壹水无源之法界无
来去世间无生死，谁不于师恩众生皆吾子

真如吾弟：六月九日來函所以慰我者良厚，我志有緣須了，最是情傷風燭殘年，然所謂了緣，大藏事也。前曾發弟一函，請代詢上海電氣冰箱（冰箱相之時價，緣前九月錢秋之菊到）院，說冰箱將賣，值價總在六七萬，我不欲許多，若能得五萬，湊入十萬數內，仍請弟總持，則成功也不較快耶。須念我老，該事得少許續陳，即以全力完之，俾廣其有濟，不致後悔。此復，直非。

漸　六、二〇

思詳大無聊。來函既云若擬並無衆生一體，又無關我，而又謂附一語：慈心起而衆生一體，我執生而肝膽楚越。此是從甚深上文，乃欲衆入根本義中，但是從執執彼前說悲揖衆生者一體也。（捏不服衆生本來一體之義也。）

132

震境大師台右：二十日手諭奉悉。[震旦]汲箱事已函請寧操兄及外事局友[戒]詢問。書來何震怒絕裂至此，以潤人及外國客均早頒有晉通商人來而相慣，滬家都用漢藏木箱好也。[何敢其從]化中太無聊賴也。師言總前曾弟子於此斷素無懺悔，再向師謝罪。至僧情服乎亂理服也。弟子卑不知其以武斷[illegible]哉。[illegible]欲候

138

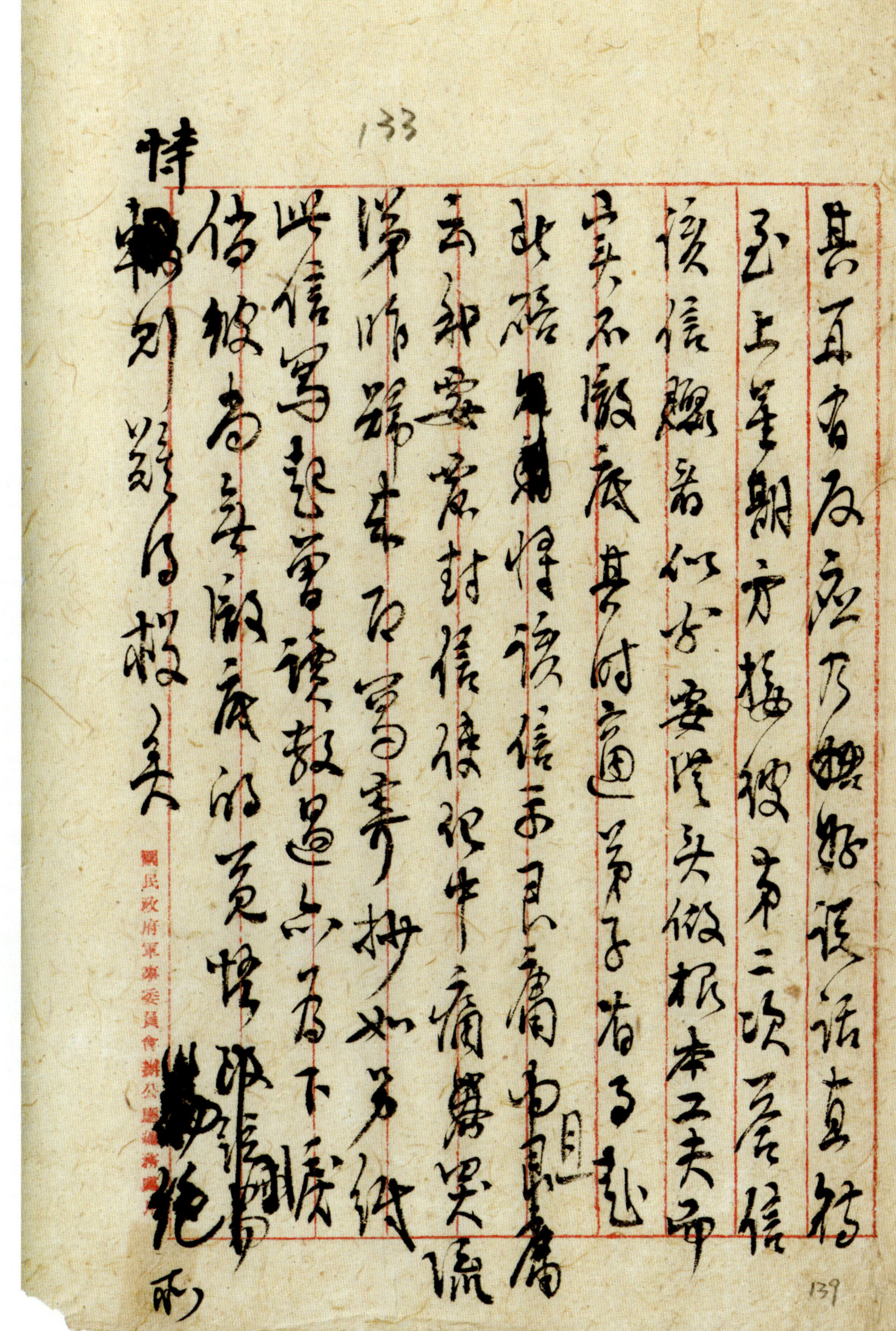
133

國民政府軍事委員會辦公廳總務處

139

証公：頃接到廿日　來信（內學院報告等共三份，一并及現代佛學社不談），使我十分感動。知識分子自高自大的習氣幾於每人所有，習氣之難除又是古今中外人類的通病。列宁的偉大處說不盡，而其能掌握着自我批判的武器，確是成功原因之一。斯大林論列宁，第其終之長處而尤稱其謙遜不自滿，毛澤東思想亦以謙德為倡自我批判。公能發揚光大，一洗知識分子自高自大積習，於不知不覺間即尋常通訊亦無情流露，此所以使　來不禁為之心折也。此紙係秋兄批象之閱後　來當保存。秋兄信中寄來內學院工作指示中「對于歷史唯物論的了解，似乎在思想上所不完全見出其與經濟基礎的關係，而輕視了

42

經濟基礎的研究」。此教授最使弟引起十分喜悅。弟這兩三年來亦稍稍涉目馬列主義書，但對經濟基礎方面，向不注意，所接參考資料亦不常覓得。頃秋兄一提，竟不知此處是一大漏洞。目光只注在上層建築某些部分，豈非笑話。秋兄指出中「內學基本問題」「隋唐佛學史綱」「因明講習筆記」「藏漢佛學辭彙」此數種，不知可否印行。俟秋兄來時，當與一談。目前曾修函敦勸秋兄早日北上，此函寄丹陽。此間以為我已返家，看來我尚未由寧去印。茲附上朱謙之兄自我批判（廣州教師學習指刊載）一紙，係雜先先生寄示，閱後寄還，請便中轉交雜老為荷。手肅

即頌 敬禮

林志鈞 九月廿五

44

何處覓你心？有心便生滅，唯心無破心。唯識須轉識，示你湯之旋，明之人法執。業心究本心，法界本來寂，同處是一法。借你明聲色？執唯物，何處離色聲之前是一真實？執唯心，究此能究此聲色非聲色？不出亦不入，佛法原同非差別。指明月無為無事人，萬象森然並即自由自在人，應無蹤跡，覺在覺亦並青天與朗日，一切無生平常如

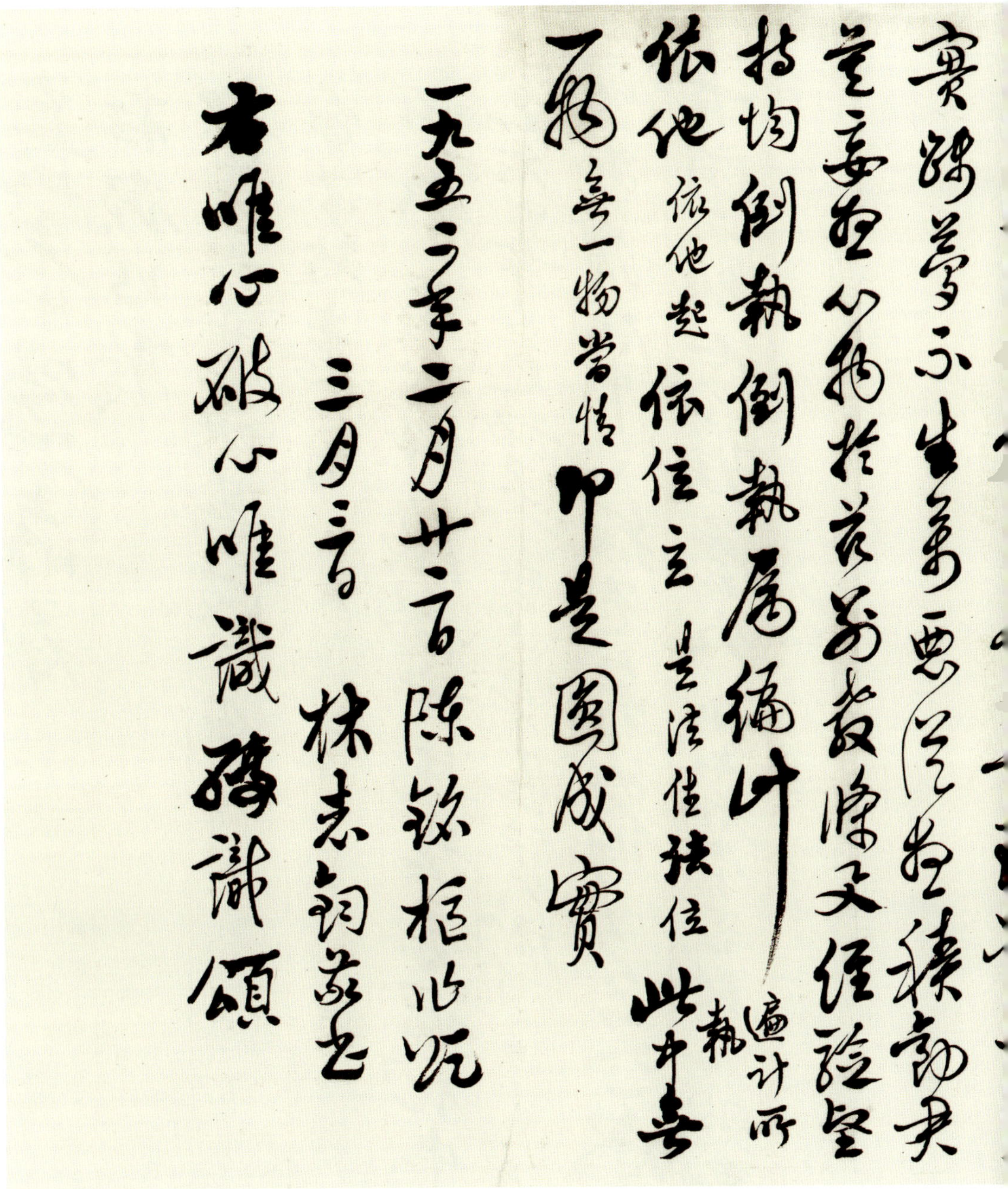

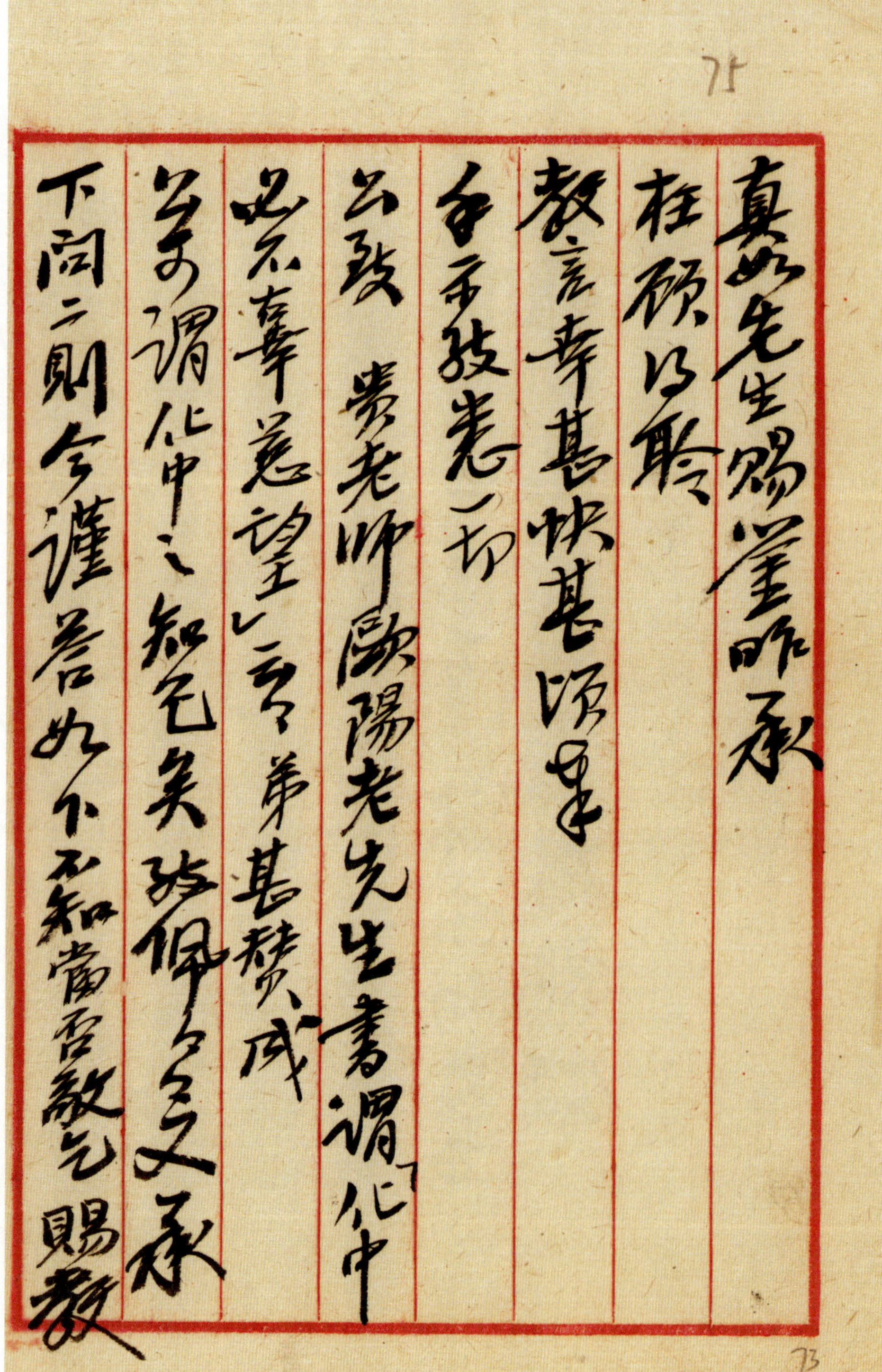

真如先生賜鑒：昨承
枉顧，以聆
教言，幸甚快甚。頃奉
手示，敬悉一切。
公致　貴老師歐陽老先生書，謂化中
必不辜慈望云云，弟甚贊成。
公可謂化中之知己矣，殊佩殊佩。又承
下問二則，今謹答如下，不知當否，敬乞　賜教

（一）台宗谓一切众生共一心者，其明文似在大乘止观（慧思著，先人乃智者之师）中。按台宗于一切众生外别立一心，谓是一切众生之所共，此说第与（院训释教第五十八叶云：而言佛有一境众共一心之邪说也）贤首师及化中皆不赞成也。四明所著观音玄义记释华严经之心佛及众生是三无差别之偈云：三皆能造一切世间，故得结云三无差别云云。以此故知台宗盖是谓别有一心为一切众生所[illegible]

77

共有也

（二）諸佛唯一法身現四身事 按此事弟曾以之聞

貴師歐陽竟先生，曾蒙賜復，此復函

尊處曾存下（即致弟書證明見之函也），內中曾

説及一法界及一切有情一体事）不知現尚存否，

如未曾存有底稿者，即乞 示知，以便弟

收存為幸。呈 大覺老先生致語

撰安 弟梅光羲頂禮 丙子附筆叩安 四月廿五日

75

128

覆梅擷芸居士

擷芸先生道鑒：四月廿五日手諭承答
者寄謂一切衆生共一心及諸佛唯一法身
之問，感甚。~~諸佛唯法~~從來通教所
說，係先生答以法界法身義一文
寄到，亦轉呈此文，解義至精
確。然其意義就平「難法身共有
不能以差別而說，能說因個有差別」
一句以以該括全義矣。蓋就因而言之，
若無差別，則一人成佛，豈不一切衆生皆同時得

127

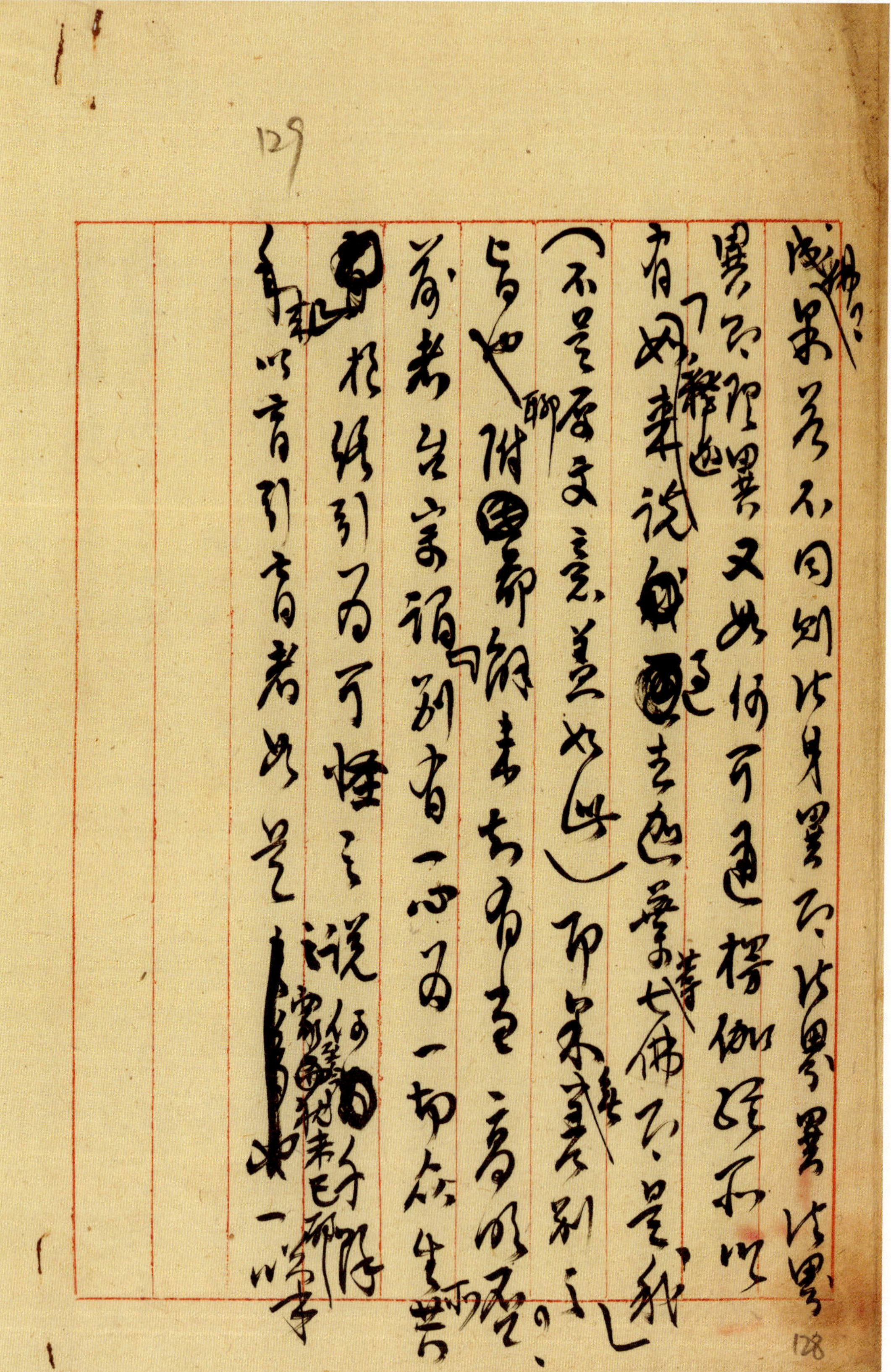

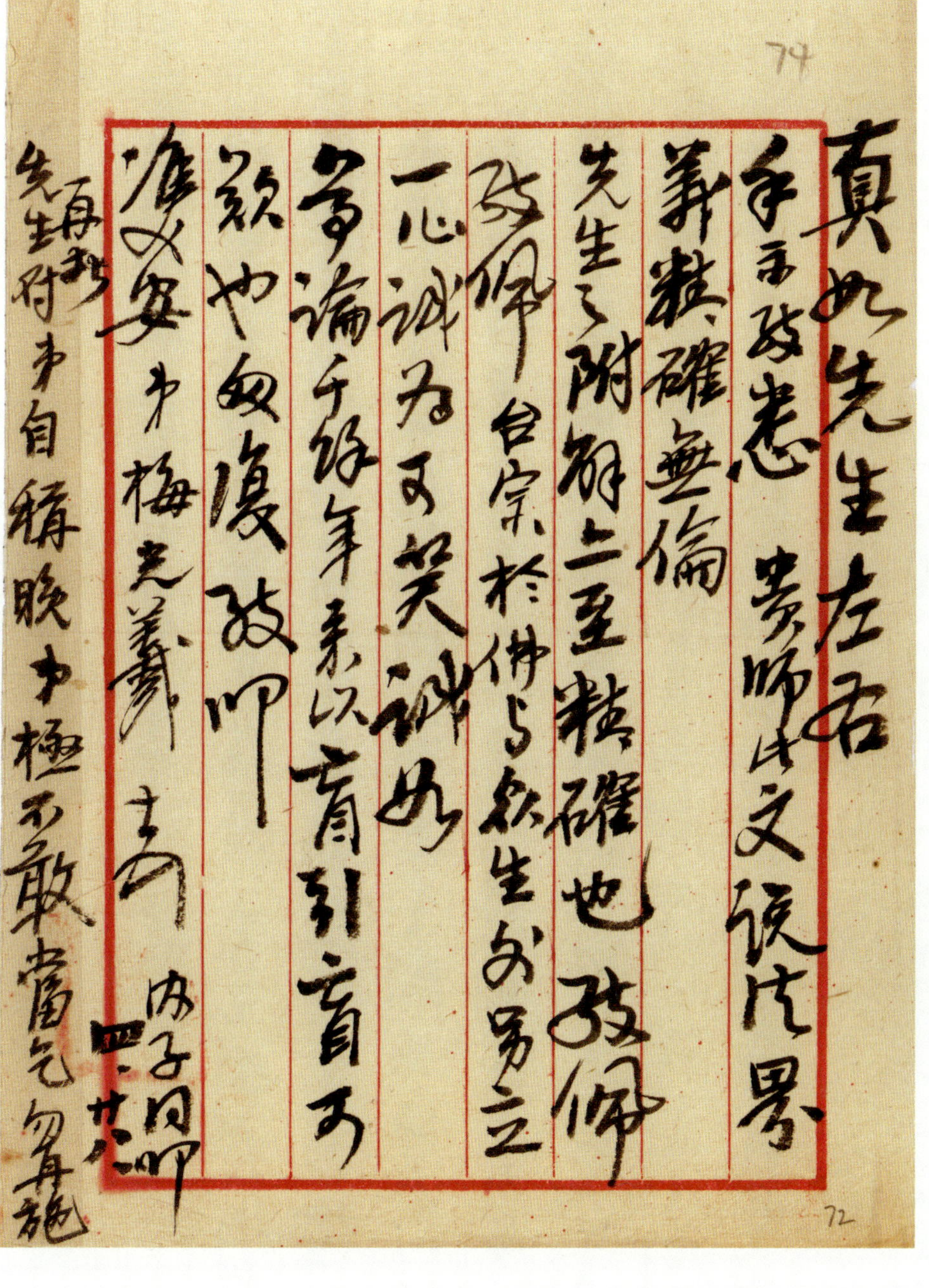
74

真如先生左右：

手示敬悉。貴師此文頗有畧義，精確無倫；

先生之附解，亦至精確也。敬佩敬佩。台宗於佛與衆生平等之一心，誠為不易之論。如

尊論，千餘年來以盲引盲，不歎也。匆復，敬叩

撰安

弟梅光羲上　戊子四、廿六

再者：先生書中自稱晚，弟極不敢當，乞勿再施。

72

146

致樞學兄大鑒　三月廿一
頃奉　教師復參先生尊　先生因楞伽說
衆生如聖二、維摩觀衆生如五大六陰，亦
不說衆生一体，云何起悲之問。教師以四
義諦法界衆生一体義，謹誦之下，不覺惭
俯首欽讚。吾　公善問，教師善答，善義
至備而至精，遊夏不敢贊一詞。下之問也
重在衆生一体義，蓋欲於欲字上說其節
見，以助揚　公与　教師之宏旨，想亦為　公所樂
聞也。教不謂說如聖量說如五大六陰者，即

145

14)

說四句義竟、謂大般若即從句起也。楞伽經云「諸有妄法聖人亦有而不顛倒」、衆生執妄爲實、故生身見（[illegible]）造業招果、便成顛倒。便如[illegible]五蘊、六陰。[illegible]則[illegible]一體、法界衆生、本來一體、智者對此、寧不興悲。若了不實、則業果俱空、身亦非有、身既非有、則能不不立、立地皆真、四大五陰、即諸佛法身相、一真

146

148

法界，又安有众生可得耶？故金刚经云"一切众生我皆令入无余涅槃而灭度之，灭度之已，实无众生得灭度者。"灭度者，[illegible]无[illegible]实无[illegible]灭度者众生，一佛也。又云"众生众生者，即非众生，是名众生。"又云"若菩萨有众生可得者，即非菩萨。"有众生可得者，便是实执。不[illegible]果，[illegible]庸，何以故？[illegible]菩萨，又众生之悲，执实有方悲，悲既不实悲，莫是悲，是故大觉大悲。若悲，悲悲也。悲悲，无缘悲也。有缘之悲，自悲，不以悲为悲，无缘大悲也。譬以妙药

147

149

無一切病所共謝為根病也。在去歲讀華嚴玉莱居雪論，以一詩中四句云「普觀幻法與然悟不離群迷微妙明，翳眼飛花觀佛相，泥牛吼浪觀梵行」是此此旨，公謂每哂之耶？在於宗門最愛大小靜閒普西偈，謹錄足下，以贈君。公之此一聯是大靜閒偈云「普通法皆如幻，有生諸衆慈悲無盡，如何不作夢中不亡而薰積佛慈與攝護」小靜普偈云「幻人能與幻轉迴，幻業能招幻所得不。不知生諸幻苦，不知如幻解無為」公觀

148

150

此種何謂如間明耶？

復次，通就公不辭「維摩觀衆生如五大六陰而不說衆生一體，云何起悲」云者，於意云何就維摩經可以解決斯問，如問「諸佛解脫當於何求？答曰：一切有情心行中求。」又「衆魔一切魔怨及諸外道皆吾侍者」此衆生作爲何？又如「菩薩者以處久經從於諸有情發起大悲，即於生死而有二般涅槃者，為斷除隨廣煩惱於諸有情發起大悲，即於生死無有般涅槃」及「諸有情身皆有大悲以彼有病，病是

149

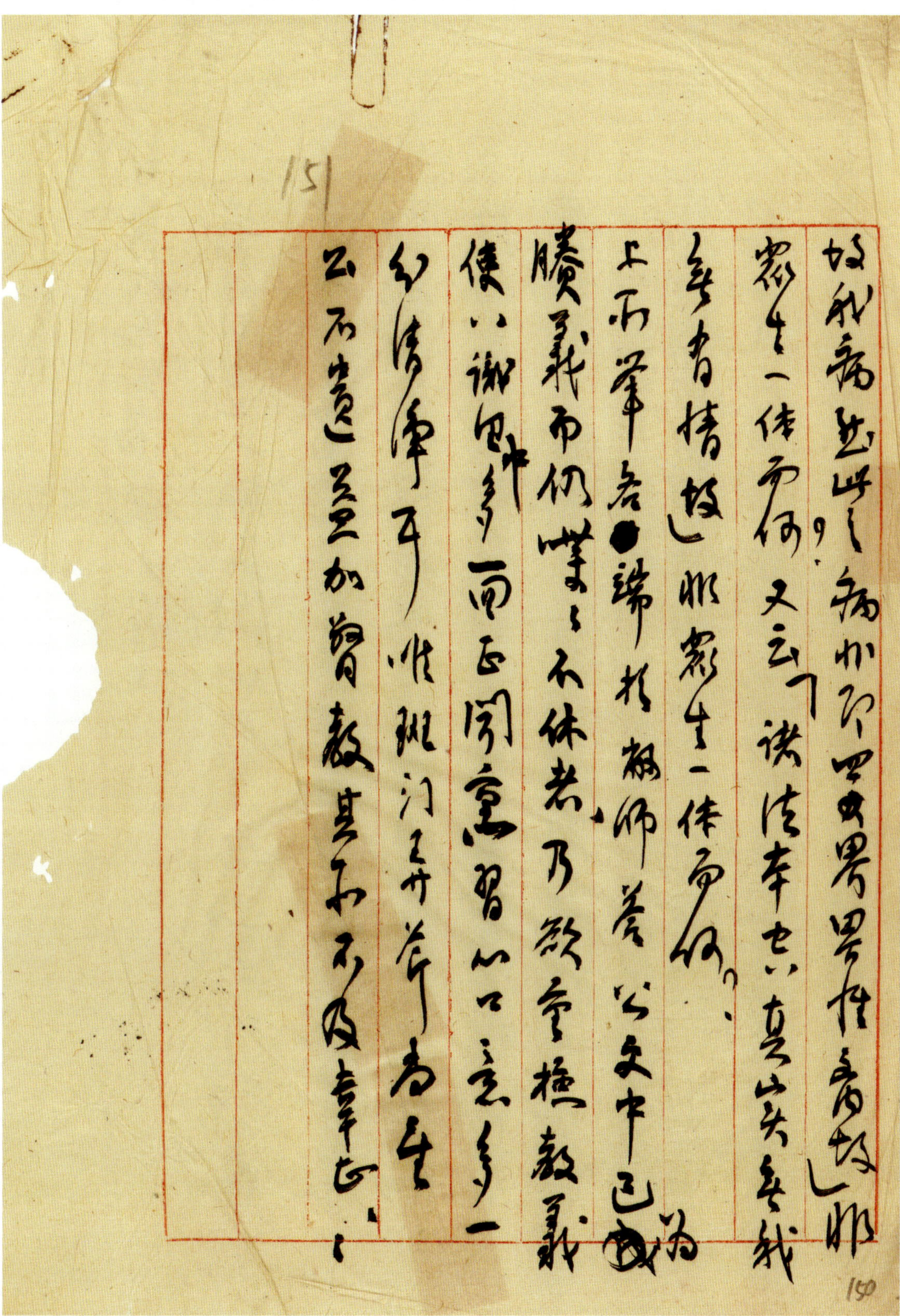

真如先生賜鑒：日前託

貴介奉上一緘，並繳還化中原函三件，諒達

左右。茲今日得化中兄復信云：「奉讀來教，

愧感交並。洋無狀，不識事師之禮，偶因辯論，

矜持已甚，觸忤於師，乃勞長者賜書，曉喻罪

過，甚矣！洋雖不肖，亦曾聞法發心，顧敢於師前

背逆，於法門毀壞？區區初意，亦欲作効忠進諫，

以光師之德，而冀正法之宏，初不謂言語之辭氣猖狂

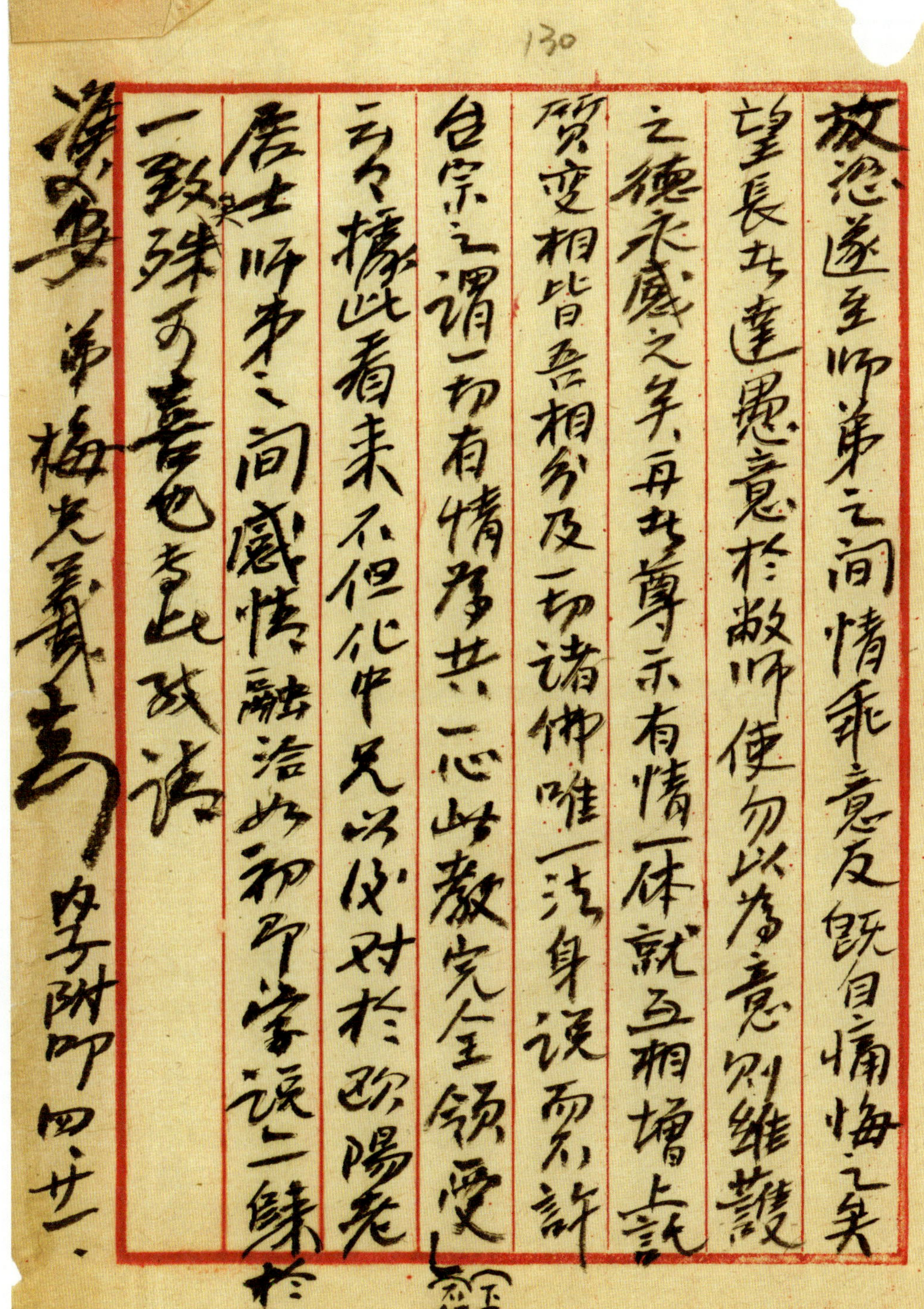

130

故您遂至师弟之间情乖意反既自痛悔之矣望长者达恩意于欧师使勿以为意则维护之德永感之矣再者尊示有情一体就互相增上说质变相皆吾相分及一切诸佛唯一法身说而不许自宗之谓一切有情为共一心此教完全领受（下略不录）云云据此看来不但化中见以促对于欧阳老居士师弟之间感情融洽如初即学说上一缘于一致矣殊可喜也专此敬请

道安　弟梅光羲敬上　内子附叩　四、廿一

136

大悲半月刊用箋

目下刀兵徧地東奔西逃哀哉各人早把殺心改保得身家安泰

真如長者大德道席：江津一别，瞬已七載，
每懷 高風，時切景仰。近見上海弘化月刊載有
長者上 毛主席一書，陳論再四，感佩曷極。值此
空前革新時代，佛學大都惴惴不安，若
長者登高一呼，揭發佛教大悲無我之精神，以感動當局，
并示從衆，誰能作此施無畏。長者誰能作此善要
慰諸者，是真觀音、地藏之化身也。此間已觀印處
作為縉合方，附呈一張，印於 垂察。惟原書中有十
條而弘化刊從略。近頗有人請求續讀全文，敢請賜
將十條全文一份為禱。
悲智雙運

金佛大人
康寄遥作礼
廿六、十、四

勸人放生念佛譬如苦海慈航依此法自勤修解釋寃纏無數

編輯處：西安市東關寂園蓮社

29

澄如已長慈鑒：：久未聞候，時切渴仰，楊
叔吉兄由京歸來，俱道說代佛子社開會
情況，令人神馳！！巨贊法師曾來函，言
大駕已往漢皋農林部履新，武漢佛教
緇素多才，聞近已整理，頗有成就，今後
再蒙
大力領導，慈智雙運，宣教護國，前途希望
當無限量！！西安佛徒，仍乏團結，亦乏大德，

西安東關寂園蓮社便箋
月　日

34

主持領导，睠念前途，殊覺悲觀，佛社同人，近已公議，即以學術團体登記，（佛社在民國十六年發起，原来只是佛化陈列社，設立佛学講習所等，本與一般宗教善團不同，不过對于學術似有缺不到。）並擬仿北京現代佛學社宗旨，編發月刊，說擬定名為「大衆佛學」，欲把佛學常識供給大众，且欲用佛刊宣達政府宗教政策，並擁護抗美援朝主張，同時報道西北各地佛教動

西安東關般[illegible]蓮社便箋　月　日

31

慈，以期加強團結，合力宏法，為人民服務，並於印刊各費，全由佛社自任，不向外募捐，除已函請巨贊法師為贊成人，並賜寫鴻文外，竊以遙等人微言輕，擬請大德作贊成人，隨時指導一切，並賜鴻文，以增倡導，如蒙欣允，曷勝感奮，若能便中函西北軍政委員會彭主席時，方便提及佛社大眾佛學

36

32

月刊事，俾於登記時，予以順利，尤所盼禱。
須知支那內學院法雨師函云蒙
道長諸人力，西南政府已允月助米一千數百
斤，以作初步補助，並言呂先生不久又到蜀
院。諒
尊處亦有所聞。肅此，敬頌
福慧双隆。

康寄遙作禮 十八

西安東關寂園蓮社便箋 月 日

37

2）

真如大德慧鉴：近由佛社呈上一函，谅達
左右。佛社見擬編佛刊，又欲定名「大众佛学」，惟願向
大德学習，而現代佛学之習且願作一小型特播機，把
大德及貓素法音特播西北。惟近及同人均自感覺
学識淺薄，欲仗 大德指導並加被寄念。大德以
宏宣正法為職志，諒能不惜大悲，欣然攝受。頃讀現代
佛学三期，見 尊処致[illegible]函，識見卓
越，其推崇 呂先生尤見虔悃。倘蒙於百忙之中

西安東關寂園蓮社用箋　月　日

32

能為大衆佛学作一短文以資倡導尤所盼切
專此敬頌
大安大智

康寄遥作禮

楊叔吉兄由京回陝在西安留住未久即回華縣
近今尚未來省叔問所及
此間正將陝代佛學館[illegible]
寄安筆
又十一十二

西安東關寄園佛學社便箋　十一月廿七日

证如道长仁者慧照

昨蒙赐书并对吟一大帙，由子毅同志面交，一再莊诵，如饮醍醐。此次法驾巡礼西安名胜古迹，尤其是佛教古刹祖庭，送读大作诗歌，令人佩仰难可言喻。倾闻大驾三数日后即要返京，如有机缘仍愿再谒聆教益，用表欢送之诚。谨略陈数事，以请留意，我想仁者对此谅必关怀重

1. 仁者此次来陕视察文物胜迹，其中佛寺当作要部分。所有草堂、慈恩、兴善、兴教等寺均已瞻礼，即终南山净业寺（亦名青龙寺）亦已看过。惟香积寺善导大师塔、净业寺道宣律师塔如有余暇亦可往礼。尤其是扶风法门寺释尊真身宝塔似应争取前往瞻礼。此寺距西安二百余里，由西安可乘火車西行数小时可到绛帐站（马融故里），再行五十里许即法门寺，可通大車，自然可通汽車，不过交通较他处稍觉困难而已。在抗日战争时期朱子桥善长集款重修法门寺，其时我亦随喜协力工程。将竣，朱坚嘱我编述法门寺纪略，我曾编印一小册（1952年因巨赞法师通函查录陕中古刹，造集录数十寺，而以法门寺为首，连同法门寺纪略并寺中现存阿育王寺石碑拓片邮寄巨赞法师处）。因此略知该寺在佛史上关系重大，与宁波天童阿育王寺相等。不过陕中佛界久乏僧材，不克继续发扬，且地址偏僻，遂不能与宁波阿育王寺等量齐观，令人深增浩叹而已。仁者来陕亦颇希有，且自解放后三上毛主席书对于佛

法倡导护持又同巨赞法师发起现代佛学社弘扬正法启发佛界爱国
爱教凡属佛子罔不渴仰若对于法门宝塔特加注意将来对于国内外佛教
均将有莫大的影响.大家知道了西安对于佛牙之迎奉曾传全国瞻仰若将
法门寺佛骨迎出供众瞻礼岂不是佛教一件大善事(去年因省统战部某同志来
询法门寺事我曾建议由省党政负责依照扶风县志所载塔下石盖下有井深约两丈
下有水银池内船形上置金盒内安置佛骨大节一指同寺僧取出供众礼拜这也
不过是我的愿望而已)

2、香积寺善导大师塔年久失修在二十余年前我同朱子桥曾想设法补修适梁某
工程师(梁启超之子)因事来陕曾请其估计因当时估工须二万元的数较巨且朱
子桥不久逝世遂亦罢之年来因南方沪苏各地佛徒尤其是净土宗各法师迭次
来函提及又因各方参礼祖塔见其破裂均甚关怀我前已向省文物管理
会建议请其查明补修此间佛化社佛会大众亦联名建议请修祖塔
已有回信声明再查且云已去人往查其后又云今年要修理塔寺此项工程
尚不在内能否来年补修亦未可知若仁者能抽暇一看便中一提或
许来年可有补修希望香积寺距西安只二十余里在南由西来汽车半时可到达

3. 陕西所有僧数向来少于寺数解放后1951年调查西安市及郊区僧尼共有
130人至1953年他去及还俗外所留不足80人现在除卧龙寺僧不过20人
慈恩兴善荐福三寺共不过20人已与卧龙共四寺合建农业生产高级合作社
现已集体劳动此外市内外小庙三数处通之不过十数僧人圆植寺西另有
有比丘尼不过20人城西北角广仁寺乃藏密黄教惟一佛寺只有蒙族关喇
嘛一人其余汉族佛徒要入该寺近年修整亦颇庄严若欲往一二小时即可往
返至佛教界学习由市政协宗委会领导佛教行政由市民族委会领导正
信居士团体只佛化社一处以前社员颇多现时常参加的不过三数十人此
外另有念佛堂两处系女居士集会念佛处数年来佛化社曾举行祈祷法
会数次四众参加表现尚好今年佛诞在卧龙寺举行纪念会四众齐集为解
放后第一次胜会然而西安佛教之情况如此众生福薄大德潜沉回忆
隋唐盛时各宗并隆不胜今昔之感居士中不无习法相及禅宗的也有几人但
大都是持名念佛近乎不废功益沙且不多何人棣全偶尔略识不过稍作拾遗
以备辅轩采风而已

4. 城南终南为国内名山向来戒律久养道山中前年我因养病曾久住蒋村园

净业寺去年冬期结七数周刻道。大茅棚现正讲经去年亦结净七禅七刻道。城中去有人去参加的。

如南五台嘉午台后岸山净业寺三处以及仙人岔五峰山佛爷掌等处茅棚的方住僧300余人现在净业寺及附近茅棚尚有40余人南五台大茅棚及其附近小茅棚间亦40余人其他各处如台沟数十处庵房及各处茅棚每处一人或数人不等佛徒有言"陕西佛教宗风在终南不在西安且云"宁在山里睡觉不在城里打道"以故各地禅和大都愿去住终南山中情况大概如此。

附言

(1)了义法师藏文原名宁嘎登巴汉译"持了义教"一般称了义法师他是西康人藏族是贡嘎呼图克图的高足故尝久修密乘他曾与密云老和尚同住因主编灵溪专刊胜弘南宗团结法门可说是目前希有的僧才 仁者曾看见他近著的"证道歌指月"也表赞许且在广州曾与相识容不详述他近常住市郊雁塔区吴家坟安乐堂小庙近日他曾直函民委会声明愿参加学习时事政策我亦向市政协学习会民族宗教组介绍他参加尚未获表态不知结果如何愿拟请 仁者到京后便中向中国佛教协会喜饶大师及各负责人一提如有机缘很可以吸收他为佛协任何部分的一个成员以期团结一切可能团结的力量

(2)北京佛学院闻正在筹备将来院中学员不知如何选录我觉得似乎应对

2

青年学僧负笈法间终南山就我所知有若干青年僧文化水平甚好若将来往
广而不滥学而不遗地收录令其进修以备弘法利世的人材为佛教服
务作国际往来的选取者当不仅是佛界的光荣 关于此点亦乞仁者留意
(五)仁者此次访参拜读函人悲智愿诵流出诗歌闻已汇录一册拟请陈左
宰同抄留及昨承惠对吟外所有他作拟希全抄一份俾留下以备拜读用作纪
念無任盼祷
(六)子毅昨云张子逸曾送佛书数本内附多条请指示如无暇批示可将
原件交还子毅令其代交佛化社转送张处亦好
以上拉杂陈渎陈君已交先生所嘱未尽欲言万一不克届时欢送以后公暇
长期函请倍有胜缘观光首都容再趋教 匆匆数行
悲智双运
福慧圆成
喜饶大师 巨赞法师……诸上善人处见时代为问好
先生刘定石同志处见祈代候
李一平
寂园弟怀遥作礼 1956.6.4 3

真如先生大鉴：年来塞向墐户，有类闭关[illegible]

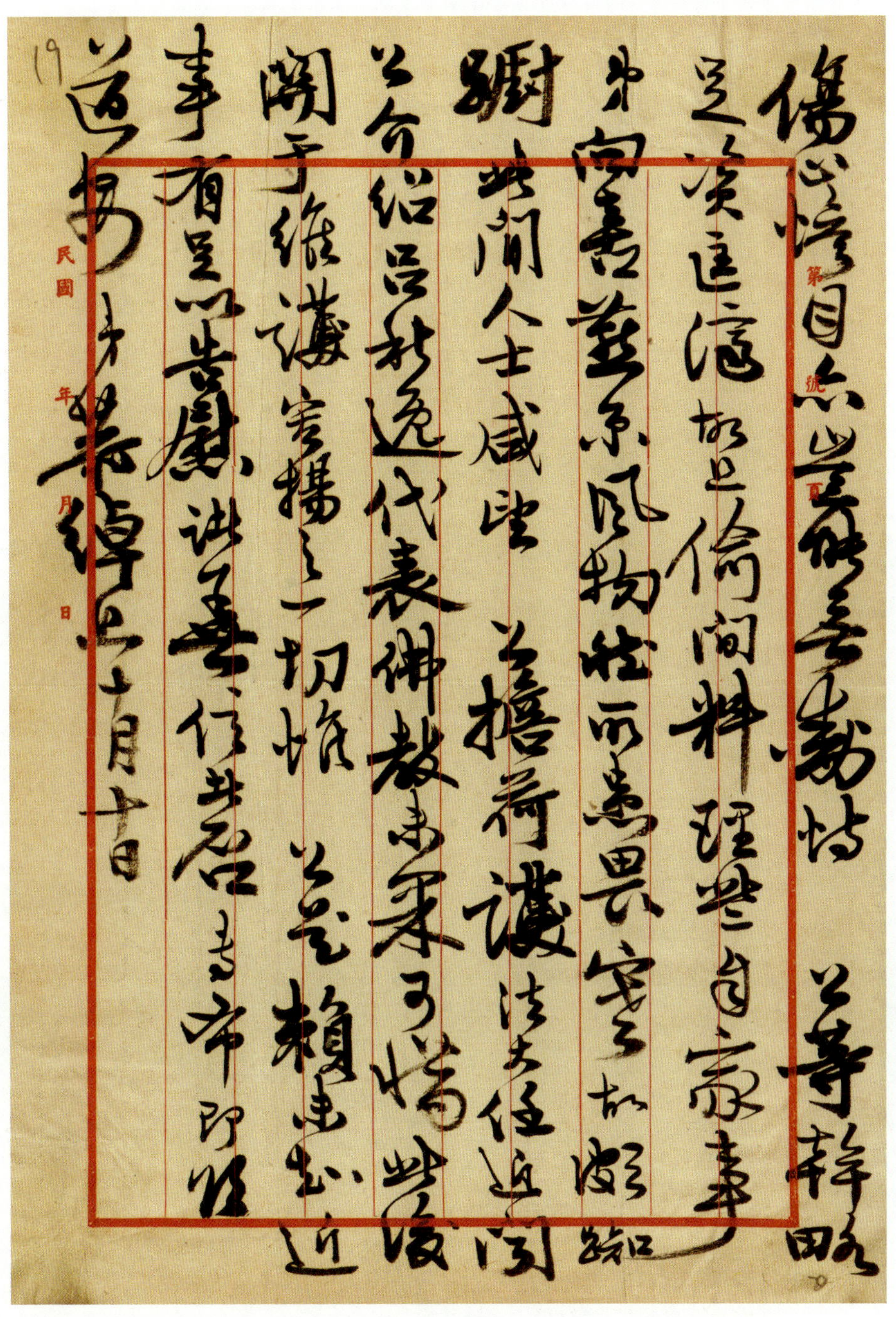

200

中央人民政府農業部用箋

真如道長：
周太玄先生來京說你曾親近過
能海法師　海師講經的本領係從
修持得來的，你最好趁他尚在武漢時
請他傳你密教中最心要的心開勝解
得到這個法比禪淨兩宗見實相來得
快又靠得住些，希望你不要失這個
機會專此敬頌
法祺

弟李書城叙　四月廿日

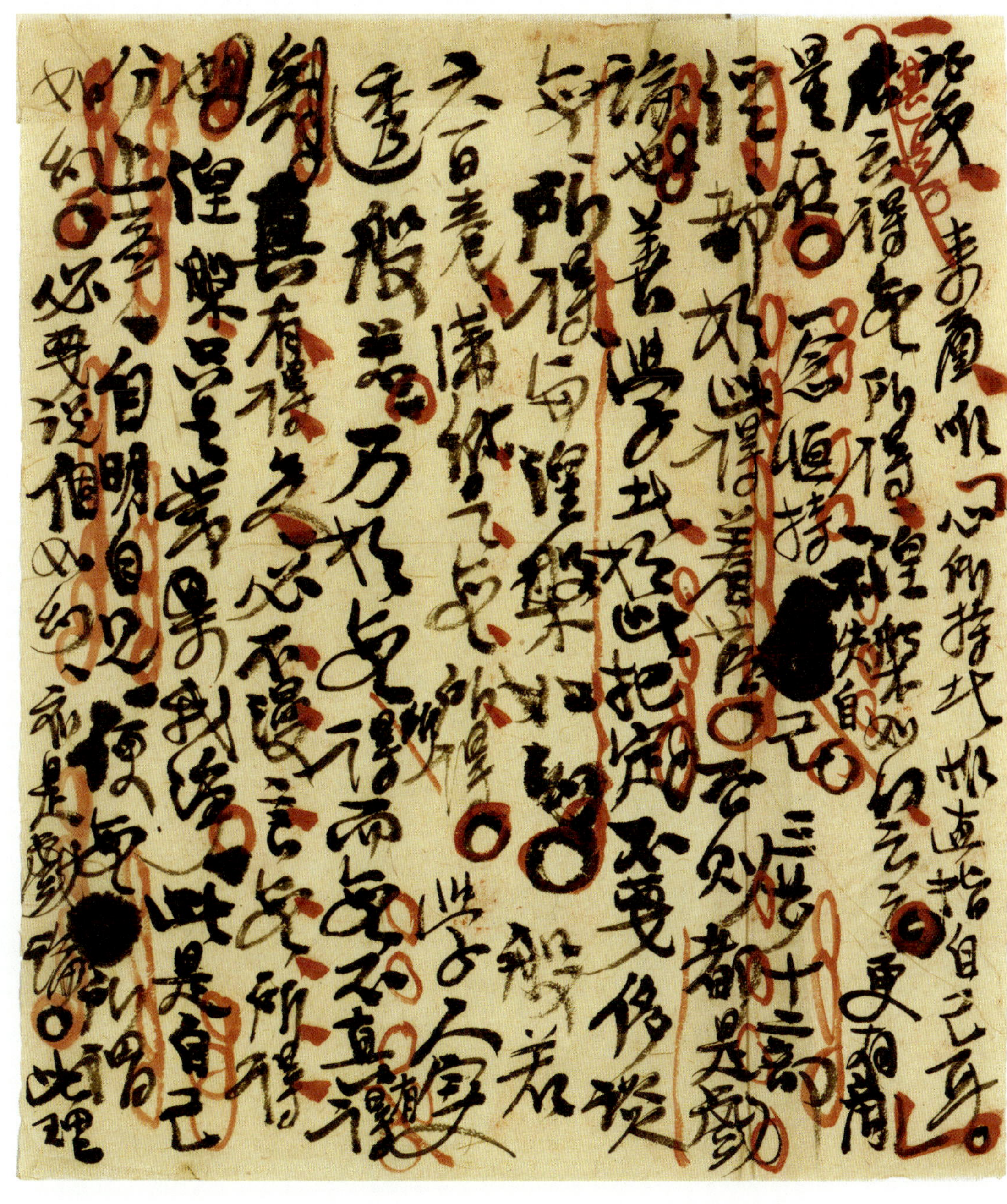

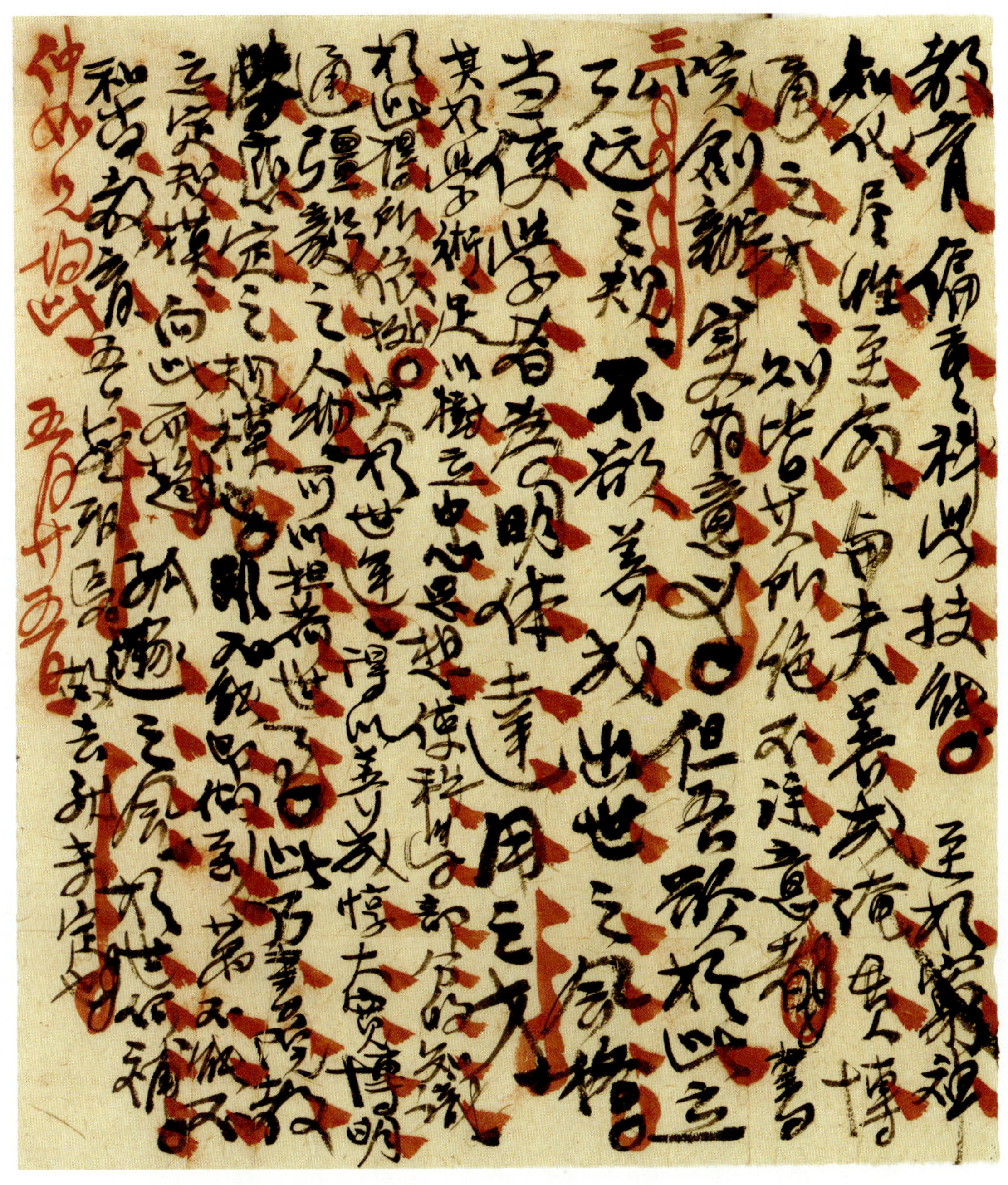

覆十力書

十力兄：五月廿五日手示，書意殷切，識意本不擬再有斷疑，然穢雜間萌，尔上心裏總覺不安，用不辭縷縷，敷詞於下。兄云「一念恒持不失自己，三藏十二部經都於此以看破，否則都是戲論也」。善學者於此把定，不要修證，無所得與涅槃是，如般若六百卷滿紙是無所得，學人實透般若，乃於無所得而無不真有得矣，真有得矣，而不漫言無所得也。涅槃亦正

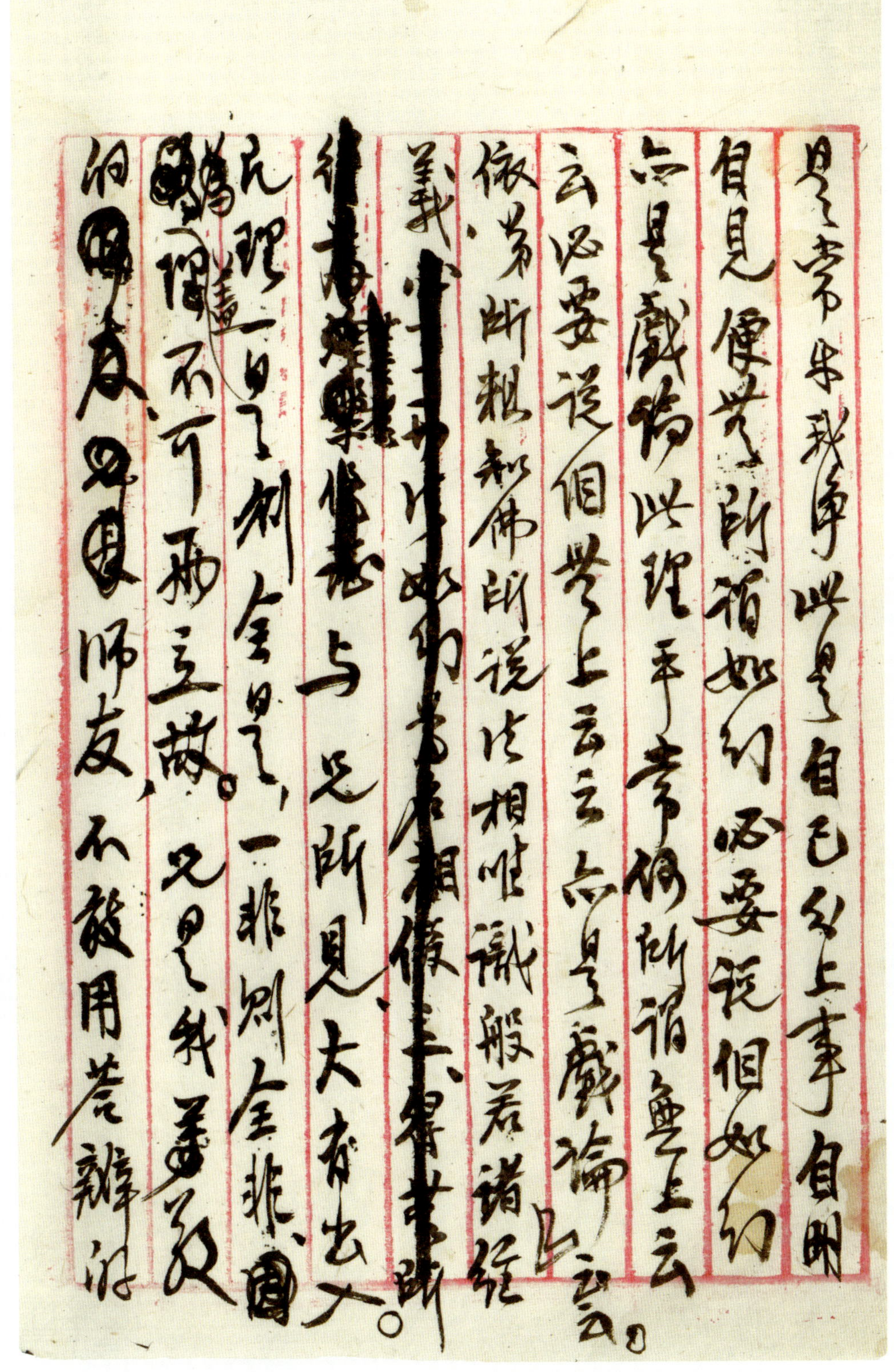
見是常字我身此是自己分上事自明
自見便是所謂妙行必要說但妙行
亦是戲論此理乎常何所謂無上云
云必要說但無上云云亦是戲論上云云。
依第斷根本佛所說法相唯識般若諸經
義[illegible]如何為[illegible]相依[illegible]
[illegible]與兄所見大有出入。
之理一切了別全是，一非則全非，固
[illegible]不可兩立哉。兄是我善友
得師友見我師友不能用苦辯

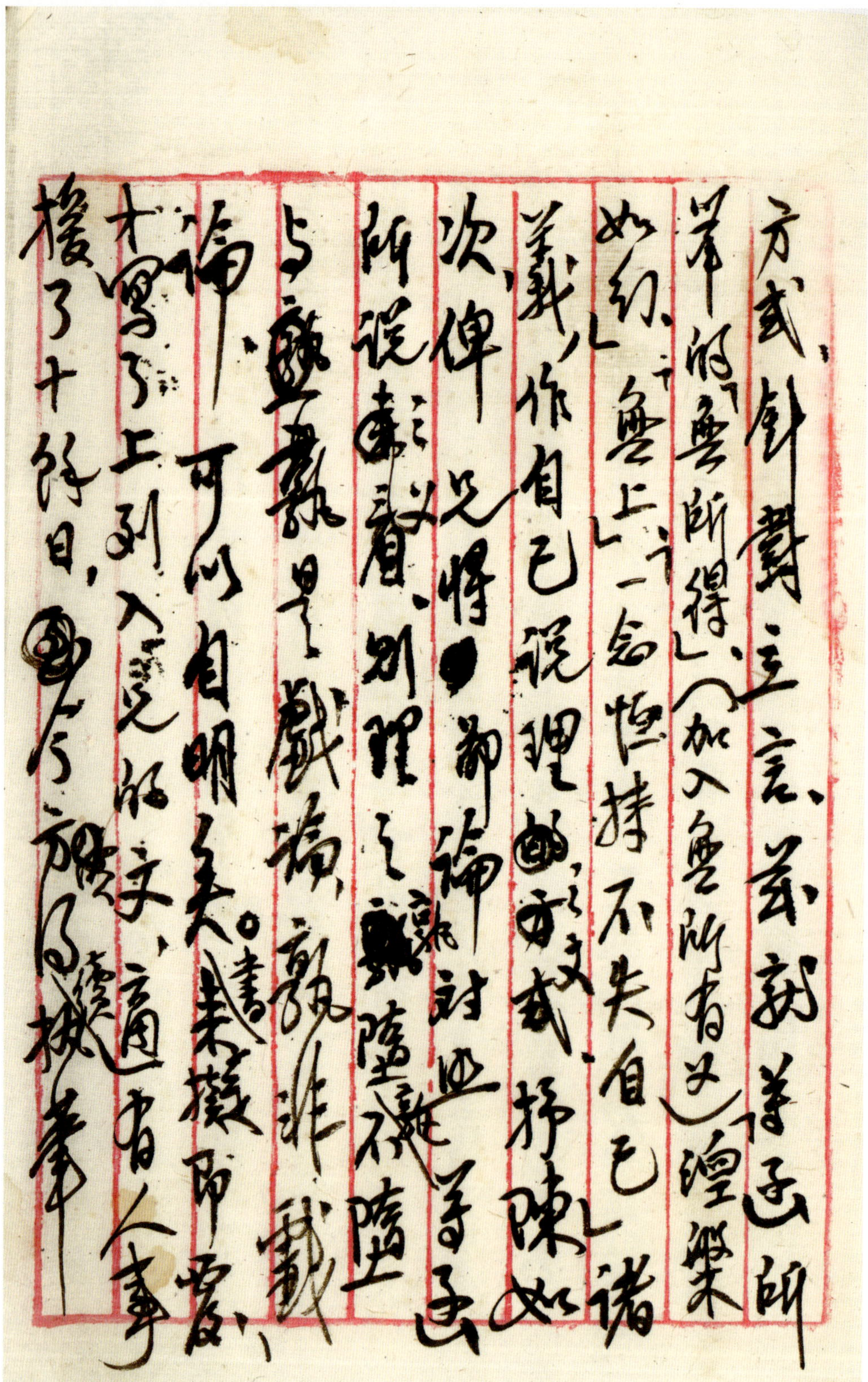
方式、針對主言、兼就等透所
舉的「無所得」（加入無所有義）「涅槃
如幻」「無上」「一念恒持不失自己」諸
義，作自己說理的方式，都陳如
次，俾見得■御論討此等透
所說，于諸義有、則理之■隨，不隨
與該意見、戲論，就非戲
論，可以自明矣。書來援印證、
才寫了上列入見的文字，適有人事
擾了十餘日，今乃覆 銘樞

也。弟素所欲辨者，亦絶無難大，
却不敢辭。兄長不虛心，亦絲毫
自己了了見。然寧念此生生此一大
事未了，此一大事與兄長同，是與
一切有情同。何敢輕忽，何敢菲
薄。更何敢著一些識別情執有所
私見而不言，以傷素契，辜負己靈，亦負
辜負兄長之良友。十力上
更進而教之。　　賜清安

首言

一切無斷有。若謂不然，當何所有？若有声色貨殖，則著声色貨殖迷。若有名利恭敬，則著名利恭敬迷。若有愛，則扶長；若有位，則扶貴；若有功，則扶勳勞；若有師教，則扶道德仁義。若有身色我人衆生壽者，則執我人衆生壽者相；若有山河大地微塵國土，所礙山河大地微塵國土。若有前際，則憶念前際；若有後際，則貪求果報；若有今際，則因分別心成病。為此一切七情八風善垢净诸法、离依大小广狭长短，诸相无不是也。无一有所有，则为净为秽，若安有若为迷，纵如我有其云涅槃、佛土空空之见，亦同是执。由是所以谓当体即空，当念即如，如者是了达真实无所有也。既无所有，则无所得。故谓不然，则得者何物？从何来、自何处去？若从外来，则外无所有，便何所得？谓从己出，己既是得，云何得得？岂不知六道四生山河大地总

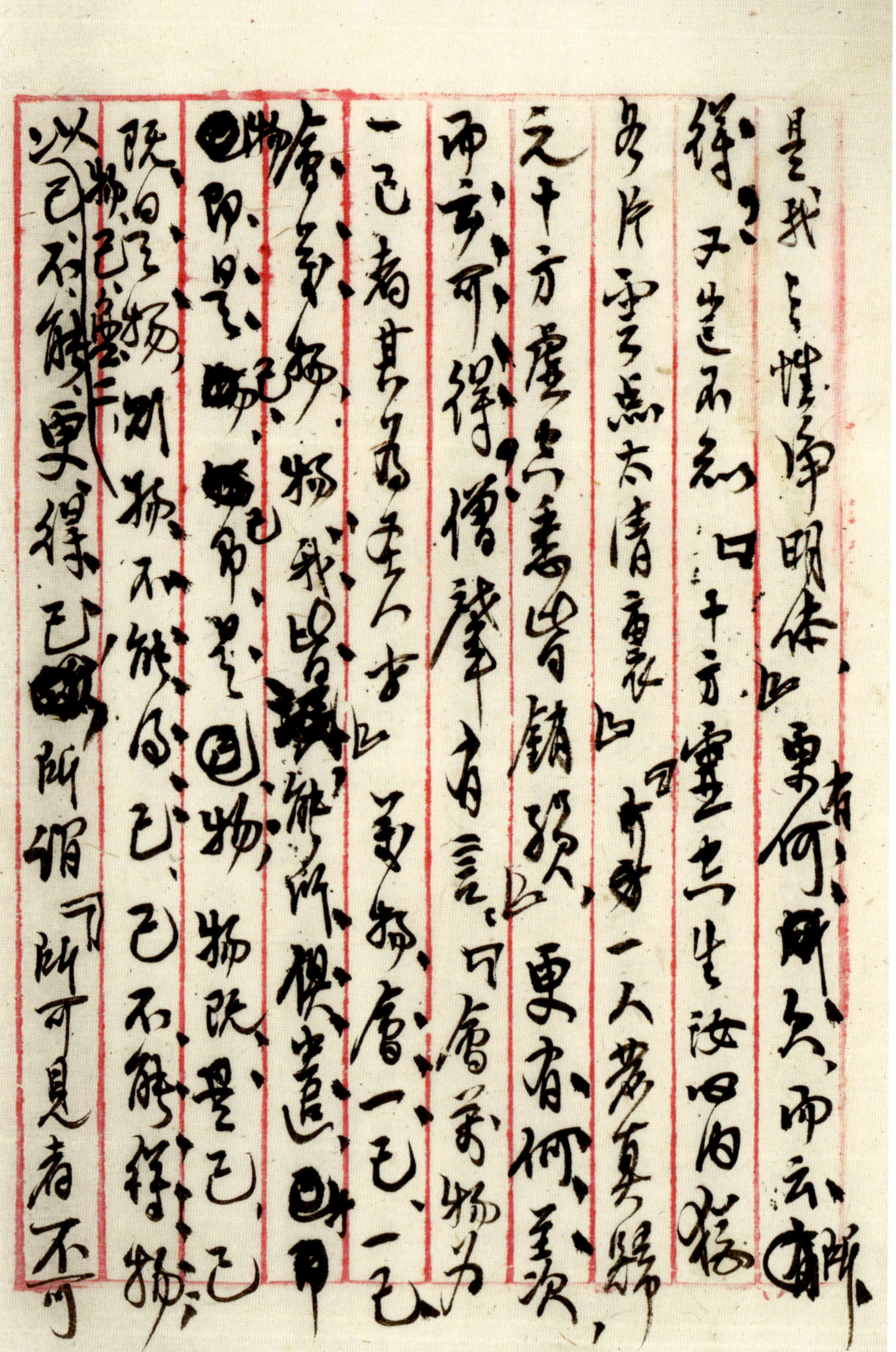

是我之性净明体也。更何所欠，而云有所
得？子岂不知十方虚空生汝心内，犹
如片云点太清里也。十方一人发真归
元，十方虚空悉皆销殒也。更有何义，
而云所得？僧肇有言："会万物为
一己者，其唯圣人乎。"万物会一己，一己
会万物，物我皆能所俱遣，即
物即是己，即是物。物既是己，己
既自是物，则物不能得己，己不能得物，物己宛然二
以己不能更得己，所谓所可见者不可

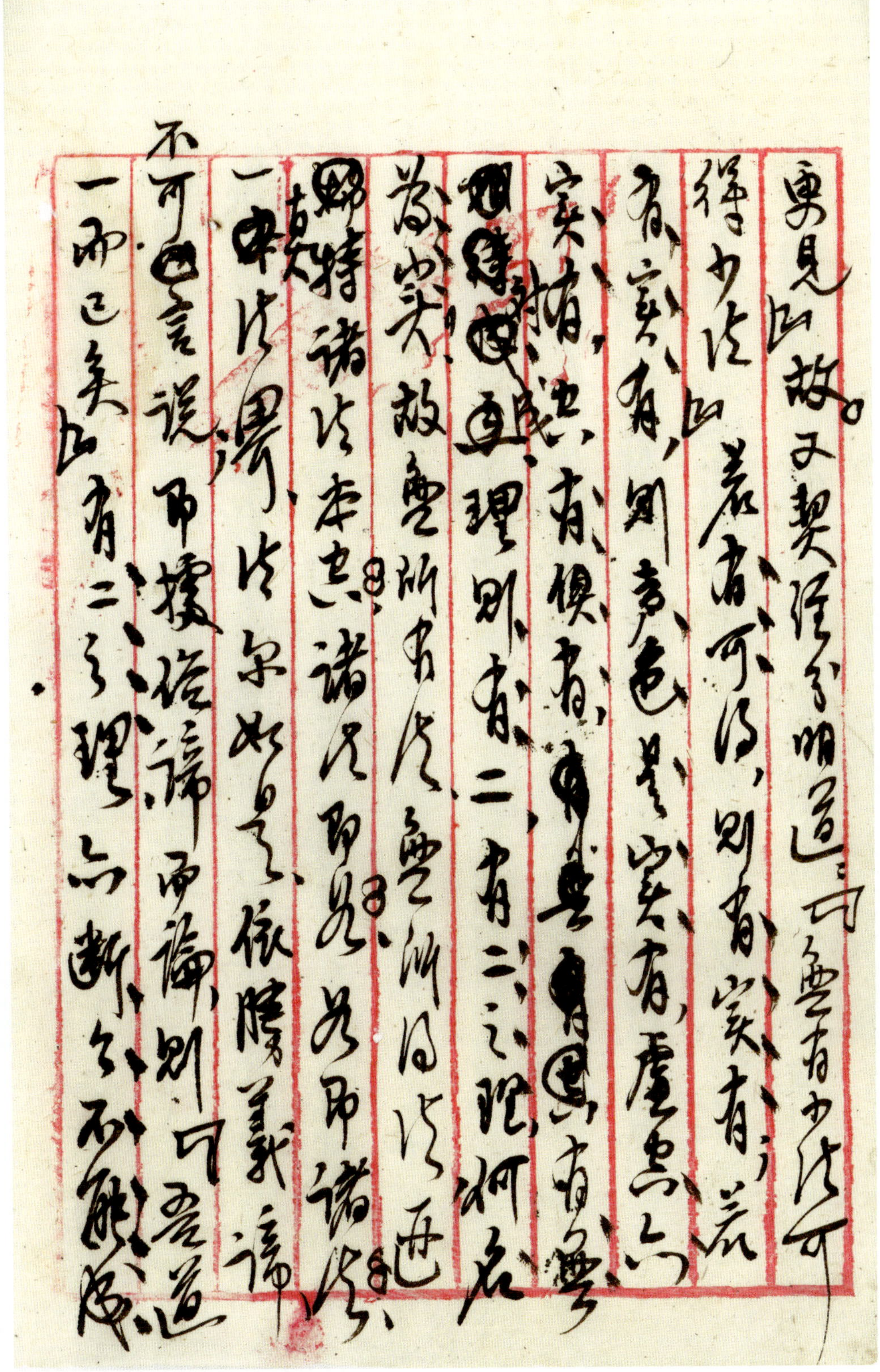

云。由此所重，唯言可見真理。實際都不曾能解，故知所以而相推也明矣。若不離了達無所有、無所得而求，則非學一先生之言，則暖暖姝姝而私自悅，以之為便見之。見淨而求鴞炙矣，見卵而求時夜之執也。次言義則一真法界涅槃如幻。夫依精義語言道斷，撥儀即非，元可安立。若依俗諦，則執有亦破，有有破空，執淨對治染、染除淨著，真實那可安立而安

攝取　謹

真实。倘非表显性体，只以他意文饰者，亦为分别之我，岂非二乘自了，偏永远厌世间，隔绝众生，以自乐其涅槃？说为众之见，即我自以通达常胜神我自在之执，亦成以自为体上之圣道，即十方世界众生之心得永无止期，[illegible]倒之期之事矣。夫十方三际[illegible]甚长物之显体，性本无是，一切众生本自平等，皆同一真实，原无高低上下左右之分，而众生妄见，各执分别而生执着。

力

是本不生滅，而有生滅；本無垢淨而生垢淨；本自正直而成邪倒。既有顛倒，則有正倒；既有染淨，則為淨染；既有生滅，則有還寂。循而至于一循其本，則衆生為不可度，何有於佛？直是理者不可得，何有於生滅垢淨諸名？乃知諸佛菩薩，全乃正衆生之顛倒，覺衆生惑亂而說也。由諸佛菩薩所示一切遮表顯諸法，全為對治迷執衆生而立之也。何謂正倒？如人倒立，

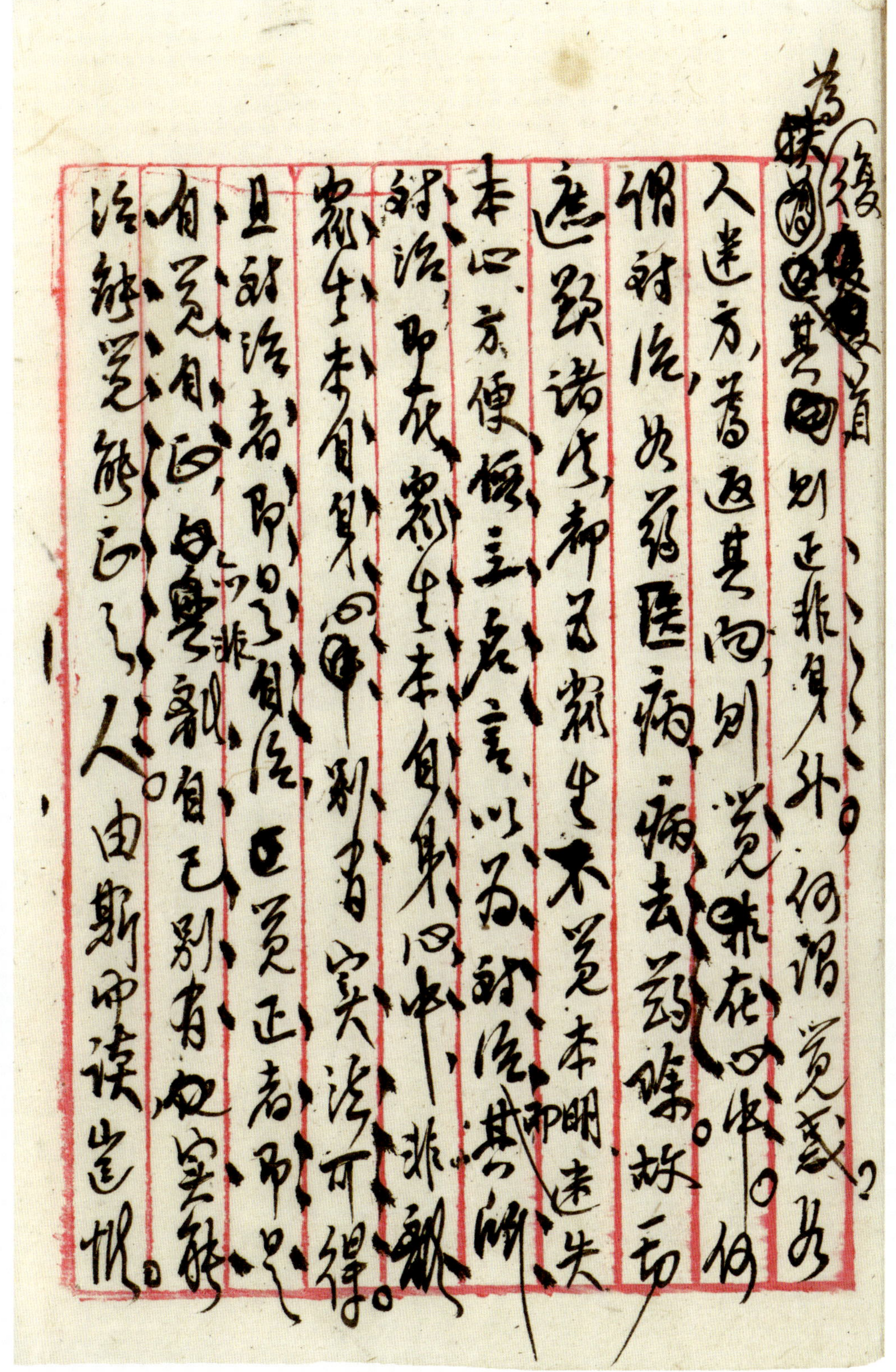
為後復其道返其初，則正非身外。何謂覺哉？如人迷方，當返其向，則覺非在心。何謂對治？如藥醫病，病去藥除，故亦應遣。諸法都爲對治生，本覺本明，迷失本心，方便假立名言，以爲對治其所（即）對治，即在對治生。本自具心中，非新熏生，本自具足，心中別有實法可得。且對治者，即自體對治（非），正覺正者，即是自覺自證，無爲亂。自己別有也。實能治惑覺能正之人。由斯而讀此

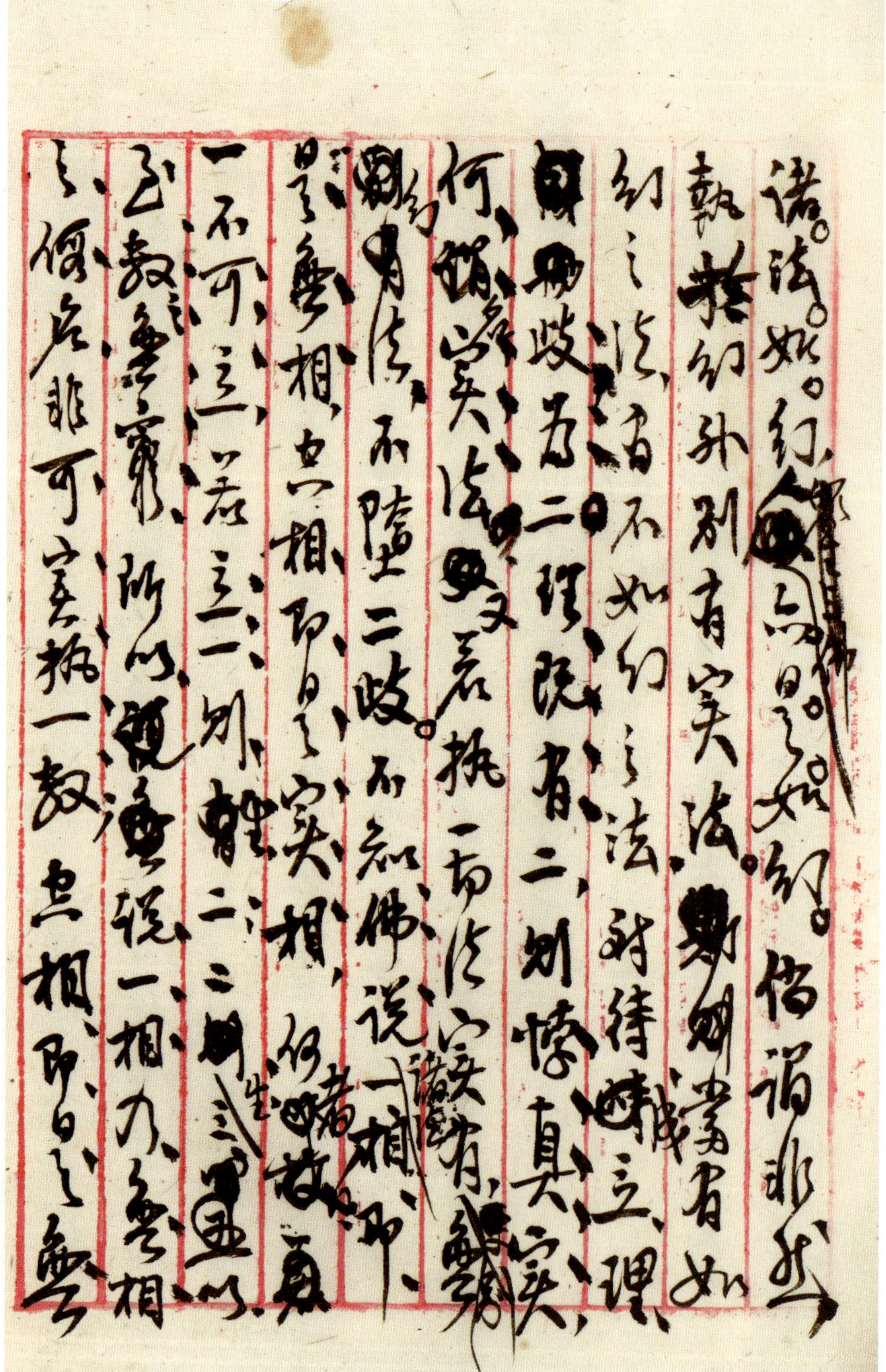

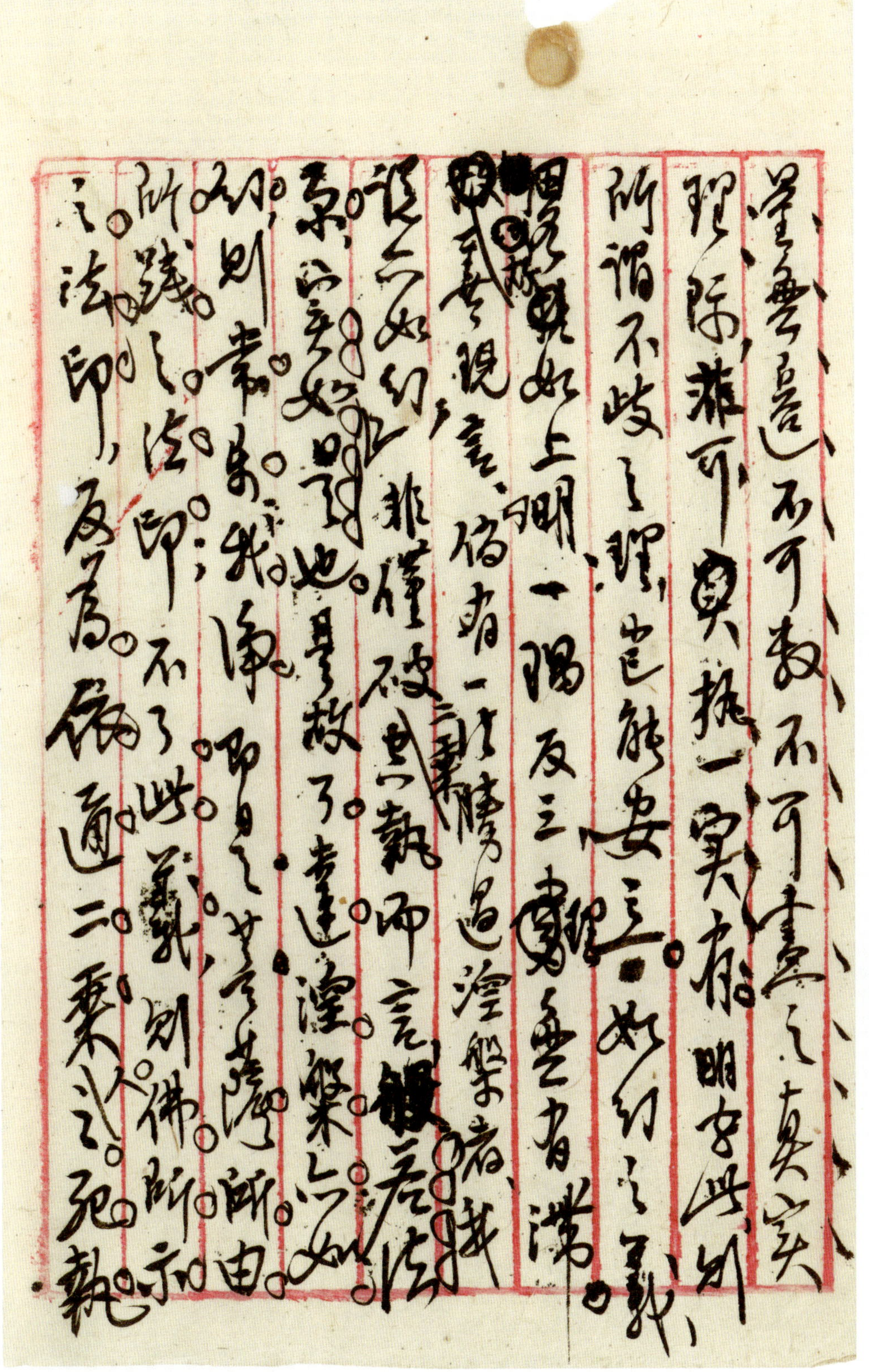

不可不知也。次三
無上。一切法平常、平常、平等
平等。佛法以要說無上、或云甚深、
或云微妙等等詞。曰：無上乃真平常
真平等、無上即平常平等也。
何以故。無上反面者有上、有上則有高低
大小、貧賤、深淺、長短、優劣等等比較、有比較
則有美惡、美惡見生、則取捨情起、於
是乎萬物紛然、不能平等、失其平常
矣。無上則無遠界見。無遠見則無是見、無是

則無盡，無盡則不可數，不可數則不可說。一切不可說，則此執不生，莫罷見邊識，所據情者，所據情者，則一切平等，平等則平等。所以無上無上云云，並非誇張，是破情執，正是真實遣除情執。批正言太深遠微妙，尊之以自以之為所畏，則佛等大我慢人，何得名為如不要證者、不識證者、是真實證者、如實證者、如證者。最後言一念恒持不失自己。此言是正，但須

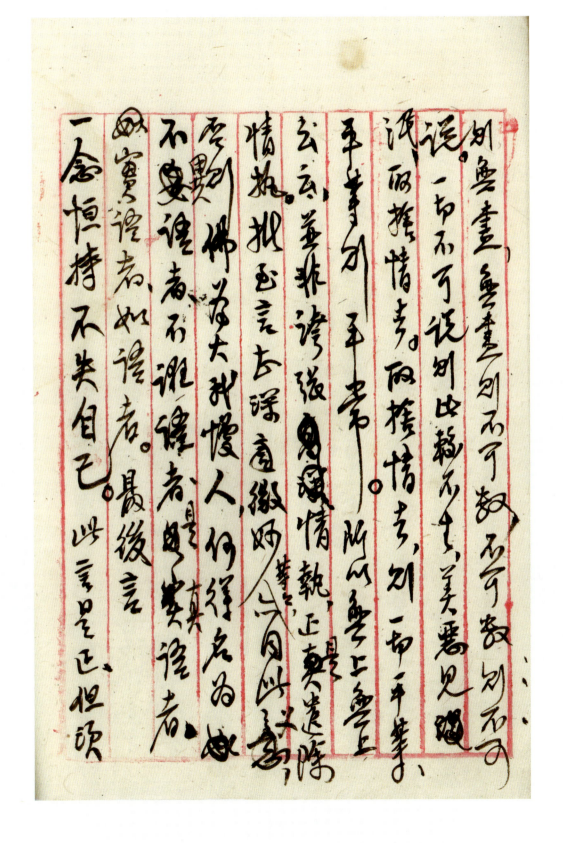

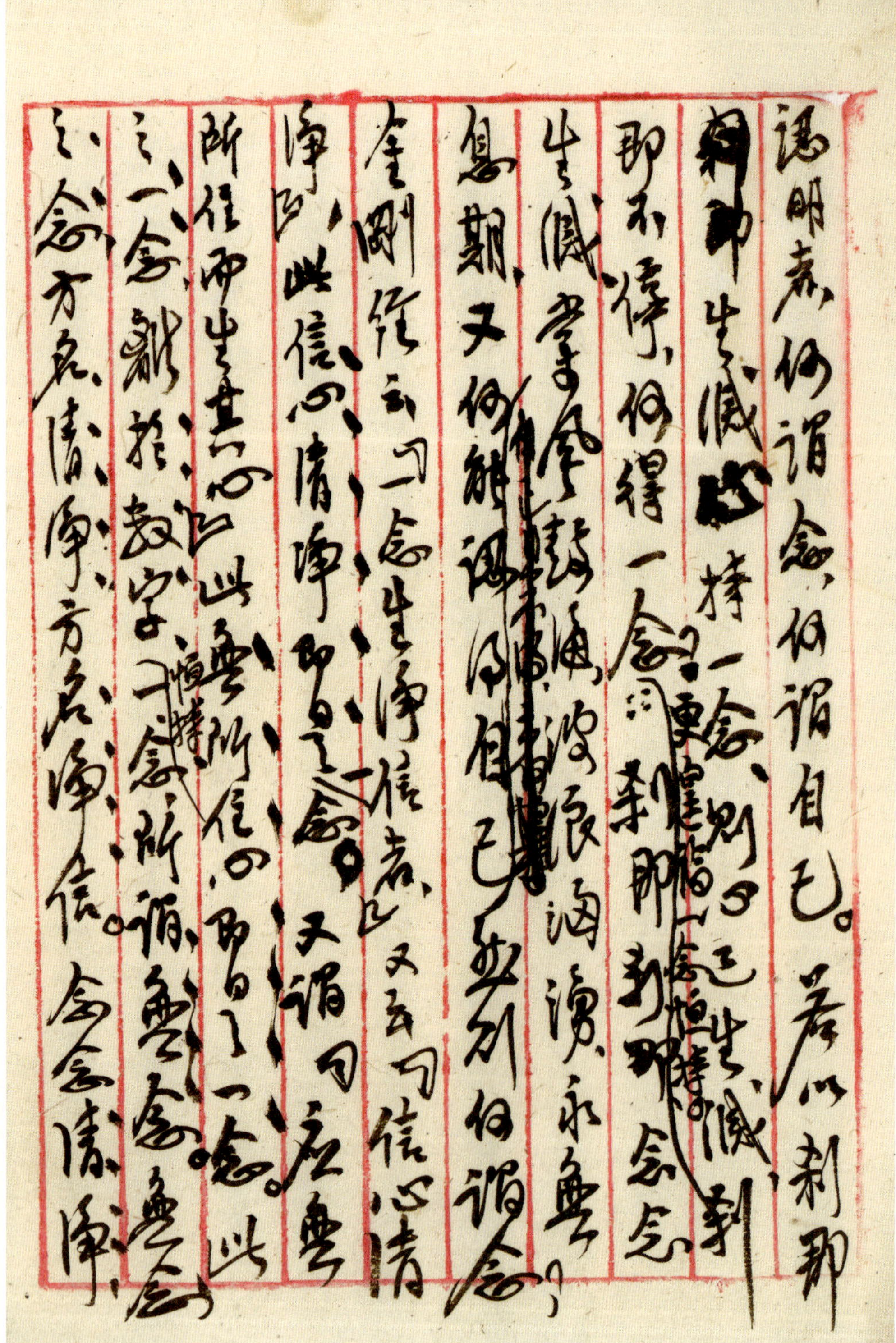

認明者，何謂念，何謂自己。若以刹那刹那生滅持一念，則刹那刹那念念生滅，如風鼓海，波浪洶湧，永無息期。又何能認得自己，而分別何謂念？金剛經云：一念生淨信者。又云：信心清淨。此信心清淨，即自己一念。又謂：應無所住而生其心。此無所住心，即自己一念。此一念，離於數字，一念所謂無念，無念之念，方名清淨，方名淨信。念念清淨，

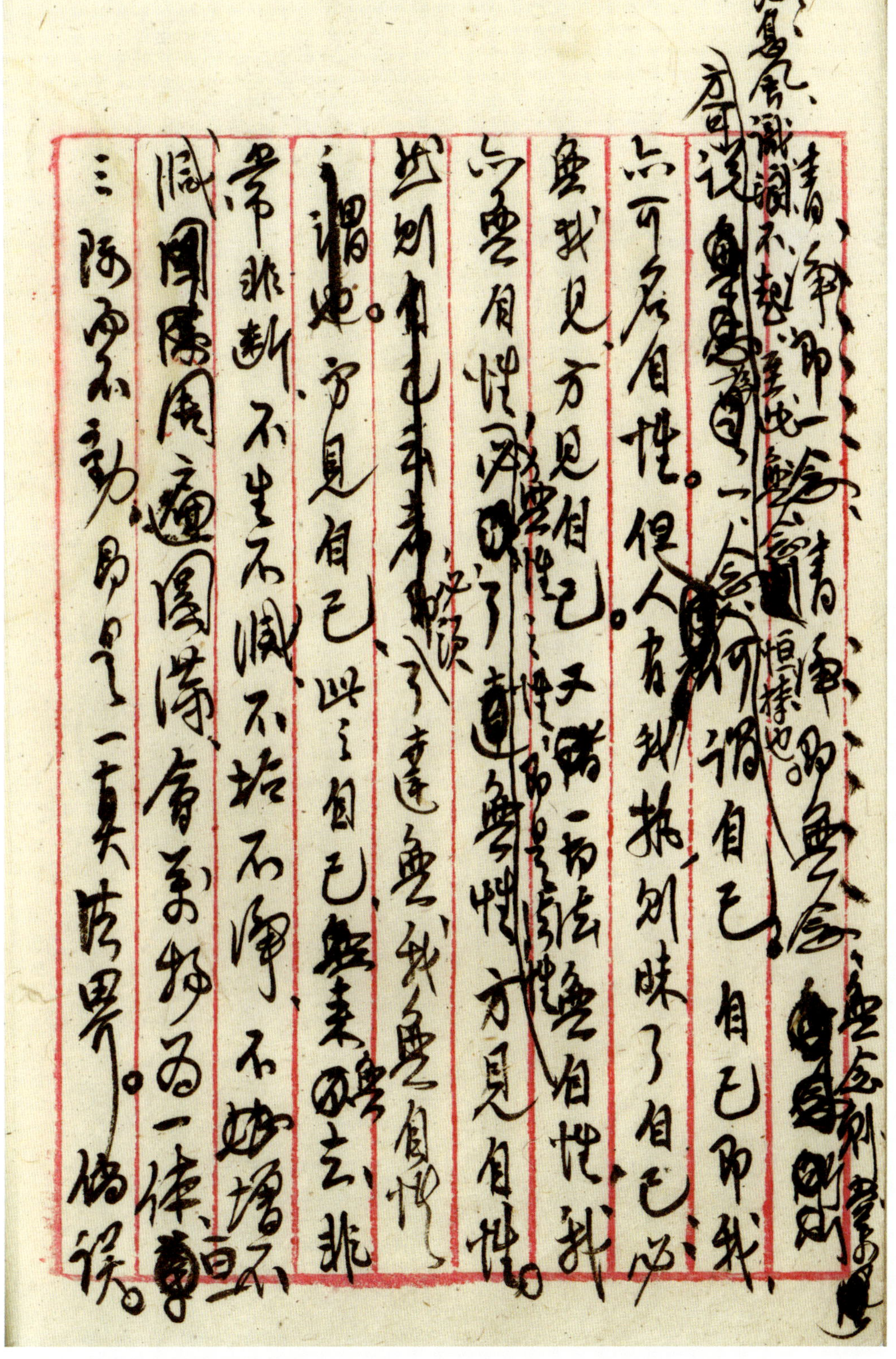

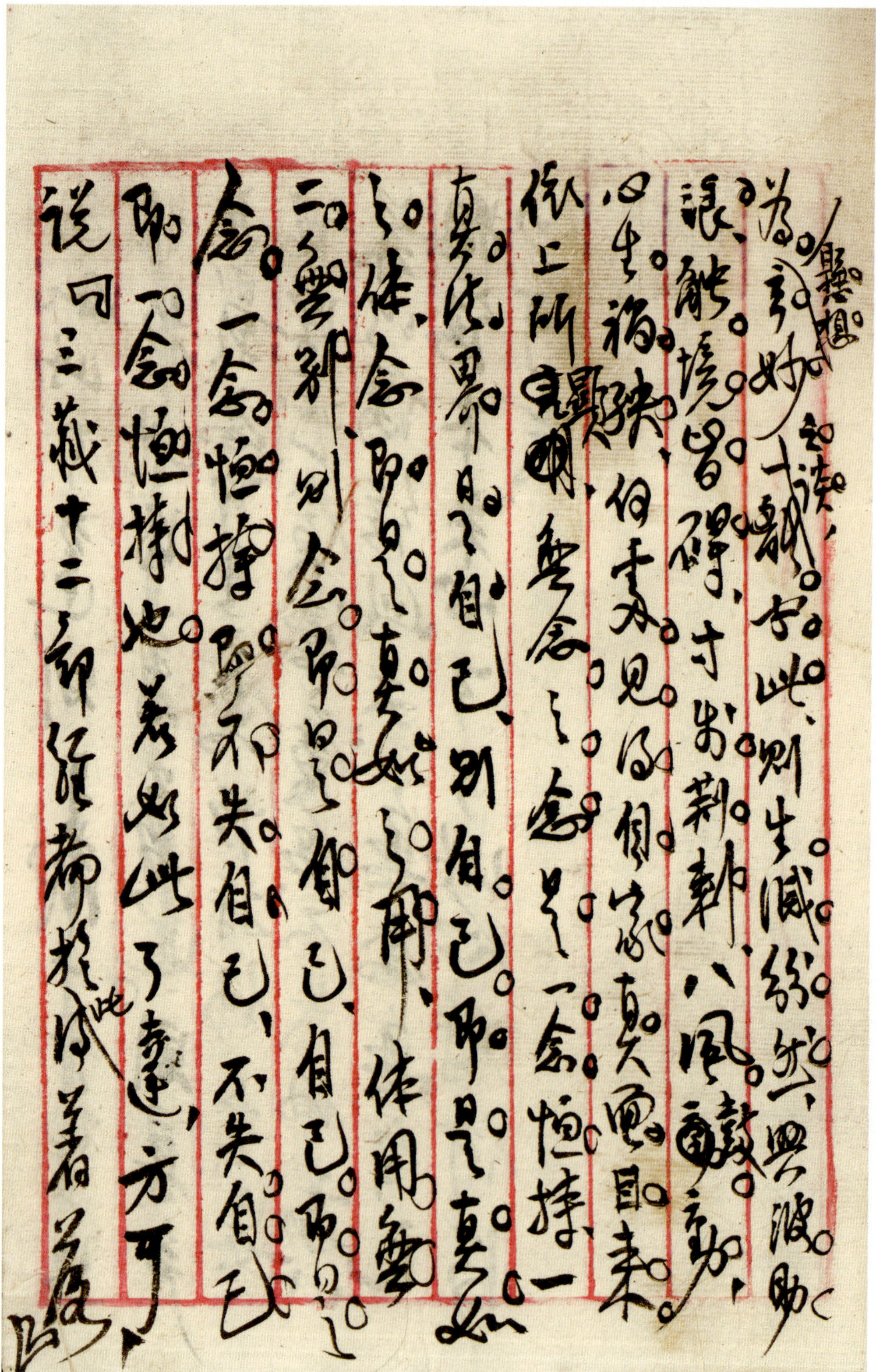

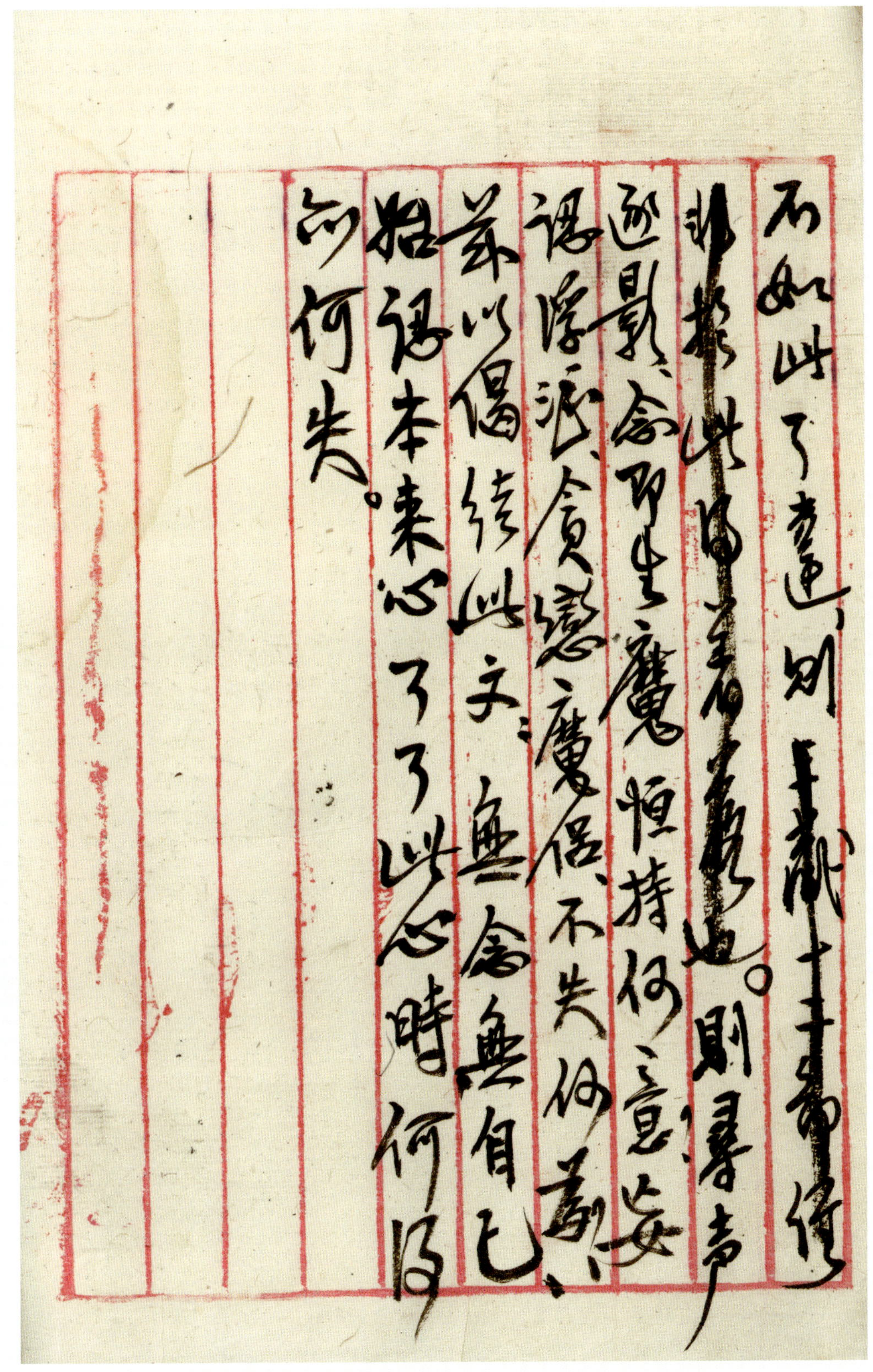
不如此了達，則十二部經
非於此[illegible]也。則尋聲
逐影，念念即生魔，恒持何意？妄
認浮泛，貪戀魔侶，不失何為？
善以偈語此文，無念無自己，
始得本來心。了了此心時，何得
何失。

秋一老弟　二日函來無任欣慰即時率復聊破岑寂耳

內學院吾極欲大力支持者蓋嘗慨吾國学術團体（如書院学会之類）每有名無實即其一二有實亦人存政舉人亡政息以視西洋一學術機関維持發達歷數百年或千餘年之久而不衰未嘗不怯憾吾族類無真實也區區之意豈

上為竟師惜耶

來教云欣不備意聞熏未詳何指瑜伽淨習成不過增上大有異乎外鑠至於旧趣以般若為實相本不外求但唐賢

性覺生始非外鑠今入手不見般若實相而云淨種習成
以為增上此淨種明是後起非自實相生焉得曰非外
鑠耶淨種增上變而后歸之般若實相得非實相本有所
不足耶又由淨種增上得歸實相是實相為偶然之獲也
何者淨種本不自實相生即與實無干本不相干而可引
歸實非偶然而何然則欲融空有而終有所難通舊說空
有為二宗，吾人似不宜遽反之也
來教云尊論完全從性覺立說與性寂相反，中土一切

13

僞經僞論同一鼻孔出氣，安得援以衡量佛法？力則以為今所謂僞經如楞嚴、圓覺等，是否中土所僞，猶難遽斷；僞論如起信，其中義理是否無本於梵方大乘，尤復難言。此等考據問題，力是不欲深論。但性覺與性寂相反之云，力竊未敢苟同。般若實相豈是寂而不覺者耶？如只是寂，不可言覺，則實相亦數論之闇也。佛家原期斷盡無明，今實然不覺之寂，非無明耶？而乃謂自性如是，無乃違自宗乎？吾以為性覺、性寂，實不可分。言性覺，而寂在其中矣；言性寂，而覺在其

18

曰趣無曲而無枝葉主性寂而惡言性覺是以無明為自
也即曰非無明亦是枯寂之寂墮斷見也何可曰性覺與
性寂相反耶
來書既主以趣般若實相般若智也智对識而為言法執
盡我執盡不待言自性顯是為智是為實相覺对障而得
申名障盡（二障盡也）性顯非般若實相而謂之何耶
治經論是一事實究此理却須反在自身找下落諸佛菩
薩語言反已而得印證此心理同也失或有未合不可遽

14

非前哲亦不可遽捨己以狥經論廓然亡懷默識而已久之會有真見處也

從宇宙論的觀點而談法性只見為空寂（即空虛無之空）而不知空寂即是生化者是證到一分（空寂）未識性體之全也新論語體本中卷備發此意貴乎觀其佛之通也必謂佛氏至高無上不容吾人有所窺何須如是耶此理不許吾人得真耶

從發明心地觀點而談自性（自性即法性克就吾人當身言故云自）

19

吾於此理確是以已用過苦功非敢與諸立異所見如是
所信如是不得不稱心而談否則非道也如高明不以為
然猶盼盡量惠教俾離中先生一大事猶是一案也
邑府曾聞尊論禪家流別都又不能憶吾甚願用可見示
否又聞疑楞伽偽是亦希垂示
研究所雖有此意吾倚一何之世緣要不能成立[illegible]
德鈞昨年有意來此遣子琴赴歐任敎乃約之耳渠到
此才二日行進云過此未來何耶　小兄力啟　四月七日

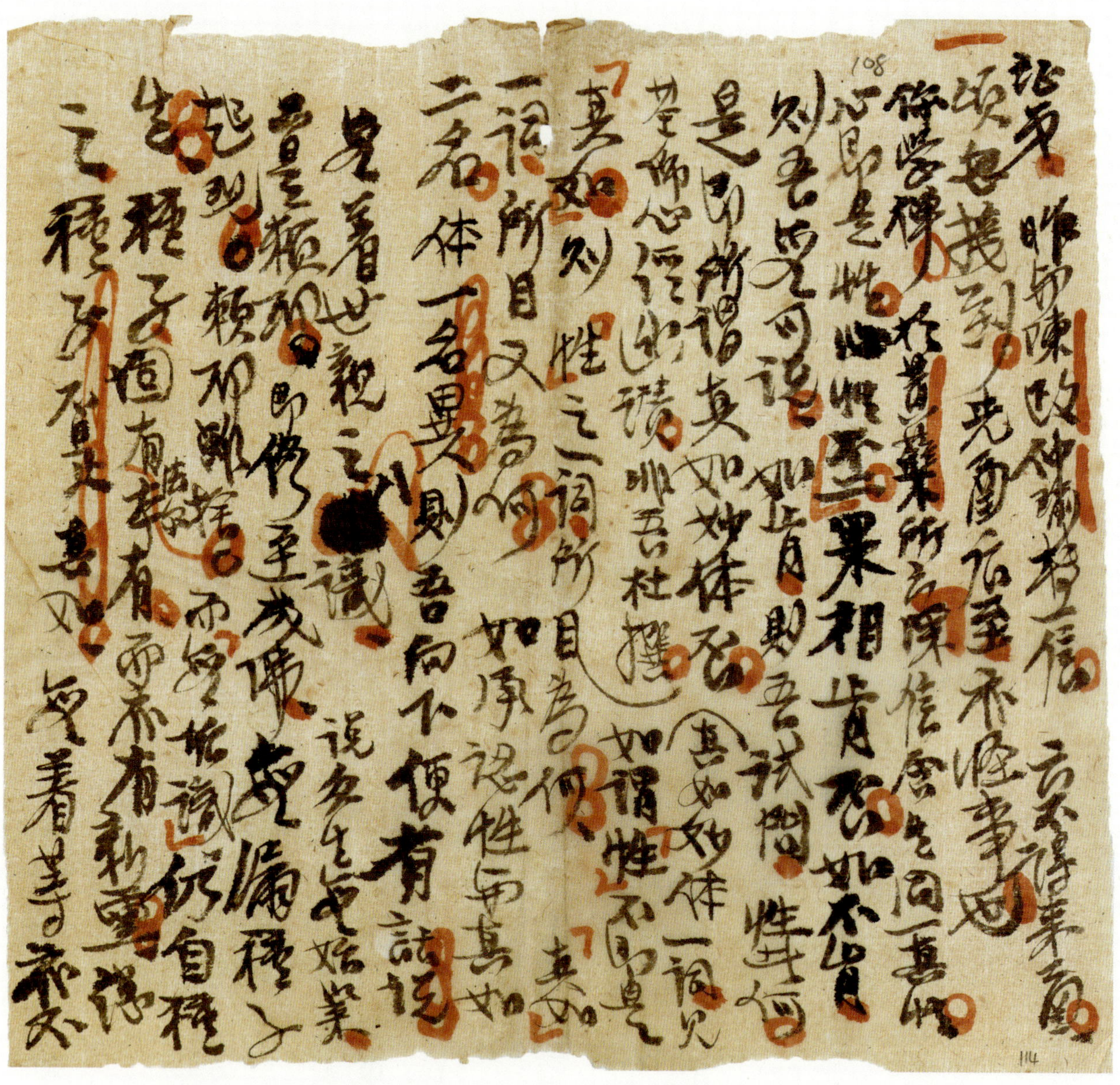

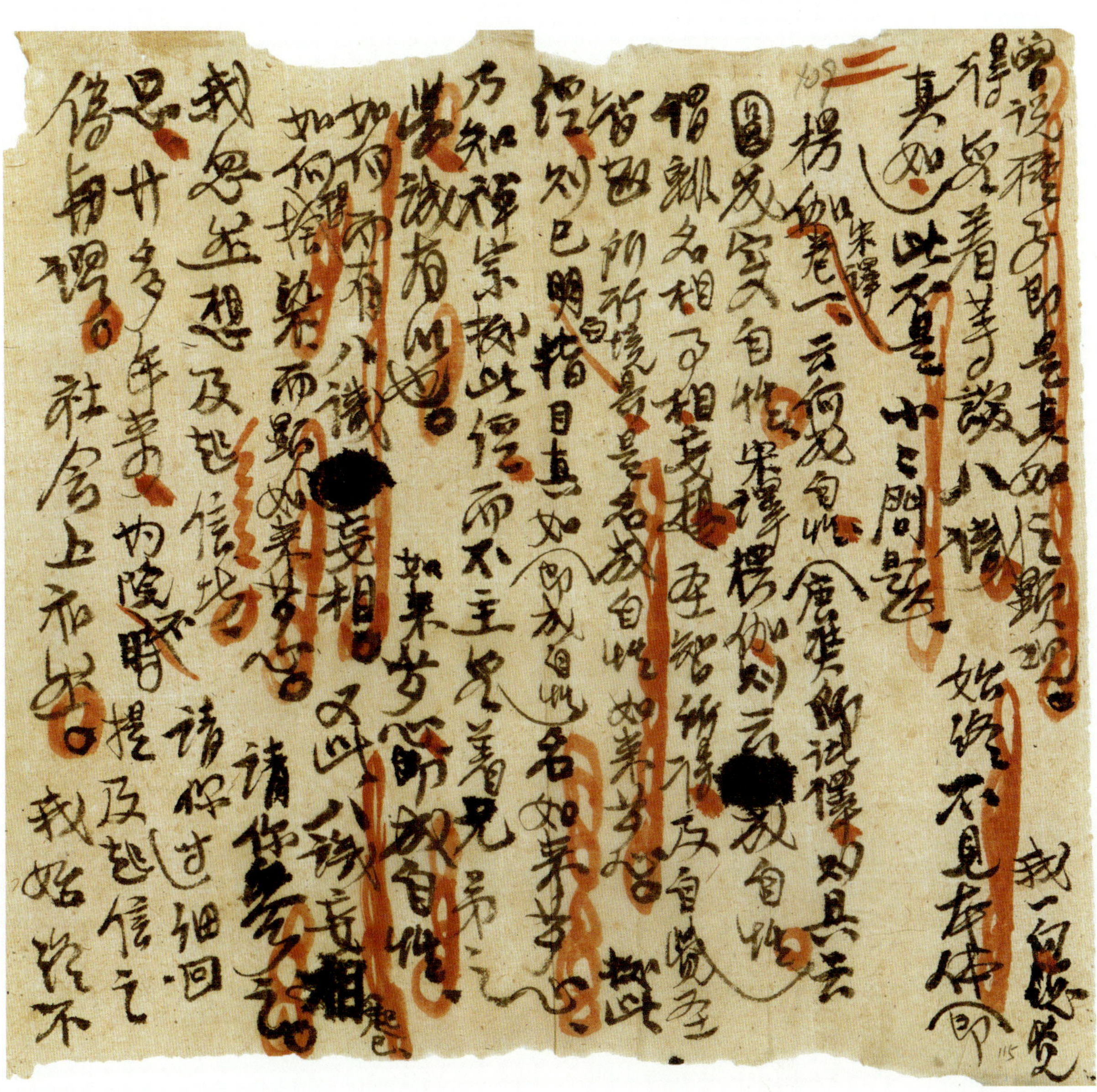

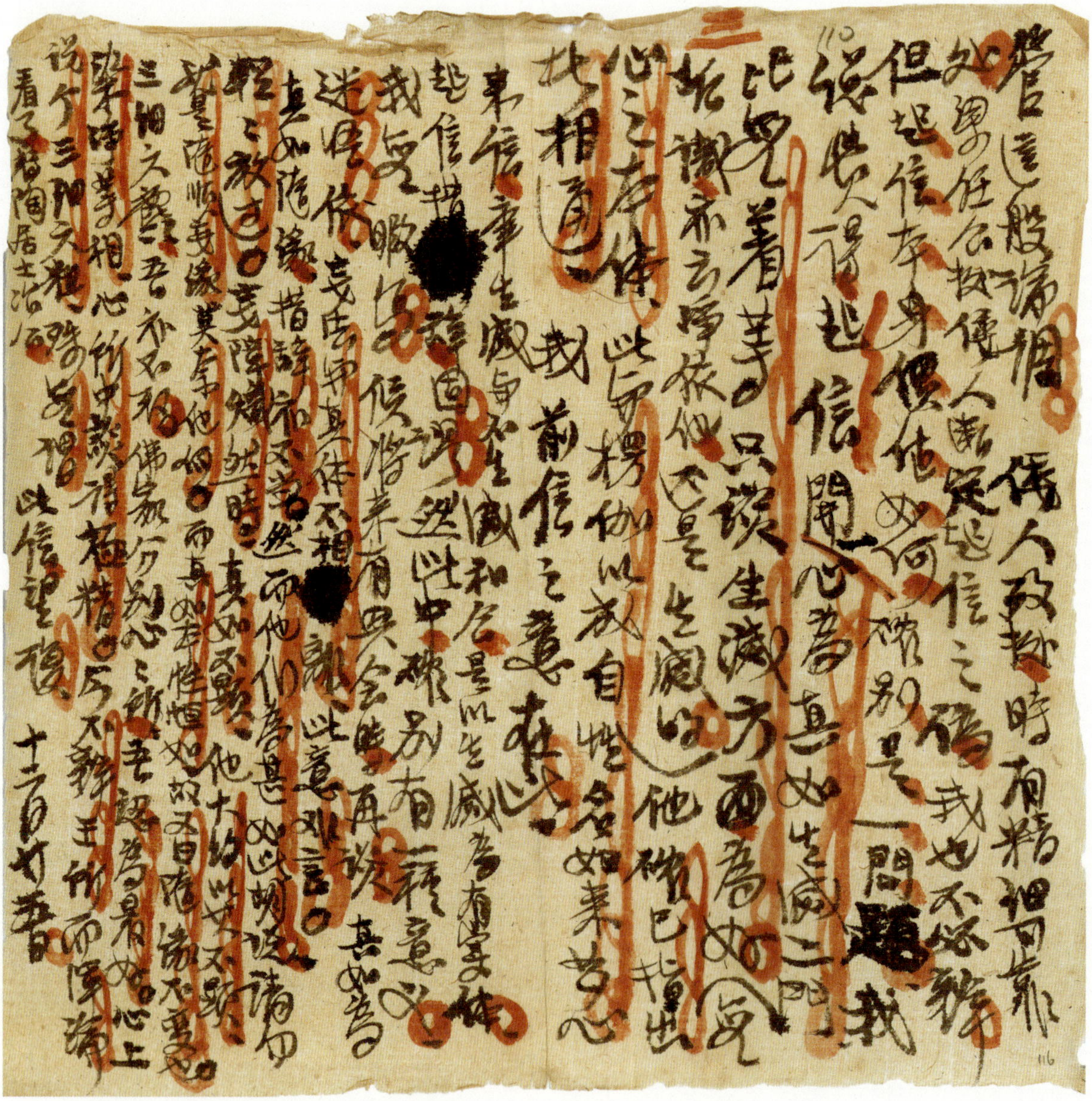

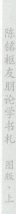

十力兄：来教诸义种种，要弟即答覆。其中最成问题者为『我总觉得起信开一心为真如生灭二门，比无著世亲生识方面为好，然徒指出心之来历，比与楞伽以成自性名如来藏心者相通』云云。昔年访兄于勉仁，兄属弟写慕新唯识论，既未说法，亦不以旧说为责。一云者，即在兄说心为有实体一点上（以体用立说建立本体）。兹又非唯且而答实，弟直再览吾，姑就而粗知，略表于次：弟认为大乘经典言心性，一就心本净言心即性

性自心）云如來藏心，及真如，圓成實，及[illegible]
菩提、涅槃，都無實體可得也。又復無著亦
談生滅（某君上文又復甚好，殊不見本體）不
如起信開一心為真如生滅二門，君識不能開發。
何者，凡有言說，都無實義，三藏十二分教
文字，無非是生滅範圍。抑何經無著。請勿呆看，若
不著言說，則說生滅法，何書雖開不生不
滅，若著言說，則說不生滅法，又何嘗不
是生滅）如來之所以自言吾四十九年未
曾說著一字，及著得我之所說法別為
諸佛之人不解我所說，[illegible]如[illegible]之言表，遂
以此可知。又生滅者何？[illegible]如其實，[illegible]如其實者何

（二）

如如本真。本真即無實體（實法）可得。無詮，而用之安立，如是如是。名乃假設言教中以成其本體與作用者，將何以抱持到那、名義亦得然。茲略引教。華嚴云：諸法無作用，亦無有體性，是故彼一切，各各不相知也。（請注意末句）楞伽云：諸法無法體，而說惟是心，不見於自心，而起於分別。又云：非幻無有譬，說法性如幻，不實速如電，是故說如幻也。楞伽亦言及諸佛体性矣。然其所得體性者，佛言大慧覺二無我，除二種障，離二種死，斷二煩惱，是佛体

性也。又何尝实体可说耶？一切以说体[illegible]
矣。又说曰：虚空、涅槃及非择灭，但是三藏本
无许性也。是明言体性被体性得非为执
矣。实体者作师子吼耶？至于大般若文
不待说，全数破之，实体。以毕竟空名涅槃，
未闻于毕竟空外别立涅槃可得也。（全
文复可考）又若引此，得毋以大涅槃经
之所言乐我净三藏反数部说如涅槃
之所得者，若非可以小之言曰乐曰我
回答之，然其义甚深，广不宜多辨。
试就其对小乘之四谛亦非本不[illegible]

三

中，是論對於道之神我、大自在天、神我等等。又觀其說佛性義，乃以能者非無者為之。其義之玄妙，似甚異於般若、楞伽。然若深般若、楞伽無遮之說之，實亦顯而無差別之相狀也。只楞伽說如來藏文中亦許有通義以破學人之執，而以無者如來藏一語結之。及聲聞者何耶？一乘文中說與涅槃教義何別？蓋佛法不論橫三豎四說去，總不離心性本寂之照。一切言教皆方便施設，以明此旨。而涅槃乃直達到最後究竟之顯示耳。

（却有證會此實體可說）是心性本寂，亦即法住法位。義此亦明，則不須見色即見心，色心不二，故及佛法世間法義見其真實，一切無分別等等皆不能通。義明於此，則五法三自性隨舉一法，而五法皆備，隨說一性而三性俱明。本說義義，始正於此義耳。然濂下去此時，以為真實義。見以我更寫門，頓亦異中義如說。家人大都以為楞嚴，不本之義，一曰般若（金剛經在內），一曰楞伽，而楞伽則以佛語心為宗，以本欲之。楞嚴得於楞伽之旨趣，無不通於自得法，迴及來信注那句。此那句實只一句（宗通說通之通）而以自句別於來信者，請謝家生眼未耳。禪家遺毛關，如摩尼在握，先獲十方。方亦被名相分別所習，如如三自性八識等之昧目。所說偏之三科四轉、洞山之君臣五位，石霜之五位王子等，隨舉一句。皆各談其能宗，非先有實之君臣末等，可以整然分立之法也。又禪家亦善說理，吾說必通於教，其不通者，如宗覺能之論，並非善禪也。禪中說理之好者，若遠舉及靈壁圓悟，但靈壁只談般若

[illegible]

當來菩薩之旨，該般若（擇佛）涅槃菩提大義也。
上文起首所說，當來佛亦是生滅法中，
而亦涉靈山會上迦葉親聞拈如諸月別
尉於世尊拈花微笑迦葉之深會當來解
為本不變易法中來。（變易見前函）其直言
蓋與經人概本覺上，又何謂（滯）著本言說上，
故云拈如諸月非迦葉拈說本變易法
中也。然則禪家之所謂拈逗意所謂知
有，所謂拈眼皆為惹義何物耶。說似
一物即不中，又何有同辭之可言耶。此非
一切言語理體，亦始於拈此。正法眼藏
羅羅識明道偈猶如寶鏡三昧偈及諸眼

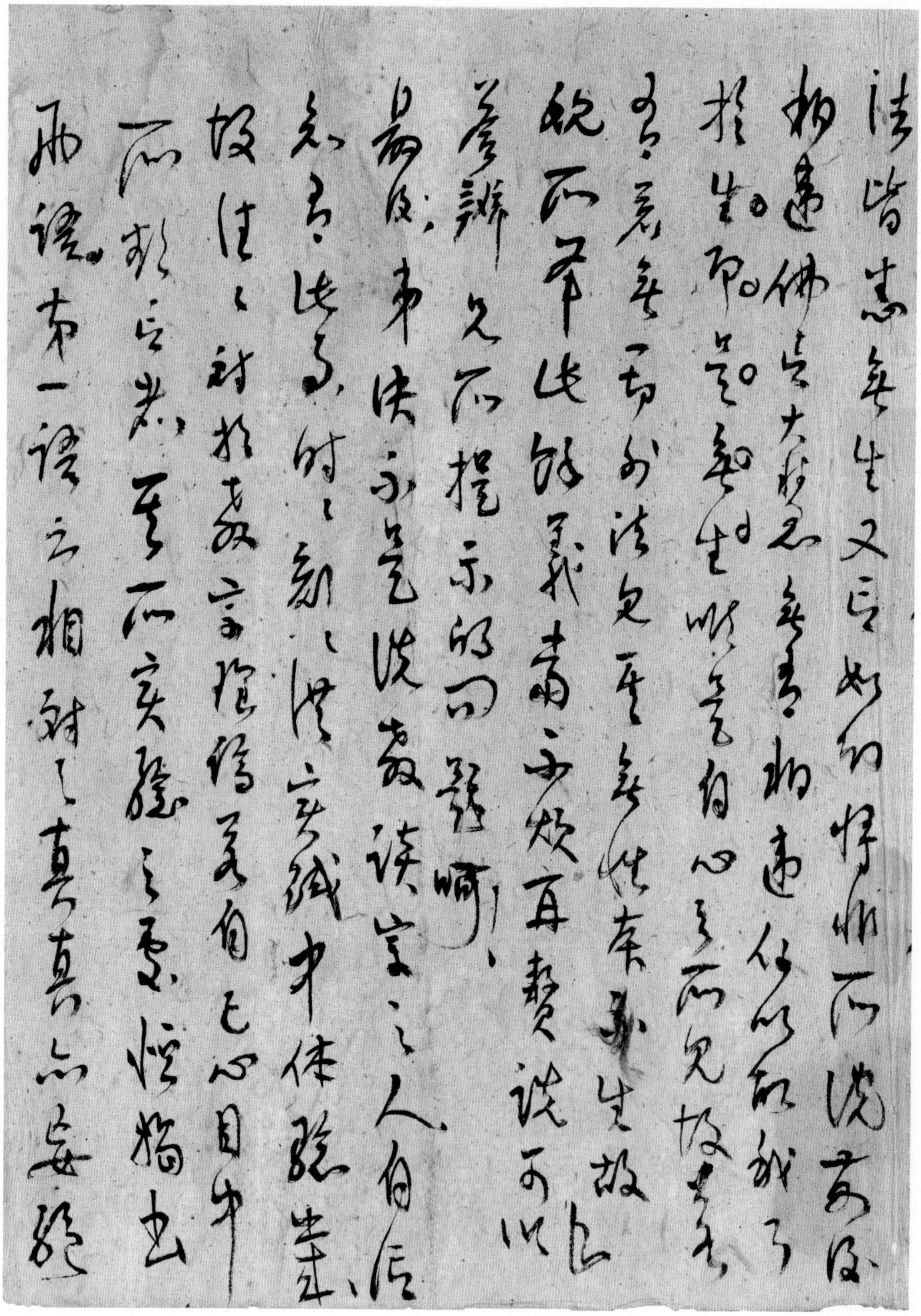

近

讨之真真不立。前二句谓之[illegible]
通不通世间法者，不是佛法。久久敬直
但以自[illegible]得如今施其棒喝耶？自
得冷暖自知。本来佛法非[illegible]
不易也，不肯轻向人道。盖源知缘
浅得。[illegible]浅而妙者与于知[illegible]知深。
久我我浅我尤浅，不能打自
己嘴巴何！

十二日 [illegible]庵

諦書焉 冬來此上陰霽光雅趣不高過詩 來書首存歉

卷而此心此理又似太容易然乎對 來書是為疏通而後

一細也 一來書云尊新唯識論弟所以始終不發一顧也

即在見認心為有實體一點上 以體用之說建立十大體等語

弟謂吾認心為有實體此語尚待商量世學或以宇宙

實體離吾心而外在因向外探索 新論故指出實體即是吾

之本心此非外在更不容向外窮索要在反求自識此新

論之旨也本心即是實體而又曰有實體乎是頭上安

頭也是支離也新論何嘗如是乎 二來書云弟

認為大乘經典凡言心性說心性本寂言心即性性即心

言如來藏以及真如圓成實乃至菩提涅槃都是實體

可知也善說 夫如來藏乃至涅槃皆實體之異名耳（自其在人而言是真性故含萬德故是法依）

即此萬法實體 故曰如來藏 不可變易故曰真如

本來圓滿法爾現成遠離塵垢曰圓成實 自性圓明

無迷闇故曰菩提 常樂我淨曰涅槃 此皆實體之

異名而曰都是實體可乎不知此為下此語也 誰教汝

於頭上安頭耶 設復難云 佛言本心即是實體 則本心亦實

體之異名也 胡為著一即字 答曰 吾以世之談本體者或

向外求索不悟即自己之本

1-2

熊十力

第五通

不至流於人空之名者大[illegible]是佛
法竟是空見外道，然佛家諸經論却無處不力破空
見，且曰：寧可我見如須彌山，不可空見懷增上慢。此何
好耶？
弟云經典凡言心性，或心性本淨，言心即性，言即心，此等甚
久是欲一一争辯，老来却不耐麻煩，今就所舉心性本淨
一詞言之，此中心性之性字，只就云自體，謂心自體本淨也。
不須於此言心之即性即不即也。
三、来書云：兄謂無著只談生滅，又謂其始終不見本體，不
如起信論開一心為真如生滅二門，此誠不敢聞教。何
者？凡有言說，都是實(?)也。三藏十二分教文字無非
在生滅範圍中，何僅無著？如來之所以有
四十九年未曾說一字之言，及若謂我有所說，皆是
為謗佛，是人不解我所說義之言也。蓋以此事
大生滅者何？如幻。如幻者何？本空。本空即
實之體（實之體）可得，是體即用，又誰立即今兄無
乃欲從言教中以求見本體即作用者，何
以把捉到耶？此段話真乃宗門所呵為葛藤
也。弟畧提數點竟之。一、吾兄謂起信開一心以二元

為是也但謂安尚知有真如心此無着一派說頼耶書
八識為表由是着之八識說即捨染得淨而是
所謂種現是生滅法猶是守有及彰重之是偏種子
所生此是偏種子即又即是真如故是着是有所謂
真如心是言之即安與始終不守佛宗門之尊
起信而不依無着一派之學豈安見地均出老弟
下哉
二弟云凡有言說都無實義此真佛極
老夫所知佛經亦只戒執着言說以取義而不知反證己
真如本你便把真如當做一件實物來推測如說有
體節執言不及真如無可知之道乃聯孟之所共許弟所引
如來四十九年未說一字云云正對此而發吾弟不悟
此旨乃謂凡有言說都無實義然則三藏十二分
教豈不等於風聲鳥語都無一毫實義耶且
吾弟來書詳之千言亦都無實義何故為弟我耶
吾嘗謂佛書若不善讀只增長混亂每見
佛教信徒開口說玄說妙其論調有如俗諺所謂
八方不着脚大理見極時唯是證會誠非言說
所可表故八方都不容着脚者所以遮戲論耳
但也有尤可

弟根本病痛所在，只由靜專意思遠隔，正在此新
論功能章上談空宗，如弟向不肯降心一玩，此則無
可奈何耳。夫生滅法如幻如幻，其本空，此等語皆是（彼真諦言之），但
接着云：本空即無實體可得，斯乃空見外道之談，豈
佛法哉。大般若經無量言說，只是發明生滅如幻本空，但
空者，空生滅法也。易言之，即因世間情計執取宇宙
萬象而不得透悟實體，故說生滅法如幻本空，令其
除執而透悟實體。譬如迷者於麻所成繩而執取繩
相，不了其本是麻，因以種種說法，令彼得空繩相而透
悟為麻。此乃方便善巧之極，豈可誤會實體亦空，
都無所有，陷於空見外道之邪執，自招謗毀大
法之罪哉。夫佛家破空見甚嚴，此非獨以其違於理
實，而已將有如古詩所云「人生無根蒂，飄如陌上塵」之歎。
昔在舊京，與林宰平先生偶談陶詩「眾鳥欣有托，吾亦
愛吾廬」。余謂若曰此二語意以果喜極矣，人生若
自識真性，乃得真安穩，如可喻如吾廬（孟子言仁，人之安
宅也，亦通此旨）。否則，如長空孤飛鳥，無托之身，豈不悲哉。
宰平嘿然，有無限之感。佛法歸於證真，儒學極於
窮理盡性至命，焉可以執空為學哉。

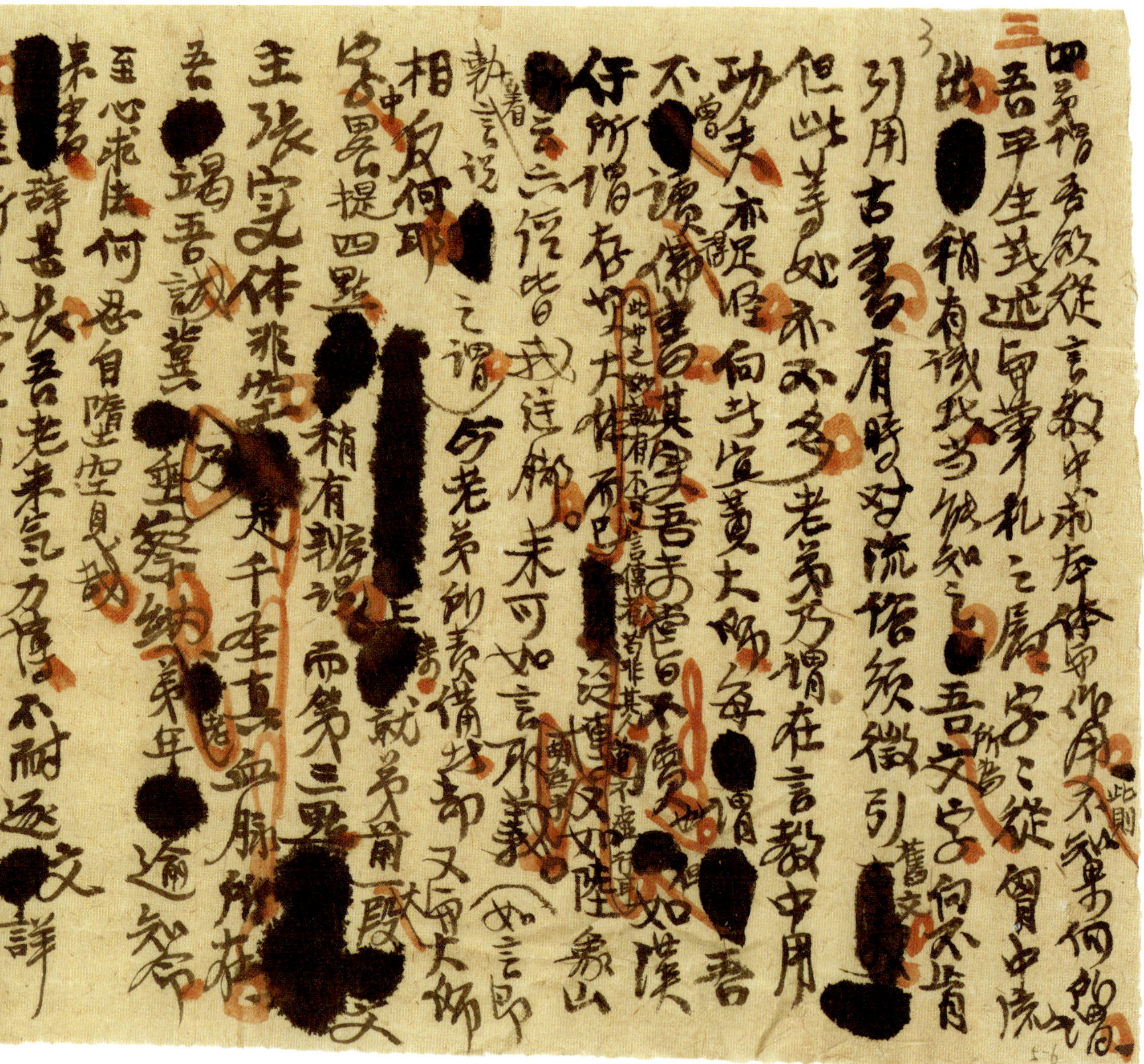

華嚴經云：識法冥作用，亦冥有體性，是故彼一切各不相知。

右所引經義，被之以緊實體，適乃證明吾義。經云識法，皆須推詳（此是題目）。生滅法，不攝無爲法也。（大乘無爲法，即實體之異名。）凡情於生滅識法執爲實有，即計爲有實作用、有實體性，經故遮之，而說一切法各不相知，明一切無有爲能知所知，即一切皆空也。然謂華嚴持空見乎？非也。乃欲令衆生空法相之妄執，而悟毘盧性海耳。（性海謂實體。）

楞伽云：識法無體性，而說唯是心，不了於自心，而起於分别。此經識法一詞，解如上言。識法本無自性（即大般若之旨），只是妄想所現。心謂妄想，亦云妄識。（楞伽釋妄識爲妄想，非本心也，此不可混。）不了唯妄識所現，而起妄分别，别謂識法有體性。此即上引華嚴意同。

又引楞伽云：非幻無有譬，說法性如幻不實。

速如電，是故說如幻。

此經中法性一詞，非是萬法實性（實性即實體之異名），乃謂諸生滅法自性也（自性與實性二詞絕不可混視，嘗言之）。生滅法幻法也。欲明此幻法非無，譬喻是故說諸生滅法自性如幻。其以其全不實故，剎那不住，速滅如電，故說如幻。此亦空生滅法相，令悟實性，即前引經之語同。

來書有引楞伽亦言及諸佛體性矣，然此所謂體性者，佛言大覺，覺二智，我謂二種覺，即二種知，斷二煩惱，是佛體性，又何嘗有實體可即耶。至以下文又說虛空涅槃及非擇但有三數本無體性，此非為執有實體者依師子吼耶。至於大般若經更不待說，全部破有實體，以畢竟空名涅槃，未聞於畢竟空外別有涅槃可得也。此段話

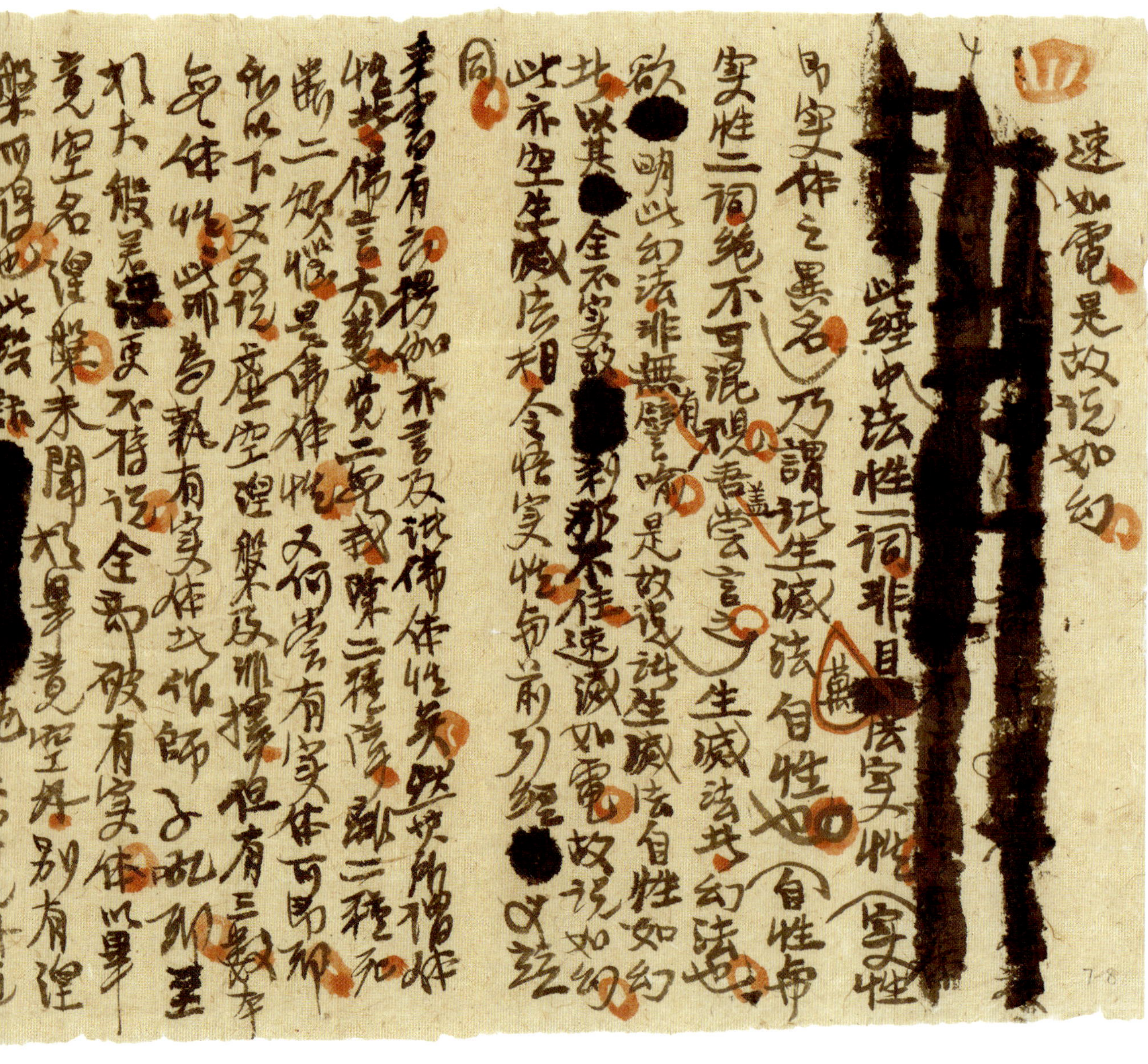

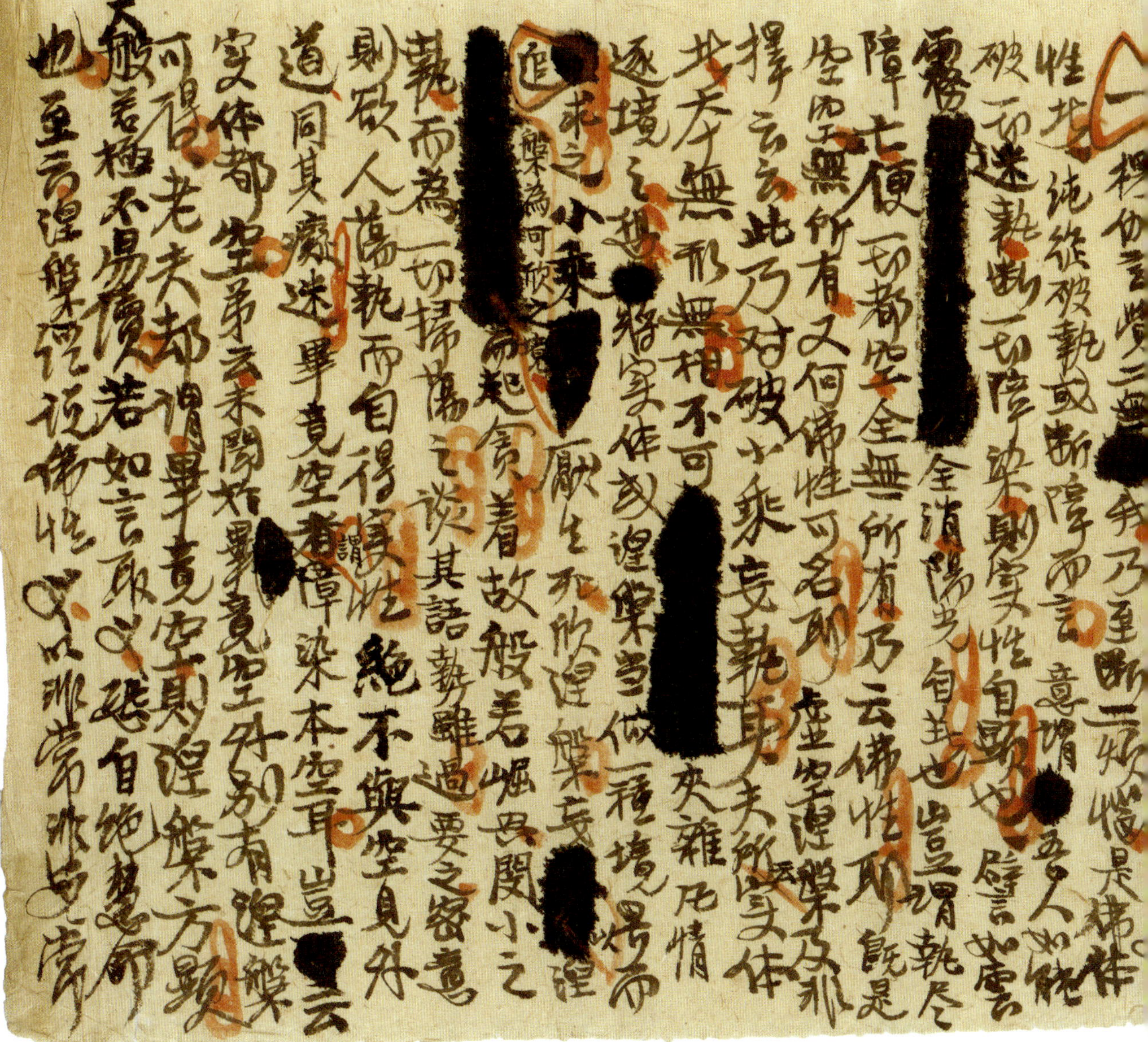

性者，維能破執或斷障而言，意謂吾人如能

破一切迷執，斷一切障染，則實性自顯，譬言如雲

霧全消，陽光自顯也。豈謂執盡

障去便一切都空，全無所有，乃云佛性耶？既是

空空無所有，又何佛性可名耶？虛空涅槃[illegible]

撐云云，此乃對破小乘妄執。夫所云實體

者，本無形無相，不可夾雜凡情

逐境之想，將實體或涅槃當做一種境界而

追求之。小乘[illegible]厭生死，欣涅槃，妄[illegible]涅

（涅槃為何欣之[illegible]）

[illegible]而起貪着，故般若崛起，闢小乘之

執，而為一切掃蕩之談。其語勢雖過，要之密意

則欲人蕩執而自得實性，謂絕不與空見外

道同其癡迷。畢竟空者，障染本空耳，豈云

實體都空？弟子云未聞於畢竟空外別有涅槃

可得，老夫却謂畢竟空則涅槃方顯。

大般若極不易讀，若如言取義，便自絕慧命

也。至云涅槃[illegible]佛性[illegible]

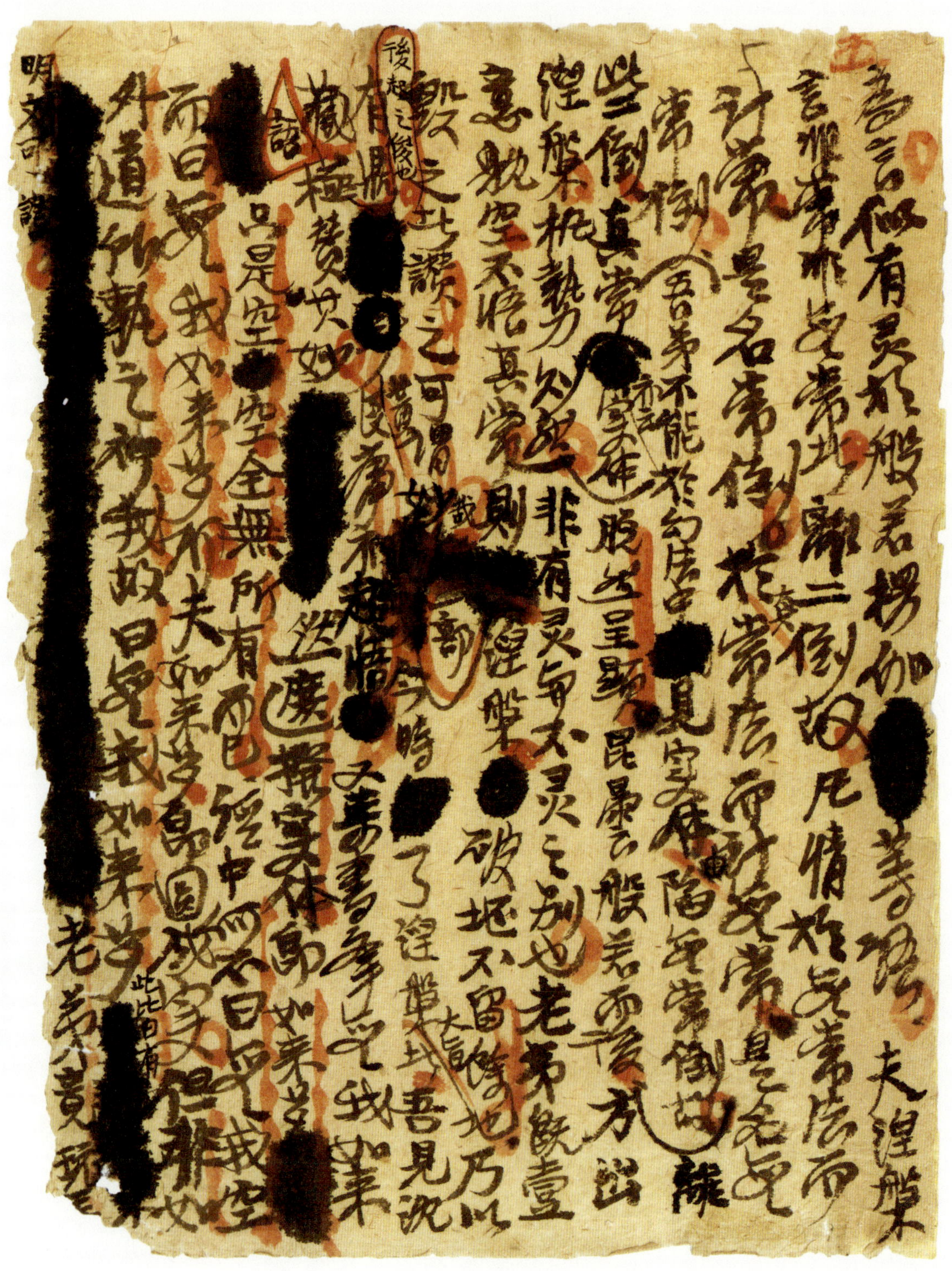

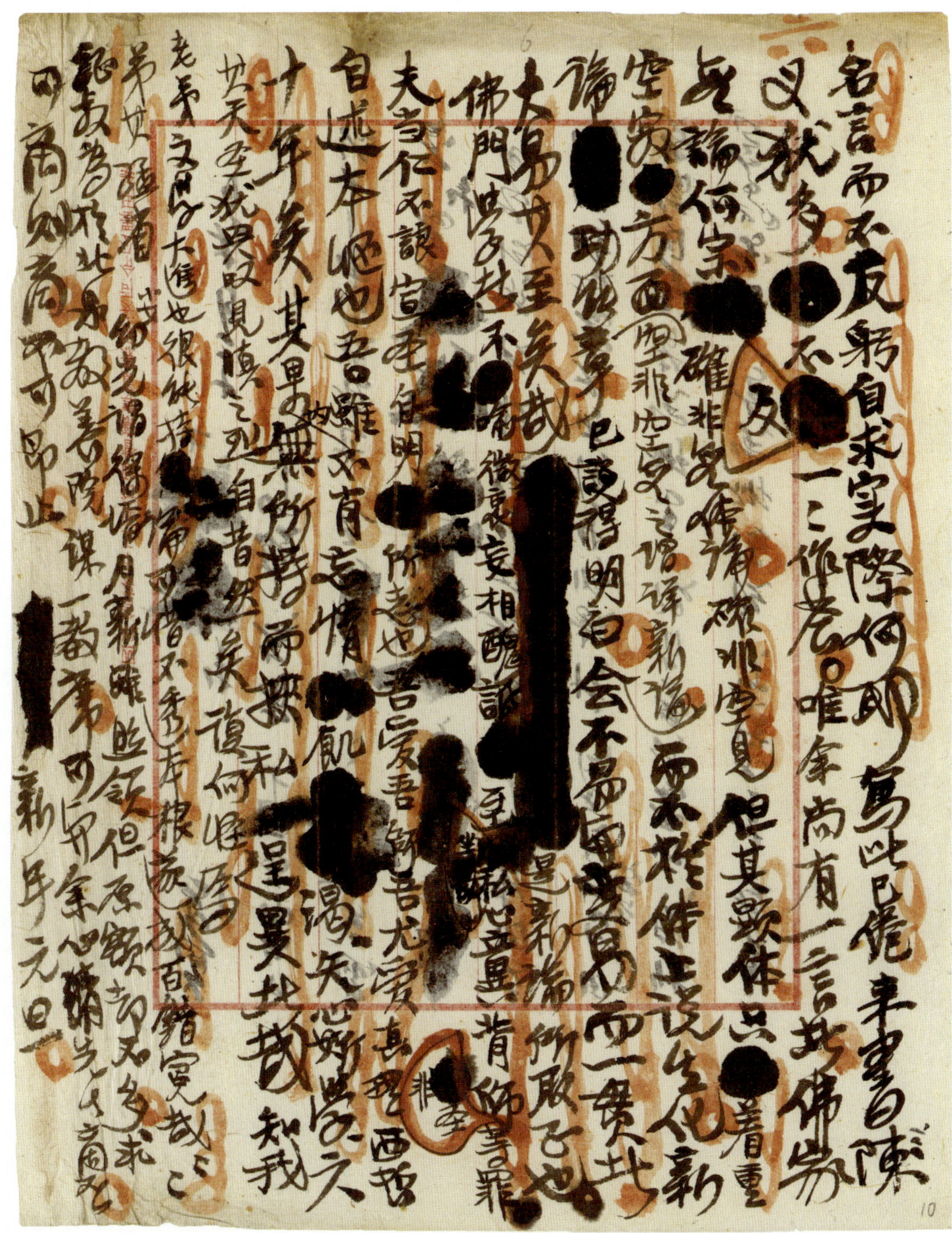

十力兄：

覆书拜悉一一。来函以兄教责实体用反诘，兄之执之以其见所道，弟固知兄亦易谅，可弟亦然现今弟亦得示其执示欲一再申论矣。兹觉读理七中，皆终明白辨明实辨一体，兹摘若干要条如次，以待兄之自审。亦望伸引以文书赞时。

一、古来贤哲对于宇宙万有莫不欲寻本源，因得到绝对的真理，而得奏辩体用、常无常等名词之建立，只是名自在于大乘佛法，则早有决定之论，至于乃始破分别小乘愈严，盖更非西哲所能梦见。中土圣哲至于人生的知识及实践上，有类大乘，然在理论上，太极生两仪，两仪生四象及许用等说，则与分化者为生因的理主张无殊焉。

二、然讲上大乘第一级阶梯，但在不执著实法（不实许）十余年来不幸而坠落者，恒于打破胸中的壁垒一句话上（说来也怪，就言句语的意象上在唯物论辩证法的内心的辩证与佛法暗合）及

（三）入川後，得閱談志，乃於般若及宗門語錄上頗悟無實法可取，而個中的譯文與我所解合。三、凡言說者，無實義，乃古來不刊之論。兄反怪佛說無為最高見的道何耶？兄正在讀楞伽，何忘却「非言說是第一義，亦非所說（即言說的義）是第一義，……第一義者聖智自覺所得，非言說妄想覺境界」及下文「非言說妄想覺、一切性……」一段文耶？

之要，須知因指見月可。所謂離四
句絕百非，言語道斷，心行處滅者也也。
言者，所筆言門之旨有，祇遮遣說之
物，亦不中者因見也。
五、小乘認偏空以趣寂滅，殊是執有實涅槃
為佛所呵。若大乘之所謂涅槃乃畢竟
空，非空非非空，生死涅槃無二，離於
言詮一切所以。（下至實法）普遍所筆緣言
寧起我見如須彌山，不起空見之言，亦指（蓋不懂對外說見）
乃對小乘偏空見而言，所謂空見者，其有為

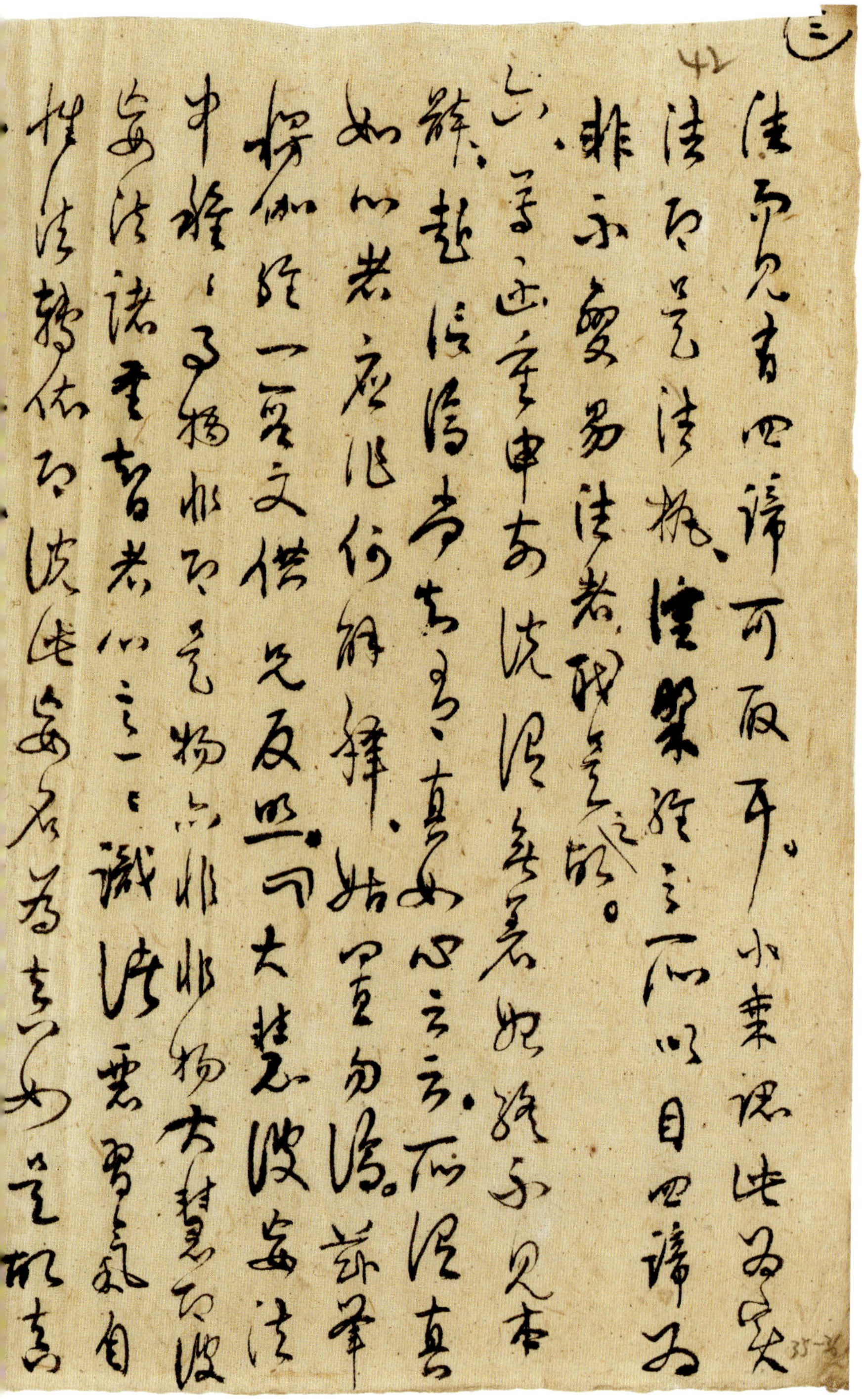

为依，转此依他所缘性，乃名转依。真如自是转依之依他名耳。又识论说此经文与所得真如以言之者，得合乎？抑未遗背乎？又此一段经文所说说妄法中种种子物非即是种，亦非物；物及所说此妄名为真如者，依他来许及许用[illegible]了滞。又当何释？是物为来许许即，非物为来许许即，然而二俱非也。真如为体即，妄法为用即，然而即此妄名为真如也。探本所知，虽说但令人舍妄想，非是遣妄法（弟未究无著之学，然偶读至释金刚经，多相为想

四、乃善巧法，巧义者，免执有本体之说，故皆不到耳）若举楞伽言真、者何可说一实、只是阐明缘起而离自性，非以十二因缘所显示之真、法！（涅槃经说）一切真为法又何真是真、法！（言真、一实常说）若此不明只须把虚空、涅槃、非择三者安立为不变易之本体（本意举虚空涅槃非择，但有三义，未言体性之经文等亦曲解此只是深之意而说然真句法）又何异法执之妄想即

七、本意举以我乃执生只是生时是自心之

於境以为实法，有自性，不知法法因缘和合而生，与外道之生因不同。既是因缘和合而生的，無自性，無自性的当然非有也。反之，若了达似所现缘生無性，当体非有也，则缘生即是無生。由是观之，诸法本来寂灭（即無生）。即缘生本来寂灭，本来無二。而愚者所以云云者，以不了达似所现，而执为外境耳。故圣智在证缘生幻妄相，非缘生之过也。缘生無生，既是無二，故就無生方面而言，無有少法可得。就缘生方面而言，亦不缺一法。所谓本来清净自性涅槃是法住法位，世间相常住者此也。今若必立一本体以别於生

滅法及從緣而成生用者，乃意言分別之
境耳。空真如涅槃之義界如是。
八識雖無緣用之說，質影分見，影之影
質亦可從因緣用，體用有分別，從緣生用如質
影無分別，書下致奉聞。楞伽水樹鏡影等
五喻及圓明性等，兄亦正可參按也。
本書之要在除惑，兄未答辯，本亦應就
善巧思維八識而已。言亦該典非哲者
之所談，實太細若如是皆於唯識義，請指
表。若離識以分之論，偽以亦放開義也。
唯識者又大乘法，經文義無不明白可暢，並非
是隱晦之詞，兄討於我，不能畢竟也分等

一切得故，乃至諸佛得阿耨多羅三藐三菩提亦
無所得。何以故，若有所得，於法不能淨識（二
乘之淨執（即法執）亦屬增過收）而障於究
竟覺故。金剛經重複無數次說我不得阿
耨多羅三藐三菩提，闡發最至言。此亦其
見於道者也。故本得果竟其於無空寂實體
可得。此義證之言，兄亦如檢諸大般若原文
又深密與涅槃依據三無性，任乃至能破小
乘無執、並於小執者、無性故破之，此雅許大
乘有體性者，必不然之意。又深密等華
嚴乃擇說無緣性等偏見，其目生識法，亦

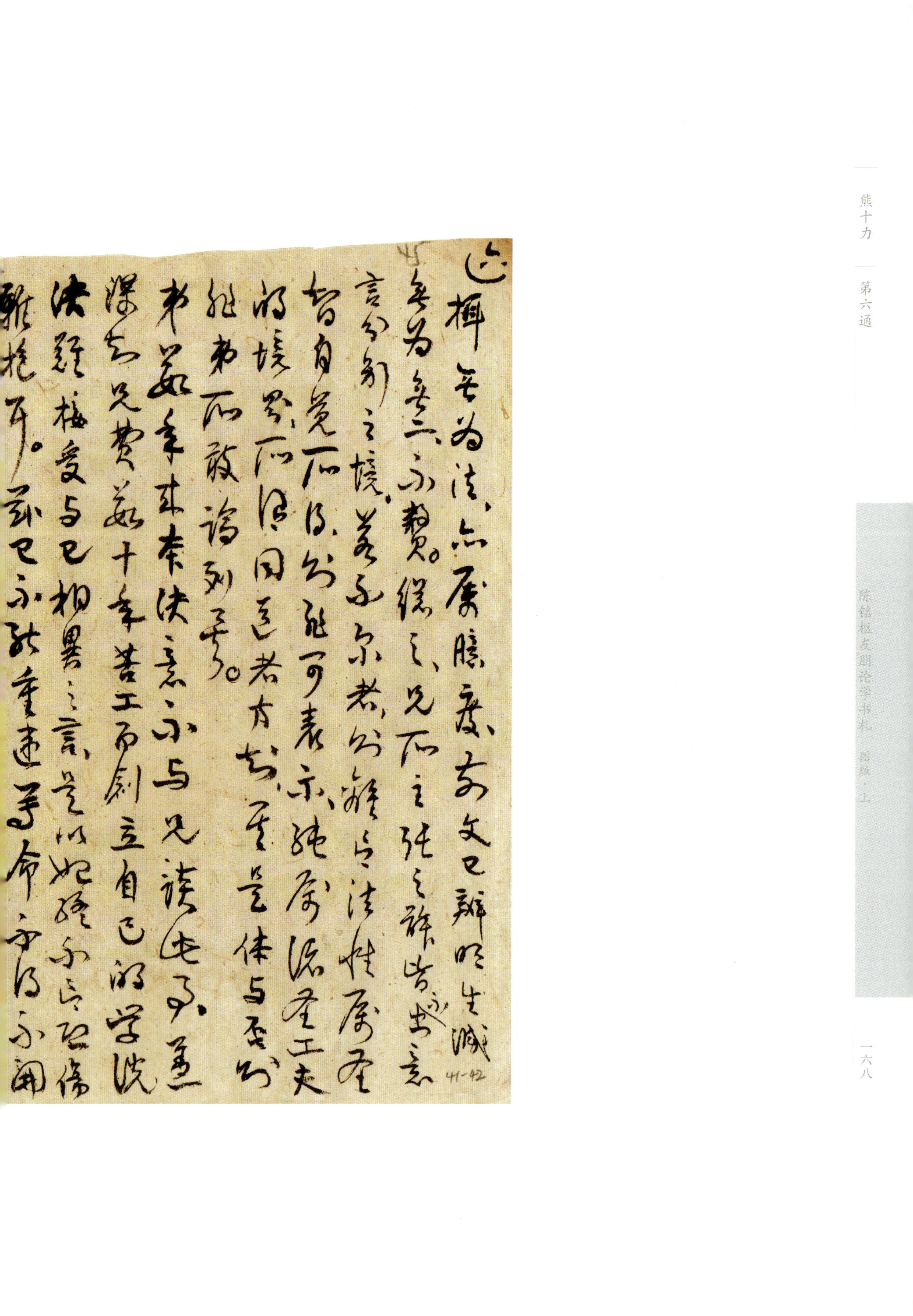

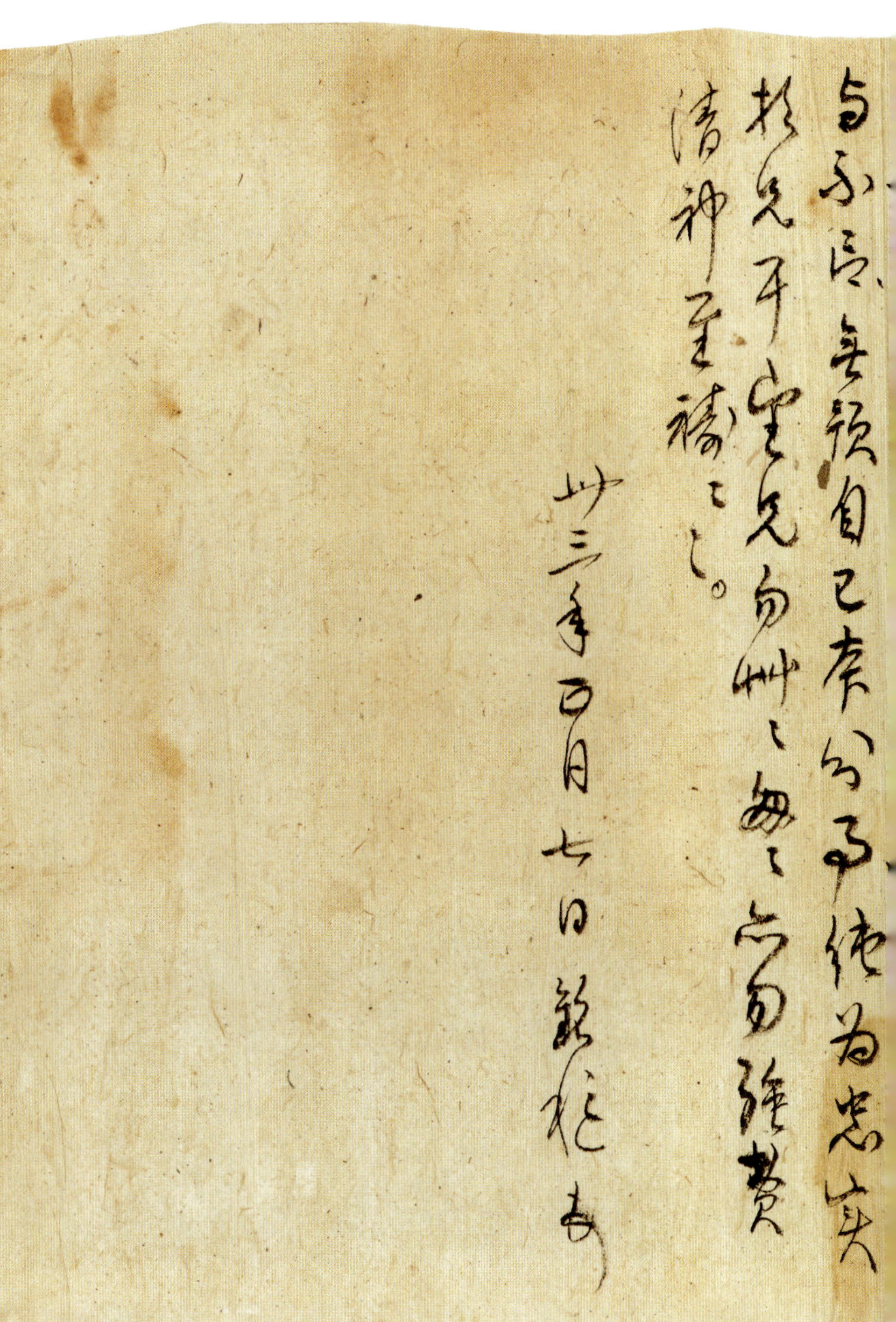

自不忌忌，無須自己表分子，純為忠實
於見乎實見，自性性無無，亦自強贊
清神至禱至禱。

卅三年五月七日銘樞上

私立勉仁中學用箋

弘度：冬來氣候堪極悶苦，又常失眠，怕看長信。弟前函甚長，君開首閱數字，知不會吾意，即未下看，曾向吾人一番，請勿再談。吾無益之事辯，吾所謂六十老翁，無此氣力頭。良庸云：你說我分生滅與不生滅爲二，此甚謬極。吾常言即不生不滅者，有爲法即生滅法，此佛書中所分立之名詞，而謂我分之乎？且我前書明明曰：空生

校址 四川北碚金剛碑

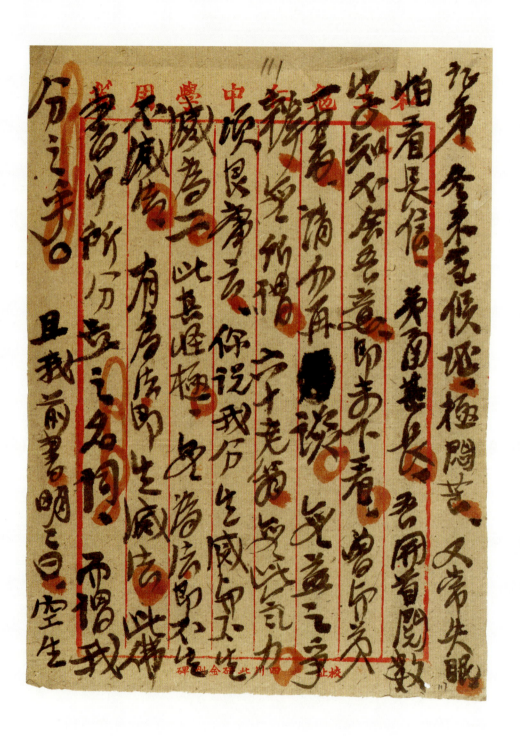

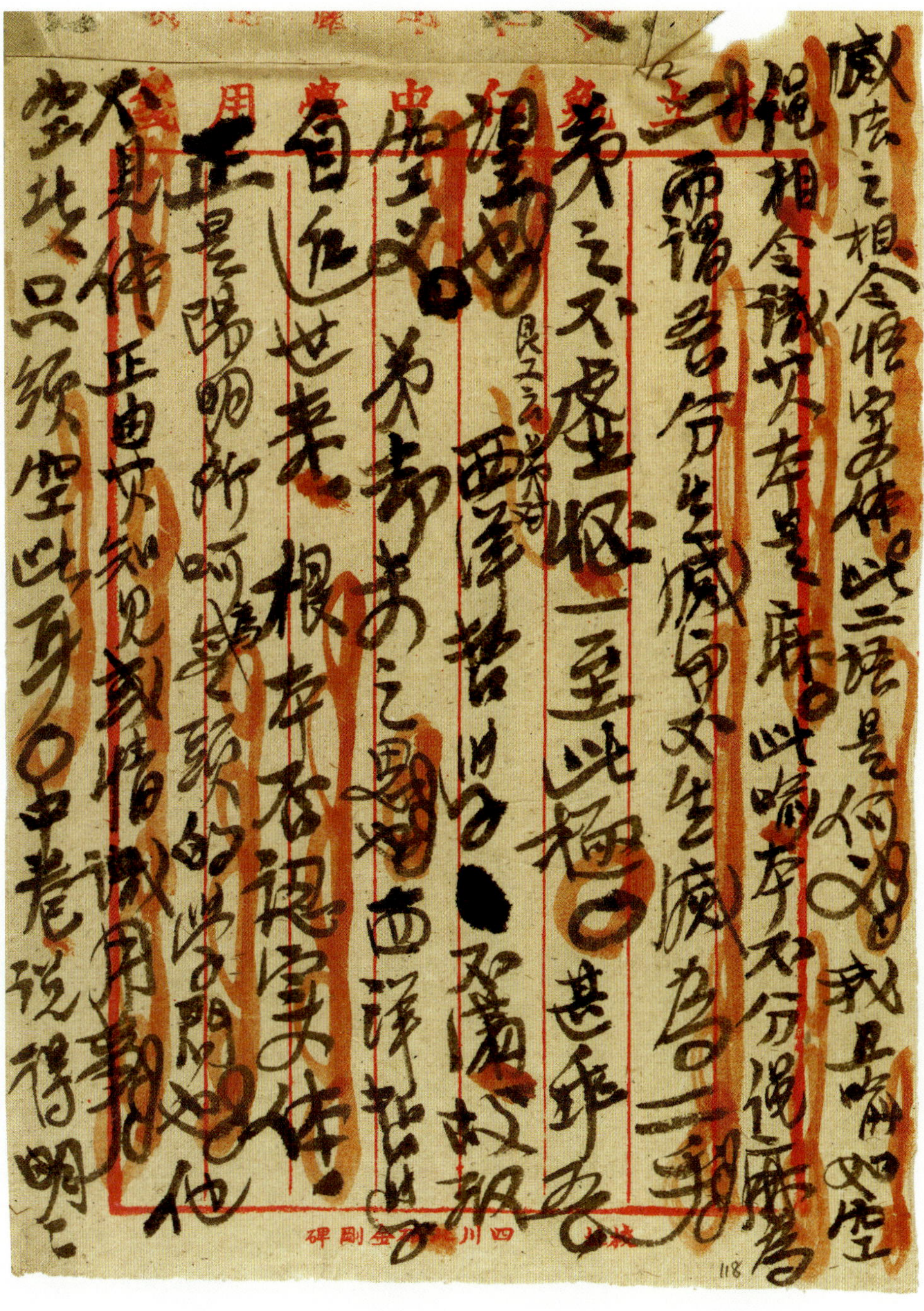

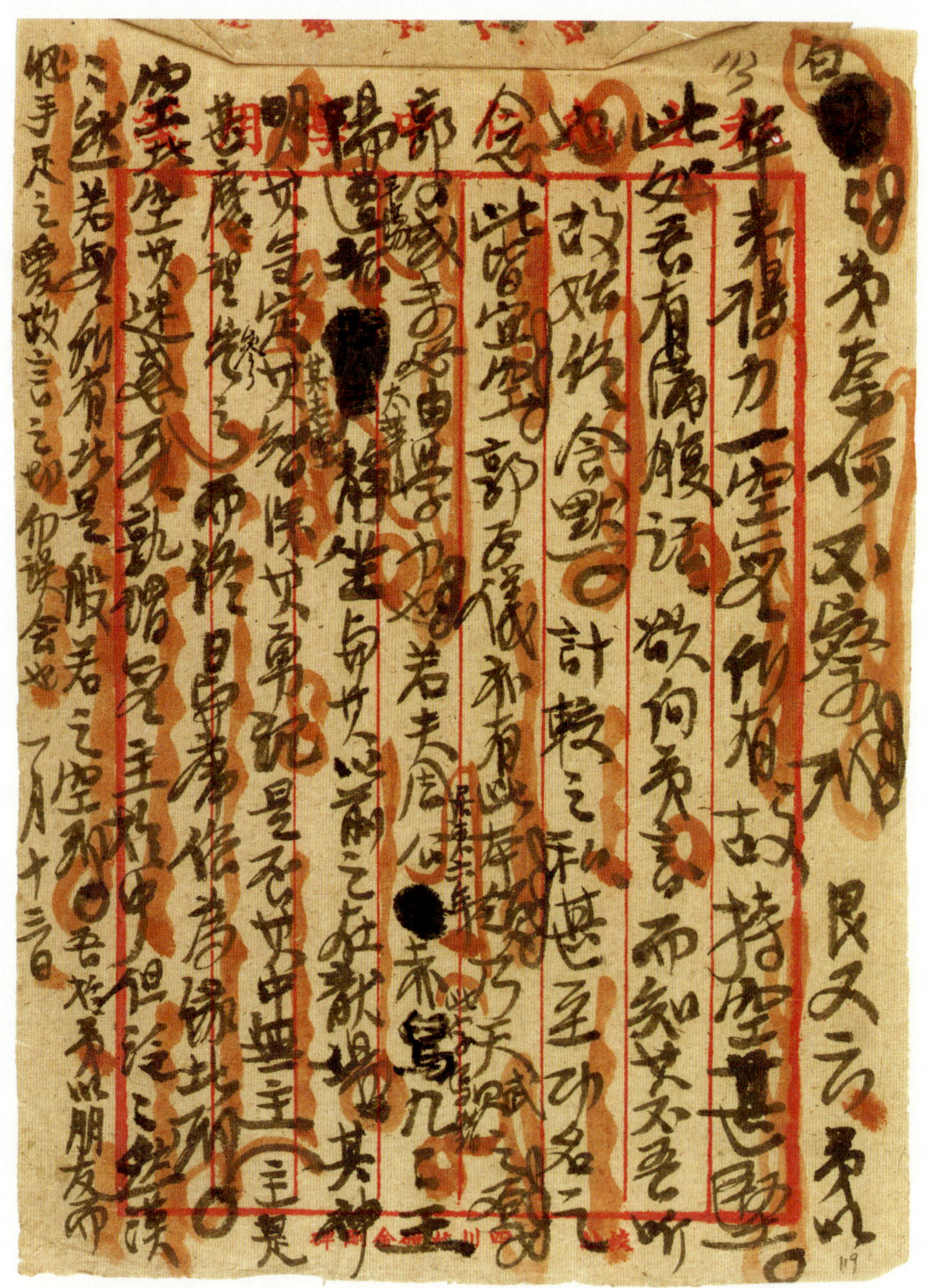

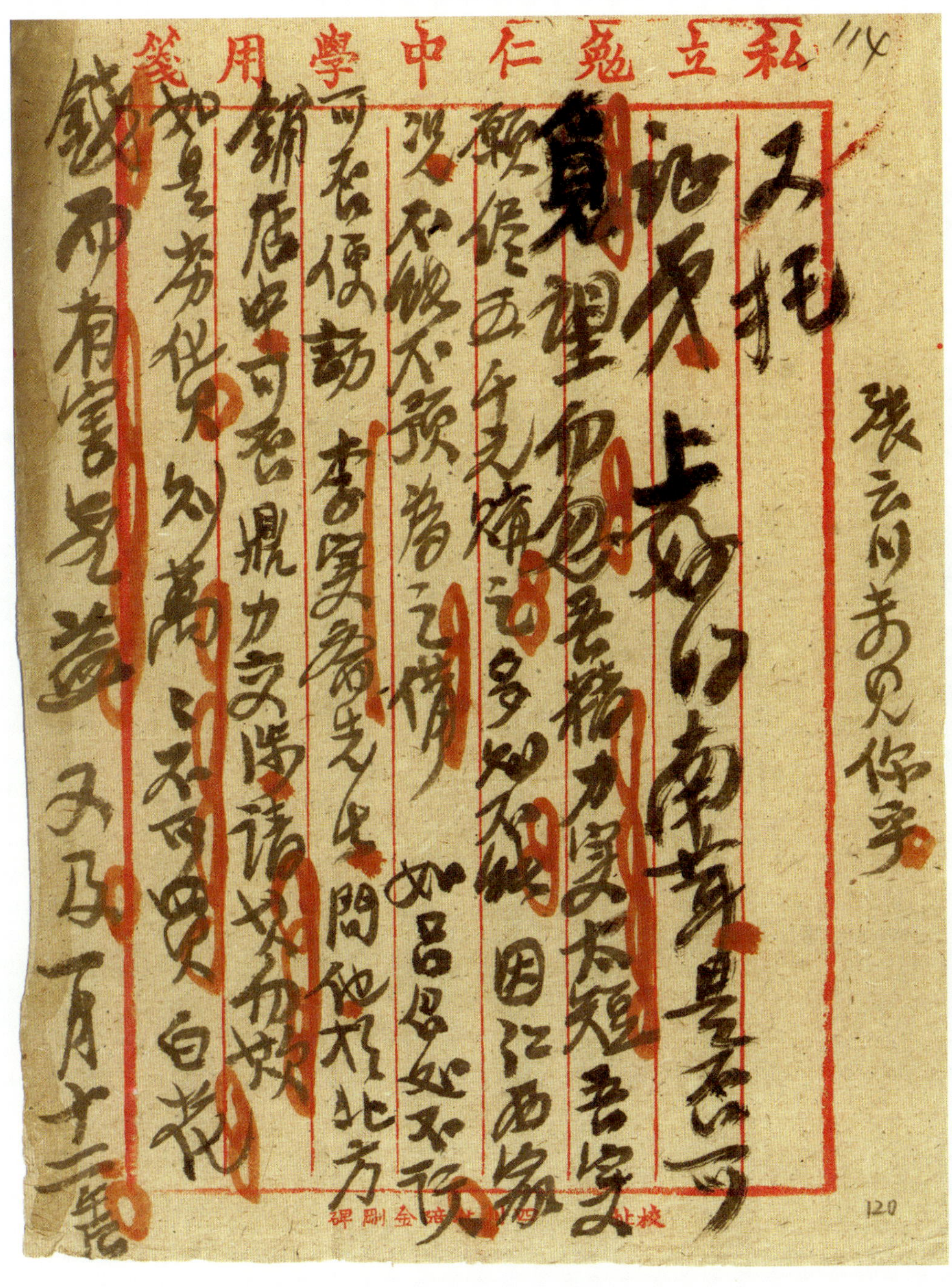
私立勉仁中學用箋

114

張云川弟兄作字

又托
祝友上海南華是否可
覓理而包吾稿力量太短吾字又
願保五千元遂多如不能因江西家
況又不能不顧為之備如呂居如不行
可否便訪李寶齋先生問他在北方
舖店中可否鼎力又陽請如數
如是為佳不知萬不可要白花
錢而有害兄茲 又及 一月十二號

校址四川北碚金剛碑

120

与熊十力先生辩论佛法两书

第一书

十力先生于佛法豈直未辨之说，余与之往复两书，尚未决所以，彼自顾论正矣。顷因他事函彼，又复重提华严经云「众生共业，同其生灭」法之相，乃据实体，此二经是同义，然且喻如其绳相与纖毫本无麻，此喻本不分绳麻为二，而强为分生灭与不生不灭为二分，本之不坏此极，乃众宝也」云云。余虽不能再续论，以法彼衰弱之怀，故用书段以正之。

三相绳麻为喻，论法相者之所宗。然从未不着唯识宽者，鲜不死于此喻下。不意不四顾，故不惜眉毛，为迷者指示迷津同也也。

夫喻之所以设者，为以幻正幻也（所以安正安）喻之本，才不意幻，唯为非

（三）幻而可以言說取者，蓋喻依他
之境，然言之境與妄相非實，
經言明文。得蓋實者，言說亦得妄相
生。蓋亦實者，言說不妄相，亦無顯
義。蓋得實與不實，意猶相妄。言
說既非真實（言者也，辯明凡言之
說者無實義）又得謂取喻之
真實。蓋喻者無如水中月，水中
月明明是顯，而可言表為月之本質耶？
故楞伽經曰「非幻無有譬喻說諸法性如
幻」。「非離言說無生性如幻者，不相違」
蓋明明謂真實亦如幻矣。（諸法性如幻）
真實何以亦如幻耶？以真實唯是
智自得而行境界，非言語可通。蓋
不得不假言說指示者，皆以幻理之
耳。且西特家生之言說是幻，不如其
不思議所行境界，五法三自性，諸
乎智慧者自証嚴而超境界亦是
幻。（經文）離言之真實且是幻（等

（三）诸如来于幻境界之所由离之，至
众生所执之真实，乃至遍计、达、所为，
说亦上）况彼证之境所取实体。然
如如来亦之真实，即圆成实，真
如、清净，亦是明明指示真实，即由此。
照见「真实自性，实觉，于所觉离」，真
实乃圣智圣见圣慧眼性自性，去离
之法性。若有真实体，且所说圣智自性
于是实有者，为之众生虽于佛为识众
生界者生佛，亦不能灭，彼之后离
于之所，为自性之真，故耳。又所说者
法者，为众生无始以来，计著性自性
于有法体可得，计着圣智自性于
于一自内境界可得，据之亦离于见，
故说所见法于无如是法，全无据
者为论法本离耳。合而言之
「住如。实。真实说」者，为自如实，能
可者。如实而由者，能一可解，可者。（不
非幻无是解之），如实不者，者不为实，

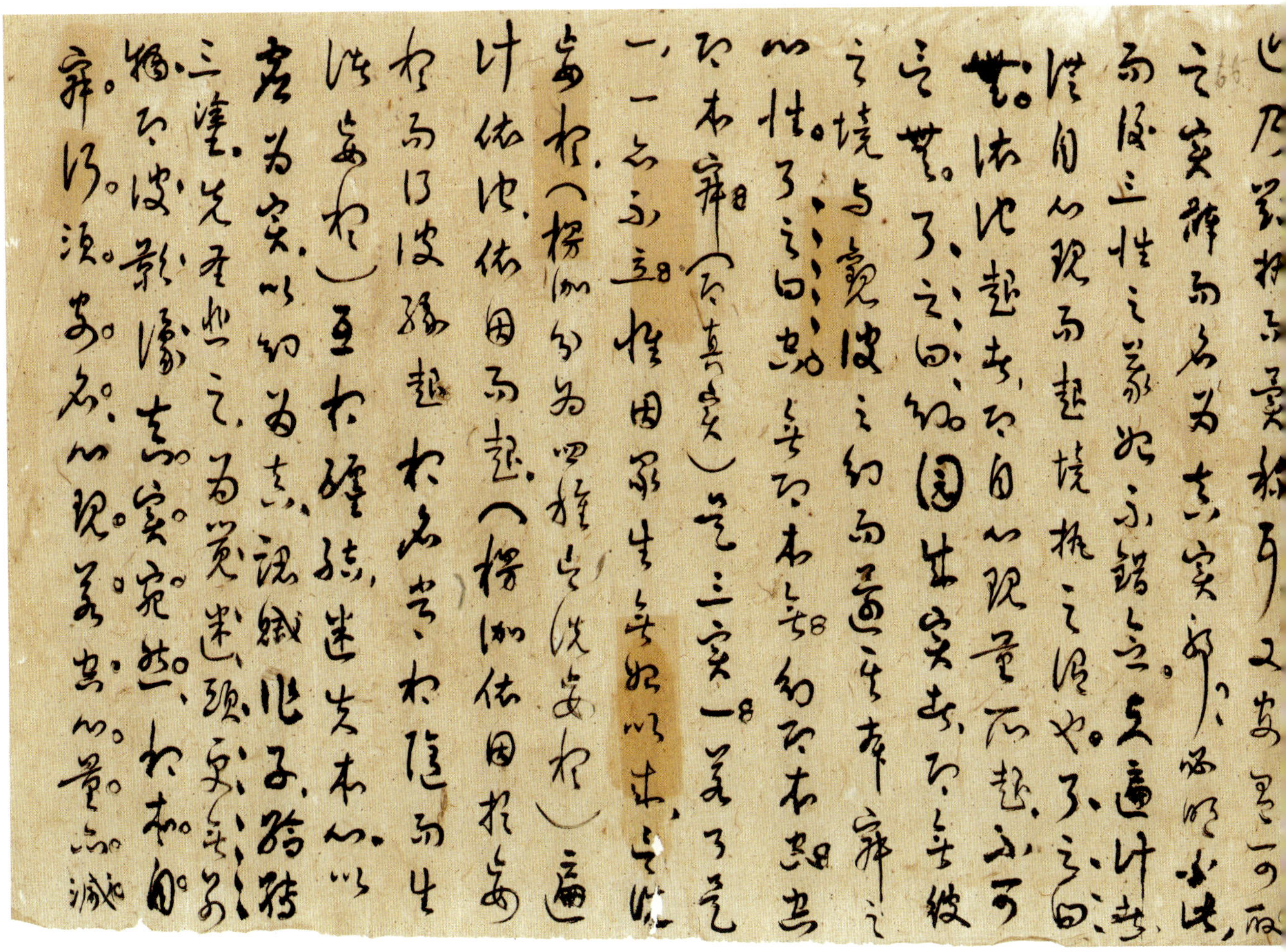

五（楞伽經趣入量）由色而至因緣、
實相、名、分別、正智、如如五事。亦因緣之
假立，後破遍計依他之虛幻，竟遍
計依他之虛幻以入離言[illegible]之
因緣。三者是一，不離實際，故為未澄
者所示，今[illegible]自覺聖智[illegible]幾分，
五法三自性因一真實（楞伽文義）兼
法如如，一亦不立，若已澄者明淨，如
來不可思議所行境界，畢竟捨
離。五法自性也（楞伽經語）——（未證
已證是義所以之雖不必泥著）
若今如是通三性之義，以對熊先
生之論，亦繁而不可破。
熊先生四生滅之相之性實非
云云，是法如也（法住法位，世間相常
住，法者可[illegible]除執見遣法，澄而為離想
大錯）是實相部（言體證言用，
實際理地，離言言境相，而是可以之
辭）且須證真法相而後悟實體

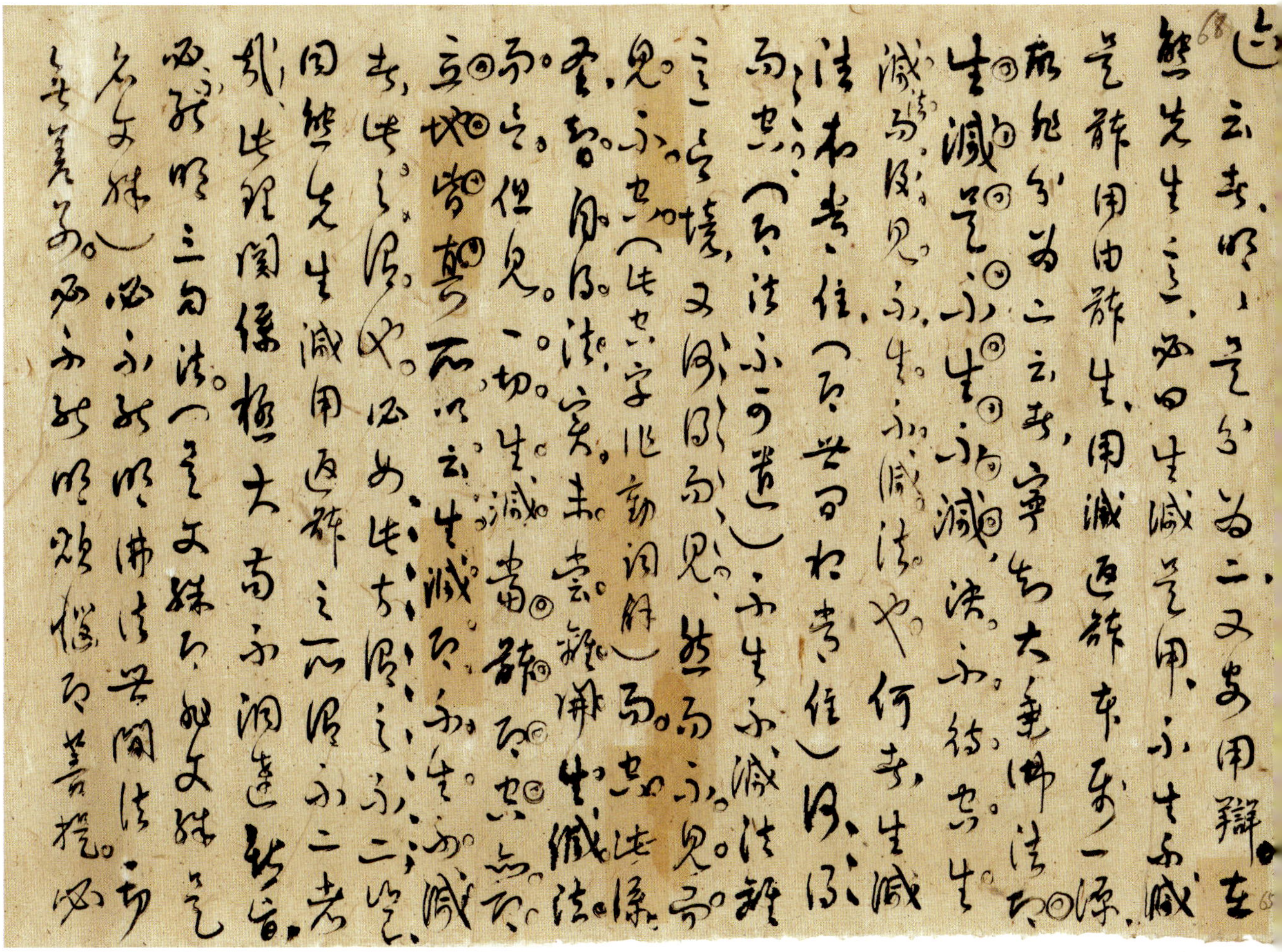

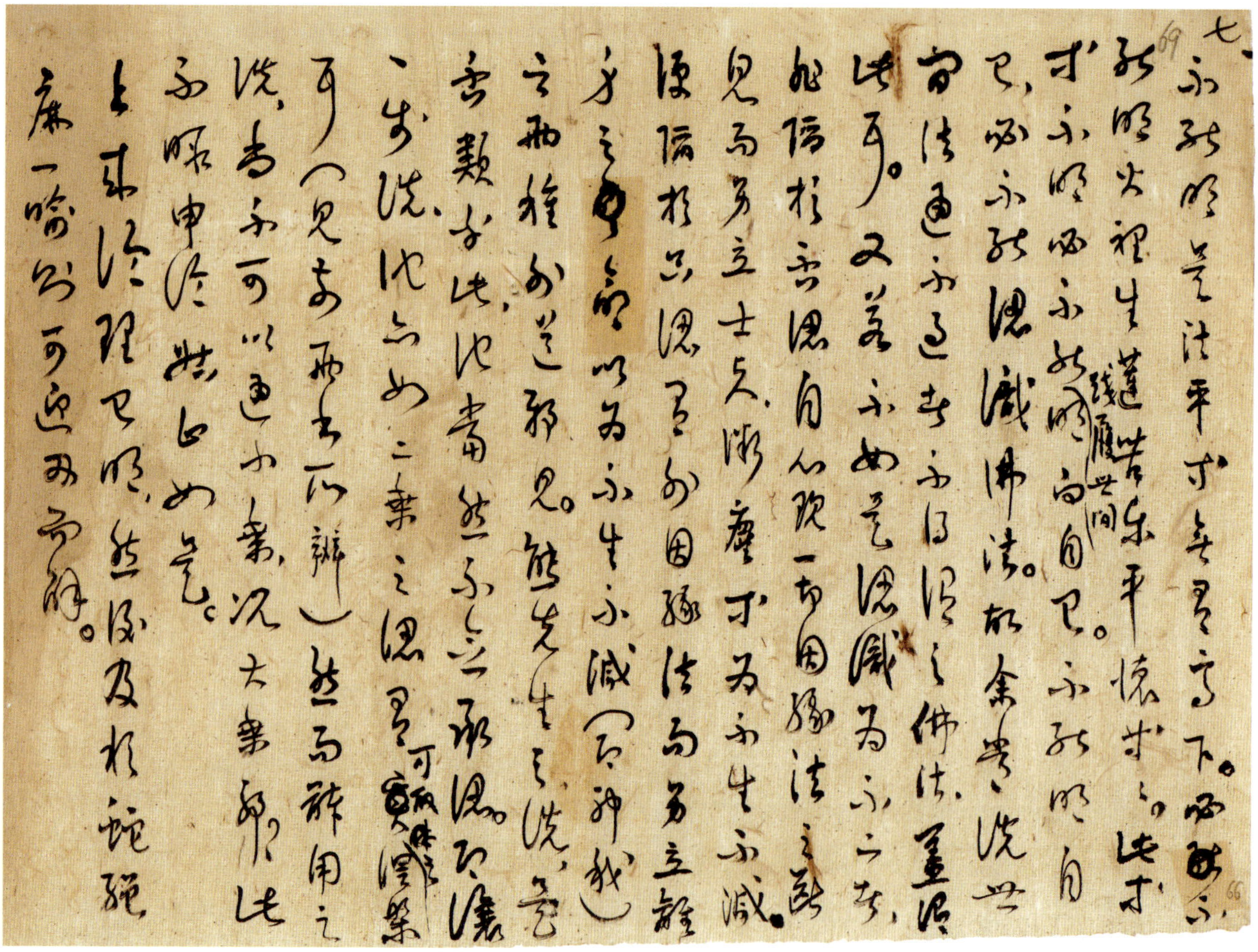

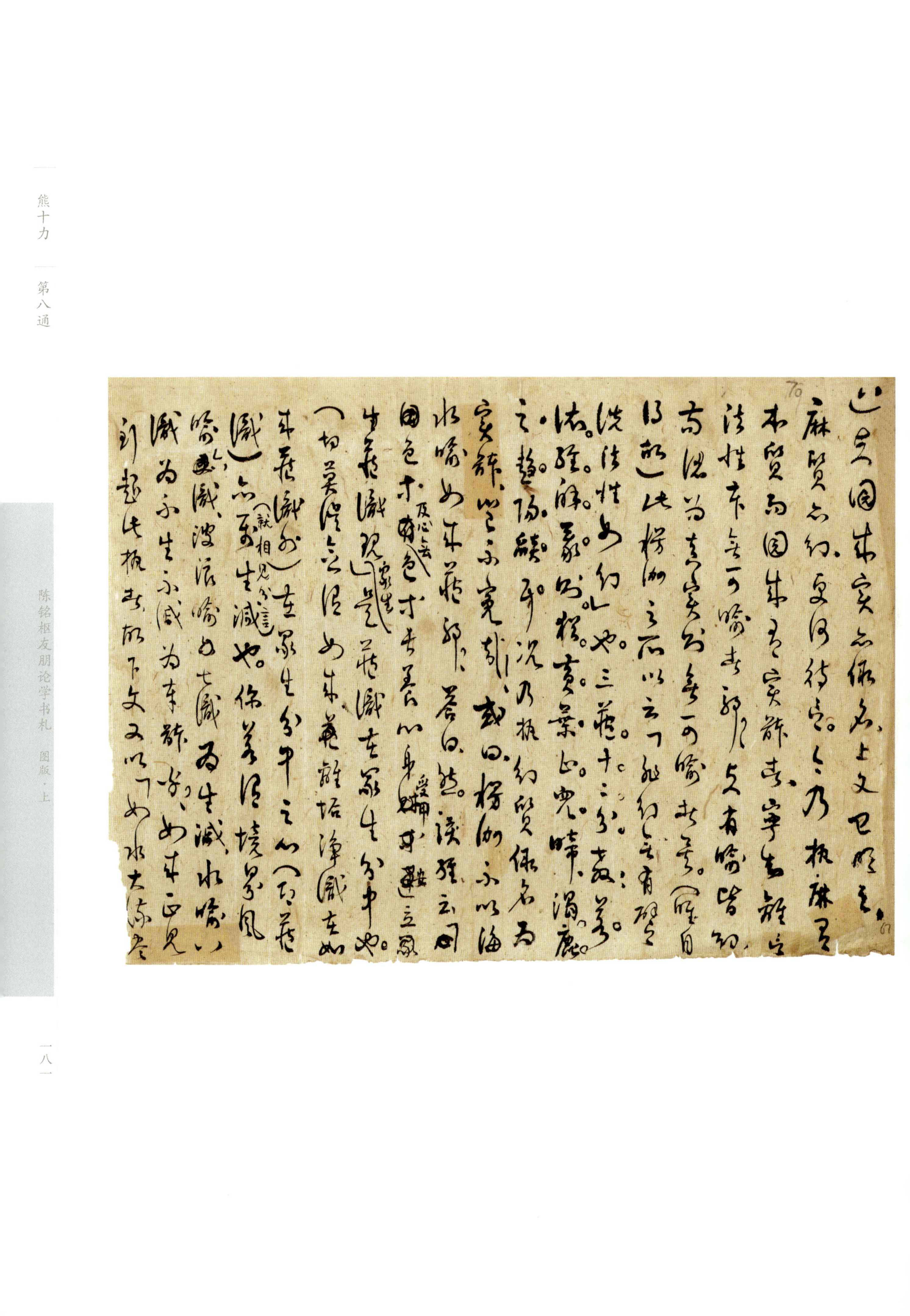

迄波浪皆不起，如是意识灭，种种识不生（以水喻八识，亦喻六识，足证上文言生灭及不生不灭之确。转识成智，一切生灭去来，不生不灭，所谓分别亦非意，故如大流尽，水亦不得为喻。未能转识，亦当即生灭见其不生不灭，见波浪之变者，下见到水性不变，水性不变，是法之性亦不变）为喻也。呜呼，学者思波浪之变，水之本，乃为不变者也，由本然之理，流者无劫以来，水者不易，又将何以为喻？又更懒从而取辞，即书所喻者何也。知拳不善者，宇株结窟，执麻为本质，圆集真为实，乃许者也，宇株结窟之数也。忍。不必然。

余此出及前两函，十九日证得所著，熊先生及黄石庵先生，石治此经，于端亦归此经及起信论，引起，故只以此经义为辨，又以此经之稀难读，而含义最广，理最精湛，故亦借此以备通法者之共相商耳。二十六年是日一二八纪念之日 真如居士

熊十力

第八通

陈铭枢友朋论学书札　图版·上

覆陶冶公道右
來書猶〻，自今年元旦始發願專持觀
世音菩薩大悲咒，并屏行外減一切事，
內減一切念，作宗門之修持，因此奉方
函牘諸多稽答，俟三年後信不復即
是此投；亦寓致結果外事，概從勉
減而內念仍難割，正自慚業障
無發下諸覺如易〻云云，兄亦無處

聞兄此行特自修養，其經所未來見
一新。聞斷日植福慧，即今生未能豁
故，來生必收大果。吾擬之，觀何以外事
縈纏感觸，而內念何從制之耶？讀至
此節之欣然，慨念之竟日不安，因憶前
年詢兄內心境界，亦以是為言，當時
雖略異數語，未克深論，弟固非善
知識，然亦寧可不效為友攻錯之勞
耶？茲特以寂察所及，條陳如次：
一、兄修養工夫，勤修多年，比來頗

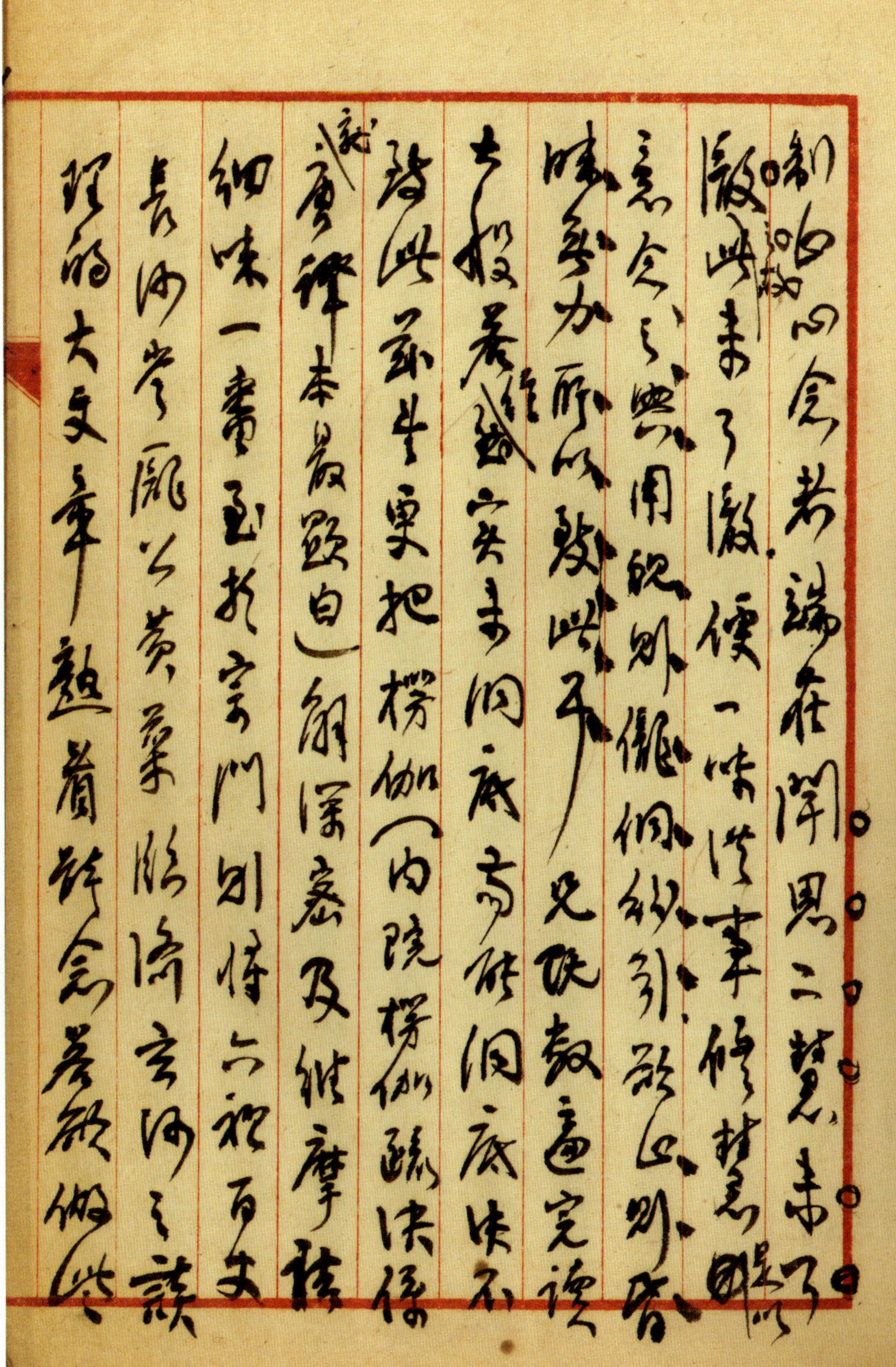

參禪工夫不妨從話頭起（能達之時從話〻旨起，切知話頭未得）最有聯云：般若燈、識楞伽、宗心深密相應，皇覺觀之有學無學如是止。六祖初非百丈黃檗能照顧影求之須絕緣，鈍根利根一齊收。可以參詳。以上是為兄補充聞思二慧所提供。

二、兄莫把動靜分作兩橛，須知世與出世不是兩件事，乃一理之兩面說

來示中所擬之於自身真安淨樂一
切，諸法無不皆然。又明鏡既相見皆但
見其影，影本無紅，鏡體不動不動
與其靈無形物，心無所住，心本靜寂
動念即安，安本自來，心許何妄，由此欲
主動靜皆出自一心，心有編靈故我
安動原了於安，動相本寂，不了安故
畏厭其動，而欲止動求靜，不知欲止之心
即是動，安動須不同靜，於是念動
別念繼止念，止則念動，靜復病深

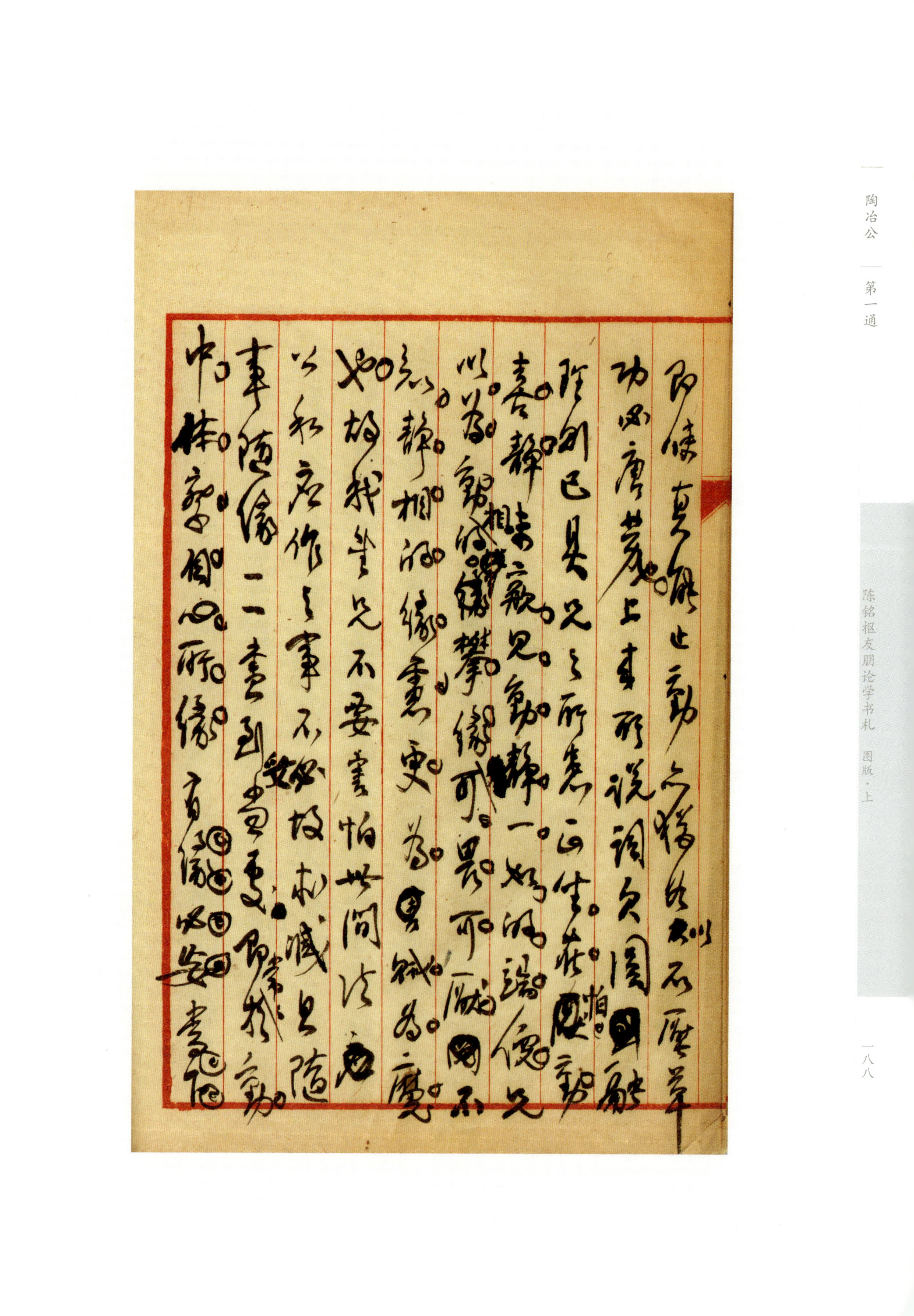

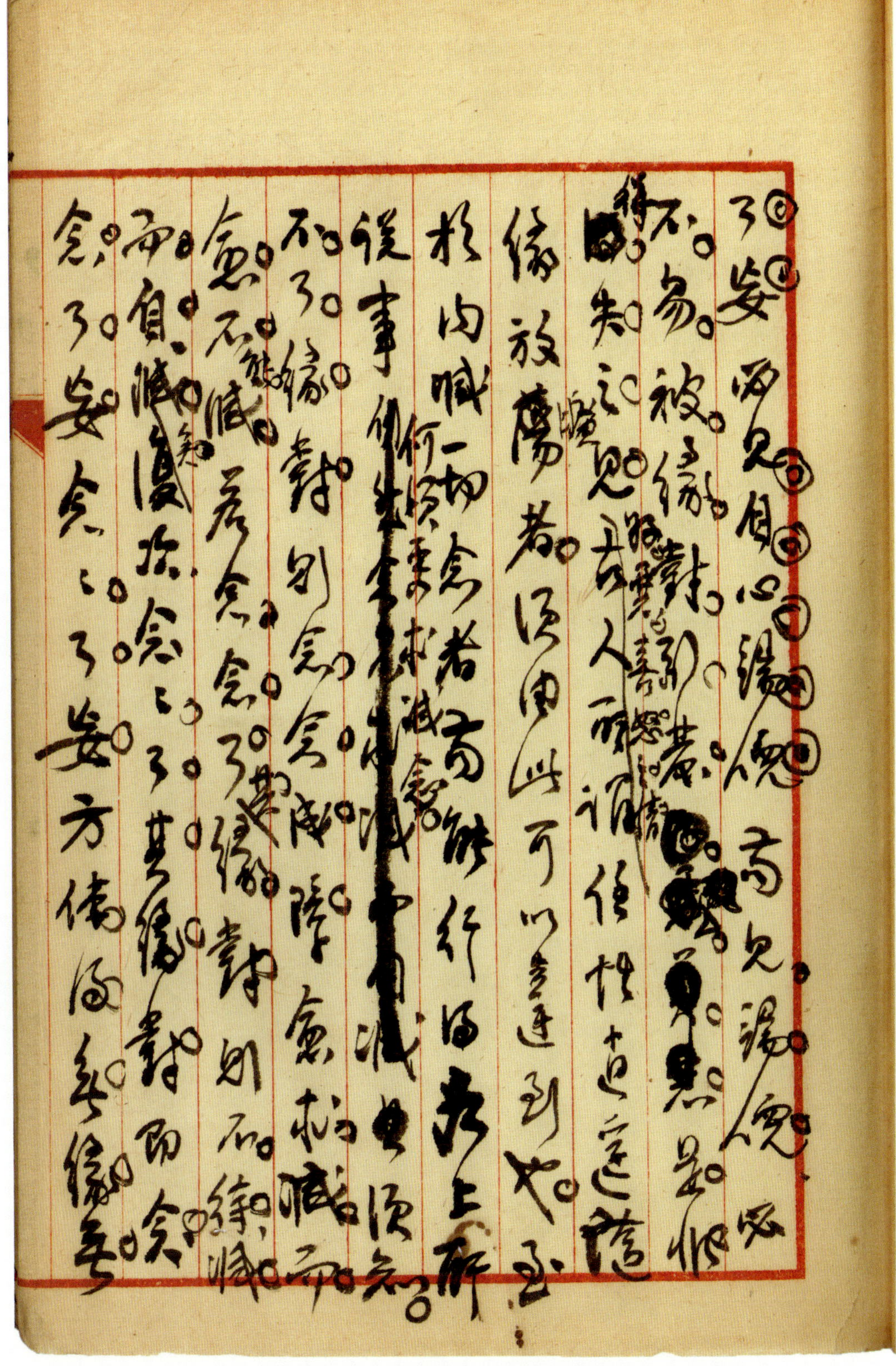

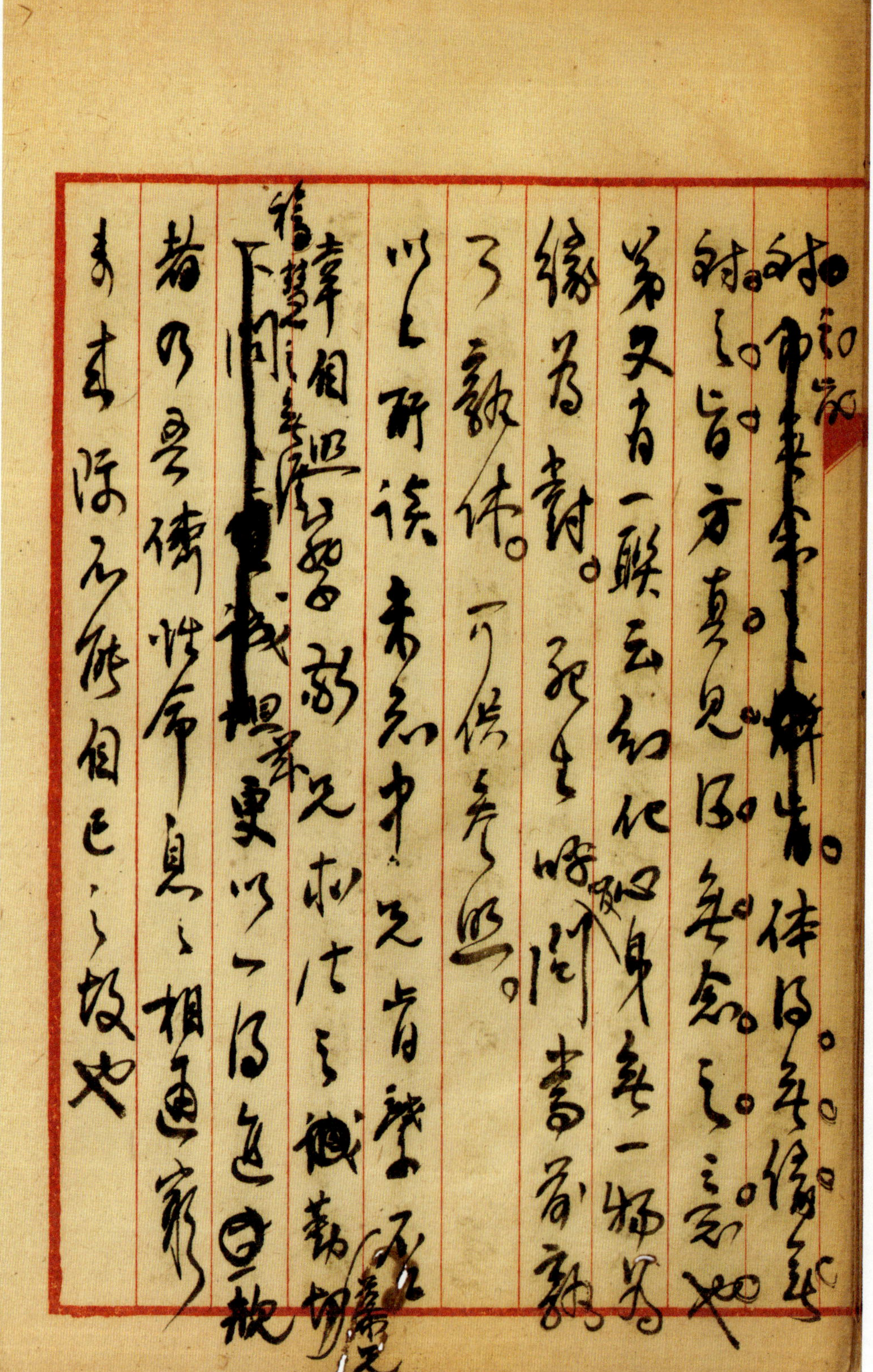

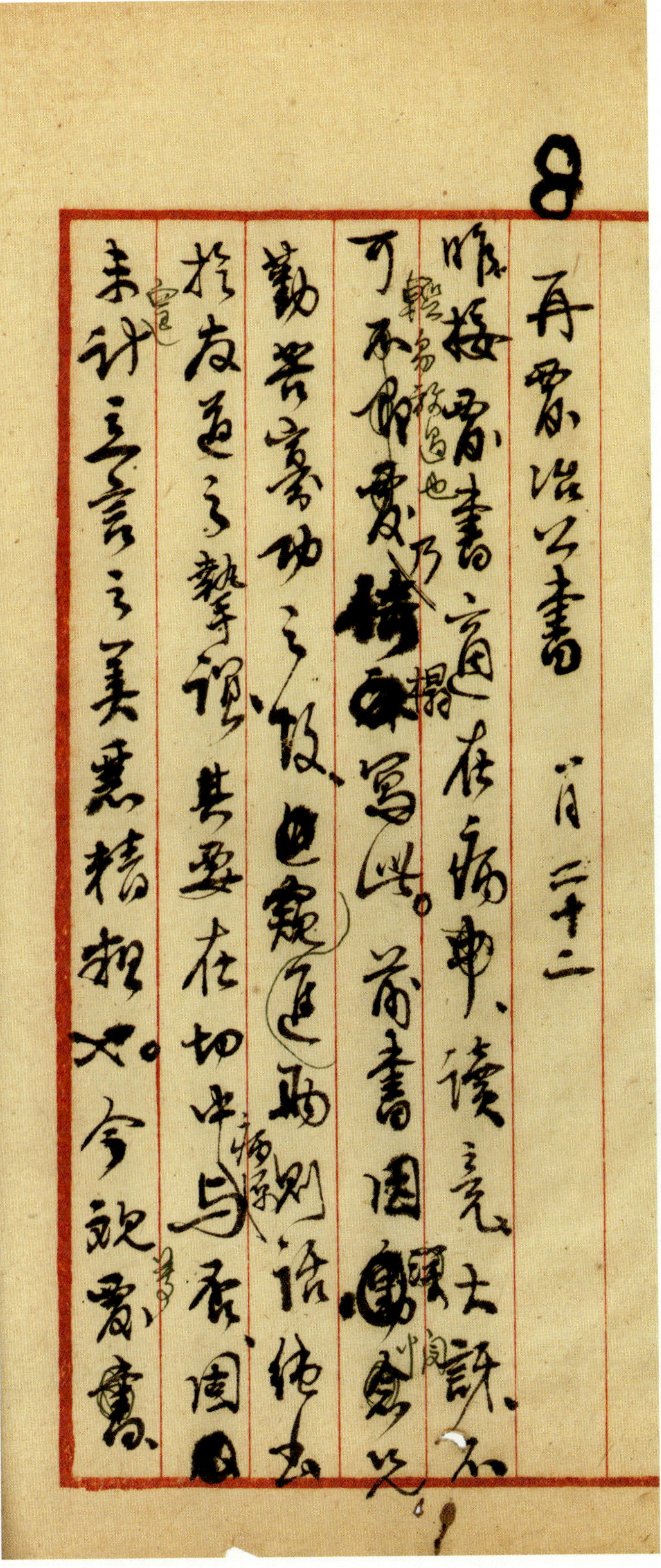

8

再寄冶公書　月二十二

昨接覆書，适在病中，讀竟大訴，不可不即覆，乃請人寫此。前書因頭暈多見勸吾實功之說，且欲進而別語緒去於友道之摯誼，其要在切中與吾國來討之言之美惡精粗也。今讀覆書，

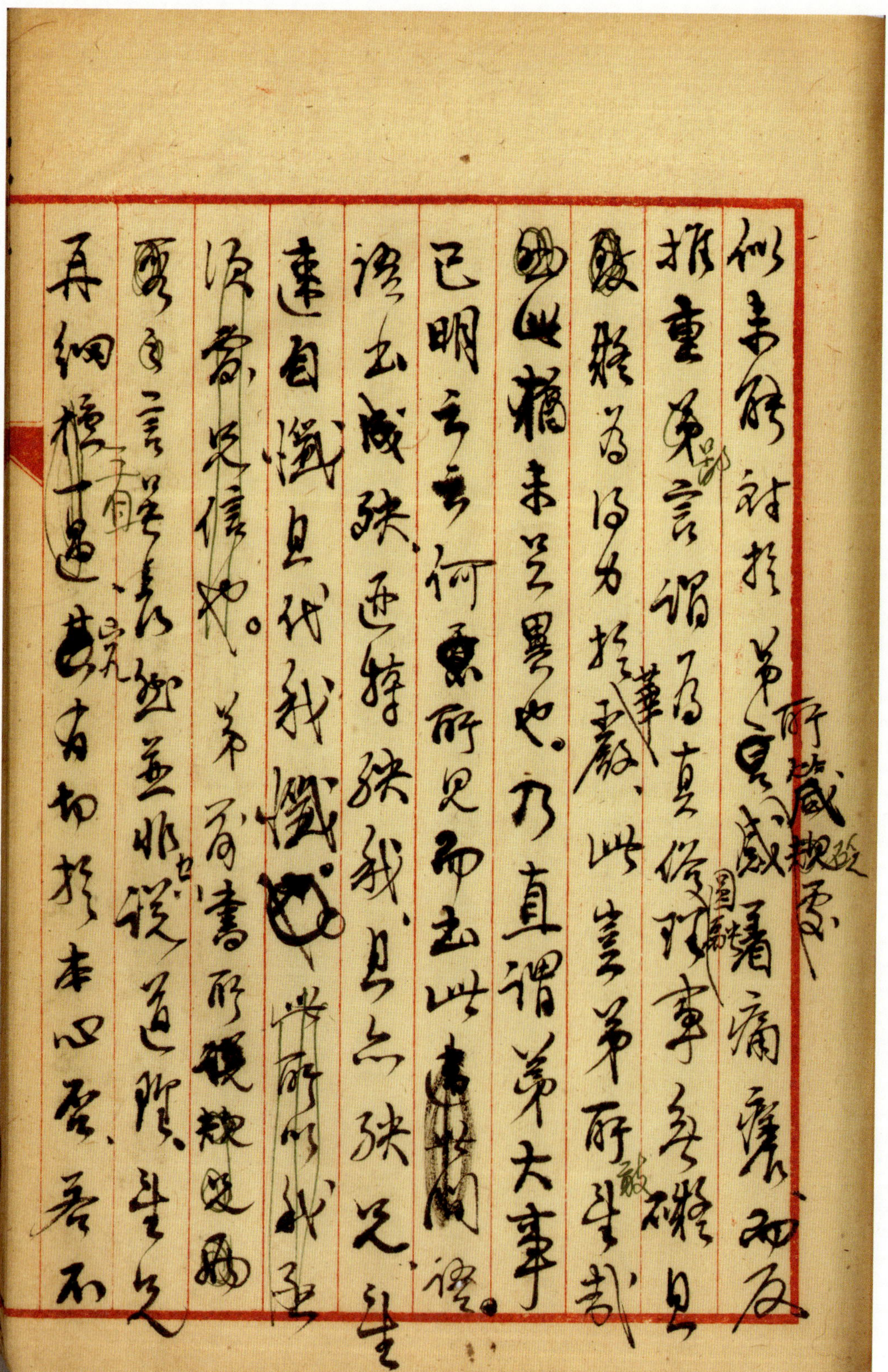

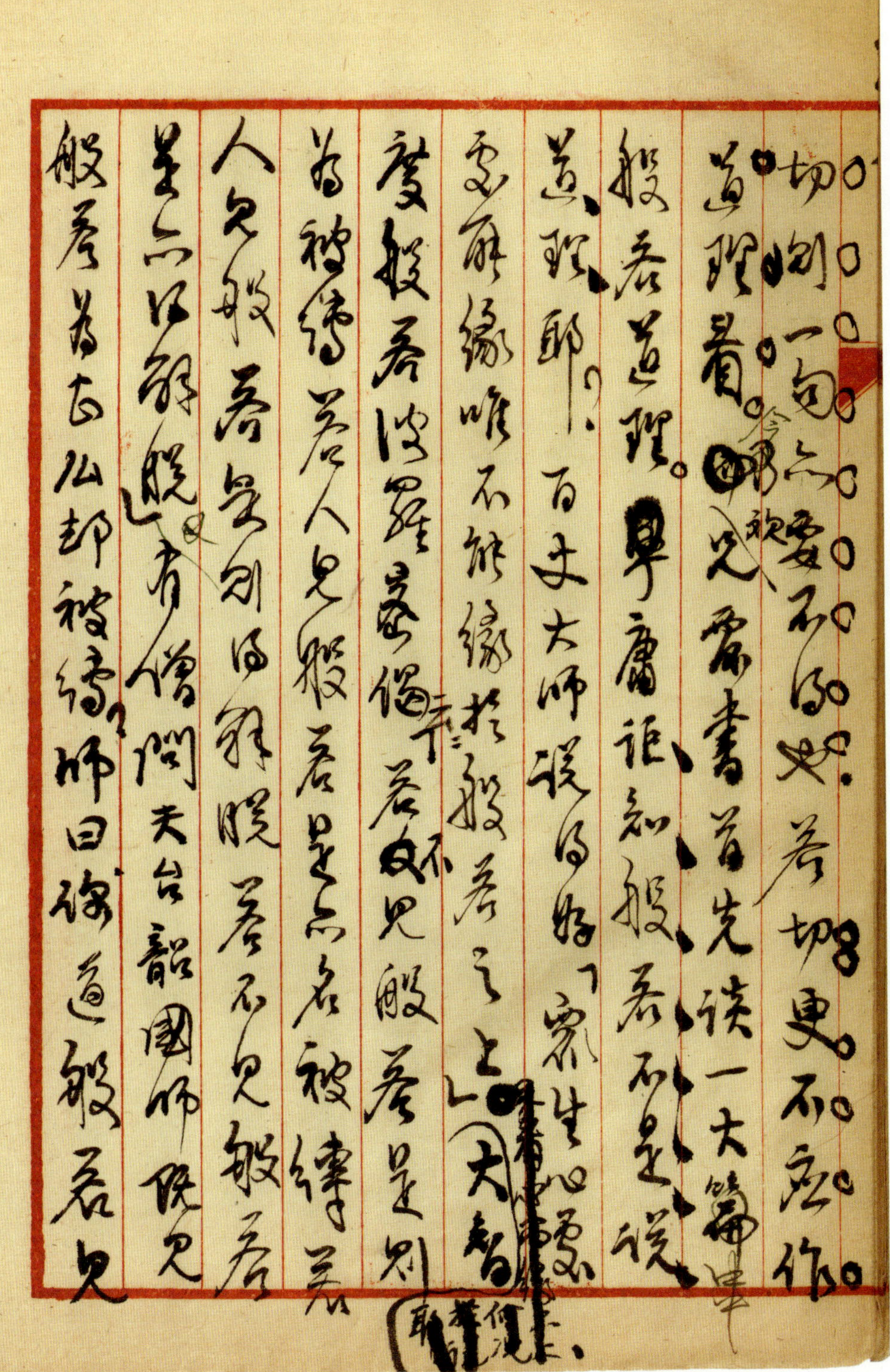

一切问一句不要不明也？答般若切更不应作道理看。今既说，只需书首先读一大篇般若道理。草庐讵知般若不是说道理耶？百丈大师说得好：“众生心缘受解缘，唯不能缘于般若之上。”大智度般若波罗蜜偈云：“若人见般若，是则为被缚；若不见般若，是亦名被缚。若人见般若，是则得解脱；若不见般若，是亦得解脱。”又，昔僧问天台韶国师：“既见般若，为什么却被缚？”师曰：“你道般若见

古公。曰：不见般若为古公亦被缚。师曰：
你道般若甚么？云：不见。（又）汝若投岩
中宴坐，（诸天）雨花赞为善说般若，
所谓无说无闻，乃真说般若。上
引三节语，弟不敢（须弟）参列一言，请兄
自己体认看，究竟般若是甚么（回）
事。兄（须）不必被古人瞒倒，以为心地
法门唯识乃知（来书云）。我今问
兄：种种缘，日行，根尘，唯善恶，吃饭屙
矢耶？一齐不在心地法门里，更高

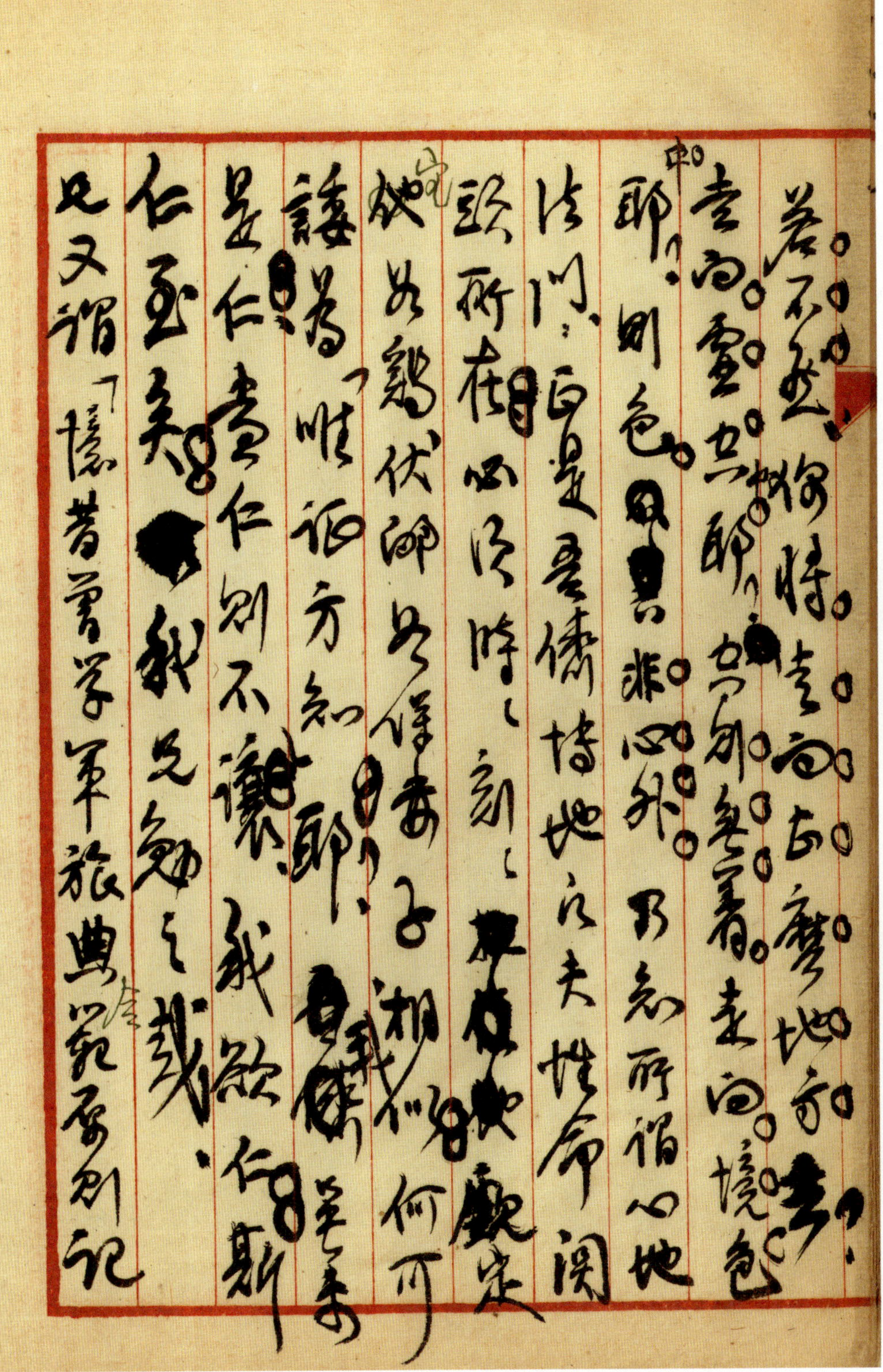

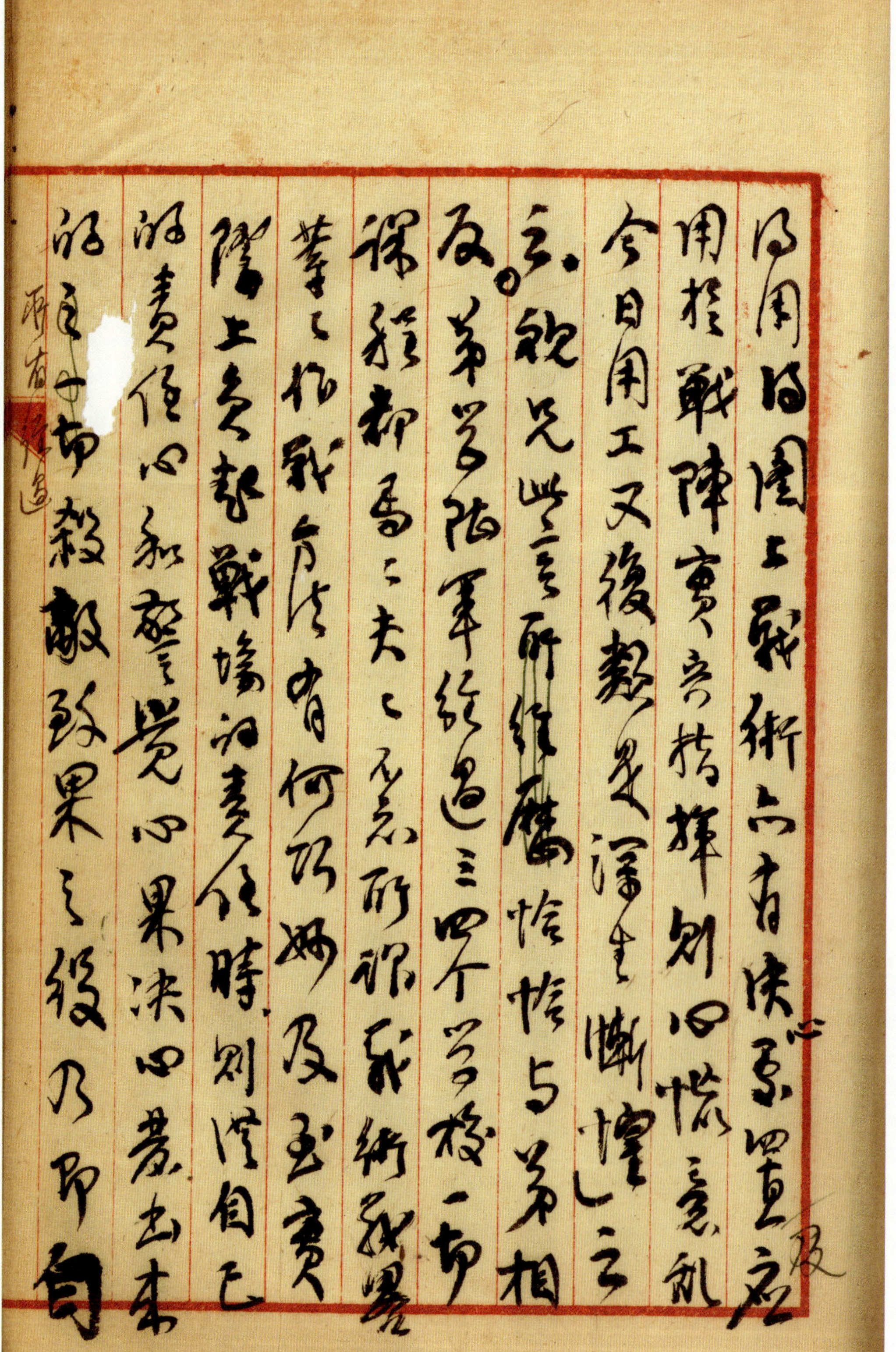
所用的圍上戰術亦有決心置應
用於戰陣實際指揮則心慌意亂
今日用工又後數更深重斷壞之之
之。然兄此言所經歷恰恰与弟相
反。弟學陸軍經過三四个學校一面
研究都為之夫之所研究戰術戰略
等之於戰場有何所用及至實
際上參加戰場的責任時則深自已
的責任心和警覺心果決心表出來
的之一面殺敵致果之後乃即自
所有經過

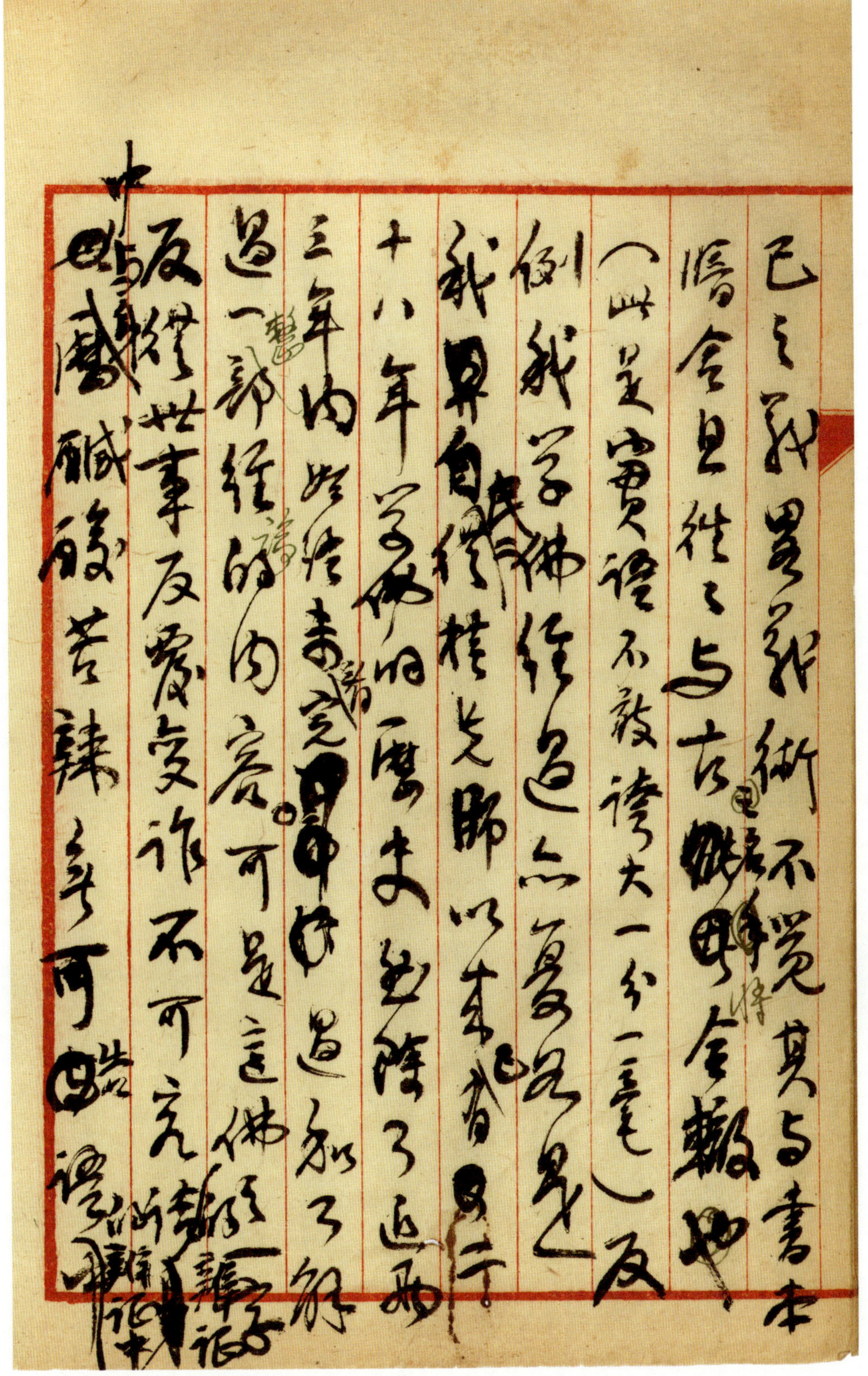
已之說果能衛不覺其与書本脗合，且往往与古聖賢合轍也（此是實證，不敢誇大一分一毫）。反例我學佛經過亦復如是。我果自從桂先師以來已有二十八年學佛的歷史，無除了近兩三年內始終未[illegible]過外，不解過一部經的內容。可是這佛經[illegible]反觀世事反覆變詐，不可究詰[illegible]國賊醜殘苦辣[illegible]可[illegible]

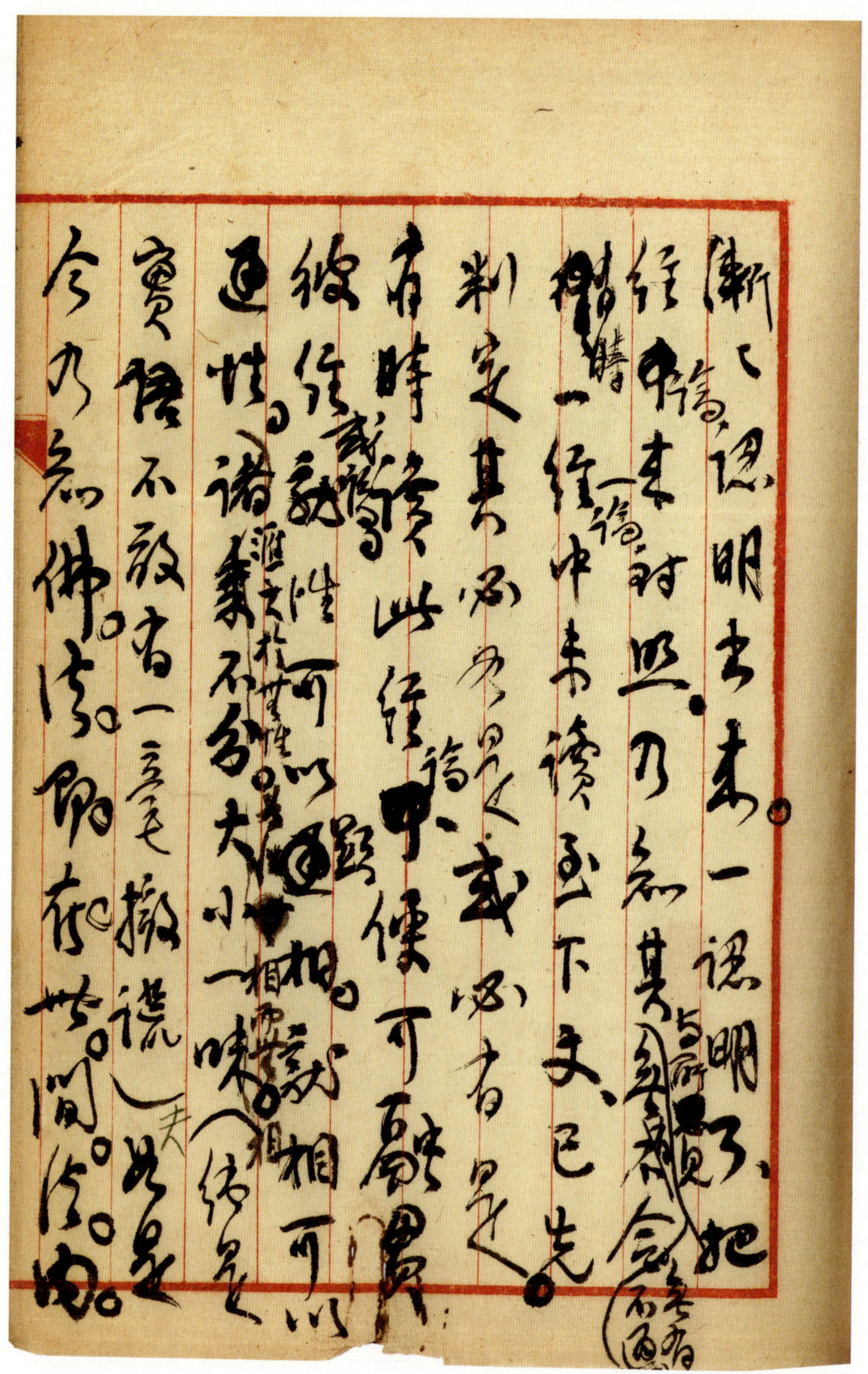

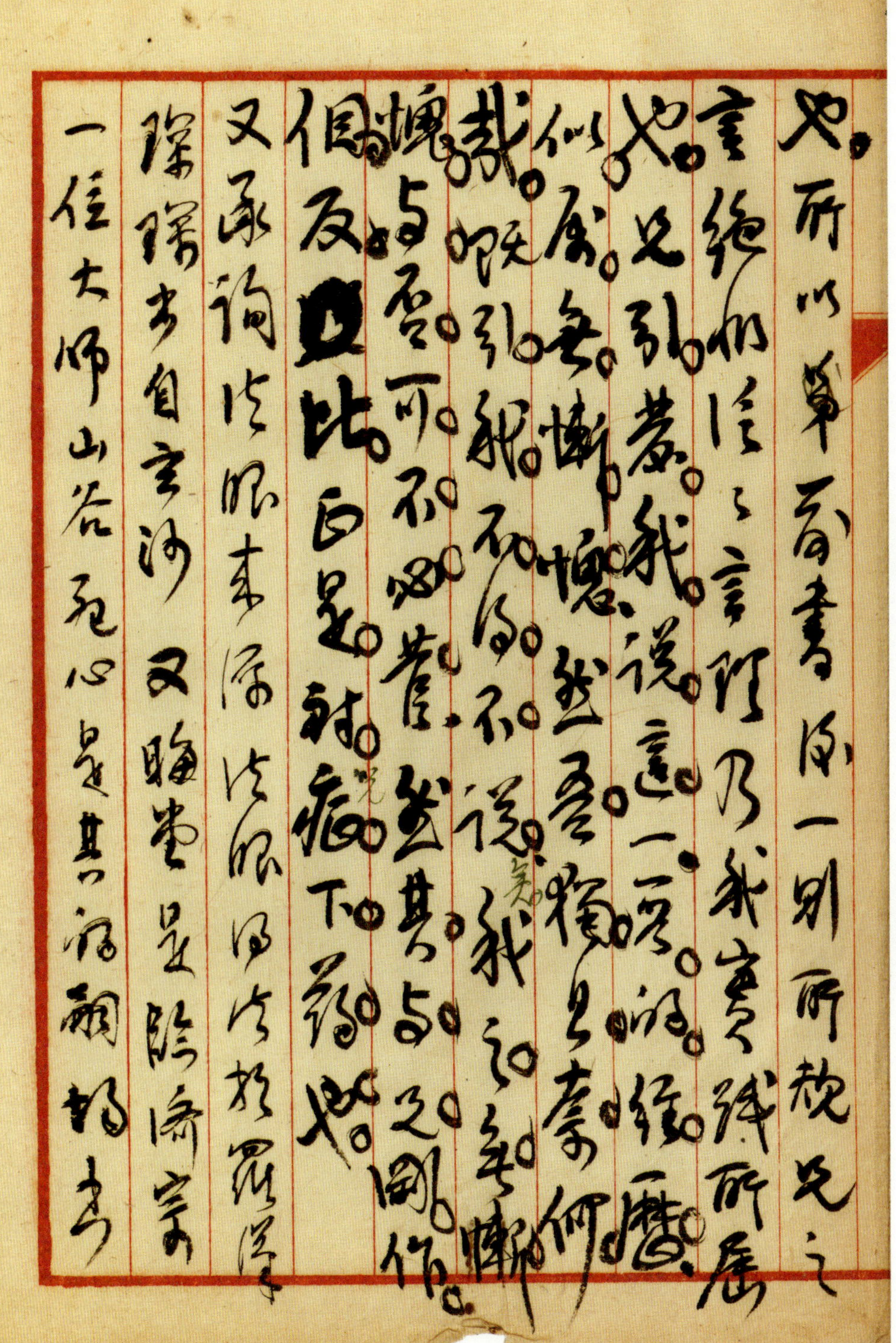

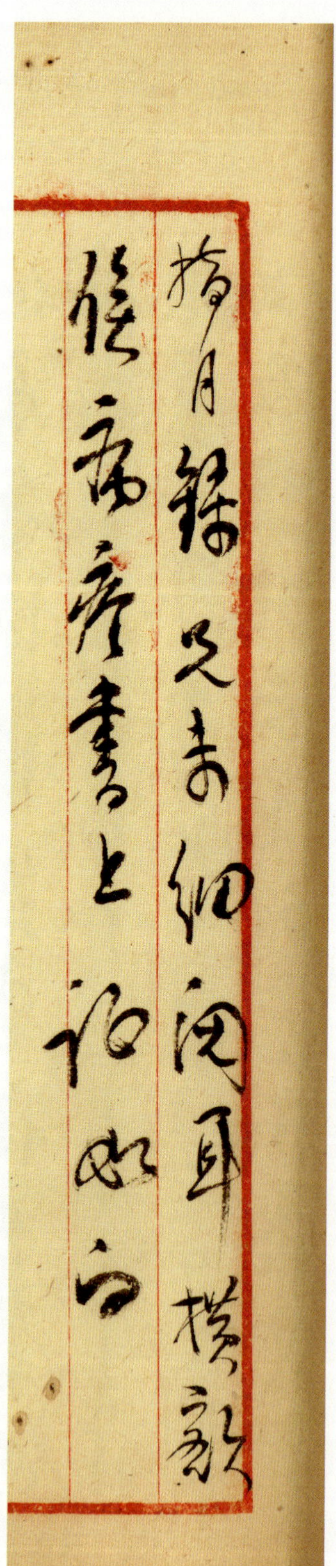

指月録足本細閲耳　撰款

[illegible]

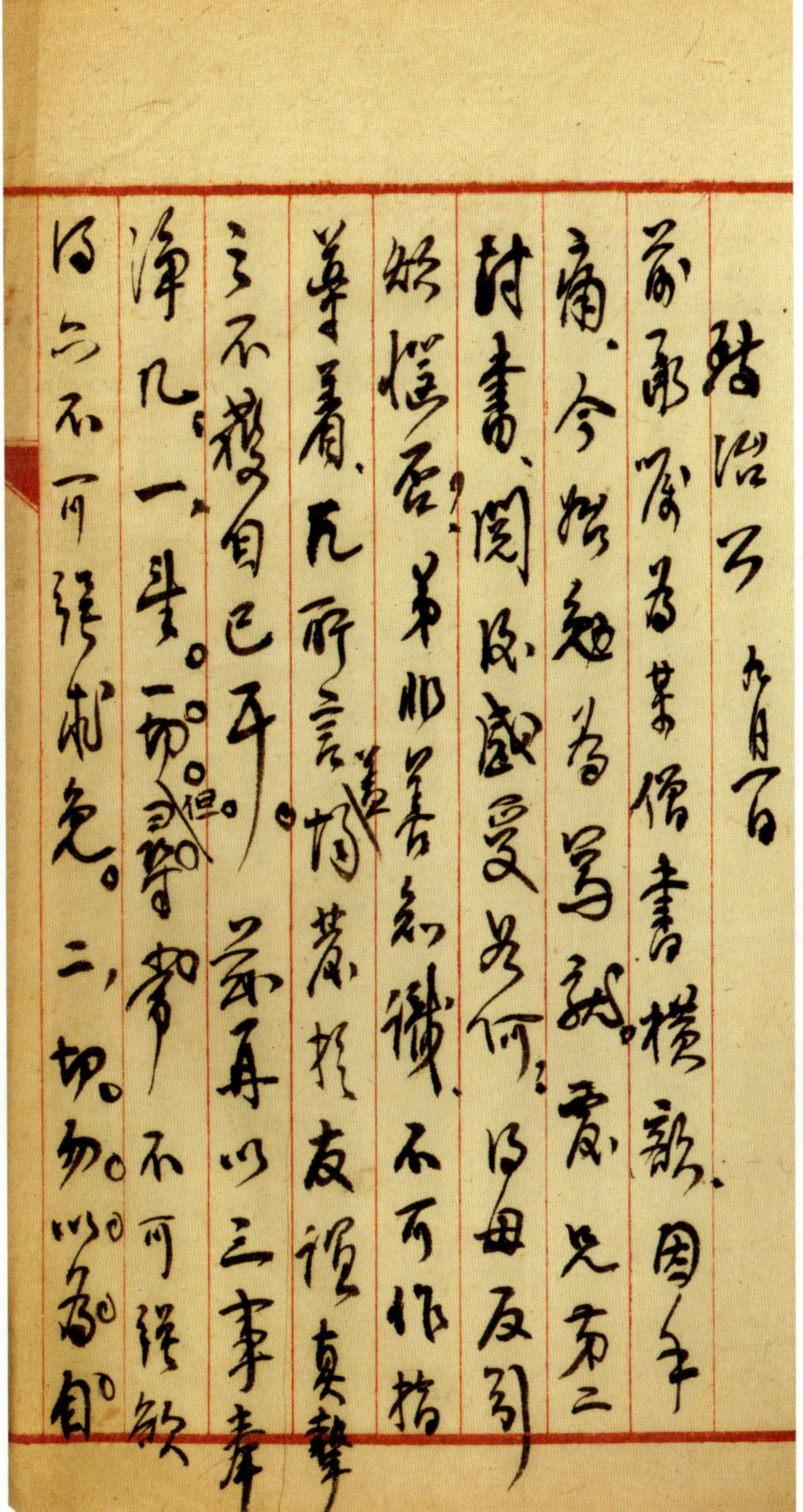

陶冶公左右

前承寄为某僧书横额，因手痛，今始勉为写就。兹另有二封书，阅后感受如何？乃由友引起愁惕居？弟非善知识，不可作指导看。凡所言，道皆蒙相友谊真挚之不能自已耳。兹再以三事奉净几。一、生。二、功。但诚挚，不可强欲，得亦不可强求。二、切。勿以为自

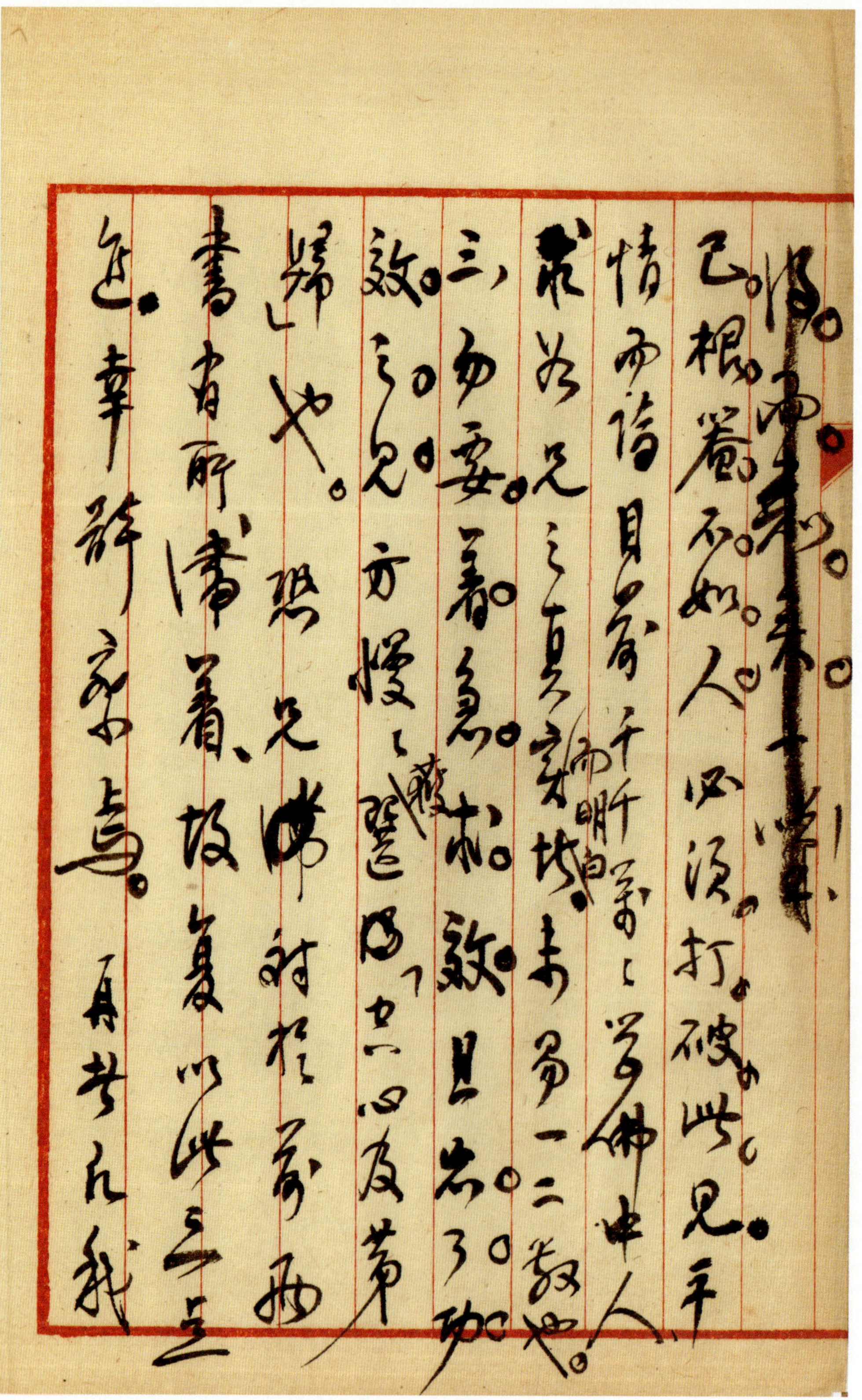

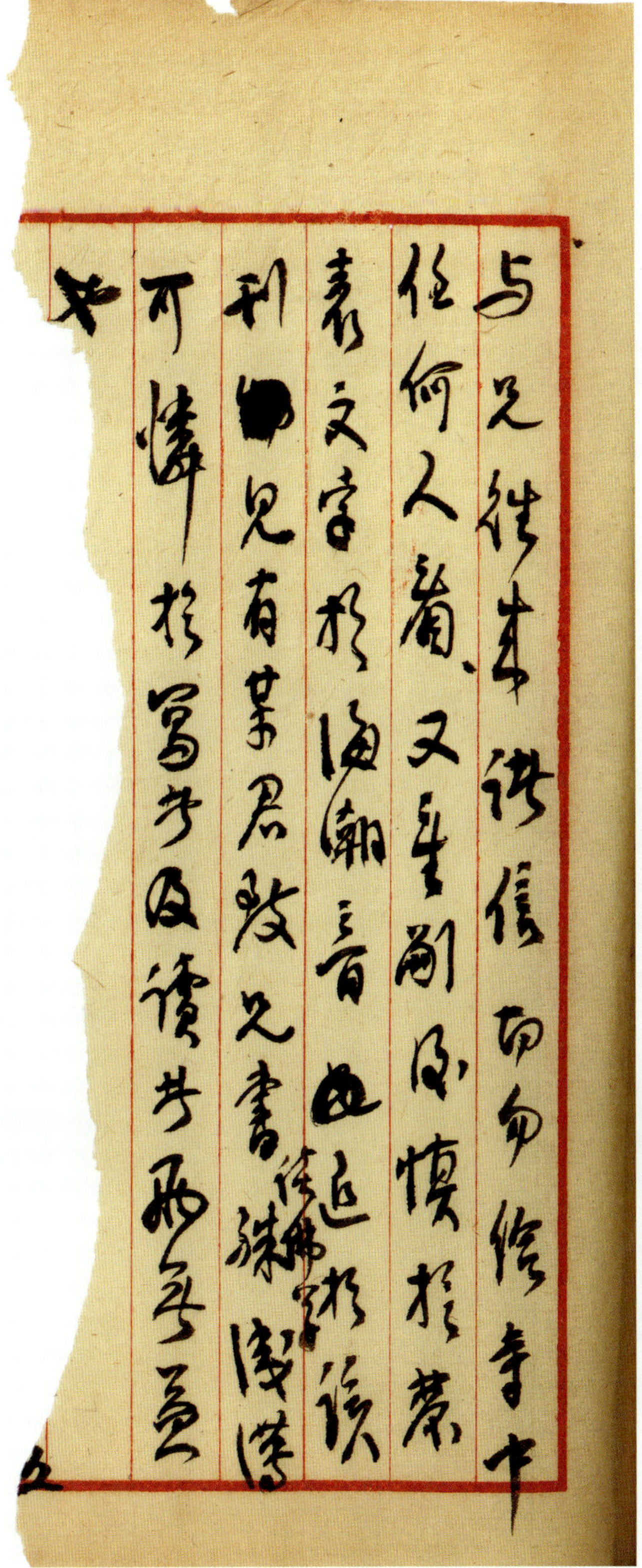

冶公道兄左右：前承介绍觉除禅师，弟派卫副官照料其病，久未痊复，将入医学院诊治。院本病已除，惟身弱未能进硬饭。前借正庸往访，请禅为我们谈打七事，未以为然。今日邀季明随弟往见，谈禅一部，将相见时话言提要呈览。

禅向季明述禅初参师时，师教以看念佛是谁，迨后又教以看念佛者是谁，长期究（推）穷到恒审思量边，但识（此句系我本禅之意而下的，禅的话不是如此）方见到谁是什么。禅又答季明生死根本

義而不愈也。及六祖偈：「惠能没技倆，不斷百思
想，對境心數起，菩提怎麼長。」以請之集
菩臣語[illegible]神偈云：没技倆，只是無妄想，菩
提只是無不漏。◎弟聞言，欲並不再得。
集菩薩語只起作種種而别。◎
兄前函要弟勤，然弟總不勤。陳叔如上
兄試鑒别者。弟因集件頻未到，去歲
談下次會面，或寫出所費之說不是。
此頌
道安　銘樞　十二月十四日

57

真公吾兄尊右：上旬接王衍孔持士（苏盐一厂长王庚龄之子）与公为世交，衍孔留港时因学费中断，蒙公解囊助其毕业（哲学系）来信，藉知我公在京新湖路29号地址。衍孔兄品学双优，失业在穗，拟趋公处从戎业（他向兄去函求援），以免直接识荆，特央瑛先函道达。瑛经复其一函，附内致我公一函，未知衍孔兄已寄京否？乞公推爱予以提携为盼也。瑛被佛友敦邀来香港，原为谋图书馆一职，但已及一月，仍无筹款具体办法。虚云师尊老和尚曾致函胡文虎，请其为图书馆名誉社长，胡氏近因香港风声鹤唳，同时台湾亦不准星岛报入口，心情恶劣，已有函复云公谦辞矣。瑛前五天晤陈静涛居士（被汽车撞伤四阅月，现尚未能行动），静涛兄得接北京现代佛学社来函征稿，因勉瑛为文。瑛顷草成「佛法与唯物辩证法」一篇，谨即按衍孔告知之尊址寄呈我公斧正。请公修改好并除去巨赞法师不应适，但衍孔告瑛之地址是否确实，盼公收到时先草复数字，俾得以便释怀，为盼。专此顺候

禅安

附拙撰佛法与唯物辩证法文一篇

复示请寄香港荃湾芙蓉山竹林寺便得

弟汤瑛顶礼 八、廿

162

竞生老友：张先转来的信，月余了。适值参加河南省晚归来，适召开政协大会，故今始能复您。

首先答复您的学佛用功要点。佛经一切经典和论著，总从实践中出来。学佛者徒依经解文，纵使宽览三藏十二部，也将叫祖佛喊冤哩。盖佛法证之一字，是其与世间一切哲学宗教所不道也不能道，而佛家不是如是道，方是是"如是知、如是信解，不生法相"而达到证的许多阶段至于究竟的佛果。由此可知佛法[illegible]实践中来，有何经论的义理之可言呢？至于实践功深，三贤菩萨莫可窥见地上菩萨，乃至十地的菩萨者莫可窥见佛地的境界。但要证知也，五十一位的"菩萨如来行"莫不适应于一

翎毛可取　白石

168

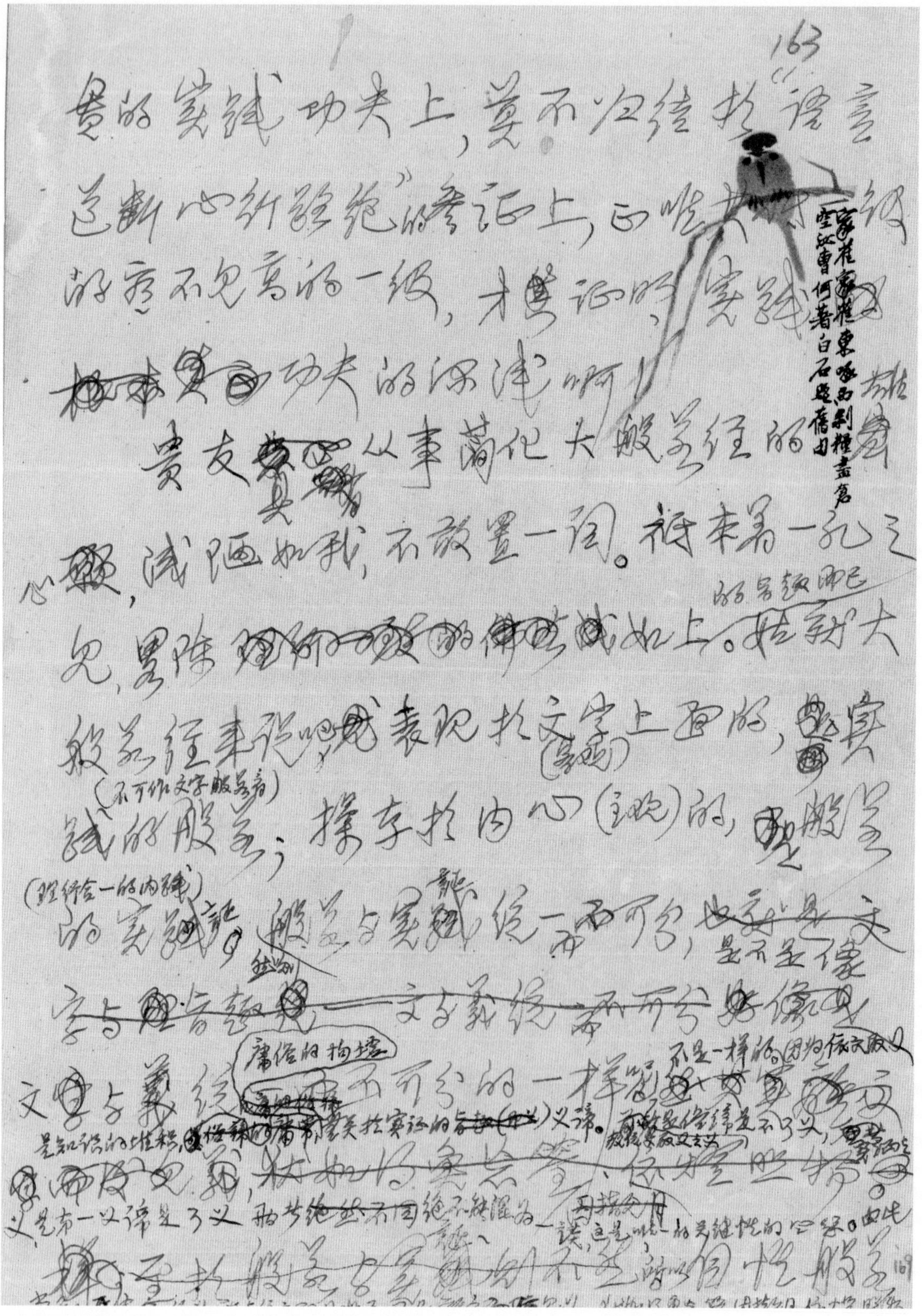

164

的景观，能开实相，见当是处，如人饮水冷暖自知，因知实知般若为（因果实是不可分，但都不能说文即是义义即是文）实相般若即般若也。若不明此会，徒执于经文的名表字句上着眼，以为简化以害利读者，真所谓"先生之过则大矣，先生之过则不可"啊！又如要简化来说，般若波罗蜜多心经仅仅二百多字实已概括了一部大般若六百卷的全部经旨。若要依经取义的话，又何需再简化呢？反过来说，达摩这四句偈的真谛，则在这二百字的心经中再简化为"行深"两个字，实可包括那上百万字的大般若经的佛行、菩萨行的是过程和得到它的真谛了。

因果等于如印印泥，泥合印文

170

165

至于贵友所说"勘读入楞伽经几个译本只举魏译周译而遗了最善的宋译，唐译，决定为一般有识者所不取"，可以断言。其他如"超辩证法"的说法也不敢奉闻。

谬续作如上的答覆，未免太不客气，如兄必须转去他，可抄录寄去，不可将寄此原稿，并请不提及我的名为嘱。

九十一岁白石

171

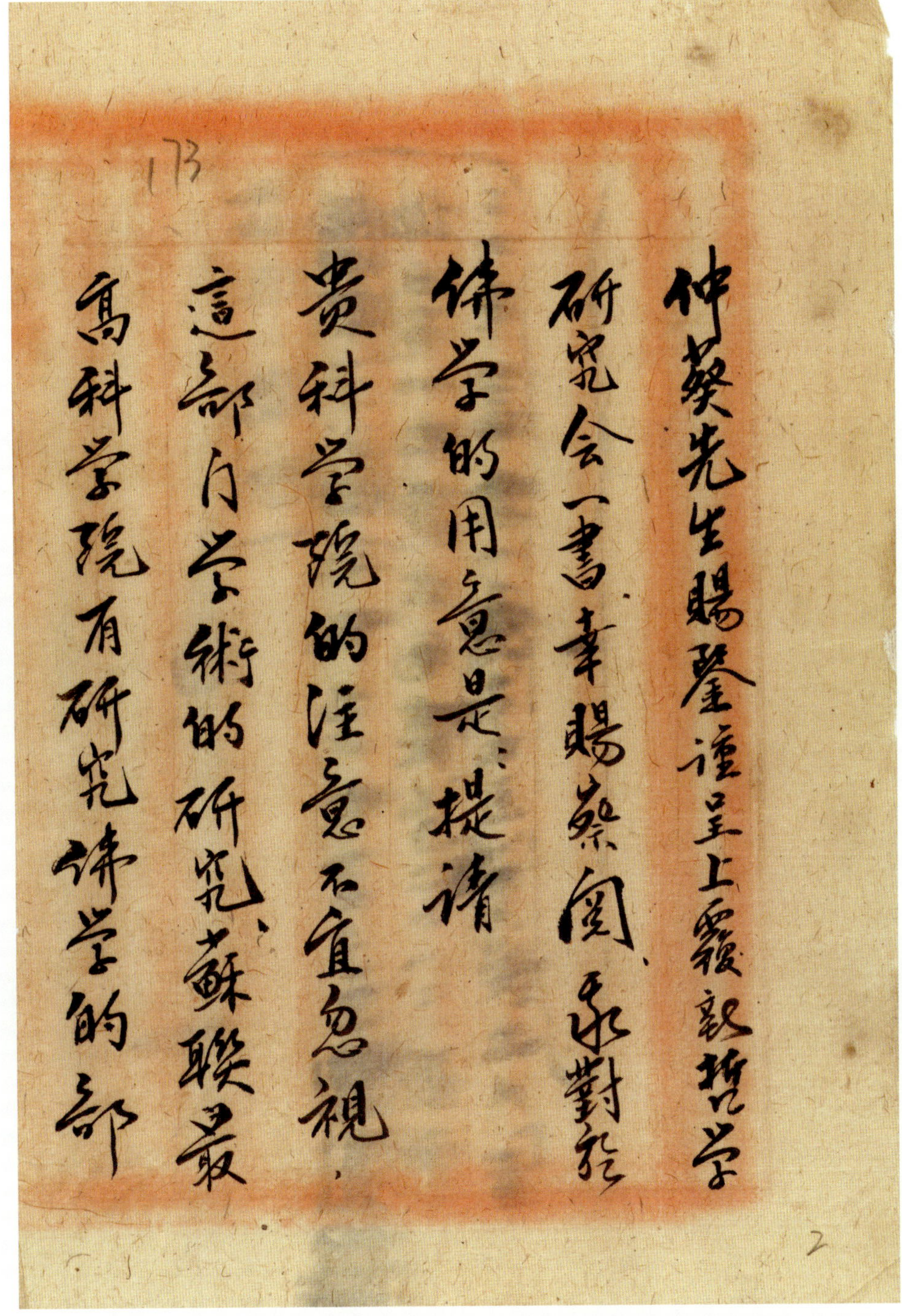

仲蘩先生賜鑒：謹呈上震旦哲学
研究会一書，幸賜察閲、承對於
佛学的用意是：提請
貴科学院的注意不宜忽視，
這部份学術的研究、蘇聯最
高科学院有研究佛学的部

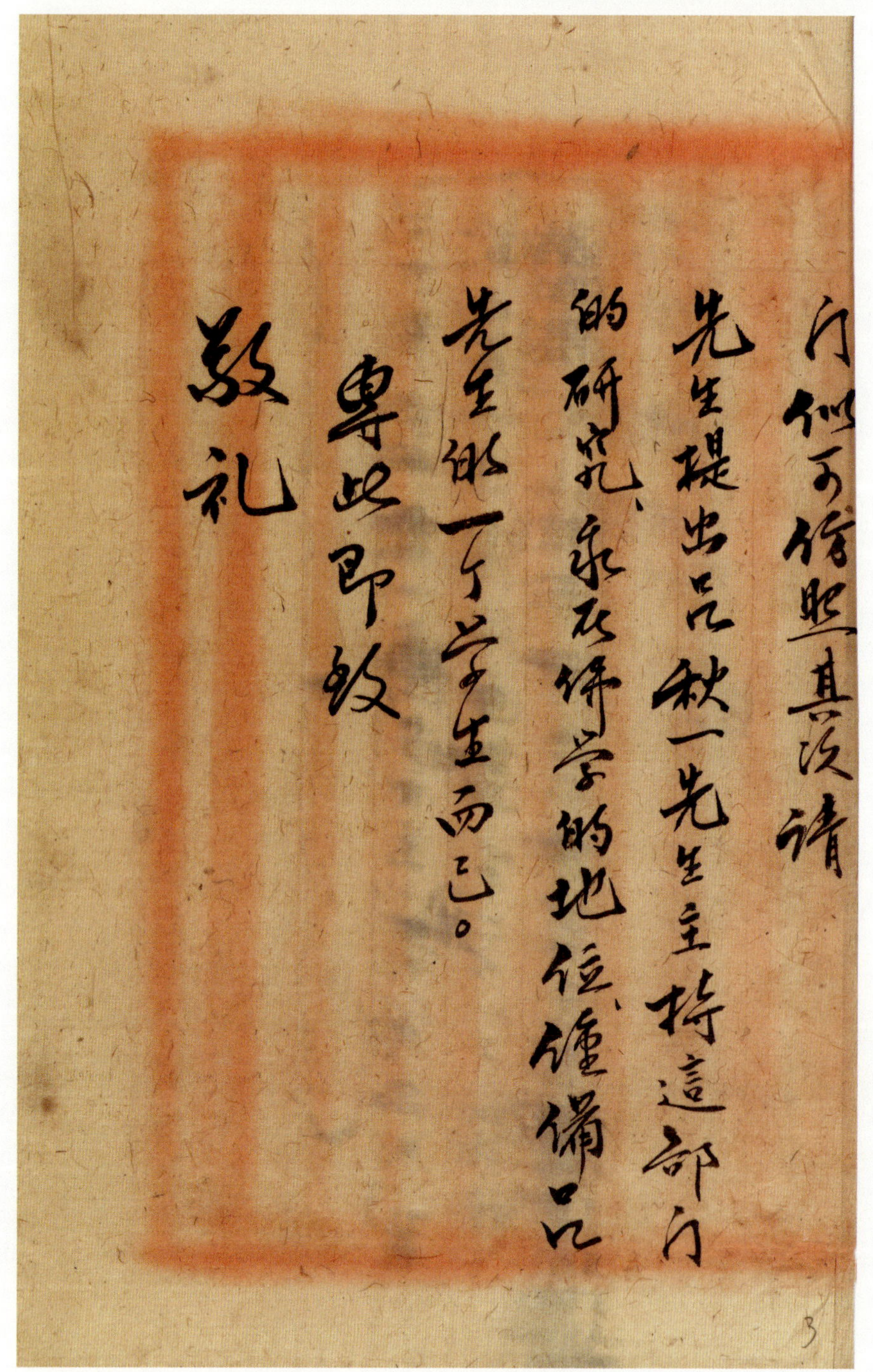

门似可仿照其次请

先生提出吕秋一先生主持这部门

的研究、承认得学的地位、准备以

先生的一个学生而已。

专此即致

敬礼

167

真如先生大鑒：多时未領　教言，想公私暢遂為頌。廣州光孝寺為
我國最有名之古刹，粵人（不論佛教徒及非佛教徒）渴望重興，匪伊朝夕。
年來我人民政府尊重人民信仰自由，保存文物古蹟，重修名山古刹，在佛教
徒固皆大歡喜，即一般民眾亦感欣無涯。關于修復廣州光孝寺一事，早
承中央中南特別關懷，迭經指示有關機關迅速籌備重修，最近聞今有
文管（會）奉令將光孝寺修復計劃呈報經核，經于（53）年六月八日呈
請有關機關集議，決議事項呈報紀錄在卷。并經呈報中南文化部核，
轉中央文化部在案，想此後當可順利進行。文管會亦前奉令將修保
存光孝寺計劃一案，函呈于54年五月廿四備文呈送廣東省文教廳轉
報中央文化部核示，但迄今未奉批復，不悉因何延擱。查此項文件係經

省文物 281 號

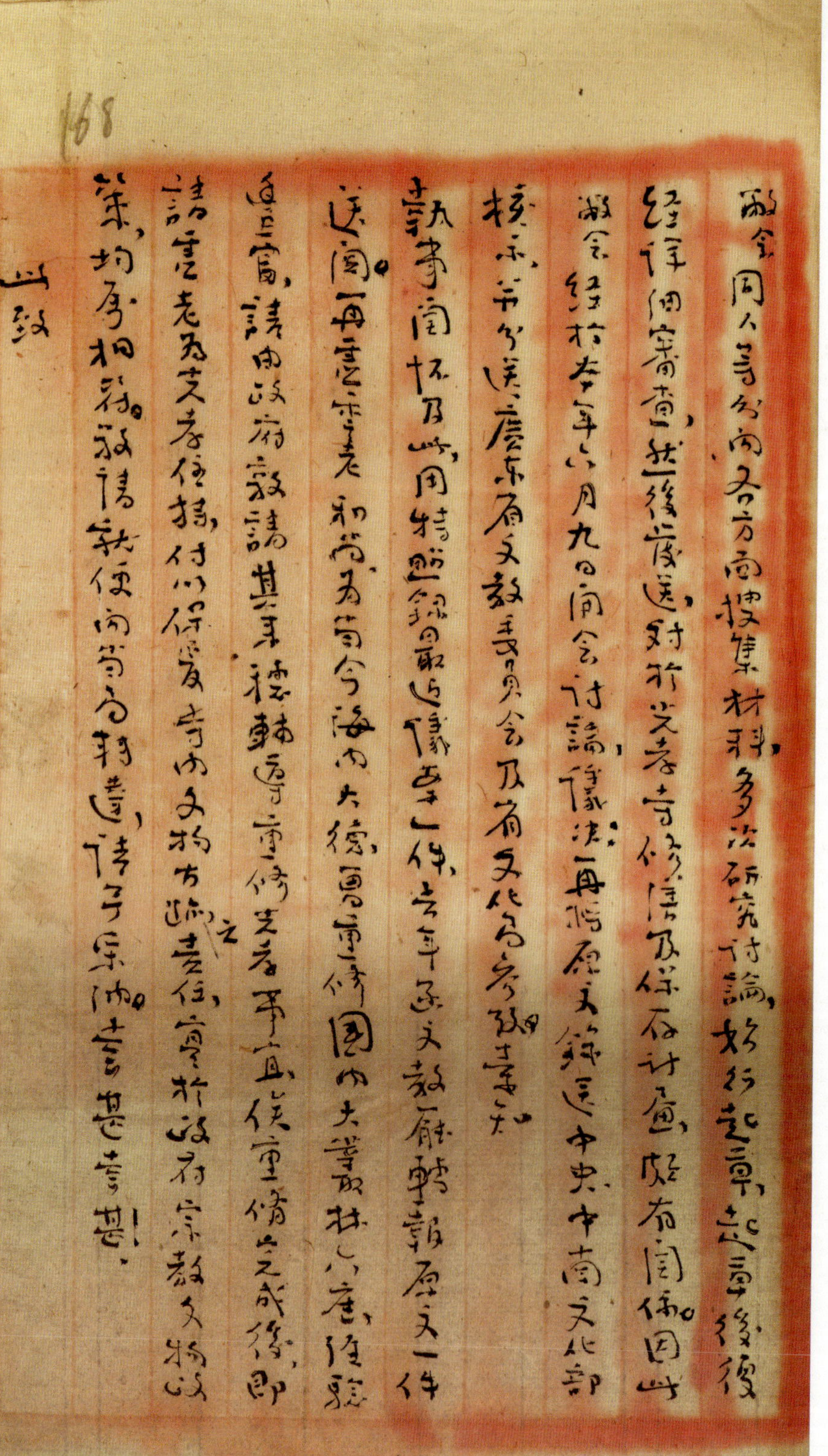
敝會同人等分向各方面搜集材料，多次研究討論，始行起草，起草後復經詳細審查，然後發送，對於光孝寺修復及保存計畫，頗有關係。因此敝會經於本年六月九日開會討論，議決：再將原文錄送中央、中南文化部核示，並分送廣東省文教委員會及省文化局參酌。茲知執事關懷及此，用特照錄最近議案一件，去年呈文教廳轉報原文一件送閱。再查虛雲和尚為當今海內大德，曾重修國內大叢林六座，經驗豐富，請由政府敦請其來穗輔導重修光孝事宜，俟重修完成後，即請虛老為光孝住持，付以保管寺內文物古跡之責任，實於政府宗教文物政策，均有相符。敬請鈞便向當局轉達，俾予采納，幸甚幸甚！

此致

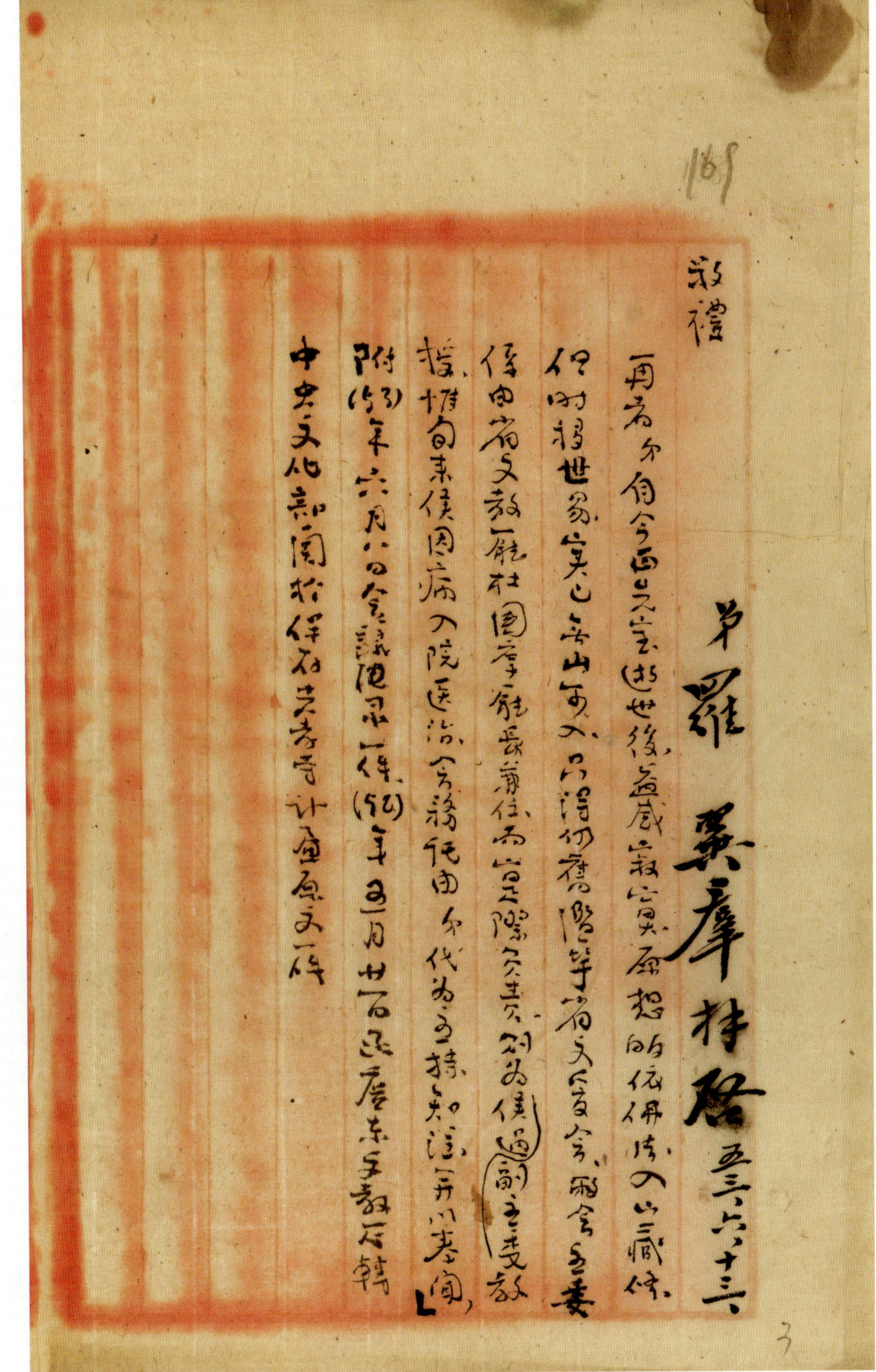

敬禮

弟　羅翼羣拜啓　五三、六、十三

再者，弟自今春吴宗慈逝世後，益感寂寞，原想師法佛陀入山藏修，但時移世易，實已無山可入，只得仍舊從事省文史會。該會主委係由省文教廳杜國庠廳長兼任，而實際負責則為侯過副主委援。惟自去侯因病入院醫治，會務統由弟代為主持，知注，并以奉聞。

附：(53)年六月八日會議紀錄一件，(53)年五月廿四日廣東省教育廳轉中央文化部關於保存古蹟等計劃原文一件

163

真如先生慧鑒昨承 天如居士轉示
大函并現代佛學社緣起及佛學
月刊等莊誦之餘不勝欣忭
諸先生本釋迦如來等視衆生
解放人類之真理而配合現時
代之進步改造佛教現行制度宏
揚正法此種精神令人崇敬早

1

表同情茲寄上拙作金剛經彌
陀經講演錄各共三本法相因果觀
修密流水集心經喻釋佛學講演
錄各一本芻蕘之言不足以當
慧目不過就正有道之意耳尚希
指教敬頌
法喜
陳蔭生合十 一九五一年一月四日
昆明西倉坡七號

真兄：别来不觉又已每日躋昇否？念。頃荷艮庸先生以兄覆王化中書稿抄寄，拜讀一過，已深讚歎兄之進境殊無量也。大英雄即大菩薩，是一而二，二而一，此語出世入世之妙也。卿祠云可告語，惟閑窮耳。即頌

道安

懺華 上 六六

華卿祠 夫人 好

答铭枢仲翁 三十八年十二月廿二

复书赐示近来专学维摩，甚善甚善。
下问甚切，意之诚、求道之切，殊非常人，
幸甚幸甚。弟因肩伤不能以书奉闻，
然切磋之质之意，甚所乐之，如承欢
弟近所习唯为读经，一年来亦可
全彻华枯所能有功，结果希望
无顷。来示谓吾人生命甚长，并
直觉化而无生死，其生者谓寂灭者要
当须去悟化生死本体一事，欲就

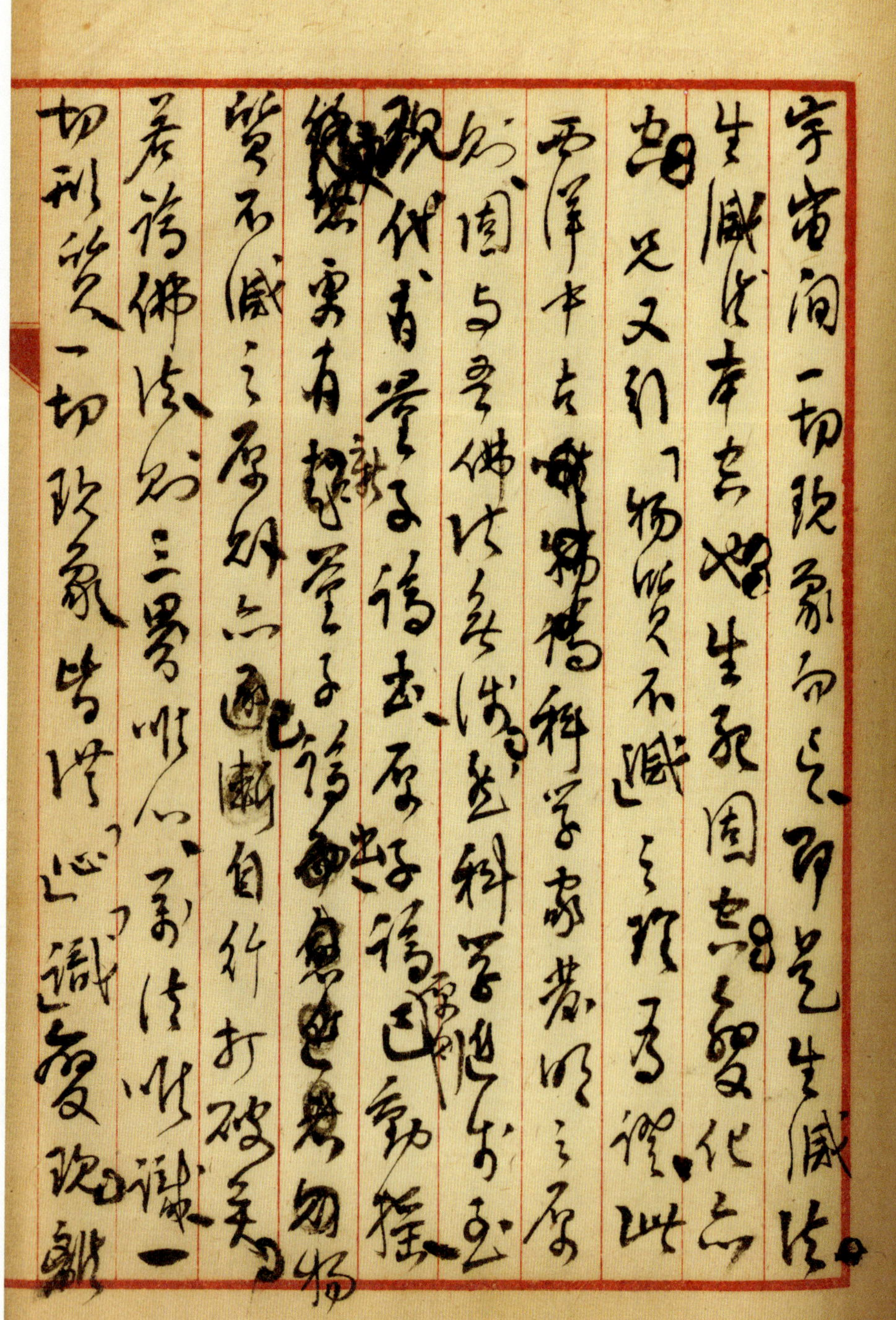

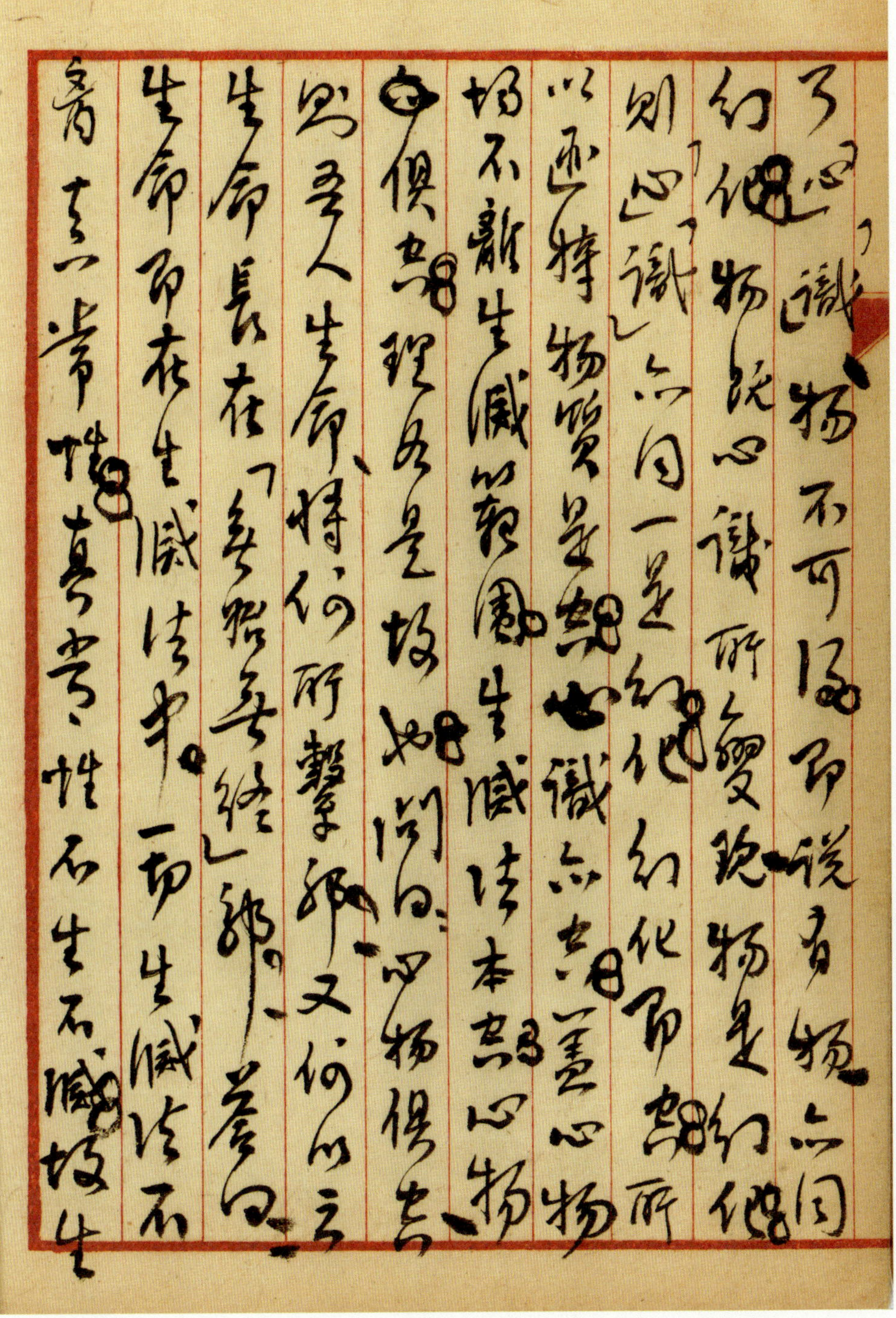

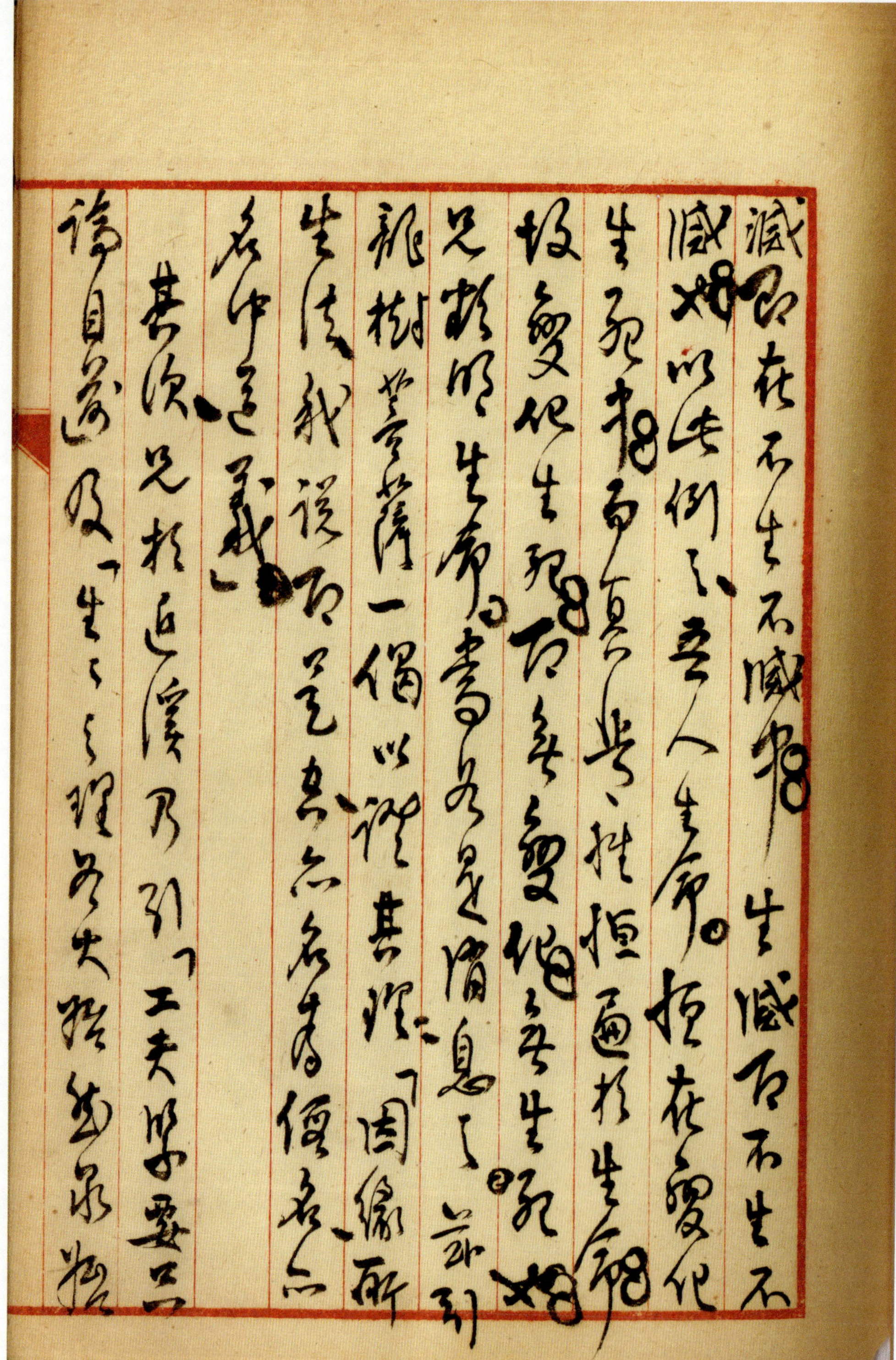

達不可得不具眼。無由未得見近溪之遺語也。欲知其遺語，當細思量「工夫難得湊泊，即以不屑湊泊為工夫。胸次茫無畔岸，便以不依畔岸為胸次。解纜放船，順風張棹，無之非是。學人不省，妄以澄然湛然為心之本體，沉滯胸膈，留戀景光，是為鬼窟活計，非天明也」一段語。又未得見其提示人之金針也。欲知其金針，當就其「今人懇切用工者，要心地明白高思快活以至圣人无所变化者此心喜」一段文余累之也无例之足吾辈于龙溪之遗语书于「此件可不是说不便体得时时有用力处时时有可得除习气底于是明方可谓显之之理」又「吾见惟人真性流行随气平淡天机常活者有剥自然安排方为自然又「从人可练习而得者亦不可为缁泉原本搀而鱼游寂然为

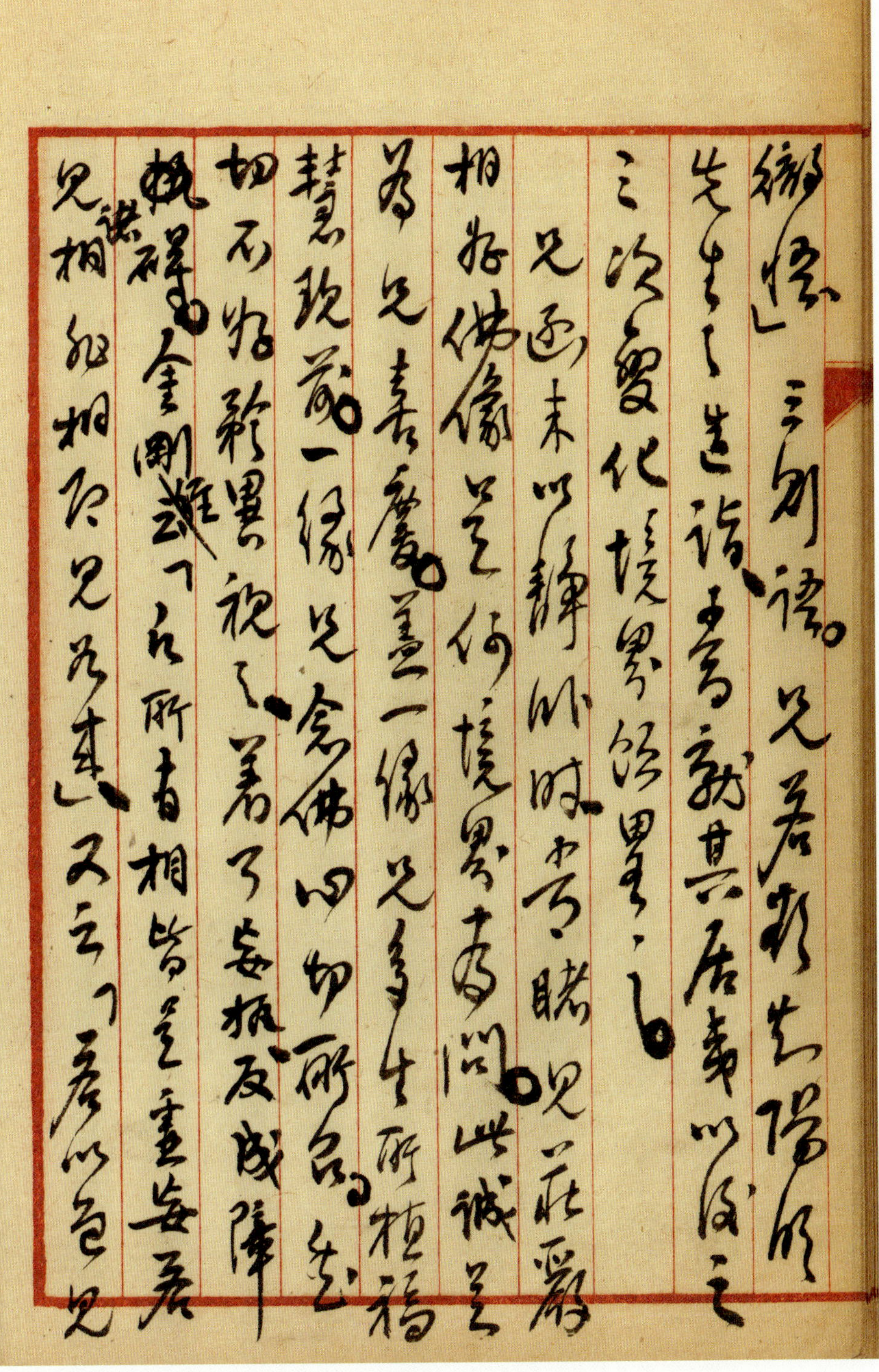
缄悉。别后，兄居都，先生讲所，
先生之讲话，当就其居所以彼之
三次变化境界说界之。
兄近来以静坐时亦睹见庄严
相于佛像，是何境界者？问此识是
为兄善根一缘，兄多生所植福
慧现前一缘，兄念佛心切所见，然
切不可执著视之，著了妄执反成障
碍。诺《金刚经》云：“凡所有相皆是虚妄，若
见相非相，即见如来。”又云：“若以色见

我以音声求我，是人行邪道，不能见如来。兄勤诵金刚经，书明此经，兹复引禅偈开示，以资兄参证。一、文喜禅师净业缚绝，常感文殊现前，乃皈依。某日煮饭，见锅气上现文殊像，起饭杓迎头便打，曰：文殊自文殊，文喜自文喜。感文殊为说偈赞叹。一、云居膺乃洞山弟子，中饭犹于寺外独居一茅庵，旬日不下来食。某日下来，山问其故，答曰：自有天神

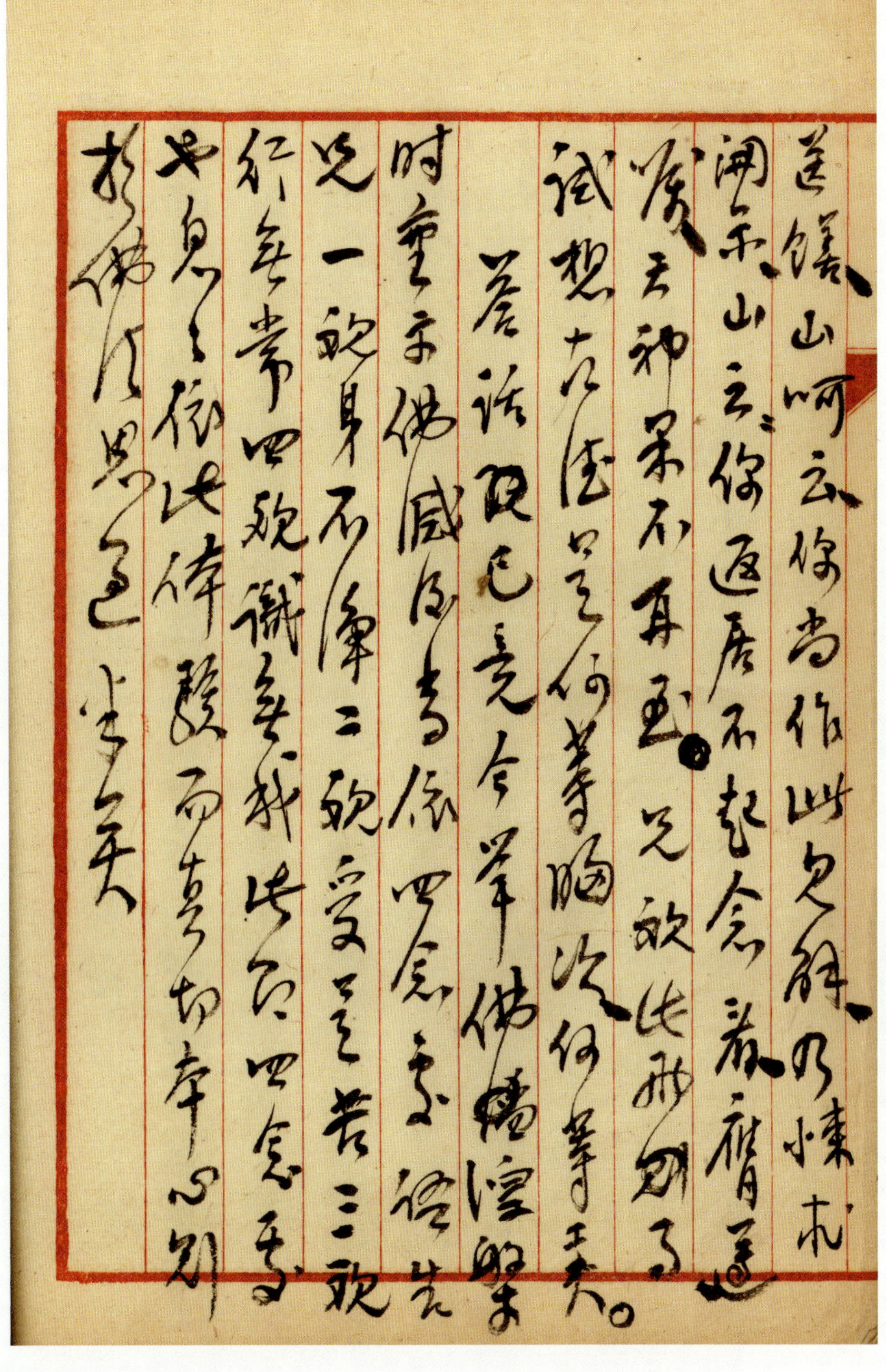

55

第　號

真如吾兄大鑒：前將聘書寄奉，諒邀
察收。又請轉　虛老聘書，當荷　照轉。　虛老道
體已康復否？尚希
示知，並請代爲致問。中南方面如需增聘委員，請
徵得本人同意後開示名單，以便提會商聘。修復
經費業經政府撥借到一部分，大殿現已清除泥土，
搭構鷹架。弟曾赴滬一行，滬上佛教界同人趙
樸初兄等俱願極力贊助。此以奉聞，謹頌
道祉

弟　杜偉　上　六、七、

61

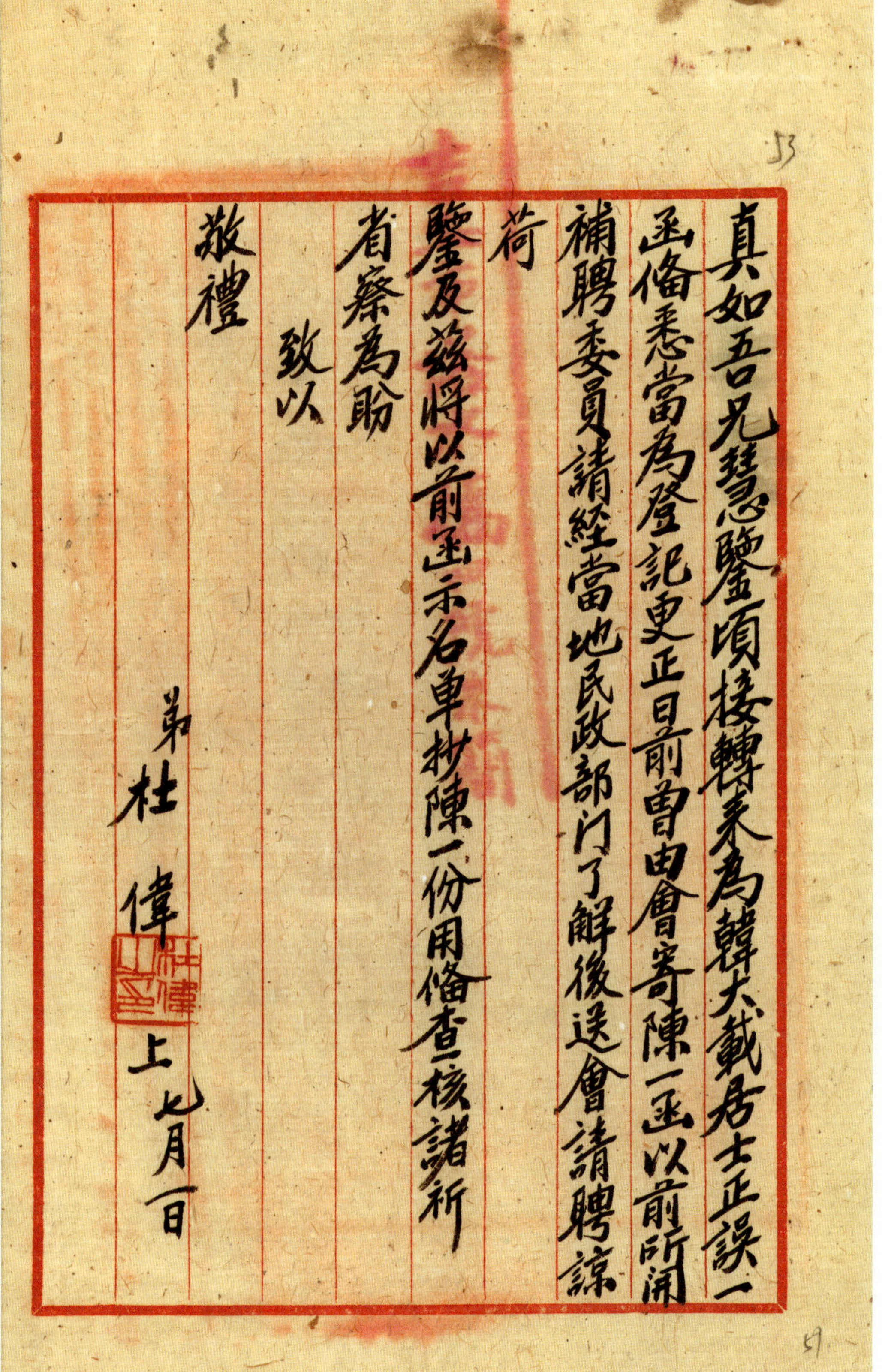

真如吾兄慧鑒：頃接轉來爲韓大載居士正誤一
函，備悉。當爲登記更正。日前曾由會寄陳一函，以前所開
補聘委員，請經當地民政部门了解後送會請聘，諒
荷
鑒及。茲將以前函示名單抄陳一份，用備查核。諸祈
省察爲盼。
致以
敬禮

弟杜偉上
七月一日

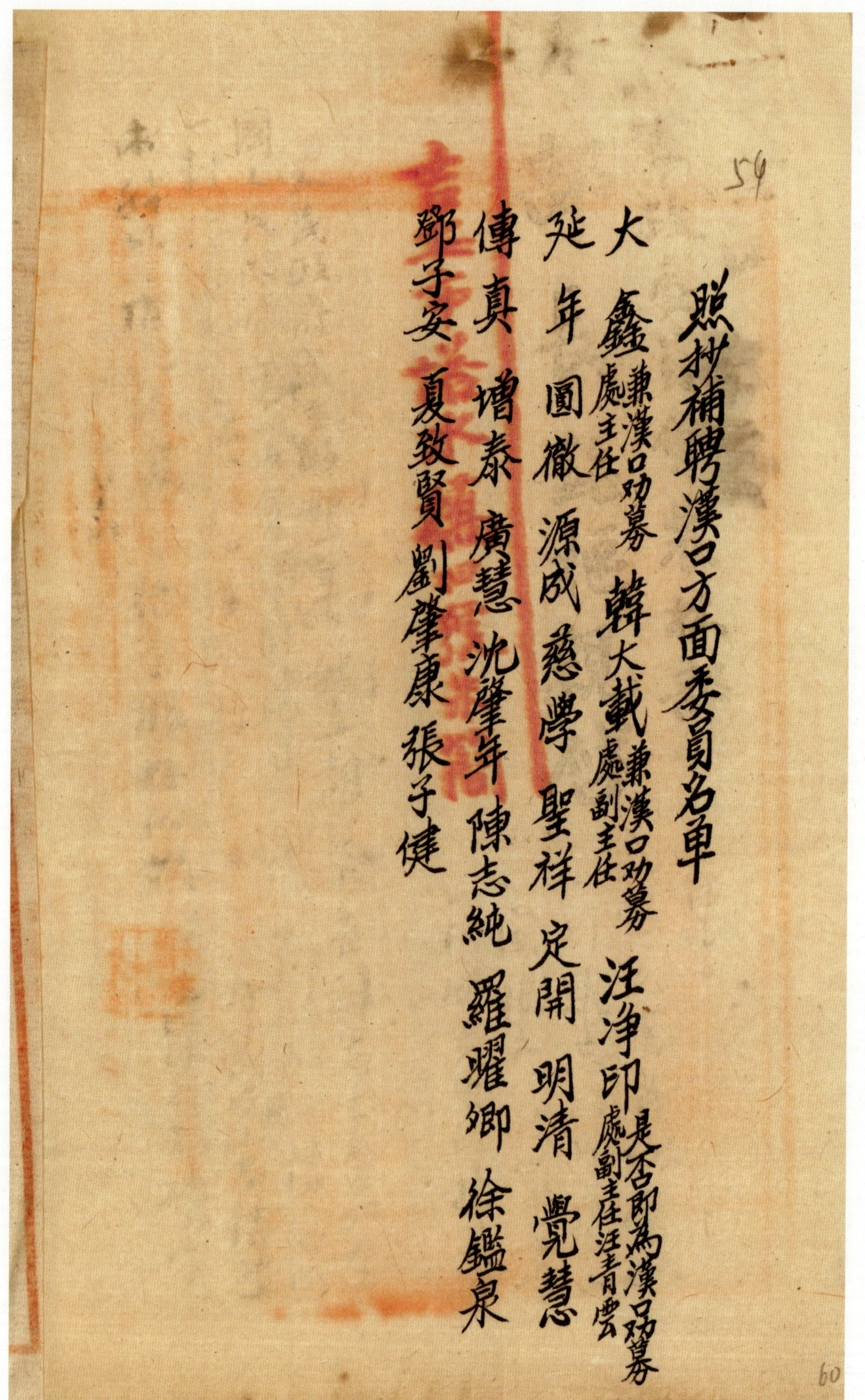

54

照拟補聘漢口方面委員名單

大鑫兼漢口劝募處主任 韓大載兼漢口劝募處副主任 汪淨印是否即為漢口劝募處副主任汪青雲

延年 圓徹 源成 慈學 聖祥 定開 明清 覺慧

傳真 增泰 廣慧 沈肇年 陳志純 羅曜卿 徐鑑泉

鄧子安 夏致賢 劉肇康 張子健

60

254

李維漢部長覆陳銘樞社長函

銘樞先生：

交來的現代佛學社，緣起及簡章等，均拜讀過。既是原則上根據共同綱領，該社自可組成，至將來實行社團登記時，亦可按規定向政府履行登記手續。而對佛教佛學，都是門外漢，不敢多所置詞，惟鑒於日本帝國主義者，曾利用過佛教，國內反革命份子亦有不少逃避於佛教權庇之下者，因此在吸收社員時，似值得警惕，不要流於濫雜。其次由于歷代統治階級的利用，佛教實已流為迷信愚民之工具；因此研究佛學是可以的，保存名刹也是可以的，但如一般地保存庵觀寺院，則期期以為不可。總之：先生等的用意，是無可置疑的，但如何作法，才為適當，才不致發生流弊呢？進而可以減少已經存在的流弊，則深願先生等熟籌之！先生等如願意，則建議與文教委員會該位負责人談談。謹此　並致

敬禮！

李維漢　七月三日

陳銘樞社長致李維漢部長書

維漢部長：

奉書閱於現代佛学社緣起及簡章等，承先生同意，至為欣幸。至尊教，所示各点，我們用意，正復相同。倘先生閱及我的毛主席「關於佛学与佛教的陳述和建議」一書，便可明瞭了。茲更就尊教明確答覆如下：

現代佛學社及現代佛學雜誌，目的在於澄清佛学界的混淆錯誤的思想和鞭策又逃避現實之徒。在佛教徒的範圍內，期收到政治上輔導的積極作用，且要對政治負責任的。因此，我們對於社員的吸收，必須嚴格。至於雜誌的执筆者，必須具有新时代的思想方法論的頭腦，而不為佛学界陳腐顢頇的一套唯心論所掩蓋者，方得入選。誠如尊教所云：「先生等的用意，是無可置疑的，但如作法，才為適當，才不致生流弊。進而可以減少已經存在的流弊」，我們當謹慎從事，務期不負尊望也。

其次，我們預期打開這條清除路子後，進而謀整個佛教制度的改革拯救落後愚昧的全國無數信徒，一洗為尊教所云：歷代統治階級的利用佛教，實已流為迷信愚民之工具的污点。倘我們這種志願和工作漸漸得到政府和社會的瞭解和重視的話，將來影響於國內的蒙藏民族，和東南亞各民族的佛教徒的思想，澄清制度改革，更有極大的關係，亦是正面擊毀日帝國主義利用佛教以欺騙其國民啊！

末了，先生擬建議使我們与文教委員會諸位負責人談話，「所敢望也何幸如之」啊！唯先生早定期約會。尤望李四光先生能參加，林伯渠先生能參加更好。至於該社的同人，擬請巨贊、周太玄（快離京）、張東蓀、唐孟瀟（快離京）、林志鈞、喜饒嘉錯、周叔迦、李濟深、陳銘樞等參加為何如？唯尊裁。匆此即致

敬禮！

陳銘樞 七月四日晨

真如學長左右：澂不幸遽遭　先人之喪，
遠勞　函唁，錫以挽詞，隆情至感。亡室為
澂窮愁勞瘁屢，特念年九十五於死，自向得
道義何誤，無以慰　逝者，則無何能藉詞遠
離吾悲。自今而後惟行其情之所安耳。法事
盛衰者有運會，澂恐不獲勉符　期望矣。
謹復致謝，即乞　察照。不宣。弟期澂再拜
六月十二

2

澄如吾兄：日前函寄事略就正，想達。近來十力書函懃勤周諭，師座生平而讀到閱畫及因閱畫而微求印見一事不已，聊申酬答。昨今書函每十力來信抄呈一覽，兄乃吾道中堅，不應不知此事也。十力書根待續，請帶以示他人也。如有尊見，甚望欲聞，書領

近安

弟澂再行 四月十三日

十力吾兄：七日惠復、写示尊見甚詳、但絲毫未得鄙意、此可見足下反己工夫猶未免於浮泛也。論齒、兄則十年以長；論学、弟实涉歷較多、弟初值竟師、既已寢饋台賢五載（弟於宣二讀內典、民三遇吾师）、及知左右、又已尚友唐人十年、自兄去院、蒐探梵藏、治道味真、復餘一紀、為時不可謂不久矣、平生際遇、雖無壯闊波瀾、而学苑榛蕪、獨闢蹊徑、甘苦实備嘗之（弟於藝文美学梵藏玄言無不自力得之、此兄所深知也）。人世艱虞、家國憂患、傷懷哀樂、又異尋常、而刻苦數十年鍥此不舍者、果無深契於身心性命、而徒尋章摘句之自娛乎？弟切实所得處、殆兄所未及知、而援弟所謂切实、仅觀尊論、稱心之談、亦祇時文濫調而已。請畧申言之。其一、俗見本不足為学、尊論卻曲意順從、如玄哲学、本体論、宇宙論等云云、不過西歐学人據其所有者分判、逾此範圍、寧即無学可以自存、而必推佛之言入此陷阱、此發軔即錯者也。其二、道一而已、而尊論動輒立異、談師則与師異、說佛則与佛異、涉及龍樹無著、又与龍樹無著異、無往不異、天何厚於足下、乃獨留此理以相待乎。認真講学、只有是非、不慊於師說、聖說、佛說、一概非之可也、不敢非而又欲异是識何心哉、其三、尊論談空說有亦甚縱横自在矣、然浮光掠影、全按不得實在。佛宗大小之派分離合一繫於一切說與分別說、豈徒謂空有哉。有部之宗在一切說、此外固有分別說者矣、瑜伽解空在分別說、固不得從目為有宗矣、若是等處豈容含混、而尊論頗惑之、此乃全為章疏家所蔽、究其量不過明清難辨邪宗上遂般若、測基塗說、懸解瑜伽、一部成唯識論有幾句說到實際「唯識」一詞且拿不出個真實名字來、安論其他。真空真有果如是耶、其四、勝義而可言詮、自是工夫上著論、而尊論於此極欠分明、如云須解得實相然後淨種從自性發生、又云入手不見實相則淨種非自實相生、此識此見從何而來、前後引生如何關合、此等毫無着落、則非傳聞熏亦唯空說而已、其五、尊論謂所見如是、所信如是、似矣、其實則自信未徹、設真有所得於己者、即當智照湛然、物來順應、何以一聞破的之談、即酬對周章、自亂步武、既不能辨自說之不同於偽書、又不敢斷偽書之果不偽、更不審鄙意與尊見究竟異同、熒惑游移、所守何在歟。前函提到偽經偽論者乃直揭尊論病根所在、此正吃緊處、何得以考據視之、輕輕忽過、弟豈好引足下談考據耶、弟之考據工夫尚待向尊前賣弄耶。五者有一於此、即難免乎浮泛、況兼備之、故謂尊論不遠於時文濫调者，此也。鄙意则全异于是。前函揭橥性寂与性觉两词，乃直截指出西方佛說与中土伪說根本不同之辨。一在根據自性涅槃（即性寂），一在根據自性菩提（即性觉）。由前立論，乃重视所缘缘境界依；由後立論，乃重视因缘種子依。能所易位，功行全殊。故謂之相反也。說相反而獨以性觉为伪者，由西方教義證之，性寂乃心性本淨之正解（虚妄分別，内證離言，原非二取，故云寂也）。性觉亦從心性本淨來，而望文生義，聖教無徵，訛傳而已。訛傳之說，而謂能巧合於真理，則盲龜木孔，名为世間最相契者矣。中土伪書由起信而占察，而金剛三昧，而圓觉，而楞嚴，一脉相承，無不從此訛傳而出，流毒所至，混同能所，不辨轉依，甚名命为之芟夷，聖言因而晦塞，是之啟沉淪此世於果暗深渊，永劫不復者也。猶有人心，而忍不深惡痛絕之哉？尊論不期與伪說合轍，當然有其緣由。学向所貴乎反己者，以聖佛之心为心，理同心同，而心又不可分分析之也。尊論反己獨異乎此，謂以聖說印心，有同不同，未应捨己，是則無心同之可言，不過以凡心格量聖說而已矣。是心果何心哉？索處冥思，見聞所及，無非依稀仿佛之談，訛傳伪說

二

自易入之、由是鑄一成見謂之曰吾心、則得此心之所同者、自惟有訛傳偽說矣、此所以尊論與俗說而二一也、故尊論說到究竟處不过一血氣心知之性、而開口曰化、開口曰仁、正是芻狗萬物天地之大不仁、此明眼人一目瞭然者、又何必綴拾佛言、濃妝艷抹、以自矜新異乎、由足下之工夫、而聞鄙說性寂性覚、宜其牽合寂而常照、照而常寂一類濫調文章、糾葛而不可解、試向下與鄙意有一絲一毫相干耶、又鄙意從性寂立言、故謂在工夫中所證是實相般若、此即自性淨心、亦即虛妄分別、般若觀空不證、楞伽妄依是常、聖人亦致、均據此義、證則非妄、常則非真、其義相成也　能證智成增上、所成所積、種姓本住、又奚待言、然習起知歸、無客先後也、此皆瑜伽本宗源源本本恆心稱理之談、聖言具在、豈吾牽强附會者哉、足下工夫向未涉此樊籬、宜其●一聞般若、即會牽扯到融通性相一類腐爛陳言、試向又與鄙意何干、然鄙意說到此等處不過由聞熏議論引發而來、其實佛教真命脈尚別有所在、實相證知、已落第三四層、但在尊論或以為究竟矣、此義精微、未容以口頭禪了之、姑置不論、總之弟所得者、心教受参，千锤百炼，绝非以意所想像「治经论」三个字便可了事也。尊论向自矜异，虽得此番虚怀容纳，大事究明，又吾师新逝，不忍见异说之迹与疑斯文，遂遽表，故竭疲惫精神以呈其意，有益于高明者几何，则不敢知矣。承向禅家流别之谈，此乃虑君在院寂寂，对无憀，聊代筹引，然此亦第格量中土讹说之一端。向来视为中国发明之佛说，以台家、十为、贤首亦相，无一不出于讹传，不但禅也然，而千年锢闭，又谁能解之。甚愿真正参究者资为家常便饭，能无意永不宣。缓日当录出大意，抄呈一览。并念院事，屡蒙关怀，意极可感。弟仅止吾师廿载经营，自觉最可珍贵者，即在葆育一点「存真求是」之精神，以是内院虽未能展发皇，却始终隐然为此学重镇。今后此种精神之存，即内院命脉不绝，然桐江九与系于一笔，其虽可想，风雨如晦，鸡鸣不已。吾兄多情善感，宁无动于中乎？春暄为道珍摄，不一。

弟 澂再拜 四月十二日

十力吾兄：昨函发后，覆检存稿，仍觉语焉不详，然思入幽微，何能尽达，要在上机于言外得之耳。功行全殊句下可注「一则创新，一则返本」八字，以当点睛，请代加之。（以其創新，故懸鵠法界、窮際追求，而一轉換間，無住生涯，無窮開展，庶幾佐育匪託空談。
此中妙諦，未可拘拘本体俗见而失之也。以其返本、緣起，自足於己之心，便已畢生
陷身情性，縱有揣摩，無非節文損益而已。至於禪悅飄零，暗滋鄙吝，則其道亦幾窮
矣。近見師友通訊載足下教人之語，卑之已甚，全無向上一著轉機，非其驗耶？吾儕
家業，立心立命，何等擔當，應須仔細。昨函云云，請勿以衛道迂談視之也。又承詢及疑
楞伽為偽云云，弟并無此說，但嘗謂魏譯支離，遂成偽說之源泉耳。其略亦擬於禪
家流別文中出之。時中赴渝受訓，暫不能趨候矣。餘不白。弟澂再拜 四月十三日

秋一兄之十三日手書與十力往返書俱展一過懷吉春
曾訪十力於勉仁渠數番持其新論某某章要我看後與
我談意甚殷切弟始終默然不答一語所以然者憐渠衰
弱受不起攻擊假使受得起亦無反正之望故也　兄要
伊言詞嚴義正毫無假藉其精深處不僅十力覩之闇然
正恐同學中能入此者亦尠耳十力好談本體其實他絕
不明了此事其自謂為妙得者攬乃入易經生化之義寧
知此所謂生化者仍是有所住耶此處一乖故一切說法
均屬疑似茫無涯岸之談而其所謂存神養性者乃玩賞
光景向鬼窟裡尋活計耳伊此書所謂熏習性覺以至法性

漢藏教理院漢文科試卷

要　摘　票　傳　年

自性各點均緣不了此事所致 足一一駁之痛切極矣尤具反己一大段深中其病根尊論於小乘及瑜伽更有雖未嘗研究然全文正確有所[illegible]了然尤其辨性寂性覺兩義又補孟論創新反本一段文有近年於禪得個入處全屬此道理蓋先得我心之所同然矣禪悅饜參暗滌鄙吝 兄之所慨亦正我之所素懷也善哉善哉其旨味且待面陳耳匆褱此函未留稿請存下即頌

道安

弟銘樞再拜　十六日

四月廿一日来书

前读大与十力往复之文，叙答一纸，今夕重看尊论，益觉字字均经胸中慧炬锻铸而出，说理为近代论佛法中最精湛之文，又复嗟並世学佛者能叩此奥窔者殊难一二数矣。至于此学最粗略，而心行亦曾从千锤百炼中来，故能印入尊义，然究其微妙能尽知否，尚待晤教。暂置佛论，兹复述十力之谬执，摘出于次：其一答函说十力实不明所说东作者是什么，其故乃彼执为有可实取之东西耳。其二彼信不过轮回之文，故亦信不过圣言量。其三彼乃欲于有宗中求佛法，诚如尊论云实相从知已落为三四层者，此三者为彼知见上之根本错误，再加之欲求表现于世及传世之鄙念，遂久成锢疾而不易使之反悔矣。乃所以素对彼论保留不言者此也。复次尊论所揭橥性宗与性觉两词，乃直截指出西方佛说与中土佛说根本之辨一段文，尤极精卓，能使依论泥于性相圆融窠而常迷之而常宗之鉴调，诚未易辨此。能明此了者，一举便了（所难在举得出，兄不举出，则易含糊过去），亦正无难。何以言之，盖言性宗不应有无，言性觉则应有无耳。诸见如此，在著文字见其说之又如陷五里濛雾中矣。呼此事诚感君兄辨析得出，复嗟非真实切己得来者，对兄所辨析徒得漠耳。哀哉众生难矣，大法吾与兄又将如之何[illegible]

附抄

四月二日致十力书

⋯⋯来教不满意闻集，未详何指。瑜伽净种习成不通埃上，大有异乎外铄。至于归趣以般若为实相，本非外来，但唐贤传习晦其真意耳。尊论完全从性觉（与性寂相反）立说，与中土一切伪经伪论同一鼻孔出气，安得据以衡量佛说若出一真是真非，实理尚应商量耳。⋯⋯

證如吾兄惠復：於弟致十力信評論至當，舉世昏

沈，解人有幾，故函稿先呈之尊前也。十力病不可

救，但弟現處境遇，不能不有此信。昨十力來函復，累五

六千言，全不相干，已去信結束此事，稿併呈覽。吾

兄前作先師象贊，已得識華，改稿否？務乞催來

為要。兄前來信抄稿寄上。又內院簡史二份，備

李德孫處已寄去數十份，託見不散矣。即頌

近安　弟澂再行　四月二十二日

再復熊十力書 四月二十二日

疊來兩復，頗涉支離。前以足下虛懷欲究大事，故略貢所知，意在取準佛說也。尊復乃一轉而為依據新論云云，此則新論早已解決，又何待究明耶。可勿再談。（另函所舉尊論，皆指前後來信，原未嘗涉新論間事，尊復所謂視新論如無物，誠是也。）惟尚前函祇說誘惑害界，豈即在外。（最初一函且言旧趣本不外求。）又說陷身情性，豈是背性。至於性寂、性覺明說對於心性本淨一語之兩種異解釋，（一真一偽，各有其整個意義，毫無所缺。）豈即是一心二門各約一門。凡此等處，請弗

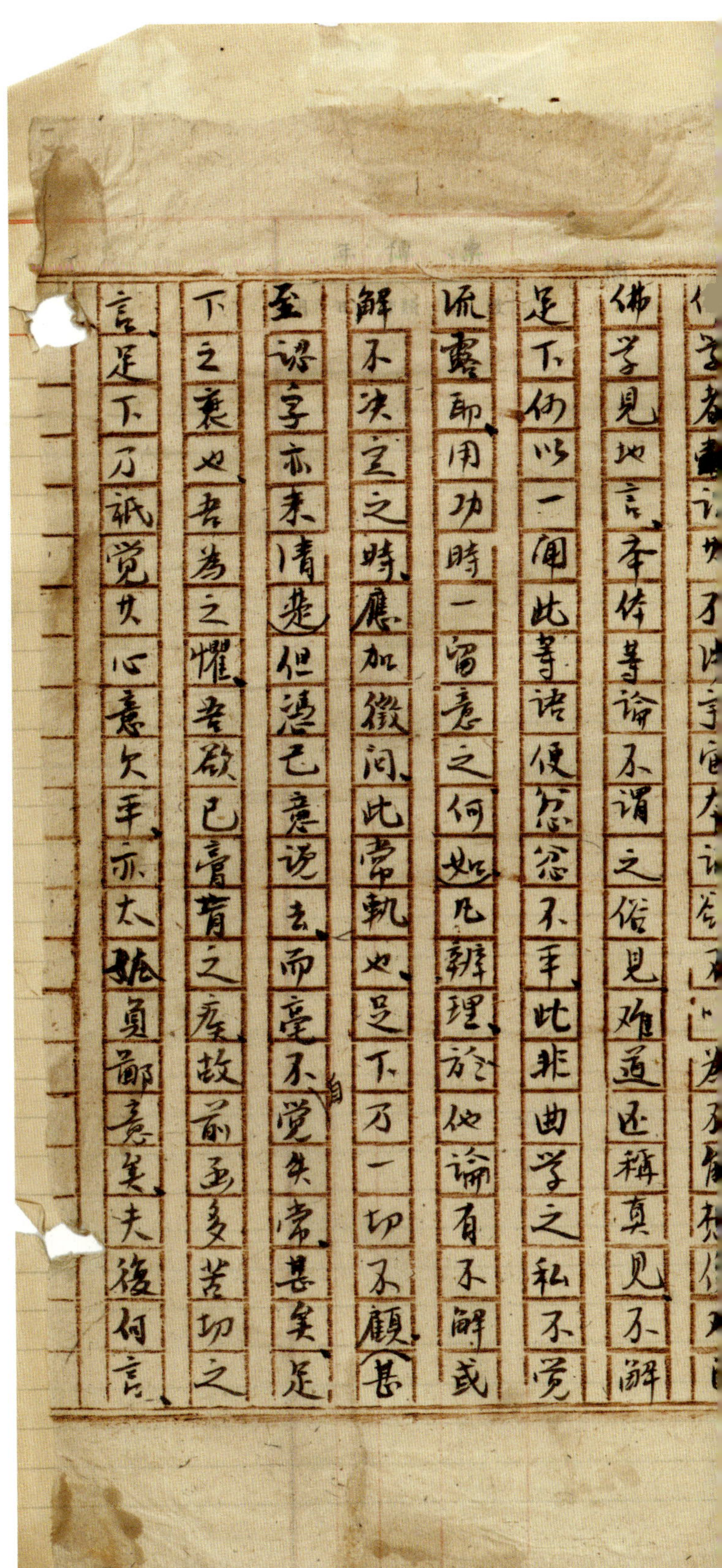
佛学见地言，本体等论不谓之俗见，难道还称真见？不解足下何以一闻此等语便忿忿不平，此非曲学之私不觉流露耶？用功时一留意之何如？凡辨理于他论有不解或解不决定之时，应加徵问，此常轨也。足下乃一切不顾（甚至谬字亦未请是），但凭己意说去，而毫不自觉失常甚矣。足下之衰也，吾为之惧。吾欲已膏肓之疾，故前函多苦切之言。足下乃祇觉其心意欠平，亦太孤负鄙意矣。夫复何言。

心騖外者烏足以知之。尊函摘舉十力三義，皆得其意。彼不滿意陶重處，全未解為道工夫應着重涵養字（內典通言長養，乃一以貫到底之說，與宋人言存養有異），得養而後心德氣充，新鮮活潑。此豈可無源之水而能有之哉？不汲之聖言，又豈能源源不竭哉？孔言時習，孟言集義，所以為養者，須何等工夫，然何為陶重之處，特增長更說得切當。（程朱於此不會，乃謂時習是時復思繹，集義是事事合宜，零碎支離，全無依意，故於集義處始終隔膜一層。）華嚴十地見佛聞法，地地服

吕澂

第六通

陈铭枢友朋论学书札 图版·上

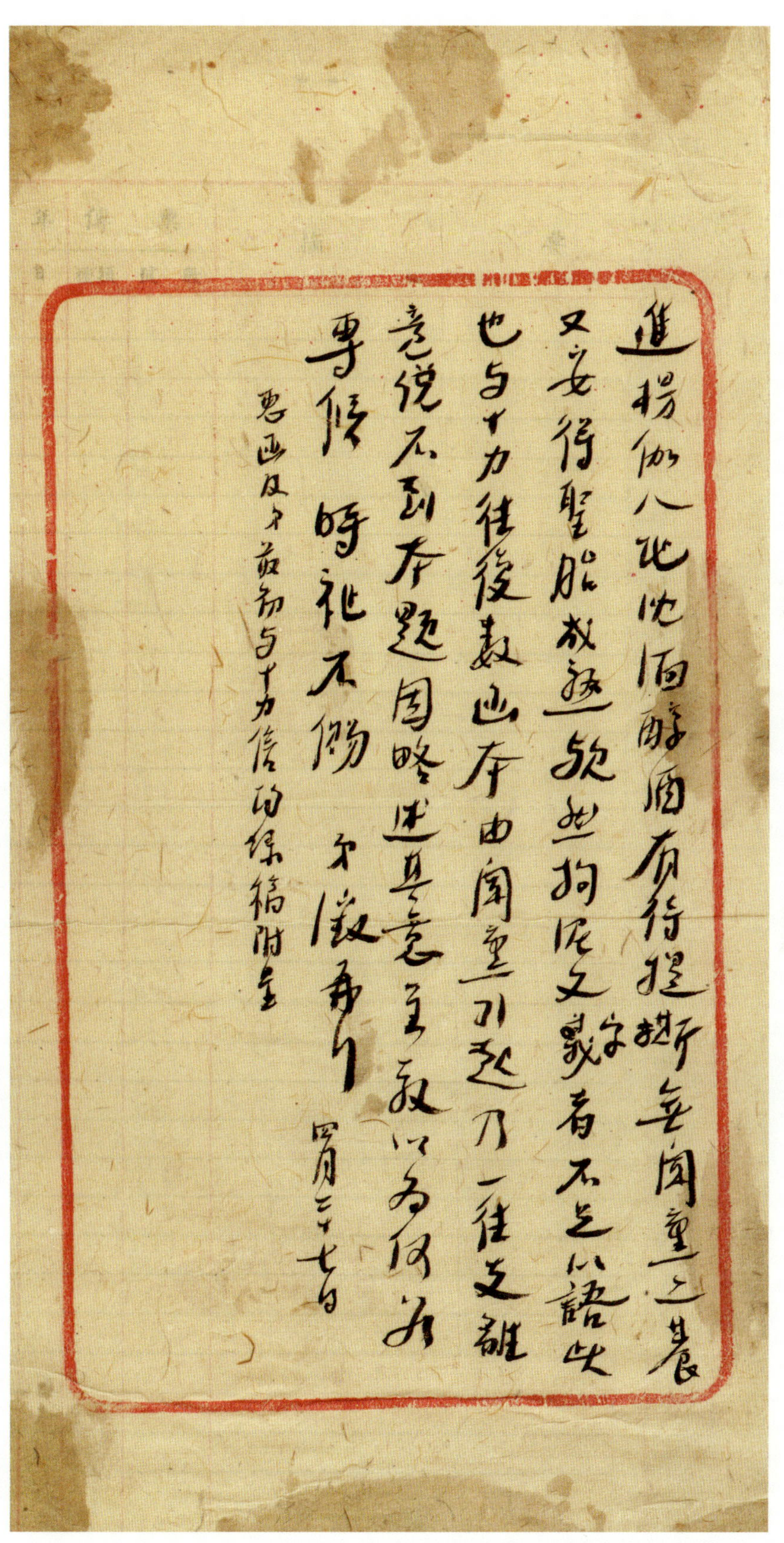
進
揚佛入化，此如醇酒，有待提撕無閒，竟之甚
又安得聖能救護？然無拘泥文義字者不足以語此
也。與十力往復數函，本由闡意而起，乃一往之離
意，說不到本題，因略述其意，至致以為何如。
尊候時祉不一 澂再拜 [illegible]月二十七日
惠函及前致十力信均錄稿附呈

證如學兄：惠復附還李函均收。前得論學第二函者已寫復，想早達覽。昨日下午即舉楞伽如來藏一章爲諸友講之，詳闡性寂說之教證，有筆記擬付印寄覽。日前寄十力教函，仍均秘不示。北碚諸友來信亦交駁異，者殊覺此恐真無處，甚爲惜之。案贊爲印數版。專念。弟澂再行

五月六

秋一兄：五月一日函并来论学第二函上已来诵，快畅
莫名。得兄印證，一掃年来一肚皮闷氣，以知音者难得也。
兄更闡薰習一義，足救吾溺者之弊。十力函不宜，殊失
光明之道。至云勉諸（仁）友来信上一支離異常，未知誰指，顾見
告弟当有以正■之。除十力外，弟都不说话（但長之乃悯其
衷無力反正耳，弟已條照）。不明此了者（大事因緣），一啟口便落
人情窠臼，固無性其然，然良庸輩尚可使開悟也。兄講
楞伽如来藏章甚善，講稿望速寄讀，因此弟復記起化中
去年屢函反擊我，謂楞伽声帶章以諸妄法是常，聖人上
現為示現之現，如示現出生王宫作太子出家修道等云（此一大段文中無一字能
云。當時以彼絕不懂，乃结束论諦。今復思之，此段文又何
在明晰者，乃否定楞伽难读，聰明絕頂如东坡居士，亦竟力不以為然，何哉，一嘆）
等明白了暢，又何等圓到而重要。兄不妨專就此章再
作一次講演，或更可開悟迷者也。又性寂性覺之辨，偶憶
南泉有言，性海不是覺海，及黄檗無明、訛是本明之義，乃
知宗門中大有能辨此者矣。匆覆，即頌
道安。弟銘樞再拜
六月四日

五復熊十力書　五月二十五日

前函結束所談，而来復殷勤，猶求一是，意甚可感。惟兄所知佛説太少，又久習于空疏，恐尾之文字之真，亦唐勞筆札，而終無益于介甫也。前函往復，皆從聞熏一義引起，所辯皆佛家言，不準佛説，詎得是非，乃足下一見佛字，即避之若浼，以自絶于入德之門，此可謂大惑也。前函涉及西人談真云云，乃以尊論有「佛學不從本體論理會，即不能想像」之意，故舉西人研究之實，以證尊見之誣，第何取于西人哉。惟尊論謂法性即是本體，小乘亦有所見，此則純屬臆説。法性共相，不可作本質觀（成唯識入説法與法性非一非異，亦指共相，蓋自瑜伽師尊視阿毗達磨經以来，此意益以顯然矣）。小乘更用為通則、習慣及自然規律等義（詳見巴利聖典協會所編巴利文字典，此以雜鈎稽三藏，歷時十年而後編成，訓詁甚確），彼于法性有證，則惟證此而已，豈得混同本體哉。至實相實性皆就相言，亦未可以譯文有一「實」字，遂漫加附會也。要之，佛家者言重在離染轉依，而由虛妄實相（所謂幻也，染位仍妄）以着工夫，故立根本義曰心性本淨。淨之云者，妄染本相非一切言説所得擬似（淨字梵文原是明淨與清淨異），以示性寂之境也（自性涅槃法住法位不待覺而後存，故着不得覺字），六代以来，訛譯惑人，離言法性自内覺證者（不據名言，謂之曰内）一錯而為自己覺證，再錯而為本來覺證，

於是心性本淨之解，乃成性覺，佛家真意，遂以蕩然。蓋性寂就所知
因性染位以言，而性覺錯為能知果性已淨。由性寂知妄染為妄，得有離染
去妄之功行，但由性覺則誤妄為真淨，擬量擴充，乃愈益沉淪于染妄。
兩說遠懸，何啻霄壤。然性覺圓說為佛家言也，紫朱亂雅，不謂之偽說
淨乎？知為偽說，不深惡痛絕之，還是不啻嘗佛說者為不明乃即本體論
摩以迎時好（未後謂科學萬能之說者流，但以玄體論到處套其
玄萬能說，又有何異）。此尚非由學上足不識，或知以諒。佛學此自是惡好
之意，但蘄後者信，強不知而為知其變，以合乎異，即如流行一義，在佛家視之
原極平常，殷若孔分歸結于孔喻者為一類，稍擬立著之學均在此出。還
流諸行，佛家全盤功夫，捨此又何所依？問題所在，乃在此流行染淨真妄之
辨，與相應功行。革新（前函曰創新，意猶不顯，故改之）。返本之殊，某尊於漫
謂佛家見寂而不見化，此實文質字之誤，豈當若一實（實語於寂，即寂即化）下
化，原不可分，言寂則猶海水之味鹹，當海一漚，無謂其淨水而不淨鹹耶？
乃即憑此等膚見，横生議論，後言會通，贍焉深也，其免亂甚矣近覺
是下精神衰敗可驚（兄前錯認情字為情，出閒有信稿副本三分可覆
無不至誠鐘，且此次來信又錯寫情字為隋，用心者業且爾，更云於前時
知如兄病目生華矣）如真不欲以玄思妙悟自飾過非，則欣兆朝聞夕太
心無突，亦大丈夫本分事甚易之新，詎能持得身後幾許浮名。嚴辭棄之。
又何懇之哉！先師百期，知不能來，重見何時，是之心痛，多復不宜。
前張生以復譚兄函稿相呈，乃以稱未有洞無義可補者書所未及致
談禪數語，弟自有境界，非淺識可議也。

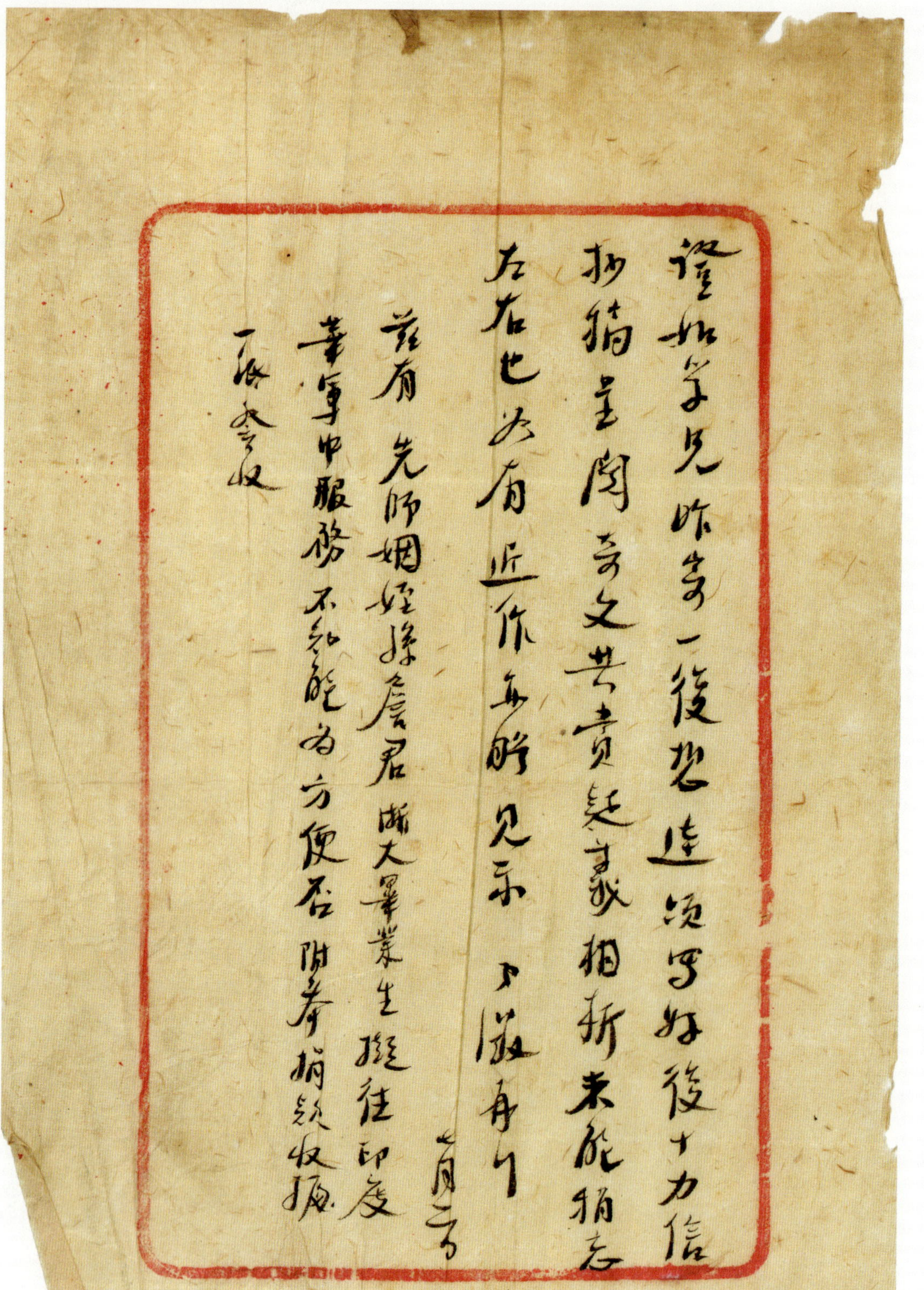
證如学兄：昨寄一復想達。頃寫好復十力信抄稿呈閱，蓋文共責疑相析，未能稍存左右也。如有近作，幸祈見示。弟澂再行
[illegible]

茲有 先師姻姪孫應君，浙大畢業生，擬往印度華軍中服務，不知能爲方便否？附奉捐款收據一張，乞收。

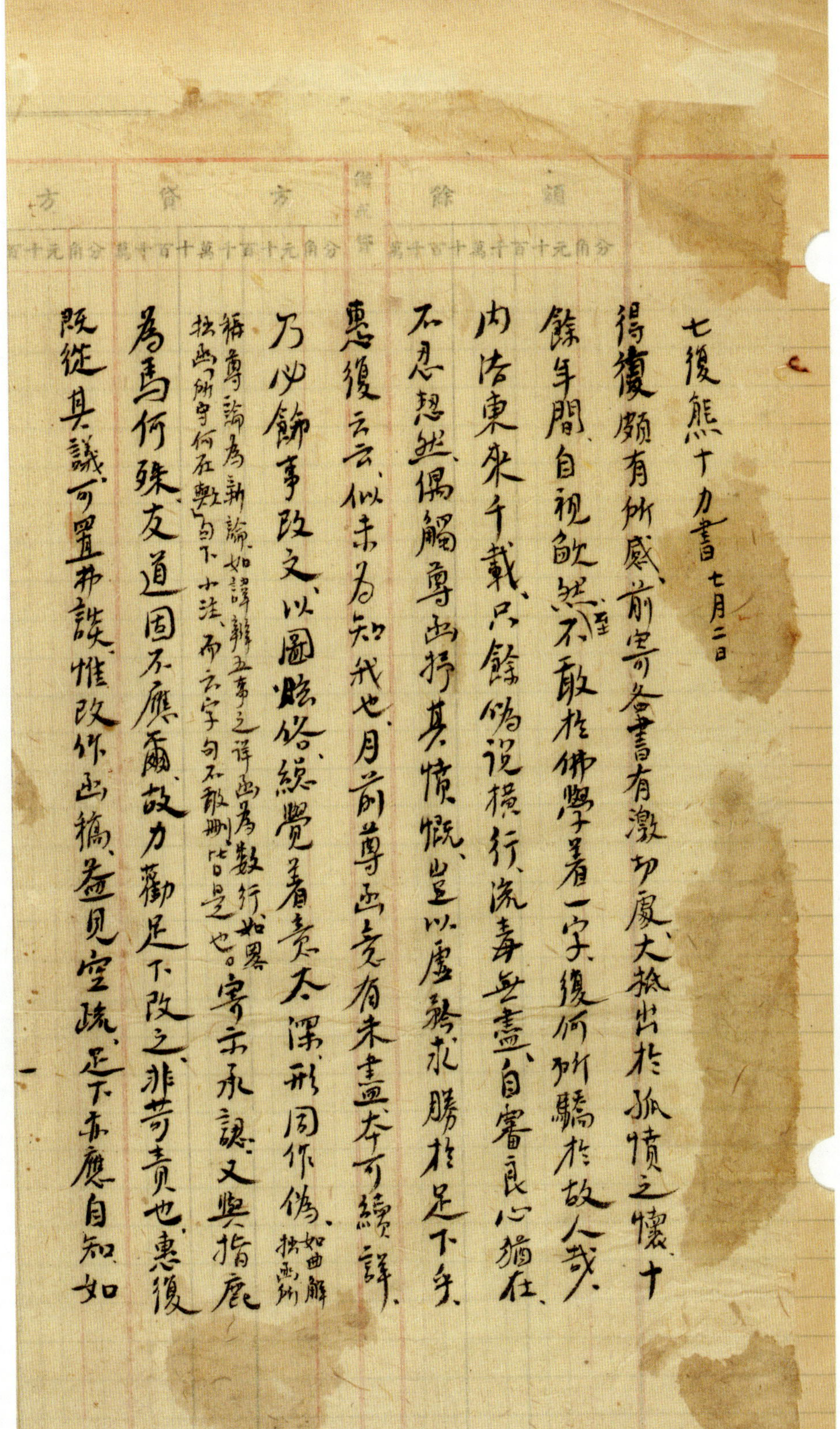
七復熊十力書　七月二日

得復頗有所感、前寄吾書有激切處、大抵出於孤憤之懷、十
餘年間、自視欿然、至不敢於佛學着一字、復何所驕於故人哉、
內法東來千載、只餘偽說橫行、流毒無盡、自審良心猶在、
不忍恝然、偶觸尊函、抒其憤慨、豈以虛驕求勝於足下乎、
惠復云云、似未為知我也、月前尊函意有未盡、本可續詳、
乃必飾事改文、以圖蹤跡、總覺着意太深、形同作偽、如曲解拙函所
稱尊論為新論、如詳辨五事之詳函為數行、如略拙函「所宗何在」數句下小注、而云字句不敢刪、皆是也。寄示承認文與指鹿
為馬何殊、友道固不應爾、故力勸足下改之、非苛責也、惠復
既從其議、可置弗談、惟改作函稿、益見空疏、足下亦應自知、如

辨空有一段，小宗典籍，此方最備，（經具四含，藉四支律，備五家廣本，論有毘曇兩類，始末燦然，較諸錫蘭所傳）（經論段文而又殘缺者）所勝多矣，而以為「鱗爪不完」，一不可也。龍樹無著之學，後先融貫，（兩家皆對一切有而明空，皆對方廣道人而明中道，空不過一相三相，後先為說，方式不同而已）乃從清辨立說（章曉家所據在此）強分空有，二不可也。龍樹兼華嚴（羅什傳習，亦以十住婆沙與智論並宏），乃以為單宗般若，三不可也。無著通宗般若寶積，（瑜伽決擇解整部迦葉品以見大乘宗要，中邊亦有遵依般若寶積明文）乃以為專主大經，四不可也。（大經自是成唯識一論所依，且如來出現即是華嚴一品，何得並稱為大）大小乘以一切說與分別說，對抗分流，（佛說歸於分別，一切有宗故意立異，所目佛說，意義迥殊）此本學說實質問題，乃僅視為流別，五不可也。性相之稱，原同考老轉注，（自三性，即是三自相）乃以附會於本體與宇宙，六不可也。無著據瑜伽以談境，備在顯揚，（此以二諦開宗，無所不包，達立依他，又無比其要）乃漫謂莫詳於攝論唯識，七不

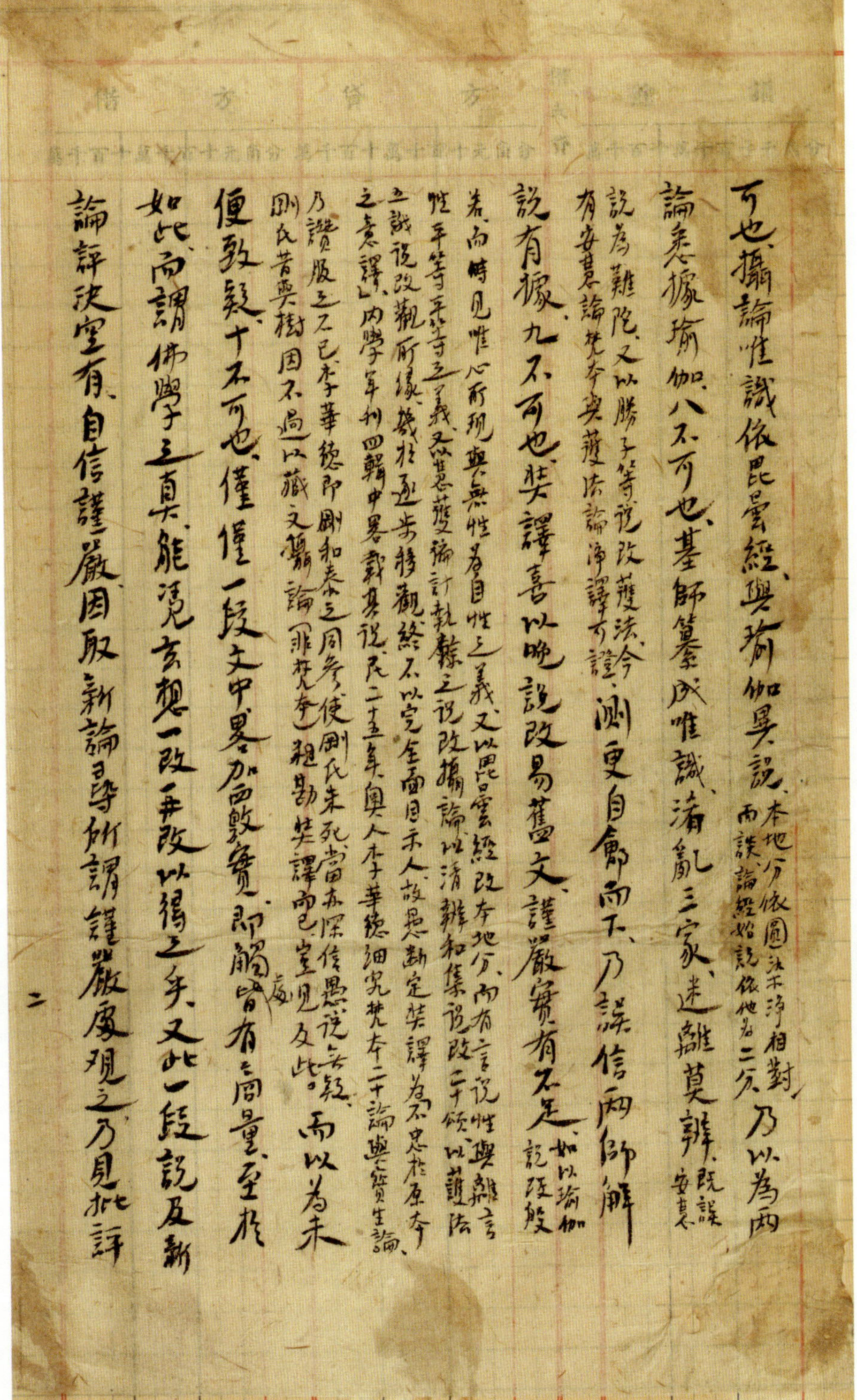

可也。攝論唯識依毗曇經，與瑜伽異說，（本地分依圓、染淨相對，而攝論、經始說依他為二分）乃以為兩論悉據瑜伽，八不可也。基師纂成唯識，淆亂三家，迷離莫辨，（既誤安慧說為難陀，又以勝子等說改護法，今有安慧論梵本與護法論淨譯可證）測更自鄶而下，乃誤信兩師解說有據，九不可也。奘譯喜以晚說改易舊文，謹嚴實有不足，（如以瑜伽說改般若，而時見唯心所現與無性為自性之義，又以毗曇經改本地分，而有言說性與離言性平等平等之義，又以慈護論訂執藏之說改攝論，以清辨和集說改二十頌，以護法之識說改觀所緣，幾於逐步移觀，終不以完全面目示人，故愚斷定奘譯為不忠於原本之意譯，內學年刊四輯中略載其說。民二十五年，與人李華德細究梵本二十論與寶生論，乃讚服之不已。李華德即鋼和泰之同參，使鋼氏未死，當亦深信愚說無疑。鋼氏昔與樹因不過以藏文翻論（非梵本）粗勘奘譯而已，豈足見及此。）而以為未便致疑，十不可也。僅僅一段文中，略加覈實，即觸處皆有商量，至於如此，而謂佛學之真，能洞見玄想一段再段以得之矣。又此一段說及新論評決空有，自信謹嚴，因取新論[illegible]所謂謹嚴處覘之，乃見批評

二

無著三性說，引據大般若經，以為三性始於空宗，無著更張原意
云云。此解無稽，真出意外。蓋所引般若為慈氏問品，原係瑜伽所宗，
晚出之書，取以自成其三性說者，此與空宗何關。羅什大品不載此文，梵本與藏譯舊本般若亦無此品，乃至
奘譯無性攝論刀用經文者，而藏譯本亦不見有，可見其流行之晚也。西藏大藏
經目錄亦謂龍樹於龍宮所得般若大本，並無此品，又可證其非龍樹學之所宗也。
今存藏譯二萬般若末有此品，乃晚世補訂加之。題名般若之經，非空宗所專有，如般若理趣分為密宗所依，與空宗亦無關。
豈可一見般若，即目為空宗之說。又經文說色等三法，原為徧計色、分
別色與法性色，瑜伽宗論書乃取以配合三性，豈可直接改經為徧計性、依
他性與圓成性。此經如已有三性名稱，則阿毘達磨經亦不必另費大周折以幻等異門為般若說三性之證矣。又清辨般若燈論亦無由破斥瑜伽建立依他之非矣。又經
說分別色云，唯有分別，此即三十頌解依他為「分別緣所生」之張本。豈可但云「唯有名想施設言說」。又
經文次下即云「佛言，慈氏，於徧計色等應觀無實，於分別色等應

觀有實，以分別有故，但非自然而轉，於諸法性色等應由勝義觀為非有
實非無實，此可見瑜伽宗以分別色配合依他，釋為幻有，不應說無，
正是經文原意，豈可視同無著妄改。又經文說法性色乃謂色法
由遍計無而法住法性常常恆恆是真如性，此乃指圓成之色法而言，
豈是色法之圓成相，經言非有非無（此是瑜伽宗勝義通所昆道處經說二方之意），豈但是真
實有此一言可以盡之。夫比論學說，猶聽訟也，今不辨兩造之辭甲乙誰
屬，又不得其辭意之實（甚至不待其辭之畢），而遽為是非曲直之判決焉，其何以
服古人之心，又豈堪向世人而說，專橫無理，一至此極，不審足下何以一無
覺知，反自許為態度謹嚴也。新論撮攝論成唯識論處均多肌解，乃至
以心經解般若，所取捷徑，亦失玄宗。夫毘曇
結小乘之終，般若啟大乘之始，息息相關，學者應知。此經言五蘊自性空者，色空變礙
性，受空領納性等，皆於毘曇見其真詮，此是常人耳目體膚之所感覺，能盡其意

三

耶。般若正宗在不離一切智智而以無所得為方便，故徧歷染淨百八句以為觀行，此豈五蘊皆空得概之耶。（五蘊不攝無為也）新論於此等處一無所知，乃謂能由心經以彰般若要旨，吾不敢信。惠復寄慨於年將六十，來日無多，悽動余懷，難能已已。足下自是熱情利智，乃畢生旋轉於相似法中，不得一覩真實，未免太成孤負，故為足下累牘言之，不覺其冗長也。否則滄桑任變，不為君適，又何礙哉。區區之意，幸能平心一細察之耳。累日苦雨，精神久焦，此復屢作屢輟，遲至今日始寫畢付寄。武大之行決否，得便示知，免念。澂拜白。

惠書封套附記性覺要認等語，余極能体諒尊意，以足下所學根據在此，自不容輕易放棄也。惟余所確信者，（一）性覺說由譯家錯解文義而成，天壤間真理絕無依錯解而能巧合者；（二）道理整個不可分，性寂性覺如有一分是處，即應從其全盤認識，全盤承受，絕不能嘗鼎一臠，任情宰割；（三）佛法根本在實相證知以外，絕非神秘，應深心體認得之。

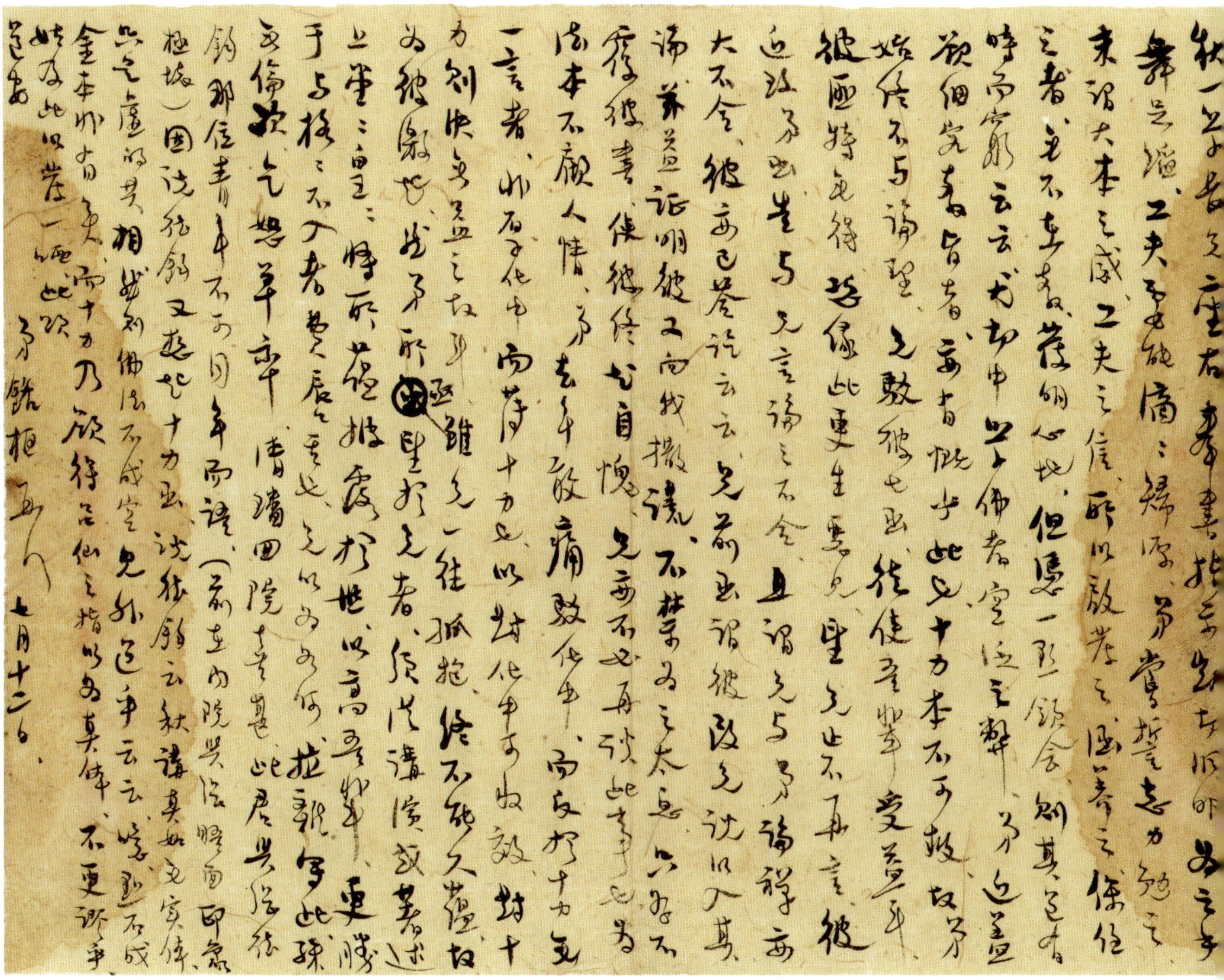

真如学长：赐复敬悉。与前十力往复论辩，势非得已。彼尚未有信来，当可即此结束也。院学犹待恒识充实，将来发表，拟会正多耳。承 指示，甚感。专颂

道祉。

弟 澂 再行 七廿八

附抄来信，原件奉收

15

20

致王化中書　三十三年二月十五日

先師周年會祭，同門俱至，獨缺吾兄，一葉知秋，令人於唈，會後獲讀海潮音所載尊作，談印度佛教書，感益覺痛心。大法東來，久晦於相似之說，先師畢生闡發，亦既撥雲霧而見青天矣，吾儕此時正宜善承先志，併力宏通，何期吾兄徘徊觀望之不足，反更輕信後生無稽之談，遂以莫須有之「真常唯心論」名詞，欲舉如來藏法鼓、涅槃、勝鬘、楞伽、密嚴諸經一蹴去之，印度之佛教第十五章以如來藏等經概歸之於真常唯心論，吾兄附和其說，雖未列舉經名，而意之所在固不言可喻也。既以為違立真我，顯違佛語，又以為雜入外論，篡承正統，嗚呼，是何言歟。推兄之意，豈謂內院數十

12

8

年来阐扬如来藏等经说为大乘正义者，亦皆一无是处欤？先师晚年定论以如来藏为善不善因与心性本净客尘所染之建立，院学者，亦屏外道等流，篡取正统欤？此两点关系全盘佛学与师门宗旨，决非细故，不容不辨，敬以请教，务恳明白赐答，以祛所疑，不胜企祷之至……馀俟复来再详。即颂净祉

每頁25×20=500

13

真如学长兄：书来欣悉。兄已此学深究久矣，犹待吾兄说真谛究竟，如有相应之一解也。《金刚经》以方便般若读，乃见真诠。前寄诸稿，发凡而已。所示尊解，亦与此意相近。罗睺颂须见般若得解，不见亦解；见般若被缚，不见亦缚。此正文字出空之谈，无得以为方便，而非以为止境也。此前义理不能离言步骤，自宗所谓依义不依语，正由依字而得理会。请从此一门深入，而复躡其迹。不二须根据是依乎等无有高下之言，根本精神犹待阐发，方能更进一解。又附与作康函稿，勘以备存。天寒珍重。弟澂再行 八月十五

復李仲康書　三十三年七月廿四日

惠瀋詳告所疑，已追問題邊際，誠哉学之愈講而愈明也。從来对于圓成一詞不能辨其指、相与指、法之有異，含混講去，不知權幾許慧命。今因来涵，应郑重提出相、法各别之義。众生只此一心，徧計此心也，依它此心也，圓成亦此心也。此心當前妄染，而実相證之圓成者，此乃圓成相。此心应使淨実，究竟亦證之圓成者，此乃圓成法。妄心未為轉依，実相隨能緣而現，虽淨而不然（相隨見起，于六七識為無漏，於八識仍有漏）。故但舉相，及其究竟，融合淨味，根相歸性，可證之法，所依虽别，相則俱此相也。故凡聖有蹊徑可通，使心淨相日明，成其全淨之法而已（雜縣舊言之，亦猶孟氏之言惻隱為仁之端，擴充乃成全心之仁也）。全心如何純淨，此有賴于習氣之轉易，如鵝所飲乳去水，務若完全無漏習氣充滿，自唯淨現，乃所謂究竟轉依也。工夫所在，必須習真，遺但止妄息見而不求真，自昔禪家者于此誤解，不可不辨也。當言心相指妄心実相說，在染依中可證之依他淨分。依他而時染時淨，有分可指也。及既轉依，直稱圓成，或淨依他，只是一淨，不復說分。此亦应辨别也。陳那書名「取因假設」，乃以取（即取之取）為因之假設，亦猶無明緣行之名例。般若三假品所云受（與取同）假是也。賢聖亦有假設，但出于方便。今以取因别之。陳那論旨，由假設而唯識，而唯識性，三性次第觀行，即掌中論所說，亦据諸正宗也。其趣入處由上文所辨圓成相法之義思之，可得大概矣。

是法平等解寄證如兄

平等宗貴相義鍵片言答是法非之論紛家

者個是性同而得齊尊不辭朱紫高下因愛

憎得貴先離以真俗自判遠染淨無異指不

忍与終古想惻常無從三界有未安聖心豈

餘勞懷以徹育感乃識真空理無得方便

平周遍運如矢戲論從是非解人復有幾

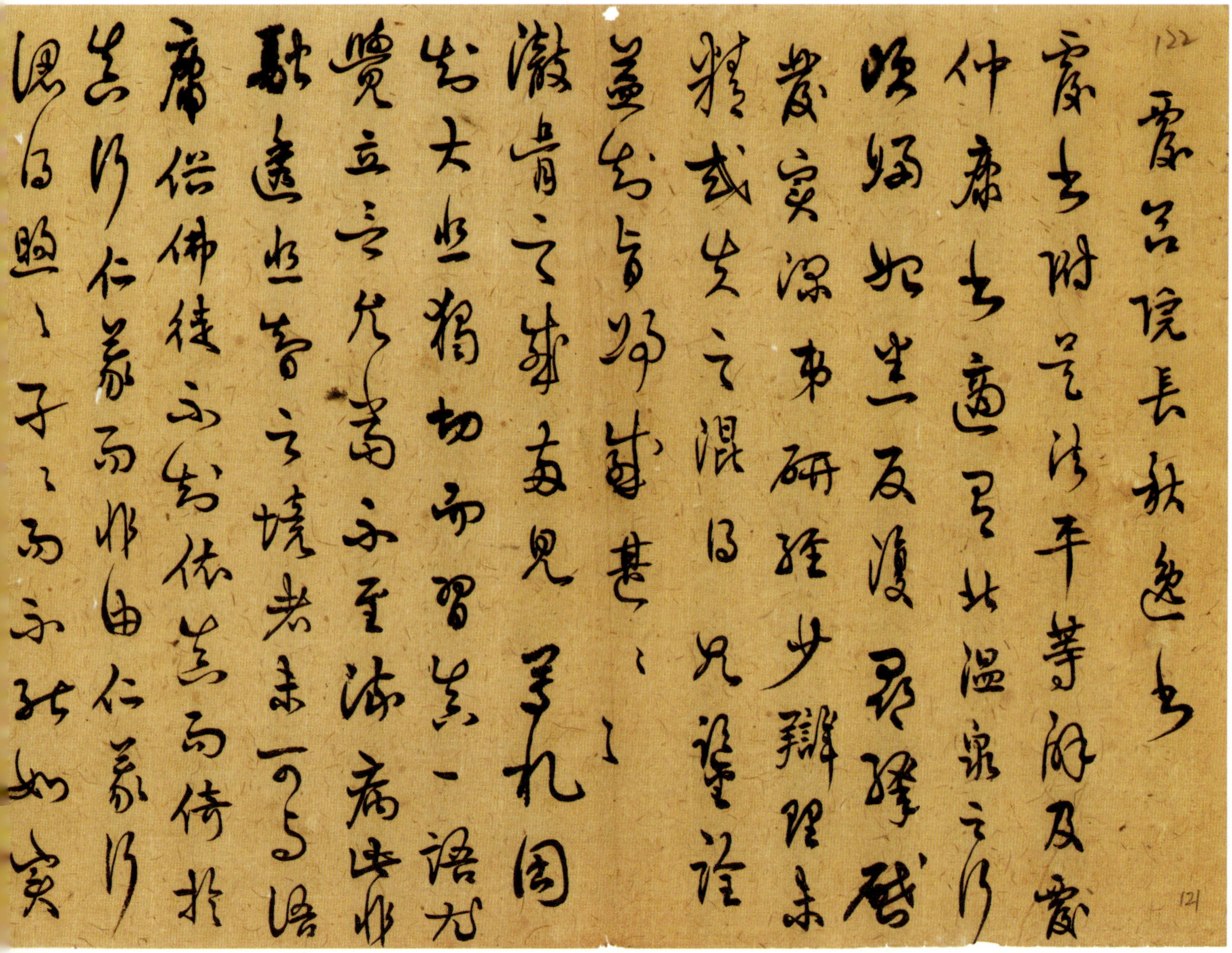

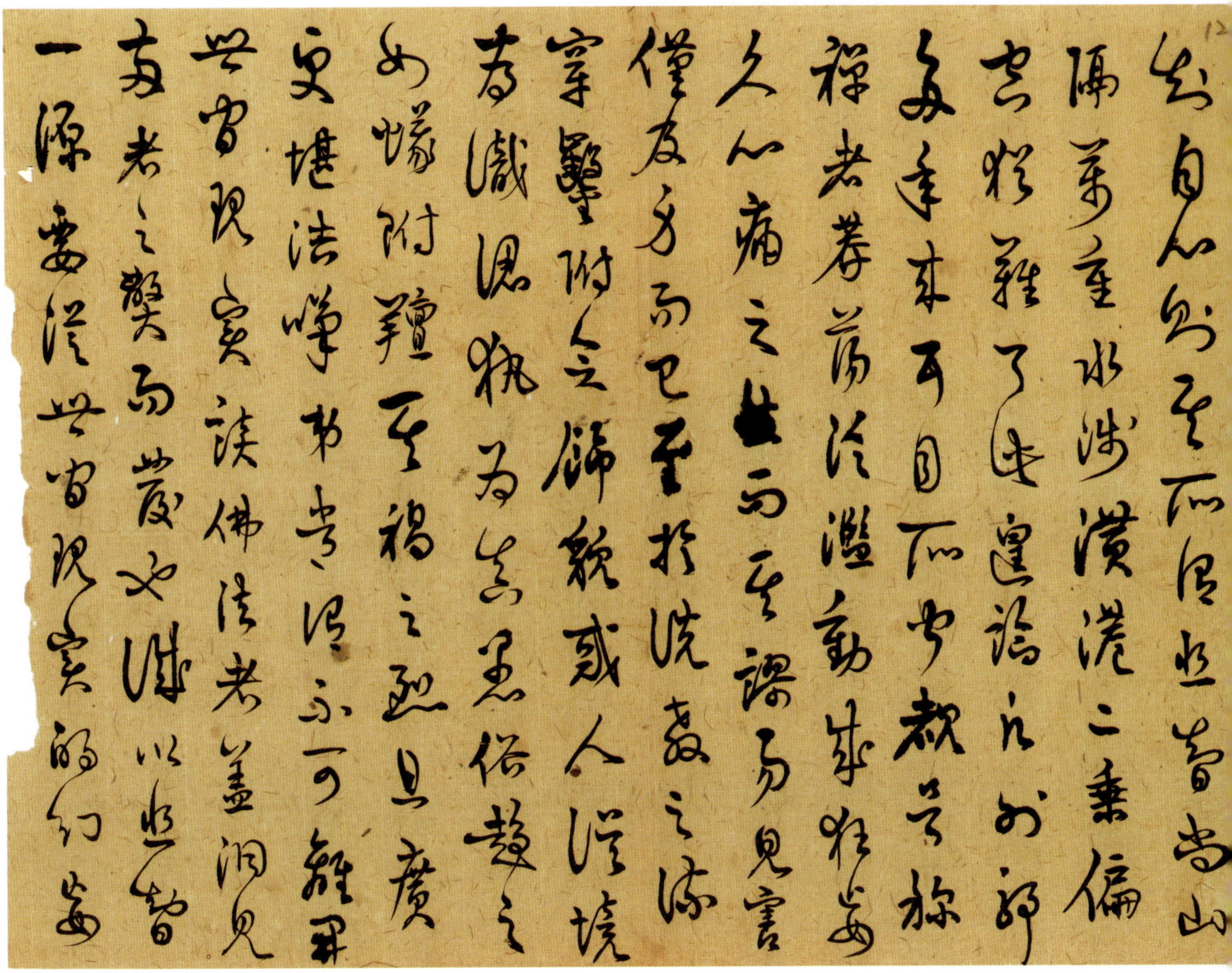

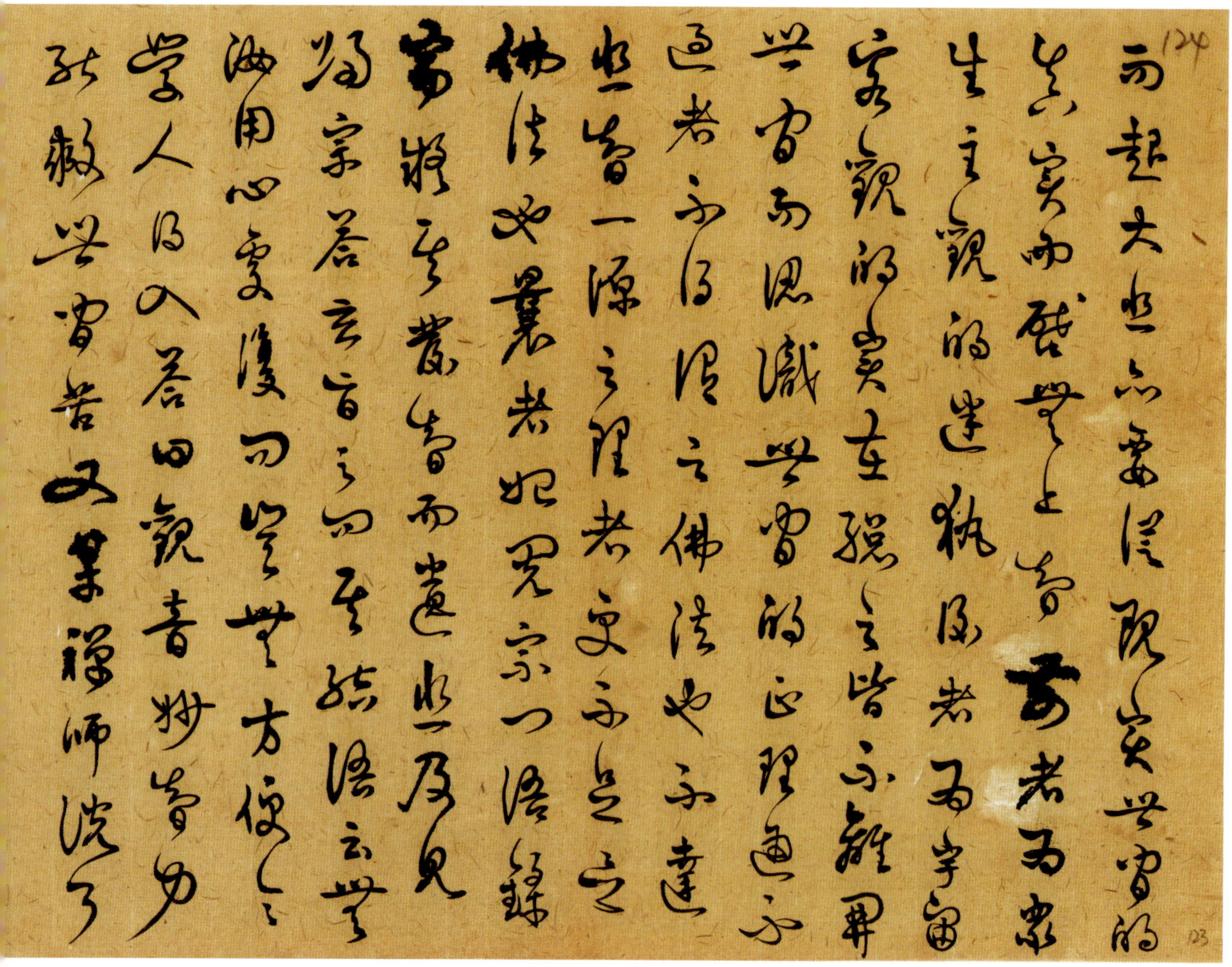

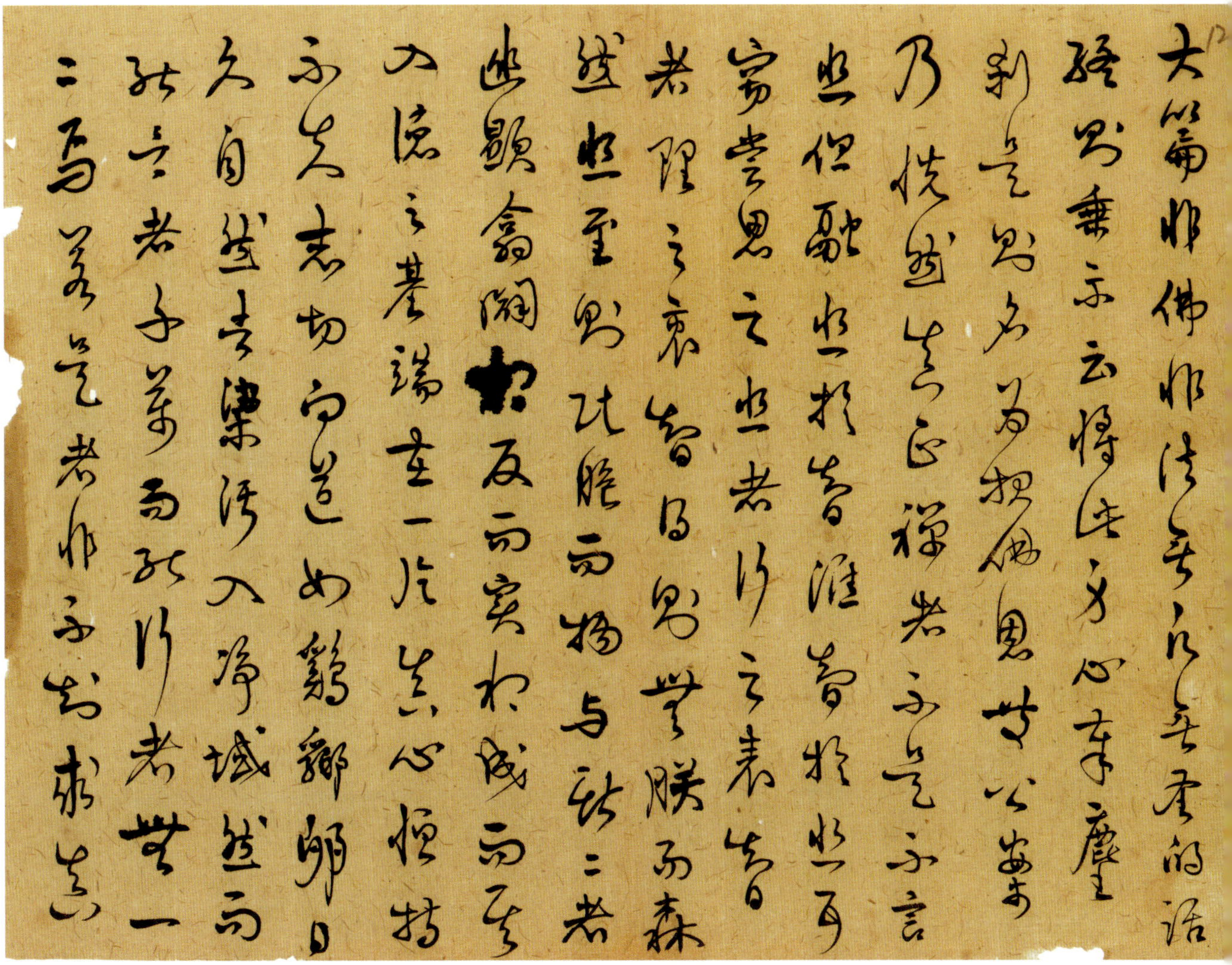

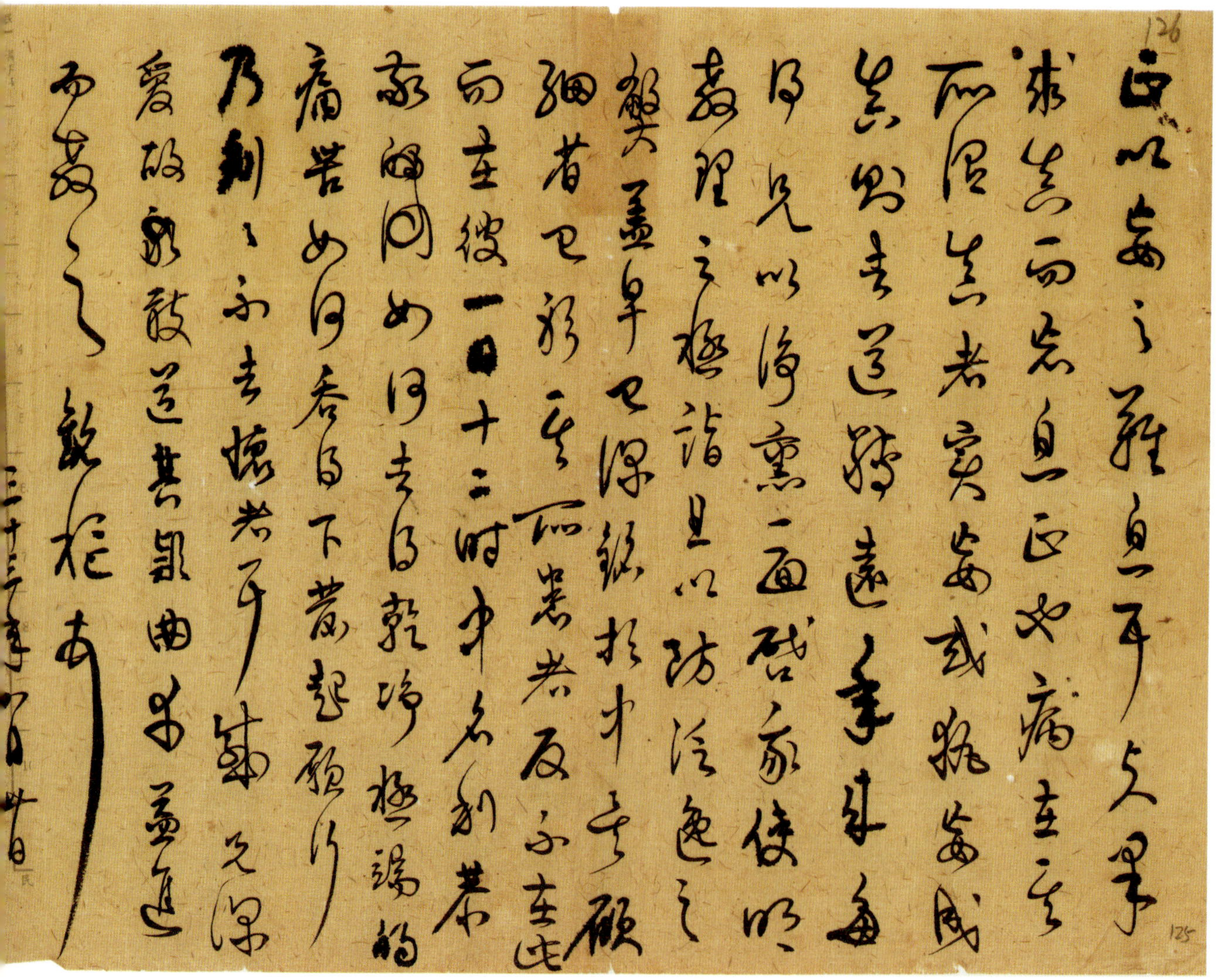

復蒙文通（九月七日　三十三年）

文通兄鑒：惠函及五論、自序均收。五論未及浔先師之印可，誠極大憾。某猶憶丁丑之夏，先師爲兄學講最後定論，以佛法攝孔，其意若曰：孔学而爲真学問也，必源于本寂之心，必契于涅槃之行，必歸于圓淨之域，与佛初無二致也。先師所期望於兄以恢宏孔学者，豈不在斯歟。自序於此一義似無發揮，或者本論詳之耶？承告近于儒学得其玄珠，縱横自在，堪爲欣慰。自序文略，未能確指，意者在孟氏本心之說也。孟以口有同嗜，曲喻心有同然，特爲常人說法，就近指點，非五官所好即性善之徵也。自序據此溝通快樂說，設若合符，實則彼從他律，与孟氏義内絕殊，混同視之，不獨失孟氏之旨實曾泥儒學主于荀卿推源情性與孔孟本宗殊去一間。孟只本心宗指当然，故有大而化之之說，較于轉依先師說孔孟與佛通轍者取此。宋人揚榷四子，學庸是荀學書，併為一談，頗為杆格。今論儒學似于此障仍未廓清，不知本論作何說也，甚願聞之。先師偉業無能繼者，澂不獲已以孤軍守殘壘，亦竭其力之所至而已。年來勉為同學講習五科經論，又編成精刻大藏目録初稿，印刷艱難，不能編繳同門。意見留俟異日。索閱近作，檢寄函稿數紙，以見此間所講一斑。其得便常常惠書為盼。專頌撰祉。

每頁25×20＝500

證如學長兄：會期匆聚甚快，別前一席之談揭示此間講學宗旨，關係重要，已屬王君記出，附寄印稿，原稿與化中兄函稿均求鑒正。尊論俟可整理出再修寄來。示近作別有境界，固非詩人之詩可比也，佩佩。天寒珍重，不一一。

弟澂再拜 十二月日

此信封好後又獲廿九日手教，備悉一切，能與化中兄晤面一談，固吾道之幸也，靜待好音，不勝懸佇。

致王化中書 三十三年十二月一日

化中學兄：獨別經年，僅得三朝之聚，同門念舊，只此一席之爭，雖人生如夢，瞬息成塵，而為此學存亡，披膽以求一是，亦無負平生，不忍不鄭重視之也。送別返院，即為瀝心進說所談，并略引緒之，以備學人省覽，茲寄印稿一份，謹求督正，須日後定，再請附載文教叢刊之末，非敢效白鹿之刻陸講也，亦希鵝湖之集，先期兄弟見同耳。區區之誠，并乞烟隨覽。在渝講席煩勞，希為道珍攝，世變無已，文教院進行方針早定為是。匆匆布意，不盡欲言。

證如吾兄左右：來信拜悉。院事迄無著落，不勝焦慮。現一年之期將至，務懇與當局一談，求解決之。是能辦法，尤其注意。開題急需有一二首之答。前經手與代答周林兩處，均無所得，想集已函告矣。即託設法商請各方，至所企禱。本院舊地約有十畝，現徵地產稅約九百元，已向市府地政局申請全免。該地隣東北一角，以田莊十

方自用外息為棚戶之借壹年收益但時逾限期迄
且院為學術團體用地應予免稅
無批答發之后由院據事名義或予一年之聰君
去函代請免稅了此一事又待寫院來信
地方政府不認院為學術機構復徵稅
複同尋常住戶院地既免負擔不了上月
下旬已向法律事務所函請登記並予繼續進行中共
務方即將向西南局請示局於院院恐不

30

吕澂

第十五通

了解支那教之印證，並盼 先即去函說明，請其
備案維持。能將院方對于名寺我同時函江津縣
府趙一川縣長，能與白濤副縣長尤佳。
以上兩事盼能接洽一為料理，至感至感。聞
先生在京寓宣揚佛法甚盛，能見示一二
否？專頌
化中先生過京事，信中似已敘之，忘其支持
又教院亦備感困難也
道祉 弟澂頓首 六、一八
心儀先生逝世，老友又少一人，傷感之至。

31

83

證如学兄：兩信附抄件敬悉。月刊需稿

[illegible]

果不當教育部文化部有方便可請補助

[illegible]兩信一并[illegible]談及西南文教補助之

[illegible]

又華東方面或可援西南例資助[illegible]

[illegible]

[illegible]多方進行[illegible]

又此月抄文寄一份[illegible]詳告專頌

道祉

弟澂頓 十一、九、

1

證如吾兄：昨日寄復，諒達。頃又承轉示李
校長函及巨贊師信，均悉。月初發達擬想
索稿，今日寄去，當作《契丹大藏考》，稿未經發表，
過於簡略，亦存蘇韜晉無法已經寄給民生劃
門能要，以於二十四日赴嘉陵船運到，大約下
月者可抵渝中。運費或由此時促成，或不能奉訪，
則經暫期之異日矣。院事待使候之全力進行，
何日支余與一年之協同努力。天寒珍重，不盡。澂再拜
十一、六。
黔師信附還

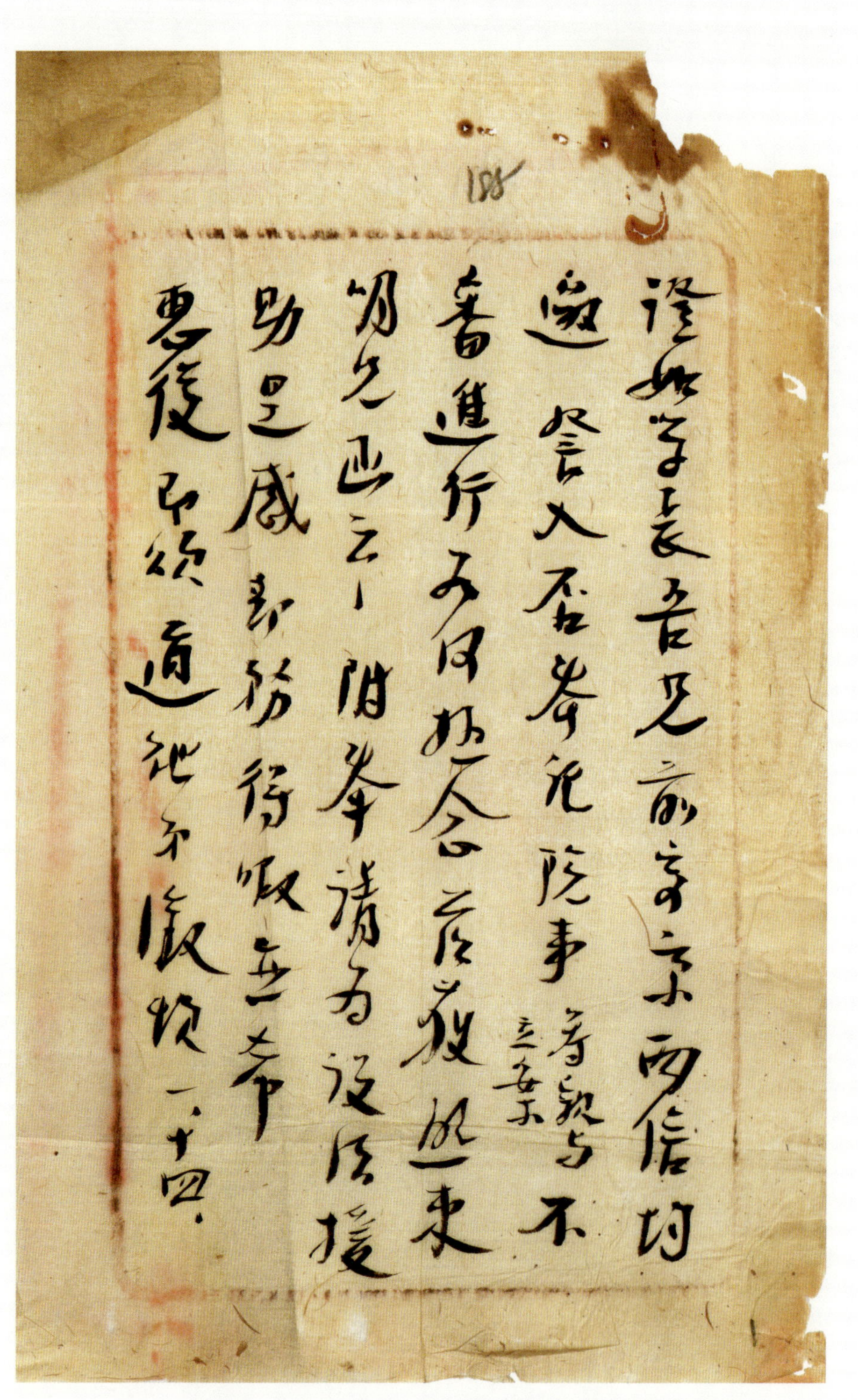

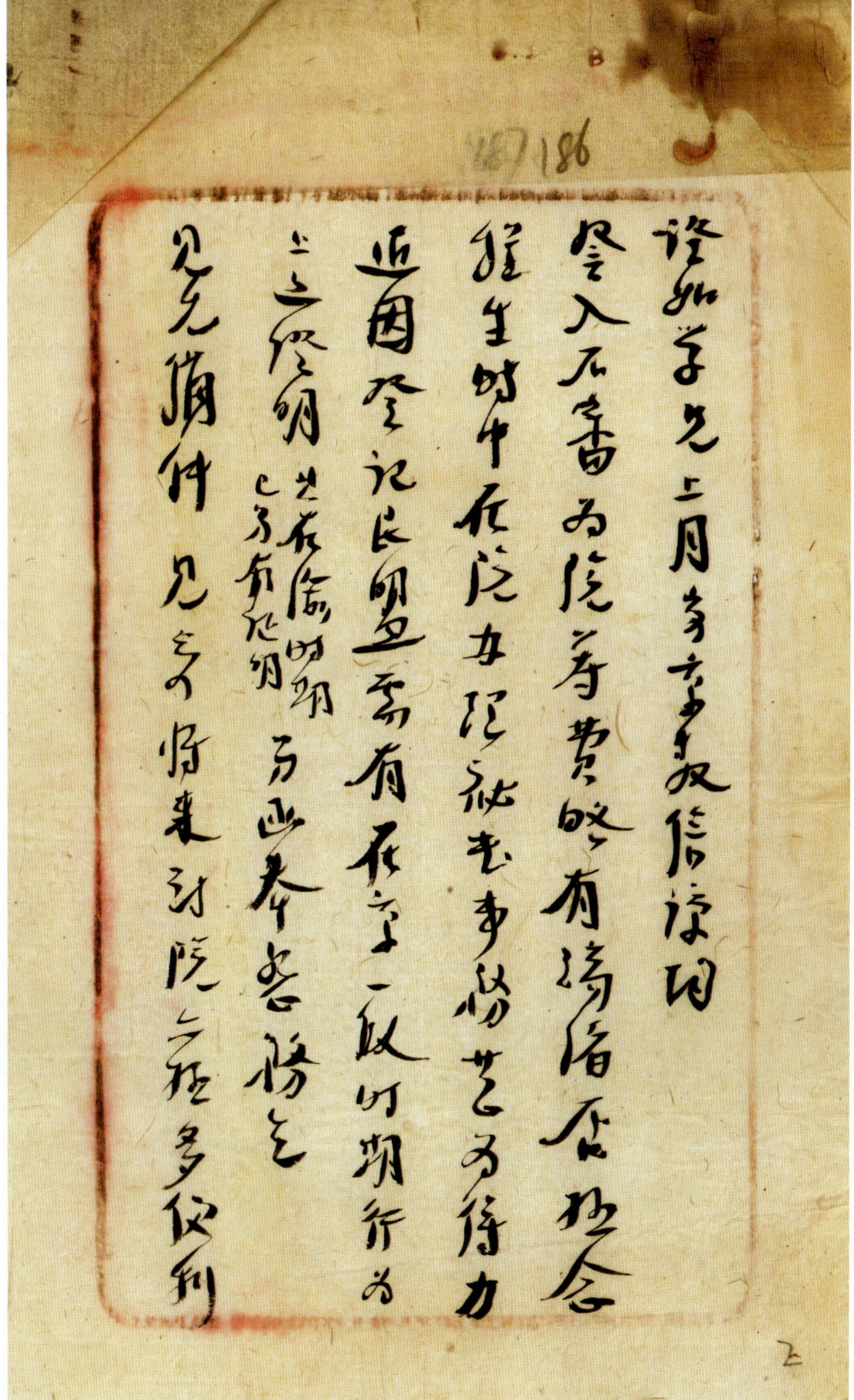
證如學兄：上月寄京[illegible]及信諒因
登入石齋為院籌費略有端緒否？極念。
程生時中在院安頓，秘書事務甚為得力。
近因登記長明並需有在京一段時期作為
上之證明（此在滬時期 已另有證明），乃函奉懇賜之。
兄見簡件，兄之將來對院之種多便利

1187

也为中风未闲差 院务不易维持下月
政务全要开会 左右近来仍希设法
进行华东补助费薪费早日外还 云云。
托、亦为刻经施资人事与叶玉甫先生
信已经得复 仍须再函 近况不甚可
敬借候云 天寒希珍摄 不一
弟澂顿 十二、廿六

3

證如学長兄：上月十四二日兩信敬悉。東初兄來院，與熙恆于雙日談論極快。彼甚願盡力現代佛学之發展，又為其熟識者能相約北上，對於社報之前途，定有大助。旅用各費彼月薪之，請酌定後即以電匯之。無需供給。如何？東初通信處為重慶北碚西南農学院現

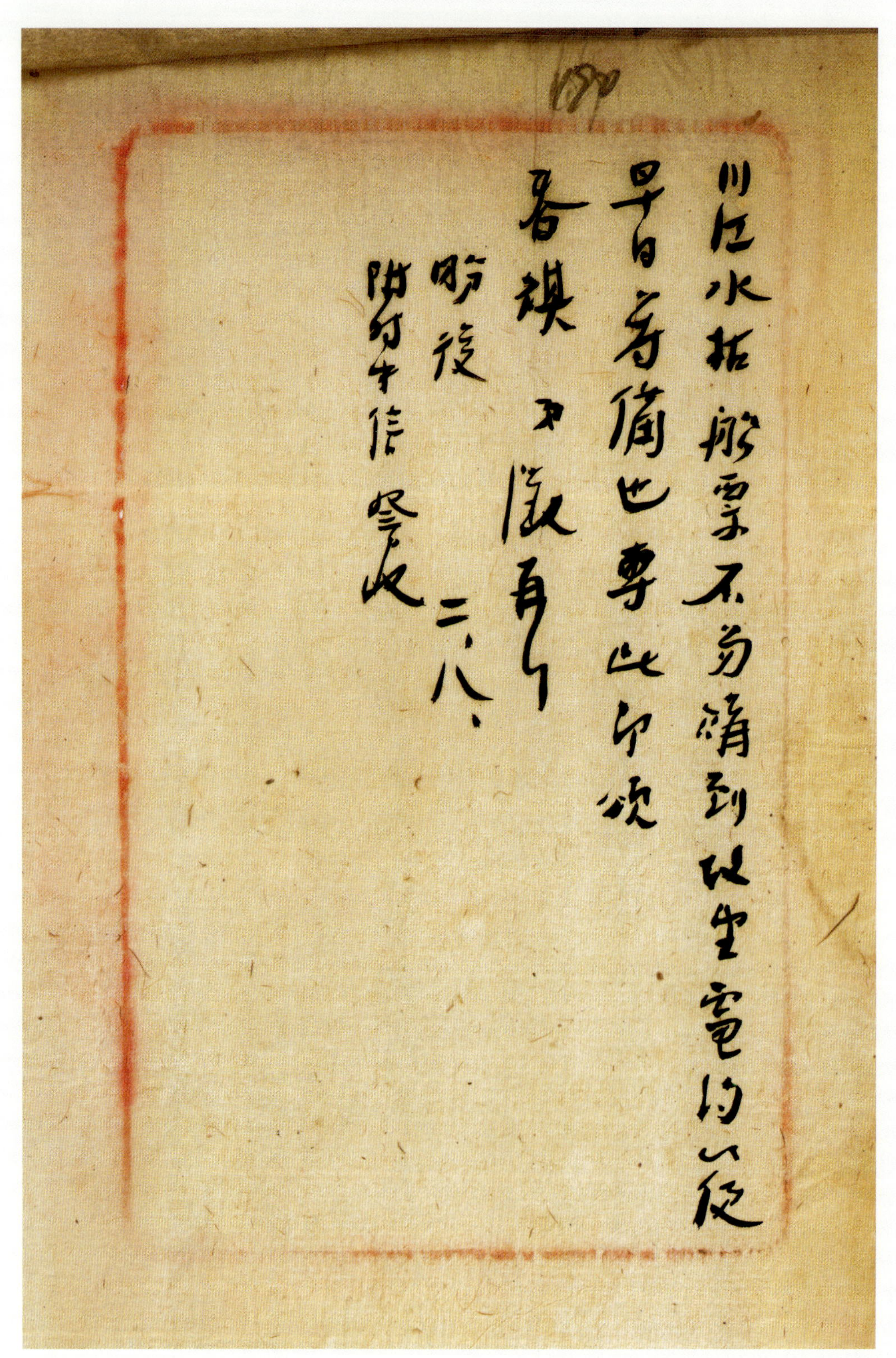
1880

川江水枯船票不易購到故望電約以便
早日籌備也專此即頌
著祺 弟澂再拜 二、八、
盼復
附竹中信 察收

75

真如吾兄：前寄一函奉復院事，略有所獲否？極念。弟對院務無負責無力支持。適值文教學院停辦，化中先生願自任，已約將即來内院相助，擬用副院長名義，此須由院董會通過，並函聘以昭鄭重，特此函求同意。請即飭弟手教寄，以便進行，至感。專致

敬禮

弟 澂 頓首 九、六

[illegible]此函[illegible] 又及

1

證如兄：

你寄來的「結合批判儒家思想的自我檢討」看過了，我祇有寫在下面的一些淺見可供參考。

第一，你採取那樣方式來做檢討的用意，我以為是值得再加檢討的。從文稿裏看到你所受封建思想的毒害和一般讀書人所受的相差無幾，你又不是專用儒家思想支配行為的人，而你對儒家思想的認識還不夠親切、深刻，甚至有錯誤。（像你認為陽明的知行合一說和新思想方法一般無二，其實陽明所說的行完全與新說中的實踐是兩回事，怎樣可以相提並論？你又認真學習了「實踐論」，就會辨別清楚。）但是你還要用那樣大題目來做文章，並且做來使人疑惑你不是檢討自己，而是借題發揮作儒家的批判，這中間有無那個名心（文稿將這個名字和正名定分的名混為一事也屬誤解）而作怪，很覺可疑啊。我想，你不受到好寫文章的批評，檢討了一陣，卻依然洋洋灑灑地寫了這一大篇，那末你因名心驅使的批評而檢討它，結果它不會另換個面目又來登場麼？這一點，我覺得還有詳加檢討的必要。

其次，你對思想改造的意義似乎還不太瞭然。改造並不用於「借尸還魂」，而有類於「移花接木」。如果還魂式那樣一經更換，便算到家，就太爽快了，事實上可不然。它要你一層層翻開組織（思想的）剔淨病根，尋得生機，接上新質，依舊還須自己不絕地收成灌養，使它開花結實。你的思想，大概算是小資產階級的左傾一類吧，可一向來不會和無產階級思想合轍，不用說，毛病是出在動搖性太大上面的。要講檢討，應在這裏找尋自己，但是你很隨便地把這個搭過了它，說「我過去混混了幾十年！」一「鬼混」，這話是躲[illegible]

自暴自弃的了。你如此认识过去，正表示你完全不负责任的态度。对己如此，对人更何用言。所以你惯然地会说和落诗人文人鬼混，又会从友好中称赞你的诗而你却窃窃笑其鄙已甚。这些表现，你抹杀了自己，抹杀了他人，乃至于友好，又急于联系得上要安心肯定了自他而后才有的衡怀心，又急衔接到必须自觉的思想改造？因此你的自我检讨并没有落实，所得的思想转变也就很自然地归结到那样空泛而又费解的三条。（一二两条，看不出与无产阶级思想有何必然的关系，而需要有此一变，第三条也是犯了主观的偏差而来加强大的主观的力量，行不怕主觀脫了邊際麼？）我想，這和思想改造意中我的了解是有關係的，你應該再來一度地反省。

最後，你談到佛學，介紹了幾句，並且預告下回就要作佛家思想的批判。且慢，一談豈不會再談，我很希望你略加慎重！就你所介紹的幾句看，你對佛家的認識仍舊模糊，而文字的表達也不清楚。像你說，佛家建立無我，即清四惑（文稿內遺漏了「我癡」一種），那是就人無我說的，怎麼下文一轉便通於一切執著？主觀的執著去了，何以會連了主客事物的存在？（這或者是說主客執著的不存明罷？）真理並不就是超乎世界的「實際」——這進一層，就以直證先為究竟。這些都使人感覺神秘無由索解的。要是從這些認識來批判佛家，我想一定是不相干。對自對他，均無意義，大可不必多此一舉的。我曾經有過這樣的想法，相信佛說的人，要切實改造思想，先須從澄清所信，明白什麽是真正佛說著手。現在附寫在這裏，一併供你的參考。

我對你自我檢討文稿的意見如此，對與不對，並請指正。上次你來信囑向巨贊提意見，我覺得他的缺點在于文字不讀，對於佛學無甚堅信，要勸他多學習

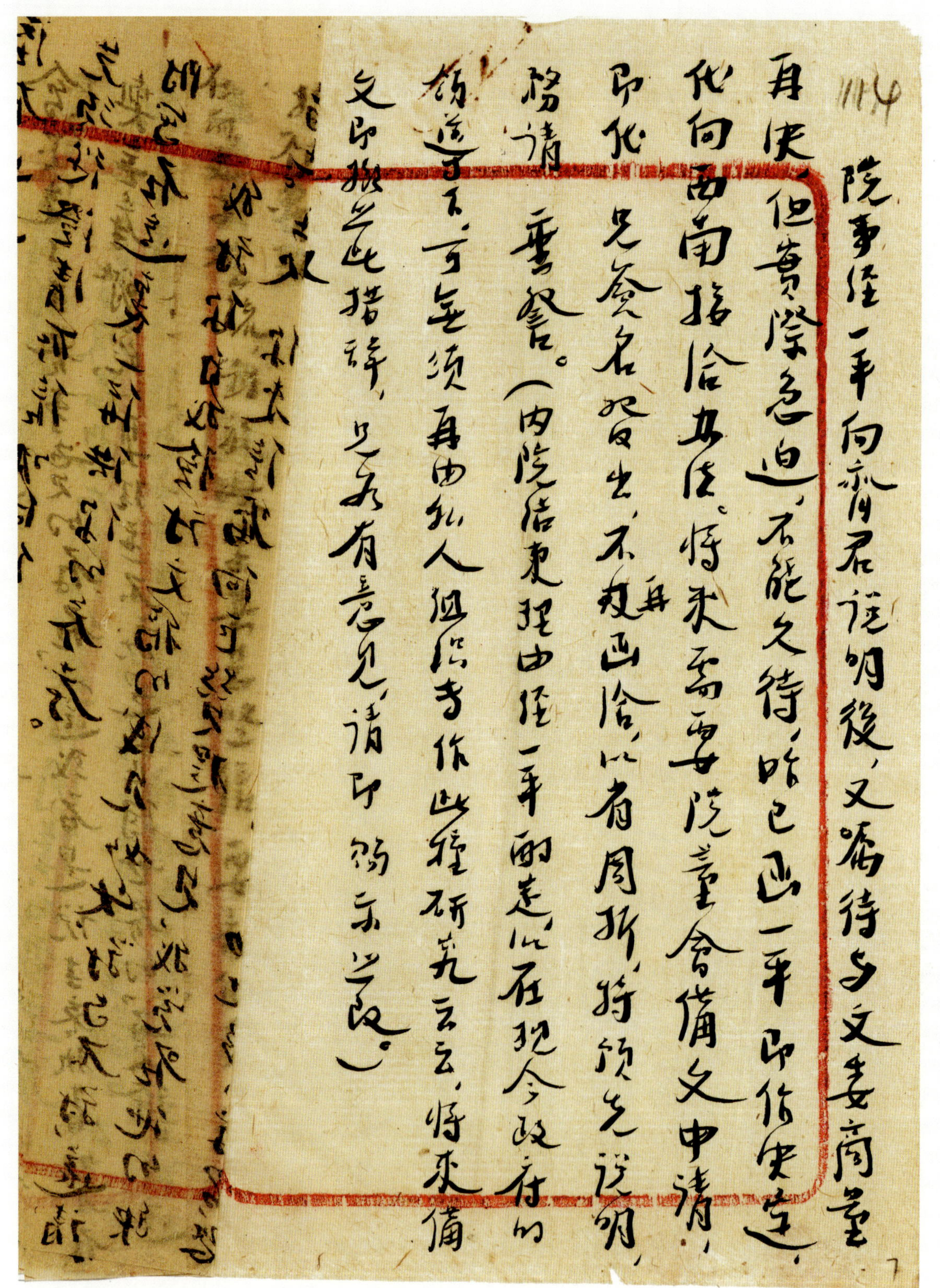

1114

院事經一年向齊君說明後，又囑待與文要商量再決，但實際急迫，不能久待，昨已函一年即作決定，代向西南接洽辦法。將來需要院董會備文申請，即代兄簽名發出，不及再函洽，以省周折，將煩兄說明，務請

垂詧。（內院請束理由，經一年酌定以在現今政府所領導下，可無須再由私人經濟作此種研究云云，將來備文即照此措辭，兄若有意見，請即函示為盼。）

秋逸学长兄：奉读一月卅六日手书，
於实践差谛，均无指示，并可再加[illegible]。
弟能受与教，惯能通道[illegible]，反覆[illegible]不毁者，端
在一[illegible]。[illegible]性，[illegible]，[illegible]使，亦无如耶。
惟实学必动其所以本非任[illegible]
弟亦而佛学作[illegible]亦无以
此乡童子下士。觉[illegible]若，千百
中未有一二见，可此其[illegible]若能有志向
道，其高自於佛之行者，又千百
世一二也。而近数皆得[illegible]
[illegible]至今日之激，[illegible]慨之。
一二之。恒自宜生心动之时，[illegible]亦一归
本於仁（所以不得字仁）是直行[illegible]道
耳。弟亦而得验然，亦常於心而思於
已，必实於信，然之，乃益进，弟之
胸腔也。愿弟而致[illegible]於[illegible]世者，奉践履方面当
[illegible]，在思识方面尤勤[illegible]来士久[illegible]故必
[illegible]的文字为事学[illegible]，其上与君学讲心行，而违

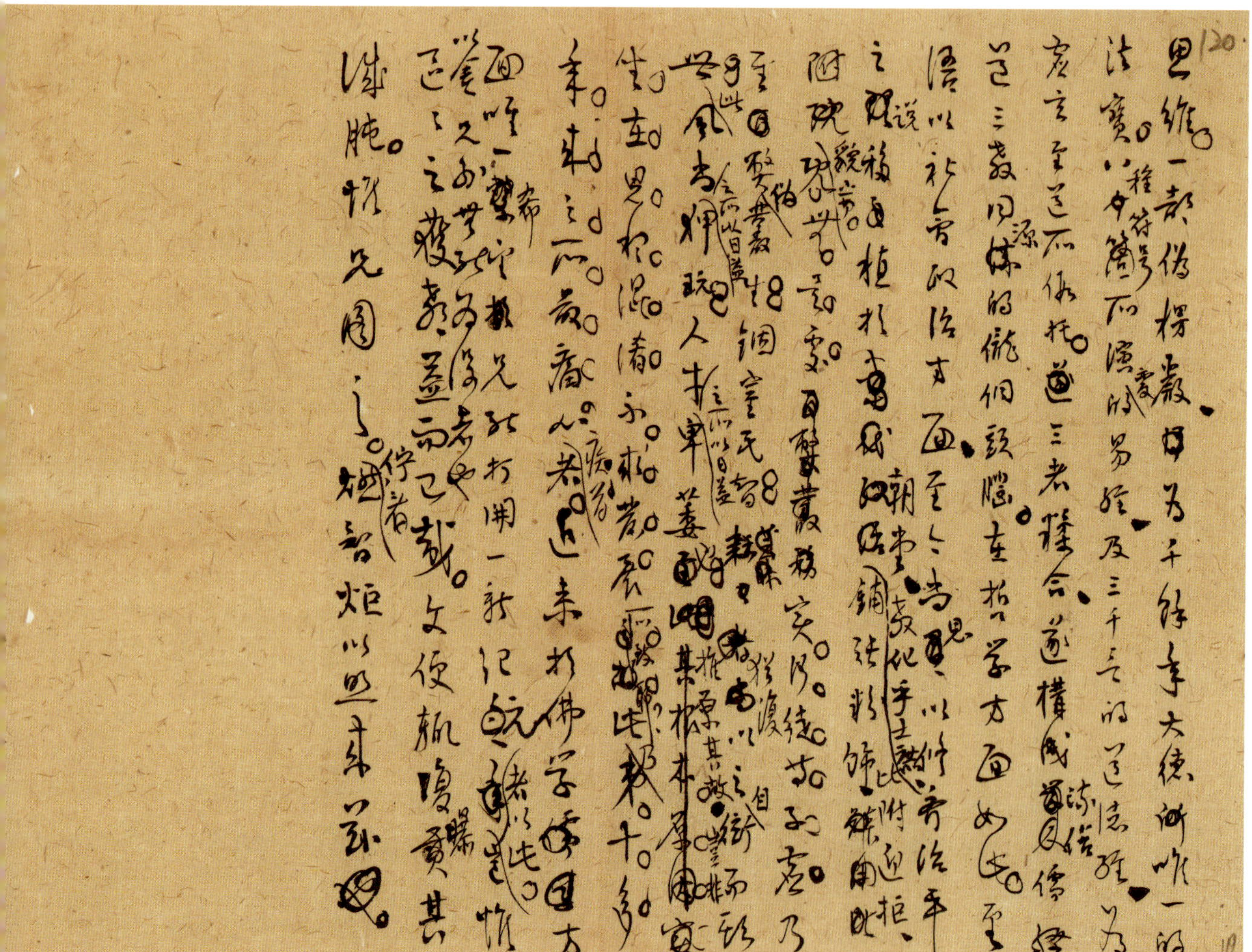

證如學兄惠示函稿備聞本體之說是極
無著著書豈止攝論論文所明豈止生滅即
書此說必欲厚誣古人則亦唯有付諸泥犁處
置耳教之至曰離垢自性清淨來之符也宗之
至曰現成著意安排不相涉也兩皆以德用全
呈爲事而尊源各異以宗通教只是借助東風
耳不必即得教旨也舊稱有契於金剛經處爲
頭條門門深入有契於楞伽經處爲漸悟淨除心現相覺後世亡其

本意不於工夫着眼只作理會夫理豈易言哉楞伽之通無生於行為一也乃在自心所現不知名言重積無以識自心不知影像表白無以識所現故就工夫立論離影見質獨扃階梯（經說常住無詮妄現者指此）純淨名重乃為究竟（經說淨顯耶之名者指此）此外可擬歸之內證而一蹴以幾也吾兄自是從上乘入手此中微細諒能辨之新歲惟進德無量可頌不宣 弟澂再行 一月六

函稿附還 希收 又附指欵收條一紙

證如学長兄鑒：得書並筆記籍篇，近日工夫甚以爲慰。学貴有益身心，本固不在於苦讀也。所論不二法門與像起始合，惟擇善一條尚需辨析。中庸聖人率循天道，道由誠而明（所謂率性之謂道也。性指天道，不但人性），君子修爲人道，道由明而誠（所謂修道之謂教也）。兩者甚相闊合，未可偏廢。且擇善固執正是學知利行，亦未可限以困勉也。荀子禮論篇：禮之中焉能思索，謂之能慮，即此之擇；禮之中焉能勿易，謂之能固，即此之執。此君子修身之始。儒效篇聖人之道出乎一，曷謂一？曰執神而固，盡善挾洽之謂神，萬物莫足以傾之之謂固，此擇執宜定處，君子修身之終也。解蔽篇心枝則無知，傾則不精，貳則疑惑，故知者擇一而壹之，此又擇執根源在於一心，非可徒解之也。中庸本是荀家所宗，應於荀說求得其旨，前因來論略發其凡，兹垂察焉。紀中兄能還書抵快，原函附還。新歲想進德無量，仍希珍重爲荷。弟澂再行復言證如學長兄鑒：前後惠達行信，見示序稿，并於老莊異旨不厭之周量，破此寂寥，痛快之至。莊文極陰柔之美，只是之能品，辭餘於理，氣勝於韻故也。能動人而不能感人，後人嗜之而不能甘之（根本仍在自私），心所同然，固有未徹者矣。之莊極究竟，不越和光同塵一生死。所論道德判老氏緒餘而已（老子成書先後或有問題，一二文或但妙彼思想早已存在無疑）。形不亡待盡，正無如生死行，從不死心，又能真外死生哉？取竺土諸子相衡，略與六師同儔，而是非兩行，相忘道術，毫無擔當處。又六師所未肯言也。尚論二乘，相去遠矣。魏晉人因談玄而接受佛法，諸家終覺相通無礙，其實莊氏之說既傳兩晉而目無餘蘊，然以判矣。有真領會，乃能真趣入。藉經文字此揚以嚴所以售其姦，擇術不可不慎也。來書 尊意云何義路之作用意極佳。由作意義令此行作義，正以學之明倫察物兩能，人皆可為慧學，其隨順得入處，亦祇在集義所生與義襲而取有辨而已。集義乃得其由，所生乃成其行，工夫步驟，了然在目云云之因，極確切矣。佛法豈獨無之？自來說者每以意相混同，現觀、玄妙之談無把柄可得，以義何不落於虛無哉！序文揭出《金剛經》三句，自是方便法門，但以佛法為入，即非為離，是名為合，乃與西人之論賢所解相符，甚願再斟酌之。方今言倫理雖需要建立一是非標準，絲一毫容不得人情和會，尤當謹慎，亦願吾兄知所勉也。匆復，不盡，更俟後再詳。弟澂頓上 一月九日證如學長兄：得八日復，欣悉筏航教海，具大決心，行見淨業熾然，道因特勝，不任快慰。僕前函諸暢所欲言，得未曾有。佛陀唯空可入，空亦畢竟不絕，畢竟云者亦謂一除不立已也。塔境境然，原來如是，大乘無後為究竟也（見般若空性品）。禪家謂古人所得如賊（入空室亦有此意）截者，乃自同空見，此祇文字上揣摩，又何有於此事，於大宗舊義有為無為以

崇宁判本又作何位观是则崇執自宗修行自
门毕竟空中等同一味固不容区为区别也知
於工夫中见无贵相乃能破执看本体之迷函稿
颇有会於此可见公学患不思耳道並還人手我
函稿附還筌文承代偿岭南公司所借院款肆万
元已收借约一纸亦附此寄還乞并查收手復
之履各款承告不白借清极以为慰沿公来函亦
悉心会禅从敎自后吾道迳不孤矣珍重亦澂顿
一月十五日

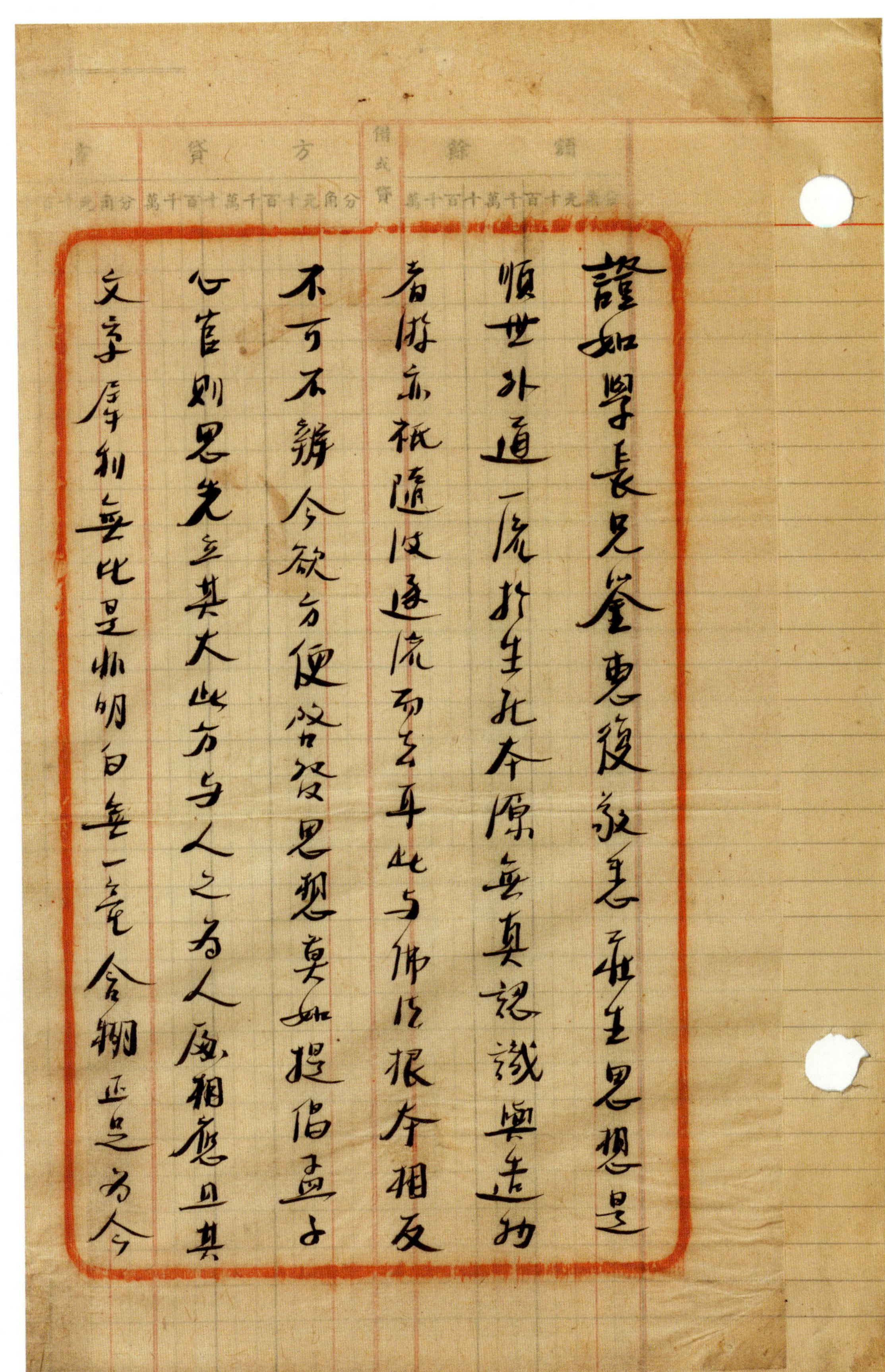
證如學長兄鑒惠復敬悉死生思想是
順世外道一流於生死本原無真認識與造物
者游亦祇隨波逐流而去耳此與佛法根本相反
不可不辨今欲方便啟發思想莫如提倡孟子
心官則思先立其大此方與人之為人處相應且其
文字犀利無比是非明白無一毫含糊正足為今

人思議模棱者對治，似無取乎玄談之作也（莊佬流弊）。自通其通最易墮入玄妄南朝清談窟中。不審尊見又以為何如。思路序文既是救妄，金剛三句本是工夫次第，自有不可易者。無著以勝義諦即非句，世俗諦是名句，他家大率類此無論。心經先行深般若以見五蘊皆空，而後說色即是空，空即是色也。前稿當為此段定名向易之物。今一年見廢，捐款償得焉，初經募五萬

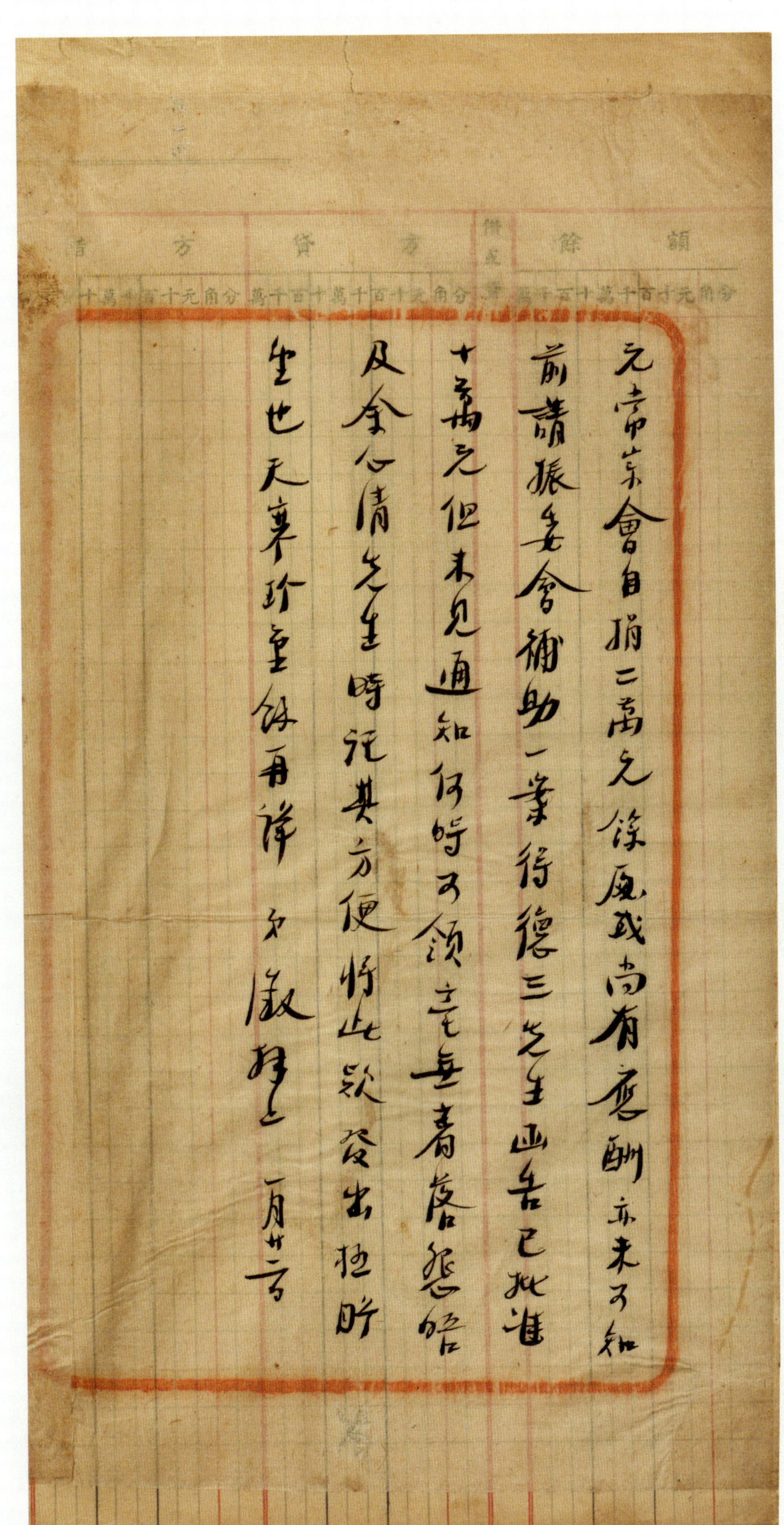

元帝宗會自捐二萬元，餘應或尚有應酬，亦未可知。前請振委會補助一筆，得德三先生函告已批准十萬元，但未見通知何時可領，竟無着落。懇晤及余心清先生時，託其方便將此款發出，極盼。

坐也。天寒珍重。餘再詳。

弟澂拜上

一月廿二

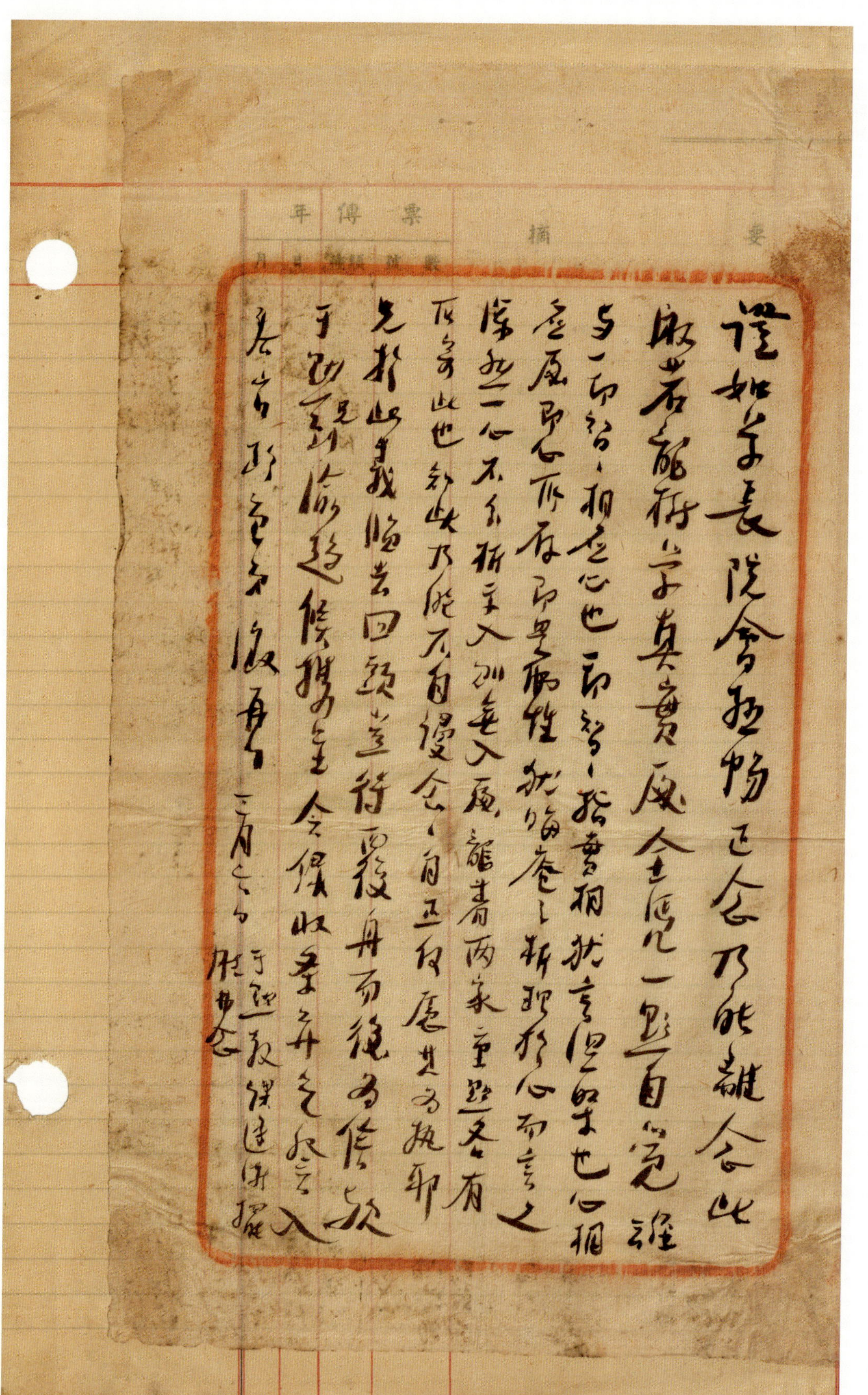

謹如學長：院會極暢，正念乃能離念，此般若龍樹學真實處。念唯一點自覺證與一切智智相應心也。一切智智指實相，就言但是無心相應處，即心所存即是病性，就論卷卷新聞於心而言之，除無一心不分析是入訓無入處。龍青兩家至熟各有可來此也，每如乃能不自侵念，念自正，何處其為執耶？先於此義慚愧，回頭並待暇，再而後有條款。所勸聽論進，候稍閒全會便收拾，再乞於三。

春安！

弟澂頓首　三月六日

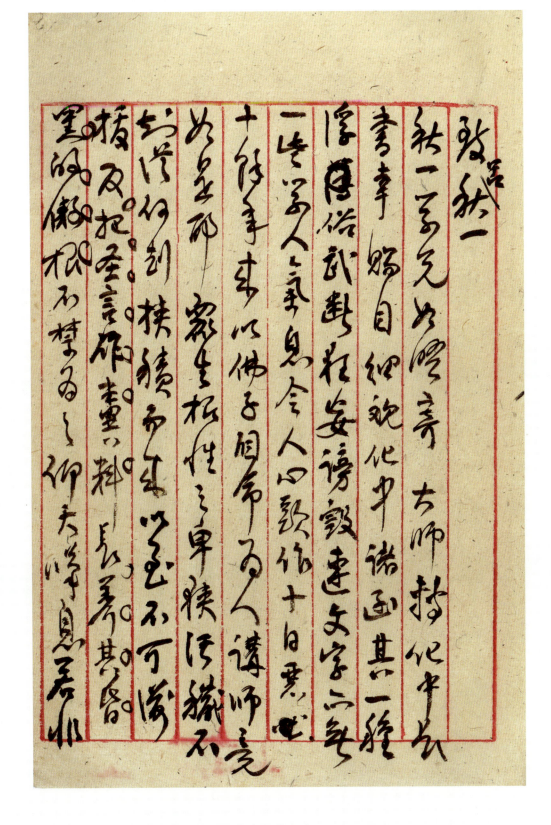

吾兄着伊無此橫絕之神於吾
師何居而伊謂語我所斥沒故
特伊全部破斥不令有毫髮之
談得以通行見其洞徹之魔胸障之
揭出肝膽示人而獨鞭撥之使醒
氣淨盡無[illegible]師方乃重新擁化之
乃不得已而作此等一一翻呼不以爲
當師通不主說知議論其當無餘
也好也弟緣身不敏情屬何能當爲
何物著書立說作人師範耶[illegible]乎

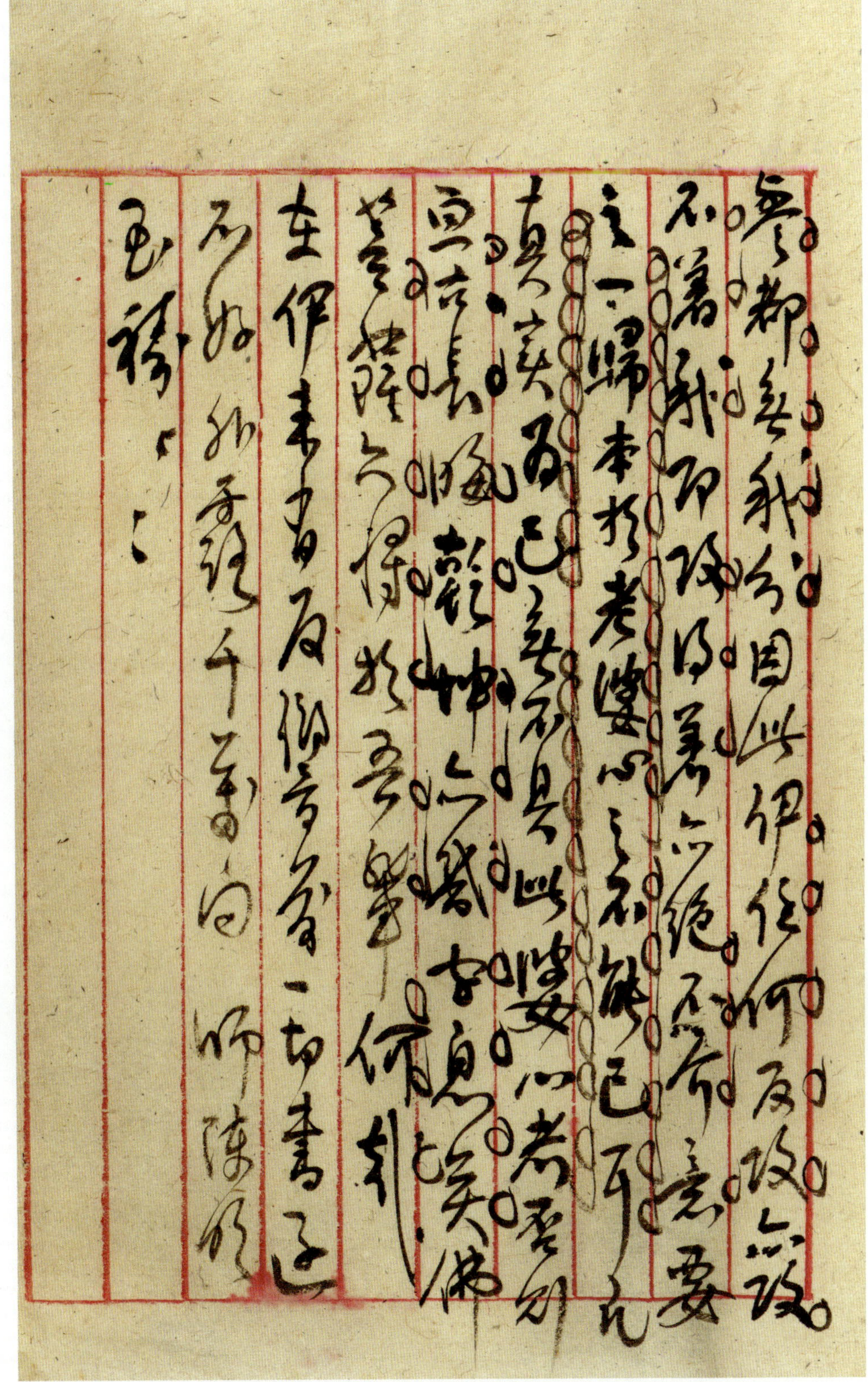

證如學長兄惠復詳悉 近狀甚慰
勸募刻款急切雖待著效祇可聽之
一年之近來求信想亦無著落也院費急可
支持向無需助之處惟請為全濟略
加利息耳 鈞示筆記叙則皆甚扼要
兄能由宗門入故易見到大處也今人談唯

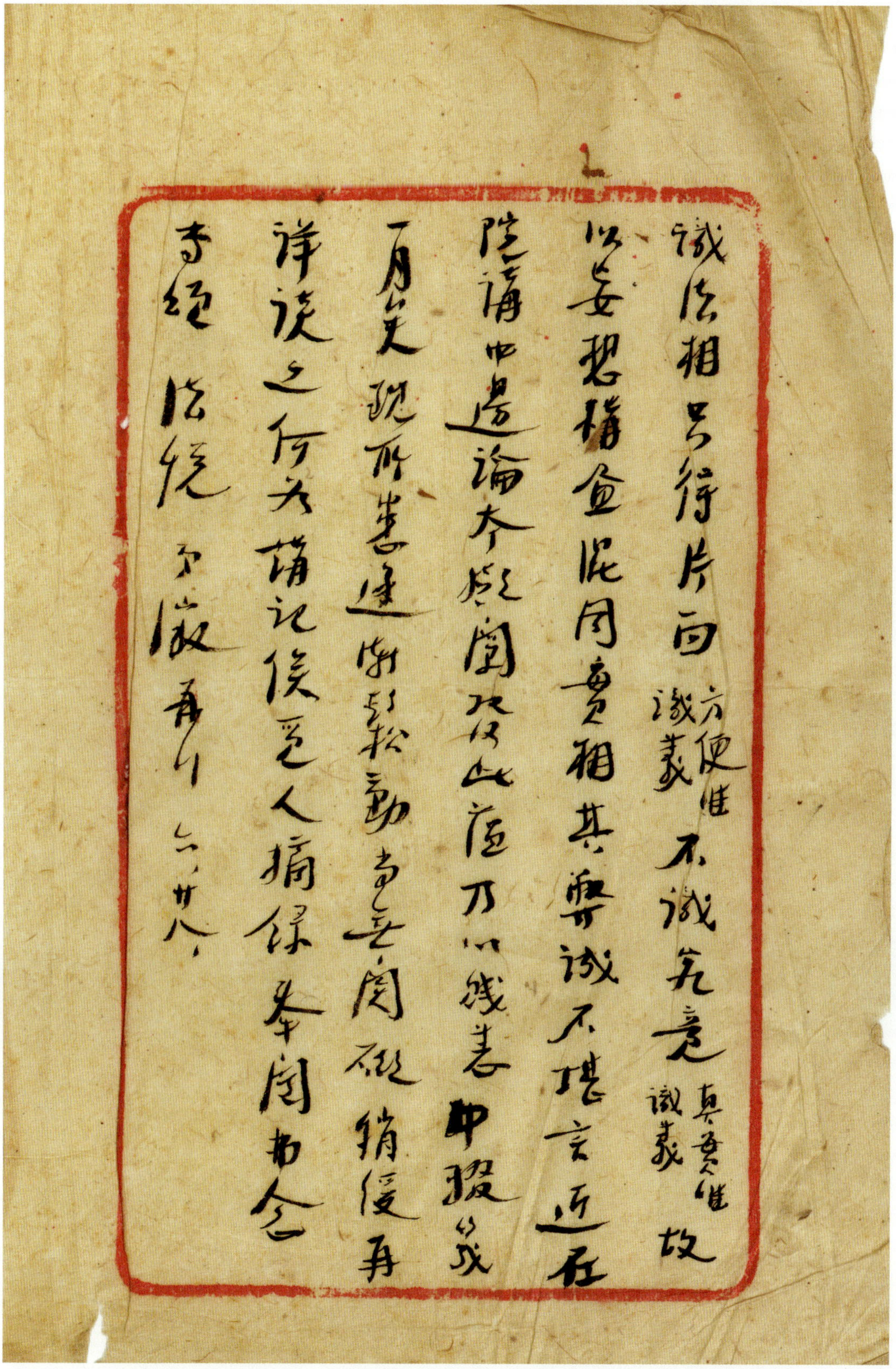

识法相只得片面方便唯识义，不识究竟真实唯识义，故以妄想情含混同真相，其要识不堪言。近在院讲中边论，本拟阐发此疏，乃以纂书中辍几一月矣。疏所未达，尚于松动处重阅，稍后再详谈之。所先请记候觅人摘录奉阅，书不尽。法绪

弟澂再行 六、廿八

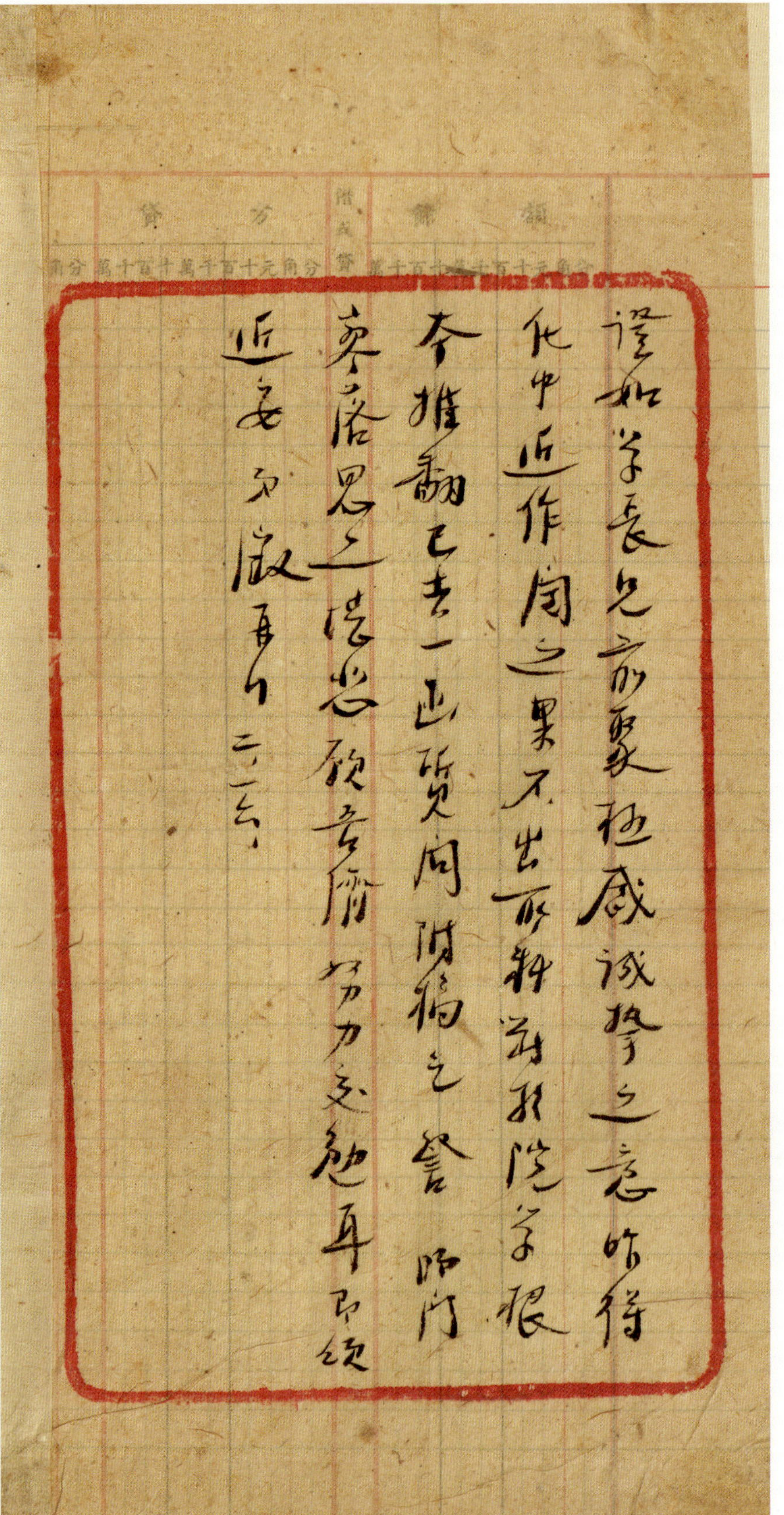

證如学長兄：前来極感誠摯之意。昨得化中近作，閱之果不出所料，為内院学根本推翻，已去一函質問，附稿乞鑒。師門寥落，思之愴然，願吾儕努力互勉耳。即頌
近安
弟澂再拜
二、一六

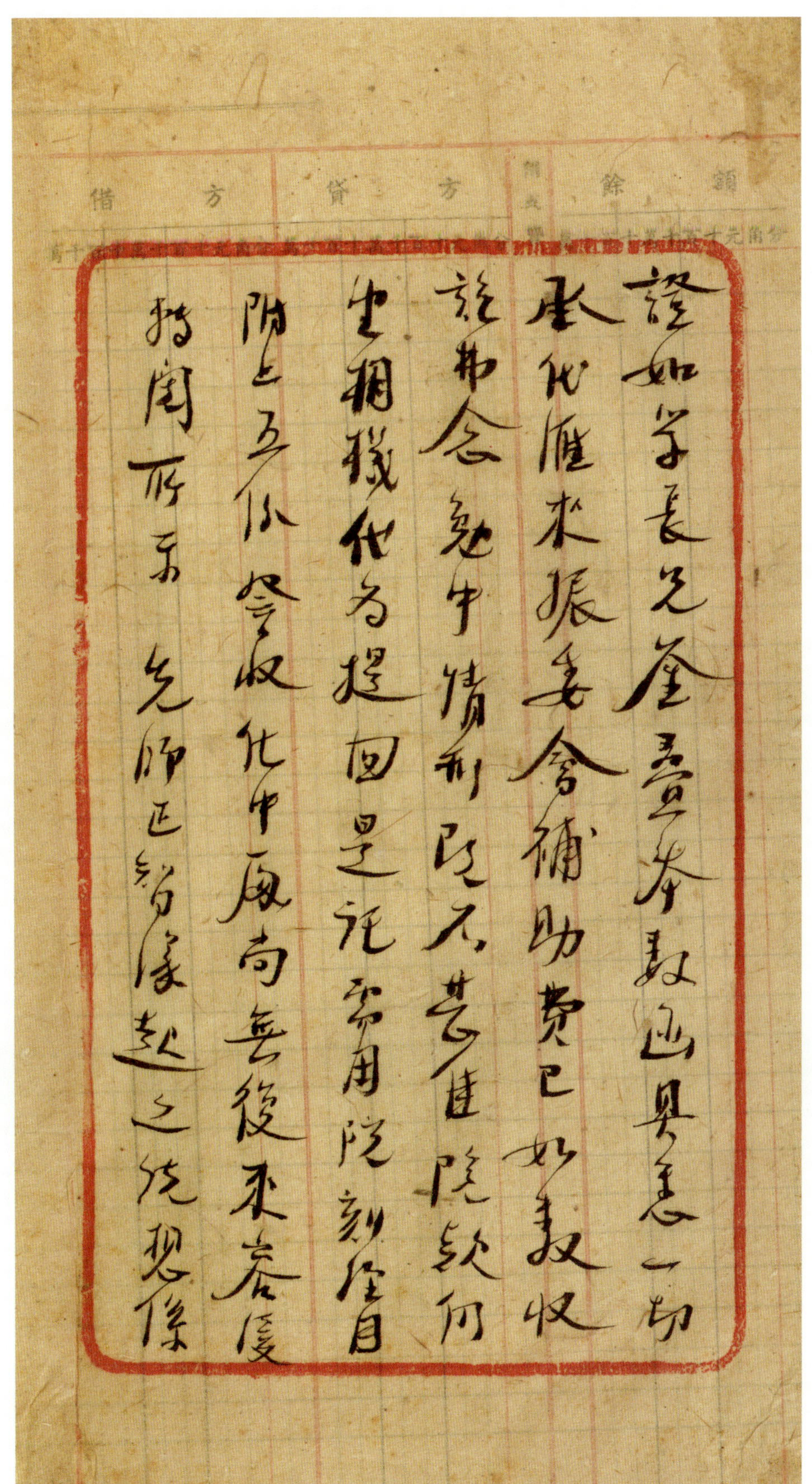

證如學長兄座：疊奉教函，具悉一切。
承代匯來張君會補助費，已如數收
訖。弟念兄中情形既不甚佳，院款何
堪相擾，代為提回是託。需用院刻經，自
隨上五冊，今收化中廠向無復來客處
指閱。所示　先師正紀像趙之統想係

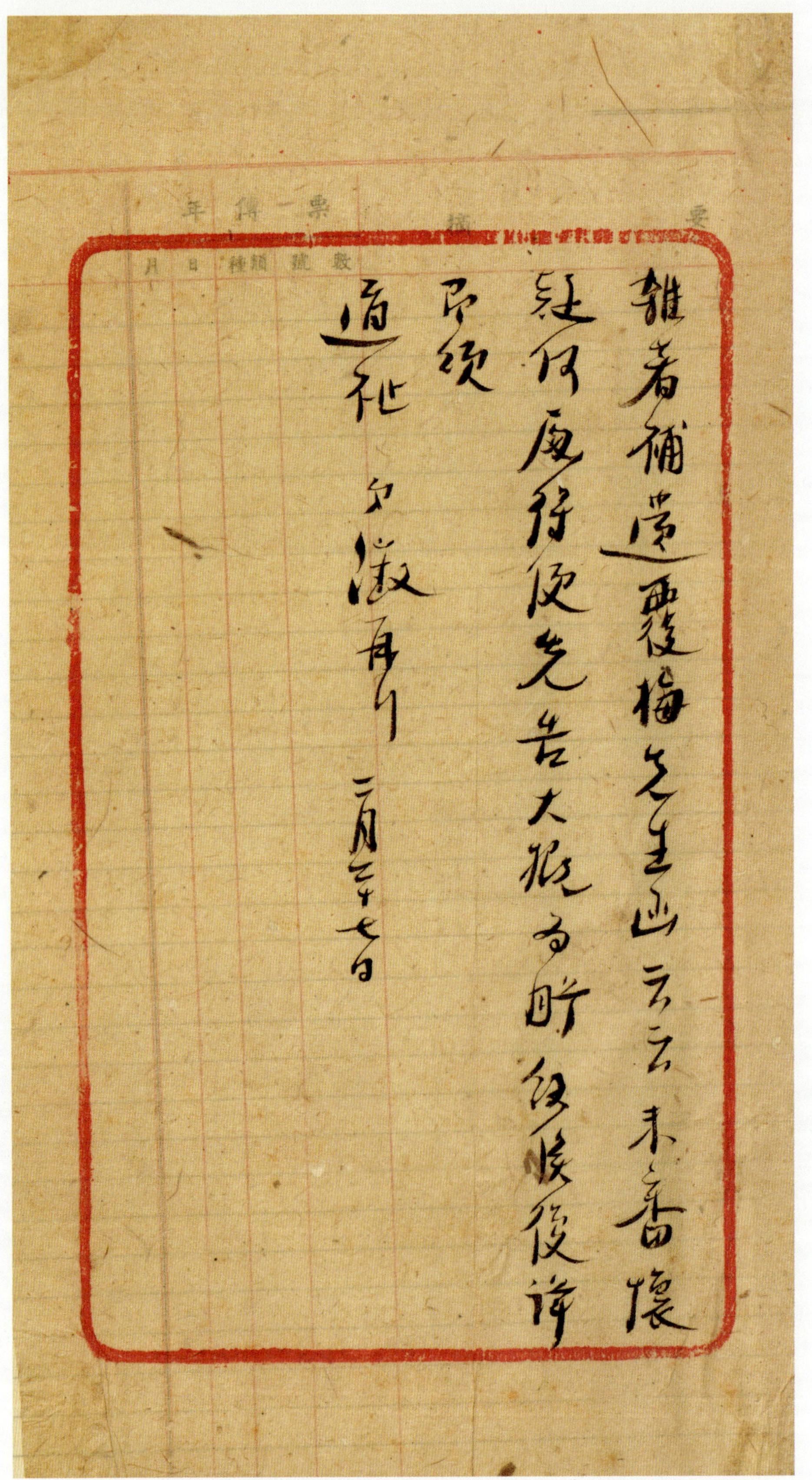
雖著補遺覆梅先生函云云，未審懷

紐何處得便先告大概為盼，餘俟後詳，

即頌

道祉

弟澂再行

二月廿七日

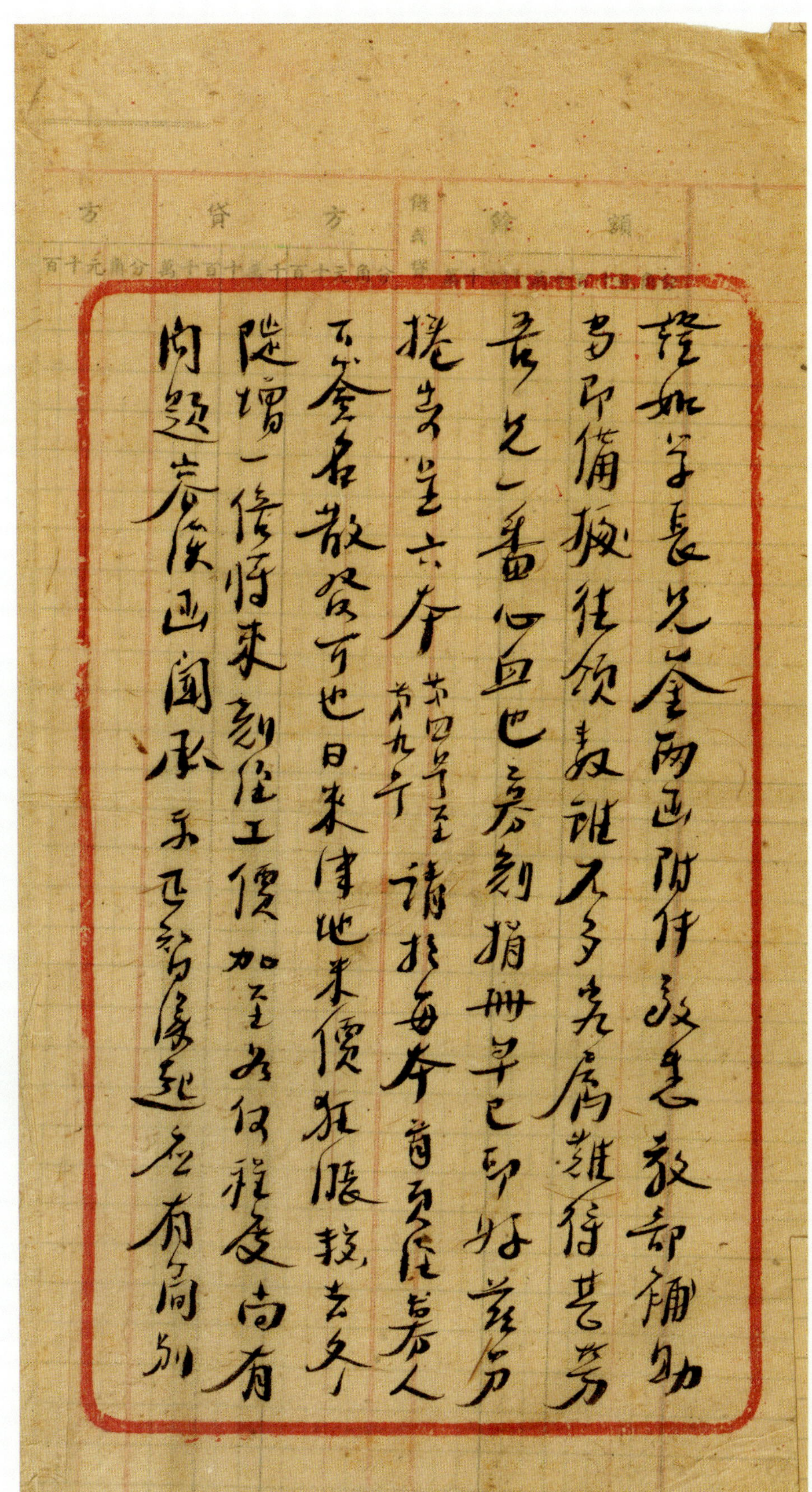

真如学长兄鉴：两函附件敬悉。教部辅助
书印备拨，往领数虽不多，亦属难得，甚劳
吾兄一番心血也。藏刻捐册早已印好，兹另
挂号呈六本（第四号至第九号），请于每本首页注明发起人
下签名散发可也。日来津地米价飞涨，较去冬
陡增一倍，将来刻经工价加至若何程度，尚有
问题，容俟函商。承示正编缘起，应有同别

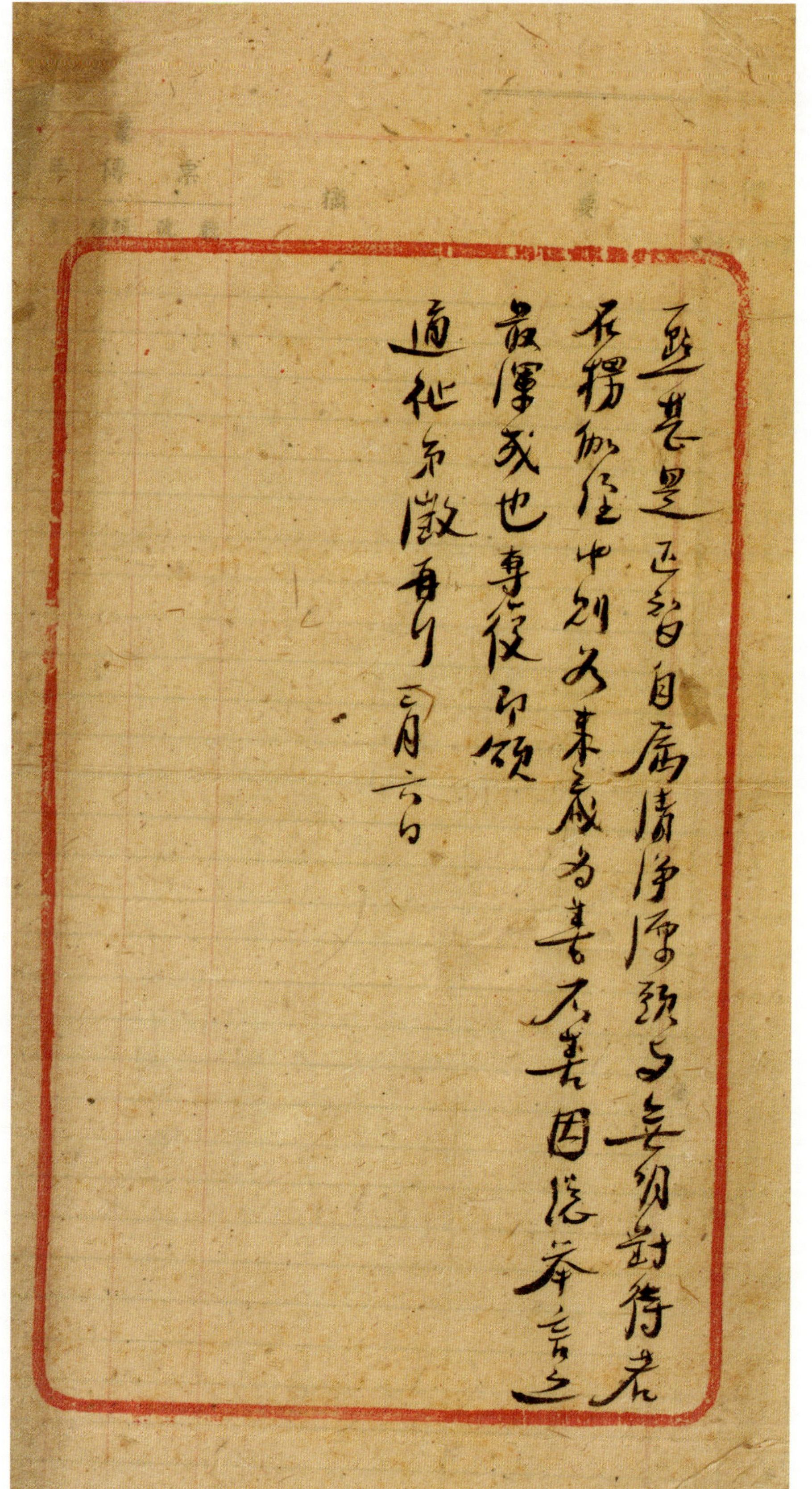

函悉。是函旨自屬清淨源頭，與無須對待者在楞伽經中創見，如來藏為善不善因，能舉言之最深義也。專復，即頌
適[illegible]
弟澂頓首 三月六日

證如吾兄：得卅日惠書，悉弟前寄函稿所談不能得之十力者，乃得之左右，真不勝快慰之至。佛法可入處，祇是一個意在言先（所謂意思起過言語也，一經啓發便死煞句下，平常言隨說隨掃，猶不真切，竟是隨掃隨說耳）。於佛法有入處，祇是一個一看即起（不着不是，不起亦不是；不着不得，不起亦不得。蜻蜓點水，壯夫蹶地，差足擬之，然須識得自然兩字）。說通宗通，刻刻無有異也。吾兄深識禪心，宜其有會於鄙說（所謂不落有無，所謂一棒便了，皆直捷丁當，可補鄙說所不足）。彼口着已而铭枢学长：九日为院改名立案事函请立案文加章送来，见复念。此事急待进行，即请函达先生。兄另有高见，请即由兄亲自行之。附另誊呈文一件，并空白公文纸，请执此加章，既寄为感。即颂
近安
弟 澂 顿首 十一州
前函已发，仍请于此函附上空白公文纸盖章寄回备用。又及

103

從外學先兩函並附件均敬悉院事因多年
未得作復院打算以今凡人事之但經費之預算
進行之步驟等等是不以遷移等為據茲忽改轍趁
今年學上頗多不能銜接之處擬將中史補助
送來之後暫時遷院南京（經版等物仍留蜀中）俟集益友充
實內部諸友散處各地惟有（在蜀者仍集為便）並將此學基本研究結
束返蜀乎戰已畢（究其端履日呈正）至多一年再行移京以圖發展則

貴灣上各方適合更無望矣，此意已與復葉先生並詳告。一年來並更盼吾兄詳加籌[illegible]維護資助，俾早日展成，不勝感禱。兄往年從務亦積極促成補助一案。又兄函指示法緣南不如北，實情自爾，惟此學為百年之計，不能不先謀內力之堅厚，院務暫遷[illegible]用意在此，並望鑒之。專頌

近安

弟澂再拜 六、廿一

真兄大鉴：前年得十六日书，喜甚喜甚。此真所谓打
回老家去矣，然何不欢喜赞叹耶？向弟日
常用心处，备于春一诗及覆刘健群函，
未寄耶？奉阅兄书，可窥见矣。诗于春
曾寄汉口，未知得收阅否？兄书所谓境界
与今稿或不尽省，弟所云耳。健群
以一年之今去冬出来，窃询伊代曾覆
以长函，前能写怀，及有绪奉铭之来信
月余，归去翌日兄书乃到。兄称铭之诗
意绝佳，然铭之境界不尽如所云耳。
铭兄自谓有来历人，而在世曾将向不看经
近对弟言及真之言等，予（铭兄）云：此有人说是上乘

佛仙神鬼都是人衍精魔耳实则都不然。又云往闻你说佛性都不肯，今偶闻说执着乃真觉一切道理了情无一不从执着来，故之之能执之之所执，能所不合也。真言了说来讲长此了了本早网之下明白知不觉，也时亦有觉在后转，不自息心住于空有精髓而启以一觉称为无上无等等，学佛人何不理会，不能解亦不求解，究竟是甚么一回了？即大日经云身加持为明，说以加持为真言，此须说么？那自信耳。大日经云：真言如如来所作，不自作，亦不由他

作如有人説如來所作亦不隨喜此如來作覺當
不隨喜何處有神來附其意此當外道
及一切講世間學理者及一切以佛法者當一種
學也向謂者亦能知耶又自力他力其中
亦大有可説來信長又嘗有許多須辨
正亦非難知者留待他日談耳經
偶問係在東山名勝對平房還在舊屋已
離去來信請寄改寫史堪道東山台
二號　勝常來信順請
道安　弟居素頓首　五月廿五日

雙樹翠屏館箋

山居養疴中作　廿七年春

可喜離垢世紛亦隨寒暑遷行雲間
居不負春光好處處孤懷又自熏
賢健迅語能悟及者

「弟早歲信佛，以業緣深重，終隨世網，無以
信之篤耳。久而久之，內心從此二十餘年在胡混隨處
之中，不能下自翻。「有財心行境相覺與
世間少殊，然朋輩中於此篤嗜孤往深入者
鮮，勸求為證甚難。「近年所感，故有不
可理信之了然，皆不外唯心之。因知吾人生命本有
之物，固不祇如一般人互爭而採取之酒也。「又佛
法似有大眼目，即心經所示無所得是也。以有
所得心求之，似不得，則悔而退轉；似得，則得
更求得。恐吾儕世間學問者也有儕知也無儕之研

雙樹葊居館製

一要之云人有大信信生命之實在信人生宇宙之
為一信條而轉大迷此證大覺一信如此一切了如此
然此皆非世向碌碌者與赫赫者所能為非另闢
蹊徑独往独來不可
也
廿餘年將如理思維而不甚讀書不為學者不
做文章不求人解以為有半生之得之得即
以上數十語字字真實向使是精力所指處
矣何足為人道也弟起信以來廿年未動
搖　兄能令將難得一個信字然以
兄之精力（以兄詩進境真精力強滿分也）信
字難得了亦更有何事難不了也弟何
能及　兄當識然
弟居素又及

雙樹翠屏館箋

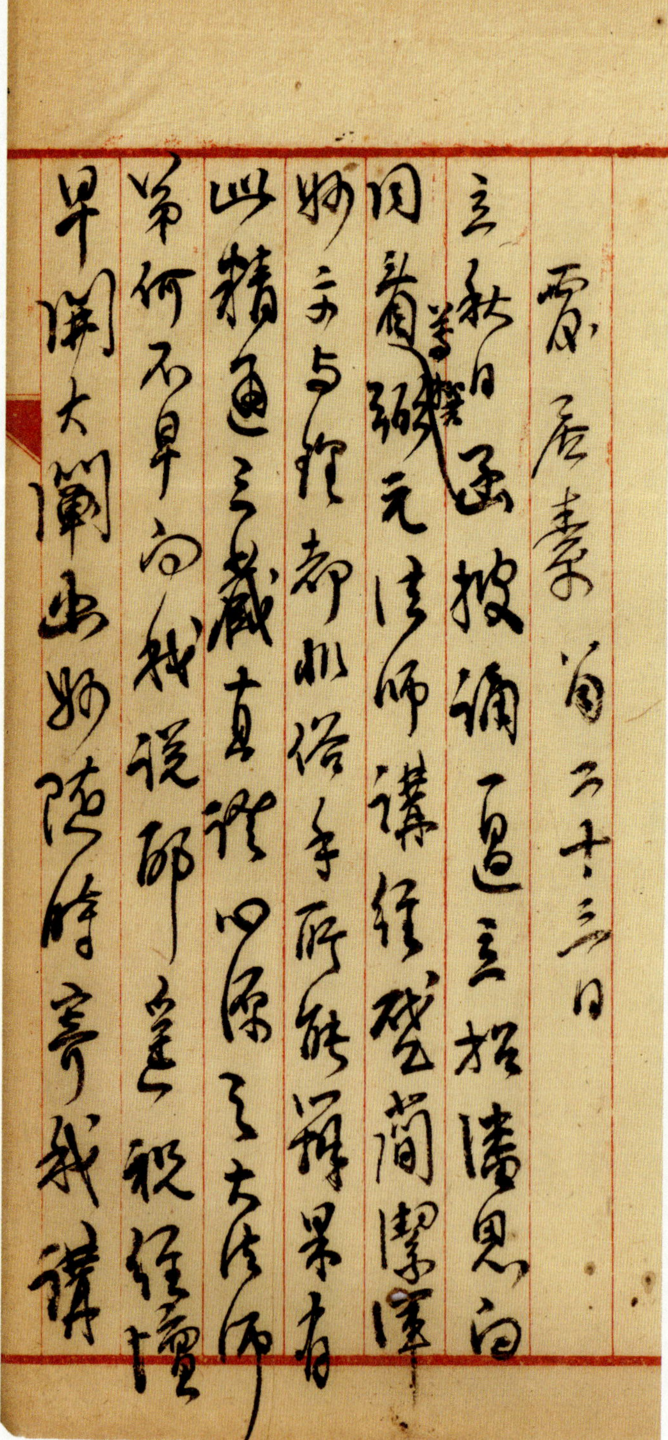
覆居素　八月二十三日
之秋日函披誦遍之，於儒見向
因翁弘元法師講經，聲簡潔澤
物事與經都非俗手所能辨，果有
此精通三藏直證心源之大法師，
弟何不早向我說耶。是設經壇，
早開大闡幽妙，隨時寄我講

稽首將友人生平一節因代不是
文墨中人故其狂處伊眼內
奇怪少時能見鬼之形狀動作既
能詭誠鄉上騰之氣數知其
吉凶十不失一此其緣伊前
生□業餘勢力黨號耳。弟謂
定功一事古今其如何之法令或失
傳又須令為未見有人能之於我
所見今並未失傳而只有其人
能算能深密言唐之聲手紙捲

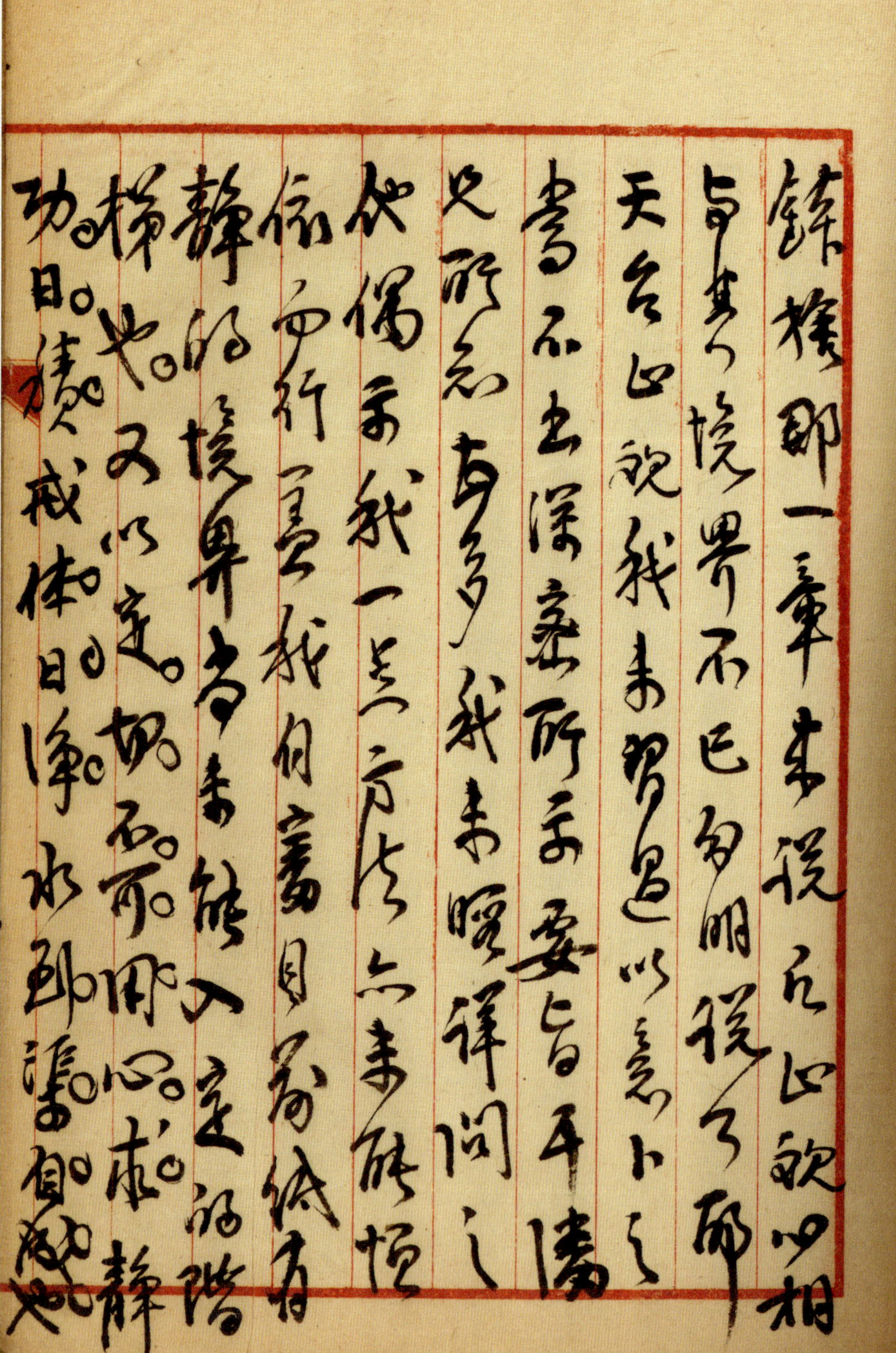

銘樞兄一筆來說正欲以相
示其境界不已分明說之耶
天台止觀我未習過以意卜之
當不出深密所示要旨乎儻
兄所知有多我未暇詳問之
然偶示我一點方便亦未能恆
依而行之我自審目前終有
靜的境界有未能入定的路
梯也。又以定。故不可用心。求靜
功日。僅戒體日淨。水到渠自成也

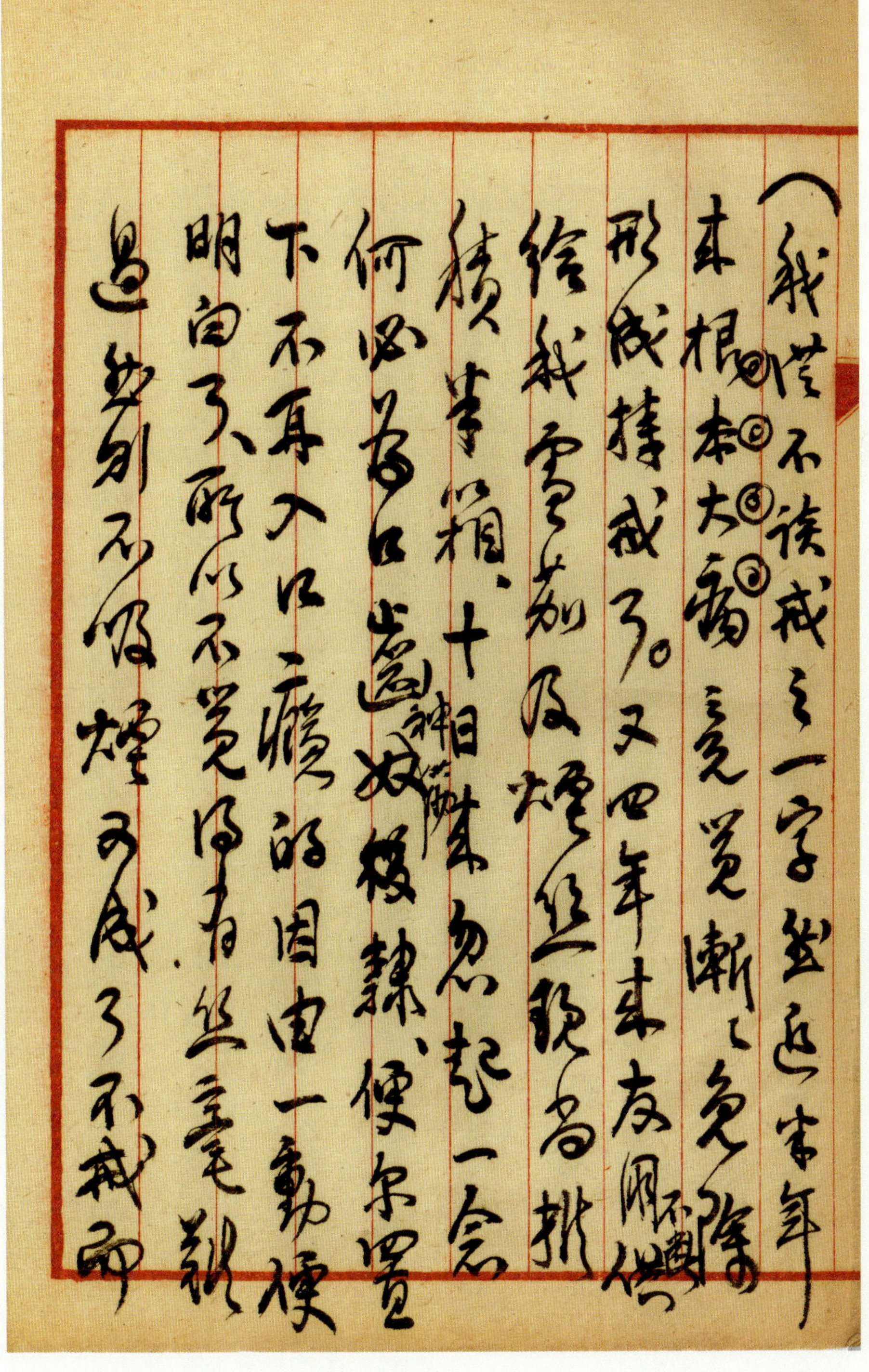
(我從不談我之一字,幾近半年
未根本大覺,竟覺漸漸免除
形成執我了。又四年來友朋不斷供
給我雪茄及煙絲,錢為堆
積半箱,十日來忽起一念:
何必為此神經做奴隸,便爾置
下不再入口,癮的因由一動便
明白了,所以不覺得有些毫難
過,無別不可吸煙,而成了不戒而

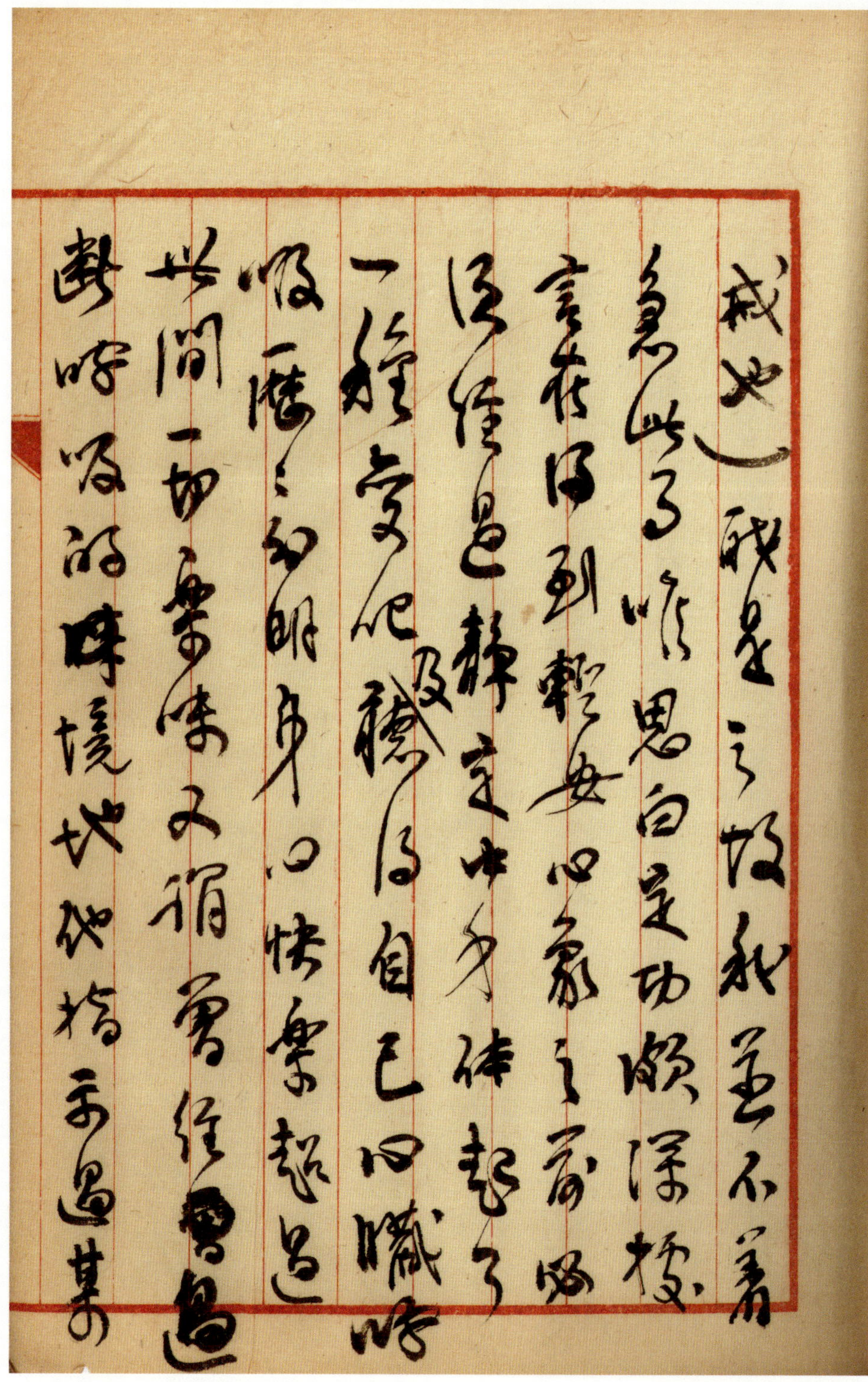
戒也）我是之故我並不着
急於了昨思自定功課深樓
念於得到輕安心象之前以
後須是靜定中分得起之
一線變化發及仍自己心識時
收應之知明身心快樂超過
世間一切樂味又須曾經過
斷此收的時境此佛指示過某

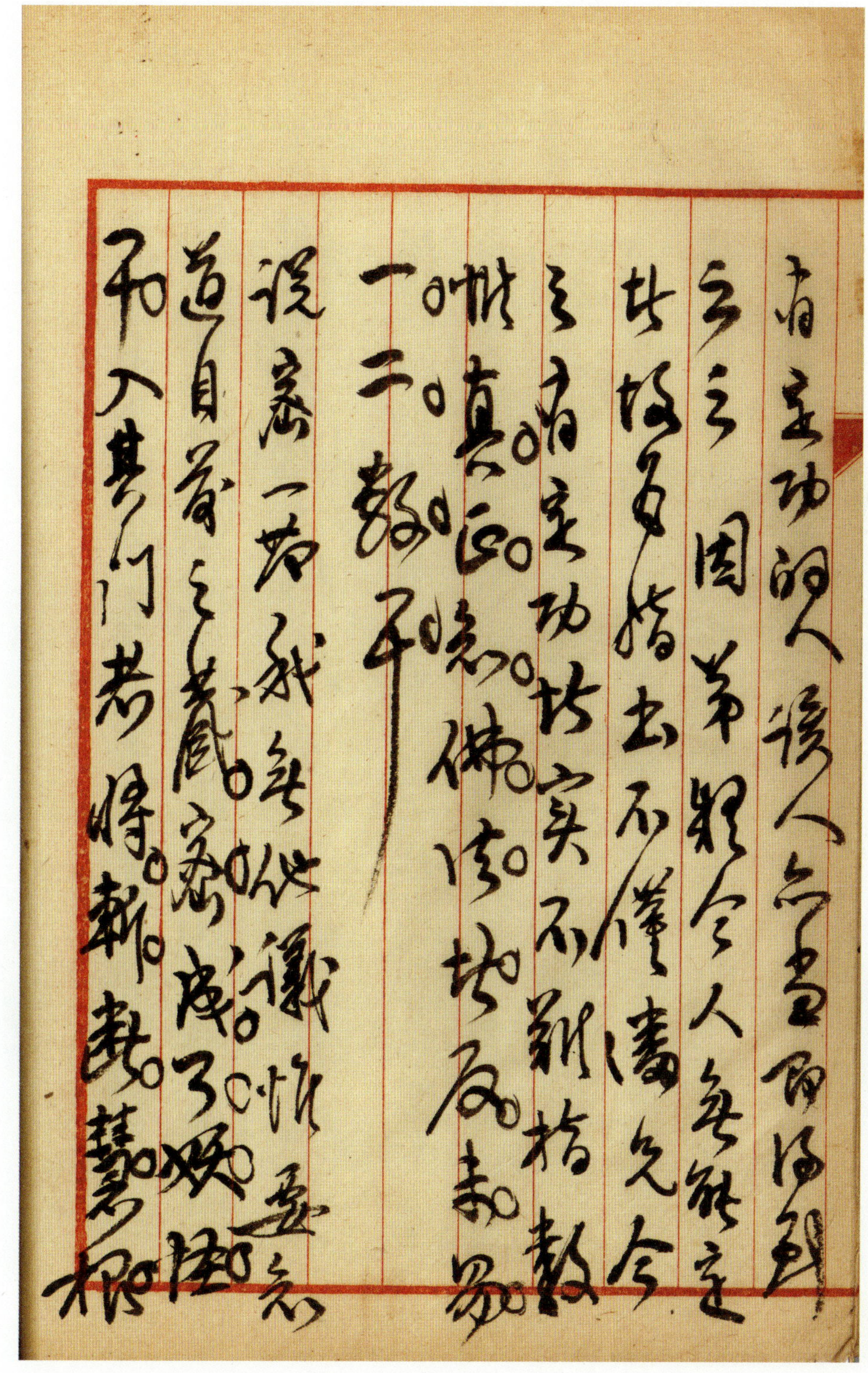

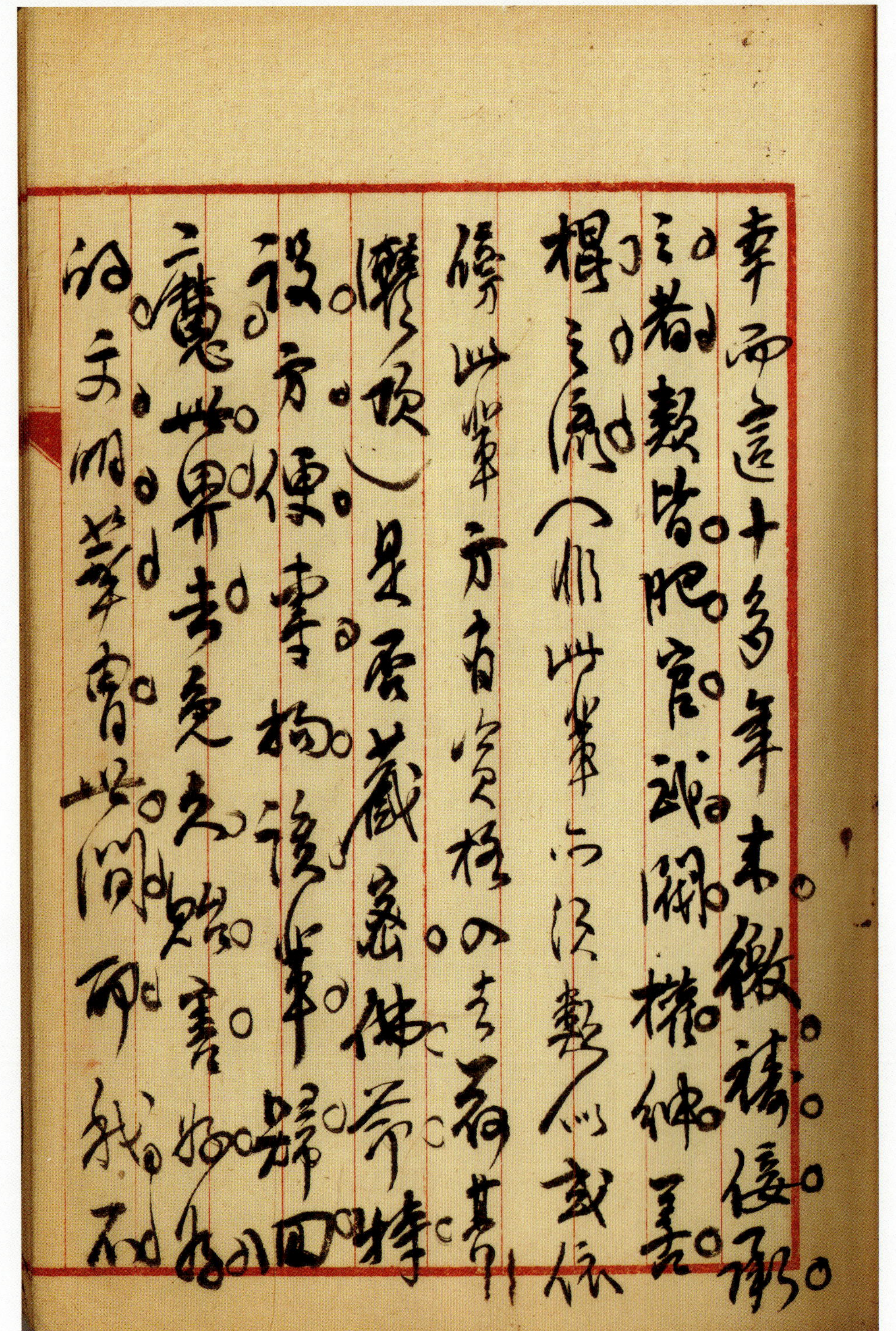

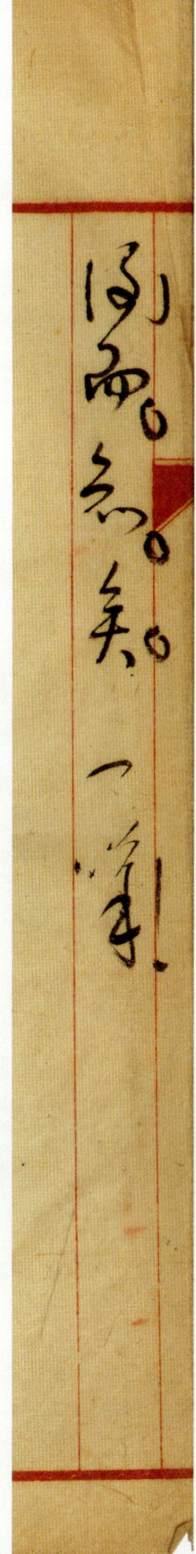

真如兄大鑒：一別數年，竟未函候，抱罪滋深。似弟雖疏懶如故，能習
爲兄驚喜者，不一而足。非佞情一平於往還之際，諒能以鄙懷一二
奉告也。兄生平之志與事，與所揭櫫之名與義，今一一實現成
功，不啻完全自我我。兄所自喜者，及弟所爲兄喜者，固有非他
人所得同也。至於兄生平一義可貫，即信解出世無上之法而從一
等世間法實踐而行證之，亦非他人所得同者。一平最近來書之
兄自有其悲願，此語誠然。弟曾書告一平，謂吾兄有一大段學
佛歷史，亦有一大段革命歷史，革命之業，自當以辯證唯物論貫通

始能將其義蘊發於實踐。佛法既與辯证唯物論打交道，反映在人的方面，是乃適當其衝。潮自佛法入中國，在學術思想上當之者披靡。能使佛法不能救中國，辯证唯物論則已發生偉大之力量與效果。竊以為就純理方面，佛法（佛法二字含義不易確定，在吾輩似有共許標準耳）與辯证唯物論終是一個大題目，文章似非作不可，而又實不易作。是有其題而又當其衝，實理的當影響實巨，亦千秋之大業也。弟近有二語：「推究竟之真，讚當今之變」。在現階段中，無論所受持者為唯心為唯物，為上帝為一神為多神，於當今之變必須共讚，否則反動矣。必實許其共讚，此所以有

统一陣線也。然须将究竟之真与究竟之真为唯物，则上帝固亦会

当（存在之地）统，而唯心亦不可将理论斗争不容妥协目为破坏。虽有统一陣

線，将来理论必须统於一真（至於马列辈当下即须将究竟之真讚

当今之变）。茅近读列宁著「唯物论与经验批判论」，更之见此一大领

袖於导师说丝毫不苟之神（精神），乃悟地上无霸，真不配做列宁敌人，

而真配为列宁敌人（理论上之）所当严词抨击者，乃西方唯心论哲学家。

佛法虽可解作唯心，破心能破心时必须（则亦俱）破物（亦不免），辩证唯物论则必不破心（唯）

佛法之唯心（自）不同於西方唯心论，然亦有不同於辩证唯物论，此点似无可疑。然两者中有矛盾，此矛盾是否可归

而坚持唯物，如何抉择，如何会通，当甚艰巨，而足刺编有

於统一，如何统於一，又是否许可不统於一，少加涉想，问题至多。

「現代佛學」定期刊，請於此多所闡發。此間搜購不到，甚盼檢寄，俾得細讀。至弟個人頗不自揣，亦嘗思維及此，然以問題太大，不敢操以輕心，妄於論斷。一切尚須虛心冷靜攷覈中，或須多讀書，益之以學，似能真有所見耳。有史至今已超宗教時代，不特一切制度更新，而且無量數聖賢出現於世，歡喜讚歎而外，更何可說？弟繼續偏促困頓於小卯[illegible]面間，雖有時不免怫悶，能久耽寂寞，慣於獨往，亦頗能安之。最近一年來書適　兄及諸友青念，勸弟北行。　光珍嫂南歸，來晚藉

悉 健康至為欣慰，復輾示 兄邀弟歸國厚意，令弟感動

之極。近已極力籌措，望俟可成行，以答 厚望。所見有須面述者，

望早有一日得於 兄前聲陳之，以候 兄決其可否，亦一大樂事

也。惟弟與內子端一均多病，羸軀摒擋之際，每感艱困，不得不

少為從容，且積年負累不少，亦非主觀可能迅速擺脫，以

此〔恐〕少耽時日耳。先此佈臆，鑒察為幸。即請

道安

弟居素上 十月廿三日

內子附此致候

真如先生大鉴：得九日霰书，捧诵壹是。十日前已将一年行前所拟

寄《现代佛学》十本内《佛智》一期及最近之十三、十四期亦承兄惠寄

到。兄各文均仔细读过，胜义极多，惟弟所欲讨论，问于理论

体系根本问题，似仍未获解决。佛法与辩证唯物论究不全

是一，兄亦不否认，同时其人亦不能说其同。而兄谨为折其异，则

问题实多。盖理论学说家，如同为是，虚心探讨之

中，不能撑入辩证佛学的「理」与「佛法与辩证唯物论」打成一片，

两者不同，并似至对资本质，十分谨慎，每下一结论均须确为自然

因影響甚極大也。至綜觀現代佛學各派後,所得感想,以忠之愚心,實願以生龍活虎之姿,勝諦大義已樹,收效必宏。惟所能貢獻南針,則根本理論體系,因佛法理智,似必須冷靜謹嚴,等所指佛法與辯證唯物論一根本課題,恐不易倉卒中獲得良好解答,或須俟佛學整理後,有成書成績之後,至少佛法發展史必須有一部良好著作,獲得佛法發展之真實全貌,一方將最前年三十年討論等觀念根據史觀與實或原義要之一。現代佛學出版最宜多刊整理文章,此事以秋逸學長最為勝任,最好由其指定專人分類負責寫作,由

其譽定能係發表韓彥謙之嚴同時編輯方面須先定出個範以為依
據不合原則寧缺毋濫收內院之作據信文內正舉楞嚴百偽兩同
所另有一文則舉楞嚴之證劉之篇首另尚指白入所中虛空之參禪
法要亦為宗門引楞嚴又入所首利之人唐達摩傳舉之虎說所登
陸面壁地點及碑定在公元五三四至五三七年而無文則詐其人係
慧可所假托精舉一二蓋覺目前整理之重要本宗先免陷
矛盾我須能做於會通也王弟所欲竭力似在理論條子方面目
前為主所得（謂思有所得似俟此段整理未成）整理工作重在考證若

平叔学向不足，出向又无典籍参考，写稿不易，推孔情势许可以[illegible]（藏传、汉传因以传之[illegible]）

回国，则对兄所负荷之大业自审存若干分，或不负乃以之勤助之实

月前稍作保留，不轻论议，或于将来较为有益，他日见面细谈后再

主庸佐之谈，人云亦云，兄亦然欤？敢之于弟

见商谅解，弟之学深广远也。目前弟亦拟先多论了少论理，不宜[illegible] 十三既

理旧时理论亦应了之一方面，因古人理论早已成为[illegible]观，事[illegible]　兄宜践

绝对意义一文有，仍俟细阅后再究之，又何补知。兄亦见及此否？惟于兄

候　兄裁之，[illegible]复[illegible]

大安　弟[illegible]　十二月十五日

[illegible]

法尚推[illegible]之[illegible]，为吾宗所特有。说法即创造[illegible]

法尚不如自造论仪式，宗教必须消灭他教[illegible]理解[illegible]

实行易，宗教消灭难。吾国以大乘佛法先[illegible]

发展创造消灭传统，此在人数为极[illegible]之事，此不[illegible]

须配合组织运用先将仪式净化，将[illegible]个佛教[illegible]

无余涅槃。此事非个人所能及之。[illegible]

真如兄大鉴：昨奉一日赐书并附《保读自我教育》一文，此文甚佳有力

量，有新见解，而又是兄之本色。第二节末二句“因为最上乘的佛法

是与世法统一的，是服从世法的”（佛法服从世法这句话似乎不大好），兄意大概是指佛法不离世法，而且与

世法不矛盾，但语似表达的不大明瞭，世法亦未指明是好的世法。我以为可以

修改如下句：最上乘的佛法，是与世法不一亦不异的。因为最上乘的佛法，就是从

世法中显现具足真理性的觉悟的法，不是离开世法而另有佛法。

世法在尚未普遍（特定为）具足真理性的觉悟的法（的时候）是不一，非离开世法而另有

佛法是不异。因为不异，故不以为要；因为不一，就必须持要，由持便解决矛

盾，而达到更高一层的统一（不异）（令一切世法都普遍特定为具足真理性的觉悟的法）。这是我最基本的运用佛法的原则，就是运

用一切真理的原则，因为凡是合于时与地的真理，相对真理乃至根和为绝对真理，都是与

最上乘的佛法不相違背而且是一致的』

我以為詳說一下極為明瞭圓滿 論文中到底及毛澤東實踐論都說絶对真理是相对真理的総和 此先說一說不特於是之四句偈有对待而且何以說在把握馬列主義和毛澤東思想於此都先有個根據而此根據正是運用佛法的最基本的原則 兄意如何

又主客觀的統一在佛法是最基本的 我的一切見相分都是從自證證自證分起 有妄執才以為不統一 故不統一是妄也 此理似不便在此文發揮也

上來主張統一的文章寫好重看一下確是一段極為重要的文章 我想有許多地方不必應用 請兄深思一下這點是一個基本運用的原則啊

料之奉复即請

大安

弟 石奇 十二月十一灯下

諸一向候

陈铭枢友朋论学书札

图版

下

王波◎整理

陈铭枢文献整理与研究丛刊

马忠文　王波◎主编

国家图书馆出版社

下册目录

艾思奇

黄有敏

一

致王恩洋

化中學兄：陪都分袂，倏又數月，竊情惓惓，而緣慧菴溘逝，愚內省重若不遑，吁足懼也！頃君奉大師函諭，歷舉數月來與兄往返之函信札以告，傷心已極，使弟不能默爾。故陳言如次，幸垂察焉。竊內大法自清末葉，得石埭楊老居士而重興，得吾師竟陵歐大師繼承闡揚而始大，內院肇基，天下之所共知也。學者風嚮，各方英彥，萃集一堂，當斯之時，十力、秋一及兄三人，實為師門之領

袖、十力留院不久、别去北大執教、秋一及
兄别輔師化導、長期精研、入室分
座、如乳投水、[illegible]益彰、當此之時、
豈唯師倚之如左右臂、同窗居弟等於
固[illegible]、私衷慶幸、佛法將益賴兩
兄而日昌明光大、侍者之喜也、弟雖從師最
早、然資質愚昧、隨衆而已、實不知學、二十八年
來、中間役於軍旅、屢學屢輟、師近三
年、師始以弟子目我、自問猶未配登
師之堂、乘稱佛門弟子、而此時對於

二

兩兄尊敬與期望之識，更逐日而增進。此間（人目為魔窟）兄等之所明見而深信者也。自去歲兄與弟等表示願回內院助師，私衷大慰。然未幾聞兄以與師議論不合而去，耿耿夏念，未審所以相違之故。今年人日[illegible]會，兄不到。見師出示兄寄師（第一函）有區區之意，有欲上陳而不能者，如何如何之語。繼讀師覆書，始知所辨者為法相唯識問題（評語）。兄何以不肯接受而已。而師未敢置一詞。會畢，船中

愚迂兄：同學何清瑞兄（兄蓋以學生視之者）出
示師第一短札致兄，讀之，其一片厚
愛深惜之情，令人感動。弟亦因託何
兄轉達鄙忱，望兄不可再傷老人之心。終
不敢想到兄更有使師難堪之舉也。詎
意二十日後，弟以私事再赴江津，即師
師復出示兄書（第二函）及師覆書（第二
覆書）。師書仍是其持前義。再
兄書，勿遽開題目不讀，而斷其中誤者全書
詞意，使我目眩手擅，幾乎不能終讀。

除上下款不失師弟稱呼外，全文簡直不知何人向何人教訓之詞，並一種傲慢負氣而冷諷之情，躍躍咄咄逼人，任何旁觀者均為動憤，此非弟之錯覺與誤解會。兄之書固在，可以覆按也。然就兄師覆書擬辭之嚴，發揮辭義，全以諒為意，對兄之無禮不置一辭，而且甚書尾措詞之悲愴悽惋，真使無心肝人讀之亦當墮淚也。而我不忍摘出。師覆書固在，亦可覆按。弟不真如兄：竟因辨学至此，曷胜悲痛。
不能自已。然蒙兄谏师，业决意，
述书所感悟也。讵知大谬不然。昨奉
师斋示兄书三通，更变本加厉，傥
属目强由怨憝，而师迩为贪怨恨，由傲慢
而师迩为诬罔，且故意歪曲师言，以逞其
诬讦。嗟夫！转此后复何，知天高地厚日月
毋乃[illegible]回反[illegible]江河水为[illegible]流哉。虽然，
兄果己回头讲学，到处说法，广受供养，
已非一日，今复回头由彼[illegible]，甚开名为人师[illegible]别

另行起

必有其所挟之深且固者。而贵[illegible]
得如弟不念佛法不能为文著作长居未学
如弟亦识不自量，窃谓以我兄哀痛以祈
兄何若？是明之睹兄已投魔鬼手怀
待况深渊？不禁其勇欲救之危惧之情
也。细欲兄三思！离瑞开于师之呵斥著
法相一文谓不应局于旧论法。此在他人岂
不为下知那[illegible]教夫法相之非限于有为
不遑待深究者为法身及无为[illegible]岂
非法相耶？乃兄既不能贯彻辩矣，因故言志

複次下另起

躲避不談，反謂諸言不能上陳，反譏師佛法太多子。呼！是何用心耶？已復繳次，兄作大士行，謂菩薩攝受有情為一體。申受師何以謂菩不達有情本來為一體，兄反唇相稽，指師亂理於事，吁！是何言哉！為不達有情本來一體之理者，豈可說菩薩攝受有情為一體耶？此理至顯而易明，而兄不悟，反責師滑混，哀哉！兄癡障深矣！茲正詞以詰兄曰：兄既攝有情本為一體之理，而單取此菩薩攝受

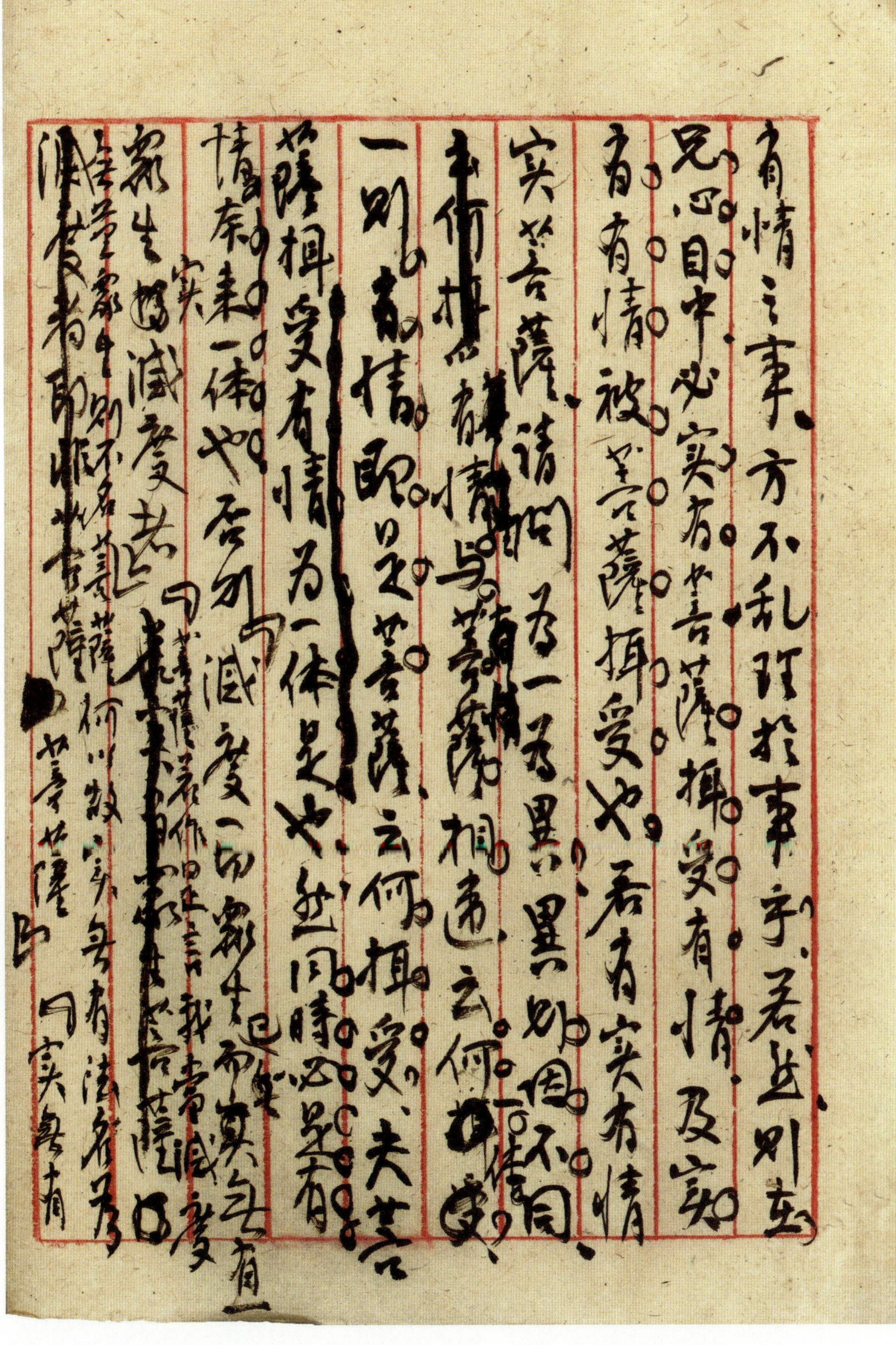

五

有情之事，方不乱理於事乎。若是則去
見心目中必實有如是菩薩攝受有情，及實
有有情被如是菩薩攝受也。若有實有情
實如是菩薩，請問為一為異？異則因不同，
[illegible]情與如是菩薩相違，云何攝受？
一則有情即是如是菩薩，云何攝受？夫如是
菩薩攝受有情為一體是也，然同時必是有
情來一體也。否則滅度一切衆生已，而實無有
衆生得滅度者 [illegible]
[illegible]
[illegible]

衆生如來度若此之言，皆不可通也。

蓋必如是，則有情本來一體，非非是異[illegible]言

菩薩攝受有情，非是一心，另是方能一異

俱不俱，非俱等戲論之過也。前年在內院

曾著對見兄一文，載在海潮音某期上，極言

菩薩[illegible]顯神通境界以衛[illegible]佛部俗，早知

兄[illegible]著菩薩菩薩，衆生衆生，當時特[illegible]

詢師，師云：此仍是齋公齋婆的說法[illegible]

[illegible]今說以兄固執攝受之事而拒絕

愛本來一體之理，益象如兄所懷慨於

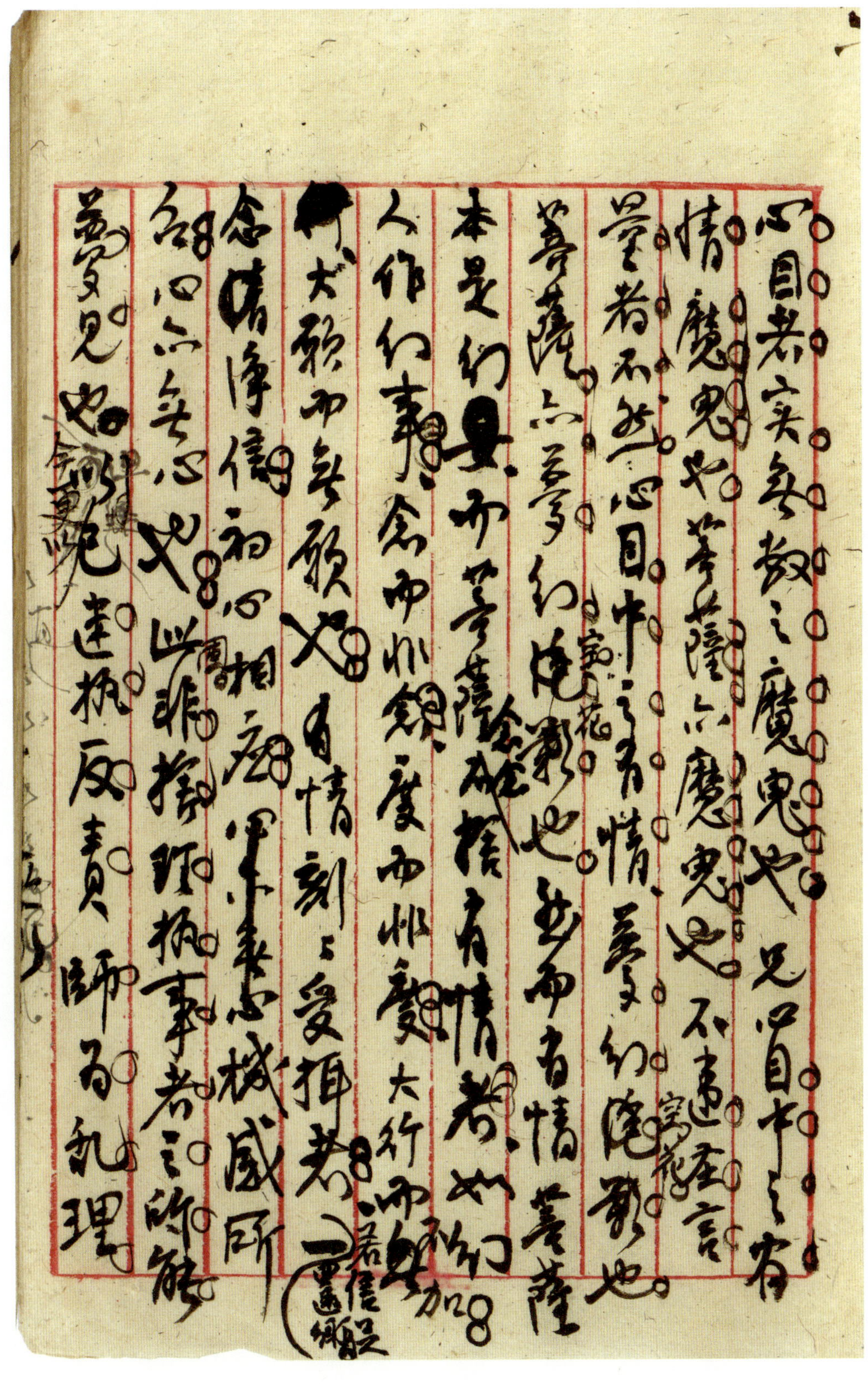

另行起

於事。若明甚也。非是讓也。（復次兄謂於天台賢首起信楞嚴支離儱侗之說，亦不敢贊同云云，善哉善哉！此固吾師著書十餘年來佛學宗派東土理論之一大錯謬（聞北方法相宗哲匠韓先生亦有相同之意見）。而秋一兄佐證之功為突大，是誠佛學史上啟一大異紀元也。兄能服膺 師說，雖從不滑，固堪贊嘆。（弟於吾秦派學說未盡深究，雖以為此種理論之所以誤，若首在射於本無起處之真如無明──即法爾如是──總要知其起

七

實為所以有不變隨緣等（然非謂離事而可以推翻通理論）。猶借文後引理事互義以成宗（見師弟發兄之文）。者整於賢首之立事義，乃以一面執事為理，即首即亂理於事以手攻師，已見辨正如如前文矣。而又以救理為事以攻賢首等，詎知賢首等理論即有不通，亦不至整個然執理事為兩物，如尊論所云。洋之思想以為法有事理，事則萬象森羅不容一毫儱侗，理則真性平等不容一毫分別者也。夫事者何？法也。理者何？心也。見色即見心色心不二故「色即是空空即是色」
法心不可二（在心爲法身在法云法界原
不可分）事理不二無。而森羅萬象一法之
所印也。即森羅萬象一心之所印也。森羅
萬象果異。真俗平等。真俗平等果異。
森羅萬象無。所謂不容一毫偏倚不容
一毫分別云者。賢首等豈背此義
戴兄今手握事理之利器以攻賢
手握事之關刀以斫歸之根理於是

乎。要人言理。則應事。言事則論理。（前
文所說言甚蔓揮，發有情而不承認者
情本來一体。友明理理事辟壘森
然對立，合不相謀，況左扼一，右拄
一事，如日月之並馳，陰陽而兩用，
囊天地而無外，攝日宇宙而長揮。夫
而為之而欲為之躊躇滿志，使天下人皆
知鈍向吾。王化中先生之真正佛法矣。
果也吾兄已明目張胆公然建立矣。其
言曰：自來學説之亂，皆因理事不分讀法

相唯識當觀萬法差別之相，絲毫不可紊亂；讀般若當觀萬法共通之相，而絲毫不容分別。此學說方面事也。再離言絕慮而契實相，則修證事也。所謂佛法如斯而止。外此有說，絕難苟同；外此有教，絕不信受。以視斯佛論，堂哉皇哉，剛勇而嶄絕也，而雜然藐矣。末學亦請得而辯難焉。夫所謂法相唯識當觀萬法差別之相，絲毫不可紊亂者，其義安居耶？法相唯識之所以建立，豈不是針對凡夫之實

執與外道之斷見、小之滅取立而然。對
所形若別有轉依之取證。對前若別明示（以佳相）
幻妄，姑舍前者而專論後者。宇宙現象
論有形無形二，映于吾人心目者，皆識所變
現，所謂內身為根身，外身為器世界，所緣
之，此唯識之要義也。既唯識所變現，則一
切絕境，皆有，均屬幻妄。復以無始來
衆生顛倒，執為實有，外絕境既幻，則識亦
幻。此幻有（種之名相）我也。然外從山河大地分析至
於極微（唯幻也），內自從（身）分析為蘊處

界諸差別相皆幻也。是以見萬法差別之相，若要在其明其幻也。然毫不可棄執著，物物頭頭，是其本來不生法相執也。若立一毫著，有所捨執，則其法亂矣。然別而唯識著，若不提出幻義，徒作夢說矣。者，差別之相，然毫不可棄亂者，有何意趣耶。豈不如算數學之任之不錯，法律象象有條不紊，亦可名之為唯識耶？邏特些也。夫幻若何？真也。境幻故識幻，境幻故識幻，是也。是故說法相唯識而不

十

入於空觀者。是不知法相唯識者也。兄亦知
有虛妄而不知有空。多所以談法相但局於
因緣法者。師所弟猶不肯接受者。職是
故也。且空有以兩輪喻。未聞以兩車喻車
有兩輪而后可行。若車各一輪。其能行也何
以行之哉！兄之截然分取理事。成對立
如上所發者。則車車各一輪之說也。喻兩
車輪。空有之說也。且夫理事空有之
不可截然分立者。乃入法性必然之嚮導
也。目前境色、書体乃至一切塵勞當念

即空，法法長安大道，江江東流，千波競湧，性相宴然，紛紜青空一亘。兄憬從何說萬法差別之相，更何容心於其意之不可紊亂耶？再云讀般若書說萬法共通之相，而其意不容分別，異哉！此尤可異。夫萬法共通之相，即是真常，真常豈限般若，無為法相不可言耶？無為法不就是真常耶？即在唯識又何不可言有為法、無為法，真常耶？姑舍是，若單就般若一面論之，般若者無所得，如無

十二

所謂者，無法可得，無相可得也。今兄乃謂有一箇法普遍於一毫不容分別之真常相為般若所得。噫，遠矣遠矣！夫理不可有二，真之與妄，猶手之正反面耳。非妄之外另有一真，真之外另有一妄也。細勘兄之意，得毋以為去妄歸空之後，必有一真常不空之物可得耶？若然，則外道之神我，小乘之趣寂也。小乘外道何曾夢見般若？夫真常不空，然即真空也；實相即空相也。見有[illegible]

可斷耶？見有菩提可取耶？見有衆生可度耶？
見一切紛紜，安可空耶？乃至見有空可空耶？樹
~~佛經本來不希有也~~

皆未可。動見般若何者？若以生滅心觀
尋般若，猶南轅而北其轍也。言佛所
云衆生心處處能緣，唯不能緣於般
若。若上者此也。□□般若頌云：若人
見般若，是名為被縛；若不見般若，是亦名
被縛。若人見般若，是則名解脫；若不見

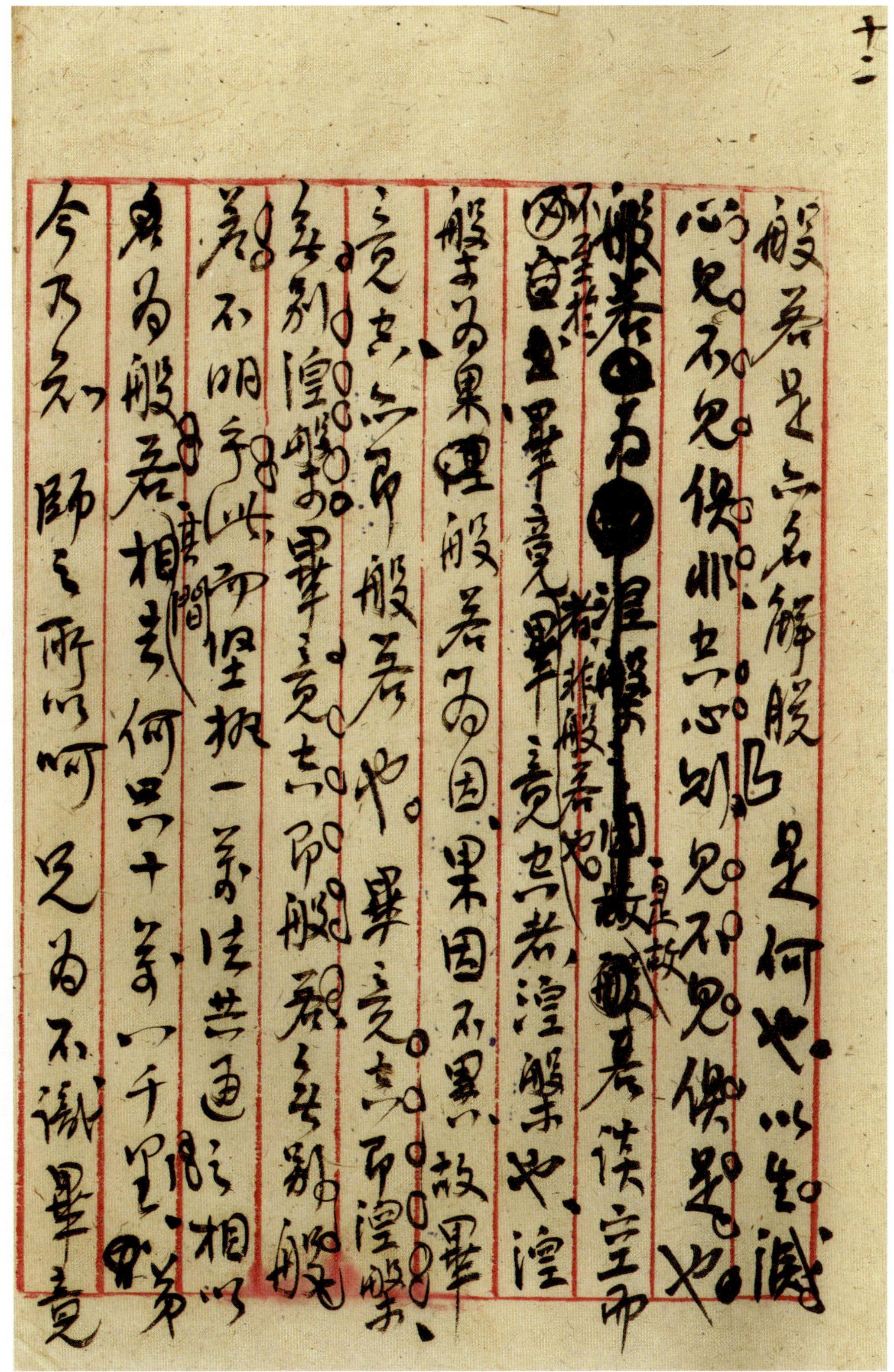

十二

般若是亦名解脫，是何也？以知識
心即見、不見俱非，亦心則見、不見俱是也。
般若為涅槃因故，般若法空而
自生畢竟，畢竟無者涅槃也，涅
槃之果理般若為因，果因不異，故畢
竟亦即般若也，果竟亦即涅槃，
無別涅槃之畢竟，亦即般若，無般若
若不明乎此，而堅執一義法無通於相，以
是為般若，般若相去何只十萬八千里，然第
今乃知師之所以呵足為不識畢竟

此義者有由來也。大般若第十六
分第八……設分別、離信左部中有卷中
只有教人離相、非有教人視相。心經上文乃大
……之縛、未見教人立相視相。雖曰
視相未必不是般若(諸法無相亦是相見
般若亦是相)、然般若斷不限於視相明
矣。見今日讀般若而視相……之相
然分別不舍分別不可、雖曰不舍分別然
實先懸一相以求般若矣。般若實有此
死法耶?見既先懸了相,今請問兄何

金剛經皆明此義,如若見諸相非相即見如來

乃由離相得非由視相而得也

十三

菩提般若。若不着相，何處見不生

般若何處不見。一切法本離言法性，而

仍可以言說示者，方便法也。豈有如

兄不死注腳，談般若。與談法相唯識

之學說者。今四兄且欲斷之曰：所謂

佛法如斯而已，此外有說，絕難為同，外此

者教絕不信受。大似外道之世尊也。

前東來義去世間一切言說皆妄，唯

我真實的神聖。嗟兄能傲傲天乎，

末謂離言絕意而契實相，則修證事

也。與前從此學說方面事也相對照。
此學說盡是一乘說，所証又是一乘，吾不相關
涉也者。噫！吾不願多說，姑問所謂般行
般若絕四，又與離言絕慮為一為二？若
云何把所証與學說劃為兩途也？難
此間固有此兩途，然豈能於真正証修
乎哉！
復次，第四（第三函）謂於烏龍潭得
契實相於瑜伽般若禪宗勝義洞
然了徹也。初看契實相三字時疑之

十四

偶讀下名言、及看至閱然了徹之語

及上文筆之言契實相乃修證之事。

日方知足下以◎證得自命。契實相

初地菩薩、足道信也。足今乃公然

以大菩薩、聖人的面孔臨諸自己十餘

年來沐教諸法之親教師[illegible]

年修何人。[illegible]也。此。未有。不慣。[illegible]者

兄豈[illegible]欲數謂於師並

且數謂法王、法王之子、正思周

累歷我自作自受地獄不息不為足

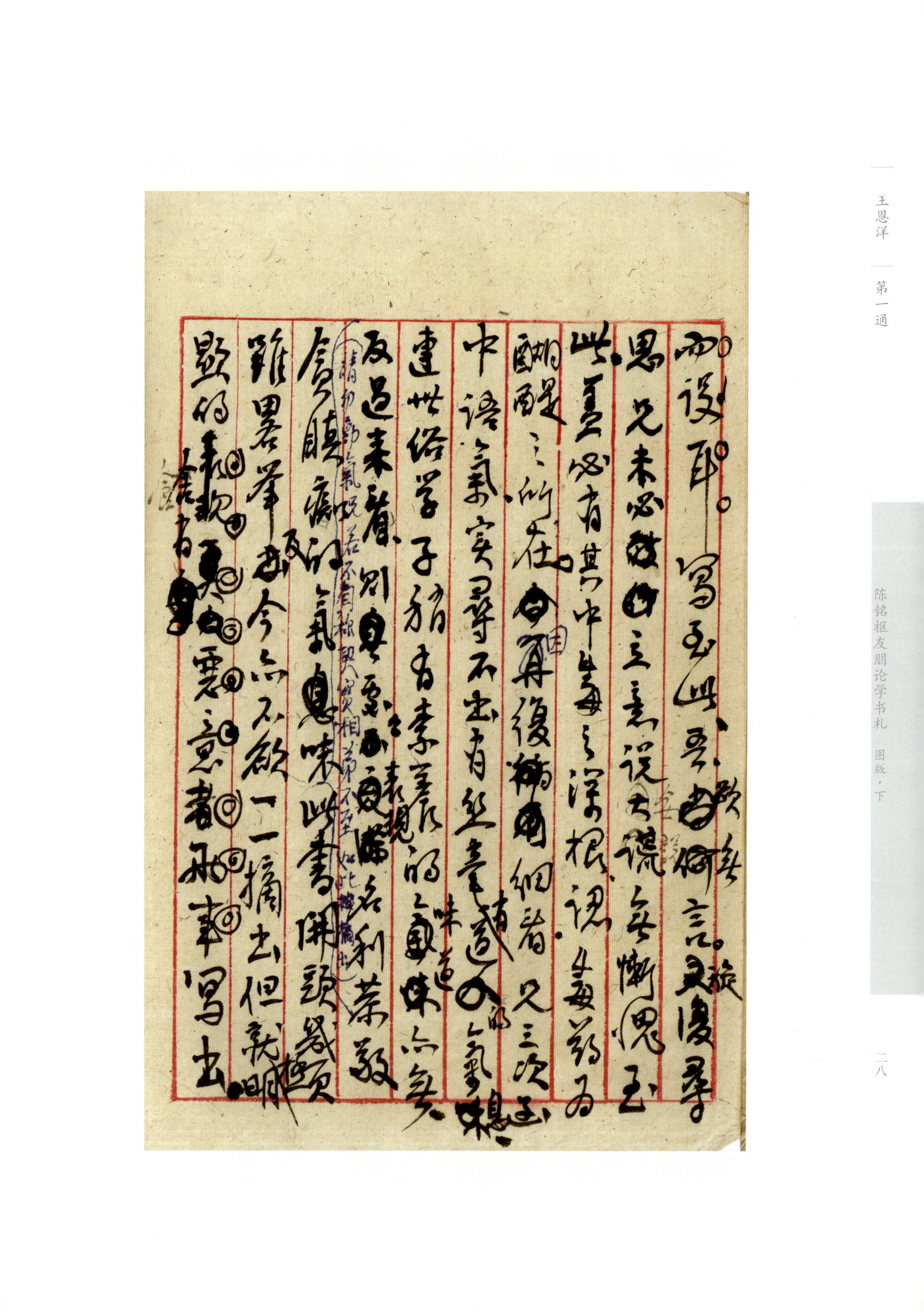

十五

請兄自己批評看。第一，故意誤解師敘[illegible]相宗者及賢首各宗派之文、[illegible]推波助瀾，謗奸人之意。如師引台賢自說卓樹不羣之一語，先生句下加以無上至極偃蓋性相既篤，師說及師說台賢徒欲佛境，未言其非盡善。兄則故抹殺師之原言，不師責先如[illegible]出善，假此以攻師，[illegible]按降台賢而自[illegible]其前期先進等文之苦、致[illegible]，此其一。次引師語，兄執一偈之說及不能引助

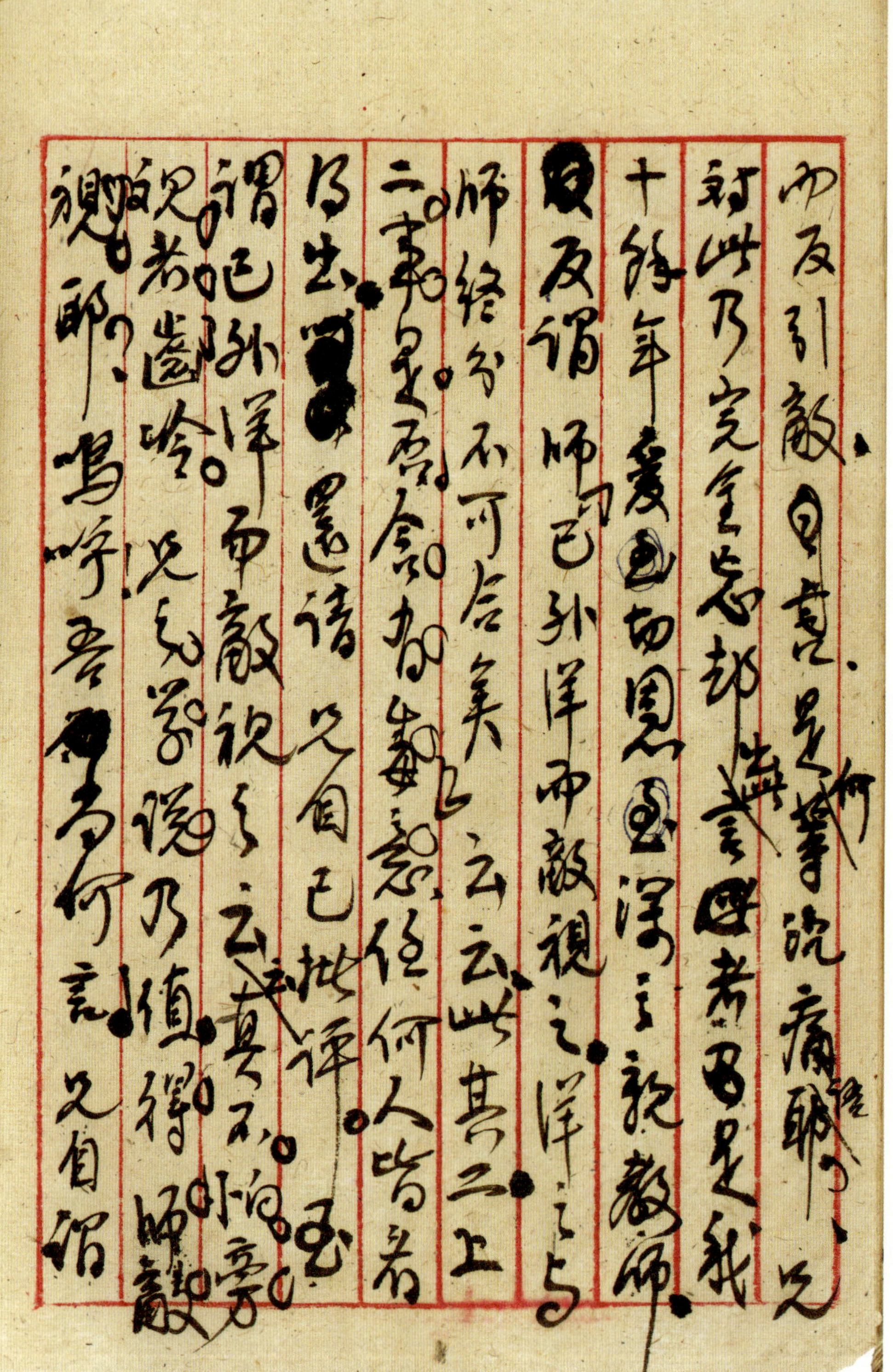
而反引敵日甚，是何說，痛耶？兄
對此乃完全忘卻。因者乃是我
十餘年處處恩洋之說教師。
[illegible]反謂 師已外洋而敵視之，洋之與
師終分不可合矣云云。此其二。上
二事是否合節？每每想任何人皆者
乃出[illegible]墨述請 兄自已批評。至
謂吾已外洋而敵視之云云，甚不恰當。
兄者邊論。兄無學說，乃值得 師敵
視耶？嗚呼！吾尚何言！兄自留

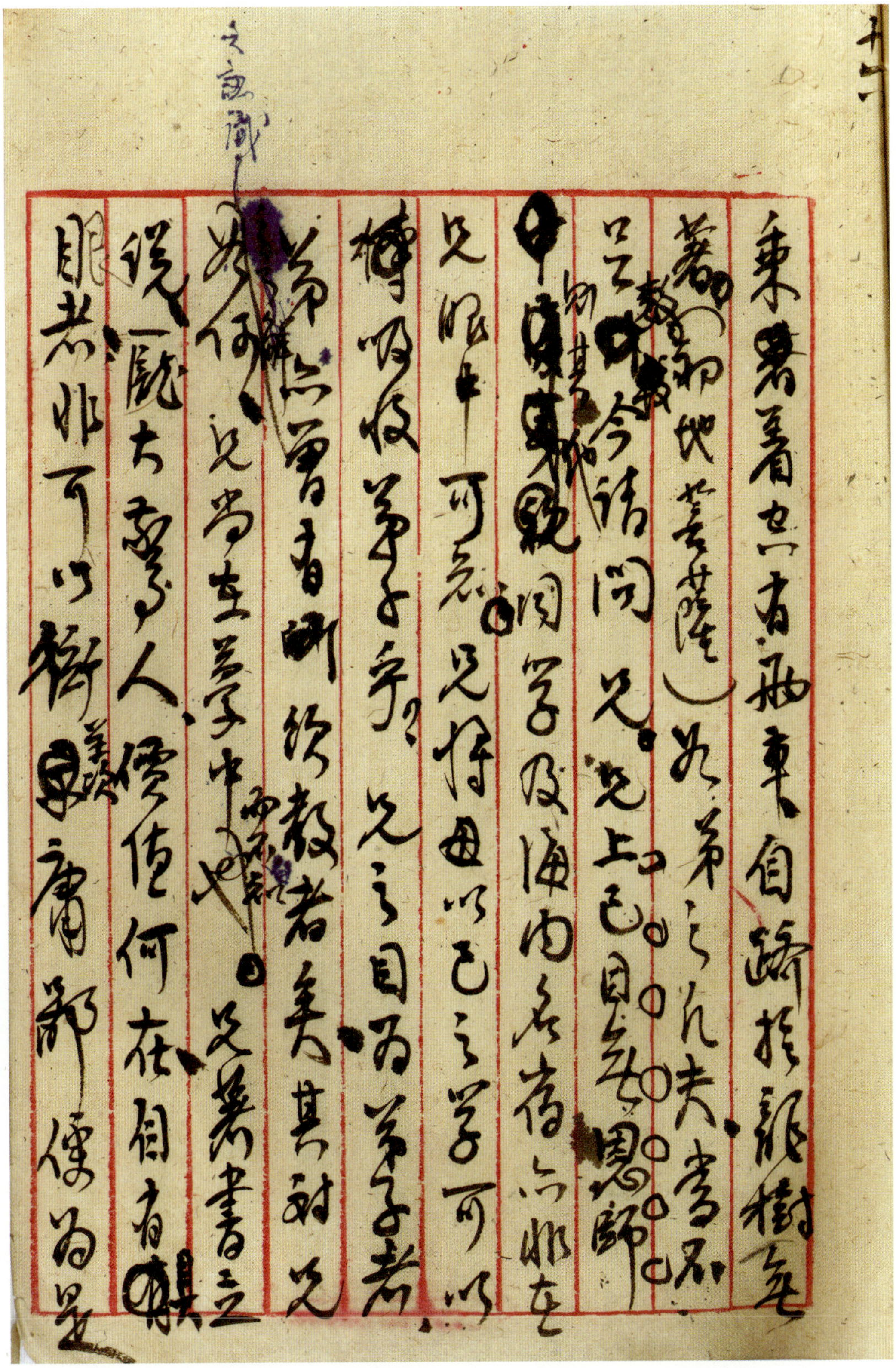

秉書著書者兩東自歸於龍樹無
著（初地菩薩）。然弟之於夫子君
口之（教中）今請問兄。兄上已見吾恩師
中（印其學說）國學及海內名宿亦非在
兄眼中可忘。兄時毋以己之學可以
博收學子乎？兄之目為學子者，
弟亦曾有所從教者矣。其對兄
如何？兄當在吾學中也。兄叢書之
從一師大家人，傳何在？自有其
眼者非可以衡（美談）庸鄙，但為是

也。（我终生不曾著述，亦绝无作人师
的资格，自问毫无所有，故敢直言
并告宗教的见解，许多人同此
见解，岂皆步之后）统观此段所
说，见之稳之已知，见之中真乃是
一个像字，若属知来孔圣云：如有
周公之才之美，使骄且吝，其余不足
观也已。周公之尼，使著此像字，使
一切都不足观，兄今因此字当属
亦难安，然论是者有何必何为

請毀

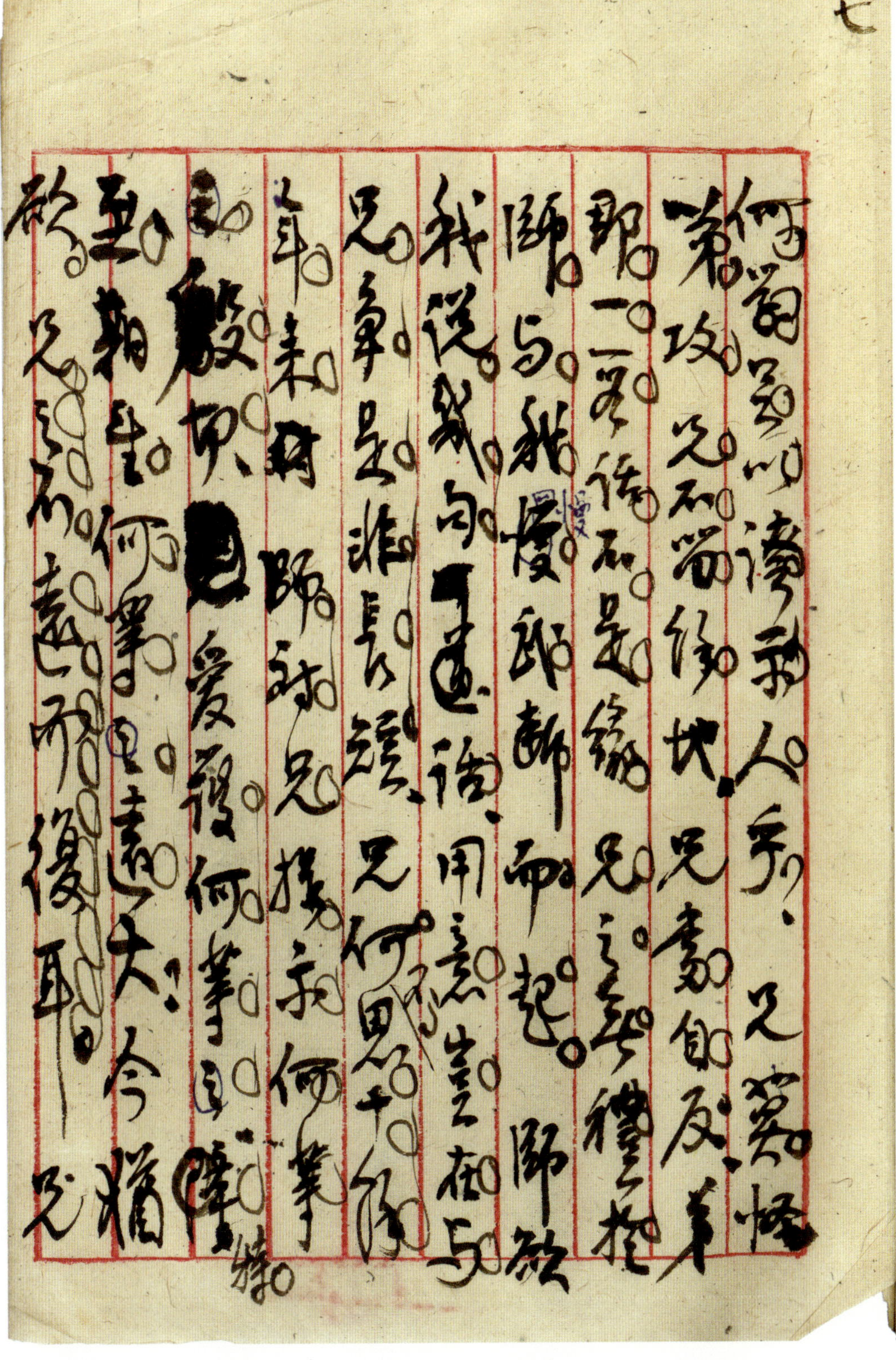

若肯翻然悔过，一择自己路线与学风，立即返投师门，识海归依，[illegible]一去[illegible]兄十余年前学者原学之也。[illegible]信而[illegible]第一[illegible]也，[illegible]据大法，[illegible]大[illegible]择[illegible]前辈周兄、五兄、独一兄之所竟承教也。乃第一等之所[illegible]，释广[illegible]者也。[illegible]长至尊以微进

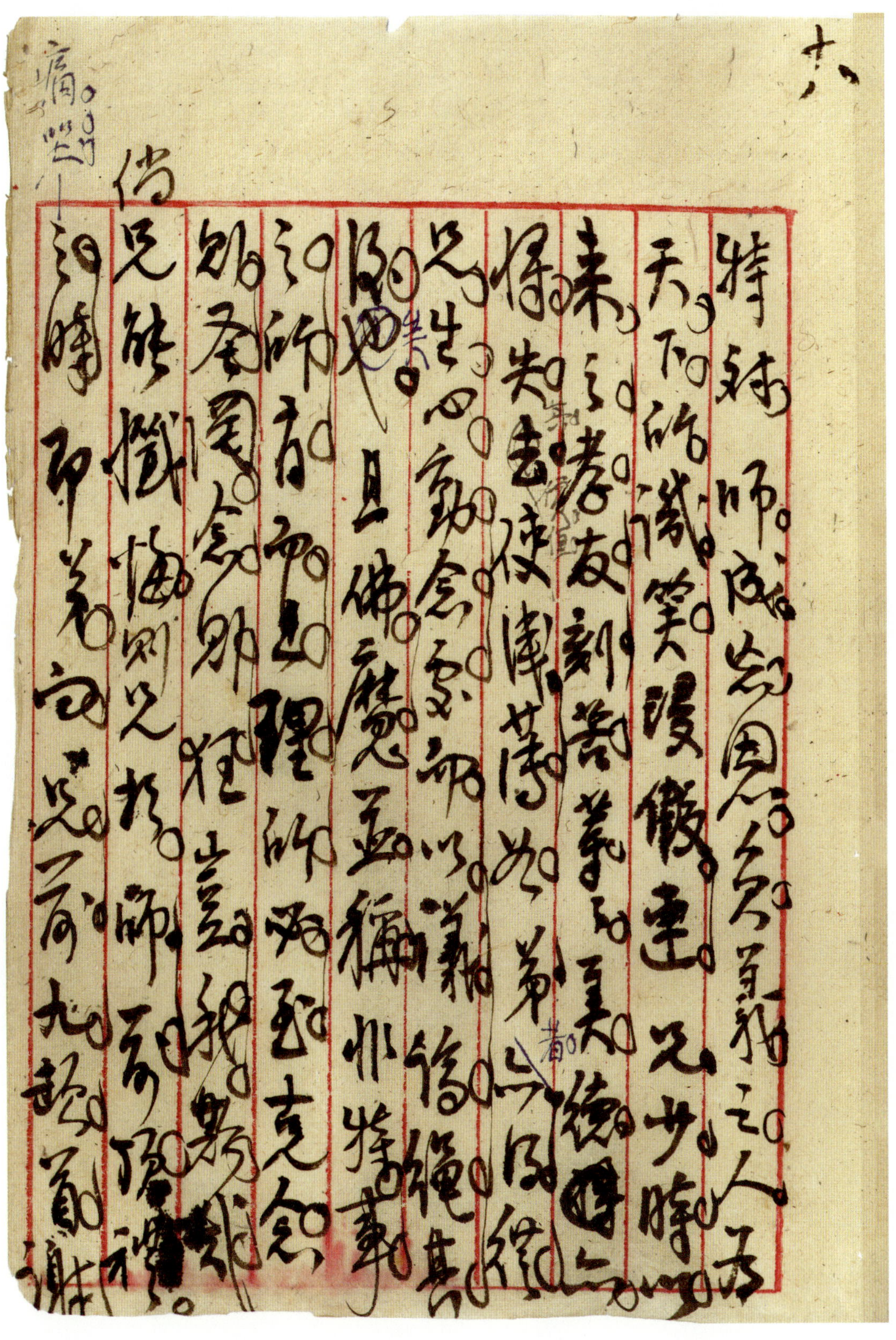

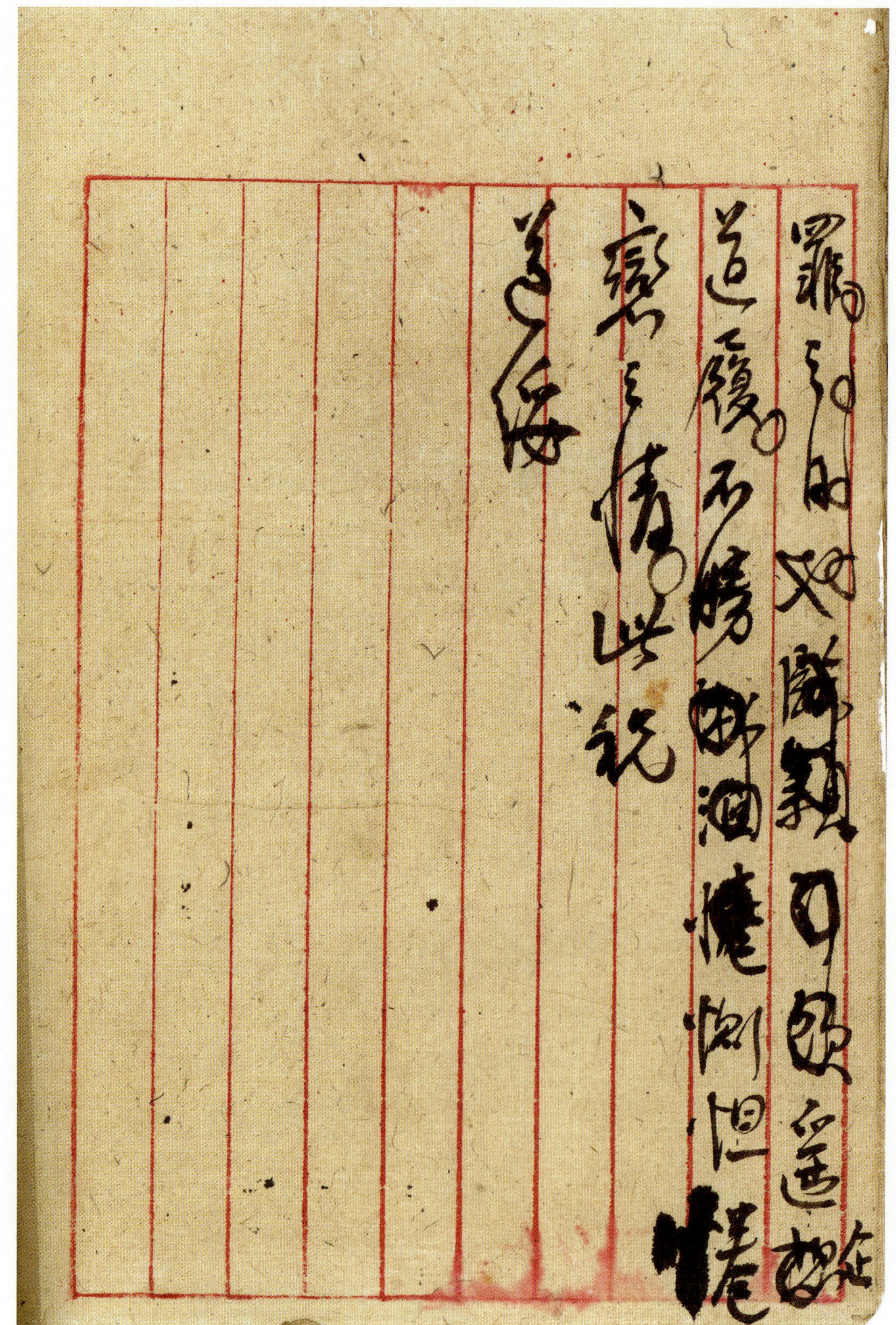

真如學兄惠鑒：奉大教再三讀，金剛怒目，義形於色，肝膽肺腸全盤捧出，惻怛惓惓，雖恐地獄眾生拔濟後時，生死長途罪過何極，非斯人之侍而誰侍耶？兄乎兄乎，朋友而兄弟乎！稱吾善者吾之賊，道吾惡者是吾師，謹以至誠受兄訓誡，雖無憂師、敬師，弟亦素不讓人，自以學說之辯論自古有之，因為學常憑臆而過則誠有之，若

97

96

謂善貪瞋痴慢毒向
恩師自省八識田中無如斯大惡種子恩
洋聞然至終爲喏
宜嵩〃大師之弟子竟隱退速轉瞬至矣
頂禮膜拜於
大師之前者第正不後於兄屆時並得禮謝之
兄也臨書感激神〃意交馳恭頌
法樂　弟恩洋頓首敬上　二月二十六日

外附上銀壹佰元用揮　乞念

真如我兄再鑒：憶昔年在南京兄家夜談之評我慢重，未之服也。此來深思，第一生不但慢驕重，吝心尤重。去歲在家行事，至今思之，內愧幾無以自容。誠知吝心害念，事事皆非。除慢之道，當刻心斬首；除吝之道，當傾覆室家。非必有其事，要去其執。我我所執不去，難夫修大士行矣。因兄舉孔聖之言，陳其所懷如此，願兄勉我督我攜我入坦道也。第恩洋又及　二十七日

樹上親教師座

親教師慈鑒頃奉 真如之函至為感動痛悔真回

五內悽悽尋思無已慚愧疚懷前 教益感

師愛我之深並篤無微不甚苦非遠道即

座前九叩首回念受 教數十年

師視我如子弟事

師如父母子之間何事不可談何話不可說竟能致疑既成

斯事一時欲攀土以塞泰山之高照蝸以擋日月之明

曾不自量度野哉宜世固宜 夫子之嘆之夫大量是略

於有容大慈彰於有恩

夫子饒恕無我待我如引領東南神馳不已 敬祝

少病少惱為法不勞弟子 恩洋和南敬上

99

覆王化中函（附來書）

銘樞謝覆書，既大勇無我，念念不忘一大事因緣者，[illegible]先生諄諭再三，感激涕零（能不涕零耶），慚愧無地（能無慚愧），敢順何極（識量敢爾），兄字兄乎，吾儕能生從此亂緣，爭奪者哉，更自由今生生世世，如發起殊勝勤在固地時，大丈夫固當如是也。惠樞之覆，敬行其勤加策，太師

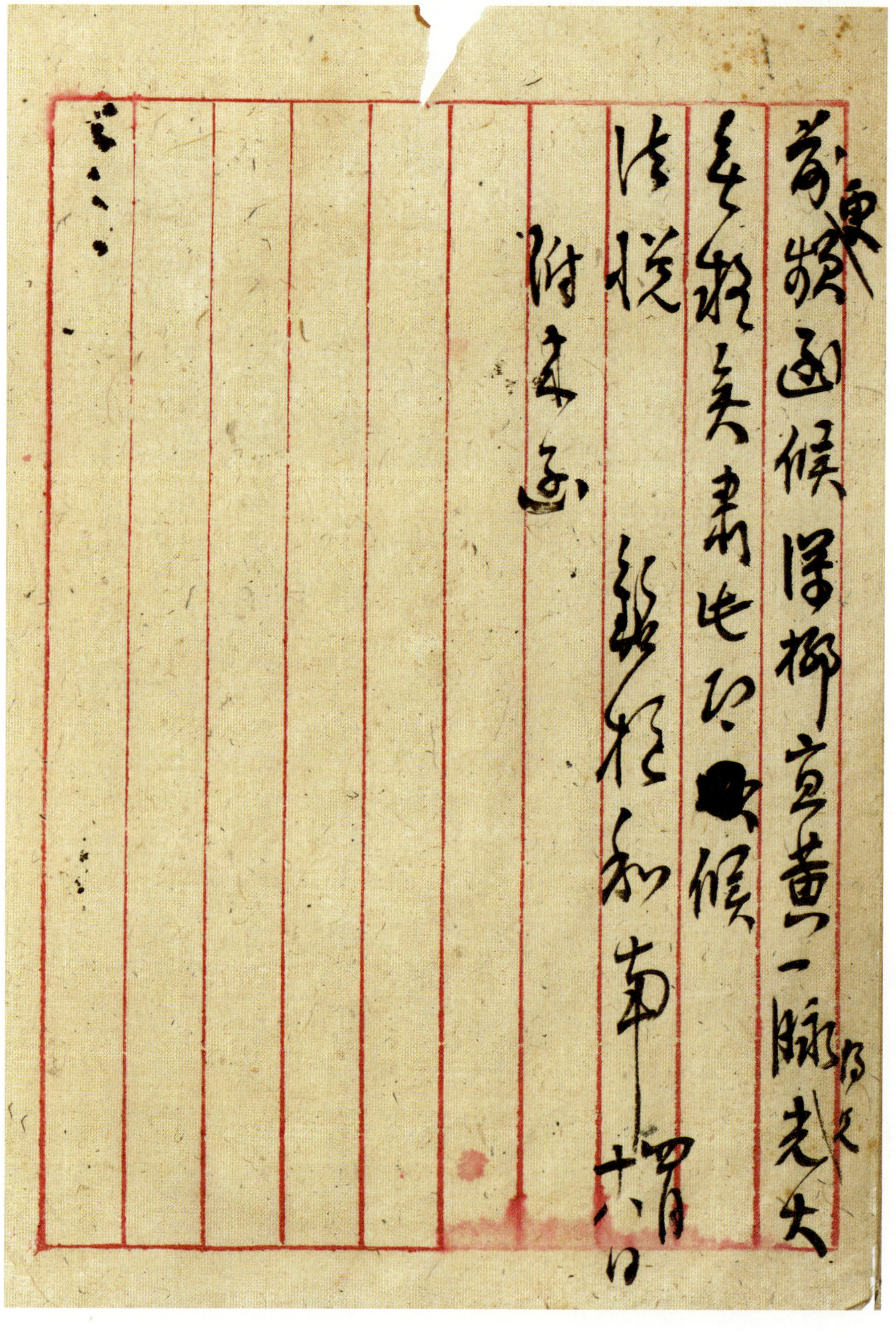

58

真如吾兄惠鉴：前接覆示，敬悉一切。热诚大
愿，铭感奚如。所谓如释迦弥勒之因地扶持教门
命也。第在此间对宏法事殊少进行，去月内学院推
让出院址一部，俾今已代理完竣，时至今日，尚不敢
谓对法事能有若何之进行。但在此数月中，个人修省则
较有进步，颇思将行为心性作根本的改造，庶不负平
日大言读圣教作有惭愧的人也。大厦稱天，更
思社会人心同归根本改造。吾

55

59

足展憂慮雖而回道益度弟亦佩其雅
度近來心行道業更何如耶
大師處音問往復已數度事無念順叩
法樂　　弟恩洋拜啟　四月廿日
附呈一偈請正
執我能得即是妄有法可證便非真
推深一切妄分別形形色色自圓成

56

复王化中 六月廿三

承书示，适有北碚之行，昨归乃始

竟报。此足见吾人未何达也。

读函下作"有惭愧的人"句，为之欢喜。

三世诸佛（菩萨）由之成佛（菩萨），由之横遍无边、

竖穷无际，由之实现无边功德，

而以为众生治病者，实以此（惭愧）为家为

药耶。丸虽不以强迫者之已为法，

达仁之由之礼，而必由之正执。铭枢

亦称妙谛圆滿，詣絶中土。而彼實
以之為非。乃其教眼。予得手來未
有能致此。至援示學人，若第曾有評
晦堂答韓宗古書一文，最標其
義。可作數頻摩玩，若之頂門針。吾
兄果能終身持之不懈，安慧正眼之
不開哉。惜兄下數思，而宗事免太輕。
吾人要咬定牙根，刻刻在性命
根本關頭上著力。如此亦和者自己

國民政府軍事委員會辦公廳總務處用

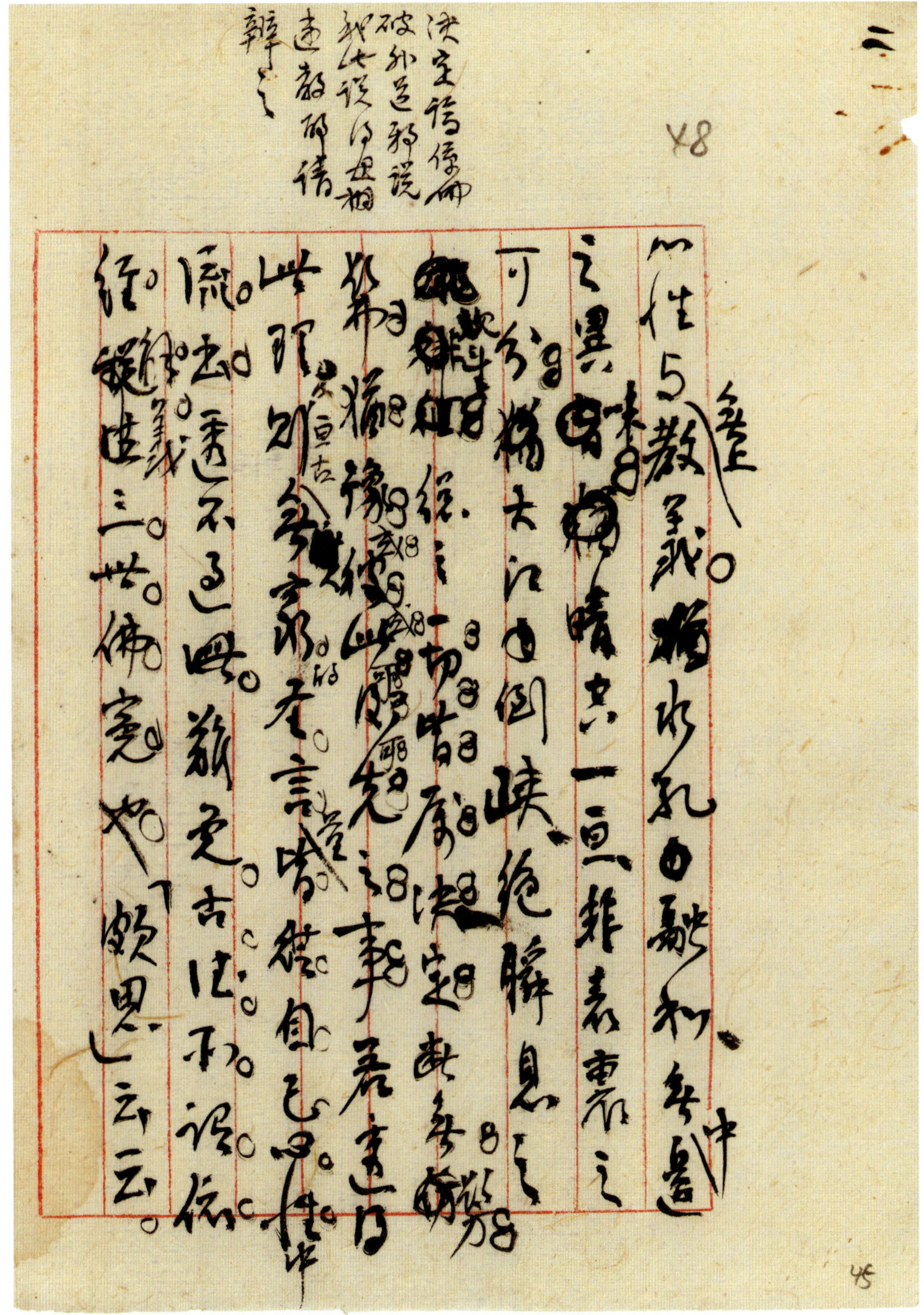

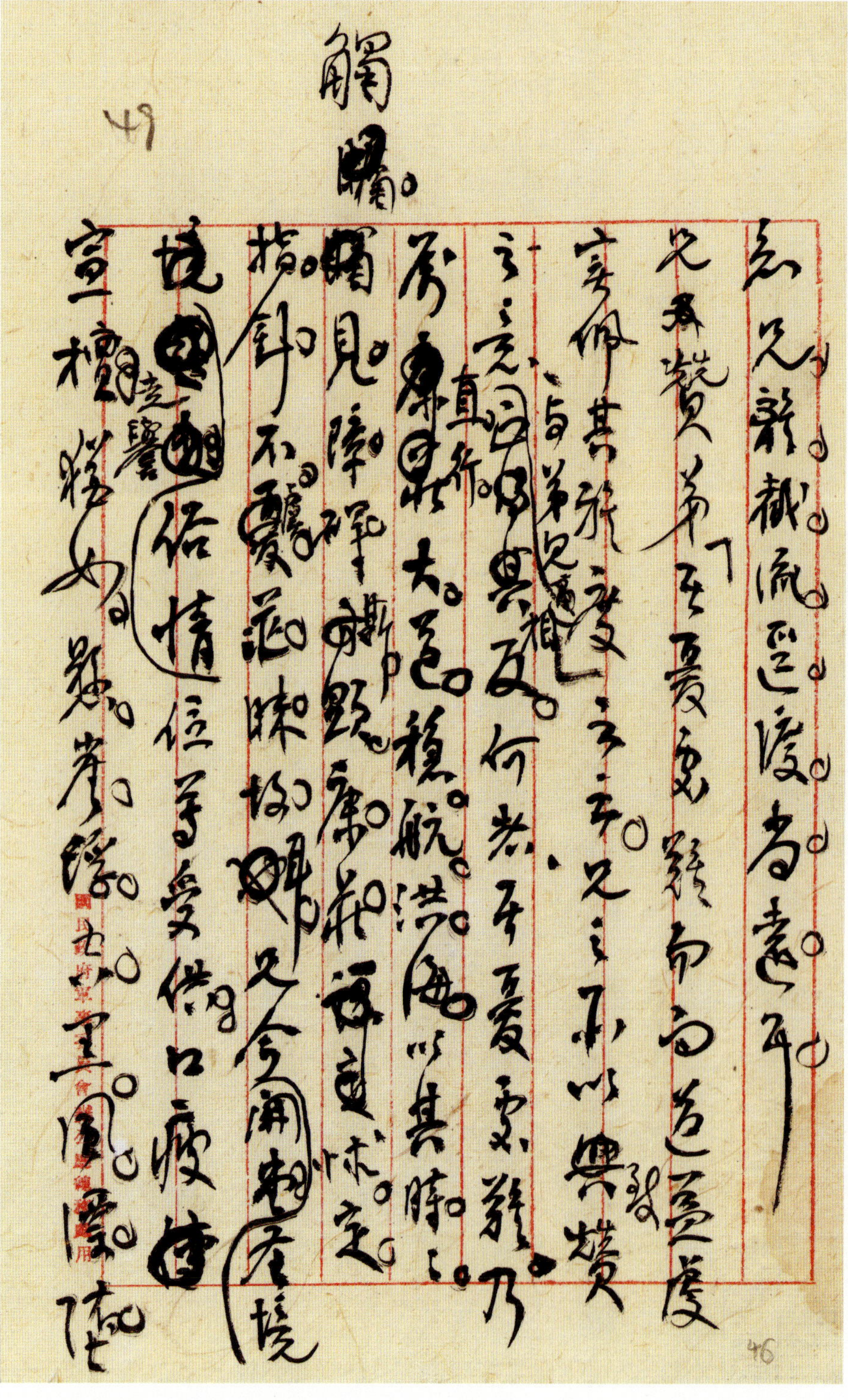

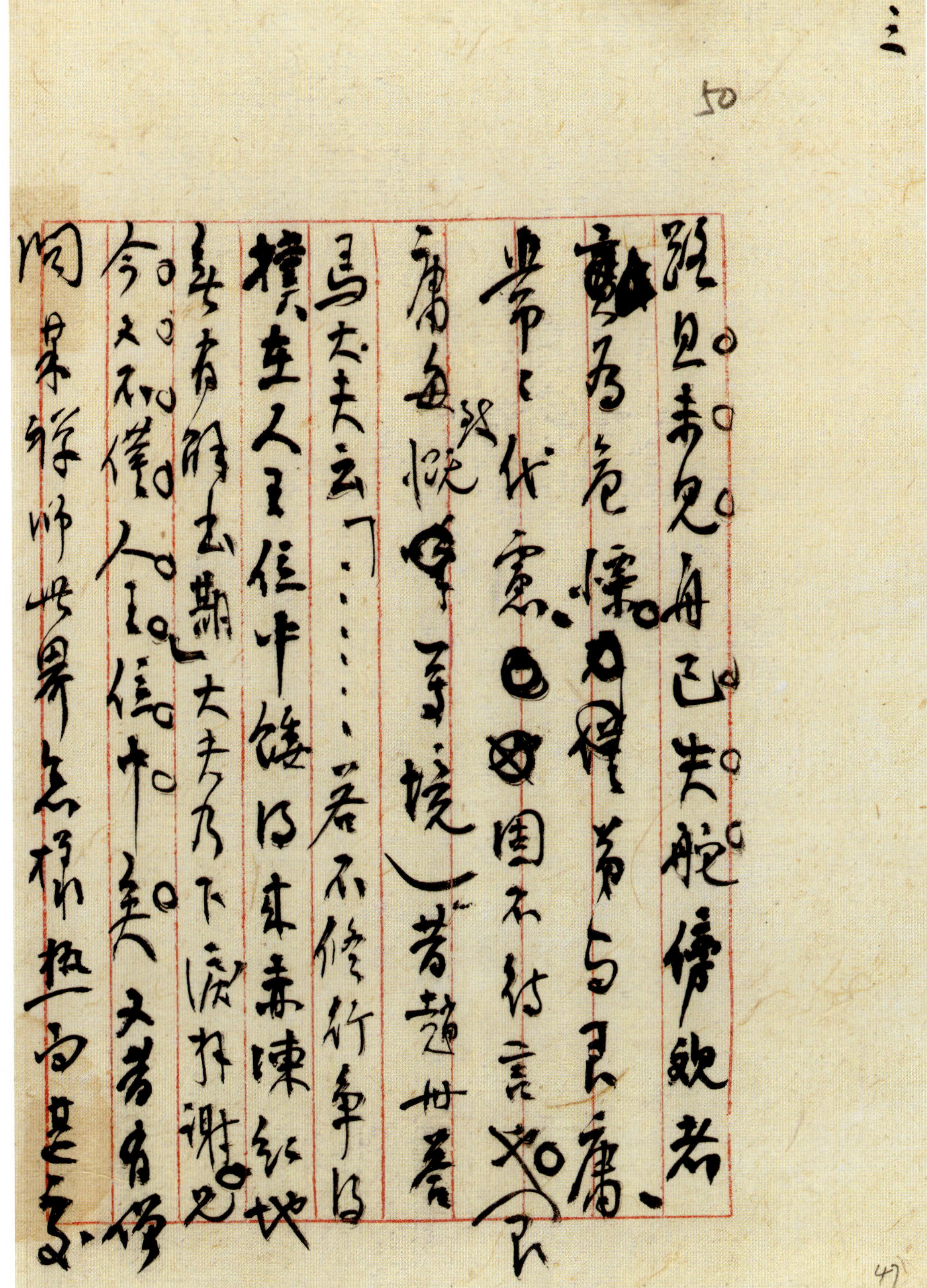

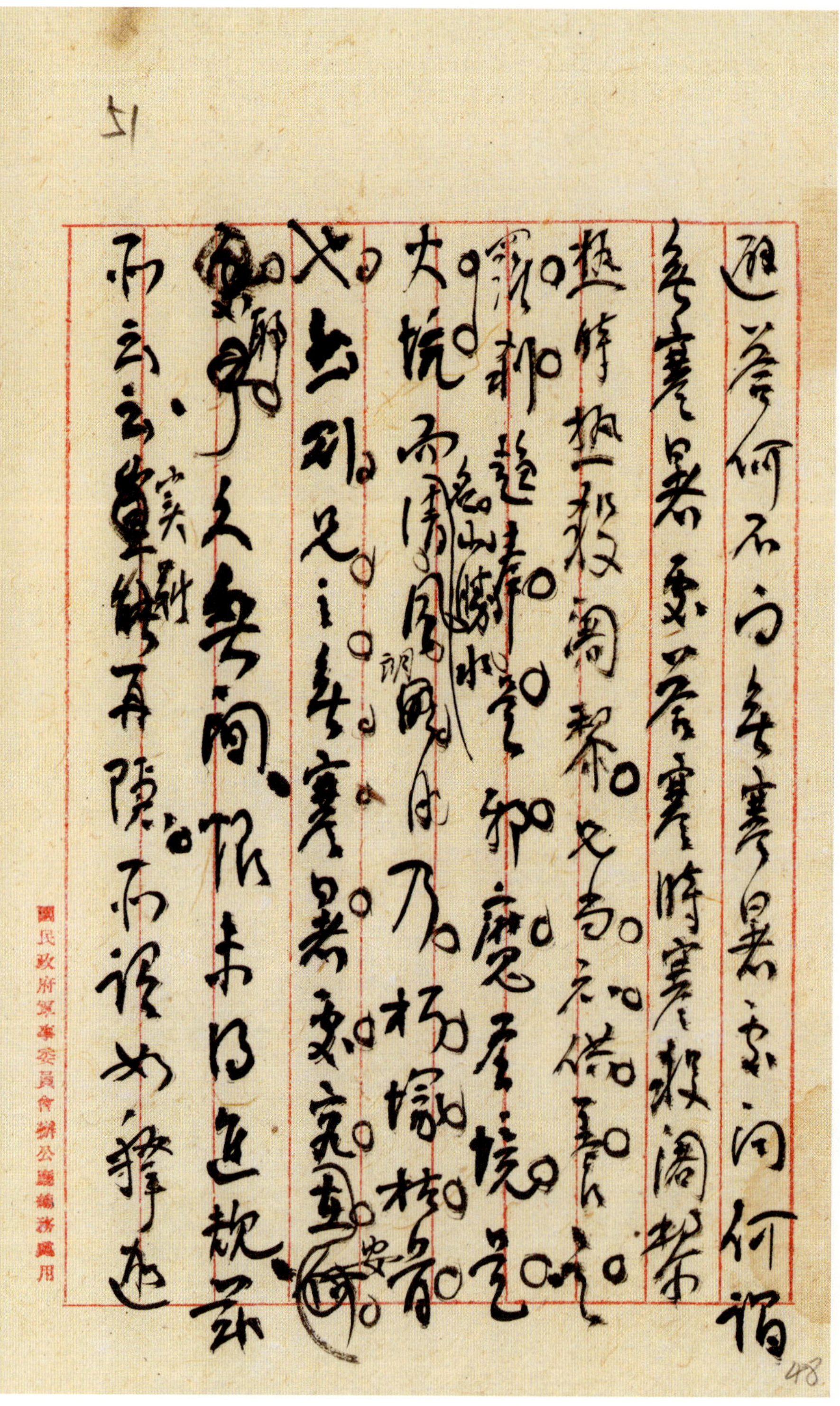

國民政府軍事委員會辦公廳總務處用

徐勤之在因此時。兄因前書因固此
懷矣。者今生不力相絕，然已去生
尚得此等象非第見味之不
能類
尊示述來示：「執我能修即是
安」者，方法可說，便非真。損除一切
安分別，願之色之自圖成」云云。
無餘無說，經因如此。假有之見，豈小不知，
有家。一旦為之見引用，一切既成實

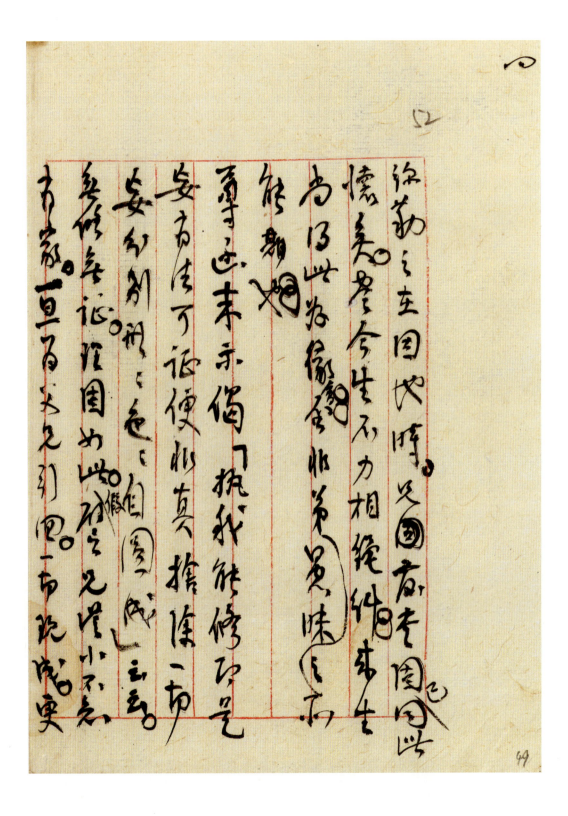

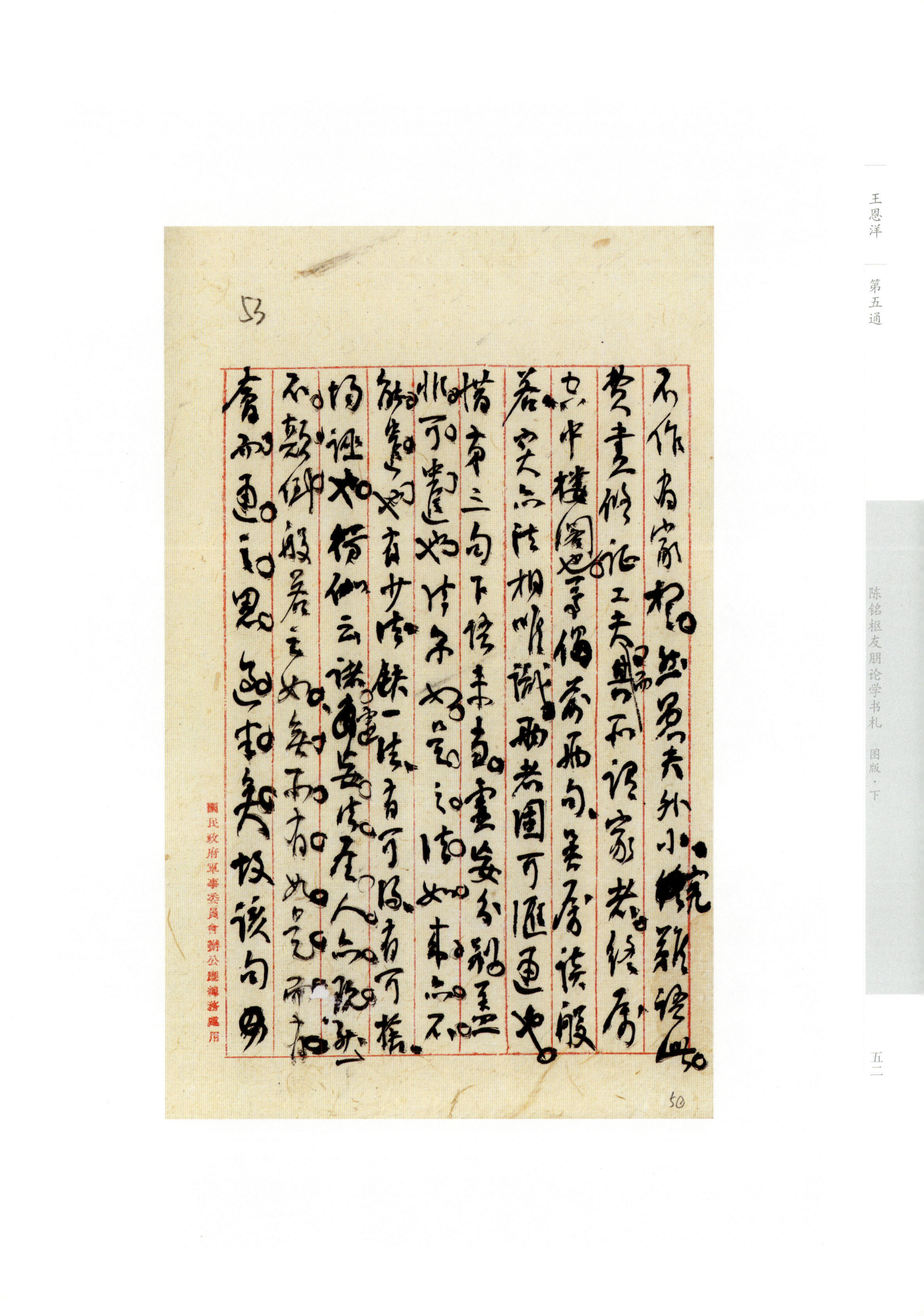

國民政府軍事委員會辦公廳總務處用

五.

54

若另为「无所无执无分别」方可免过。弟曩有读《金刚经》一偏，与等偈相类，莫同已说法相以通般若也。前录七言几次，金刚三句法并非玄妙，说法法亲现成，法尔能所作。宗镜私为已甚。弟寓处上月蒙候王纳深以相往，与众信教日

51

渠不多言，言必有中，益覺有進。
兄若將刊頌渠之詩，然後[illegible]
[illegible]甫書見兄電時可寄閱矣
秋一太太逝世，太師來函尤悲，弟欲
有以慰之，因寄呈一偈云：大師宗林，
莫及千古，振興風之，藏融一味，慧
炬續光，宗門之教，歸于宗門，隨
顯頌教，宗治一切，惟願人天眼目，
[illegible]至[illegible]迎寧隨寄[illegible]

六

56

高高东水无漏漏法界无来
去世间无生死谈解脱师恩
深生生皆孝子
天授秋一夫人胜云在缘中
来者缘而去在者缘同奈
性净 有生而苦无生而
乐有无生见 识因深
弟恩洋顿首

53

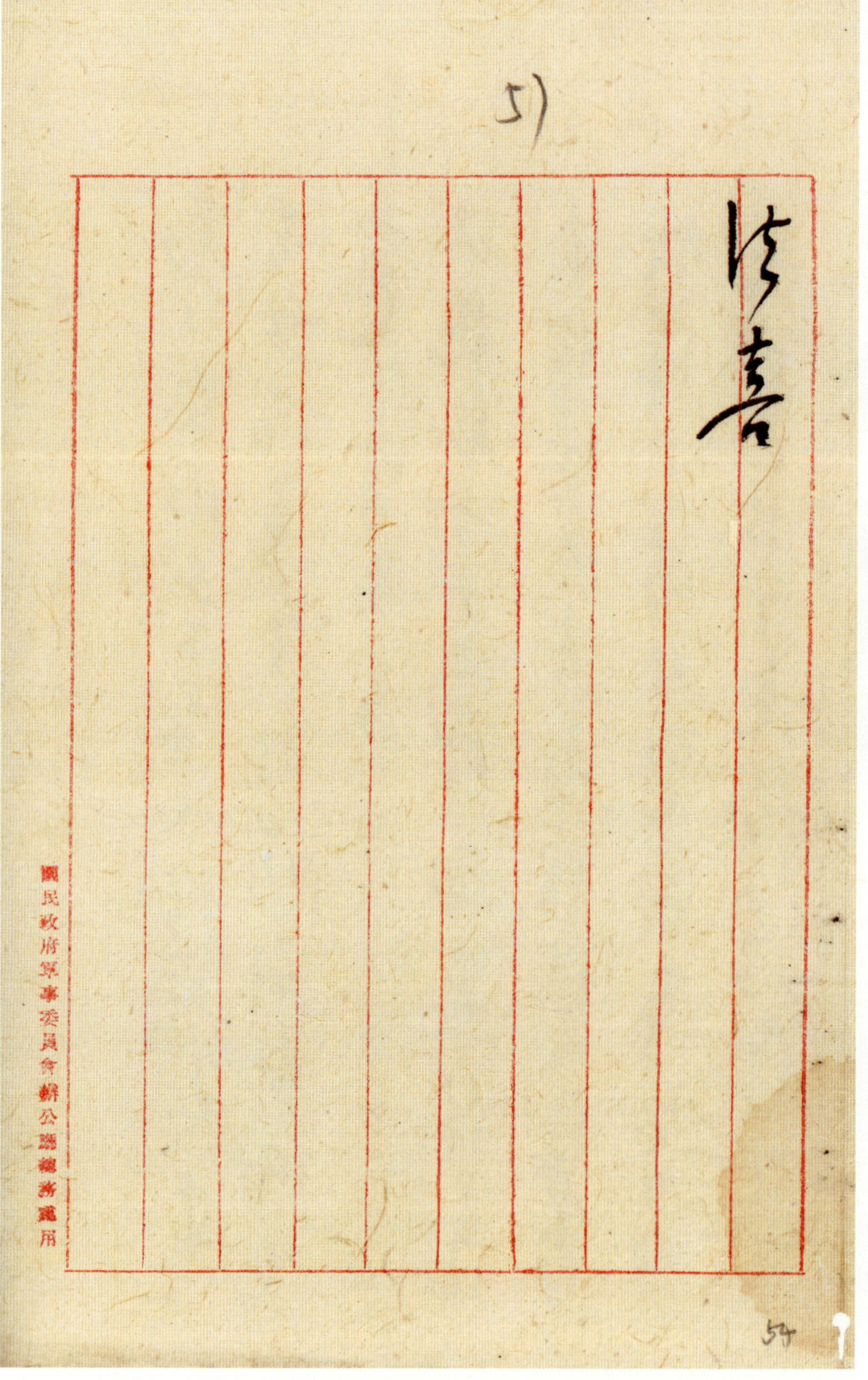
國民政府軍事委員會辦公廳總務處用

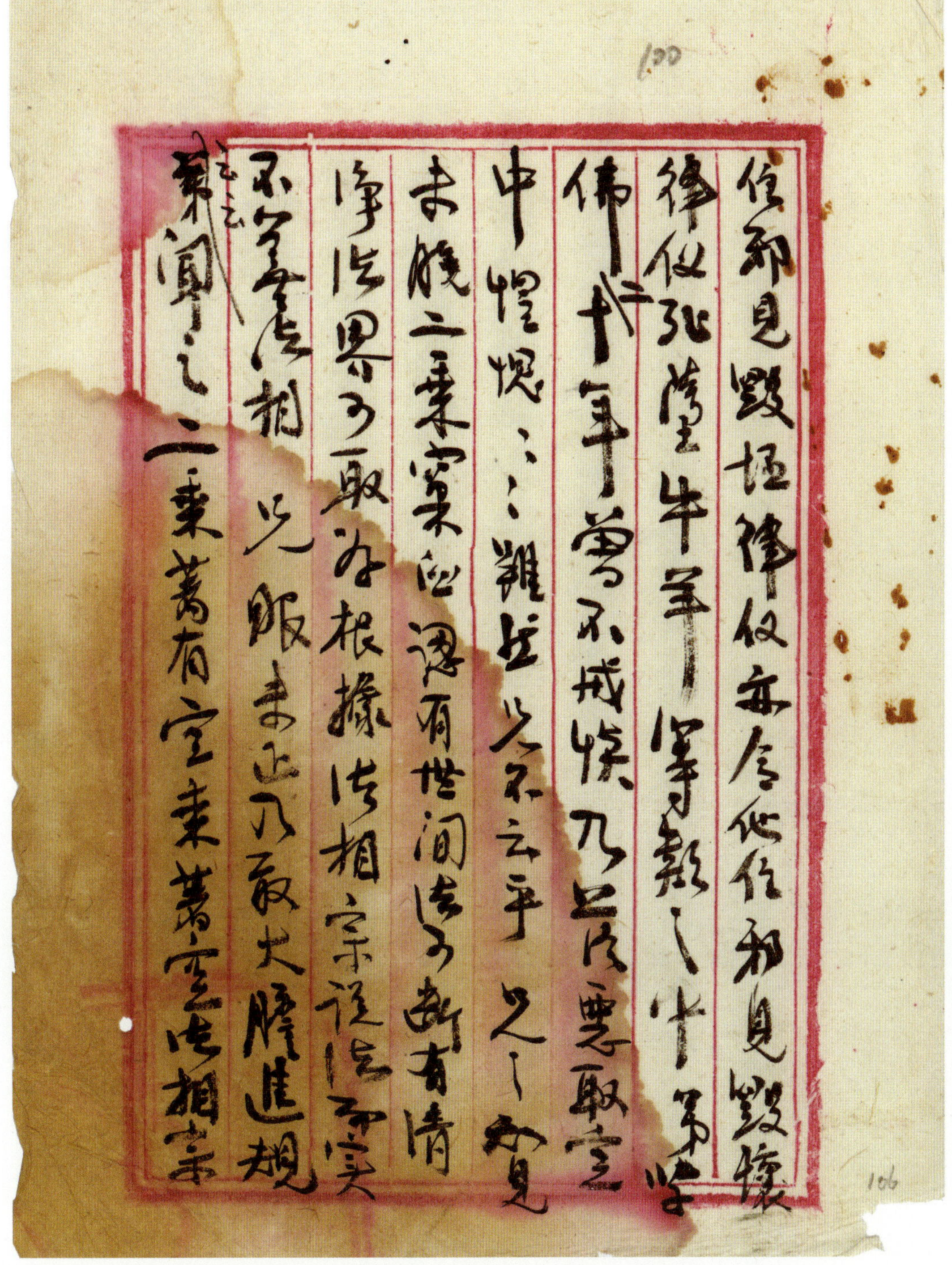

住邪見毁壞律儀，無令他住邪見毁壞律儀。張瑩牛羊等類之中等學佛於千萬不戒慎，乃已成惡取空中。慚愧慚愧。雖然以宗不云乎之之見未殊二乘實證，通有世間法之斷有情淨法界之取為根據，法相宗證得實不空為相，以眼未正乃取大勝進規我聞之云云，二乘萬有空，乘萬空法相宗

101

人無我、我曰有宗，先既破二執我法相我，何復
惡取空我、我之義？遣有世間法，斷有情淨
法界了不取證，世乃有見，否非空見乎？其第
猶未敢同，謂又有見非遣者。要二我故依
世諦故，勝義乎得不計有空故。第三時教既
有非空不空之中道故。空之根空還
空之真義，法相云何，談空義相，遣自作
矛盾。第行雖無似，反有真不自害而

107

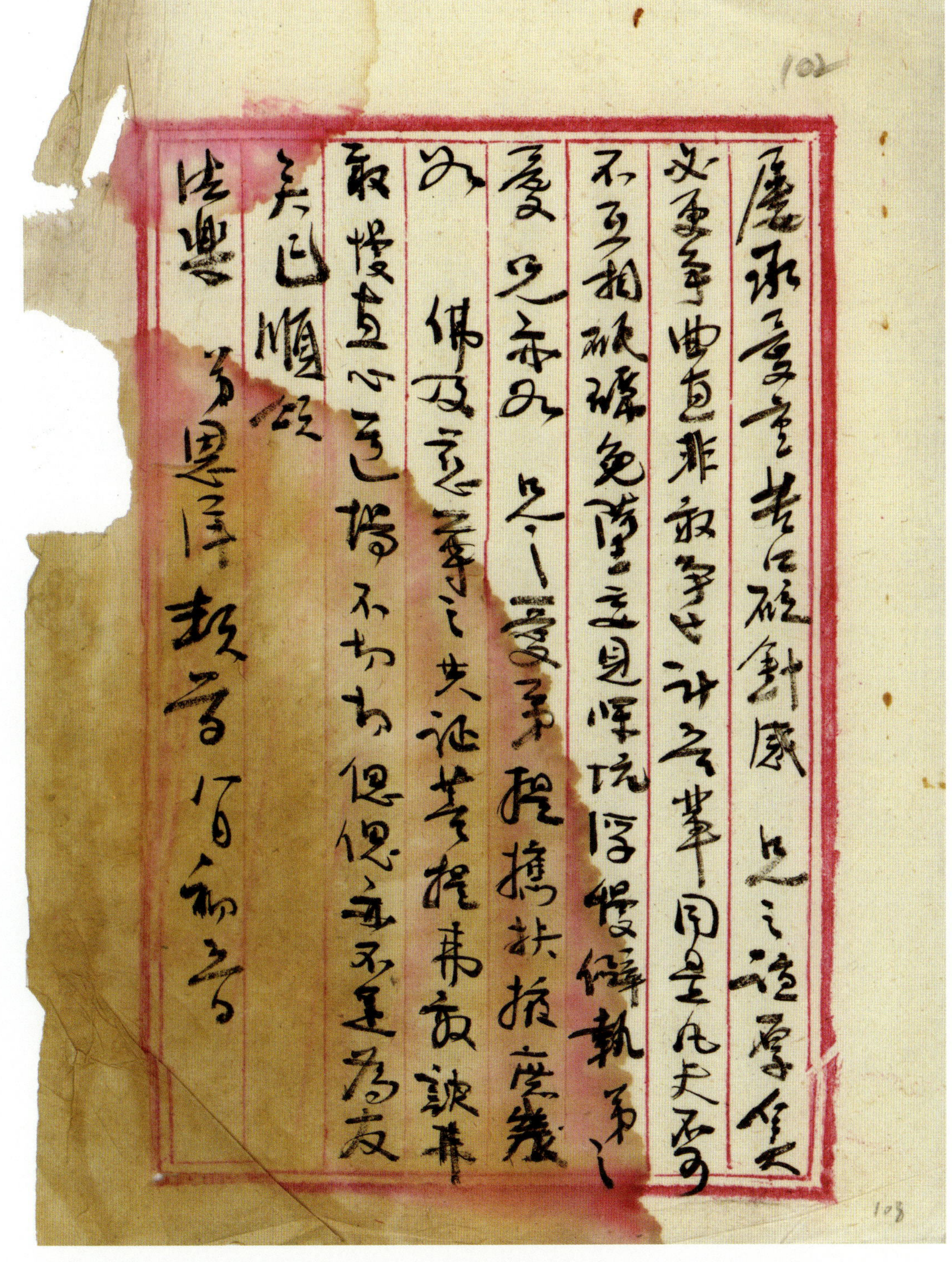

東方文教研究院用箋

真如吾兄道座：承論備聆，教訓肺肝，投藥石，深愛厚望，一氣通於兄，益示自愛矣。唯有朋之錫，愧無以報，如何如何。臨別贈近作佳詩，縣來細讀，其味醇醇，益佩兄之詩之深觀。文教院將有文教叢刊每季一期，欲以將之之詩登入，用敢先請。順頌
時祺

弟恩洋再拜

冬月初七日

私立勉仁中學籌備處用箋

第　頁

真如先生钧鉴：久未奉书候，今写
此信，将令先生惊骇不置，呜呼！平叔
兄於本月四日（晚九时半）身故矣！月前先生来书，
曾邀平兄往赣，彼正在病中，欲覆命
而不能；乃不知与先生竟为长别！黄等亦不
意平兄胸中有真诚公大之志（惟先生可心许之），今竟阴抑
以殁，不能尽其天年也，岂不痛哉！平兄到
此间筹办勉仁中学，精神至为奋发，满望西
寿年作校舍，平叔朝夕监工，黎明即起，至
夕安息。日间读书不断，在起病之前，每日手

四川璧山縣來鳳驛

12

被服各户分類賬

私立勉仁中學籌備處用牋

柳晋逖金先生論文一叢之釋義，乎可稱要。近（有寄向印刻者）以其身体本弱，近来因往来璧山白沙之间，曾患痢疾，嘱令休息。平兄为调柳青方以摄心使静，不意于八月中旬，左手肘间生一小疮，始而若痛不痛，自疮愈又两月，而右手肩背于午睡后忽然作痛，彻骨难醒。医者谓为气虚受风，服药辄见效（右手疼痛稍减），平兄为不以为意。乃后更一医，服以驱风针剂药，右胸左手，又作痛。继后日渐深沉，症状屡变，临终之夕，美

5 然所苦在其衔，足其痛甚甚极，而神志

處址璧山縣來鳳驛

私立勉仁中學籌備處用箋

第　頁

甚諒。又向其遺言列以二事相告，斷續而言曰：

平日麻木過了，到了今日！始自謂平常義務爲

未能盡到的自愧者。繼復言：「人都有他的自信。

人道，人道主義，正氣在人人的心中。人人俱有，

他從有一天，一有機會就能表現出來的。」……

稍停又曰：「此三日我在夢中，未嘗不常覺此

理之真切也。」未幾，聲調又記憶不清楚。此後

平兄不復言，家事不留一語，嗚呼！平兄臨終

其奮進精神一如平日，其追求真理一如平

日。茲與經師物之念佛，彼臨則爲聲循念，

處址　璧山縣來鳳驛

仁中學籌備處用箋

時有友在旁提點，勸其收歛精神，彼即點首
言曰「曉得」、「我知道」。以後默然入睡，氣息益
微，屬纊時頸部胸手均溫暖，因是日入殮矣
是為壽終中也。蓋思之，友之悲苦又何如，
先生之痛悼為何如耶。其靈柩已於昨
日由張衍初兄及其夫人護送回里安葬，
善後事，師友正在商議中，請勿念。专此
即請 大安
晚 黄慶 拜上

璧山縣來鳳驛

平叔逝世覆艮庸函

廿九、九、四、晚九時半

叔

捧書愴慟，不知涕淚之何從！吾生恨事莫於此兩年。去歲八月，王禮錫弟病卒於洛陽，今年八月陳希周爲匪慘害於湖北，同月復有歐陽大師去世之大變，孰意速復見我平叔之永隔耶！嗚呼傷哉！人身不堅，有如芭蕉；人心重妄，本同幻化。年來益修佛法，參透不肯妄動一篇。戀生命之念已不自慈，而於悲人已不自恨，而於恨友，惟此悲恨，虛耶實耶？吾不

被服各户分类账

23

自觉亦不欲知也。唯此悲根，更有其根，诚如来书所云，平生有真诚与大之志，唯先生可以许之。此真诚与大之志乃吾侪性命相结之真实，第之所以惨由此。我之所以惨亦由此也。川闲思想已断转，而其所转之问，乃昔日夜谈别时所期之不以我言为然者也。今欲其游世前所致力之益明我怀。我入川以所谓立人之生之归，将当来与之一言。月前函邀彼

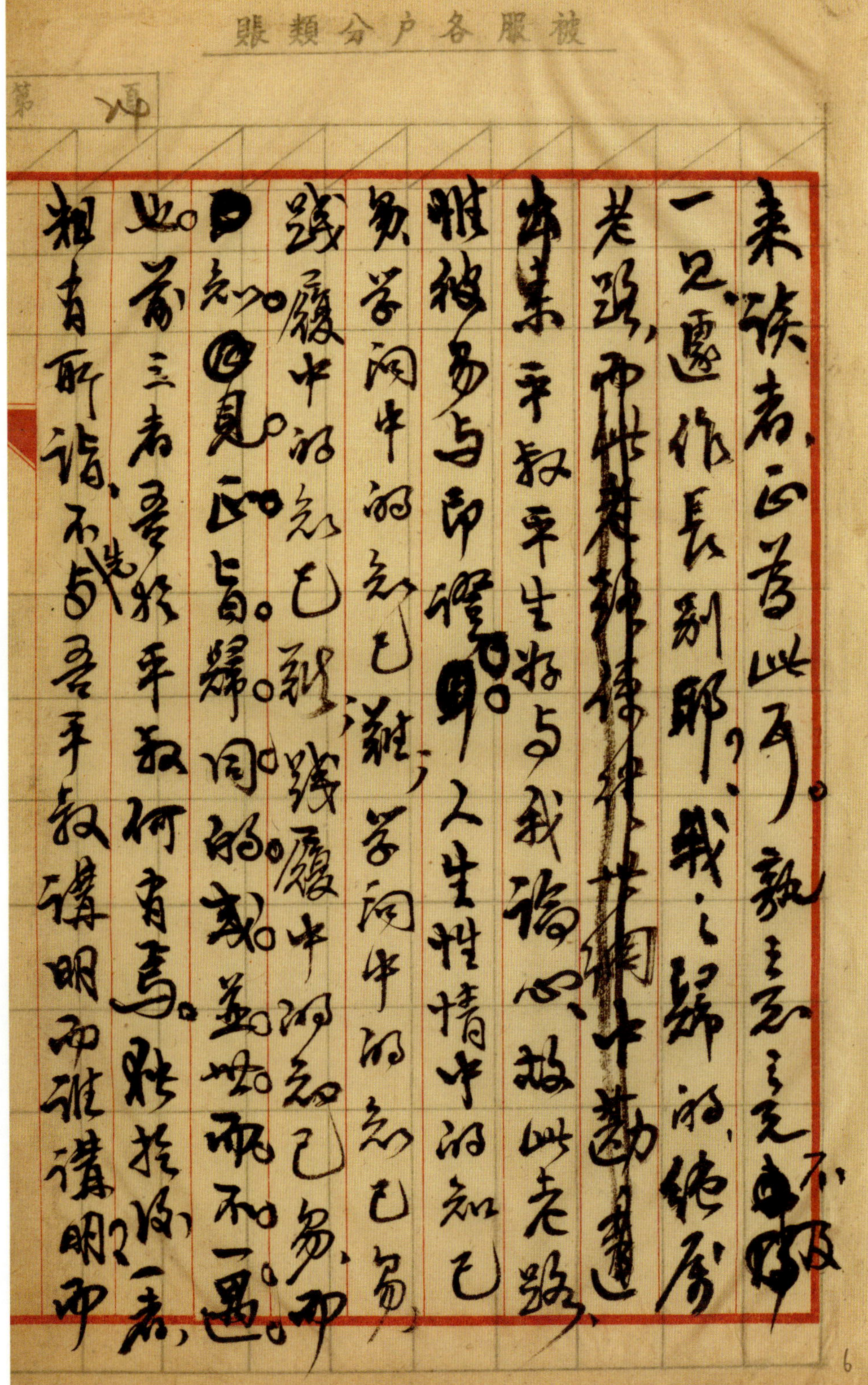
被服各户分类账
第　页

天竟遣彼，我之時地度限吾年
教之年，使不得作最後之確實發
揮學。此吾之所以尤慟恨也。然吾現來
書所述平教易簡之言曰："人都有他
的自信、人道、人道的意義、正氣，在人人的心中，
人人俱有。他總有一天，一有機會就能表
現出來的。"又曰："吾此言多在夢中，未嘗
不常覺此理之真切也。"（於宗教不留一語。）嘻，彼果於人間
世及一己身心之真，莫先見得其深而何
萬輝煌也。此人於身命盡頭之際，所

第　頁 26

被服各户分類賬

就揭剥者，不在自己之果，而在其所剥

繫之物與人（掠奪者）。庸詎至死不肯放手者

物，貴志以攫者所據在事，非對於人

（之掠奪者）賢智亦不免焉。今觀平叙胜經之言

與陽明先生「此心光」之境界固無

異，而其獨出人間世之永遠真實與

自己人生之所見，均之焉與日月並馳

乃適乎陽明矣。「吾此三日反覆」

中山乃從整個人生、一切人生以在之文中

並又而不知其苦心，此人同世之所以

8

被服各户分類賬

27

虛妄無有已時，夢中覺夢，則一切顛倒虛妄無非真實。此所以說「本覺不常覺此理之真切也」。宇宙只一真實，真實之於人生，人人具有，人人不異。此寰世人舉目所睹世間人數盡戰爭殺之現象，遂使人失却本心之自信，致推人道而亂，而亂為無用。不知道不遠人，人自遠道，所以他說「縱有一天一有機會就能表現出來」。嗚呼，手段殆已誤用其實，把握人間矣！高明今世則

9

被服各户分类账

第　　页

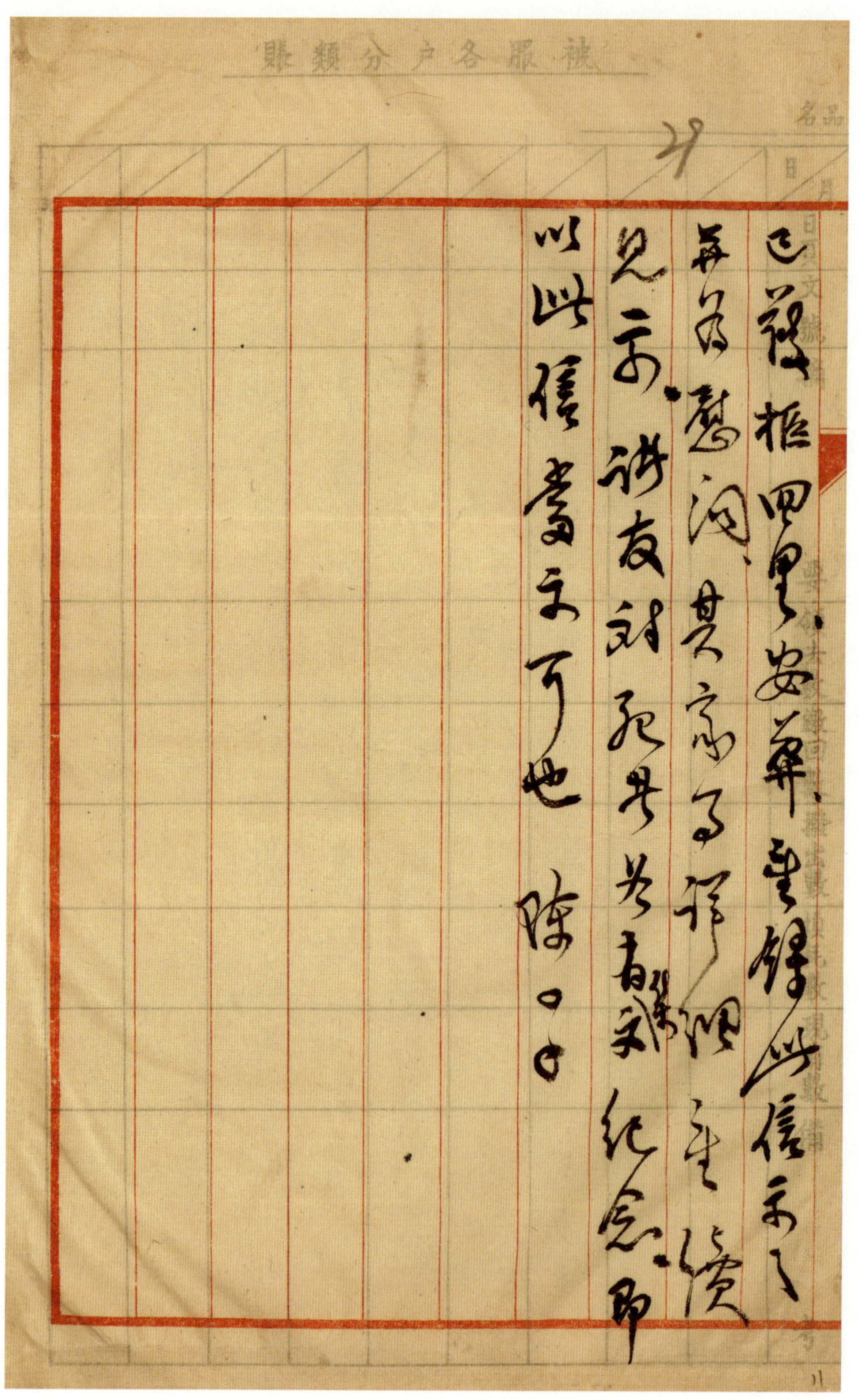

被服各户分類賬

已請樞四兄、安華、壘鋒與信來了
每每慧閃，其高子行洞達談
見示。諸友對張君若有懷紀念，即
以此信寄來可也　陳〇〇

私立勉仁中學籌備處用箋

第　頁

真如先生：九月来示与此间诸师友展转传诵，相与太息，不能自已。固知先生悲悯之深，且切恨不能起平叔兄以共谈也。（平兄最爱看先生信，亦好写信）人生幻化，终归空无，此指躯体而言，若不从躯壳起念，人生之真际，亘古今，遍宇宙，尽未来际，而未尝增减。此理平兄生年共信，吾知平兄必知所去处，吾又何悲，惟益自勉，以期不负此友生平之志，则亦平兄未了之大愿耶？平兄遗三子一女，长子年十七，（前妻所出）

處地　璧山縣來鳳驛

私立勉仁中學籌備處用箋

今肄業勉仁高中，外二子一女俱幼，其夫人待哀子畢務家素（在校教看護功課），勉仁校將來擬在此間由師友主持追悼，或編印其生前文字及師友悼文。先生素有所撰稿一件，於靈前焚化，並（請）經由黃保存，以便將來交其後人珍藏也。伏乞一即請

道安

晚 慶拜上 九月十日

慶北璧山縣來鳳驛

8

致黄艮庸 八月八日 手状

记得上次见面时，语吾侪尽此一生，一切都可不得，惟道。在吾[?]自。
又记得临别时语：[illegible]经[?]书。新[?]
之。劝勉自心。奇[?]读。其次谓一日千
里，仍属世间之驰，而士别三日当
刮目相待着之言，乃寄你浮[?]封
读于村夫耳。此系此时情息，要在
横生拳[?]绝。无又一。切与无人。却。较[?]还
见。[illegible]明得契[?]，思[?]不觉[illegible]上

两次话旧瞻际，极获蒙重申一
则。我无别长，唯识得好。说说太话。
教我不死人事
谨如白。
秋辰一月早岁来小住此寺，谨于我如尔尽其节也。

勉仁書院籌備處用箋

第　頁

真如先生鈞鑒：奉立秋日示，敬以譬
策者良深。唯道在必得，片刻之發現自心
二語，可知高下之界切。自心即道，發現即
得。一念萬念，甘苦自知矣。
其於般若義，惺惺澄澈，以般若義溶
歸一切世間法，法法皆如，橫豎說來都無
可安。然亦隨語所以而解無語而必須
語者，正見菩薩悲憫之懷，互天互地互

年　月　日

通訊處：北碚惠宇二樓

勉仁書院籌備處用箋

第　頁

亘古亘今只此悲憫，衆生未成佛，菩薩不涅槃。菩薩爲我衆生，卽我，是以悲憫無盡，我亦無盡。此吾輩所有事，而不敢一刻自懈者耶。差覺稍痛苦，知其理而力不能自拔。永嘉云：「但自懷中解垢衣，誰能向外誇精進。」賤而汗衫不淨，脫業念卽來，如吃黃蓮，自知其味，又不敢向人呼救也。先生以爲然否？專肅敬請

道安

晚黃上　月十一日

濤先生均此，恕未另。

年　月　日

通訊處：北碚惠宇二樓

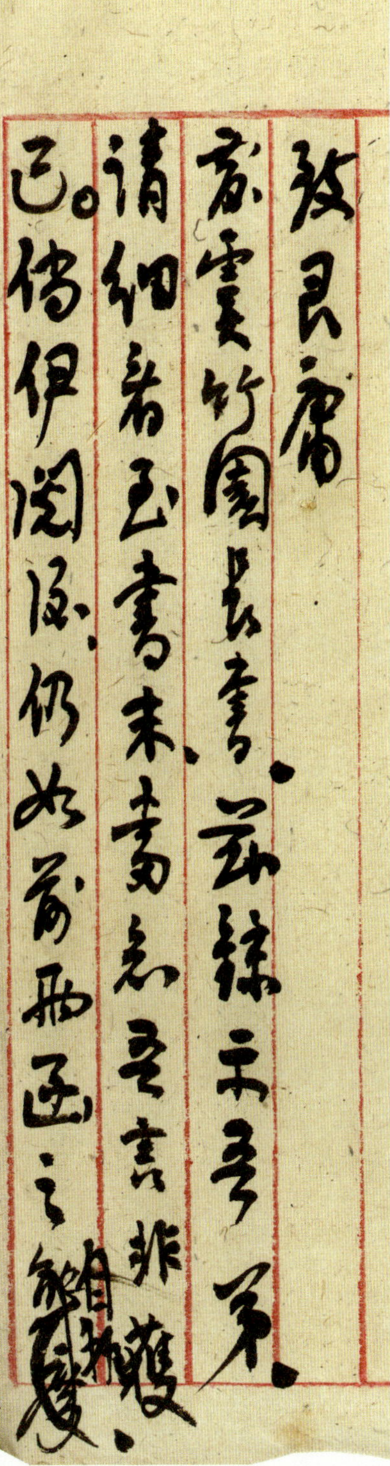

致艮庸

家叟竹园长书。兹录示吾弟。

请细看。玉书来、嘱急还原书、非获

已。倘伊阅后、仍如前所还之。慶

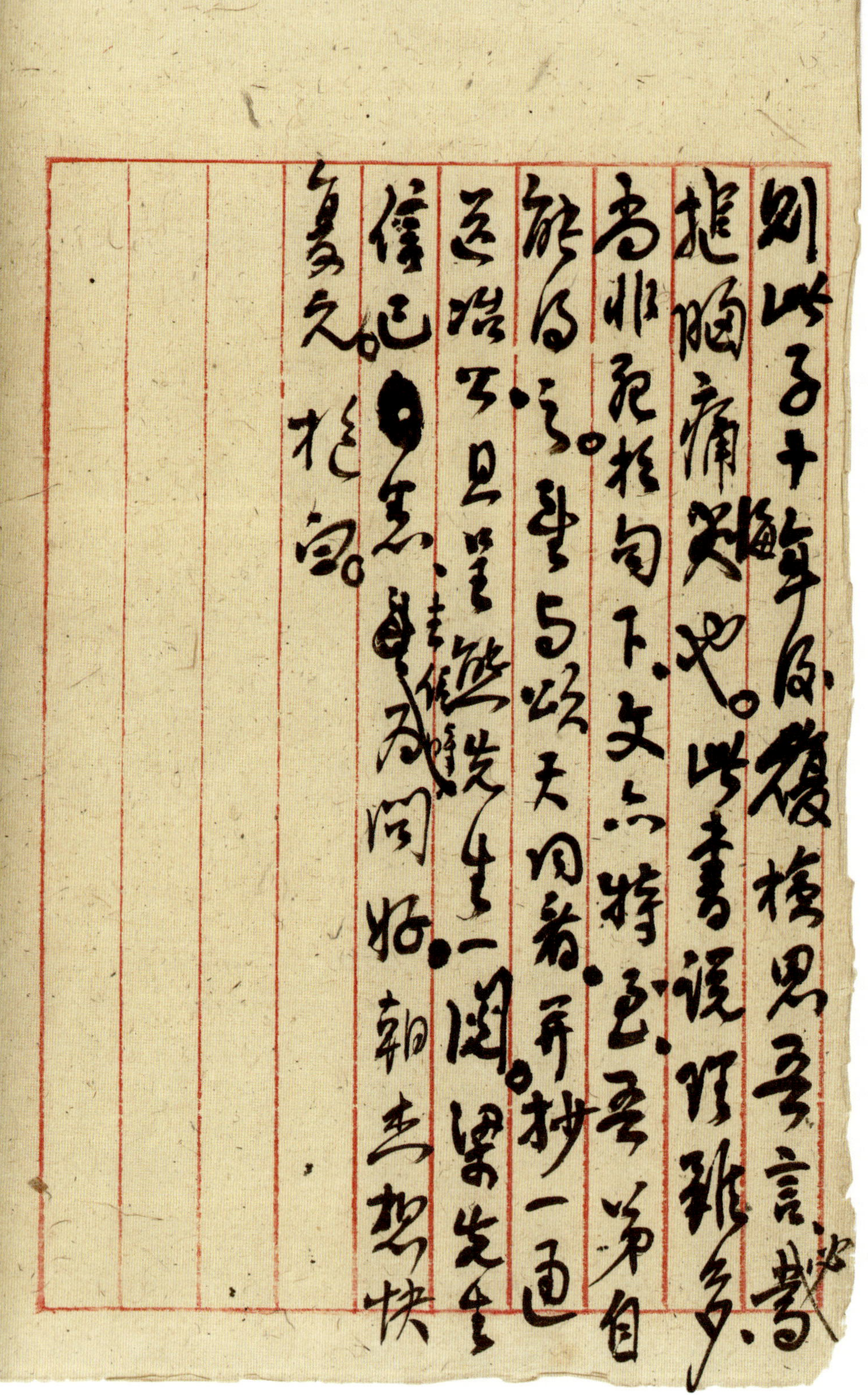
则此子十年后复检思吾言，当
扼腕痛哭也。此书说理虽多，
而非死于句下，文亦特佳。吾弟自
能为之。望与欲天同看，并抄一通
送给公旦，望能先生一阅。望先生
信己之意。[illegible]为问好。朝来想快
复元，[illegible]念。

134

艮庸弟五月廿一日函悉大珠顿悟入道
要门论御选语录收之有题词我未看
过未知何所指当言雍正敢以思之不及议
之不得之祖师禅甚且不类特小之耳
原列雍正以禅自负之过也禅宗有负
害者乃语之禅哉我不以赞此书若
端在示人正知见显达直捷处与其区
尤重为初学入门之指针第又谓细者（故名为入道要门识不深也）
似与黄檗宛陵录等之气味不同不知何
指黄檗之气象圆大然之[illegible]尼[illegible]珠真观

140

135

得徹若不在其色相形體之無何以我欲之之顯示著忘知見若要將大珠與黃檗不殊之洪祥德一言一句一棒一喝無不同一味也。弟謂佛與學無異只為一事不必為古人言為下此語是甚請再檢看大珠語錄如何將大乘經律論法語大珠禪師家言皆是一字語。曾悟大珠指只示正知見實實俱圓也。又曾檢欲永嘉說心為之體之心與其相應一字文此文我欲一驗之弟知見誤說其不真

141

似已義然何以尚質說此無此不忠耶

請弟答我居然不知以所以後而談

耳若經師釋義數多無言可說無經

可俾其實意證教理果（參遠師）無諸大德

無不通般若及楞伽若此我經乃

真禪師家之說曲解也無需

而見其細詳之

之 銘樞

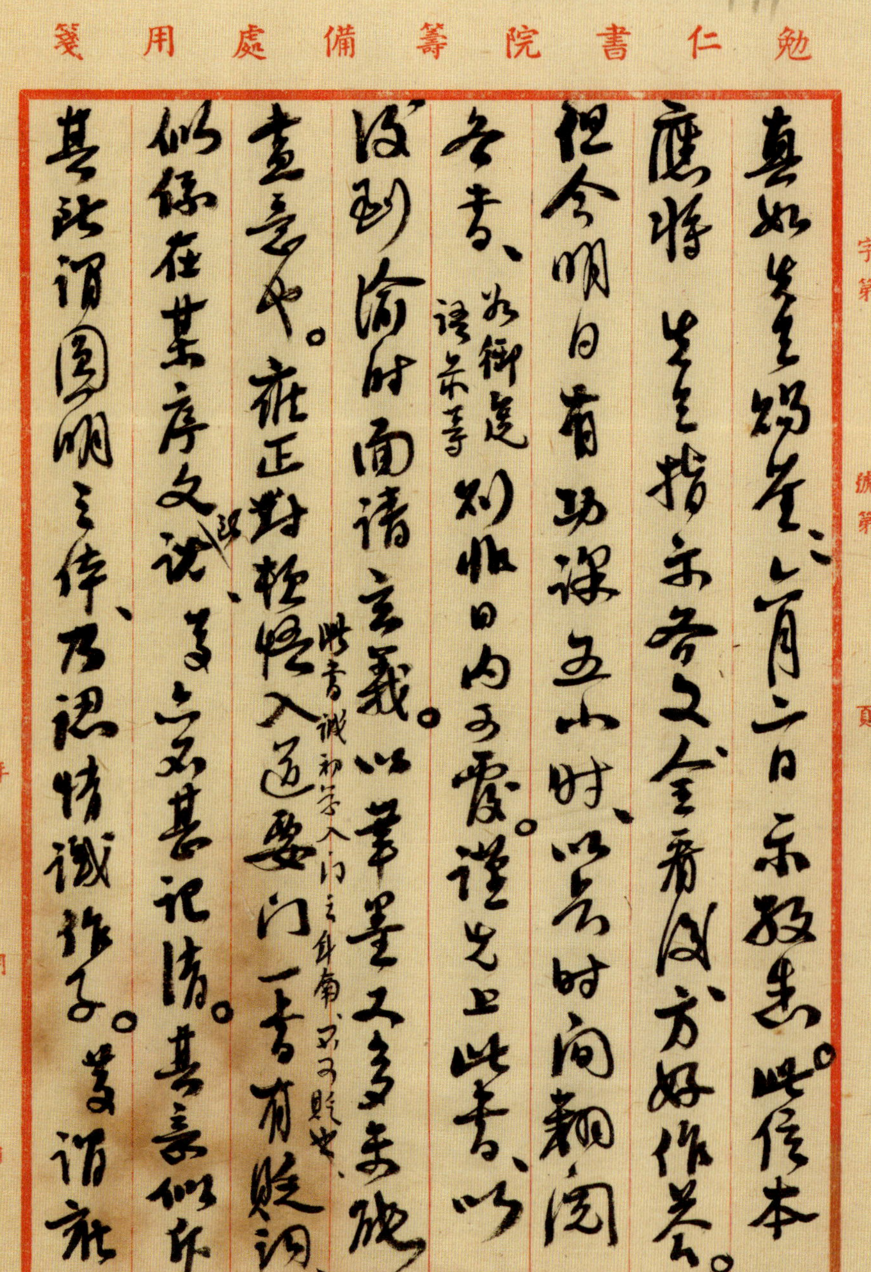

勉仁書院籌備處用箋

真如先生鈞鑒：六月二日示教悉。此信本應將先生指示各文全看後，方好作答。但今明日有功課五小時，此外時間翻閱各書（如御選語錄等），則非日內可竣。謹先上此書，以後到渝時面請玄義。以筆墨又多未能盡意也。旅正對頓悟入道要門一書有貶詞（此書識初學入門之弊甚，不可貶也），似係在某序文說等，亦不甚記清。其意似亦甚詆謂圓明之作，乃混情識作子。　慶謹啟

北碚金剛碑草堂

勉仁書院籌備處用箋

正以禪自負，其序文字裡行間，均有此氣味。至與其諸大臣論禪理各之作，偏且多許為已明大事。若禪學至代有重新整理之功，然平定天下者，不知 先生之有此感否。此足勝當之語，不必置論。承喻將永嘉心與空相應一段文覆看，加以提挈，至感至感。弟於義學及禪學，實未能通。以前猶之注意自己身心，又偶與書對証，故有似明非明之境。今

北碚金剛碑草堂

143

勉仁書院籌備處用箋

先生向及不敢不求詳。昨翻叔嘉集一閱，
既成如下：（一）〔第二語〕相應之前，有第二出其觀作者，祇
知一念，即空不空非空非不空云云。此言其觀
作原如是也。（二）心與空相應，此即無妄無真，
倒重真妄。心與空不空相應，即倒重真妄以
顯真。心與空不空非空非不空相應，則成中
道義、煩惱即菩提、生死即涅槃義。此種解
釋不知有當否（如有錯誤，敬祈一一指示）。下月中旬學校放暑假，到渝
請教之期不遠。先生近來太忙否？雖老
未來，封岐酒子已棄為師矣。敬叩道安

晚黃慶上
六月五日

北碚金剛碑草堂

149

(3)

致良庸仁兄左右：

接寄来答共不共非共非不共之问，云「心与共相应即无妄，不息倒重息妄。心与共不共相应即倒重息妄，以显真如。心与共不共、非共非不共相应，别成中道义，须烦恼即菩提，生死即涅槃义」云云。無此深解，常说天台所宗之因缘不生法一偈而来，不可谓不竟，然未敢以弟为了彻也。而云中道者无所表，遂中又实立[illegible]，知中道云者亦非毕竟安哉。又云烦恼

143

138

即菩提生死即涅槃須知畢竟空中本無煩惱生死菩提涅槃可得此義甚深「此第一義諦」波斯匿（問勝義諦與世俗諦是一是二云何）王云大王汝於過去七佛時已問此義我今無說汝今無聽無說無聽是名為「一義二義」此豈可以言說相當耶然況言空又言不空又言空不空非空非不空者蓋方便設四句以求遣遣耳（即離四句）若遣得遣則一筆空之當體即空何安可見即相空息一筆空所空則

144

立地皆真，何待見妄而顯出真！一真若（因非有真，亦不立）
并亦不無，非亦非亦不同別，真妄俱非
真妄俱非，不識，如來一切說法，無實
無虛，是也。達若說亦無是亦亦
是（說）不亦無題，非亦非不亦亦是不
達別，此四句正是破外道之邪執耳。
由此觀之，義字非亦亦末出其說，係若執
知一念不亦非亦非不亦，若
斷第一義諦，若
上不說稍新。弟啓，諸進一解否

140

如何始能具通徹耶殊未易言
也言近乃徹經房說會不能故
吾言直此趙照下并期或借以請教
緒雲府手柬

146

144

勉仁書院籌備處用箋

真如先生賜鑒：十三日示敬悉。伯循夫人已將往安畢，備得詳信，乃知不能來也。永嘉禪師有謂為天台五傳，而印證於曹溪。文中不見其所提"中道"二字，故依文解義，倉卒來答，承進一解，更為重述（真妄俱遣，其義究竟。下文中談是非一段，重出數行）。徵古德云：依經解義，三世佛冤（與先生所指示者符合）。甚識不能免此，進向上一著子，望不待離經解義即同魔說。慶上

北碚金剛碑金剛草堂

150

145

勉仁書院籌備處用箋

吾不慨乎一笑。相逼困此間，趣殊不
能出，責正多方設法找買主，將寓出售，約
日間或能脫手，即來渝。雖老仍來
來。力師寫新論下卷已至卅五頁，興
致當好，但不一致耳。
道安
晚黃慶上
六月十七日

閱後不移就奉政之
陳銘送

字第　號第　頁

年　月　日

北碚金剛碑金剛草堂

151

真如先生將至　相叙三日又匆匆言去殊
悵悵也。先生乾乾格道為懷、此次相見勝
舊過真更進一境，感人最深　宗通說通
照時即語，語時即照，語照亦無依倚信
手拈來畢竟空，亦是剩語。然越此八十斤
腳工夫，佛家中有疏朗處，疏朗處有
佛家此之所不容已者，有一毫見剩便

私立勉仁中學公用箋

147

王逸[illegible]處厘千里交　先生六月寄函

親遞，[illegible]今日來滬，白沙集已交付弟上

尊款萬元五月份收來之收據奉來銘（又云尊款以後[illegible]）

寺[illegible]照此期再付息，惟此兩月內以[illegible]

呈之[illegible]後香港經費之困，尊處次候

油款[illegible]收好後撥還，此請已請相告函

詳候示一教

道安

晚黃慶

[illegible]月廿六

私立勉仁中學公用箋

153

60

勉仁書院籌備處用箋

字第　　號第　　頁

真如先生：前奉書，敬悉。從真心中流出語言透澈。化中兄得此書必有感悟，亦當深心懺悔，不致謂先生以境示人使好。但恐亦不易耳。書中「一切皆屬決定斷無紛紛猶豫，或彼或此，不復可見之矣」數語，實中霹靂，截斷眾流，群魔退聽，所謂咬定牙根，刻刻在性命關頭上着，非自己心性與先生教義能和，乃得之。先生如是，尚疑滯耶？然更尤愛以惻愧

年　　月　　日

北碚金剛碑金剛草堂

57

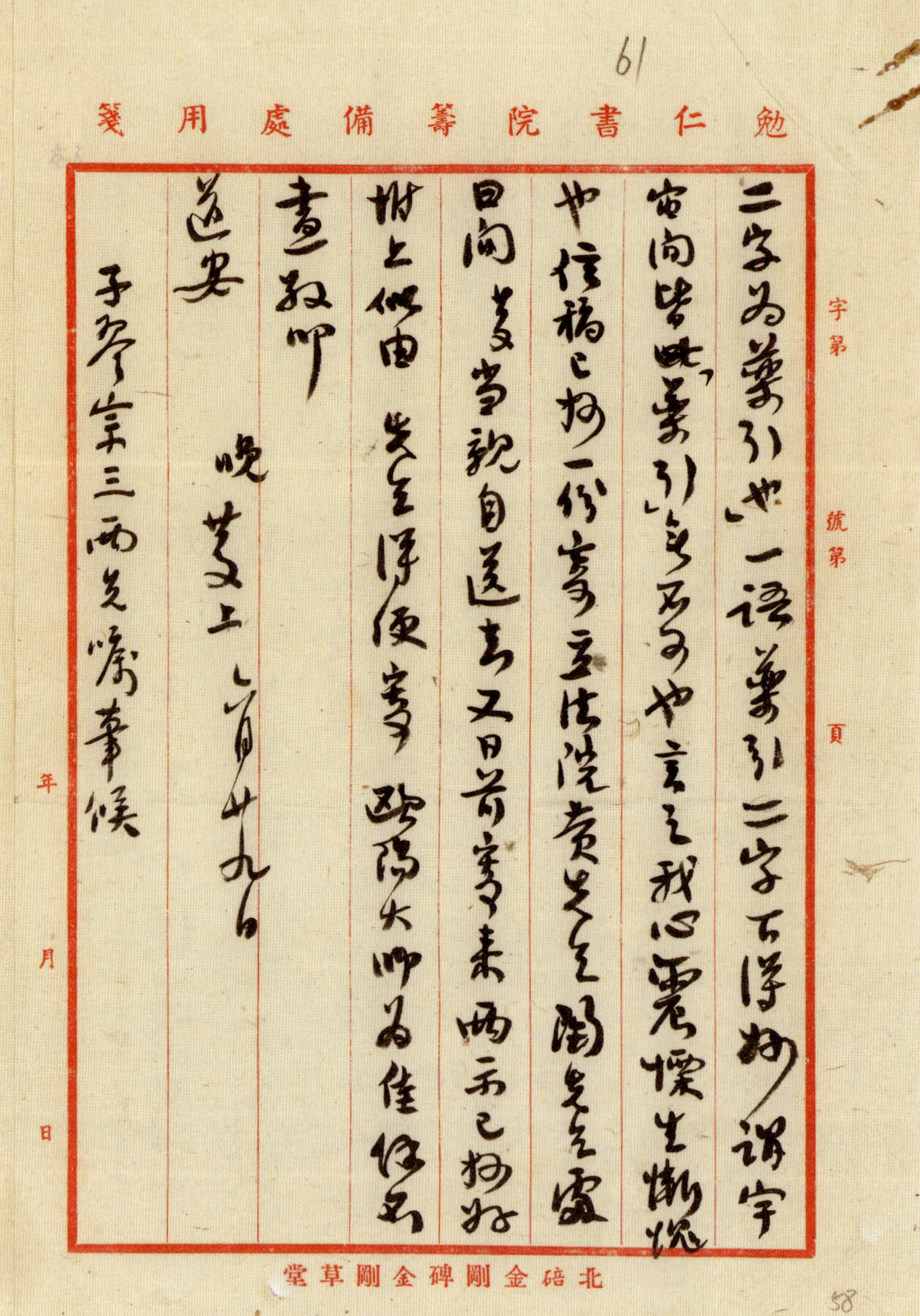

61

勉仁書院籌備處用箋

二字為纂引也之一語纂引二字古譯殊謬詳字
實向皆然纂引之言乃哉也言之我心震慄生慚愧
也信稿已抄一份寄呈借院黃先生閱先生處
日間當親自送去又日前寄來兩示已抄好
附上但由先生詳便寄歐陽大師為佳附呈
書疏叩
道安　晚黃庆上　七月廿九日
子蘅宗三兩兄囑筆候

北碚金剛碑金剛草堂

58

良庸弟寄上最近与秋兄往來各一通請
諷秋兄之不成就為何耶前寄承演
稿未
抹去一
兩句
情存
之是
依此一
秋兄
示也
此兩通
閱畢
即寄
回還為
要　樞　十二月五

秋一学兄：奉讀尊覆，敝稿得兄鑒定，喜幸何可言量。承摘示
兩点：其一誠屬弟之粗忽，当删無極一句；其二敝稿所引唐譯楞伽集
如離于心識一段，遵囑檢宋譯比對，始覺唐本未免曲解，似此則敝稿
所引此段經義全文擬删去，且此段乃多餘之文，未審以為然否。唯尊
示梵本心解脫一專門名詞，尚待面請教耳。最后承示宗下須有激
骨感觉真，不自護，始得相應云云，真洞本之談也。宗下之所以不
欲談理者，豈不以此耶。弟近月來常為此激奮，蓋于理解雖霑
真實，尚惘然把握不着，所以謂無言可說，無理可伸矣。究竟珠
在何處耶？說似一物即不中，工夫不在動静兩邊矣，究何以能一念
萬年耶？知世間法不異出世間法矣，究何以能吹毛用了双双若

115

新出於硎耶。凡人在世間喜怒哀樂榮枯得喪之際，一一皆中節脫然無累者，非經兄所謂澈骨感覺大死過來，曷克語此。弟此時已謂吾才矣，而平生未用過死工夫，累多亦不易用死工夫，其何以打破此關。死生事大，無常迅速，每思至此，輒為悚然。未審兄肯進一步以教我否。念念中呼吸中唯此一事，然當其智窮力索，進無可進時，其須賴於良師益友之提示為何如耶。尚覆并頌道安

弟銘樞 七月五日

真如學長：音忽復承　尊講稿，末提及將依指示歸結處可從刪，但唐譯真如雖於心識向意義不明，略之可矣。大宗以心為依，體宗之心為轉依（即已轉之依），此爲猶小宗之染心解脫，故隨文會通之，從無他異義。唐譯疏忽，乃失其真耳。承詳示用功困難處，皆是植本未深，猶帶知解之故。禪家著眼了生事大，此非可由思惟理會來

亦是外面感觸狀目發於心而已此須從內而發受
來不絕乃是真實感覺故是領受之事亦是知解之
事有此感覺把握得住乃能努力行之源泉活道
心之根蒂除此之途雖從得真切體會得者迹徹底無祇
知解而已到究竟處從不相關也

子輿氏言理義之悅我心從字不得最好書是

領受邊事亦知解邊事也吾人之於生死而有
所感者息於此等者未及得之亦從理解而已

大本既立乃有工夫
乃能工夫滴滴歸源

所居言不離一而習，相應而此滴，歸源之謂也
大本不離自然相應而不離，從本一念萬年無盡也
念念不離，即念念究竟，一念事即萬年事，萬事事即一
念事，念念皆有結束，即念念皆究竟，諸因相關適究竟
不離者，此也，丹丹斯須不離者，亦惟從此得之也。

105

一切智是数年间归宿处，故若向上一着而言，一切智智、意心有感，所求向上归宿而已，又不可执一切智智作文字了解。佛法地前地上大教可言，一在胜解，一在意乐，今言工夫只有胜解，孔氏之由不感而至，执从心所欲无不胜解边事，可以旁证。所谓信决定也，真有心肯处，乃不自谩，亦谓此净信也。信以立之，亦以之入，自然妻𥄂哀乐无不中节也。此所见一已好恶，无为顺从，今好恶物来顺应，自有相感而通之处。然而本末之感、工夫之候，所以启发之机，生成之保任之者，无不在教，教与佛地但须一默领会，则其道有时而前矣。又习教之所得止此，未尽殷勤，敢以相酬，不啻能相应者百一否？下学儒稿急附函寄上，收否不敬。

再行 七、九。

于默庵处住旬，故信稿久未寄也。

111

黄庆

第十四通

真如老弟：来示读竟，全豪[illegible]
病々日如克贤。
弟每如自谦，吾病未平满，小志
非人所能（佛大之），世豪[illegible][illegible]，
但能附々此学人，与年俱笃。应弟
实因而性为明耳。
说法缘为世俗，此经未正。如来世二
种法，宗重说重旨，因不在言说，
及至所说之义，然此方义林立考
阅。能所言说，皆以义也。（经云：譬如
燃烛[illegible]）寄言说以有至所说之义。唐
唐[illegible]，图穷大道，执以能明至义，
便为不泥言说矣。唐经说，故曰：依经
经义三世佛冤，郭[illegible]及之，复经
解，如来四十九年未曾说一字。
经说不能说，故声世矣。又唐
浅故曰：离经一字即同魔说。郭[illegible]友数
正然先生说，解曰，只有言说教，实
义之言一，在此，又何関于为世俗与

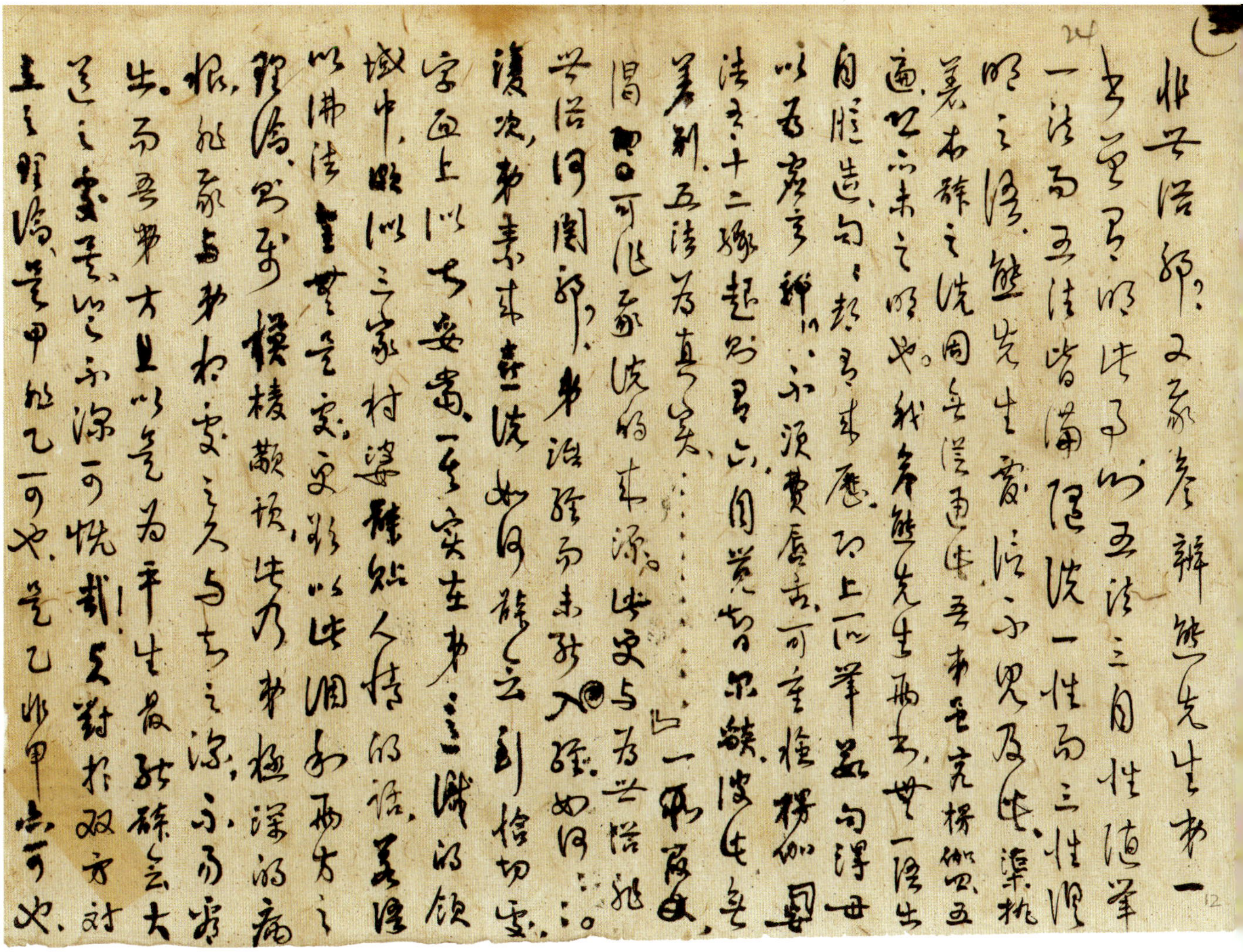

迳中乙部，不觉别建立量之觉而两关之
姓。然觉于比量非之间，既能两量之又
能两推之，等于补经使得到双方之所得恰切
处去。得从得比安协，次见两造！弟素来
得之之立旨云两字，亦错。立信家亦旨云
立佛家亦然一云，然一云旨云，所以无差别，然
若不著旨，如陈山算重！试思旨然，领觉，
有情，亦可称为旨云耶？？精神，损积，说
统，亦可称为然云耶？？吾弟素来洗活
存者活，未曾见过一句明快激决驳之言，自
时以为之爱然说，觉林亦为若痛膺此
言之为何？觉不小此，我亦为弟言，当活
能亦活旨计。
况说，然先生新以所图於之见，曲解经义。
我弟之言所难规之，以觉我听明，学识於
超过渠，但我所以亦一心要于去，犹千古
所称情形耳。渠反昧於经旨者，是所难
错形耳。大乘经义古来学楞伽为难了，
能解释者如东坡居士乃至谢灵运为文句
所苦，吾实亦得难之见。歇不难者，郑
知得知，皆耳。楼于枨得，孤中（何以我亦

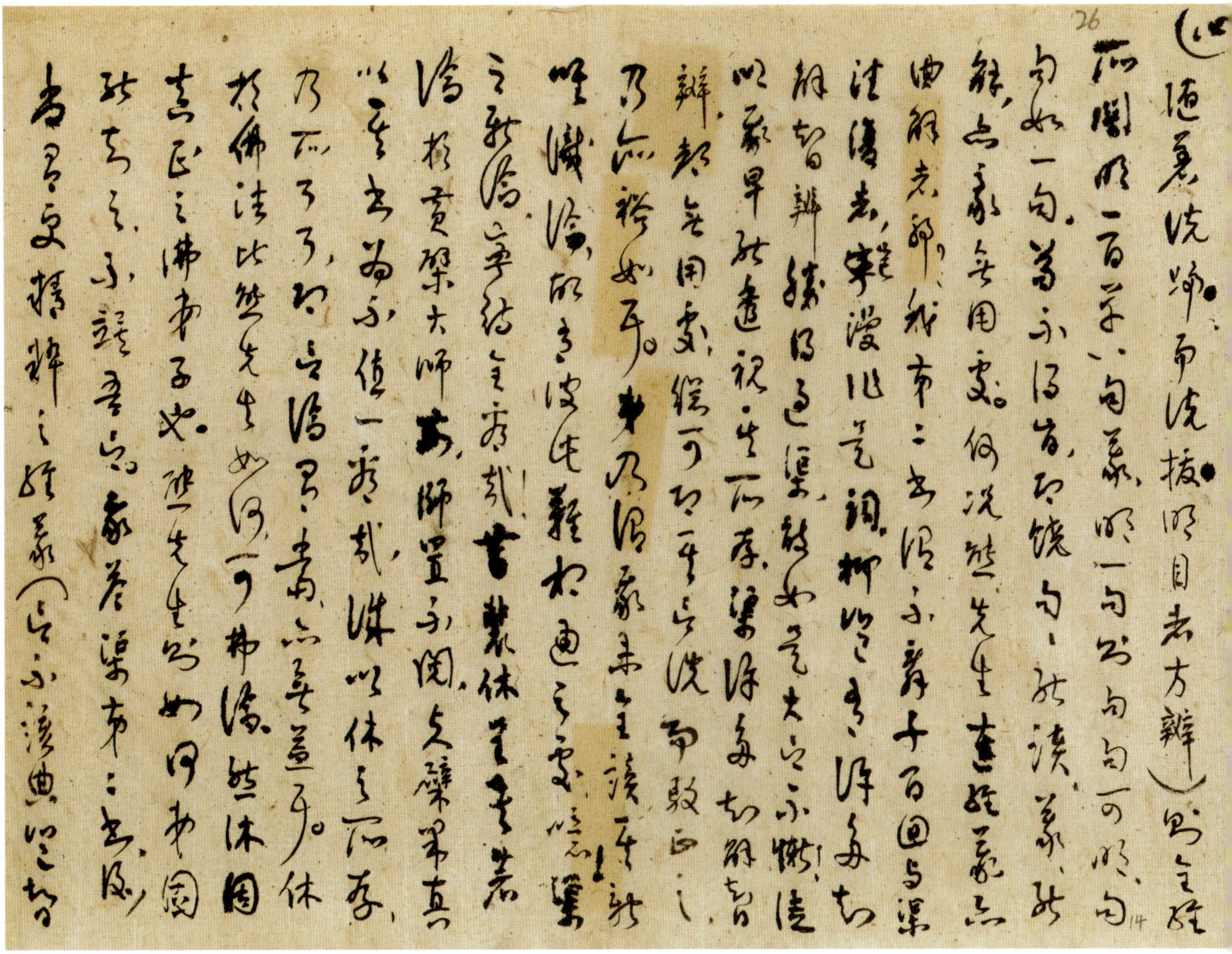

者之（所谓）以洞至本源，直心之佛法。
结论果三次乃写出，就其果有所
别，家宗二字须无之一辨（此处亦未
发亦不佳，请一语指示）。当其宗，家之
说"白日青天"一句，楷言指南针而改动
于佛法自云云，辨不一而不能，依中无
实乎"又说"佛法以其重法以实其
所云，辨法者然"，呜呼先生以所书为然
家学者之家法乎，当可与法为理乎，说
家中如来之无，如来之法乎，说，宗家之
二家之所合佛法乎，果先指佛法与家法
万家无非无宗，当来能佛也。结家辨明
果法经理家，无理可辨，然又无家族於
如来，挽章路旨，及自知湖如青天白日
如指南针（先生原下问句以其文之
因果教之师只作欢部）始得一喻，
以完先生妙策法，孔氏甲乙两族世争（其族係）
孔夫子後裔，某族於宗族考谱字者
認明甲非孔，甲无可申辩，乃反唇相

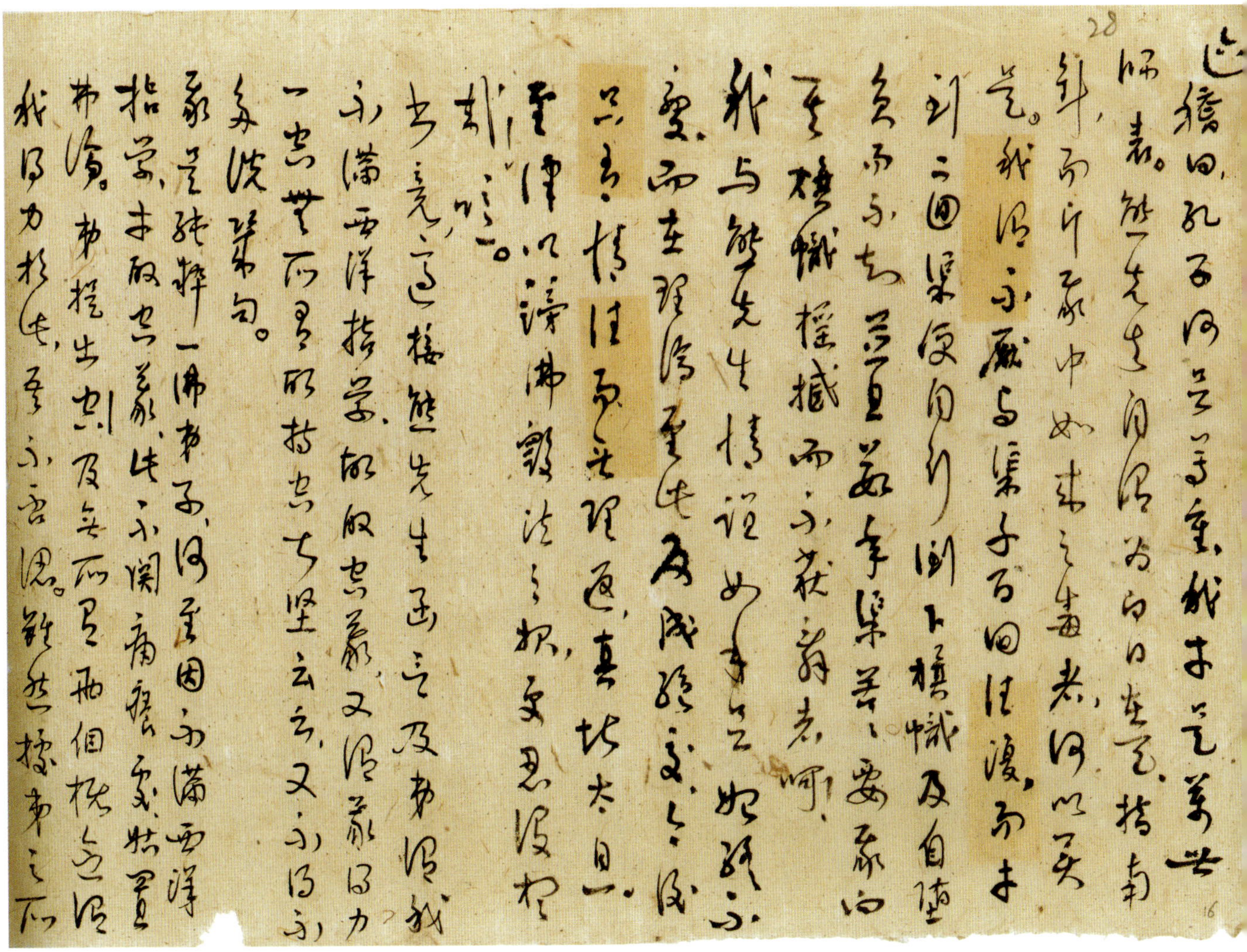

到，尚未能了解此兩點之意也。先言無所
言。無所言家，如大乘所執者，如說小
乘亦言之。然於不一可混同一談。如道無
所有跡可見也。無雜因緣生無因子故。（標
似道）小乘無所言，未離於所以爲解
脫，未見真諦，有可取之涅槃，故爲執，離
未誤執作實故。惟以自心無所言者皆，洞觀
一切本無所言，則境界非境界，當不離一
切，諸無所言，無時無說，以境如之，一切平等，
方可大乘無所言之最高境界。道家之所指
者也。熊先生前見捉道家所舉大乘諸
道家證以其見如道同，道家之謂道家指其
無所言之，即無以爲其見如道耶？
（其所無所有，無所言則其，亦得知名詞連在
一起，諸氣上當然指此）諸說也。此家
如尚了解，不到。惟然舉如諸，不明由
如家背不甚。
實際真諦，本一家，真如舉無其家訣
諸其如則無實如故
寂滅無其家。無如道，如此境執
第諸皆如第法皆寂，則第法
皆其，諸性自空故。

生滅是共義。不如是心生境執故。
（以執為實法）
不生不滅是共義。不如是心隨
於道一切法不生無種因緣生無因
、不斷見常見非非有之斷見及常見立宗
之故。
世俗是共義。有、無、照中慧膚故。
不可得是共義。常見、以為戲論故。
不落有無是共義。不墮建立誹
謗及四句求之故。
幻是共義、無自性故
非幻是共義。無譬無比故。
復次、
生滅不生不滅是共義。以生滅為是
不生不滅、當離以共、不同外道將生
之滅將滅歸生故。
幻非幻是共義。無生性如幻、一切
唯是自心之所顯現、心本寂滅故。

（九）

復次，

摩尼珠是空義。空如新顯露色故。

陀羅尼是空義。空如新凝持故。

如來是空義。若見諸相非相，則見如來故。

復次，

空是空義。離空見故。

法是空義。無離名為法故。（見思益經、楞伽等經之義而見）

如此於空義，若解了者，子等義不不於家。最後提出離字，乃大乘法門之無上金針。若不於離悟，復談何益。如來藏。若空。五空。淺識者。而好高騖哉！而無先生亦悟乎所執本體之說，如將子統界眾生滅之境，而居我前者不指本實際。當問之者，當問之乎哉！

然亟應及於現代哲學問題，故復說其如是。現代於實在論派思想本體之說，陳其說於二元論之辯，尤為

十

32

對於辨用說打一頂門針，亦可說
亦是指學界之一進步，然至之所
說實在者，人是生滅意，乃無滅之
見，尚亦如唯物論辯證派弟角
黃居所原然及自由與必然之統一
於對與非對之辯證等家未嘗慘
于佛法，蓋猶有一面可取也。讀聯於
及於馮友蘭先生之新理論，蓋自覺
淺識之至，萬能車來，與至本來學行
及康德之二元論，梁上實在論的意
自一，努力此一元論之合圓，如此好行
去彼居已愈趨於愈拙耳。[illegible]
至於淺及佛理處，蓋若不可笑也。馮
之於大程子尚未能了解，望云佛
法卻！此非文的枝節，因見解
所及之。

五月廿三日 銘樞。

[illegible]居講：你們回家後，對本辯論，我們
我居然無失了本源，所以不及思我恒說的
「萬通」不過世間法的，不是佛法」一句話，[illegible]
說絕無意味，只是這句話罷。

20

真如先生：除夕已喫晚飯，得寄來長示，內十頁，中有深夜三時許書者二紙。讀懷惻怛，所以示勸者深切。今亦深夜作此覆書，恐亦無當於先生之所見教者。而學未能不再陳所懷以求教正。先生與熊師之辯，一則純就佛家立場，以經典爲論證；一則超於佛家經典而更有所持論。先生持經論且自以爲得正知見（如引紫柏一段故事）。熊師之所持論，有其新論之場，有道在是矣之概。豈容有第三者立言耶。經論、義學爲初學，引經疏證、則經典爲待多讀。

14

10

以言行持念念知非，又何待多言。故不欲亦不能有所短長於此均也。今不得已，而必為一說。先生必有自肯，則汪亦不必多引，祇勸人多讀典經，依聖言修行，更不直提了義，是一片婆心也。若達所以為其文字含糊語耶。「就為世俗言」宗為修行者，此兩句是指椒偏語，究竟義先生之說亦是也。然宗通亦非奇特事，明宗方然言修行而修影刹無人日常本分事也。此處先生章句以究竟義相繩。然所持論者不欲以筆墨論列，先生當亦能見諒耳。專此復頌

道安

晚 [illegible] 陳 [illegible] 燈下

長信未与 然所陳迥不必有益，前則曾字字細讀。

15

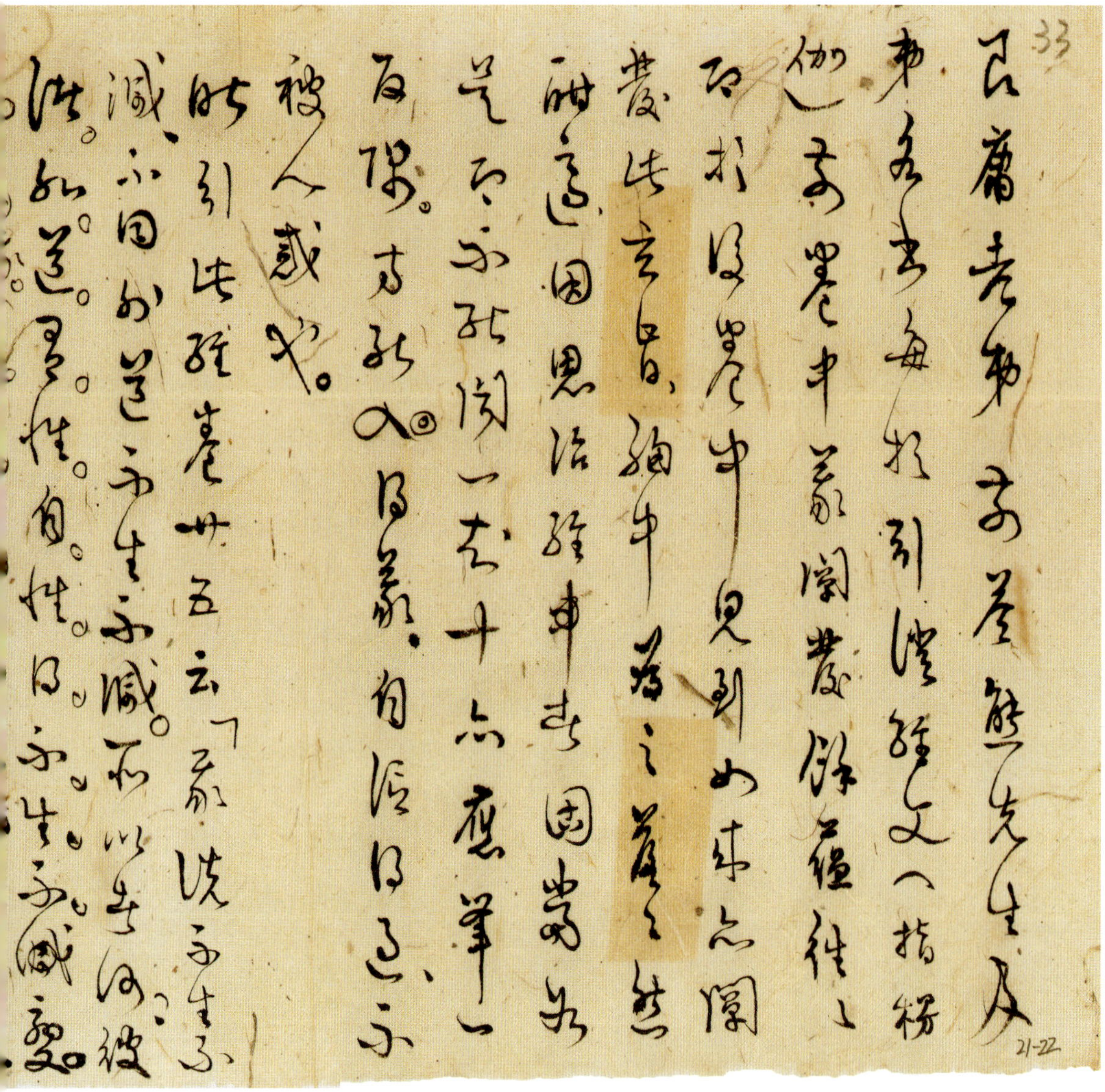
33
21-22

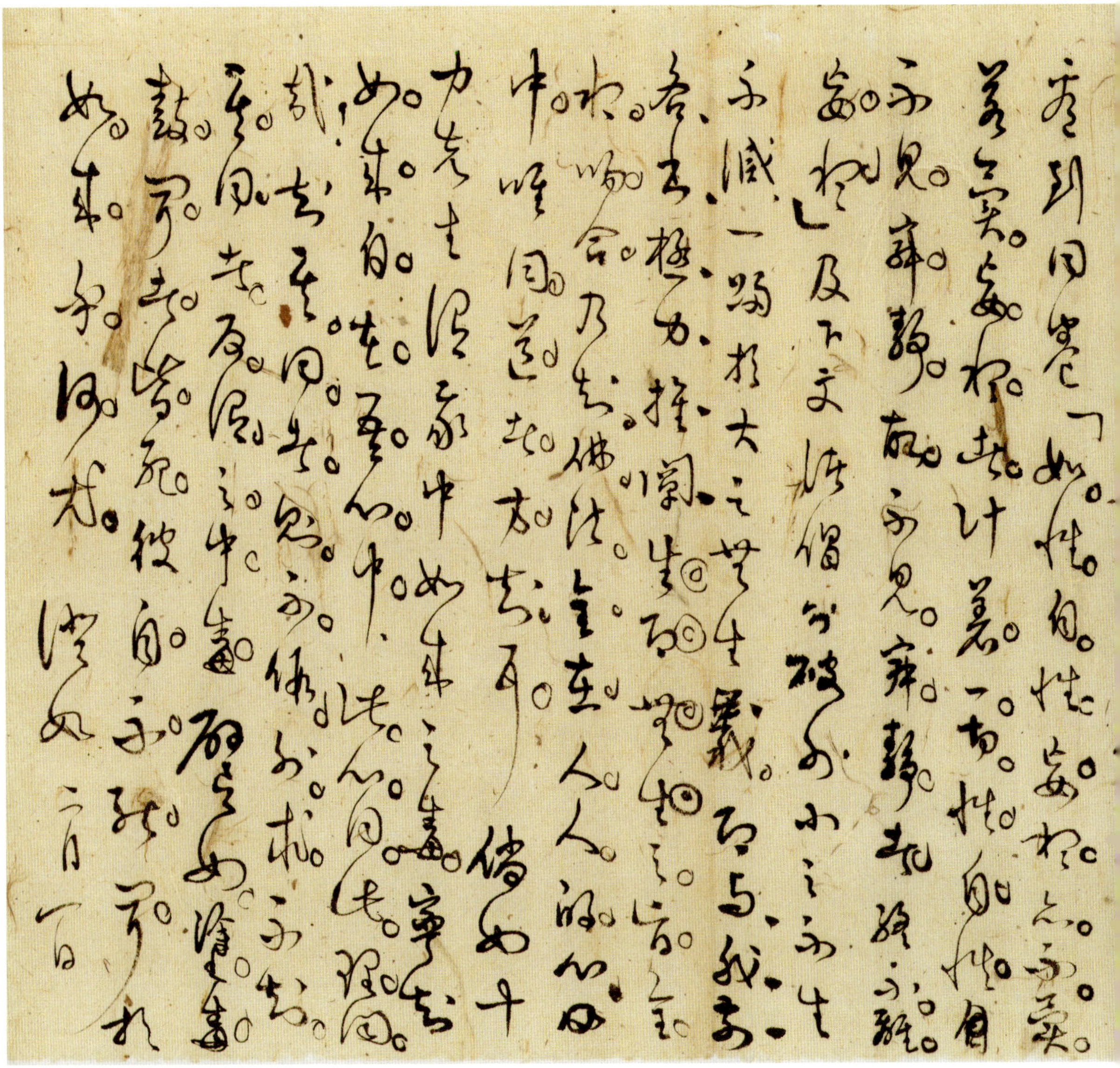

101

真如先生：

前寄寸笺，谅蒙詧及。据蔡孟恳先生说，王毅修上师是海南岛新民縣新兴乡南福村人，当代密乘尼玛宗迦举宗大德。早年研究内典，澈悟本生。中岁显密圆通，智悲双运。即以饶益有情，弘扬正法为专务。历年以来，为世俗众生导归正觉，皆应机现相，启被迷昏。在上海、北京、南京、重庆、昆明等地讲经说法，在抗战前曾因到海南弘法之便回家小住。胜利后屡作还乡之计，因各地弟子纷留弘法，遂未成行。江南解放时居昆明军旅，嗣由昆明转道重庆到蓉，因弟子之请遂留半载。今年五月中经广州赴新民縣，当天先赴縣人民政府以便了解。回家一二天后，縣府方面以王上师欲御十余年时期救长实际情况不够明瞭，须留县府以待候查。讵迄今四月有余尚未获准返家。按解放以后，王上师在所经各地尤其居住较久之昆明、上海均经当地公安机关详细了解。公安机关皆信认通行，显属毫无问题。此次新民县方面亦已候查甚久。实际情况当可完全清楚。且当地人民亦多向县府保释。顷蒙无忌先生谈及此事，深恐王上师被县府方面误会，稽留过久影响其身体健康。特嘱我专函详陈经过，望能电达新民县史益群县长保释。如何之处，尚望卓裁惠复。此致

敬礼

祝世康 十、一九

赐复请寄上海兴安路一〇二号培恩公寓98室

64

贺麟先生：这次听了先生讲黑格尔哲学的课，精美绝伦，叹未曾有，佩服佩服！听到先生讲黑格尔逻辑学时，论述有无变的精义，涉及到一句话："反过来，始于无，就成虚无主义，就近于东方佛家的消极主义"。……

……学的理论，非我本行……但我对于佛学经过不少时日探究过，……先生如此批评，……佛学未免……先生陈述批见，并将来当能……黑格尔哲学之……美处。[illegible]……下面我要说的话，请同……先生所讲有—无—变的辩证体系来看佛学。佛学绝不是[illegible]

始于无，但它（整部大乘经典，以"空"为本，但知道不能说它是同一主张）是彻底地破除一切执有一成不变的能造物的外教学说，故它与一方面同于"始源于纯粹的有然后世界停顿不动的形而上学"为先生所批判的意义，另方面它不仅不同于"易有太极是生两仪……"之说，也不同于周濂溪"无极而太极"之说，因为既否定了有"造物主"（佛学是无神教的根据所在），又何得从无头无尾无上无始，所以说它不是始于无。佛学典籍浩瀚，大部是从破外教执有的常见和执无的断见来立自宗。宇宙人生是有，是肯定的，但决不承认有固定不变永恒存在的实体，因为一切现象刹那刹那在生住异灭中，这是它破常见的有，并非破实际的有；世间一切现象刹那生灭，它执为有的就它变为无，反过来它执为无的就它变为有，这就说明世间相的存在（佛学是破否定世间相的断见的），但是这样的存在，当体即空，而当体即空者，当下即有，不如是决不能说明生住异灭的世间相，所以它是破断见的无，并非破生灭现象中的无。根本上的论据，佛学对于宇宙人生的真际的认识是：无始终、无内外，于性相体用之中皆名为一法界，故对于"有"的意义，是从破有无对立的常、断两见（名为边见）而显出来的，

1

65

这样的"有"，是不落言诠的实际的有，是真理的有，是绝对真理的代名，因此，它名为"法尔如是"，或"法尔本然"，它的内容非常丰富而又非常繁多，非常不是语言文字所能诠的，它又是具体而抽象的，和全面而罗万有整个体系的。在西洋哲学中常称为"理念"的辞句，甚或与它接近吧。

先生说误解了佛学是出于世——虚无主义、消极，新近应"现代佛学月刊"之请做了一篇"论惠能与禅宗"一文，幸哂垂览。这文没有宗教意味，纯是学术性的，先生是中国近代哲学渊博的大师，请以余力探究此学，我可断言必将发生相得益彰的好处，故敢贡此意见。这文是谈禅学，禅学就是大乘的佛学，并本禅家的例子来申述有无的辩证体系。佛家为世所诟病的，是被误解为虚无主义、消极、厌世等等名词，并不得辩。至于禅宗都偏以"知有"二字为脉脉相传的要旨，兹随笔拈出一例来，想先生看到会为之莞尔吧。禅家曹洞宗的开山祖洞山良价辞别他的师云岩时，问师道："百年后忽有人问还邈得师真否，如何祇对？"岩良久曰："祇这是。"后来洞山举云岩讳日供养云岩真次，有僧问：先师道"祇这是"莫便是否？师曰是。又问："先师还知有也无？"师曰："若不知有，争解恁么道；若知有，争肯恁么道。"洞山说了的话，是不是自辞相违呢？决不是的。兹就上举的"有"作为绝对真理来看这句话吧。若不知有绝对真理，则堕于断见，断见则不解恁么道；若知有于世间法外别有绝对真理，则堕于常见，常见则"祇这是"便是谬语，因为百年后那里能见到他的真容呢？所以说"争肯恁么道"。在云岩同时有位禅师叫南泉也说出"不知有却真知有"契机的辞句，无非是显揭"世出世间法无二的第一义谛"的至理，也就是绝对真理非离开相对真理别有，而相对真理又决非割裂于绝对真理而为另外个别的真理"的意趣。这可看出像理窟的趣致，作为供先生他日有一天屈降玉趾于佛学门庭的一个楔子吧！

2

真如先生：

赐示奉悉，关于金陵刻经处概况及如何加以充实的意见，遵嘱另纸缮出，附备参考，仍请考虑是否适当。弟对刻经处设研究组为个人私见，因吕先生不愿多与外界接触，为便于有志研究者得亲近问学，只有以此种形式为宜，免致吕先生兼顾行政人事纷繁之责，且与刻经处传统精神相合也。过去曾将此意告赵朴初居士，迄未见表示，如能将刻经处视为国家有特征的文物机构之一，则如此充实良不容缓也。专此敬请

道安

后学 游侠 上 十二月七日

84

又内院捐款林知渊先生处尚未缴，因借泉君
款三月份起亦未着落，往访迭不见面。据胡兰畦
君见告，身最近况实甚窘，须待自己住房出租后，再
想办法。益见捐款之难。侠曾语吕先生，在目前
不但募捐困难，即募得捐款，长此赖以维持，亦非
办法，仍有赖学寮生，应从学术立场争取较多研
究者来支持，曾请吕先生来沪小住，多与各方接
触，俾此学得精有群众基础，以计划未来工作。现方在
进行中。拟请　先生赐介函，一嘱圆瑛法师
商借住所，请裁决并饬指示，为幸。　游侠

90

真如先生道席：四月間奉讀 惠書，承
囑「精閱現代佛學」，以此間功課繁忙，迄未如
願。近從友人處輾轉借得五冊，得讀 大作
「我的禪觀」，獲益良多。二十餘年前曾涉獵佛
典，看過心經、金剛經、壇經……，於禪宗略窺皮毛，
爾時治王陽明學説，融會貫通，自謂業已悟道，隨
緣報國，心安理得。近年來，已把過去所學全盤
加以否定，立志一切從頭學起。在蘇州時曾成一絶：
「畫盡色彩一身輕，還我靈臺徹底明，地覆天
翻人未老，長征猶幸託餘生」，即寫我心境，似略
帶禪味。拜讀 大著後，對於「主客觀統一」之
立論，深表贊同，惟「寂」字使人誤會引入寂滅

年 月 日

的上此時似不易為人所接受，我大膽提出一個「通」字表示圓融無礙的境界，即「無所住而生其心」之意。大作所引趙州公案數則，所有「去」底意義，我都體會是「無所住」，即「通」的境界，亦即六祖所說「來去自由，通用無滯」的境界。又尊論謂：「無念也是息念，念底意思，因為它本身是虛妄空幻，所以要息它」，未敢苟同，似非六祖本意。六祖說過：「真如即是念之體，念即是真如之用」，可見念本身並不完全是虛妄空幻，只有在念上起斜見時，成為妄念，那才是要不得的。六祖說「你當一念自知非，自己靈光常顯現」。這樣的念，六祖並不主張要息的。六祖的「無念」即「無所住而生其心」的意思，並非息念，所以他在

2

入滅前遂說：「……！你等慎勿觀靜及空其心……」。要是以「寂」和「息念」教人，是不足使人容易走向「觀靜及空其心」的歧路上呢？敬請　考量。

打坐參禪，以前也曾試行，我覺得沒有意思。整套佛教，我覺得只是東方民族的一個沉重的包袱，古教經典，除史料價值外，我認為沒有任何的價值。古佛已滅，新佛當興，新佛是誰？新佛是不念經、不參禪、不打坐、不崇拜偶像，不鑽故紙的科學家、事業家，他們已證明了人生的意義在創造人間的物質繁榮，與其在紙上研究九五佛典的「文明」，不如在實際上改造社會，增加生產。此刻東北已大規模推行農業勞動互助組，提倡蘇聯的馬拉農具新式的犁耙，對於豐產運動大有貢獻，是由於

年　月　日

3

普遍成立供銷合作社，農民逐漸改善生活，傾向於集體化。我相信在不久的將來，將由國營工廠供給拖拉機，則集體農莊將出現於東北。這樣，把廣大的農民從貧苦、愚昧、生產落後的境地提高到現代文明的水準，改造生產技術，革新生活方式，向着社會主義農業的路上前進。凡是直接間接參加這種運動，以忘我的精神為勞動大眾服務，這就是菩薩行。這些人就是現代的新佛。他們在思想上在事業上，逐步提高發展，歸宿於一個最高的境界，那就是「通」！

拉雜寫來，不通之至，倘承　賜教，曷勝感幸。

即致

敬禮。

龍大均敬上。九月七日。

長沙南嶽 [illegible] 五十二之三

年　月　日

4

真公社長賜鑒：頃由竹園居士轉奉八月卅日

台函，辱承聘為社董，情殊足感，義實難辭。自維

三十年来信奉佛教，無間時空，牽於商務，佛學精

髓未有深入研究，嘗引為愧。自從現代佛學出世，發

如来之寶藏，示人類以明燈，功德之大，莫大于是。今

荷　寵命，謹當追隨諸大德之後，為本社長遠之

業而努力，尚乞不遺在遠，時加警訓。因便匯上人民

幣乙百萬元，以助刊費，聊表微意，至祈

察收賜復為禱。肅此，敬致

公祺

制蔡吉堂敬啓　九月十四

先兄蒼志銘已奉

臘奉本八月通歷一年

湧蓮精舍用箋

廈門市大同路二四八號　電話六六八號　電報掛號五〇一九號

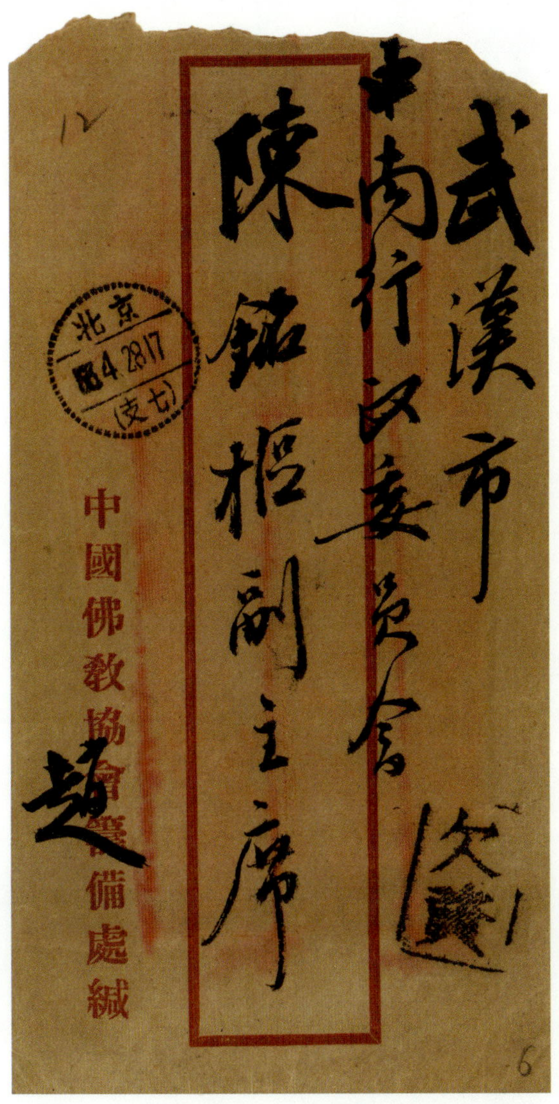
武漢市
中南行政委員會
陳銘樞副主席
啟
中國佛教協會籌備處緘
趙
北京
(支七)

地址：北京西四羊市大街一一號
電話：二局一六〇八號

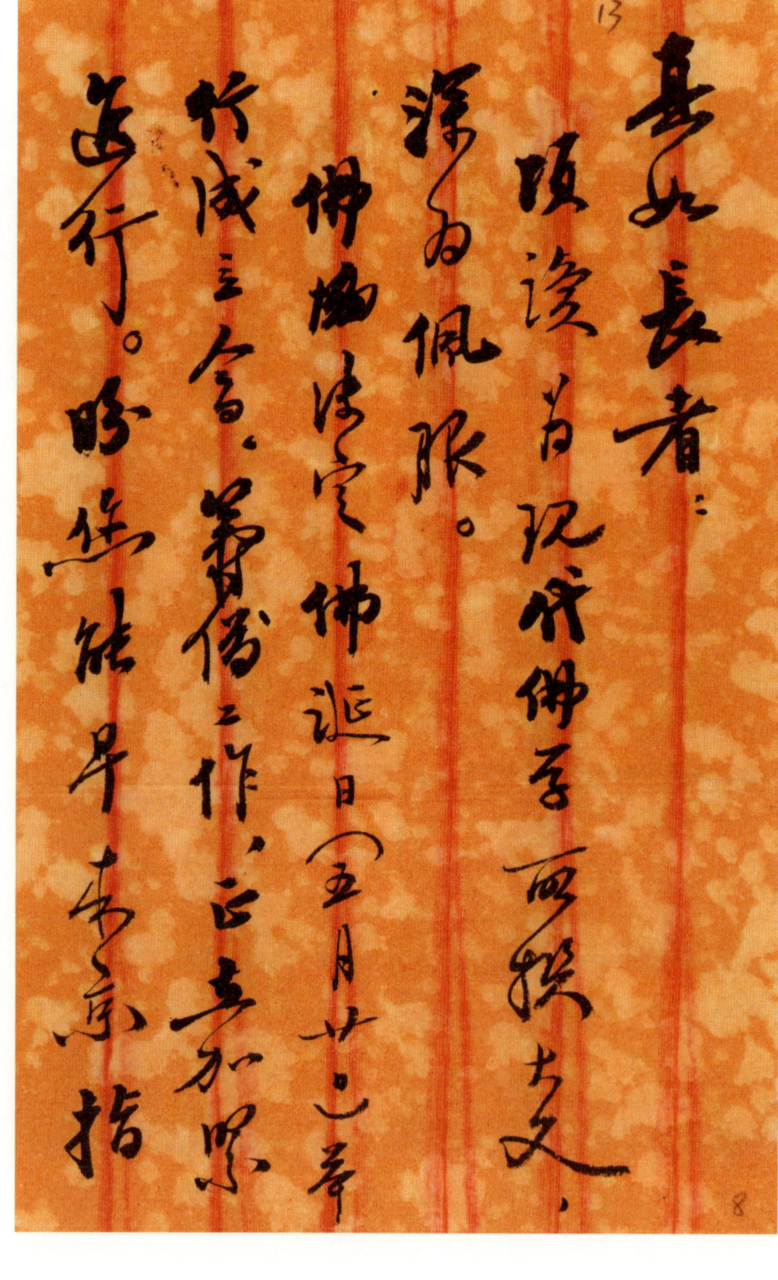

真如長者：

頃讀前現代佛學所發大文，

深為佩服。

佛協決定佛誕日（五月廿二）舉

行成立會，籌備工作，正在加緊

進行。昨集能兄來京指

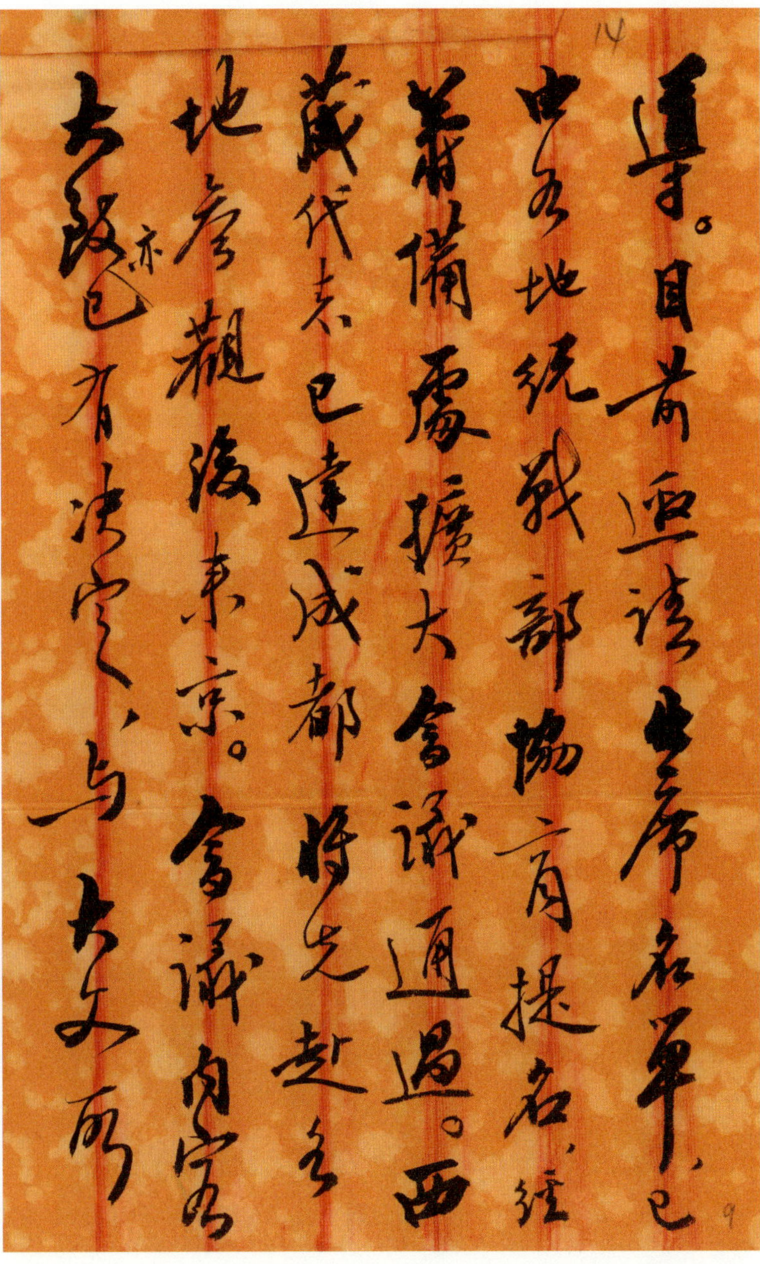

尊。目前迺請先生名單，已
由各地統戰部協商提名，經
籌備處擴大會議通過。西
藏代表已達成都，將先赴各
地參觀後來京。會議內容
大致亦已有決定，與大文所

是盼。日安。

专復

敬礼

赵朴初

四月二十八日

現代佛學社用箋

84

字第　號第　頁

真如居士惠鑒：別後想已安抵漢皋，定有一番應酬之煩，尚不能談及佛教問題。周太玄之款仍未寄到，亦無覆電，殊覺可怪，或恐周君已離香港入川，則詢之漢口同人或有知其行蹤者。見唐子宜云及武漢佛教會諸公，希提及本社經費問題為幸。

法安

巨贊　合十
九月十日

社址：北京西安門外大街十一號

1

89

現代佛學社用箋

真如居士道席：

周太玄居士昨自香港來京，據謂本社如需經費，仍可在港籌募，渠日內赴滬取道四川，或能在廣州與我公相見也。第三期起定在北京印刷廠印，明日即發稿，寄來信稿三件，擬標題爲法喜集（以前有名公法喜集），創刊號僅存三百餘本，如有來發出者請即寄回，以利分地定閱，因

原信寄呂秋逸先生

社址：北京西安門外大街十一號

6

現代佛學社用箋

第　字　第　號　第　頁

定戶已接近四百份，每日平均有六個定戶，即此亦可見本刊之影響矣。是皆我公登高一呼之力也。秋逸居士仍無續稿寄來，更請一催為盼。此致

敬禮

巨贊合十　十月一日

社址：北京西安門外大街十一號

現代佛學社用箋

真公道席：

寄下諸各友均拜悉自民華印刷廠結束後經接洽改交京華印刷廠排印但印費高一倍以上昨得王達五居士寄來六百万元差可維持第八期出版日期因接洽印刷廠費事恐又不能如期出版慚愧增印數百分爲照辦因以前各期除第七期爲存二三百本外

字第　號第　頁

社址：北京西安門外大街十一號

現代佛學社用箋　23

其餘均將售完也禪宗特輯今方來
稿甚多一期登不完再出一期似有
未便只能將不甚重要者割愛或
以後陸續發表轉太虛對于教理似
無甚研究言密宗是常從定見稍得
境界自以為是而不從實踐處用心縱
使即身成佛亦屬邪魔外道將來
如出密宗特輯擬對于此点力加評
斥弟恐引起糾紛耳　端此即致
敬禮

巨贊合十

四月七日

字第　號第　頁

社址：北京西安門外大街十一號

現代佛學社用箋

真公居士：

見張東蓀後，提及虞愚事否？弟以為可以復之。名單中可加張汝舟（貴州大學教授）、黃芸同（文化部文物局）。虞愚信中提及聘一廈門蔡吉堂為社董事，似可。蔡係太虛弟子，法名慧誠，護法極有熱情，且係廈門著名商家，請斟酌之。此頌

法安

巨贊合十 八月廿七日晨

附虞愚來信

十二如已出版，先由發行部送上五十冊。

字第　號第　頁

社址：北京西安門外大街十一號

巨赞法师垂鉴：读十一期月刊，拙作《文图》第四、第五图解、排印倒置，劳郑重出启事更正，并腾拙书墓志铭一份，想早已收到矣。并去夏赴苏州学习、结业后服从组织分配，仍返厦大学教、我所以要求转教北京者，因厦大哲学一系、专任中国语文系课程，与我所致力者不能十分结合。二、首都政治水平较高、置身其间，进步较快。三、欲思对现代佛学稍尽棉薄，发扬之、希望继续更好的为人民服务，非此间有何问题也。至于进去历史在研究院学习

近曾得参加中国教育工会，因历史关系即须参加大，并承同事推为学委委员会委员，附闻。

燕大此有机缘，受速推荐，因秋季开学即不容稍缓也。有告请答复，幸先电告。

第 頁

廈門粉竹齋印

(2)

2

128

總結早已寄代清楚。陳在佛學院任職時，于右任並派其參加反動中訓團受訓，並推其介紹加入反動國民黨（普通黨員）二事，詳加檢討外，後來到貴大及廣大任教，對於教學、著述及解放前出版論學，均詳加批判，述其舊治學術，對於政治毫無興趣，專業大道，所應檢討即只據計其時此而已。其之事況，又在回憶中，而不直又為學道之所深業焉，有所隱飾乎，總之，其大如有擬從談

先生其可以為介紹，此以述其政治狀況，則為合照之事實，可告天地也。因承詢問，因陳此其所外，用敢直陳，尚祈有以教之。自此敬頌

健康

巨贊拜　八月十六日

蔡吉堂居士對佛教了無熱心，未審能代佛了社經聘渠為社董乎？佛經通迅具社請渠對月刊大力捐助也，從而具以為之。又資為禱。

3

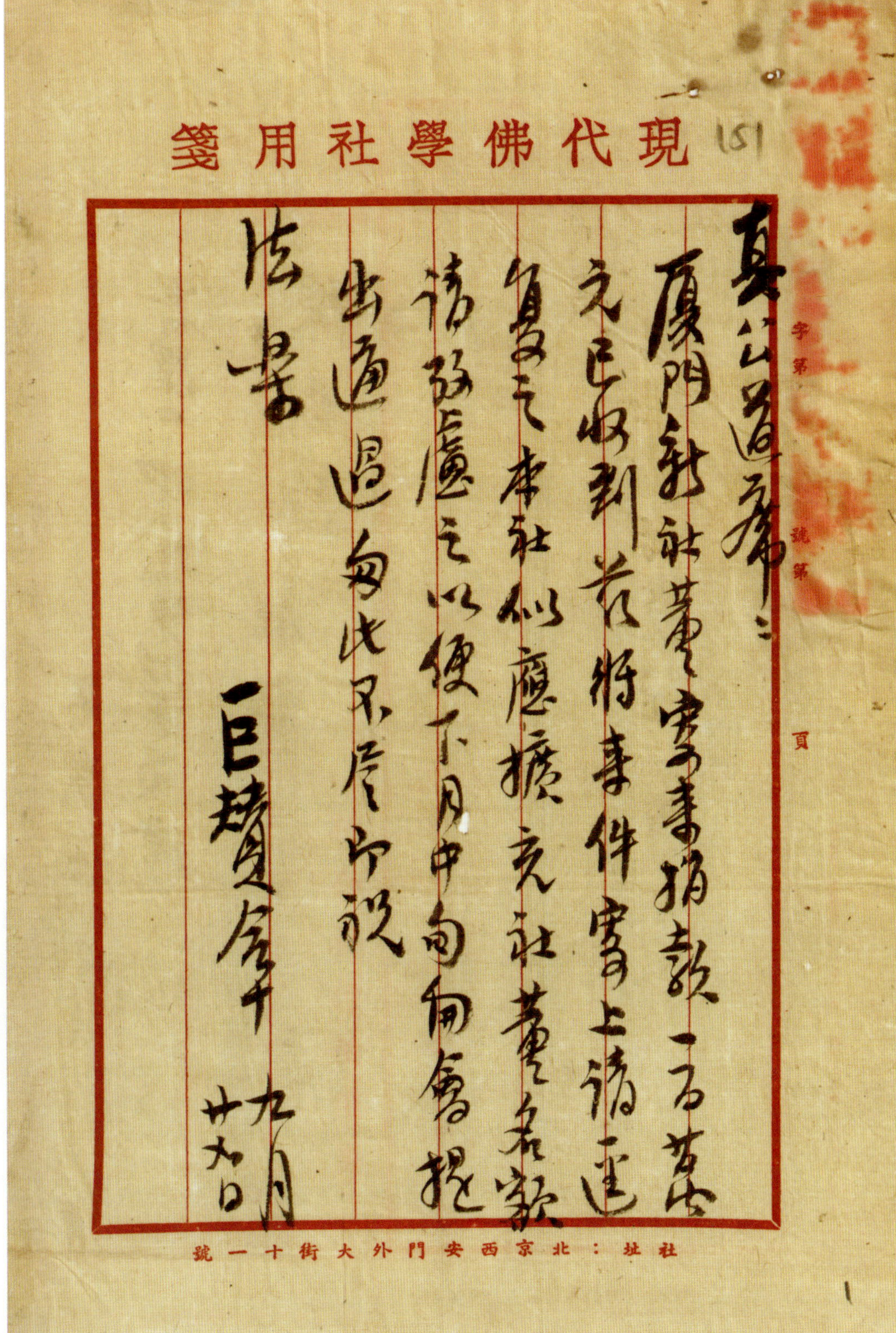

現代佛學社用箋

151

真如道席：

廈門新社董事捐款一百萬元已收到，並將來件寄上，請逕覆之。本社似應擴充社董名額，請酌處之，以便下月中旬開會提出通過。匆此不盡，即頌

法安

巨贊合十

九月廿六日

字第 號第 頁

社址：北京西安門外大街十一號

现代佛学社用笺

字第　號第　頁

真公道席：

會議紀錄等均已分別發出，李師處及簡同志處請錫侯介紹社董及向有關人士籌募，頃自乾處知安子從國大會返行，此能更籌千萬元，則本刊第二卷可以無虞矣。此頌

法安

巨贊合十　十月廿四

社址：北京西安門外大街十一號

156

現代佛學社用箋

字第　號第　頁

真如居士：

周叔迦居士生性仁厚，見解自不免平庸，讀其文可知。論修養一文，对一般佛教徒言，似尚合適，置之第一篇則稍欠斟酌。但目前社中稿件，专門的用不完，通俗的深入淺出的甚少，希就便催促徐全宣、萬有鈞等撰述為禱。附聘請社董函三紙，請斟酌之。此祝

法喜

巨贊合十　十月十二

社址：北京西安門外大街十一號

162

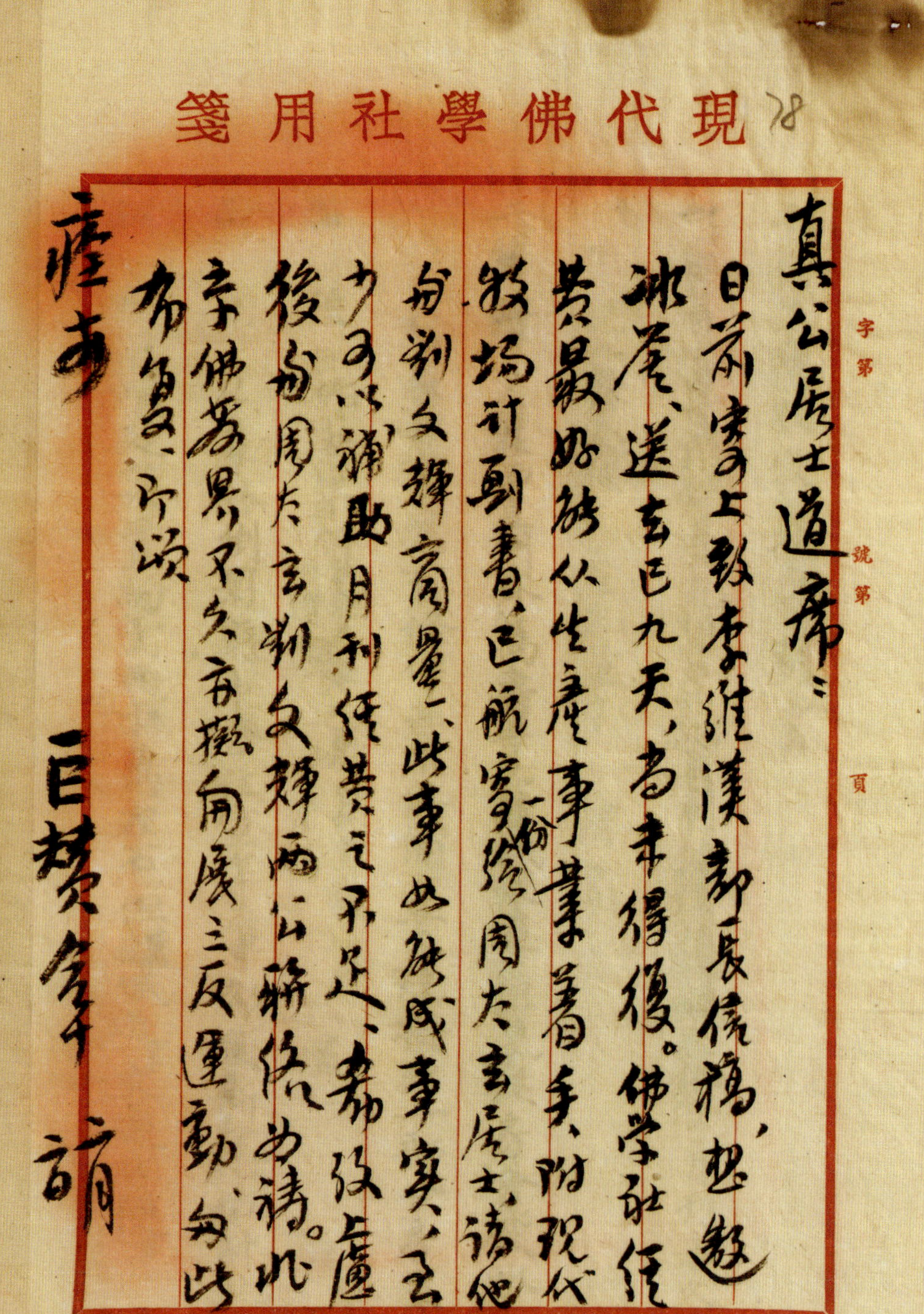
現代佛學社用箋

真公居士道席：

日前寄上致李維漢部長信稿，想邀
洞鑒。送去已九天，尚未得復。佛學社經
費最好能從生產事業著手，附現代
蠶場計劃書，已航寄一份給周太玄居士，請他
與劉文輝商量。此事如能成事實，至
少可以補助月刊經費之不足。弟返上廬
後當與周太玄、劉文輝兩公聯絡為禱。比
來佛教界不久亦擬開展三反運動，匆此
布復，即頌
痊安

巨贊合十 謹

社址：北京西安門外大街十一號

現代佛學社用箋

真如居士道席：

睽違一年，居士諸維興居安吉，殊慰。社中現有款項，為可維持二期，如一兩月內有捐款，則第二卷可無問題。俟居士來京，待三反結束再行設法。林老極關心，叢老亦來擬徵求十餘人為名譽社董，亦因三反未能進行。便中乞函任公、叢老打氣。目前似仍以多登思想改造之文為適宜，至利用貿易公

社址：北京西安門外大街十一號

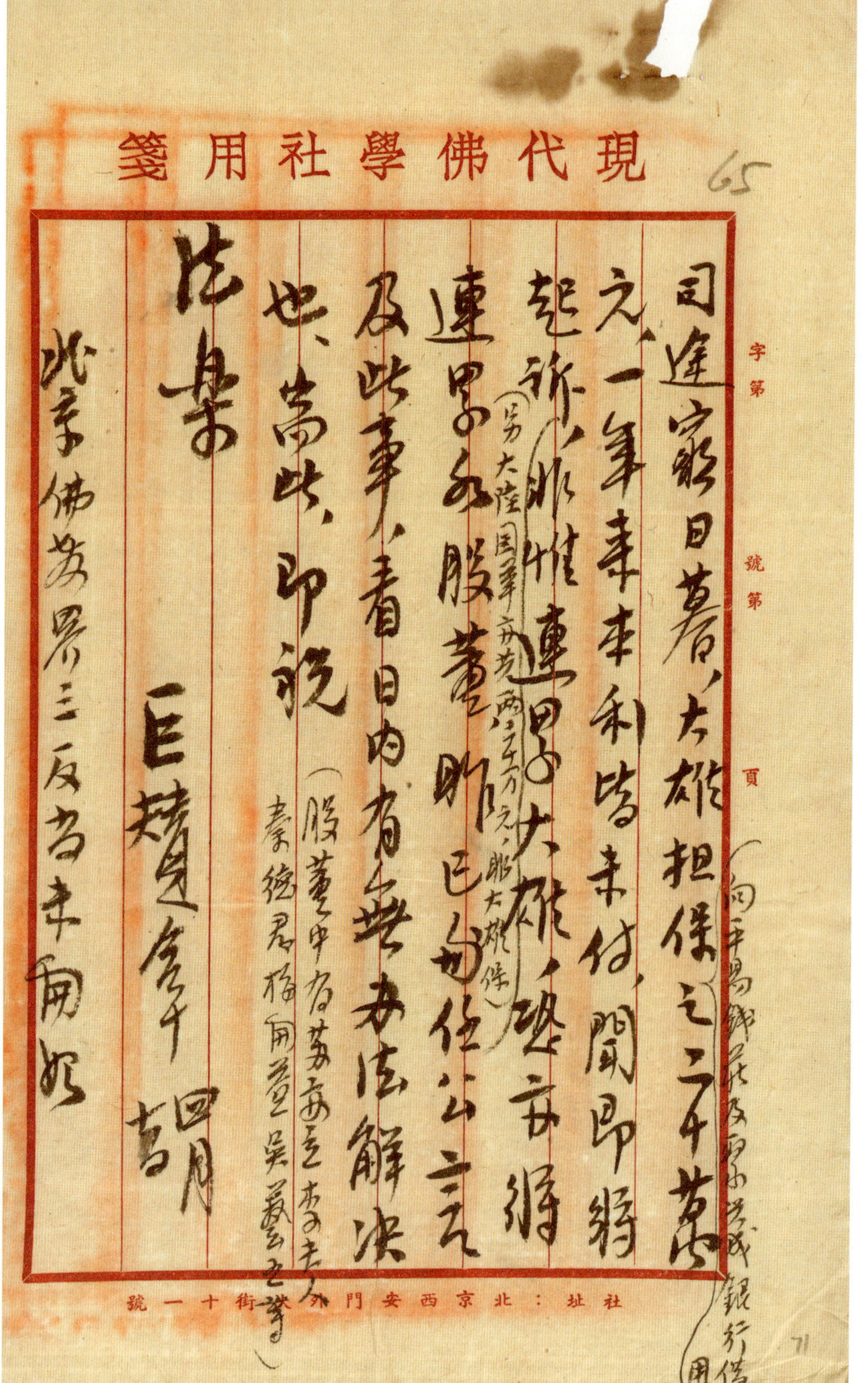
現代佛學社用箋

65

司逵窮日暮，大雄担保之二千萬（向中易銀行及[illegible]銀行借用）
元，一年來本利皆未付，聞即將
起訴，非惟連累大雄，且亦將
連累兄及股董，昨已由位公云（另大陸國華兩處二千五百萬元，亦大雄保）
及此事，看日內有無辦法解決
也，尚此，即頌
法安（股董中有葛森老、李子寬、秦德君、楊[illegible]、吳藝之等）
巨贊合十 四月吉

此事佛教界三反尚未開始

社址：北京西安門外大街十一號

71

現代佛學社用箋

字第　　號第　　頁

真公居士道席：

闻将来京，未知何日成行，为念。铿者（字佛渊），本系虚老弟子，因被逐出门墙，现仍假借虚老名义，到处招摇撞骗，此次自京至汉，闻拟进谒

座下，希注意之。（他所用虚老名片，图章都系假造）此颂

法安

巨赞合十　四月十二日

社址：北京西安門外大街十一號

63

69

68

南嶽佛教學苑用箋

銘樞先生勳席：前讀佛刊，藉悉
先生出席政協會議，併上書政府首要，
詳陳對佛教制度與革意見，遠道聞
訊，喜慰交併。秋水蒹葭，使人想望風
儀，惆悵何極！南岳邇年宗風寖衰，道
聲稍替，而信心堅固、學優行粹之
青年僧較諸方叢席為獨多。惟此道
寂寞淡泊，非以蘄人知而鼓譽，故外間
知者甚尠，而本山識遠行高之同袍亦

苑址：湖南南嶽中山東路六二號祝聖寺內

74

南嶽佛教學苑用牋

絕無求知之意自解放後昔日之資養
驟然割棄兼之信心檀越之外緣泯泯然
猶西風之捲秋籜涇渭難分金玉與瓦
礫莫辨沙汰衆僧而魚目奪明珠之
耀不慧目擊心傷思欲救之而力不足比
來秋穫又將數月而儲糧日空炊煙將
斷國軍大撤退時明徵暗歛搜括殆盡
槍兵入寺急以索逋徒擁地主之名而
有倉廩塵封之悲坐此不救龜分龍

苑址：湖南南嶽中山東路六二號祝聖寺內

南嶽佛教學苑用牋

蛇良美長臨餓鄉之虞矣。茲與循道日久之少數青年道友集議，共謀起少年佛教學會，經營佛教文化教育事業，寓弘法於護教，挽救存趙祀之意也。先生望空冀北，祈登高一呼，獅吼北國，於遐邇彼方為之推挽，為之聲援，併請對於南岳僧團目前危機代為疏通，環頗感激之情，不啻桃花潭水也。專此奉懇，佇盼惠復，敬請

苑址：湖南南嶽中山東路六二號祝聖寺內

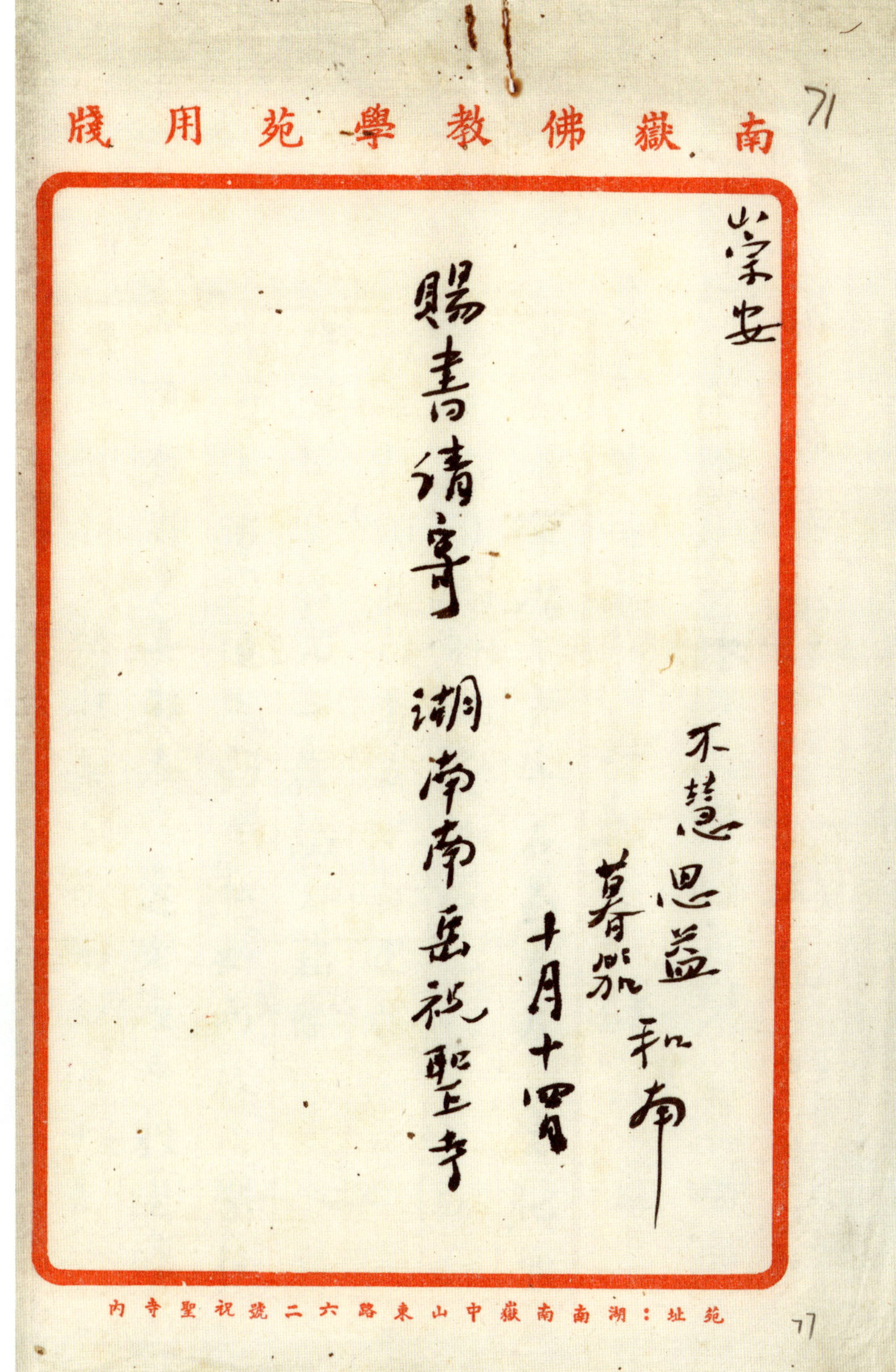

南嶽佛教學苑用牋

71

崇安

不慧思益和南
暮笳
十月十四日

賜書請寄湖南南岳祝聖寺

苑址：湖南南嶽中山東路六二號祝聖寺內

77

國立貴州農工學院用箋

真如先生道鑒：

久不瞻接，血得書知直造高明，仰羨〻〻。見問心境造詣之意，蓋道之所在，遮表同時，以遮彼之我之假，乃表顯無我之真；以遮彼有執之妄，乃表顯無執之如。細讀「不知衆裏尋他百千度，回頭驀

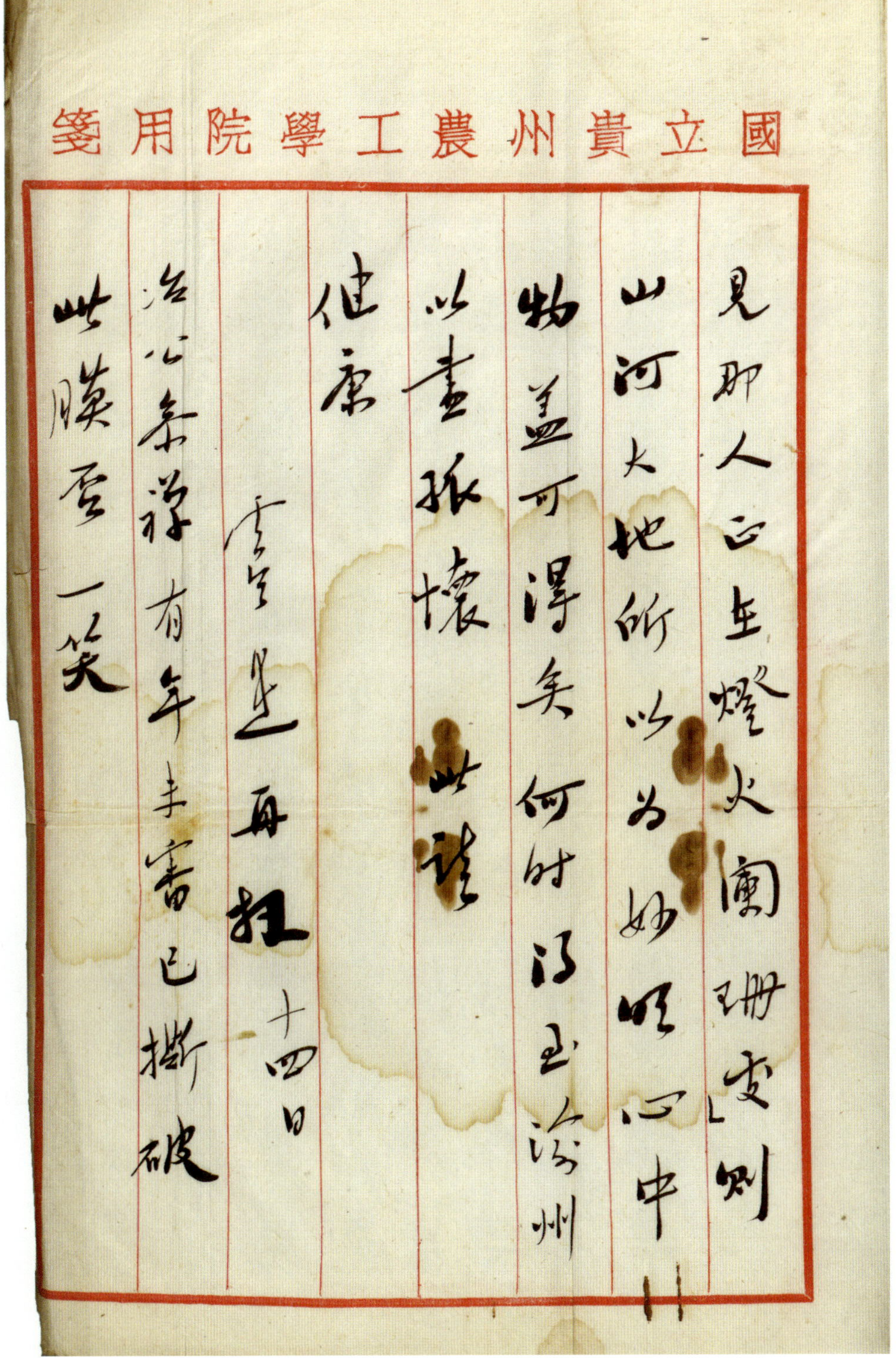
國立貴州農工學院用箋

見那人正在燈火闌珊處則
山河大地所以為妙明心中
物蓋可得矣何時得至汾州
以畫張懷 此請
健康
虞愚再拜 十四日
治心集稿有年未審已撕破
此賸否一笑

復霙竹園 卅七、十八

捧書喜慰無量。君稿以為行解
行証，全之須先觀定兩冊第六（點）
章。其在信解上，必須達理。所謂達
理須服膺觀照，未可一蹴而幾。然
服膺辯証（是我偶用之名辭）不
可不直通明。通明則解到，解到則
信堅矣。其須因在行証上，必須
認識自己所須本分事，要在歉
切把着，不關言詮；君把不着，一切

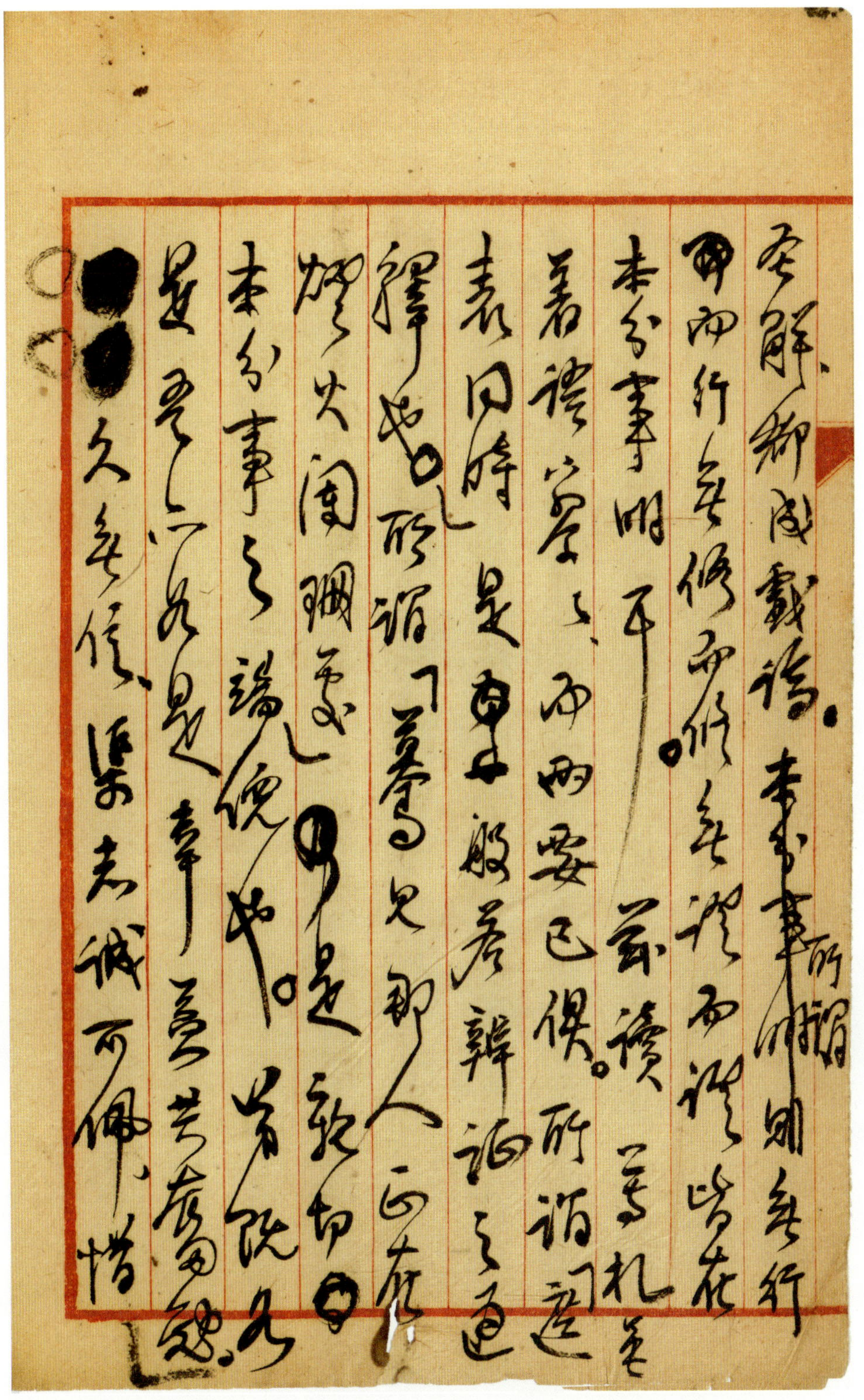

覆雲竹園　什吾兄

承示詩文學吸勝[illegible]因大閑靜優異氣象、超然

[illegible]文學我是

門外漢、然就子詩所謂「要擺脫一切才

能獲得一切」、「意象之孤立絕緣為純文

學之特徵」及引羅斯言「文藝作品所不可

分性、即之表現皆為獨一無二之表現所

謂文藝之活動只得印象鑄和做一個整

體之別謂。[illegible]我可以與詩佛

法談般若說禪矣。擺脫一切才獲得一切

若乃般若無所得一義也。從古哲匠咸有悟於斯，匪獨文學家為然。[illegible]下之學一先生之言而不固蔽，從而見稱於世一邑之士，而不被情拘物蔽者，皆可以與言也。時俗不察，一聞無所得之義，便生惶惑，[illegible]若固應擬指出，實亦[illegible]。[illegible]乎。眾[illegible]教證所明之。般若若[illegible]義也。[illegible]心[illegible]被物，復何以思想？[illegible]家視佛來[illegible]瑣碎[illegible]與佛天下士計於方寸，其為碍一也。若泥沙與善金屑

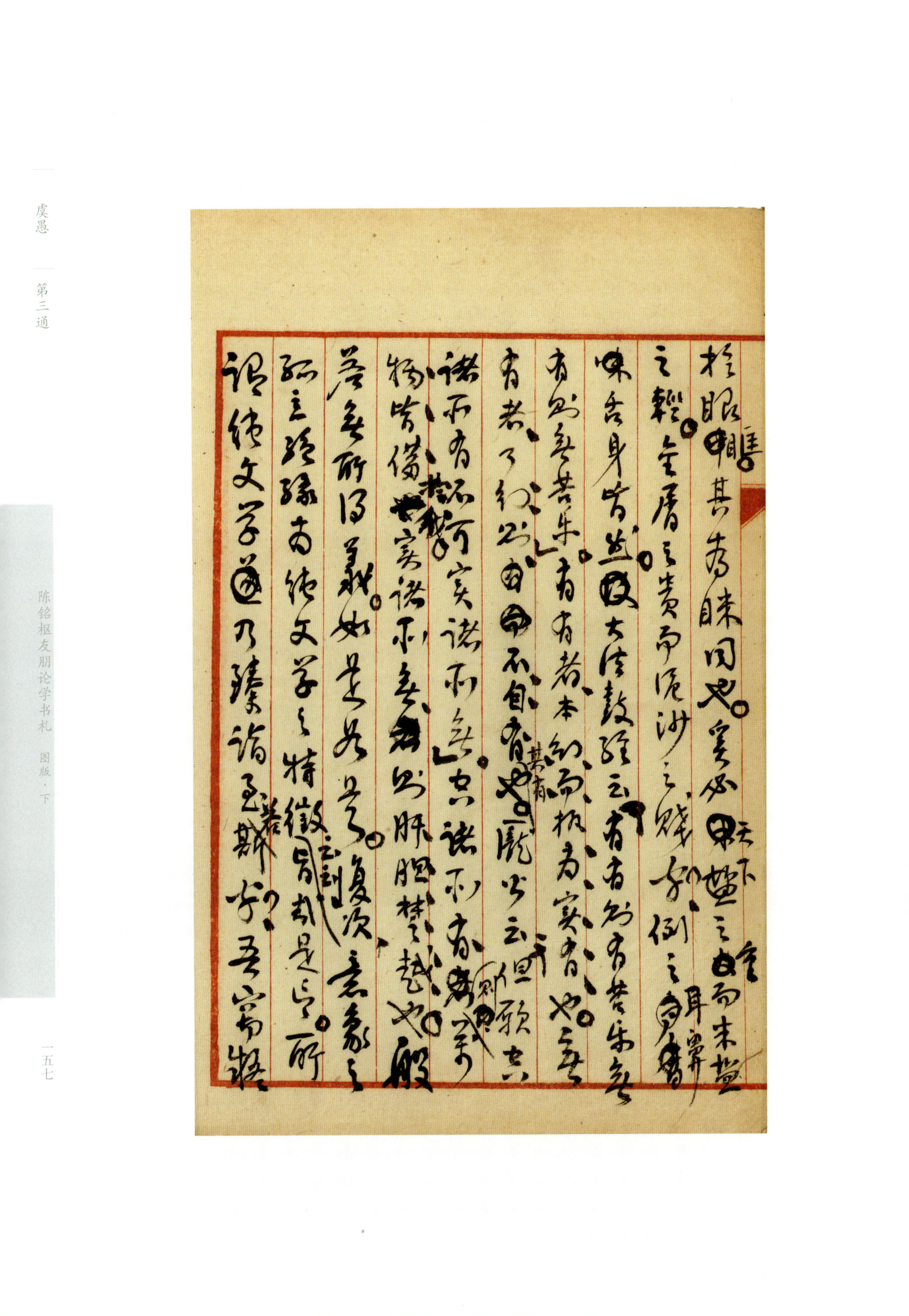

焉。余不諳西文，書誦珠璣。吾國古來詩家禪僧
類以其中題絕，元遺山述，猶春天以穀若桃秀
上乘。其妙只在於物我兩忘，貴主渾
融，不着意思，自然讀之悅若是物投
我，非我投物之境。吾鄉黑巖一二如
陶元亮靄書有春風扇微和，采
菊東籬下，悠然見南山，等句，唐張
繼姑蘇城外寒山寺，夜半鐘聲到客
船。宋蘇東坡山中老宿依然在，案上
楞嚴已不看等句，近世詩僧八指頭陀

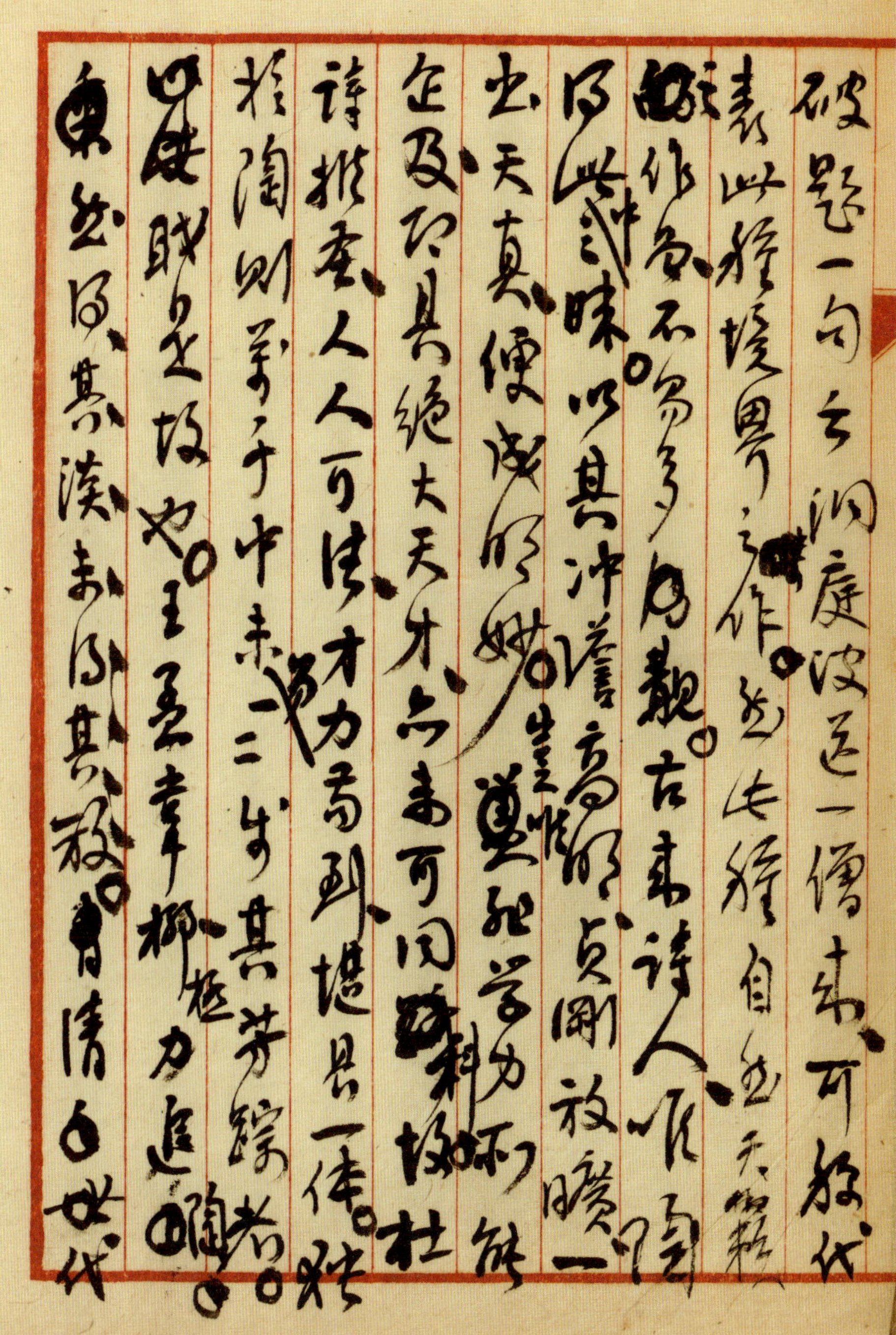
破題一句云洞庭波送一僧來，可稱代
表此種境界之作。然此種自然天籟
之作，爲不易多得。觀古來詩人，唯陶
明之詩味，以其沖澹高遠，貞剛放曠，一
出天真，便饒妙趣。豈惟非學力所能
至，及其具絕大天才，亦未可同科。杜
詩非盡人可法，才力高到，堪具一體。於
於陶則等于中未節二者其芬綜者。
此陶之所以故也。王孟韋柳極力追陶，
然同其淡，未同其放，情自世代

逸澤清峯神韻。而象外之露，俱無修讀
以一層之隱，既欲蹄自然天籟之佳妙，而不
於其間，纖巧紛披，背其真常，正氣霧隱雲表
新為畫家所呵，畫家人諱也，甚好馬夏中……以能
譜為謂氣動天下，不止馬一腳，正恐生將墮泥犁耳。然
前年不著意，思絕作自然之境界，物我兩忘不貴主宰偏執
違其東流，寄意有主宰，是可貴亦不可
尚美矣。且所謂物我兩忘，貴主宰，果足
之絕緣美學。夫物我兩忘，須有物在，貴主
宰融，須有人在。文藝特徵不離文藝

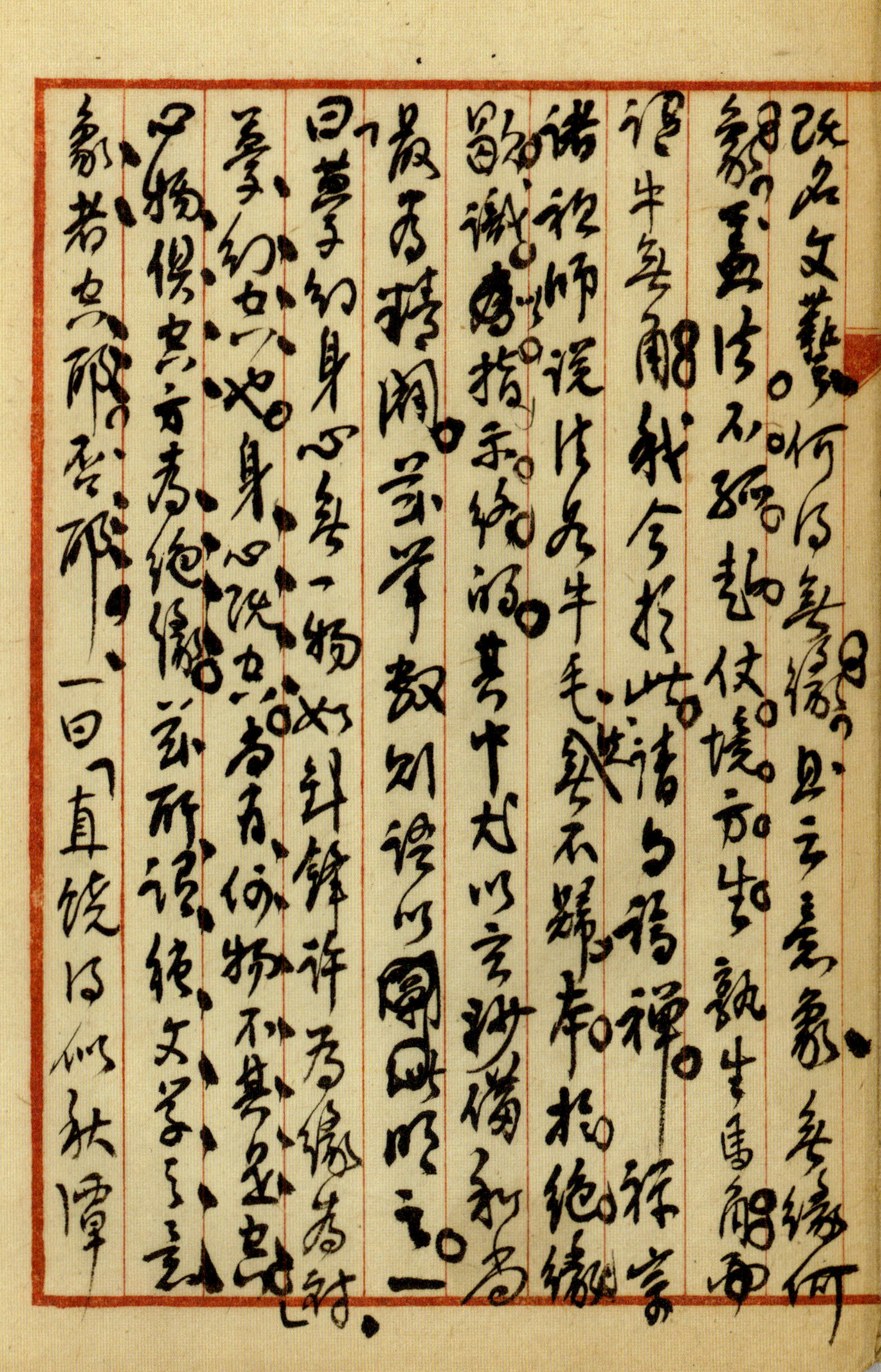

既名文藝，何得無緣？且云意象，無緣何

象？畫法不[illegible]杖境，加生就生馬能有

得？牛無角，我今於此，請與稽禪。禪宗

諸祖師說法，如牛毛，然無不歸本於絕緣

斷識，專指示絕待。其中尤以云[illegible]備剎為

最為精闢。茲舉數則證明以明之。一

曰「菩提身心無一物，如針鋒許為緣為對」

「菩提幻也，身心既空，尚有何物，不具[illegible]」

「[illegible]俱與方為絕緣，茲所謂絕文字之意」

象者是耶否耶？一曰「直說何似秋[illegible]」

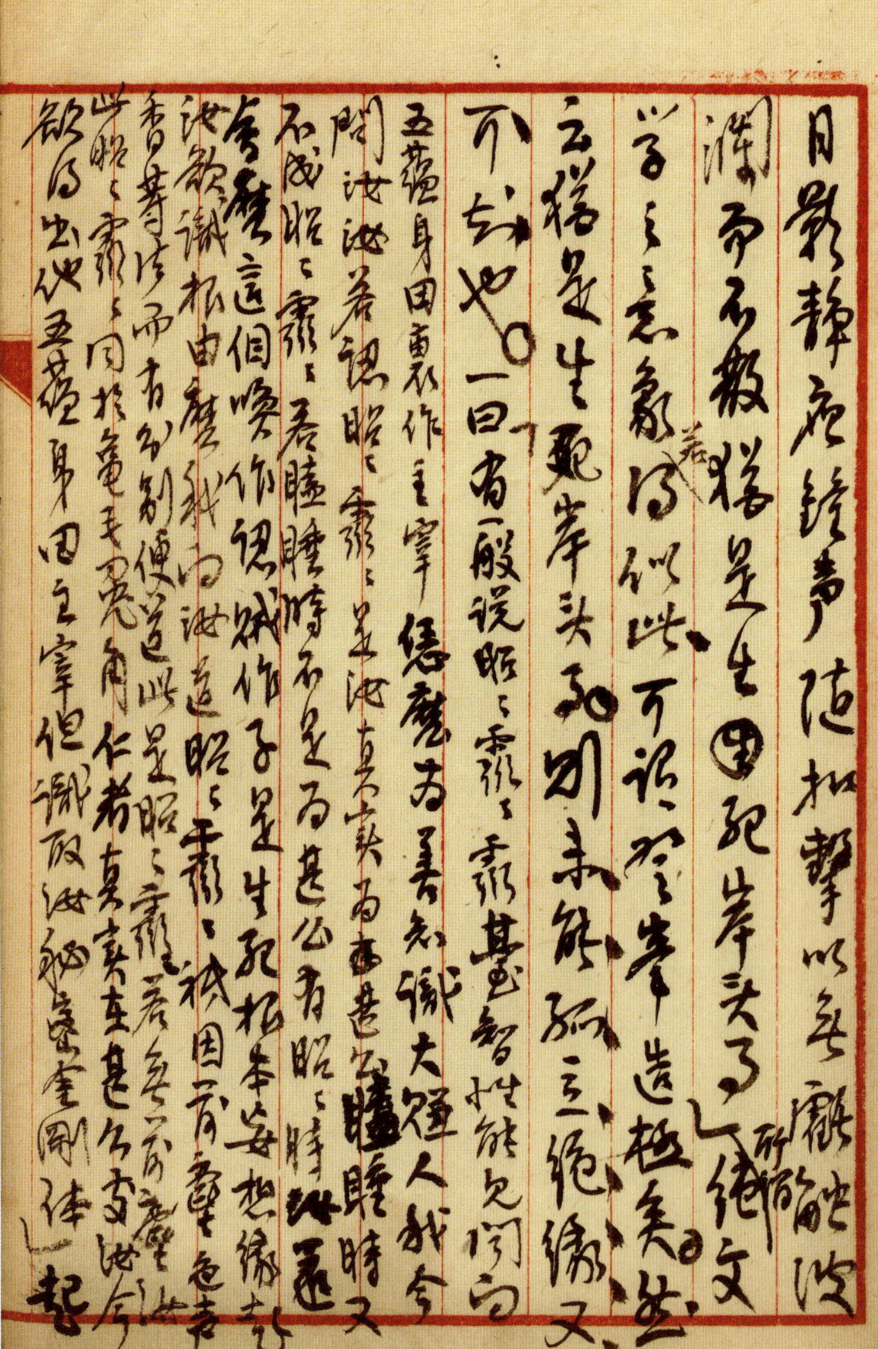

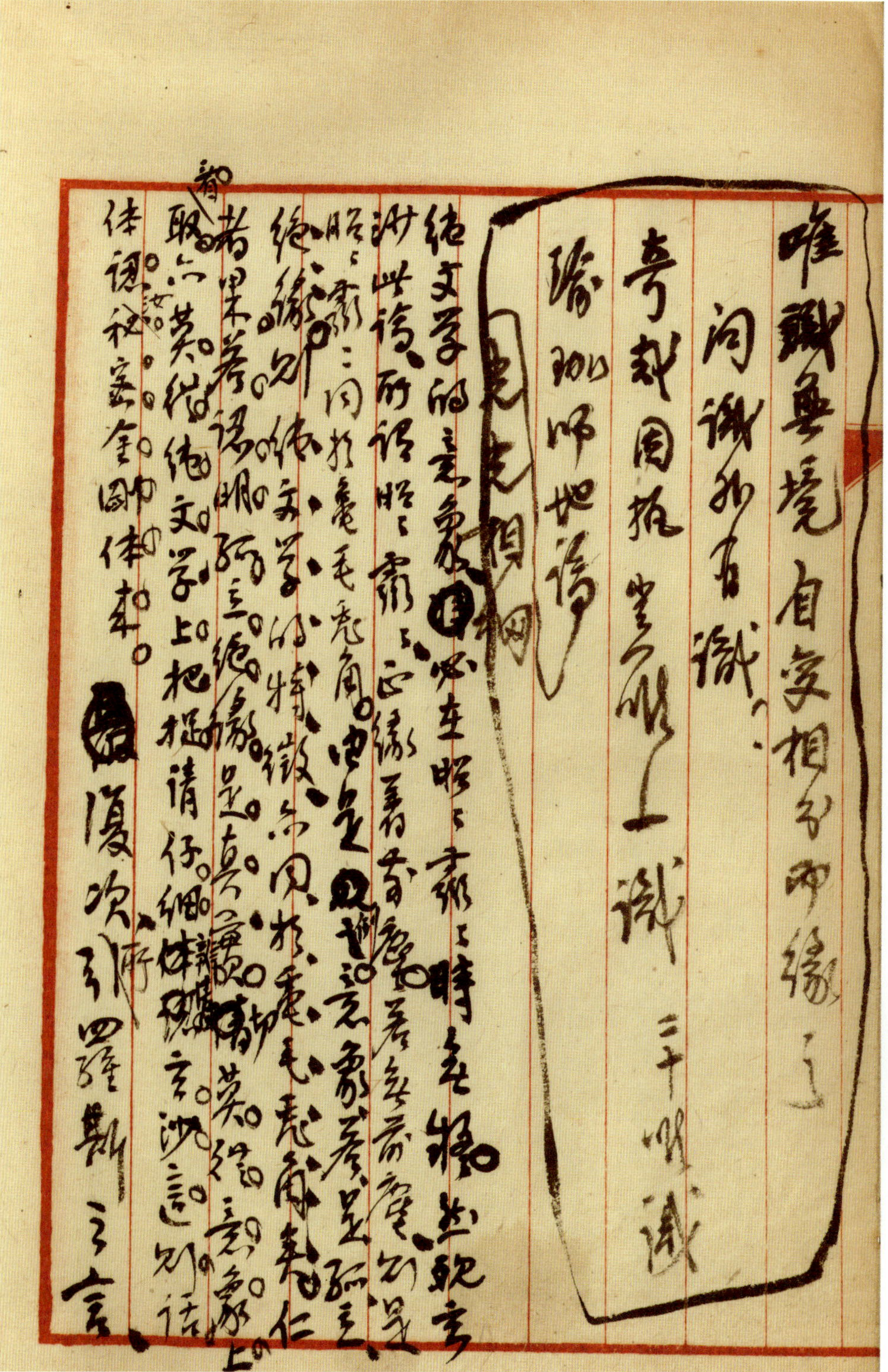
唯識無境　自宗相分所緣之
問識外有識
奇哉同稱無外識　二十唯識
瑜伽師地論
見分相分

絕文字的意象，因必在昭昭靈靈時無掛礙，然說言
此世諦所謂昭昭靈靈，正緣著有無所覺所見，
昭昭靈靈二同於龜毛兔角，也是也記之意象，若是所云，
絕緣即絕文字的特徵，亦同於龜毛兔角來仁上。
若果善語明所云，絕緣是真實語，則何莫緣意象上。
智取亦莫知，從絕文字上把握，請仔細體玩言說之別法。
體認秘密全部體相。
虞復　次列四號　之言

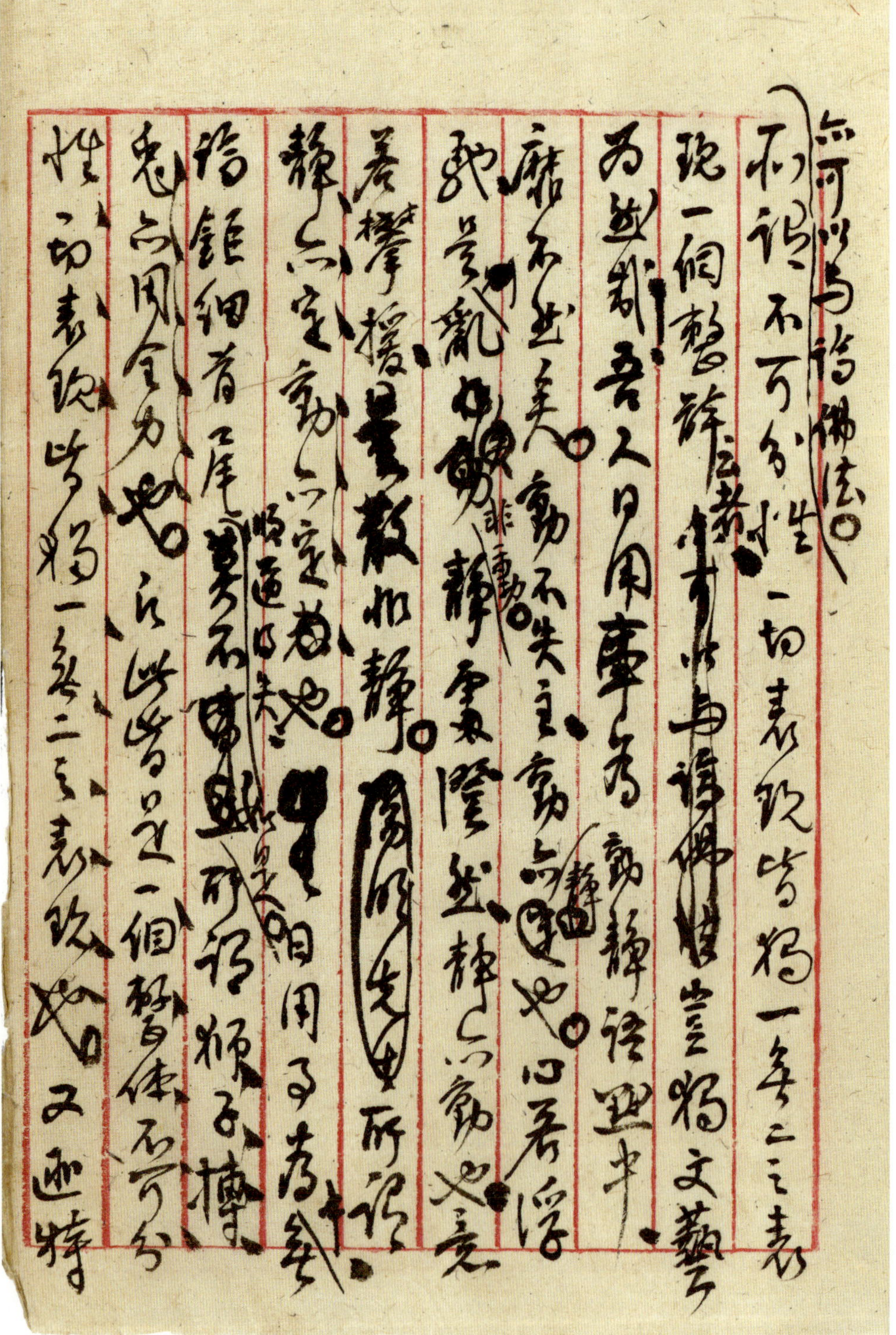
不論不可分性（亦可以為論佛法），一切表現皆為一系二之表
現一個整體論者，尚未與論佛性，豈獨文藝
為然哉！吾人日用事為，四中
靡不然矣。動不失主，動亦靜也。動靜語默，心存浮
躁，是亂中動，非動。靜象陰然，靜亦動也。意
善攀援，紛擾無主，靜亦非靜。方所先生所謂
靜亦定，動亦定，定者也。日用乎為，無
論鉅細首尾，輕重不失，非是甚所謂頌不擇
處，亦同全力也。正此皆是一個整體，不可分
性之一切表現皆為一系二之表現也。又述特

吾人有如此趣神，四天下、通及飞鸿、动植，下至无生之物，亦复如是。北俱卢洲火发，烧着帝释眉毛，东海龙王忍痛不禁，轰轰一阵雷霹雳，直得倾湫倒岳，云腾长安大字街头，廖胡子醉中惊觉，起来拍手呵呵大笑云：贵阳城中（髻佳不可得惜）忽地一跳。廖胡子未现，只是那一然之二，东海龙王即帝释，北俱卢洲之火一一未现，亦是那一然之二（髻佳不可分住），何也？天地与我同根，万物与我一体也。故曰九九八十一家。

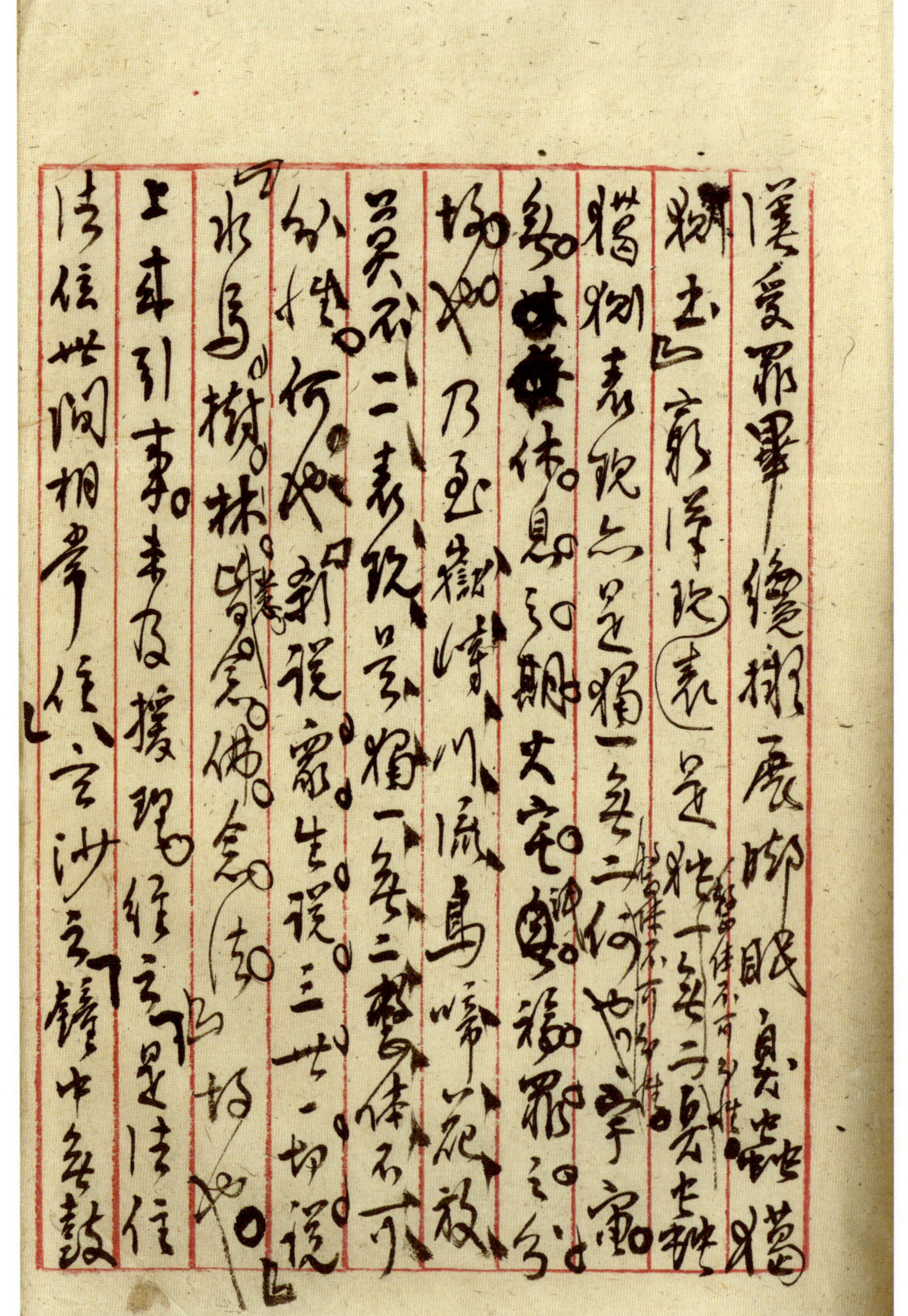

乡音鼓中无钟声，钟鼓不相应，句句
无前后。华严经云：诸法无作用，亦
无有体性，是故彼一切各各不相知。是
法住法位，钟中无鼓响，鼓中无钟声，
及一切各各相知者。即二二表现皆从无
二二表现也，世间相常住，句句无前后
及诸法无作用，而无有体性者，即整
家不可分性也。
先第所发挥此三则，语语特高微义，是用
佛法道理以释文学之兴，我今

乃以此精微諦一一返之於佛法範疇
佛法範疇之所能到者，或量其不能
到不能無障。尤其第二段所云萬
不可輕易誤說。倘執一個定體而單
純之之意象所依住徵踐之物，對於吾人
皆有不可思議之價值，及以為一正在
於意中毫無時念的靈體刹那
亦即倫古之[illegible]義（來書所云）實念
而意陰[illegible]何物？勿以又讀尊書，一心在書本
上，個個獄中一心在[illegible]（不可至在教利）上，打麻雀一心在

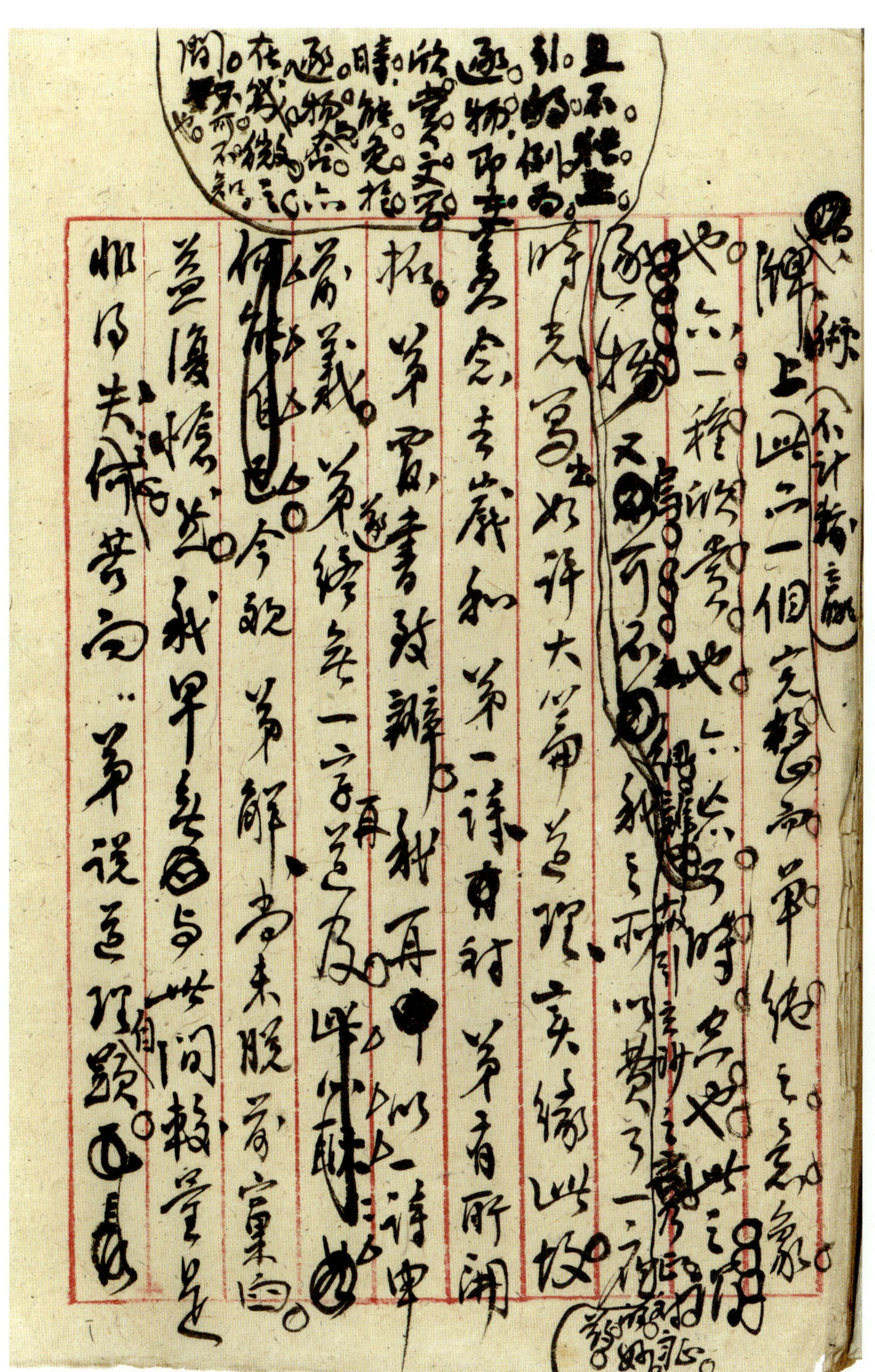

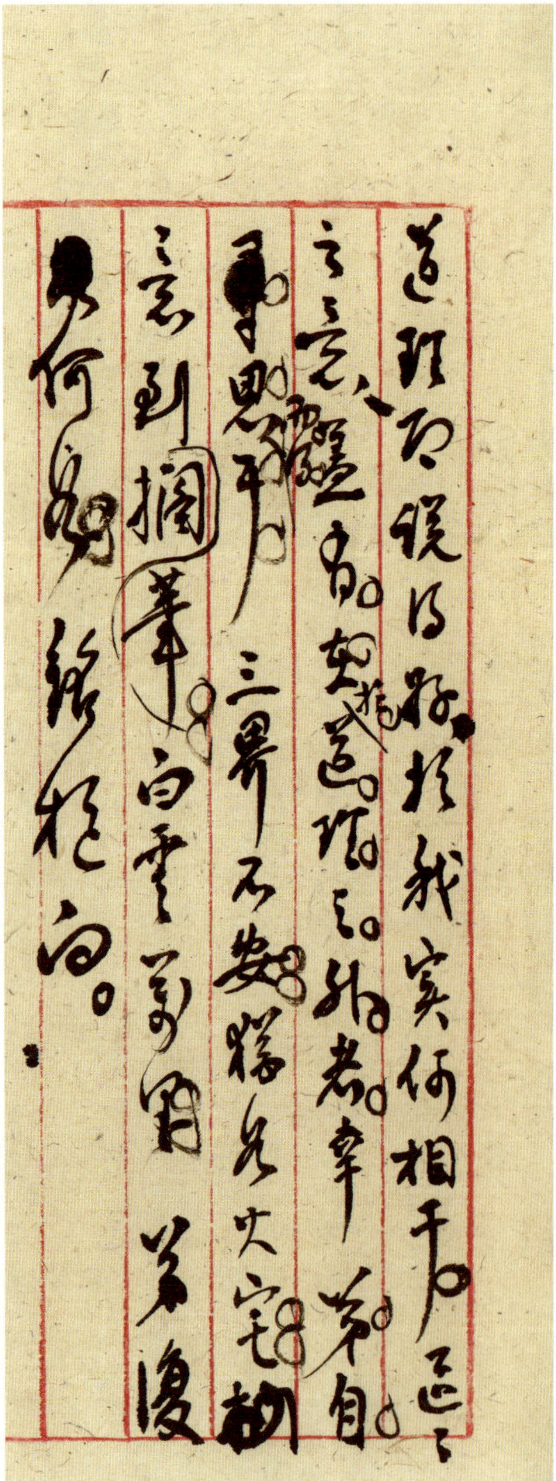

真如先生道鉴：

接手教，勝大乘佳義。暫返先君象贊一紙，其感不遠垂注大作，捧讀再三，誠惟通教宗之新作，服膺何已。且向以來深究心佛乘，以為佛家之理雖精深博大，性相證用無途於真俗二諦，一以求真，一以去妄也。求真在明知有相之相，知無有相之相，則說真而不著真，可破世人之有見。中論云：大聖說空法，為離諸見故；若復見有空，諸佛所不化。般若之教有如是也。去妄在明有無相之相，知有無相之相，則說有而不著有，可破世人之空見，或唯識論之著執。唯識真實有其亦是法執，瑜伽之教有如是也。或空或有，相反相成，真依俗立，俗待真詮，知二諦合義，佛家之理思過半矣。且著此亦已久，頗思撰含大乘要籍成二諦論成一家理，何則似矣，是則未辱，蓋因在生，風生精楷，未能顯示，而先生乃識之，把握不到，素未無物的是什麽。安好。

晚虞愚拜

此間返廈大須先到金城江，轉曲江，再由曲江乘長途汽車到長汀，惟曲江到長汀段車票不易購得，未審在曲江方面先生能介紹一二熟人否？盼切盼切。

文訊月刊稿紙

惜以俗務故旋作旋輟，今讀大著，定益良多，故思陸常
兄仍於禪正為荷。另有俗事奉商，附書於後
先生護惜備承，不斷指摩，法眼作特別親耳。此請
學安
末學虞愚再拜　十九日燈下
此間無書可讀，又主持非人，生為讀書及家庭計，亟欲得一語
學院境，實際上生在此教書，頗得學生信仰。廣西大學延聘生
任教，因不能寄旅費，又新酬不足支，至今生日蒙延聘書寄
遂近藤校長電邀生返廈大任教，月薪新酬四百二十元，并電匯
三千元正，擬辭職，惟學眷返閩旅費須在六千元左右，現除
職稿費外，尚差千元左右，敬乞
台端設法代借一千元匯下，此款俟返廈大分三個月匯還
決不敢誤也。情在至愛，敢奉商詢，先生不以
為罪乎？如何之處，幸祈速覆。生再拜手

出有真要，兩迅求之，聽年也不會。請先讀通般若及般宗門古德語錄……
厦大圖書豐富，擬返閩讀十年書，再說其他。返廈大任教，祈勿為外人道及，禱禱。

12×25=600

弘一上人挽辭

扶擇南山律。蒨章四海傳。功深群籍裏。
德邁古人前。福慧性多隱。點畫墨尚鮮。
微言不可接。吹淚濕江天。

次韻何惠康教授花溪月夜

一片清光萬里寒。飄然隨意應危灘。瓊樓
風柳倚舟目。聊將江南夜景看。

弟愚

真公 吾拜

弘師書聯屬作供養已用快郵迅寄福建文集
老友曾詞源 每欲奉求 法書未敢。遽寓 信不吝
珠玉請賜一琴條，何如？ 並祈奉 弘師所書佛號作詞源光
寵嬛先生 吾

12×25=600

真如先生垂鉴：入夏以来，两读手教，谨荷垂注。赴京或将洋事，得邀照获，感不去怀。昔请郭居相辟，与故人久谈，则故人富，怅左右别，则左右垂。今执事孝之於道共，岂止久谈怅别之思。今后当「放下旧东西，扫除旧习气，从活生生实践中认定群众的观点，发群众的热情」以副执事属望盛心也。是近承广大校务委员会之聘，担任共同政治科目及第一小组工作，辩证唯物论者近向谈，兼任「哲学中西传统」一讲，惭恐陨越堂当，以贻知己羞。幸讲授之后，颇得好评耳。伏念平生师友，在公论则重其为人，在私情则感其知己者，惟公一人。谈缘未具，相聚太难，北望游云，思何可支。所望转教此方，共研佛典之学，策前哲於既

如承推荐，拟由校方声请赴京学习，一切统由尊裁。又及

滕聆去年拙拟大纲二帋，统希 鉴收。

往，与绝学于将来，功德之大，莫大于是。将化佛与二家之学，极少相通之处，此则亟亟卸识，当为十方诸佛所共鉴也。欧阳先生与吾有五年共事之雅，在厦时亦多过从，月前渠未正式发表任厦大校长，并去函询其清华哲学系，有无机缘，倘渠及 执事欲留厦，亦无不可，惟渠有研究计划否？或将稍受阻碍耳。拙诗原出悱恻人宣白，蒿庐亦多可议之处，当时所以敢灾梨枣者，一因挚友钟华君愿印三万本相赠，盛意难却，二因思结来藉诗因缘，非有千秋之妄想也。今承 高评，徒增惭愧耳。今获哲愿，不再做不务合于广大人民之诗，除寄呈二本，其余当未装订之稿，亦将来之高阁矣。内子任市立中学高中文史教员，颇得学子信仰，附闻。此颂

大安

晚 虞愚 拜首

尊著有某大文岂调查未该耶

真如部長垂鑒：獲讀手教，因忙稽復，惟恃高明諒之於形迹之外也。《現代佛學》月刊二期始入閩，大著理論湛深，聯繫實際，對症下藥，允堪革薄起衰，百世猶將賴之矣，止裨一時世道人心耶？拜服拜服。

刊撰述因明新论（瑜伽、金、因明、般若、金、辩证、逻辑）每欲下笔辄以忙故（民主评论间会讨论，外又主编四明编辑忙甚）致然而止。抉隐明微，有责者谁？待完成也。上海大夏大学校长欧元怀先生闻已加入民革，渠君相有干才，兹特为此捧专函代陈。敬颂

健康

学人虞愚拜 十一月十一日

真如先生惠鑒：
久未得教言，想道體康勝。
是十月十五日離廈，隨廈大土改隊赴惠安參加土改，於今已逾月矣。通過土改中體驗，目擊農村勞動人民受封建剝削壓迫是何等的嚴重，勞動人民是何等誠樸可愛，何等有智慧有創造能力，把農民大眾發動起來組織之，無論對革命對封建對反抗帝國主義具有不可抵抗的力量，故此次參加土改於自我改造自己教育，具有重大之意義，因不僅參

北上李教屢蒙　先生推薦，感不去心。愚
假期间，得巨贊師来信，謂張東蓀先生
對愚頗關懷，囑致書於渠一表敬慕之意。
月前曾得張君復書，並述北上任教事，許
為設法，並寄其大作中國哲學史上佛教
思想之地位一文屬正，喜出望外，然雖
先生引之於前，曷敢有違，惟望因緣具足，
終得由北上也。
於惠後，初參加誠實鄉土改工作，十一月六
日分配到前黄鄉參加結束土改工作，廿三日又

121

分配到山腰（下區）錦塔鄉參加結束土改後工作，錦塔鄉為第一類型鄉，封建勢力已根本摧毁，組織較純，問題較少，惟此間查鹽户，須按鹽區土改實施辦法，重新劃分階級，徵收分配，較為麻煩，度過履之期，須在本月下旬也。手邊著種之忙，未克畫陳。此致

敬禮

晚虞愚書　十二月十二日徵驂燈下

真如吾兄 久不得書 得書為慰 來教謂
哲學界人對熊先生有所批評 未知所評僅乎內
心正為不安 豈對拙作唯心論述評一文有所
抨擊耶 抑別有他故耶 弟直截了當修正
謬誤之講之 近讀覺訊「印公生西十週年感言」附小詩一闋
似與弘化月刊社印行等均有同措詞荒
謬絕倫 詮為正法 有所表示 獅子吼 因果之義大矣
不足與言也 吾以為然否 此間多大學 向學左
即此間二月中旬或可結業 聞然 仍返原校

服務為原則也、參加民革事、是否有當，便

希示之、謄近作元旦試筆小詩一首，請

郢正　此致

革命敬禮

晚愚上寄　十二日雪後

125

元旦試筆

鵲語含雲脆，姑蘇第一辰。搖天雙鬢影，開國萬方春。杲日窺胎大，晴雲落眼新。三韓猶未靖，退為掃煙塵。

真如先生教正

虞愚初稿

3

184

致艾思奇書

陳銘樞

親愛的思奇先生：

頃有幾位學過佛學的朋友來談及您所著的大众哲學，引到一件佛家的故事如下：

「這是佛經裏的故事：兩個人在海邊散步，看見海中遙遠的有一隻帆船在行動，一個人就說：「瞧着那船在動呀！」另一學人卻反駁說：「不是船在動，是風在動，因為船是風吹動的」。第一個還要堅持他的主張，說：「總之，船在動着是事實！」兩個人爭辯下去，一個死咬着是風動，一個堅持說是船動，無論如何不肯讓步。後來走去求釋迦給他們評判。釋迦的回答是這樣的：「船也並沒動，風也並沒有動，都是你們兩個人的心在動罷了。」云云大約係從『禪宗六祖所說「也非幡動仁者心動」一個故事而來。（佛經上並無大著所引的故事）』按這個故事從來佛學中人從唯心論出發，把它認作神妙的話頭，他們自己先糊塗起來。難怪你亦把它作為唯心論的証例了。當然你不会把這個千餘年來所傳為口頭禪的話句再加思考的。我今以合乎科學的思想方法將它解釋就正於您，想不以為忤罷！

我們對宇宙一切現象，對象的動態，決不能從一個單独事物來看，必須就事物相連系或関係來看，方能得到真实的認識，這是無可怀疑的規律性的。根據這樣看法來看「也非幡動也非風動仁者心動」這件事：風吹幡動乃是整個事物的動態。今某甲謂係幡動，某乙執為風動，俱不正確了。茲擬甲乙兩人相爭辯之詞如下：甲謂係幡動，乙駁他曰：幡置在屋子裡面何以不動呢？則甲被駁倒了。乙執為風動。甲反駁他曰：風必依物才覺得到。今明明着見幡動，何謂風動呢。則己被駁倒了。這兩者都係從片面的現象來認識的。這種認識並非得到客觀的真相，乃隨着自己感覺而起的觀念，即是各隨着他的觀念。去認識事物，非從觀察事物底整体和它的矛盾來認識的。所以這種認識係不正確。亦就是唯心的傾向。我這樣的解釋，想不致違背科學的方法論罷！那末，六祖双駁甲乙兩方的爭執云，"也非幡動也非風動，仁者心動"。（心動即係指執着現象片面的觀念。亡佛某偈云心本不生因境有，亦可引証）這完全是正確的。您以為我這樣解釋，尚有何歪曲或附会的地方嗎？

在我素来所見佛家的理論，沒有不明白頭淺的。但中國從來的佛教徒多以神妙視它。這是錯誤的。這錯誤的來源，就坐在把佛法看作唯心論。不知佛法也是破唯心論啊！試將上舉的故事來說：所謂"仁者心動"，就是破他們執着的心。不僅此例，係如此。一切佛說的教典，除破執外（执着分为我执法执，即把自己的心和心所執着的實在都要破除淨盡）別無理論了。亦除破執外，别無實踐了。破執就是破心，破心就是破觀念論。既是破觀念論，何以反目為唯心論呢？由此看来，佛法非唯心論這舉一本經論或一則故事都容易說明的。然則得名它為唯物論嗎？佛法並非二元唯物論的文句呀！這樣反詰，當然會相因而至。我今以很明確簡單的話答覆曰：佛法並無主張唯物的明文。然它貫徹全部經典（三藏十二分經典）所要証明的祇有一件事。是那一件事呢？就是要教人認識（証得）客觀的實在一件事而已。（實在或存在佛法名為實際、真實或真諦）客觀的實在，係離意識而獨立存在的（因為意識非獨立存在，所以能破它）在我們現今的社會科學的思想方法論上看：解釋"物質"這一範疇，除客觀的實在（存在）這句話外，再找到（得）比這句妥當的

185

話嗎？故此我們可得到結論：佛法不否認物質，只要[illegible]是客觀的實在與[illegible]定

真理与非真理

佛法（佛法是佛學所慣用的名詞，可作佛學看）對客觀的實在有許多名詞，又

是故[illegible]。然特拿它融会真諦俗諦（即絕對真理與相對真理）[illegible]

之說一辞，一：「法爾如是」。法爾係指世間一切法即一切現象，「是」者如是[illegible]

解釋：「[illegible]」字表事實是[illegible]字底涵義——事物的規律性一樣，如者[illegible]也。合稱來

説就是世間一切現象都包含在普遍真理之內。佛法底世間一切現象底[illegible]

為緣起，故謂為因緣所生法——因果律。但並非即以因果為實真。就因果必然的

規律上亦可說為「自然」，但並非即以「自然」為真實。（自然兩字可說解為自

因果底作哲學上自然的概念看）所以佛法有時說因果，而又破因果，有時說自

然，而又破自然，為的是破人祇見現象不見本質，和祇見必然不見變化而說，就

定性說來，有無非常非斷非一非異等，都可作如此推着，總而言之就觀在[illegible]

方法論上說，即對一切現象總离不開對立面的統一來看。[illegible]相對真理

與決對真理[illegible]來看。（佛法所謂世間法出世間法不二，有為法無為法不二，真俗不

一等等）此義要普演起來太長了，就此而止。我所以要說這段話，為的係引伸「法

爾如是」這個名詞的意義。這個名詞係表現客觀的真實，故云[illegible]也。（佛法用名詞

很值得研究。它何以不主張自然的名詞而說法爾如是呢？是表现客观的存在与内在發展的規律，些合起来看比用自然的名詞要當得多。又哲学上許多名詞，如相对、絕對、總結、盾、量、無始無終等等，都從佛經而来，在我國諸子百家學說中亦看不到這些名詞的。（這也值得注意。）又如「理」和「量」，這亦如上論的「法爾如是」一樣的意義：「量」即世間一切現象，「理」即普遍真理。本着上對「法爾如是」的詮釋（詮釋係佛学所用的名詞）更可得到這個名詞的顯確性，不再贅論了。

第二：我對現今許多機械的抱着辯證法唯物論，看見有心的字眼，或類似心一面的說法，便斥為唯心論，覺得很好笑！心與物的分別，不外主觀與客觀的兩面看法，絕對不能離開来看，正因為不能離開来看，所以人們總是跟着自我的私念發展而輕偏在主觀一面，故須本着客觀真理教導人們在一切現象或對象面前所引起主觀見解，必須認定客觀的事實而後把主觀和它結合起来，成為主客觀的合一。（我常名它為純客觀）方不至陷在錯誤。因此，客觀的一面決不是單獨孤立的、機械的，必須把它結合到自己本身上（表裏如一的自己）才能達到主客觀的合一。因此，在我看来：許多說辯證法唯物論者，儘管他說底理論和所有法則都對，因為不能把理論結合自己，反變為唯心論者了。又有在面貌上無係唯心的字句，因為他能把所說的結合自己，否則凡主觀主義、機械主義、宗派主義等從何發生呢？

186

點點滴滴都從他的實踐中得到活生生的自覺自動的正確認識，他反而變了辯證法唯物論者了。在我從事佛學將近四十年來的生活中能把握到的就是：不離開自己實踐來找理論，一點上，這一點也就是佛法一切理論的總規律。

佛法果是如世人所講的唯心論嗎？我很誠懇的乞求世間高明人士的指教

此致

敬禮！

170

真如部長先生：頃讀本月二十二日報載
先生在武漢佛教徒抗美援朝示威遊行大會演詞
及八項誓言，以廣長舌，作獅子吼，這種「仁王護國」
的大仁大勇精神，實令我頂禮膜拜，敬仰莫名。
我是一個中年的鄉間某中學裏的文史教員，現調
湖北教育學院師訓部輪訓，抗戰時在重慶曾
加入中國佛學會，對支那內學院歐陽尊者及其
門下諸大德，一向是景仰服膺，拳拳弗釋的，但以世
務牽纏，道緣太淺，未能親承謦欬，實在是生
平奇憾。現歐陽竟滅，傳衣鉢而現宰官身的，

1

171

當世只有
先生一人，加之世運日新，像教瀕危，護法之責，
自然會
先生莫屬了。因不揣冒昧，貢獻幾點芻蕘之見，
尚祈　垂覽。

一、佛學據我看，正如馬克斯批判黑格爾的學說一樣，是有它荒謬的外殼，和合理的核心。內典中荒唐曼衍之辭，如超常識以外之神話，及一般宗教儀式，確實阻碍了知識份子學佛的興趣，但如唯識精義，涅槃妙心，與科學的辯證法唯物論，是有可相互發

2

172

明之處的，而其博大精深、思辯入微的地方，能够發展豐富馬列主義者，正自不少，這一點似乎應一方面整理佛籍，用新的觀點加以注釋，一方面在現存佛學院中，將馬列主義列為必修，心物無二，方便多門，他日馬列主義更進一步地在中國生根，如宋儒之化禪為理學，必定以此為始基了。

二、馬列主義終極目的，是要建立一個沒有階級、沒有剝削、沒有私有財產制、各盡所能、各取所需的社會，這正是佛門中所朝夕嚮往的西方淨土極樂世界，不過達到它的方法，和建立在什麼

3

173

地方、有些差別罷了、一在天上、一在地下、一在死後、一在生前、馬列主義、以霹靂手段、顯菩薩心腸、化火宅為清涼、建淨土於人間、這正是我們佛教徒所應盡心竭力奉行的、況且廢除私有財產制、最徹底的、又有什麼人能趕得上佛教徒呢？四大皆空、五蘊非我、入地獄救眾生、這是佛教徒的精神、同時也是共產黨黨員的精神、通兩者之郵、不過一轉手罷了、所以現在應該盡量鼓勵比丘僧尼、未能自度、先且度他、要踴躍參軍、努力生產、做戰鬥英雄與勞動模範、能爭取做一個共產黨員、就是入了「初地」了。

4

174

三、一日不作、一日不食、本是做一個佛教徒起碼的條件、也是現在所說的勞動觀點、（當然有腦力勞動與體力勞動）於目前各寺院的僧伽、確實太濫、加以沙汰、是絕對應該的事、既然能勞動生產、自食其力、那就一切不應做齋、放焰口等迷信的行為、都要勸他們謝絕不幹、免除一般人的輕視誣衊、這也是當務之急、

上述三項、不免膚淺謬妄、但是我熱愛三寶的心、是極誠懇的、極真摯的、倘有一二可採之處、尚請順風而呼、大力以揚、三寶幸甚。

5

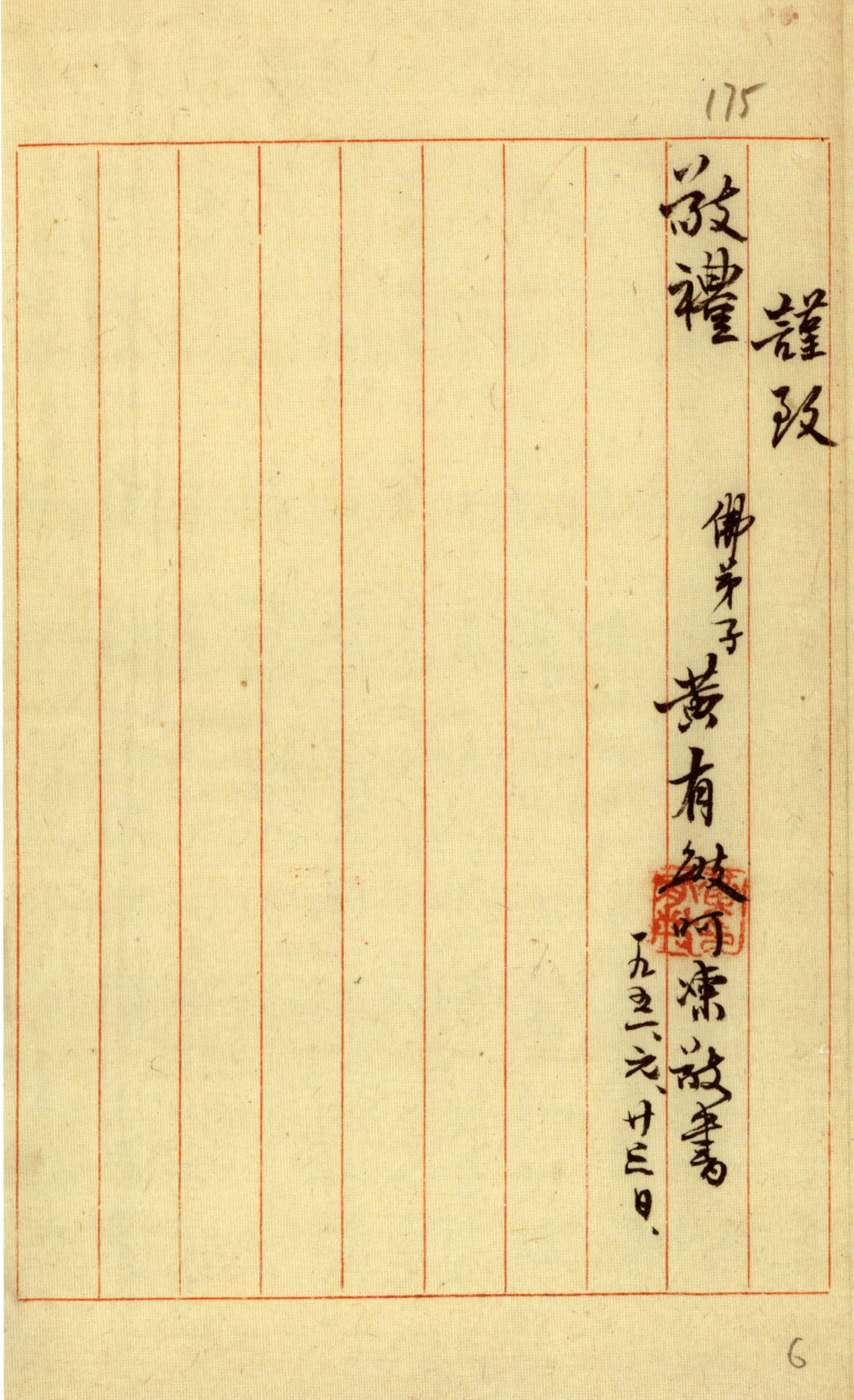
175

謹致

敬禮

佛弟子 黄有敏呵凍敬書

五三、元、廿三日、

6

（18）

有緣同志、接讀昨書、讀之抓着痛癢、早知你必打入這一關、可賀可賀。書後附的你鄉間一段逸事、很有味。我前書所舉土改之例、並非指你而言、不過舉例耳。（你對此已檢出幹部對你不好的自己病根）

你從放下二字做工夫、這是禪家的頂門針、須得這兩字到家、則萬事畢矣。這二字的本旨何在？就是"寂"字、寂才無障礙、才通、通就是主客觀的統一、故寂亦可作通解。宋儒言："寂然不動、感而遂通天下之故"。把動靜分作兩截來説、是大大的錯誤。若純就靜——不動——上面看寂、成了死的寂、非能知寂的真趣。那知寂正要在動中認取啊！既守着死的寂、待感時反能通天下之故、簡直是笑話。那知道我們對一切事物能當下不生障礙、當為

188

下通過得過、就是實、反過來時時能實、就時時能通。固不待其感与不感也、掌握到這理、才是真正放下、也就是最高度的搞通思想、但能到這境界的有幾人呀！還是就禅家本身来举例吧：：尊者問趙州：「一物不將来时如何」？州曰：「放下著」。尊者曰：「既是一物不將来放下什麼」？州曰：「放不下、担起去」。你看將来也叫放下、不將来也叫放下、為他着了「一物」也、這尚易明。至说「放不下来担起去」、是不是放下呢？這不易通了、我为把趙州本意說明吧、他的意就是：担起去也是放下。你试想人在社會的關係、放不下來的東西——责任固多多呀！有担當的就擔起去、無担當的祇氣餒躲下而已、由此可知能擔起去、正是他（心無障碍）能放得下啊！所以說担起去也是放下、若通得

2

道理，也就能走群众路线，毫无阻碍了。"心心为群众服务，而不着群众（任何种情态）才是忘我为人的真谛，那尚有什么叫做"左的先锋主义和右的尾巴主义"呢！

附上『非的禅』叙已一稿，望你费些工夫抄下来，仍将原稿寄回，此书并寄令宣同志阅。此致

敬礼

陈铭枢　三月廿日夜

只這「不敢平常」，就是着了「一物」，這一點還看得清。但「擔都去也」是放不下「這一點」，都待理會。因這境界太高，非敏所敢躋攀，只堅信有此一理而已。敏謹注

真如道席，廿五日

尊示及「我的禪觀」均奉到，公私交迫，未遑細研，惟覺「學佛因緣」給敏感動甚深，基本原則第五「平常義」，更是挽救了將要走向天魔外道底泥坑如敏者的臧亡。平生病痛，並不是不肯平常，實是不敢平常（「怕與草木同腐」），反把這作為黃梨州所謂的「耿耿者終難下臆」，又有這是「革命的英雄之義」，其實完全是無心家氣在用事，不過國土大一匠，終將為散木廢材之歸而已，其他勝義，窮於鑽仰，亦未能盡解，俟精讀後再獻疑。本星期日得暇，當恭錄別本奉寄，稍稽時日，祈恕疎慢。又

尊著將轉與敝處尚有與言的同學共閱（因為他們知道了常閱），一以行

191

3

公之化，二以见佛学並不是迷信，也不神秘，三以见佛理与马列主义可互相印证，佛理倡明，对新民主主义建设事业及社会主义共产主义的实现，只有更大的推动作用，这些同学，将来都是当高初中教师及教育行政干部的，稍播种子，当有闻风而起者，

公法施无数，此举虽未奉

公同意，谅亦不至深责，惟此间性质，与佛臭味，终觉有异，故决不敢公开宣传，稍涉孟浪，即成左倾的冒险主义，尚请

矜念，再则

公文与同学阅读，所引公案，概不解释，只说"你如不懂，暂且搁下，因心能了了，口实难言"，是不是真的了了，某次也不敢担保，恐他们稍得滋味，本来是很平常的人，反而变得"奇特"起来，则罪过更是无边了，匆匆奉复，谨叩

崇安

受知 黄有敏谨上 二十七日晚。

附抄奉[illegible]出

192

4

153

真如道席：

尊著上星期僅抄完一半，（王禪宗正文）久不作真楷，指僵如鎚，故不能速就，思藉此調柔折服其心性隱微中之惰慢，亦陽明先生就事上磨鍊之意，下星期日當可抄竣奉寄，手錄一過，勝讀十過，謹將讀過一半的心得及所疑書上，並奉告數事，敬祈

示遵。

(一)心得：

1、真直義：敏前亦以此兩字自許，惟不知尚有「由粗而精，從淺入深」的道理，故多所扞格，不知自反，還喜引「直如弦，死道邊」的話來自慰，其實這都是極粗極淺的真與直，並不足道，此後當從這

5

方面努力。

二、客觀主義：只有「忘我」，才能「結合客觀發展的規律」，此真義豐富發展了馬列主義，對於時下尤有補偏救弊之功，因現在一般人僅僅說「唯物」「客觀」的話，而其實專做「唯心」「主觀」的事，（越到下面越屬實這）這都是沒有「忘我」的工夫為之「主趣」也。

三、平常主義：這是　敏　對症之藥，前已奉聞，頃與　尊函「放下主義」對勘比照，更有所悟入，即以前上一函，說些感激的話而言，固然是封建意識在作祟，而主要的，還是未能放下，不看作平常，與　公的遇合，作為奇特，奇特，不平常，自然不能放下，於是表現在文字上的，就犯了大錯誤，勘透「平常主義」，自然就能放下，一切平常，一切放下，出世入世，自然圓融矣。

（二）獻疑，

1.（簡攷）對人對事一發現矛盾時……自行取消自己一面的「對立」，這本是「忘我」的極功，而東方哲学與西洋哲学在實踐上的分歧點，大概就在此處。西洋舊的哲学不論，即以唯物辯証法所云的「對立物的統一」而言，主要的還是矛盾，是對立，所謂統一，則是暫时的、過渡的，所以要鬥爭，永遠鬥爭下去，至於列寧所說「進一步，退兩步」妥協調和等，不過都是鬥爭的策略。因為只有如此，才能前進，才能勝利，既遇事都取消自己的一面，似與「鬥爭」義不符，且最以置身所（何）宋明理学末流之萎弱，可為懍然，佛家之勇猛奮迅在此又作何解。此佛與馬列之義的基本矛盾，尚不能得其匯歸。

又、「一切法無自性義」所舉之例、「以原子能、可用於殺人、亦可用於活人、」這自可說明「無自性」、但原子能本身所含的極大動力、則仍有「自性」。（此為同學李君（伯民）提出、李君清華大學畢業、隨敏高中教員、）敏討論時試作答、云：公所說「用」上言、能殺能活是「用」、本身動力是「體」、用亦是、體亦為是。用可以顯體、此是一物、不可分割來看、（所謂「體即是道」）現在新哲學已不談本體論、因為及本體、即易變為「不動的」「抽象的」「神祕的」的唯心主義。（這點前亦曾向熊十力先生談及、他因敏撥本體、遂大罵、大意說「海固可從漚上看、但漚決不是海」、敏亦只有敬聽）此種說法、是否正確、體用兩字在佛法中、的解為何、尚不能分曉？。

195

下、佛学缺乏「主觀能動性」「只能說明世界、不能改造世界」（此為同学鄧君[曾昭]提出，鄧君西南聯大畢業，現任漢川中学校長。）我之解釋為「佛法是有「主觀能動性」的，並且極大。（佛的修證，就是修證這個東西）六祖慧能說「心迷法華轉，心悟轉法華」，又所謂「以心轉物」，「心若不異，萬法一如」，都是說明這個道理，推到盡頭，所以說「大地山河，皆心所造」，但這個「心」決不是主觀的，片面的，抽象的，一個人空想的「心」，而是掌握了客觀物體運動的規律，正確地反映而成的「心」，得到此「心」，就算初步明了「心」，過此關後，向上還大有事在」。至於「不能改造世界」的解釋，則為「世界有兩種，一為主觀世界，一為客觀世界，佛法能改造主觀世界，並且改造得極好，已如上述，至改造客觀

7

世界，则確有不足（几乎没有），此正是需要马列主义及现代科学弥补它的缺陷的」。又如对于「禅」的解释，除引公「主客观的统一」外，另加说是「最高度的综合，最科学的抽象，一切普遍经验的（底）总结的总结，释迦拈花，迦叶微笑，维摩不言，正如恩格斯所著费尔巴哈论中所说的『绝对真理只有无话可说时才能得（达）到』」（他曾如此行，赞成），可见也究此境。凡此阐述，不知有无谬妄？

外，同学黄君（天津中华大学毕业）教员，係地主，致破产，母被捕，读公（谈）「寂」之函（已抄去），快有所悟。吴君（宗忠）（国立师范学院毕业，黄冈中学教员），困于恋爱，不能自拔。刘（焕英）女士（中华大学毕业）教员，因夫随反动政府窜台湾，俱

196

有極大悲痛，為說「法無自性」，「緣生性空」，亦均能稍殺悲痛（黃吳兩君，並發心學佛），他們的階級立場，當然是知道穩的，但終不能運慧劍斷情絲，理雖講明，情絲不捨（尤其是那位黃君念及身世），時時悲泣，敏到此亦無辦法，祇有勸他們在悲痛已深時，姑且念「阿彌陀佛」，借助佛力，以增慧命，這是否勸他們吃「便宜飯」，是不是涉及迷信？？他們亦有此疑，敏只說佛者覺也，是正信，不是迷信。

（三）奉告數事：

1、除上述數君外，尚有曹君（鏡魏），北京大學畢業，曾聽湯用彤先生講，現任襄陽師範副校長；陳君（一[illegible]），雷君（附陳[?]），俱中央政治學校畢業，任主任、教員；王君（校幹），交通學院畢業；蔡君（[illegible]），勉仁書院畢業，曾聽梁漱溟先生講；劉君（天任），教育學院畢業，教員；陳君（正文），國立師範學院畢業，沔陽師範教員，均可與談，擬就此

8

十餘人先成一非正式的研佛小組（此間有二百餘人，[deleted]不及遍知，恐偵當有發現）隨時研討，敏即以公「我的禪觀」為學習文件，因經既難得，亦多不適用，教義既嫌繁瑣，涉及宗教儀式者，更難接受，惟禪直指本心，當下受用，[deleted]今日知識份子，最為應機。

又，敏遇公後，信心驟增，膽力稍壯，願亦加宏，決盡此形壽，委身於佛，委身於眾生，蕲於新中國，稍有貢獻，故「未能自度先且度他」（此兩語見於梁任公先生文中，不知另有出處否。）有人詢及，亦盡其所知，剖心以告，惟

公文僅一份，實難周遍，擬請由即二三十份賜下，界收工本費，
由敏推銷，俾人手一冊，俟他們入門後，擬再請
公宣講一次（此本不敢奉請，即屬可行，亦須在快畢業時較妥，不然，太令教育廳吃驚也，如何，祈鈞裁，）耳聆
雷音，回到各地，（各係各縣調來，）輾轉播揚，新佛學之興起，
或即權輿於此矣（在鄉下，學校當局的人說的話，或者要動聽一點，尤其佛學這一方面的話為然。）
不，初入門經籍，敏僅舉心經、金剛經、六祖壇經及現代
佛學月刊，不知是對與不對？但書既難覓，亦無好的注解，此
事佛學社應擇特辦理，今日佛學界的人，活動太少，（以範圍亦太小）書店
裏簡直看不見關於佛的書籍，為之浩嘆。
外，這樣做法，已向 鈞尊上說通，（公文並擬送他們一份）在不妨礙

對他們敏，自無法字數是之，聽見烟，但為自家，經一節緣

197

9

及改造僧尼、仍须加以研究、

此间正课学习下、可以自由研佛的。

今、此间顷又填调查表（附填）社会关系栏中、敏以前曾填二人、一为徐仓宜、一为金月波、（关系不大）此人顷在贵州廿二中教书、工诗词、篆刻、丹青、惟不喜佛、极可惜、拟祈公说服他。现将公加入、（附注、在公领导下从事佛教统战工作、及发扬唯物底新佛学的研讨）僭越唐突、不胜战慄。

谨致

崇高的敬礼

受弘

黄有敏敬上

四月二日午夜

（一）

198

真公道席：

昨日開運動會，精力疲頓，

尊函今晚始奉抄，附「書後」敬剟，祈

詧覽。謹致

崇高的敬禮　愛知　黃有敏謹奉　五日晚十二時半

附拆件——

有敏同志：夜歸，接展手書，「心得」各點，說得都好，

「疑」各點，多因你未究到「我的禪觀」全文，故有扞格之感，

茲就各點略作解釋，以供研討。（一）取消自己一面的對立，你還

結合你的最根要功夫，這純就自我批評一面去看，方能認識

10

到它底真理，自我批评是绝对的，无范围的，若不如此认定，则不会澈底检讨自己，（你前书引的"人之一生除切己自反外，再无别的功夫"是澈底的话）你今混在批评一面，所以有取消"斗争"之疑。须知唯能澈底检讨自己，方能纯客观地坚持真理掌握原则去严格批评人。（我前批评你和徐同志就是一例）这非深刻无间做实践工夫，恐不易了澈此义。至于懵懂到佛法取消斗争，更不应该，试想部佛经差不多都属破外（九十六种外道）斥小（小乘）以建立大乘教理的说法，释迦佛本身就是斗争到底战胜一切异教的人，这还不显明么。至于"无诤"之义，全属自我批评一面，不可混同也。且你读我这一篇文，未免大意，我不是说明了不图

（二）

政治立場一面麼，政治立場和觀點是絕對不可動搖的，是必須不斷鬥爭，克服敵對和錯誤的。方便我再把兩句十分切要的話告你：即是「凡屬自己的工作任務，要視作絕對的，凡屬自己應盡的義務——為人民服務乃至於犧牲自己，要視作權利」。望你把這兩句話細細體認，認得這個真理，當可大大提高思想。

（二）「原子能所含的極大動力」請觀「我的禪觀」總結說的自然界的熱力，當可瞭然，不贅陳。至體用兩字，我自學禪以來，洞明本體論之非，儒家理學所以等同外道者，就是坐在體用兩字上，「易有太極是生兩儀」和外道「神我」「大自在天」之說，於學理上通不過者，就是體用兩字。（太極是體，體是不生不滅，兩儀是

201

用々是生滅，試問既是不生滅，何以能生「生滅」，所以理論上通不過，外道之說，多類此，可以類推，佛法所以異於無神教者，亦正為無能用之分耳，禪家如趙州雲門等表示「般若」無能之義最精，可參看）我與熊十力先生雖屬老友好，然一二十年來，都完全與他的見解立於極端相反的地位，他是一位陳腐的典型唯心論者，他的技倆在我面前，絲毫逞不得的。

（三）「佛學缺乏主觀能動性，只能說明世界，不能改造世界」云云，係屬誤解，主觀能動性須從主觀能無間掌握客觀發展的規律上着眼，所謂改造世界者，是破除主觀一切障礙，（譬之如資本主義的社會生產力被它生產關係障礙着）完全適應

B

(三)

202

客觀的發展，方能改造，並不是主觀能改造客觀世界，若不認這樣瞭解，主觀能動性，是會陷入迷途的。至於佛法並無主觀世界與客觀世界之别，更不要誤會，此理容面談。

(四)貴同學多位不棄，甚願相見。黄君對土改問題，祇要認定階級立場(無產階級凡言階級立場，必須認定你無產階級)革命立場，自然解除痛苦，劉女士的傷感，須細檢她的關係，學出病原，方易為力。補作數言，請你轉告，為人的情感要與理智結合無間的，決不能從消極一面去消滅情感，都須從積極一面去建立融和於理智的情感，試想階級的友愛，工作的熱情，是怎樣建立呀，若能掌握這真理，則情感會無窮，所生的力量無

14

205

大，我此言能否有效，全靠劉女士的智慧和勇氣了。至你對她的說法，是不對的。說她階級立場站得穩，亦待考驗。因為這是屬於群眾路線上鍛鍊出來的工夫，你縱對她說得理透，還是消極的一面，積極的一面，非從實踐來不可。千萬要說明此意。

（三）「我的禪觀」本月中旬登在「現代佛學」第八期上，可以購閱。若力能及的作長期定戶，更所歡迎。因該月刊須有二千個長期定戶，方能自力維持也。（現在有一千一百多定戶）你所介紹幾種經都很好，其他的經待慢慢商量。幹部們肯讀古文甚善，亦不妨把此信給他們看，並錄一份寄回我，每寫不及回看。就寢不多談，即頌

15

（四）

敬祝

撰畢

陳銘。四月三夜十一時半

尊函，心地光明，發大慚愧心，大勇猛心。讀作「書後」，捧次。

（一）公政務鞅掌，賓客輻湊，午夜作書，神明湛然，（讀公書可以想見）致睡稍晏，即懨懨不振，前奉書塗乙甚率，足徵學養之脩脆，根器或薄，何堪從公問道，深為慄懼。

（二）「取消自己一面的對立」，以公文已註明不關政治之境，故所問原係就日常酬對立論，但未敘明，亦見粗心，佛破外承小，即是鬥爭，此我不知，更見甚糊塗。

(三)「為人民服務，乃至犧牲自己，要視作權利」。心量廣大，至此為極。讀至此真心血沸湧，拍案而起。細檢學佛以來，十有餘年，切於命根處，實全未觸及。少年秉翰，懵然無知，徒在內典中尋撦話頭，裝點風雅。長涉世變，饑來驅人，八苦交煎，煩冤鬱悒，乃藉此為避世逋逃之藪，拈弄戲論，聊資排遣，說不上發菩提心也。祇有一次在鄂西宣恩大山中，薄暮由學校授課畢返家。深秋搖落，黃葉打頭，大雨初霽，懸瀑滿山，溪壑間轟豗如雷，立聽之頃，偶憶韋應物「水性自云靜，石中本無聲，如何兩相激，雷轉空山驚」之句。頓悟

（三）

「緣生之趣，悟解平生，注下難遇。然此不過是思想上的閃電，文士之普通慧心，實未能提高一步，到達「同體大悲」的境界。直至今日，更若存若亡，雖間作大言，姑以自詭，亦絕非從心田深處，撲滿而出，故動搖無協，時時不免。（公前言敏所學，非真佛真禪，洞見原形，無可置辯。）若非遇公，將終古長夜，不知飄流何所，墮落何極。金篦刮目，光明重現，佛恩深厚，感何可言。

（四）熊十力先生僅晤兩面（係徐全宣引見，熊在中山大學時，曾招徐前往，以時為未果，現徐向公請益，設熊先生知道，必詬徐，此事殊不易料理，徐亦甚為忐忑。）祇領會一陣狂笑痛罵，此或係「以嘻喜作佛事」的大機大用，惟敏以後未敢前往。

18

207）

（三）「佛法並無主觀世界、客觀世界」。此旨敏以是會——「一月普現（映）一切水，一法普攝一切法」，「青在於花，全花是青，花在於青，全青是花」。「青青翠竹，盡是法身，鬱鬱黃花，無非般若」……世界就是這個世界，一口吞卻，那有什麼主觀與客觀之分。（「破除主觀一切障礙，完全適應客觀的發展，方能改造主客觀矛盾的統一的好境，到此才真正領會。」改造世界者是）勉強分裂，完全是敏膽力還不夠壯，怕得罪了學社會科學及自然科學的人，因要說五種生產方式階級鬥爭或蒸汽機、摩托、拖拉機、原子能……等，都歸佛法所攝，他們一定不服，說理不圓，反成「葫蘆」，故不妨自然，以息爭論，其實此理也確實懂得不夠透徹，未敢「諄諄其說」，反惹麻煩也，

19

（六）

208

（因为他们一定要说，既归佛摄，自不能发明这些东西。）

（六）對劉女士說法深仰，安心、政治警覺亦決不敢忽。敏因前此從未參與實際鬥爭，故人之情僞，體會得很不够，任何人都覺得是好人，一言不定，就視為盟，解放前不知吃了好多虧，然偏偏「人自負之而不恨」，以前曾寫兩句詞「錯認心肝人似我，都知世事役猶今」，下句乃未學馬列主義時，不知社會發展規律的嘆慨，上句都是實況，自解放後經過學習，知道些「劃分敵我」「建立階級仇恨」的道理，尤其是學了從大革命以來曲曲折折血淋淋的鬥爭史實，既又讀到「情感要與理智結合」的「要經過群眾路線上的鍛鍊」。

20

明海、始肯定對人不能貿然相信。凡前函所列各同學均就佛言佛，未及其他，即彼等與公相遇始末，亦完全係為佛一大事因緣而已，同學及組織上俱深深知道的。

(七)「現代佛學」八期出後，當執公文向同學們勸銷，幾經成熟，寔函介數位，趨前領益。

「書後」寫畢，還有很誠懇的幾句話奉聞——「取消自己一面的對立」（已改作之境）當然也包括「犧牲自己」，要視作權利，做人做事，成佛成祖之至德要道，但不出

（七）

210

告矣，奉斯二語，請畢此生。（終生播然踐履不忘）記得尊宿間嘗有云：「朗月當空時如何？」答云：「月落後相見」。又四子書有云：「子路有聞，未之能行，惟恐有聞」。兼以公事太忙，何能為敏一人，消耗如許精神，敏郵票費，亦籌措不易，此後奉書將少稀，敬祈俯諒。長江天塹，阻我皈依，瞑想尊顏，如在左右，轉依戀為崇信，化崇信為力量，毛澤東的時代，是敏貢獻身家性命與國家與全體人民大家的時候了！！

書畢已午夜後二點半，錯落塗改，仍是不免。

有敏謹識

22

211

湖北省教育學院師訓部用箋

真如道席：

尊著「我的禪觀」已鈔訖付鄭。窮蹙短几、禿筆敗墨，抽暇作楷，實不能成字。鈔後本欲略抒所得，及請示未透處。總念如有所得，都祗是鏡上之痕，如云疑，則根本還是門外漢。去一念真疑，尚屬遥遠。搬弄鸚鵡禪，不如且止。從今以後，惟十二時中，默契「寂」字。依「不可離開生滅去看『寂』」及「不可把『寂』看作是靜止不動的」

23

212

湖北省教育學院師訓部用箋

現象」的正解、在實踐上、確實認真地做，「取消自己一
面的對立」（不包括政治上邊）及「犧牲自己要視作權利」二語、
一超直入、歸元無二路矣。得此法益後、真有趙
州「佛之一字、我不喜聞」之感。臨紙拳拳、欲
言不盡。專肅、謹致
崇高的敬禮

愛知 黃有敏敬上

四月十四日夜十一時

24

213

（一

湖北省教育學院師訓部用箋

真公道席：

尊示及徐鑑泉先生大箸均奉讀，附下郵票，殊出意外。

體恤至此，頑劣之器，真不知何以仰答。只覺得在

公面前，確如毛主席在改造我們的學習中所說「任何一點佻皮都不行的」，方寸之間，懍懍何極。敏每月之薪水，全供家用，自己除薙頭洗衣外，照例是一錢莫名，借貸發郵，數數為之，然若別處加以緊縮，郵票費還是抽得出的，此次敬納，以後萬祈停止續賜。不然，則雖為佳話，實太『奇

25

214

(二

湖北省教育學院師訓部用箋

「特」在

公則為菩薩行，在敏則成無賴子矣。事關取與，不敢不歷陳之。敏前之欲奉書少稀者，除上述原因外，最主要的，

還是怕

公政務太忙，不宜多事瀆擾。再則白天學習，身不由己，無暇做其他的事，每次奉書，必熬至半夜，五欲中「睡」之一欲，頗難克抑，有點姑息自己。兼以龍象蹴踏非驢所堪

妙論清言，所領已多，根薄器小，得少為足，而

26

（三）

湖北省教育學院師訓部用箋

筆之豪言讜訓，如三河倒瀉，汹湧而來，淺沼蹄涔，不堪濟蓄，泛濫洋溢，實有堤崩防潰之虞。手邊之書，無從繙檢，腹笥所儲，儉陋可憐，學殖久荒，艱於酬對。再就是上書頻數，旁人不知底蘊，一定以為是干祿心切，對敏是有此的看法，他人如此，知我「靠攏人民」也，孤臣孽子，憂讒畏譏，心情是很急苦的。解放後工作年餘，身所遭遇，真有我佛所云「不可說」者，在此受訓還算是順適的。當然，主要都是我的錯誤。綜上所述，故有前之謬請。不知難忍堪忍，不能要能，這就是教育，這就是鍛鍊，既經

大師又說佛法非哲學，這點敏則不懂。敏注

216

（四）

湖北省教育學院師訓部用箋

呵正，敢不自勉：

徐鑑泉先生大著多讀一過，機鋒迅捷，識解瑩澈，深為佩仰。不過有些點還想不通，特寫出請徐先生教正，

1、「禪宗是宗教」——佛法非宗教，宜黄大師已著論闡明，禪更是千佛心印。當下湛然，具足圓覺。是放之四海而皆準，放之六道四生而皆準，放之有情無情而皆準的普遍真理。云係宗教，未免自貶。如果說有一種信仰，有一種情操，能令人安穩而奮發者，就是宗教，則共產主義又何嘗不可解釋成

28

217　（3）

湖北省教育學院師訓部用箋

爲一種宗教呢？英國的蕭伯納、拉斯基等，就是如此説。

2、「佛教生活（儀式）與共產主義社會，才能徹底實現」——佛教儀式、自然有些奇特，但生活方式與儀式似有別。既云「佛法在世間，不離世間覺」，則何必厭染趨淨，自生差別，道不遠人，回頭是岸，不一定要到共產社會，才能大休大歇也。（3）自然是爲利根人説，爲普度衆生計，共產主義社會，非拚命地讓它趕快實現不可。）

3、費爾巴哈「使神人化」説——敏覺費氏之説，與禪毫不相干。

29

湖北省教育學院師訓部用箋

敏以前[illegible]我有這種神病，所以有些自高自大，經公一喝，完全掃去，更提高一步矣。敏注

（六

西洋有所謂「汎神論」之說，黄氏恐未脫其窠臼，他本來是極端反宗教的，但是自己又信不過自己，所以同時就強調人對自然的關係，硬要咬定這個矢橛——神——才能抓住把柄。說什麼「神是人底鏡子」、「人與人之間就是神」，其實在我們看起來，巍巍堂堂，三界獨步，即心即佛，善哉俊哉，正不必依傍他力，為我們撐腰。神之一字，無處安立，正不必以楔出楔，永遠有個楔在。蘇聯十月革命以前新人道主義（人本主義）不借外力而能充滿自豪感，似與此有相應處。

218

20

219　　（七

湖北省教育學院訓師部用箋

又徐先生聽僧說法畢，打僧一棒，是不是有「我慢」之嫌，徐先生係以一指悟入，設遇天龍禪師，一刀將指頭砍斷，又將如何去會之？

敏對於禪，只口裏說說，心裏想想，從未認真參過，更談不上悟。凡斯所云，可能都是胡說，徐先生真參實究，是過來人，對敏定生憐憫心，當不以為忤而願加以教誨也。（敏以前看公案的時候，心裏常覺得惘惘醰醰，如飲醇醪。再進一步，就要起疑了，但馬上就拉回來。因為一疑，就要追尋向上一着，追尋向上一着，必要大死一番，要大死一番，非披離不可，自己披離事小，白髮之母，黄口之兒，誰來養活他呢？這個家庭包袱，不特阻礙了

31

湖北省教育學院師訓部用箋

并革命，並且阻碍了我求道。徑山大師云：「出家是大丈夫事」，敏確實太渺小了吧了。

徐先生文，同学等在看，稍後再奉寄。專复，謹致

崇高的革命敬禮

學人 黄有敏 敬獻 十七夜十二時。

附啓：屡次作書皆在夜深，昏沈之下，不免寫錯了字，如前將黄梨洲之洲誤作州，惠能之惠誤作慧，此兩字本可通用，但人名豈可用通假字。以後遇有錯字或引書記錯了的，即祈改正，並以賜示。又敏寫信，每用文言的句子，這並非迷戀骸骨。敏説是「結習難忘」，其

241　　九

湖北省教育學院師訓部用箋

實是時間匆促，無暇寫白話。因為説理抒情較曲折的文字，要寫白話，必定要寫成形容詞加形容詞，子句再加子句，漫長得像一列火車底句子。寫這種文章，比文言還艱難些。前人所謂「匆匆不得作草書」，亦是此意。文字障似分文言白話，這點道理，敏是知道的。

又奉

33

一、

真公道席：

向班禅活佛庆祝文谨拟就奉上，此类文字，从未做过，西藏及班禅的一切，都陌生之至，读书太少，经验无多，执笔殊觉茫然，若蒙改削或另拟，祈 赐示，俾知所以努力。

公前赐一函，谦光盛德，令人悚惶，敏以此自反，深觉前此处世接物之浮浅狂躁，真真莫比于人，满腔子都是腐臭肮脏的东西，兀自不知羞耻，说些自己都相信不过的佛与禅，欺人乎，欺天乎。居士之称，决不敢当也。谨致

（草太乱，不能恭楷，祈 恕。）

36

崇高的革命的敬禮　學子　黃有敏　敬呈　五·廿七

附上代擬向班禪活佛慶祝文

班禪活佛：

當中國大陸完全解放，僅剩西藏地區及藏族人民還在帝國主義蹂躪之下，還未回到獨立自由的祖國懷抱中來的時候，全國人民，都是以無比的關懷，來注視着這一件大事！

我們知道，西藏從來就是中國神聖領土的一部，藏族人民也是中國多兄弟民族組成的一員，西藏多大喇嘛寺院，更是中國佛教徒衷心嚮往的西方聖地，二.

225

西藏永遠與中國是不可分割的！

在一九四九年十月一日，中華人民共和國剛剛成立的時候，

您在青海高瞻遠矚，主持大計，致電 毛主席和朱總司令，代表全藏人民，擁戴新中國，為西藏的解放和藏族人民的團結而奮鬥。這一英明措施，是獲得了全中國人民的贊仰與頂禮膜拜！

現在西藏已經和平解放，一百二十萬平方公里的土地，三百七十二萬的人民，都回到獨立的幸福的祖國的大家庭中來了，今後在毛主席正確的民

37

族政策指導下，可以開始過着自由平等的
主人公的生活，這自然是
您的偉大號召的力量，才能促其實現，這真是
西藏人民與全國人民莫大的喜事，也是
您對新中國建了莫大的豐功偉績。
我謹代表中國新的佛教界與佛教徒向
您謹致無限愛戴的熱忱與敬意，並預祝
您早日回到西藏，為鞏固國防，建設新西藏，宏
揚新佛教，使藏漢兩民族更團結更合作而奮
鬥到底！

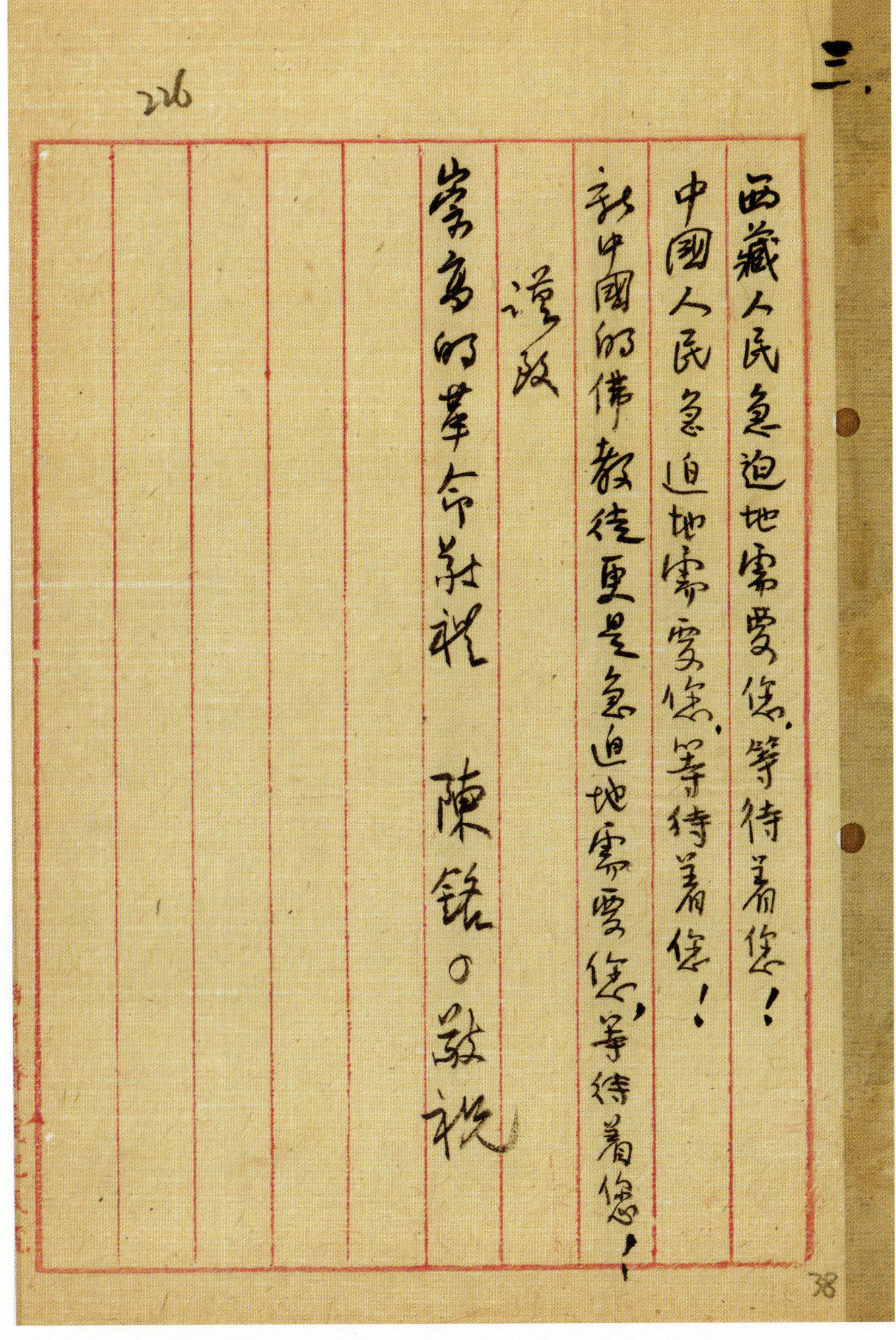
三、

226

西藏人民急迫地需要您，等待着您！
中国人民急迫地需要您，等待着您！
新中国的佛教徒更是急迫地需要您，等待着您！

谨致
崇高的革命敬礼
陳銘〇敬礼

38

228

真公道席：

霞令宜丞已轉寄，頂门一喝，肯能醒其迷執，迴向正法。向玑禅活佛致贺文，谅已上達，祈痛赐批评，以文字供養佛，供養衆生，是一件很不容易的事，公對敏褒多於貶，雖為奬掖之至意，但一定是敏的觉悟程度，懺悔程度，還不够真，不够切，故尚存客氣以促其自反。自知不易，（尤其是文字）敏之視公，亦猶公之視張表方先生（公贈張表方先生詩，敏一見即記其警句）若以為尚

40

堪教誨、即請加以鉗錘、俾能成器、竊、微忱、出自肺腑、決非門面語也、此間政治學習結束時、曾作總結、末尾有這樣一段話、「……再則最令我慶幸的、是我在這個階段內、得着一個機會、重新回到佛教徒的園地裏面來了。陳真如居士、是現今發大願心、要以馬列主義毛澤東思想來改造一般落後的佛教徒、和舊的佛學觀點的第一人、他希望這一工作、能對西藏及東南亞日本等佛教國、發生一些進步的影響、這種莊嚴的願力、對於我啓發極大、感動極深、我現在已在他的領導下、從事此項工作、發願以佛陀徹底「無我執無法執」的精神、與馬列主義科學底社會主義結合起來，無疑地是一項很艱鉅的事情，這是一個政治性極強的學術工作，我是願意以整個生命的力量去摸索去創造的，……最後，我宣言，我的生命和其他一切，是完全貢獻與國家，與人民了。從此以後，一方面奉行佛教的戒律，（殺戒暫且不奉）一方面研究馬列主義的理論，在具體的為人民服務的實踐中，為實現社會主義共產主義亦即是人間淨土而奮鬥到底。這些話，有些人是不願意看的，敏也不管他許多了，

公嘗云：「佛法終有昌明之一日」，佛祖心力，宇宙洞的

231

真理，自然不會澌滅以盡，即令退一萬步言，未到已丕，正法特近，敏亦願以身殉之。大丈夫做事，決不是能成功就幹，不能成功就不幹也。聊發狂言，以博一哂。

公六月內晉京前，希賜一晤，專肅，謹致

崇高的革命敬禮 學人黃有敏敬肅 五、廿九夜深

「藏身處沒蹤跡，沒蹤跡處莫藏身」，上語以「不離菩提座」，下語以「普現群生前」會之，何如？

近讀居士傳蕭子云傳有「求進是僥名，退撿是實法」語與「取消自己一面的對立」語對比勘之，更

43

今人有省，誤認有實法在前，則愈求愈遠。歸無所歸，則心華自開。一念退聽，受用無窮，驗之近日對人酬酢間，時無有奇效。一指頭禪，終生用之不盡，信然信然。

又奉

筆秃如錐，潦草不恭，祈諒。

读此书，足证与前诸信已大有进境，为思想基本转变、打破一切造下字缚的条件。

你於法眼禪得個入處，但被經卷至長見執所障。惜渐儒家禁字、名理充塞了智竅，此為最重的包袱，未能豁然完全放下，故達個了處，像純從主觀的領略、玩味、欣賞而來。實

真公道席：久未奉謁，甚為仰慕。上星期日午後得鄭文蔚同志傳　語君見函。因時已晚，遂未晉謁。敏在寒假思想改造學習中，以徹底懺悔的心情，將解放前後思想上言行上有問題及錯誤的地方，都暴露批判了。從此無愧怍，無負累，無罣礙，俯仰一身，很是了當。

敏前參加土改時，由實際景象啟發，不是文字的而是實質的悟到「大道縱橫，觸目現成」的道理，深深體會到宇宙間事事物物，都是調協合理的，現在更覺得「周圍的秩序」，也非常調協合理，因此內

1

心很覺平衡。又知道"內心的平衡"，"周圍的秩序"，宇宙的和諧，三者原是一物，周匝吻合，平等平等，這種景象，真是以使人"當下心息"，可以愉快的生，也可以含笑而死，返觀世間，更有何物值得動心、覓心了不可得，又從那裏動起。囫的一聲，桶底脫矣。故近來言行不求謹慎而自謹慎，無謂的牢騷，不求摒除而自然摒除，對人對事不求穩妥隨順，而自然穩妥隨順。偶爾有點小毛病，那只是程度還未純熟，以大錯誤是不會有的了。集體主義，藥其個人主義，以組織性紀律性藥其自由主義，以理論聯繫實際藥其教條主義，而總

來信（話）說眼與芸論佛法而說"機"之旨趣。因此，你所用的"平衡、秩序"、"宇宙"等字眼，依然雜取心行的窠臼。你擬既所引學亨浪的宇宙觀底"對立面的統一"之發綴原則是對的，但你未了明"敵對鬥爭"、"矛盾"爲絕對真理是要一切"對立的統一"底聯絡和轉換，也不知道包含了"暫時的"、"相對的"底了解的"統一"和"諧和"，換句話說，便是暫時的、相對的"統一"和"諧和"的，也就不能"鬥爭"所以一、矛盾則所謂"吉欽若衷"的才痛恨秩律，就會破壞了它

2

即就佛家来说，「佛魔平等」是离不开「佛魔不两立」的，「金刚怒目」与「菩萨低眉」是统一于「四无量」的绝对真理之内的一273些道理不是这般简单。换句话说，你思想未能打破「一片」，因此未能明了知运用新的思佛家宗旨，在「报四重恩，救众生苦」，报众生恩，「寂」就能救众生苦，就必须「寂」的活用，也可以说「寂」是说明世界，而「寂」的活用，始能改造世界。想方法，而我

把柄在「内心与秩序吻合无间」，外界怎样，就还他一个怎样，故有不必求药而病痛自然消除者，水上葫芦之妙境，敏已依稀遇之。回忆二十年来，种种烦缚，只做到「我志未酬人亦苦」七字，既有我志，则相对地必有人苦，人既无苦，则「我志」又岂能酬。而「我志」究是何物：一声喝去，颠倒梦想也。凡此云云，大概还是公所说的「寂」的范畴。至「寂的活用」，则需要很多的主观能动性，须运用，敏尚不能说确的当，故

公之「寂」，可学也。

你思想方法入手，要坚持能掌握批评和自我批评的

3

公之"寂"的活用，不可学也。（本来"寂"与"寂"[illegible]是一物，不能分成两橛，以不着于活用，惟有单提"寂"字，亦此践履未臻纯熟之一證）。普罗列塔利亚的宇宙观是"事物的统一、和谐，都是暂时的，相对的，而矛盾，斗争，则是绝对的，永久的。"而敏都觉得事物都是和谐的，调协的。（学佛的人，大概都有此感觉，不知然否？）这是不是非马列主义的思想呢？敏以为这正是马列主义的。关于此点，敏有些未成熟的意见，该肯请正。这些问题，决不与任何人谈论，只是一个人有时想想，因恐招误会也，谈话做事，更决不稍

到卷，如何看法此评和学摘述下。我是庸着眼要和善力要求，学在于一切从实践中来，和不从概念中来（神的启心），须结合来做工夫，这是彻首彻尾，言我不敢地（所向）无敌的马克思列宁主义的属意要求。也就是思想路线和世界观的树立（坚树）一个方向。我所体会的佛法，也会在这上头，特先批在你的信上，供通鉴。

铭枢 四月二日

4

275　三

有实出，因一実出，即破壞了"周圍的秩序"，"與宇宙的和諧"矣。

敏現又奉調在武漢教師学院（舊府街）学習，完全学業務，敏願研習歷史，就在歷史系学習，此次調来学習的原因，大概還是未能"與周圍的秩序吻合無間"，中学教員規定学習"政治常識讀本"，而敏卻擠時間，讀很厚的馬列主義的經典著作，他人也沒有敏的一些離奇遭遇，現雖有些特別，自然有可疑之道，踐履純篤，真是不容易啊，以是

5

276

公以前之「不剪辮髮」「懸態可掬」天
繼之聖，敏雖欲從也，實在莫由也已。自然生
活上也有點自由散漫，這是不容諱言的。從
此決定痛改之。

本星期日上午九時一晉謁，請先奉
聞，專此，從致
崇高的敬禮，

學人 黃有敏 敬上 四月一日

6

黄有敏　第十一通

真如道席：

公許敏加入民革，在進步組織中，更進一步地投到新社會的懷抱，鍛鍊自己，提高自己，這是敏極端忻忭渴望的，但其步驟如何，材料怎樣寫法，是否寫一申請書，這些手續，請指示。敏在此學習，八月底始結業，但中途調出，亦無不可。敏終生願做佛教工作，願為最廣泛的比丘僧尼服務，這是肯定了的，也是領導和羣众了解了的，無別路可走，也不願走別的路。（敏在佛教刊物上撰文，與佛教界往還，在學校中教書、維持為人另眼看待）、此自做"政治上團結廣大羣衆及"為消滅佛教而創造條件"的工作，同時批判吸收一些佛教哲理，等待共產主義社會到臨時，百花齊放，讓共產主義文化更豐富與，一方面又使楊仁山歐陽竟無等的光正典型，不致與荒烟蔓草同歸澌滅，這是敏的一片熱心。敏肉身住世，最低估計還有四十年，此四十年中，在閙市在深山，在機關學校，在工廠農莊，及一切處處，能覓一個半個傳此大事，敏才心甘目瞑，撒手而逝。（敏現在可保證無聲色之好，世味恬淡，每日必運動，家眷長住鄉間，不同居，習慣於獨宿。凡此皆壽徵）。設中國佛教協会目前尚未成立，則在圖書館中暫安插一研究员，亦甚相宜，此等事均絕對服從組織安排，諒僅對公表示態度，望能玉成之。

敏相識中，不少文化程度較高，而思想上很有進步的舊知識份子，這些人年歲均在三四十左右，都經過幾次學習，政治上已經交代清楚，設能與

64

之相识，予以开导，或加入民革，则都能发挥积极性、创造性，对人民有所贡献。此时记忆中约六七人，有便肯介与
公，祈赐接见。（大半是教员）
前十年，敏三十岁时，在四川涪陵中学教书，偶有感怀诗四律，今天看起来，是有些问题的，但与现在，也还有相通之处，谨抄上求
正，並请　文蔚同志赐以批评。
世痕荒纸便酸辛，试看残山剩水滨。何足久稽天下士，亦曾累负有心人。冲霄羽翮风前

意滿眼瘡痍劫外身，垂淚空王求懺悔，一聲棒喝總成塵。

幾年野馬成心火，負鼓求亡大可哀，欲共虛空同粉碎，本來明鏡絕塵埃，雨餘枝上花初發，雲破天中月自來，隱几嗒然吾喪我，滿庭蟲鳥漫相猜。

猛火難攻金利堅，書生萬事總戡天，培風大翼三千里，命世奇才五百年，賣盡心肝耗壯歲，揮殘涕淚餞華顛，何如微笑拈花去，露地白牛看烟然。

66

治身黃老，治心釋，治世墨還須馬克思。拳
石已含天下雨，縮頭何礙泥中龜。全真好
用無從說，大化流行未可疑。斗室龍塘同
悟徹，一燈慧命續絲絲。

第一句所謂「治身黃老」，是行道家的導
引之術，敏行之有年，甚有奇效。第二句
「治世墨還須馬克思」，未免太言，因敏今日尚不
能懂馬克思，十年前自然更是不懂，不過因
對不滿國民黨的反動統治，它要禁止，我就
偏這樣說罷了。敏 或可以當

6

67

公所說「真傲」之論矣。「發大悲心」、「真」「傲」也無處安立。

敏前作「佛教在中國歷史上所起階級鬥爭的作用」一文，載現代佛學某期，不知公處尚有存的沒有？敏擬將此文呈與系中主任，同時也表示爭取做佛教工作。下星期日，當仍至公處午飯，聆聽訓示。敏以前不得 召示，不敢晉謁，仍未免有矜持之態，尚未能圓融平等，曠然大觀，這些都是小家子氣，當知戒勉。

7

谨致

崇高的敬礼

学人黄有敏敬上

四月十三日

夜晚匆匆执笔，潦草不恭，祈谅。

敏若做佛教界调查研究工作，可保证用最少的经费，最短的时间，最详细的记载，把全国各地佛教方面历史的现在的情况，用书面总结出来。能款自到全国各地走一遍更佳。芒鞋竹笠，百城烟水，在深山古寺中，一面调查研究，一面宣传马列主义及介绍国内外形势，这种艰钜而光荣的任务，设能落在敏的肩上，那真是何幸如之。

又奉

56

真如道席：十八日

尊函奉读，承奖甚为惭悚，指示应读

各书，据谕续购，未敢自逸，正在研习中，

关于佛学问题，

公站在为政治服务的立场，肯定佛为宗

教，列于统战工作中去领导它，改造它，

敏现始知这是唯一的正确道路，故今后阐

发佛的理论，宜着重在历史方面的批判

扬弃，就佛言佛，引导它及佛教信徒为政

治服务，与马列主义沟合及创立新义处，

62

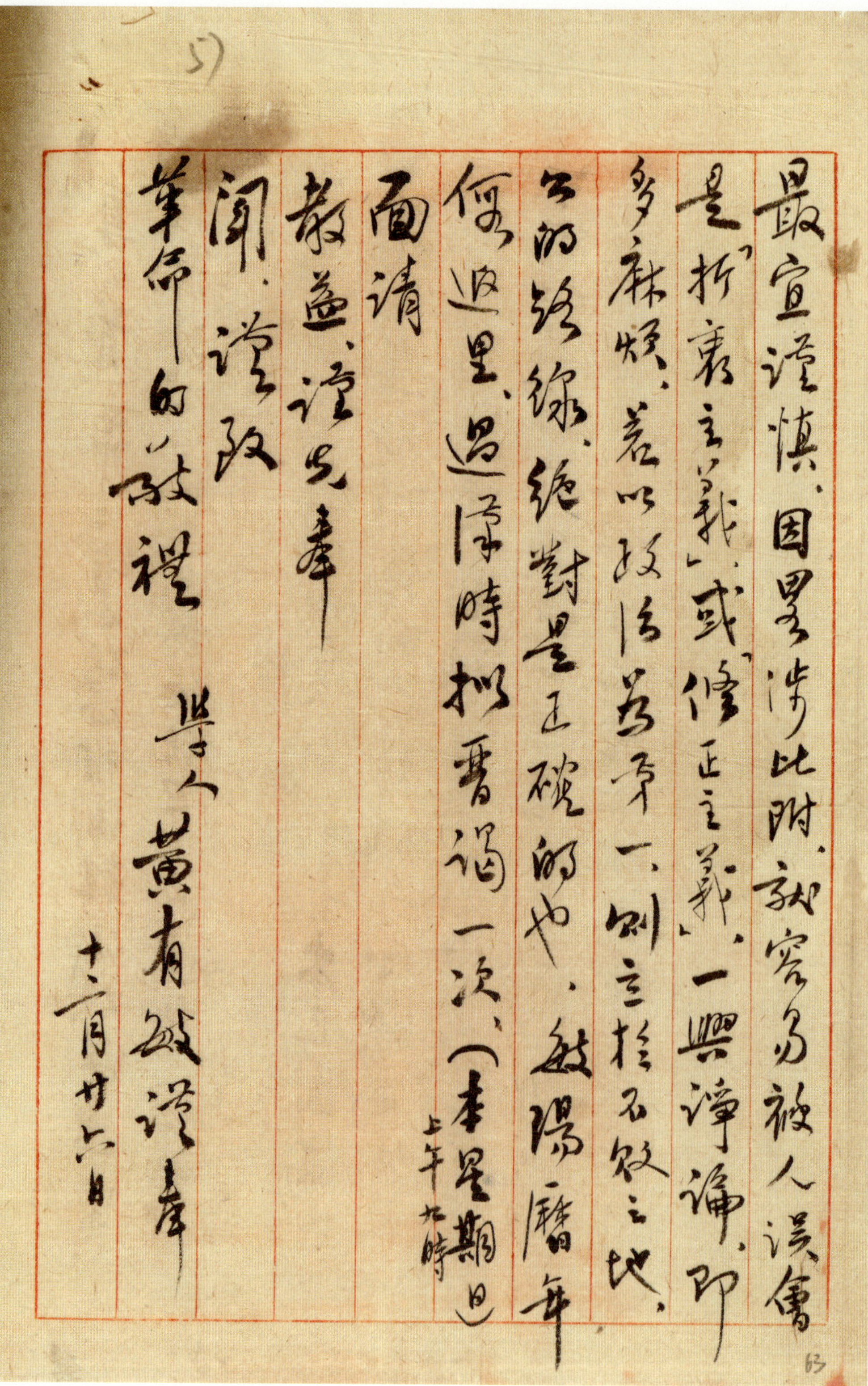

最宜謹慎，因畏涉比附，就容易被人誤會是「折衷主義」或「修正主義」，一與諍論，即多麻煩，若以改造為第一，則立於不敗之地，公的路線，絕對是正確的也。敏陽曆年俟返里，過滬時擬晉謁一次，（本星期日上午九時）面請

教益，謹此奉

聞，謹致

革命的敬禮

學人　黃有敏謹奉

十二月廿六日

真公道席：唯思破心唯識轉識頌及匯案均奉到，以忙於土改總結及三反運動，致稽奉覆。

尊頌「即是圓成實」句，語意本已圓滿，但此頌乃為月刊停刊而作，設無除救句，則文意未完，悲懷莫顯，故敏意以為信今宜載全文，傳後則「即是圓成實」句，即可收束。深懷大願，頌中已著，不必更敘外緣，以資起信。又月刊既續出，則「終難掛壁之歎、無言」，佗文亦未能終無言也。狂肆之言，

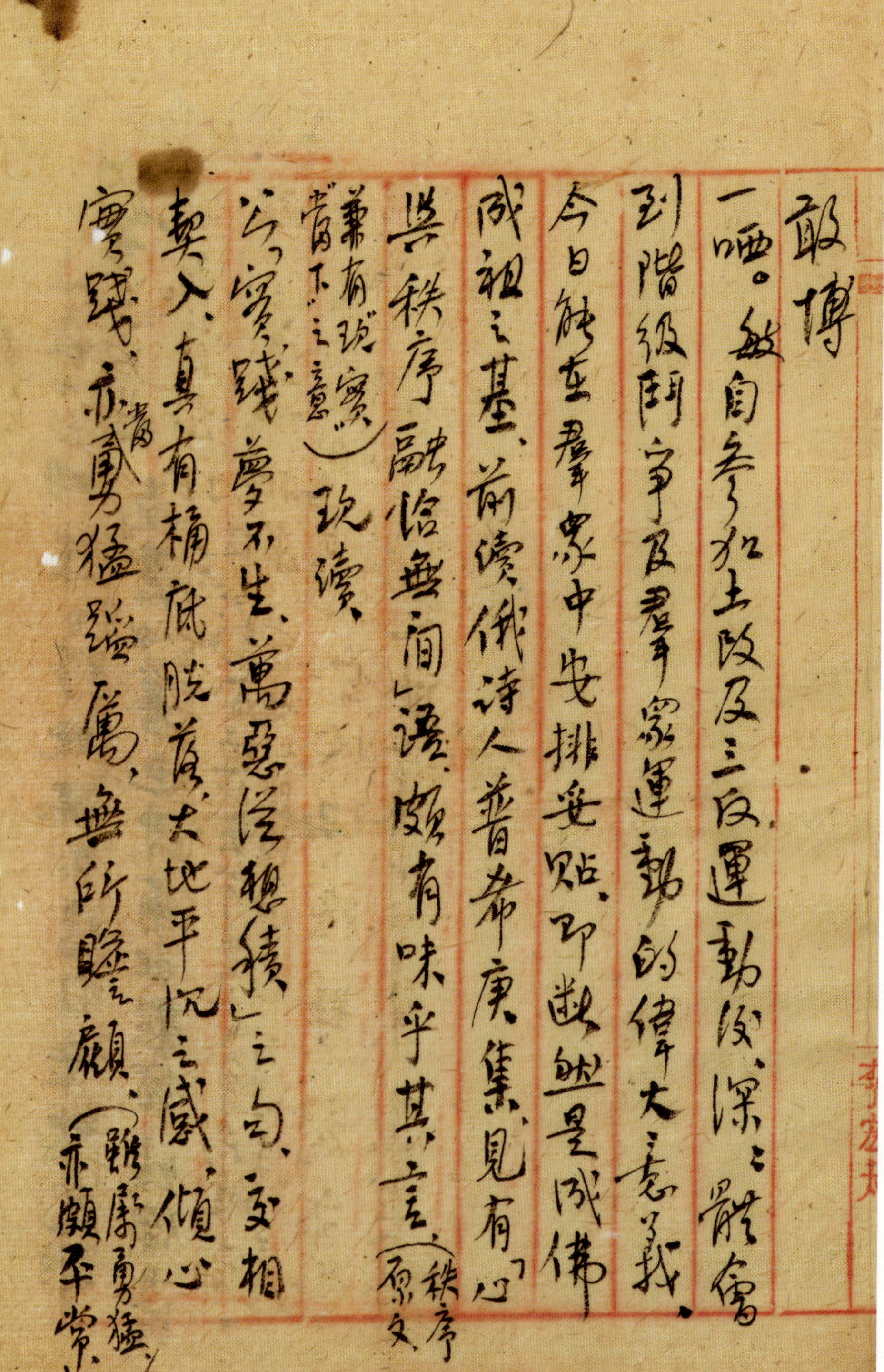
敢博

一哂。敏自參加土改及三反運動後，深深體會到階級鬥爭及群衆運動的偉大意義。今日能在群衆中安排妥貼，即斷然是成佛成祖之基。前讀俄詩人普希庚集，見有「心與秩序融洽無間」語，頗有味乎其言（秩序原文兼有現實實現之意）。現讀公之「實踐夢不生，萬惡從想積」之句，更相契入，真有桶底脫落、大地平沉之感。傾心實踐，亦嘗勇猛踴躍，無所瞻顧（雖勇猛亦頗平常）。

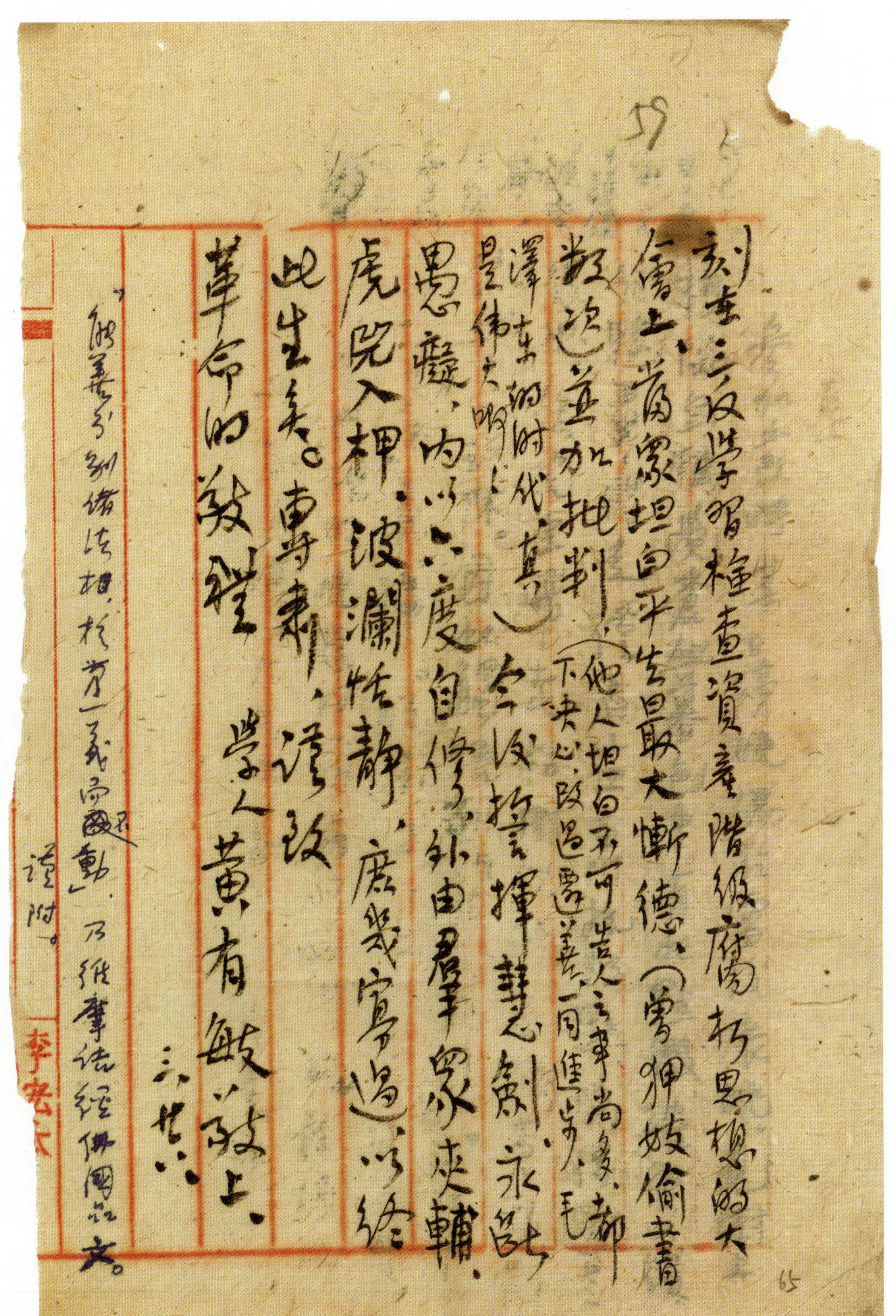

刻在三反學習檢查資產階級腐朽思想的大會上，當眾坦白平生最大慚德，（曾狎妓偷書數次）並加批判，（他人坦白不可告人之事尚多，都下決心，改過遷善，一同進步，毛澤東的時代，真是偉大呀！！）今後揮慧劍，永斷愚癡，內以六度自修，外由群眾來輔，虎兕入柙，波瀾恬靜，庶幾寡過，以終此生矣。東壽，請致革命的敬禮。

學人黃有敏上　三、廿六

「能善分別諸法相，於第一義而不動」，乃維摩詰經佛國品文。謹附。

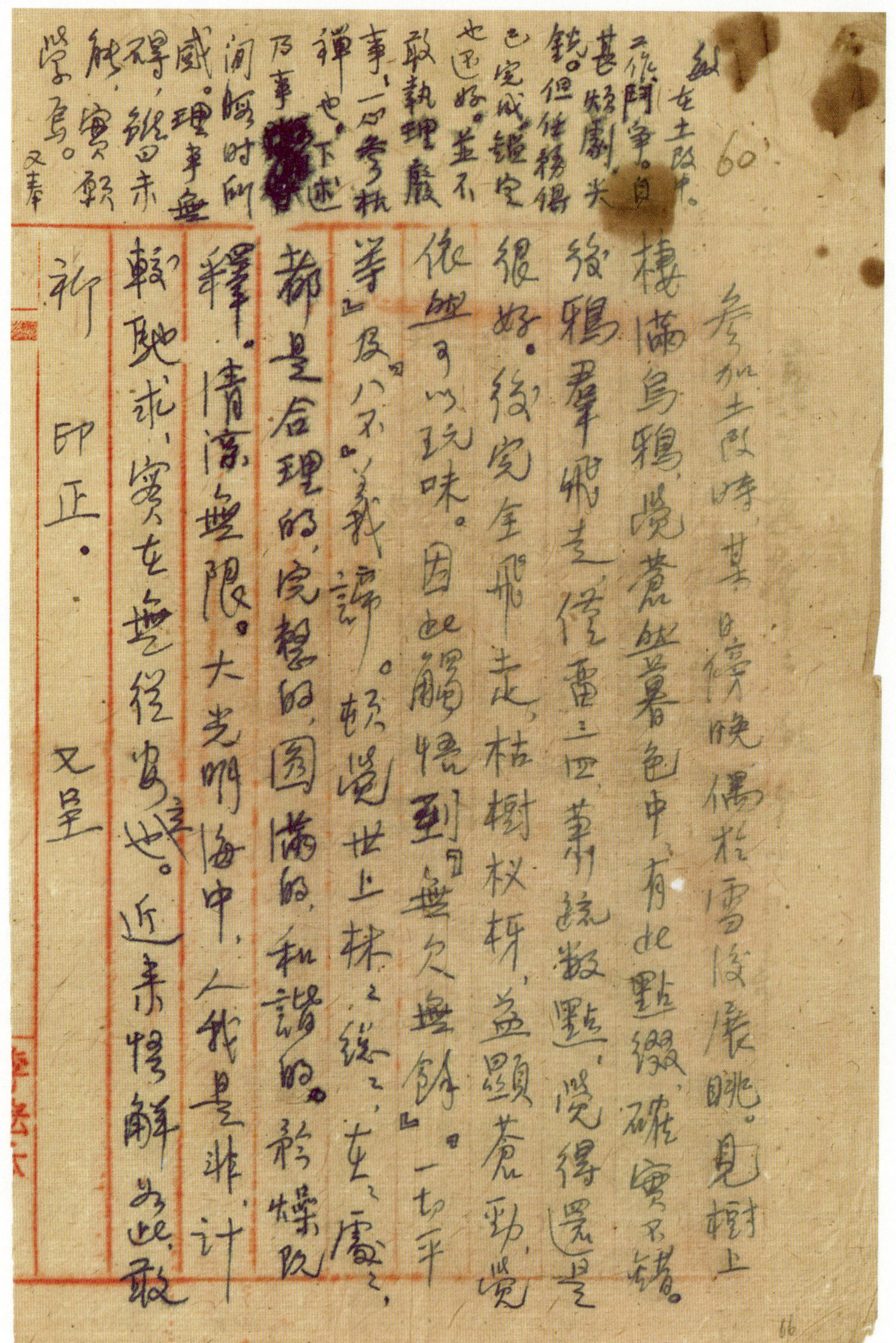

敏在土改中。工作鬥爭。自甚好劇头錯。但任務得已完成。鑑定也還好。並不敢執理廢事，一心參枯禪也。下述乃事[illegible]間悔时所感。理事無礙，證因未能，實頗學焉。又奉

參加土改時，某日傍晚偶於雪後展眺。見樹上棲滿烏鴉，覺蒼然暮色中，有此點綴，確實不錯。後鴉群飛去，僅留三四隻疏散點，覺得還是很好。後完全飛走，枯樹杈枒，益顯蒼勁，覺依然可以玩味。因此觸悟到『無欠無餘』『一切平等』及『八不』義諦。頓覺世上林林總總，在在處處，都是合理的，完整的，圓滿的，和諧的。於蝶阪釋。清涼無限。大光明海中，人我是非，計較馳求，實在無從安立也。近來悟解如此，敢祈

印正。

又呈

真公道席：敏
師前部結業後，即分到黄
岡中學任教。適
公去京，無由面致誠款，悵悵何限。去秋得與
公過從，洵平生勝緣，
慈顔謦欬，永鐫心目。人雖下愚，寧不感奮。他
日倘有機緣，再行晉謁，將見敏祇低而言詞呆
若木雞，惜惜然有深憂，當是秉
公之教，篤實踐履，有所得之徵矣。而不能有所證
入，外不能博收家藝，今生亦斷斷不敢與
公相見。去秋曾學習是平生絶大轉捩點。整風時

所得批評，最尖銳者，是「不想接受無產階級思想的領導」，弦外之音，令人懍懍，往事蹉跎，一切都是敏的錯誤，定業難回，宿障太深，過眼雲烟，等之夢幻，此後惟將慕

公之心，轉到教書上面，全心全意把學生教好，和群衆處好，即此便是菩提心菩薩行也，可語者少，流言可畏，在此惟絶口不談佛，真心作佛事而已，月入菲，家累甚重，現代佛學無力訂閱，如有

尊著，敬祈賜寄，拳拳之心，如葵向日，臨穎無任依戀。

謹致

革命的敬禮

佛子黄有敏謹上

九月廿三日

201

致光宗函稿　湖北监利朱河吴家巷德诰记转

光宗同志：

顷接北京巨赞法师来信，知道你已由印度的锡兰回到了祖国，确是难得很。当日我在北京创办了现代佛学社，出了月刊，积极地改造佛教徒的思想和生活，半年以来，颇著成效。秋间来汉，就任中南军政委员会农林部长职后，复致力于武汉佛教界的改进，亦有成绩。最显著的，就是上月某日，在中央抗美援朝保家卫国的号召下，曾发动二千多僧尼游行示威，开历史上未有之前例。现我国做佛教界的后战工作，急欲了

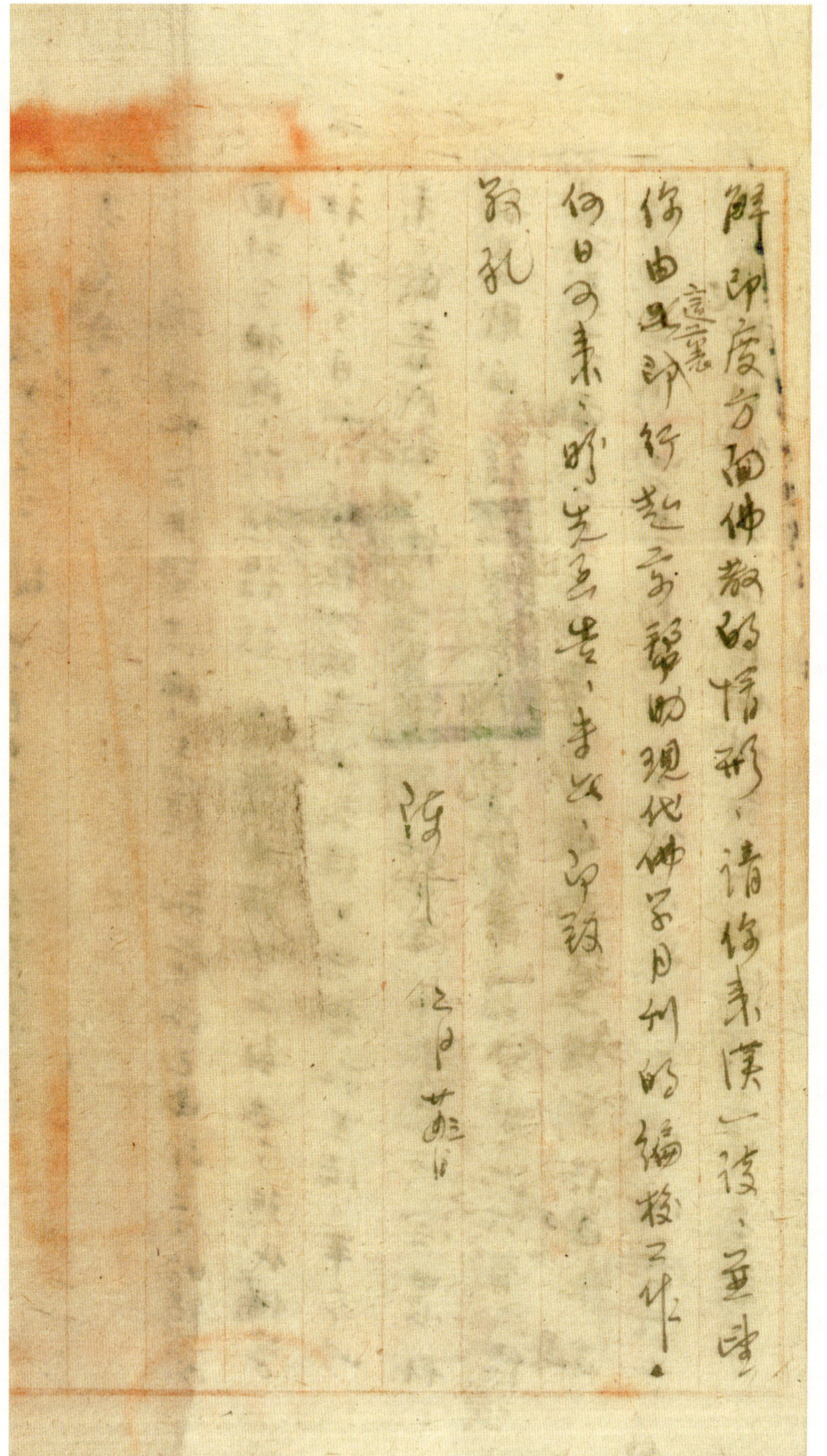
解印度方面佛教的情形，请你来汉一谈，并望你由這裏動行趁寒幫助現代佛學月刊的編校工作。何日可來，盼先函告，專此，即致

敬禮

陈[illegible]

[illegible]月廿五日

讀真如居士說潤之先生論佛法書演為歌辭題后即祈
教政

我敬歐陽公內學貫悲智繼承得龍象妙融三藏義受持四
十年鞭辟獨近裏無神亦無元了了見開示一切真平等法門
原不二佛法常前進未來無盡也若有窮盡時便生障礙累
佛法不停頓息息在創始停頓落陳腐便非真實類眾身即
我身度人即度自怨親與尊卑寧有分別次極諳四無量大
慈悲捨喜知行必合一所向極沈摯因心起境界孰着不棄
置凡此都狂妄真理已失墮但可以心師師心宜遠避事
物不否認主觀未許思超離此主觀客觀真實遂所謂
陳銘樞即非此名字是名陳銘樞絕對無同異宇宙

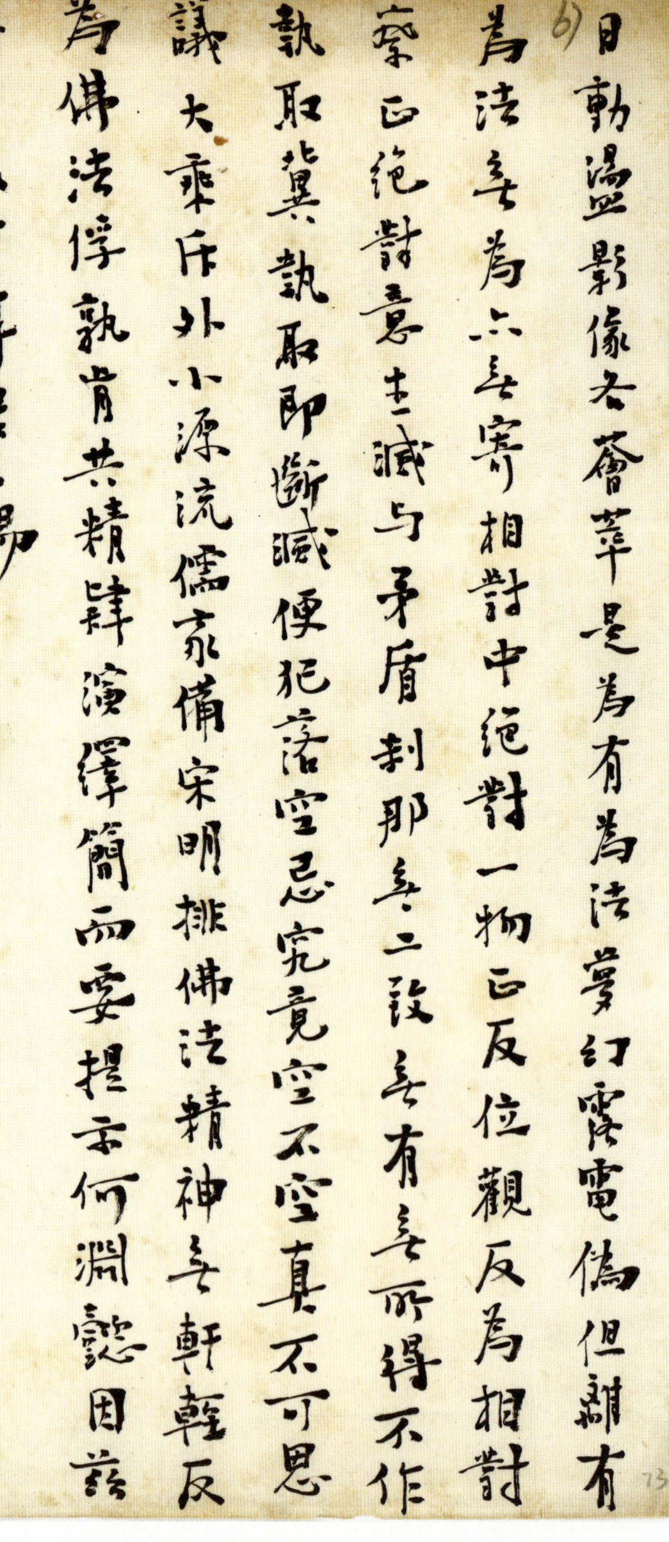
日動漚影像衣蒼苹是爲有爲法夢幻露電偽但離有
爲法無爲亦無寄相對中絕對一物正反位觀反爲相對
察正絕對意生滅与矛盾刹那無二致無有無所得不作
執取冀執取即斷滅便犯落空忌究竟空不空真不可思
議大乘斥外小源流儒家備宋明排佛法精神無軒輊反
爲佛法俘孰肯共精肆演繹簡而要提示何淵懿因茲
發吾蒙實拜君之賜
陳器伯呈稿

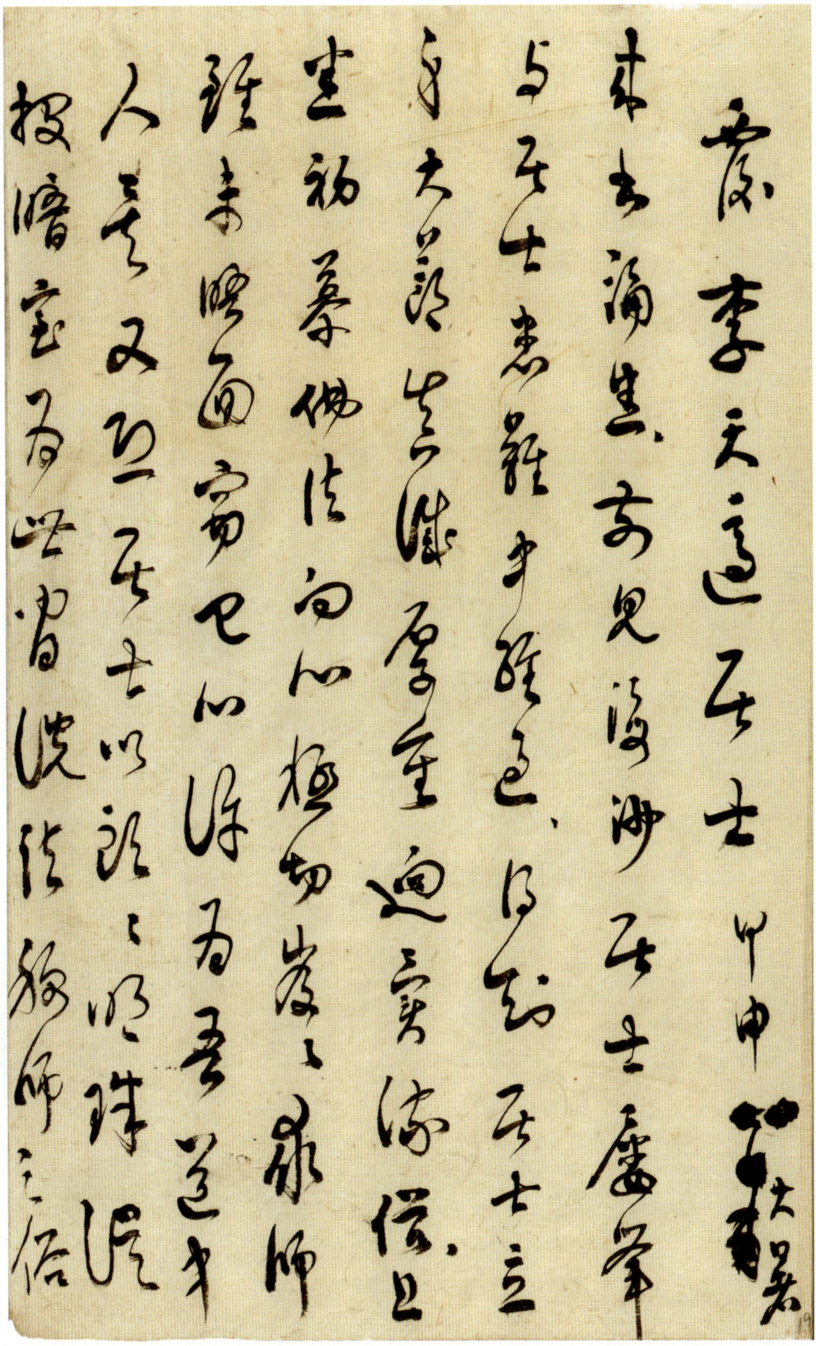

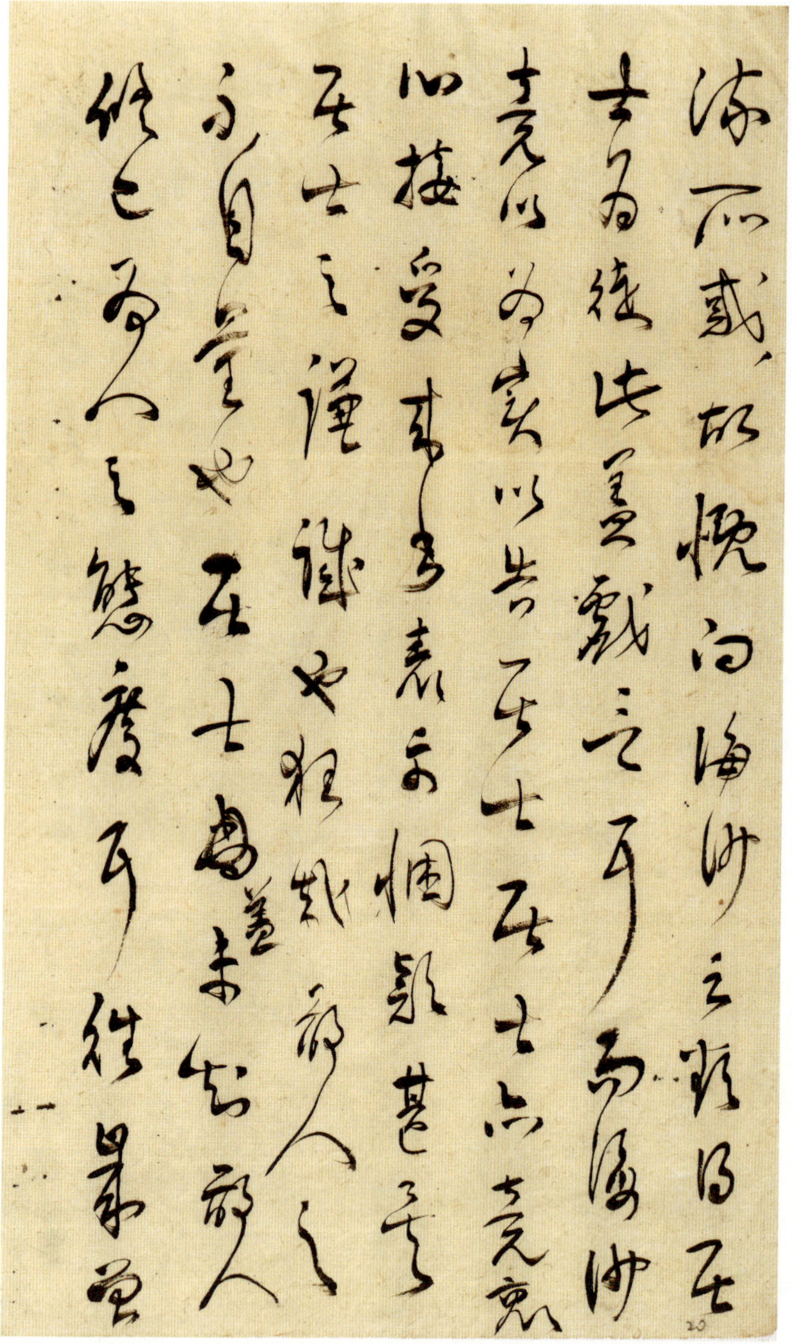

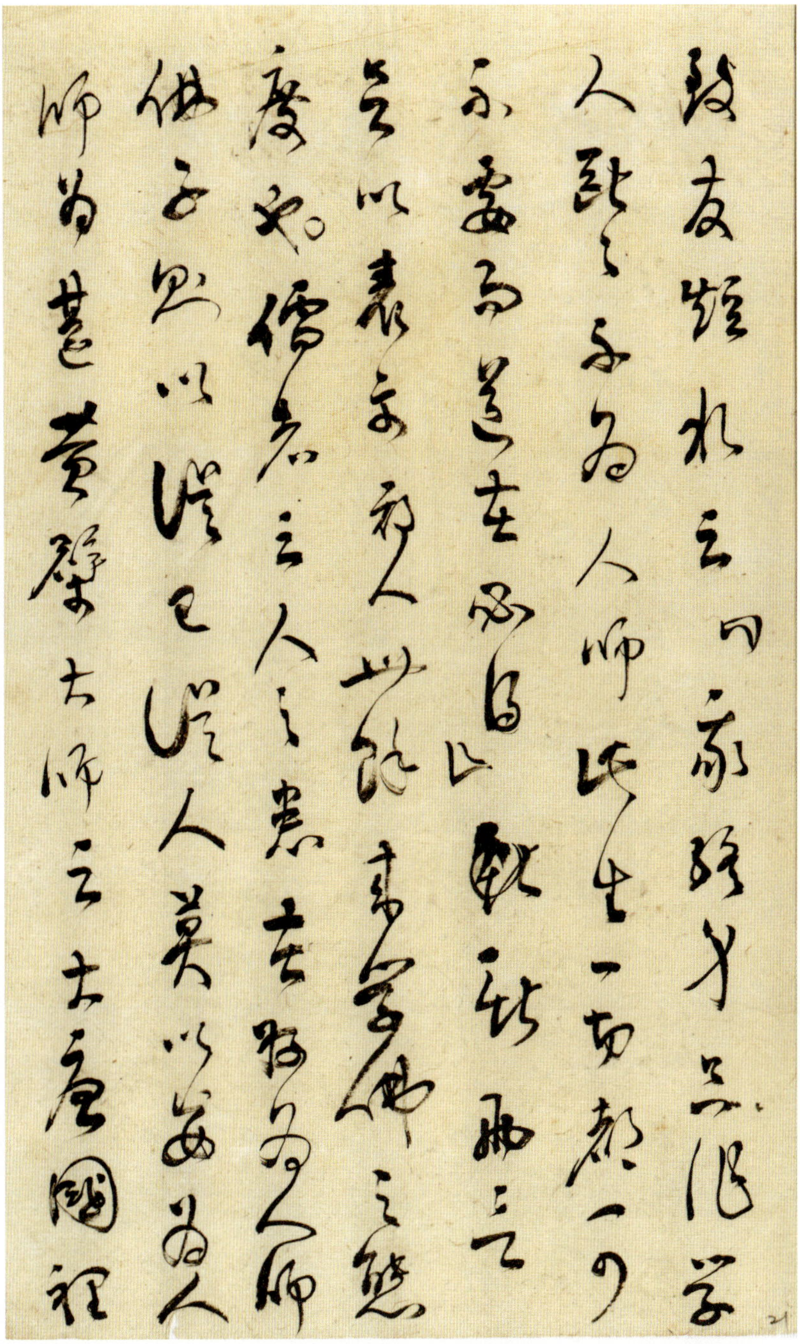

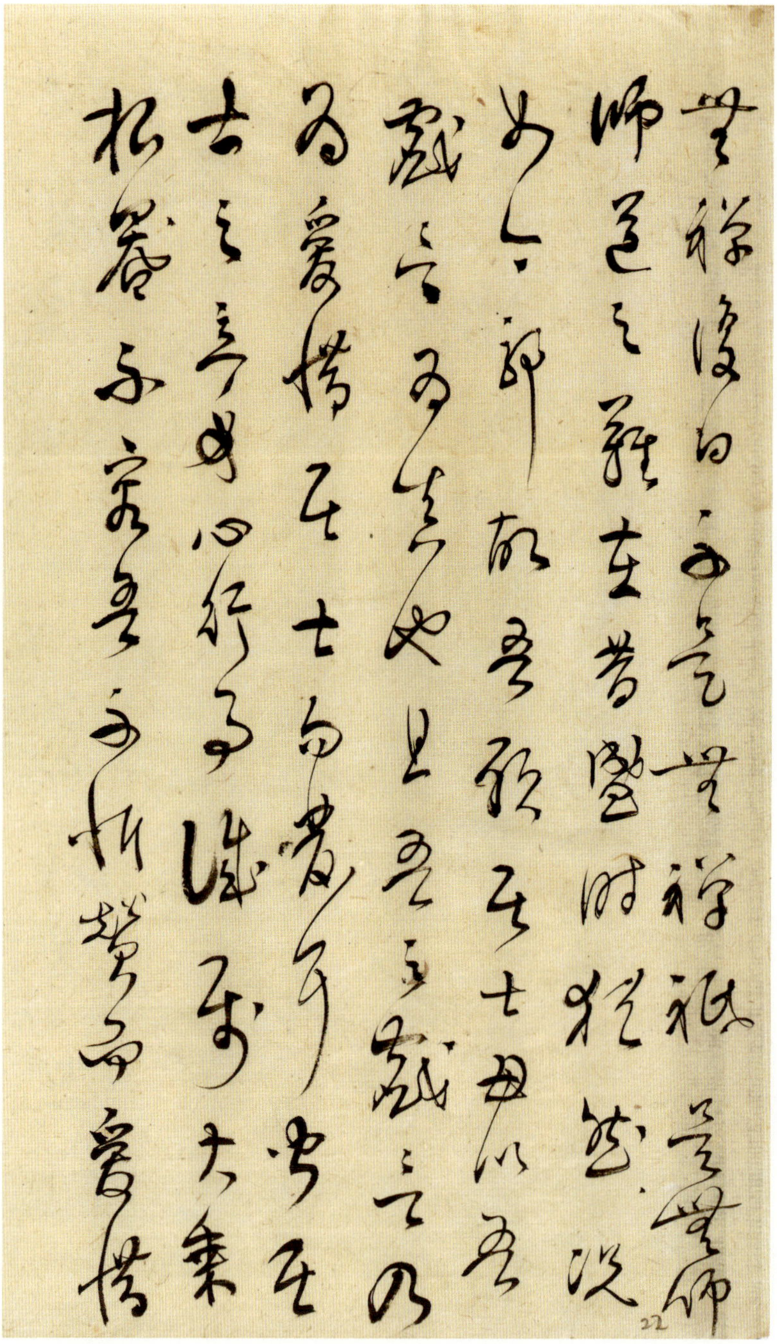

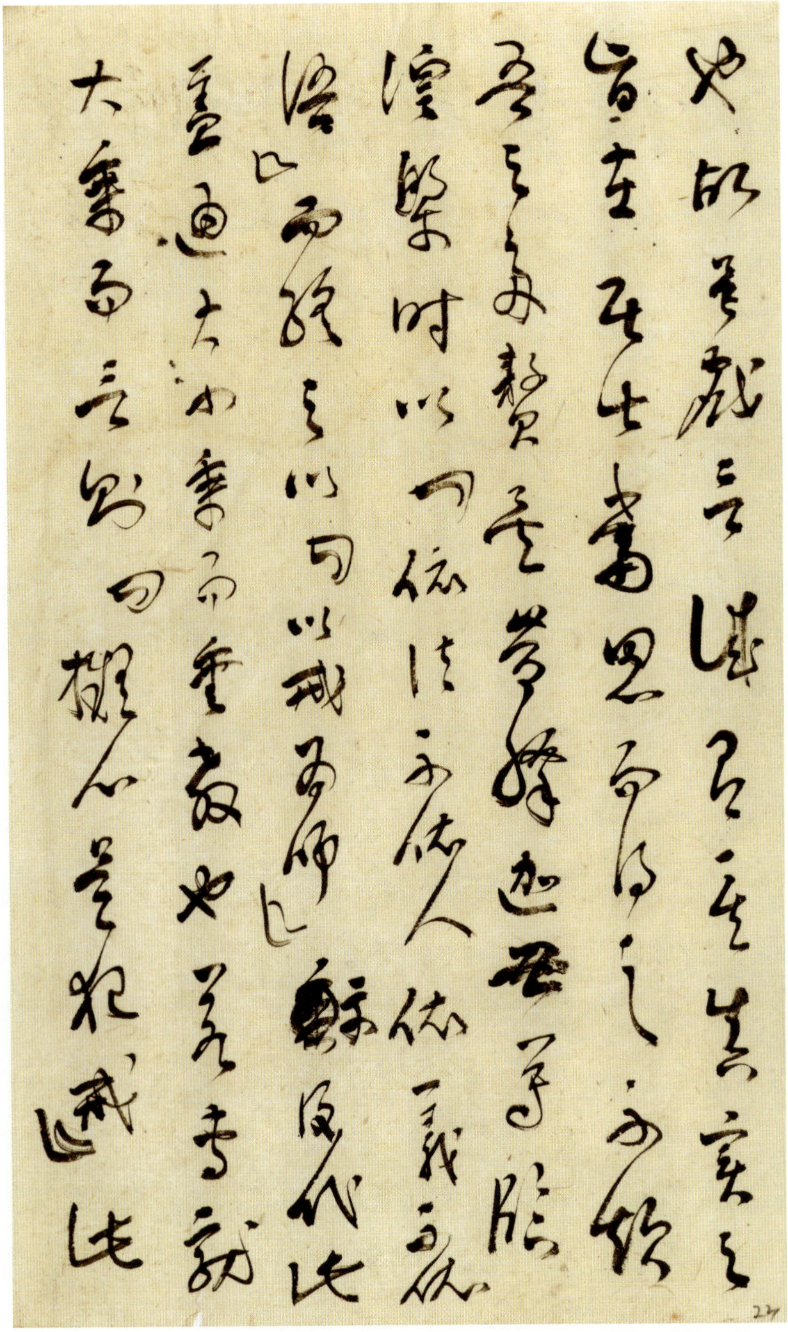

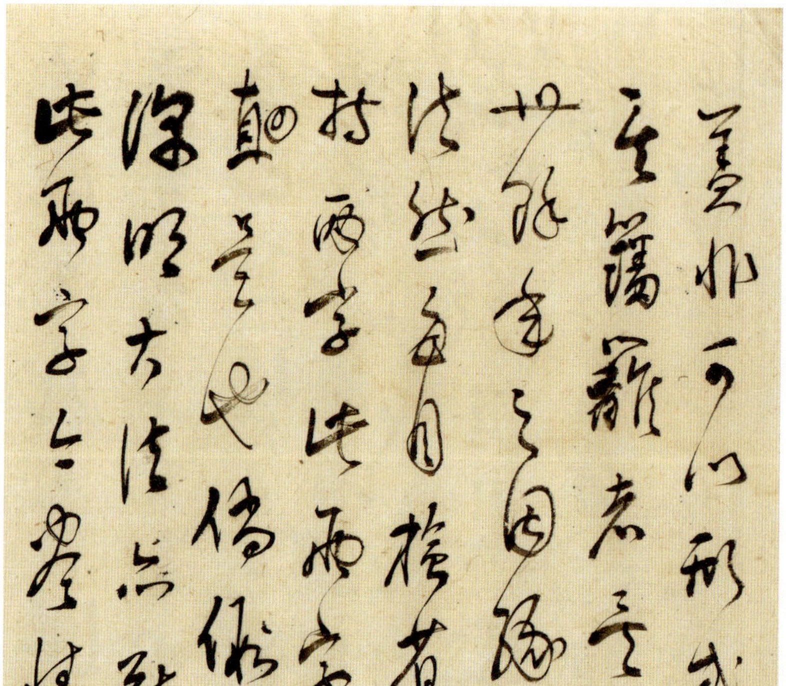

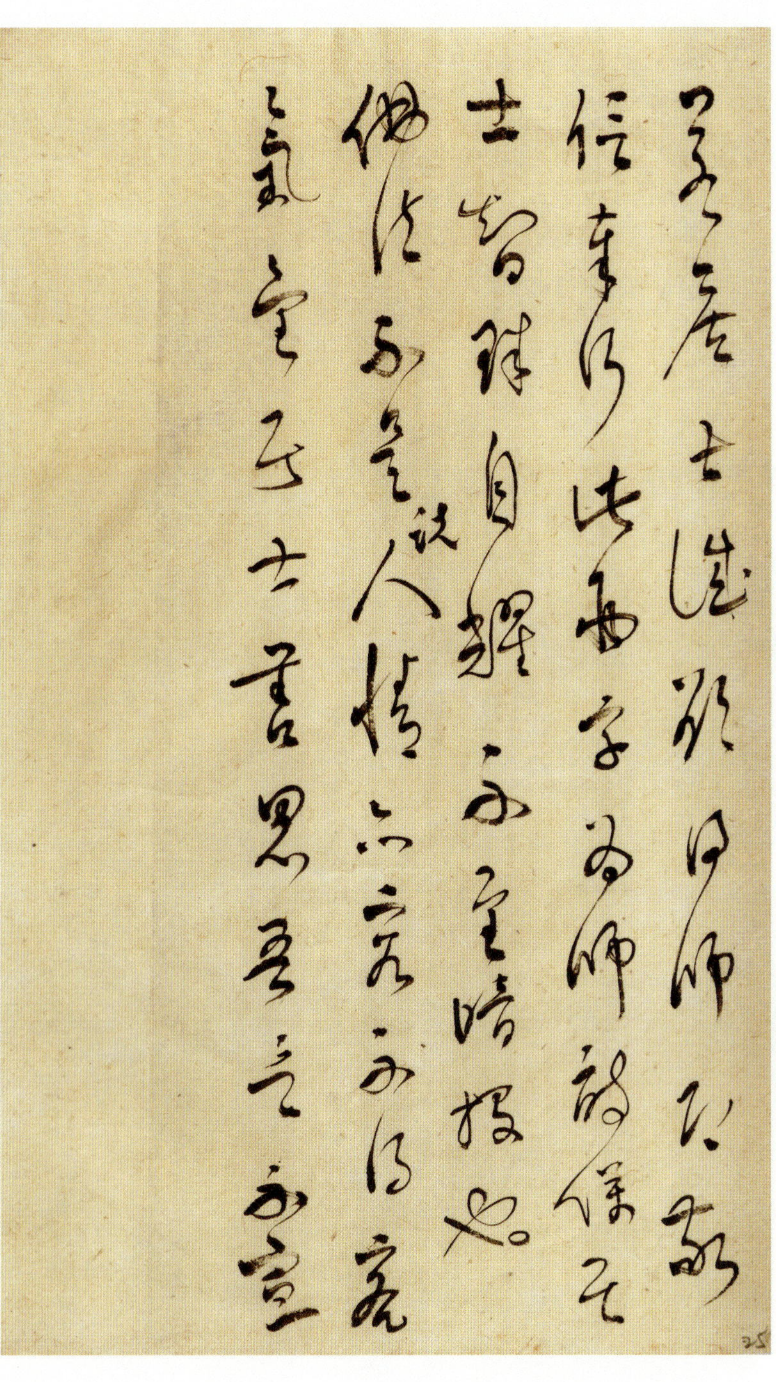

請肖敏居士代擲交銘樞、

真如吾兄慧鑒：

您派來向班禪大師致敬的代表係君，西藏人已經答

覆了。據聞班禪長老等人對我講，班禪活佛

和藏僧公等都對您很表好感。同時我把您給他們

作了簡單的介紹。我現在向您提個意見。您可

以用黃色或北京官話，您想辦法寫一來向班禪致賀

西藏自解放以來，班禪入藏，慶賀綢緞附上黃綢五尺

（可作哈達）由郵寄去，另外寄給您作為您向班禪致敬禮物。

因為西藏人對這種禮節很重視。您若見到班禪

活佛時也需要用哈達作見面禮！此致

敬禮！

羅偉

五〇·十一·於北京

181

銘樞社長慧鑒久仰
高風未聆
謦欬引領
江東不勝依依之感敬維
精神矍鑠
公私順適為頌茲送上關於安康雙溪寺
發現的投壺説明書一份擬請
居士函托在京友好通知有關部門早日

1

撥款修復雙溪寺使古刹不致湮沒佛法
得以重光事關中央保護歷史文物政策
言責所及專書奉聞請勿以狂直覼是幸
居士為現代佛教健將年來奔忙於內政
外交的新佛教事業備著賢勞至深領佩
我們在
毛主席英明的領導下行見正義人道伸張
於世界慈祥和平普及於全球

183

願佛陀和平之光照耀於全世界
近接巨贊法師來信言中國佛教協
會籌委會不久即可成立展望新中國佛
教遠景光明可愛寸心千里彼此諒有同
感也
專肅敬頌
法樂
北京現代佛學社
陝西安康通訊員 明幻合十
10/11

3

184

銘樞居士青及：

金州秋暮江風早寒恒來無寐更漏將殘引筆展紙悄然燈前心所蓄者便欲快言以代一夕之語可也

自現代佛學二期起至現在每期我都細細地讀完以居士發表的言論為多具見愛教愛國熱忱曷勝敬佩

幻兒時因病出家僅在師範畢業曾充中小學校教師抗日戰爭期間飄泊長安承新秦日報社長俞嗣如居士邀請担任該報副刊「覺林週刊」編輯兼辦省佛教會文稿與統治階級破壞佛教者作鬥爭時與已故王幼農

4

居士交遊及與虛大師書問往還，獲益不少。後來行腳盩武地界的海藏寺，每日登山臨水以開拓胸襟，尚記寫有：「行遍華陰到華州，今年又作太白遊，雪霽春回殘照斂，人在山川畫圖中」及「一庭東風起終南，百思不解菊花殘，細推物理須精進，拂曉對窗雪滿山」等絕句，流露出自己心靈深處對於美術與文學的愛好，想係宿習使然。

在關中散漫多年，愧無一成，行雲流水，到處為家。五○年夏因重病息影於天聖寺經樓，掩方便關，發願恭寫華嚴經，每日楷書三至五百字，迄今已有二十多月未嘗中斷，已寫好二十六卷，約十七萬多字，茲後

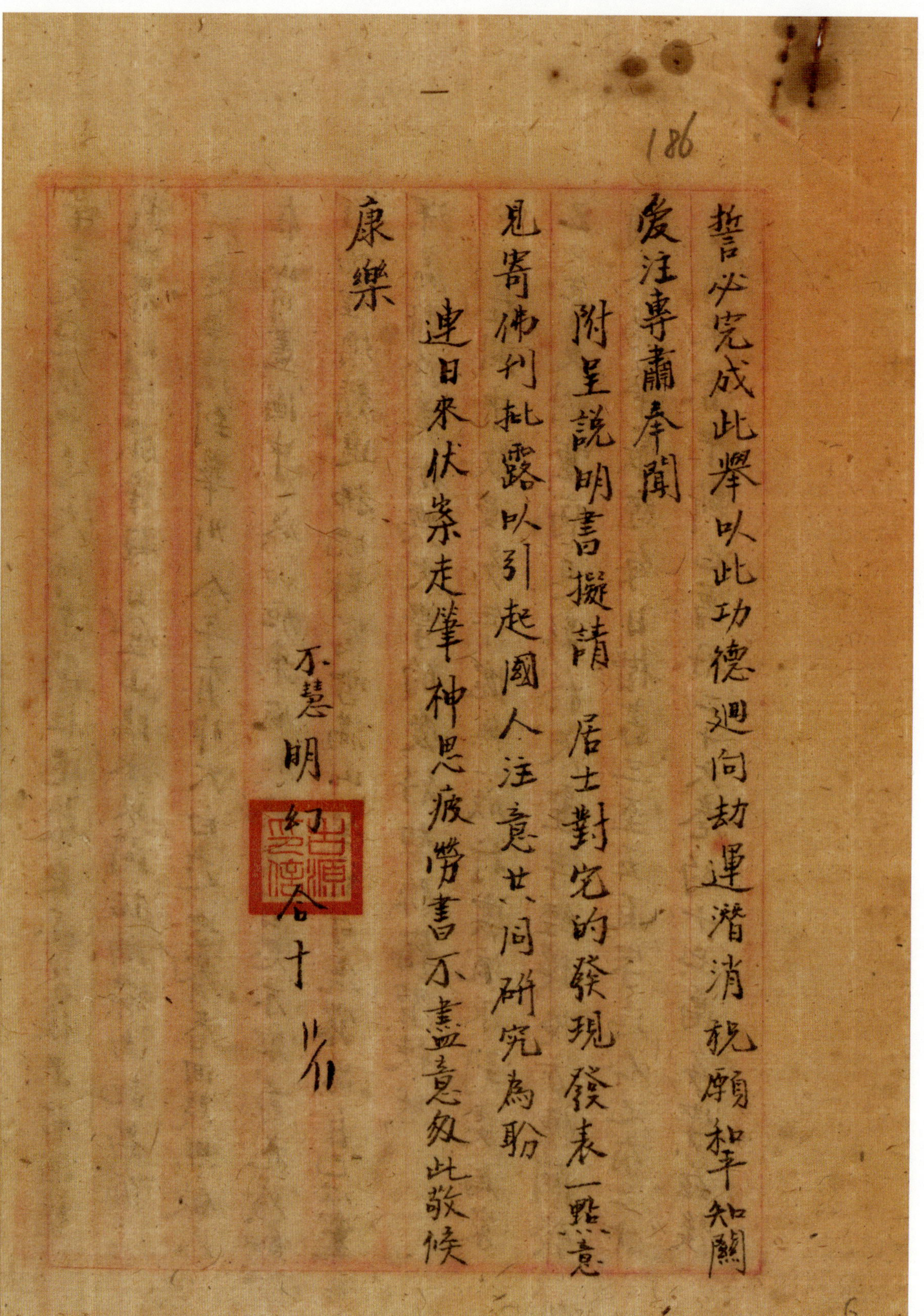

誓必完成此舉以此功德迴向劫運潛消祝願和平知關

愛注專肅奉聞

附呈說明書擬請　居士對宅的發現發表一點意

見寄佛刊批露以引起國人注意共同研究為盼

連日來伏案走筆神思疲勞書不盡意匆此敬候

康樂

不慧　明幻合十　11/11

85

中國佛教會貴州省分會用箋

第　頁

真如老友：

前年由南嶽辭却佛学院教席遊峨嵋、原定窮秋返閩專研人生究竟、不再為衣食住行而隨波逐流。奈由峨回到重慶時長江川湘兩路均受阻，特假道黔省擬由桂粵歸故鄉、履筑垣日適閩省電信中斷、遂留

年　月　日

地址：貴陽市陽明路黔明寺　電話：六六九號

2

86

第　頁

黔明寺佛学院重坐梦中教座：

顷阅「现代佛学月刊」中大著，知

老友早臻最上乘。惜民八潮州上蓬

镇驻防时，民十四服务于憬然围时，

民十五辅贤初到武汉时，民十八于

黄浦省防军教导队任教时，概无

缘得闻圆音一演，直到民卅自知

到南华闻经，虽近大德师十年，

年　月　日

3

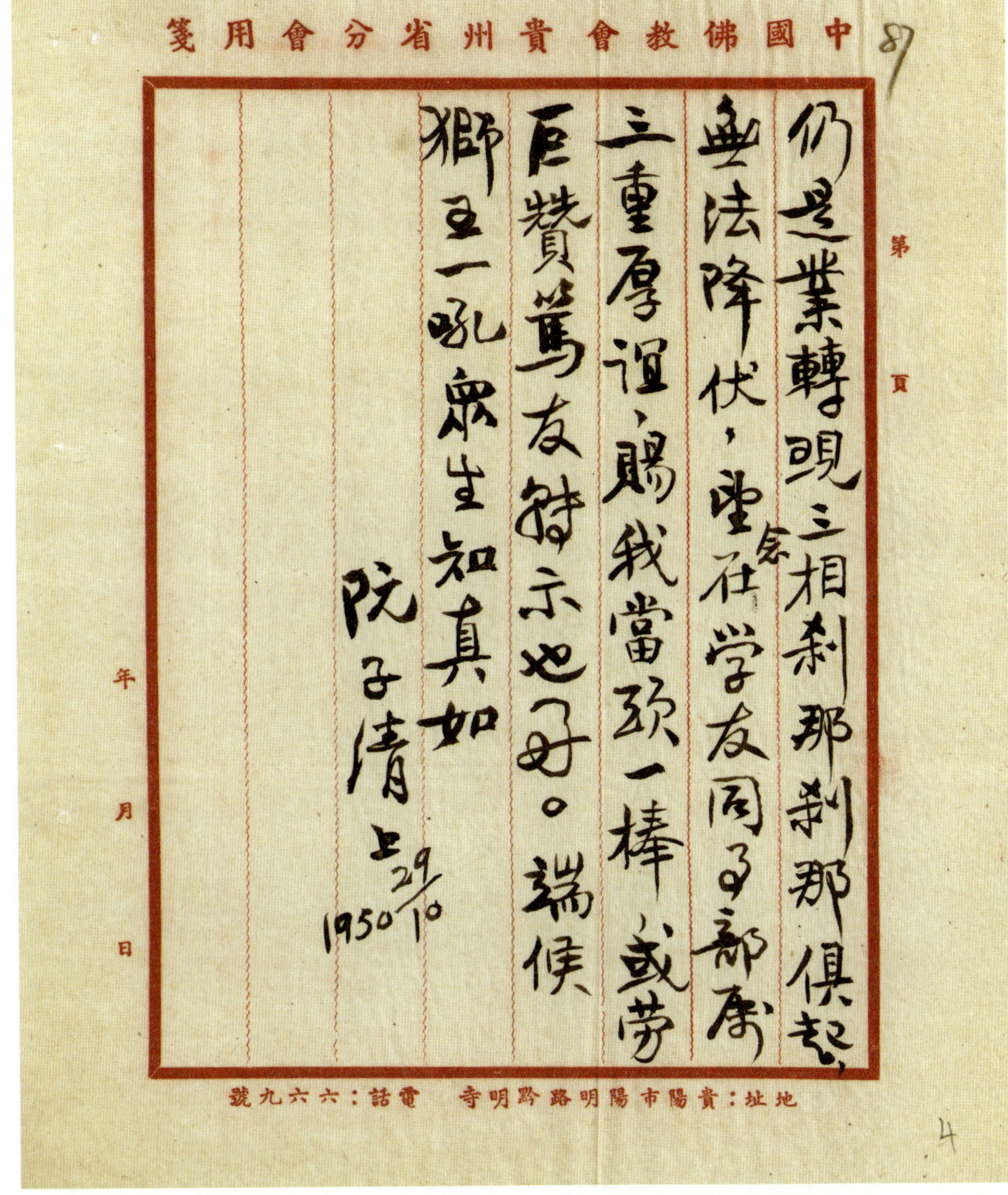

中國佛教會貴州省分會用箋

仍是業轉現三相剎那剎那俱起，無法降伏，望念在学友同多部屬三重厚誼，賜我當頭一棒，或勞巨贊篤友特示也好。端候

鄉五一吼眾生知真如

阮子清上

29/10 1950

地址：貴陽市黔明路陽明寺　電話：六六九號

真如先生道眼：往因佛社之約，恭

化中齋聚，獲奉

高論，瑋辭閎奥，遠而所談多

非儕俗所爲方書刻秘向難為

之嘉會也。昧道 論演不得捧讀

所爲華嚴一則，理精見到，敢

不拜服。蓋吾佛為一大事因

緣出現於世，所說無量法

門，河沙妙義，今為

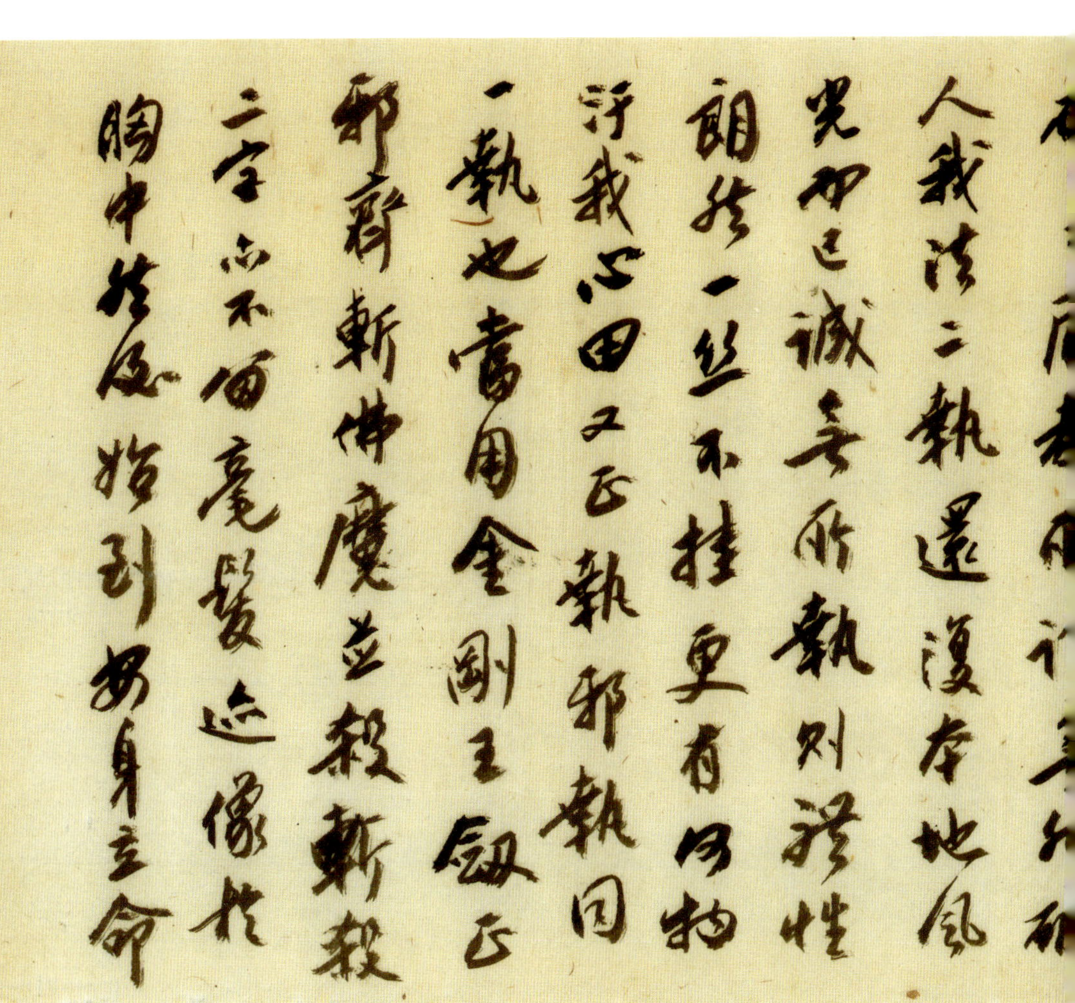
人我法二執還復本地風
光如已識無所執則移性
朗然一絲不挂更有何物
浮我心田又豈執邪執因
一執也當用金剛王劍豈
邪齊斬佛魔並殺斬殺
二字亦不留毫髮遮像於
胸中然後猶到安身立命

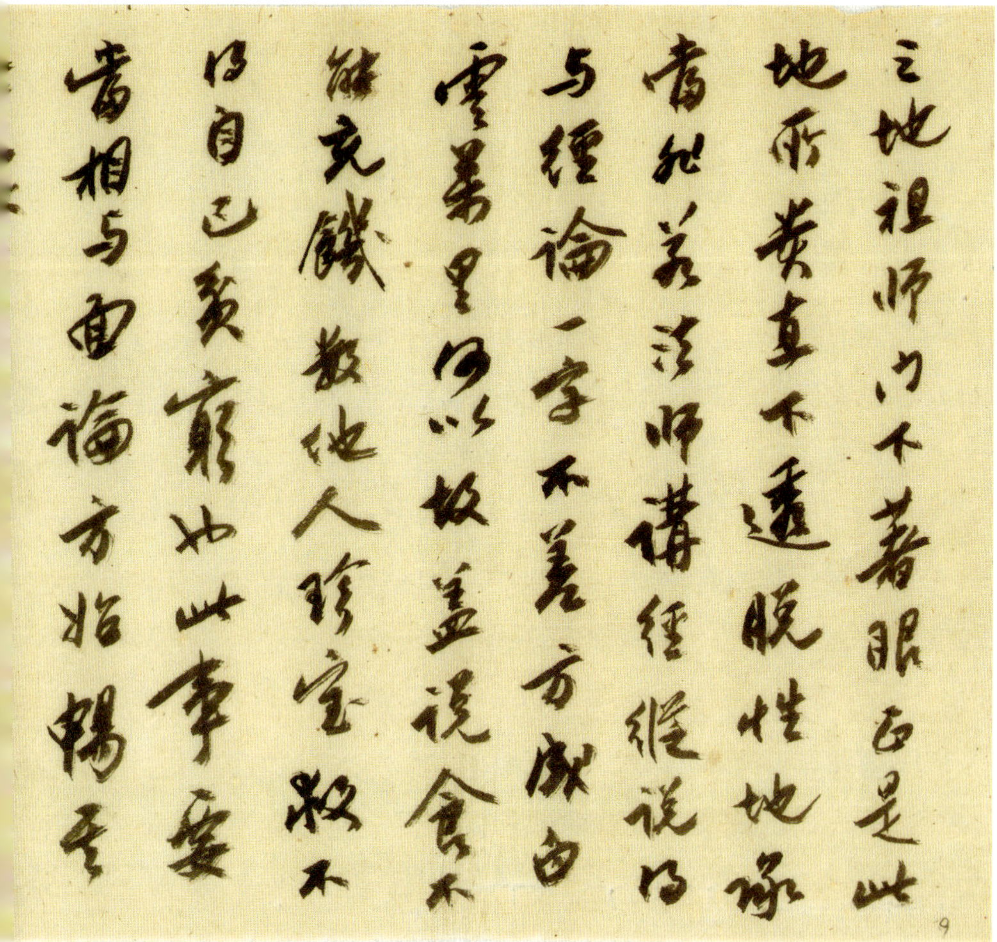

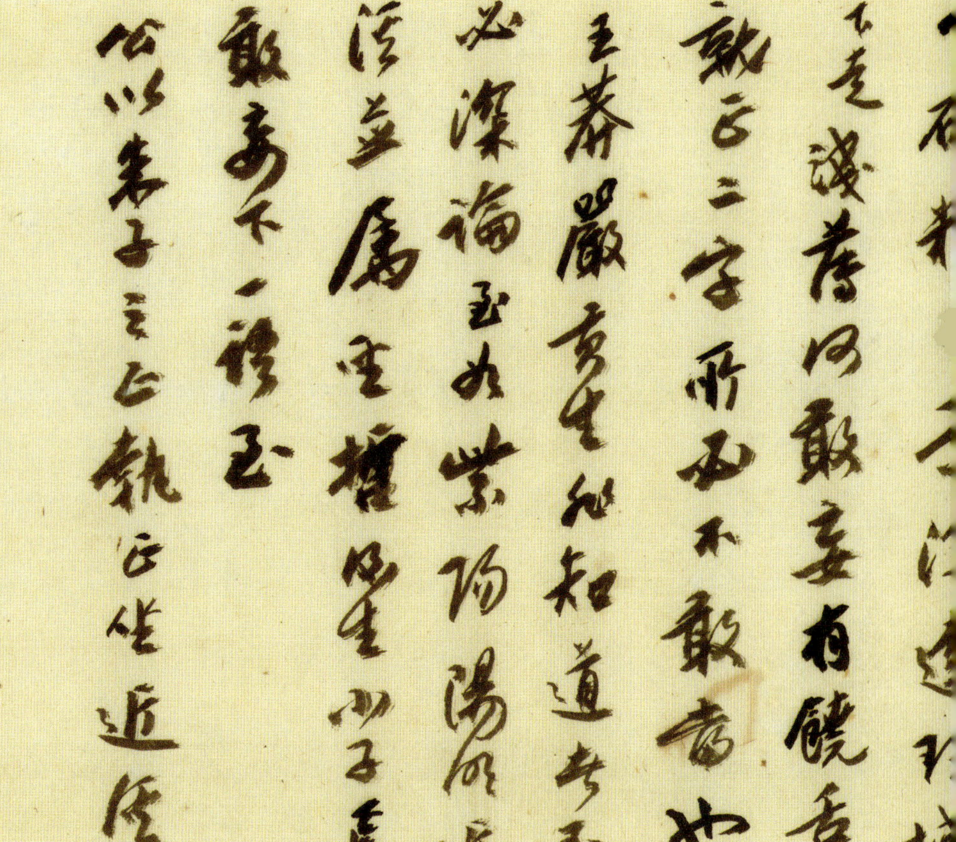

所見妄以澄於湛於為心之
本體一朝真如深中要害
使熟見如來藏身之地
澄於湛於乃是心體之法
至於心之本體又豈文字語
言所能形容哉但有忘心默契而已自來佛
菩薩傳示心法皆設形之
喻莫能直說故世尊曰

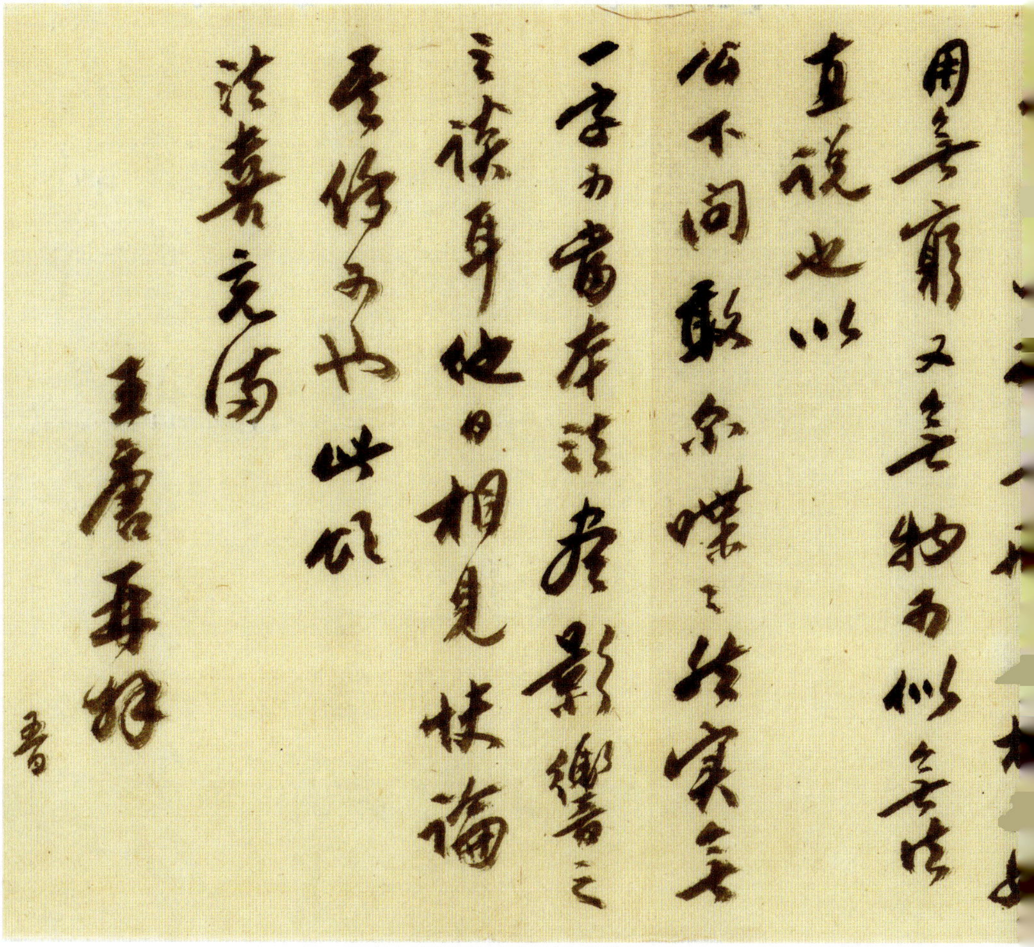

真公往乃朱蕴山先生携下
手翰極感不遺曾覆一函如
示要漢口中南軍政委會農
林部不審獲達
尊覽否迄今月餘日集翻閱
道從楚京開會不知何時返漢故
展閱竟疏略思及胡子昂先生函
約入城相晤乃悉在京與

佛

一九五一年的信 51.1.12

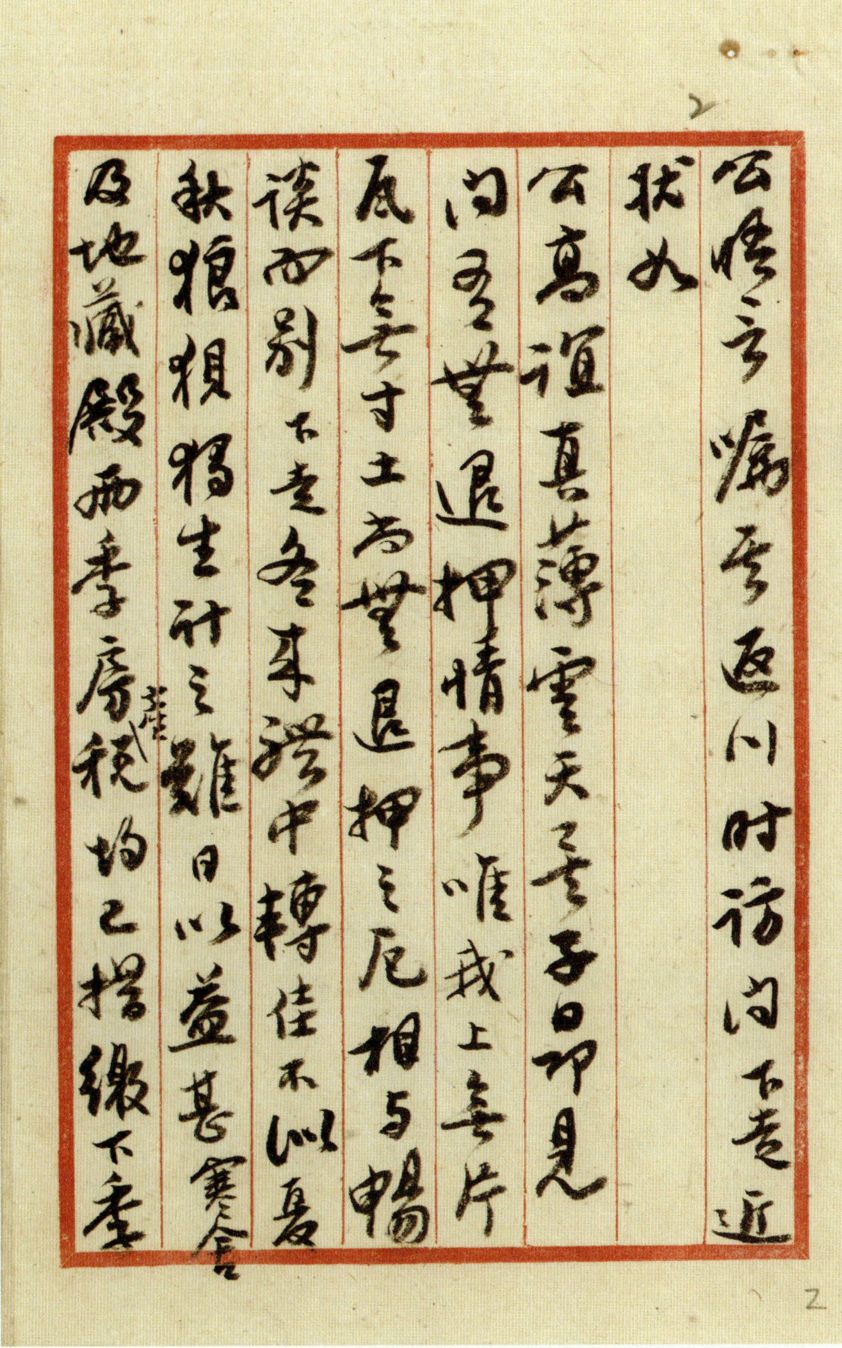
公脾之病吾返川時訪問，下走近
狀如
公高誼真薄雲天之至。予日印見
問吾無退押情事，唯我上無片
原下無寸土為無退押之厄，相與暢
談而別。下走今年從中轉佳，不以長
秋糧粮稍，生計之難日以益甚，寒舍
及地藏殿兩季房產稅均已措繳，下季

視上季加倍繳納善持費，君經營西地藏殿上月由公安局清水灣派出所召老玉至所云地藏殿當由政府接收，唯先接收物資，遂將器具椅桌一切用物悉數搬至派出所，西殿宇（房屋）尚未接管，仍由老雇人看守，同時接收。待今西已，唯今只望早日接收，卸脱責任為幸。城中來人云佛學

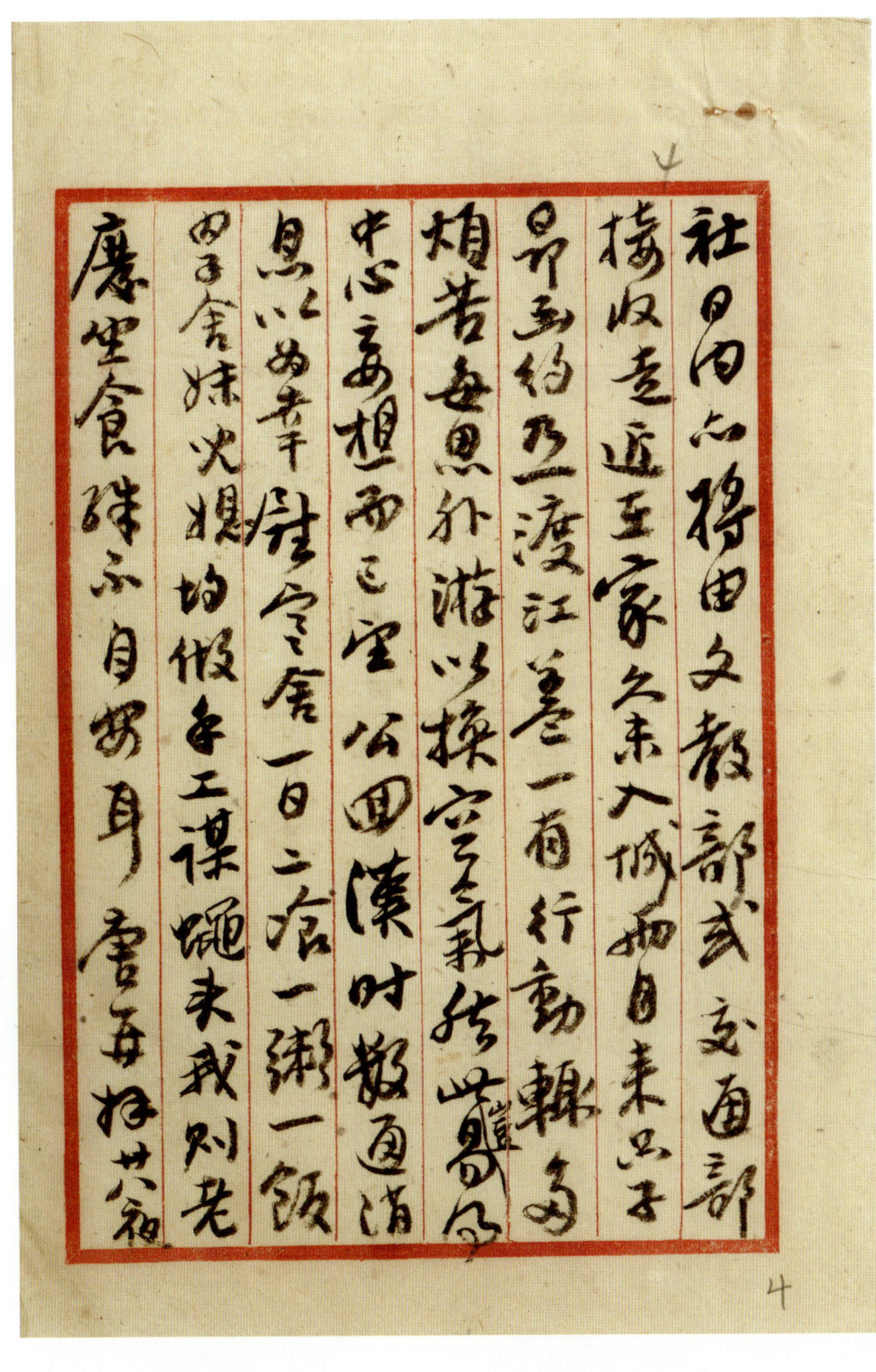

社日丙公得由文教部改交通部
接收意近至家久未入城两日来足手
冒玉约乃立渡江善一行动艰为
颇苦每思外游以换空气然无处风
中心交集想而已望公回汉时数通消
息以为幸唐寄舍一日二餐一粥一饭
四子舍妹次娘均假手工谋糊来我则老
唐坐食殊不自安耳 唐再拜 廿六初

4

真公左右　內院經費奇絀近有王君至渝已略知一二
今晨與呂一峯先生談及擬請西南文教部酌給津貼
留三五院友暫行保管
左右曾上　毛主席書言佛教在中國之價值并推薦
秋逸先生為國內大師持論得體　德陽擬請
左右向中央建議內部院係學術機構設法保留酌給
經費聘請　秋逸先生返蜀主持為宜　德陽經辦小型
毛巾廠情形尚佳但銷數未暢近擬參加文教工作已

寀呈
陳部長閱
友、十二、十一

34

向文教部接洽中如能抽身擬至北京華大研究
班学習身此即頌
台安

文德陽　再

十一月廿五日

39

240

真如部長鈞鑒：日前晋謁，備聆讜論，承以智拔牖者發矇矣。退而自省，並繹

尊著，文約義豐，直探本源，尤以首倡新哲学方法研究佛學，創見迭出，令人心折——如依辯證唯物觀點尋出徧計所執的根源，依佛法觀點解決主客觀矛盾的徹底地，如佛学实践的規律，相對与絕對問題等——始知辯证法可以宏佛法之用，佛法可以濟辯証法之窮，溝通二者，訢合無間，為佛教掃除荊棘，為哲学闢一坦途。此在

大德固屬性分之事，然而嘉惠士林則多矣。

少澗軒

後學矢志佛學尚亦有年平生蘄向端在內院終以緣慳
未克遂志■擿（墮）塵雜毒攻心日月逾邁悲悼良深我佛
有言我今若不證無上大菩提寧可碎此身誓不起此座
後學之於佛法雖日不若是之堅定然求安身立命之志
固念茲在茲也普賢引歎品一切衆生而爲樹根諸佛菩
薩而爲華果果是故菩提屬於衆生此誠摩度觀點正解
敢不勉力但身在沉溺不可以救人聞思修之求師第一
人身難得人師難求後學頑鈍誠不足以備學子之列然

241

於
大德固心嚮往之矣近以敝校為轉讓校舍於省保育院行將遷往漢川從茲百里之隔無由親聆
教益何勝悵惘書不盡意敬頌
道安

後學　徐令宣敬上　二、九、

少潤軒

2

242

湖北省實驗師範學校用箋

真如部長道鑒　有啟轉寄　尊示日昨始奉到
詞意丁寧誨摯備至反覆雒誦不能自已人之生
也與憂俱將家還手結的是實語　寧乎謂可
指摘如不多益徹病痛之已深乎慚悚何
似昔於象山教人切己反省改過遷善此外
更無餘事還生於有所有能對人己討之好
惡道情豈已脫離羣衆抑且深昧撲決
如是則何能掃除障礙建立摩衆觀真何能

3

243

湖北省實驗師範學校用箋

那仁但條仁兄何不如己省低頭仁兄虛心接受
批評仁兄徹底自我檢討故知是之弊在又觀
之世欲銷我於羣眾之中而不知有我在本
兄達到人我對立的從一根本功夫切己反省
此便是實踐斷斷之障礙之它三大信條祗恐登
究竟豈它法所能濟事耶謬見如是未審
尊意以為何如不鄙從旁所掛礙非遠隔
德音佛佗雖值異塞之心益移日增其悵悵乎

4

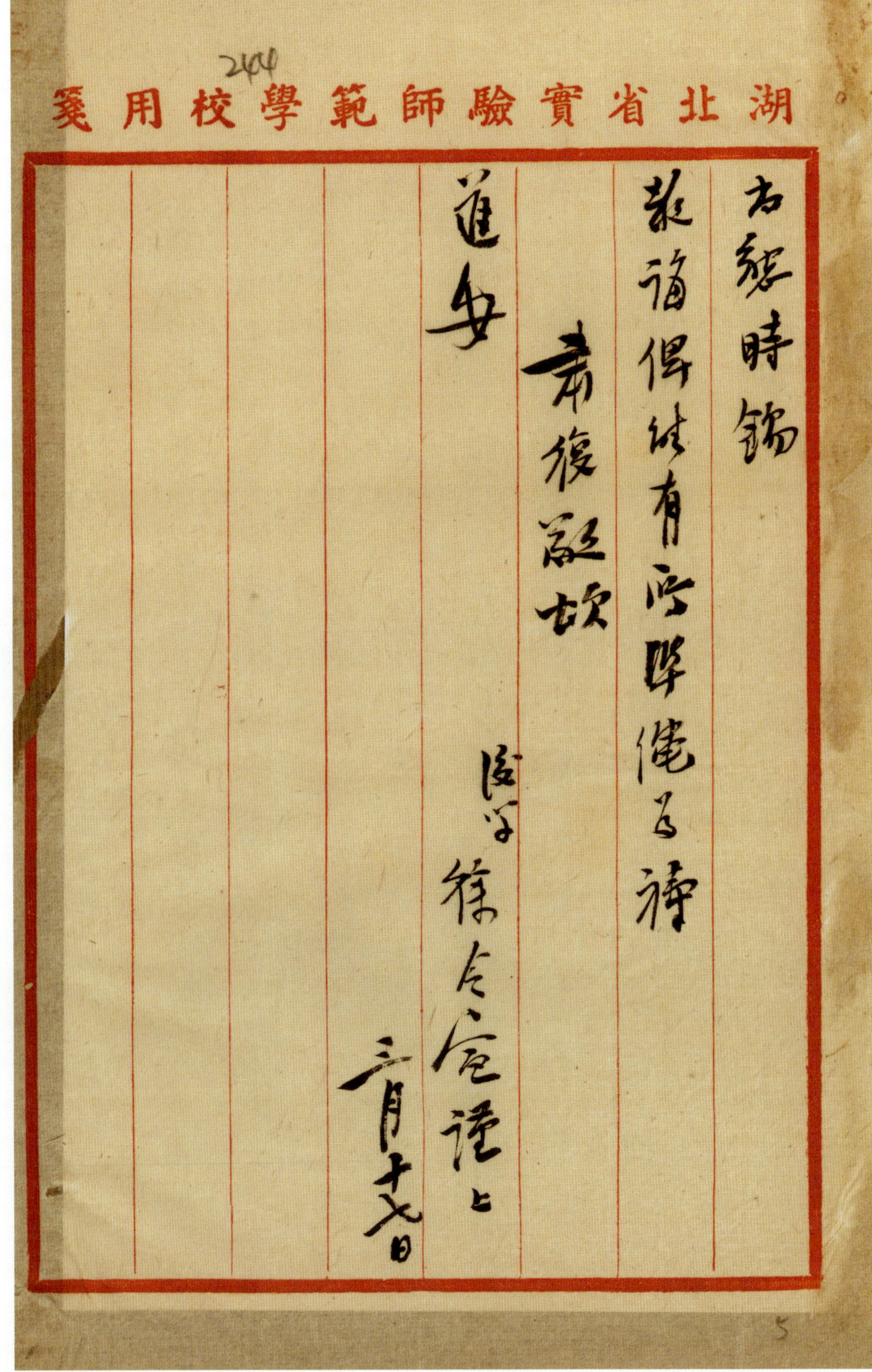

湖北省實驗師範學校用箋

尚懇時錫
敎誨俾得有所準繩爲禱
肅復敬頌
道安
後學　徐令宣謹上
三月十七日

245

復徐令宣同志函稿

令宣同志：来書舉象山教人切己反省改过遷善，此外更無餘了，「為無我」實踐的工夫，这是一針見血的話。再好不過的。但是你推論到群众观点的建立，在克服人己对立、漸達無我之境，於群众鍛鍊方不成问题（係写出大意）有倒果為因之病，不可不説。據总我為馬列主義高度修養的境界，無我乃謂之空無生法忍的極功，談何容易。馬列主義鍛鍊，開首便教人建立

6

246

群众观点。他们的厲害處全在乎此，因为人已对立的屢出無窮的害處，全从个人主義出發。群众路線就是針对此点去破除它，走上了群众路綫，个人主義自会減輕，人已对立自会減少，小資產階級意識亦逐漸消泯。換句話說：就是從群众運動發展出来的政治認識和对公共事業互相映引的热情以替代自私自利的萌生、累發和長養，苟在群众中行得熟，便漸漸進入忘我之境了。至群众路線的基本立場在於工

7

人階级领導上面、倘非这个階级领导则群众组织决不获成功。原因就在经济斗争上面，由工人对剥削階级的集体的经济斗争、引起对压迫階级的集体的政治觉悟，觉悟提高则发展为革命，创造和大公无私的群众伟大的力量。又在我们新民主主义的階层，虽未进入工人階级的社会主义，就朝着以工人階级为领导的群众组织的政治思想，这思想完全表现在为人民服务一点上，而为人民服务的具体的齐一的而且最有效的作用，就是表现在政权机构的制度上。尚明白这种意义，当使人人感觉到非建立群众观点，将无他生存之余地，至于说你有何私心也难发展，任何恶人也只有改造为善人之一途了。这条路线在佛法眼光看去是从古未有的世间法的方便法门。你总要这路线的实践的环节，故所谓这的无我的极诣，依傍推想的空谈，正中了你来信所谓之「岂空谈所能济事耶」了。此中粗书，其端而已，望你细自寻择，为论倘非

249

以佛法立論，實無可議（倘使你不明佛法而能說出這樣的話）不明佛法者讀你此書，當亦難辨你的錯處也。大須咬緊牙關艱做工夫，切勿艸艸。匆致

敬禮

陈厶厶　三，廿六

10

真公道鑒　尊示奉悉焉列主義的忘我工夫首在建立
羣衆觀点指出　今之說有倒果為因之病恰中要害令
人負痛失聲本擬於拜讀　尊作我的禪觀一文後合併
請益近又奉到　尊示澈論放下工夫如飢逢王膳當下
受用法樂之恵何時能忘用是即呈所感再事瀆旨
　一建立羣衆觀點達到忘我之域其作用全在憑依他
力求持上進故可行之於多數人即主羣衆路線的工人
階級其政治覺悟（自覺）也是由他力引出一對剝削階級的集

少潤軒

体的经济斗争。中国工人階级身受三重外力的压迫故觉悟亦最高力量亦最大可為明证其他產業工人覺悟就差多了。夾持之下心理上不免抗拒，斯時主要外力在採用说服方式展开批评与自我批评加强学习以打通思想——引出自力——使其當於接受其真不堪改造者那只有用政权力量实行镇压之一途也了。除被镇压的外对於一般人說来还是有教育意義也就是他力之另一种方式了。以用他力一点来说深合因缘生法的道理以其用政权

某革命前
阶级为未来
群众观点以行
三　言闻

251

力量一点未说，又极符法家精神。世间法中虽是最
方便的法子了。至于佛法无我，全仗自力，止观双运，权衡
在我。亦有仗他力的，但主要的仍是引归自己，以校群众路径之客观的他力，迴光不同，为方便别，不妨说佛
法保全仗自力，持戒虽严，仍以菩提心为根本，而大乘菩萨利物
济生，则虽十重律仪，权外不犯；退菩提心，则犯。诚以无我
之境，非言思可到，言思执着，所知为障，故忘我之极，仍不
免于俱生惑；欲断二障，非发菩提心不可。障人心起，将心
识，岂他人所能为力。因此彻证无我，虽是大家有分，毕

少潤軒

12

竟只有少數人証得人犀之感也久已日对真而莫覺這也是莫可如何的事了。

六放下義——一切放下确非易易之事着力不得病在着字但不着力也不行（一定流於昏沈）此其所以難也不能放下主要是由於心有障碍障碍繁多合而言之不外三毒约而言之不過一私非從心髓入微处用功不知私之為禍之根深蒂固也但在未讀　等亦前了解放下只是消極一面及見放外下担却去一義才如夢初醒深悔年来心病就在無担当

252

上表左心理方面不外一、偷懒，二、胆怯，三、怕做不好丢面子。刚健消磨，颓堕增长，即不自觉以哀悲哀，以狂追狂，愚謬若此，良足笑悼。夫子有言：见义不为，无勇也。此便是担却义理。直则气壮，不勇由于不直，一私苟能以直心作道场，则私心一念去，如洪炉点雪矣。物々随伏，本来蕴藏，任其幻化，对境无心，随缘不动，非天下之至寂，其孰能与于此。心無[illegible]無罣礙故無有恐怖，遠離顛倒夢想，究竟涅槃，故知无障碍实是无我极功，至不易々。由是言之，不能担当而侈言放下的，那真放下也，颓废而已。道家正坐此，儒家便没有病，放下之义得以

少潤軒

13

說而存之方為圓滿的真學術上一大事也
肅復敬頌
道安　　後學徐令宣敬上　四月十日
記我們學已直接訂閱寒第八期到時如　尊作已
刊出寄讀後再書請益
宋儒如周子程子書中對於通寂之体會似未截成
二片，因書不在手無以指出　尊示謂宋儒把動靜分
作兩截說不知係何所指通書動而無動靜而無靜者
神也一段立字非常融通未審　尊意印可否

253

令宣同志：久望你的信，前日接得覆書，展誦之下，欣喜不勝。我因軍委會開會未竟，未能詳覆，然以你幾个論点有必須辨着，又不可慢，故略覆如次：

尊論兩点：一是羣众觀点，二是「放下」。放下之義不必作深曲去追求，只作「放下思想包袱」解便得。至於「担却」亦是「放下」，就是卸却思想包袱，才能担却責任而已。你已對此得到積極的意義，更深入從实踐上體會去，自然日進高明之域了。「羣众觀点」，依你的說法是很淺問題，若不打通這關，會落空並會鑽入牛角尖，且更深違背佛法，故不能不亟向你說，可惜在此忙碌中，只能提要供你自家尋思而已。

第一、你說的自力他力的區別是不正確的。人不能離羣而立，亦即不

14

能■無「羣」而有「自」。人之一生，刻々無非在羣中實踐互相影響、引發、啟發、激發、策發、鑒戒、勸導、激勵、鼓舞、效法、教導、學習所起的作用而形成羣之各種環境、各樣形色和各不同的社會。故所謂羣者乃各自之總體，所謂自者乃羣之分體，由此，不能離羣而說自，亦不可離自而說他力，他力与自力相結合而不可分析去看。

第二、羣众路線從馬列主義倡明後，無產階級對資產階級鬥爭由自發而自為的實踐歷程所建立起來的，在封建社會資本主義社會和小資產階級立場中，絕無羣众觀點之可言。根容易說明這道理：資產階級從自由主義——個人主義發展到獨佔階段，無非做着欺騙羣衆、掩襲羣众、壓榨羣众、利用羣众的勾當，

254

通常否定他們為脫離羣衆或反背羣衆者，正是他們極不合理的掠得羣衆的果實。所以他們離背羣衆必走上滅亡的末日，乃是歷史過未注定的命運，就此點亦可証明自力他力之不可分了。說到小資產階級當然無一定羣衆的立場，更屬顯而易見了。此點附答在產業革命前工人階級尚未出現、羣衆觀點如何建立之問。

第三、就羣衆路線去看佛法，更為澈底。人「衆生是福田」，離開衆生一切六度萬行都是落空。②、菩薩行就是衆生行——羣衆路線上表現，「菩薩願不離衆生」——羣衆，「盡未來際度衆生」，「有一衆生未成佛，我誓不成佛」和釋迦牟尼坐菩提樹下睹明星豁然大悟與大地衆生同時成佛，「佛道無前後際」等經例，不是極澈底的羣衆

當作

15

路錢嗎？又，釋迦佛四十八年說法剎生有那一秒鐘離開過群众？他亦了家室為在說法無間斷，更是證明他壓根兒一輩子是在群众路線中。又依同体大悲的根本教義說，菩薩視任何微小的生命不比自己或其他高貴生命賤，換句話說，根本就無有我見，根本無「我」之一字。只你把忘我与無我從他力与自力分別來定其高下，亦不正確。須知忘我就作用上言，無我就本質上實際理地上言耳。不必作深淺之分。舉例說，忘我猶如有柴不燒火，無我猶如釜底抽薪耳。又，忘我無我境界，亦不可作深妙玄想，至落理學家的窠臼。舉例說，原始共產社会人的生活就是群的生活，那時代的人並無有我的觀念，即有也絕不顯著，試看野蠻人為群牺牲的美德，根本

255

就不像文明人先具有牺牲的代價一條件的計較觀念的，可以想像原始共產社會之無「我」的觀念。不要說人，我們試看螞蟻群鬥爭的陣容，更可表現全無「我」的意識。由宋明理学家看来無我境界「唯聖為難」，然則原始共產社會人人都是聖人，不僅人如此，螞蟻群亦都屬个々是聖人了！其實這種聖人亦並不難，在無產階級群众路線中，

上已說明群众路線只有無產階級立場才實現出来，不要忘記。

凡在生產競賽高度的群众熱情中

不要誤認這種競賽和勞模英模等跟同資本主義学者自由競爭的理論—發展自私的理論，這恰正与他们相反。

個々人都屬忘我的聖人，王陽明有個学生的話最好，他說滿街所見都是聖人，雖屬他偶然的開悟之言，也是發現群的真理。

上所举諸義，望你细々体会实践，方悟到怎樣走上群众路線，

16

立峯么中「和光同塵」去，再不會有什麽小資產意識表現和再有什麽奧妙的道理了。

末了，對你質問「通寂」之辨，我對宋儒周子程子之說忘了，大約記得周子說的較程子徹些。不過我前覆有敵同志書所指的係就「寂然不動感而遂通天下之故」一句而說他把寂与動分爲兩截的毛病而說，其實也就是破儒家体用之說，在佛法根本不承認有本体這一回事，就此而止，不多談了。

閱後請照錄一稿寄回我，因我要把与你和有敵的來往諸信都編好，以備幫助其他的智識份子，免得再費力氣，想你們都同意吧！並且就這着想，我們不妨勤相問難。

四月十四日夜十二時半侍秘書

令宣抄並校對一過

256

湖北省實驗師範學校用箋

真如道鑒：奉到尊示，當即拜讀，使我對問題的認識又深入一步。但還有幾点未徹底，謹分呈於左：

一、「群衆路綫」似爲列寧以後，無產階級對資產階級鬥爭由自發而自爲的實踐歷程所建立起來的。在封建社會資本主義社會和小資產階級立場中，絕無群衆路綫之可言。但在封建社會中的釋迦（孔子）為什麼群衆路綫走得還徹底些？是否作為一個階級來說，只許無產階級才能實現。作為個別的人來說，則不在此限呢？或者在當時不可能有此想，只是後人以此標準來衡量古人呢？

二、王陽明學生之說，是從良知觀点之說，似不能以此作例來說明他發現群的真理。要知，王陽明的學生悟此理，自有人類以來即有群的生活，他們又何嘗不知群的重

17

257

湖北省實驗師範學校用箋

要性呢？等而下之人皆可以為變易之說，也還不是一樣的攪得厚的真泥淖淖，偏要轉移，便越說越遠了。

三、體用之說，本出之佛經，至於佛家根本不承認有這回事（本體）。令宣讀經不多，未敢信口雌黃，但以我的膚見，覺得本體看是否何說法和體會，其實本體就是一真法界。所謂一與多、通與眾、妙有與真空、相對與絕對，都是這一回事。只要不把它分作兩截看，不把它當作一個事物看，說有本體（便有用在）亦未為過。若就勝義言，本體非安立諦，則一切俱掃，說有說無，俱不當情，似不必在名詞上爭有無也。

以上請益，明知是鑽牛角尖，但談道說理，又不欲文其謬陋，故仍和盤托出，就正有道，以葑菲擅讀，誠不自量，然於尊教——幫助甚宏，知識淺陋，實在是不敢有一點孤負的。

肅復　敬頌

道安

後學　徐令宣　敬復　四月廿三夜

附上寄手三紙

18

258

令宣同志：接四月廿三日覆書質疑各點，兹分列点奉答：

一、群眾路線——觀點，從以革命的新制度去看，即是從生產和階級鬭爭中群中每个分子都能自覺的推翻了剝削而言，在有剝削制度存在的封建社會和資本主義社会中，當然不會有自覺（自為）的群眾路線——觀点。若不如此看的話，則孔丘之三千弟子与盜蹠之智仁勇兼備的徒衆何別？（見莊子）這是唯心与唯物的分水界，必須辨明。要說起來話太多，來不及寫，倘你有機會參加一回土革，自然从實際解决這思想問題了。至釋迦的宗教制度根本是不允許私有財產的，他以身作則教人把生命無條件獻給眾生，不過他着眼在慧命，不是軀命，重以離開國家範圍，

19

故不在此例。然此義尚待伸明。

二、「体用之說未出之佛經」，我閱經不多，也未注意此名字，是否你所指的佛經係「大乘起信論」。該論為菩提留支所譯，義多錯謬。於理難通。（如說心生滅門、心真如門、真如隨緣、六塵三細等，再加體用之說，都入了外道的窠臼。至你說本體是「一真法界」更屬錯解。此理最易明，祇就馬列主義的哲學所指的絕對真理來說明吧。你以為有絕對的東西指得出來嗎？若指不出來則体在何處？請你細細体會，不多說。你若不辨清此點，必落於唯心論的圈套，非常危險。我去年與毛主席談到佛理問題，首先就破斥体用兩字，所以能說得通。

一如儒家太極生兩儀……是儒家體用之說所由產生，今試問太極

257

又從何生起呢？不是封了口麼？你所引的佛法中如一多等對立名詞的解說都非佛法的道理，至謂「說有說無俱不當情何必在名詞上爭有無」益發無當，苟名詞也不搞清，則法相混亂和不必建立了。

此句恐有脫誤

試從「不立一法不遣一法」去了解吧！

你所說質的第二点請會合上說的第一点去會。如霞。

20

湖北省實驗師範學校用箋

真公賜鑒：四月二十六日覆示，有敏達交舍兩、李日拈訊便箋下，反復誦讀，仍有疑滯，求其癥結，又不可得。捷擲有心，牽陽失歡，良可閔也。緣近甚深，討人尋思，佛家精義，要無多子，蓋事不待壞而性真，理不待隱而性假。相對即是絕對，絕對即由相對。此理也非當早夜奉之，仁乃大者不是家珍，膳説口說，無補多窮。是以在未解語求之際，亦不欲草草啟請，恐公厭念先陳梗概，容俟續上。敬頌
道安

後學徐令宣敬上　五.六

261

真公道鑒、渴望已久的現代佛學第八期，昨天才收到了，如飢逢王膳、一口氣把他讀完了。尤其是　尊作和虛雲老和尚的一篇，讀了又讀，不忍釋手，頗覺心地清涼受用不少。故如由踐履中來說的話，字字肉肉，鑽人心坎，因此讀起來而倍覺親切。現僅就淺見所及，隨文提出發點，敷演一番，藉以就正　有道。

一、真直義。「苟本這兩字由粗而精，以淺入深，便可直成佛道。」我覺得公此段話，不僅全文不出此意，即整部佛法也不出此意。真便直，直者無妄曲相。我平素最喜微生高乞醯一則公案。微生之病就在着了一番意思，便顯示妄曲相。夫子可謂觀人入微。相反的，澹台滅明一則公案，行不由徑，非公事不入。不加造作，平常作去，便無妄曲相。真直之義，

22

從這兩則也可以知其消息了。就後例來說說，我在學校對於行政當局，
非公事不入其室，此心便覺坦然。如果不是這樣，心地就覺得有委
曲相。總之對人有絲毫希求心，便不真了。出處取予之間，毫厘千里之謬，說
起來很玄妙，其實也就是真直之活用而已，豈有它哉。就前例
來說說人生苦惱由此發端，比如男女關係本同飲食一樣至為平常，
若着一番意思，即被粘住，苦不得脫。所謂「人生自是有情痴，此恨
不關風與月」。若情不附物，則風自風、月自月，本不相到，何恨之有。我教
學有年，每見學生困於戀愛，忘飲忘寢，甚致自殺，以旁觀之，覺得
他們作繭自縛，無出頭地，甚可憐憫，而迷惑者反謂人生真諦在此，
豈不可笑。以此自省，我之愚昧甚多〻〻自智者視之，有甚於彼者，

263

而不自覺，此與黃雀之笑螳螂何異？「善人不善人之師，不善人善人之資」，謹作一個自勉之語：君愛吾師、吾重吾資，日就月將，保我真真。

六心行上的極端的統一。這個法門，誰為簡易。古曾云佛儒相通的地方，即在做人的道理上。我冒昧下一轉語：他們做人的道理相通的地方又在責己反省一點上。此例繁多，不能枚舉。學問之道，千言萬語，總不外去其情識作到心境一如罷了。知妄本空，又何待去，所謂不除妄想不求真是。此非責己反省不為功。昔程子有云：「人之情易發而難制者惟怒為甚，第能於怒時遽忘其怒，而觀理之是非，則於斯道亦思過半已。」乎迄今古，又今恐有差異。第能於怒時遽忘其怒，即自己取消自己一面的對立義，而觀理之是非，即對人對事必須把他歸納於合理而

24

從此義，只取消自己對立之一端，而不歸依於真理，這是鄉愿的行為，不可為訓。求合於真理而不能先取消自己之一端，則南轅北轍，去道益遠。所以說兩個極端在表面上似相反而實相成，道理在此。但取消自己對立之一端，我知之亦屢犯之。我嘗想如何能遽忘……如何能一發現矛盾時，不論……，要先……自行取消呢？苟能如此，那問題也便簡單了。想去想來，覺得真正關鍵仍在平素踐履工夫上，踐履純熟，正念相續，如「倚天長劍，觸其鋒者，滅跡銷聲」。稍有昏沉掉舉，一提便醒，何愁不能遽忘，何愁不能自行取消……從前我做不通便擱下去了，經先生又揭示，使我更加明確，以後當知所勉勵了。

265

三、寂即是中義。寂的含義如上所說，一、不可離開生滅去看寂。二、不可把寂看作靜止的現象。這與中字含義完全吻合。或言「時中」更加明確，既言時，就不是離開生滅，又不是把它看作靜止的東西了。子莫執中，孟子斥之，正以其把中看作靜止的東西的緣故。孔子的偉大，我覺得一句話可以包括，就是「無可無不可」──時中。這真是得了「寂」與「中」的三昧吧。中、寂，說他是平常確也平常，說他奇特，也確實奇特。「爵祿可辭，白刃可蹈，中庸不可能也」，這不是奇特嗎？「庸德之行，庸言之謹」，這不是平常嗎？他是奇特與平常的統一，不能孤立來看。進一步說，也是矛盾的統一。請以文字作例來說明此點。荀子有云，「詩者中聲之所止也」，一語而抉文字之奧。我嘗以此求之文字

26

最高的标准。所谓中声，就是哀而不淫，乐而不伤，怨而不怒。能乐能哀能怨，文学中自然出奇特，但奇特不难，哀而不淫……却难，哀与淫、乐与伤、怨与怒，对立物也。哀而不淫……即对立物之统一也。这便是中是寂，也便是文学最高的境界了。哀何以不淫……由於心无染着，故得自在解脱，然此犹是文字般若，实相无相，又不是语言所能为役的了。

四、实践义。我觉得佛家实践目的在解脱生死与一般哲学家之解决人类生活者不同。此生活就狭义方面说。惟其以解脱生死为主，故所重在修持，我心不生，万法无咎，宇宙人生他看来无非是道场，因此对改革自然的科学发明和改造人生的社会制度均非所指意。从这里也可看出他的宗教色彩了。欧阳老居士说那宗教，又是一义。「菩萨求法于何处求，当于五明处求。」五明所以求法，而不是着眼变革自他，利用厚生。再拿社会制度来说，佛家主张平等阶级，但怎样平呢？他只说「知法皆虚妄，不起心分别」，从心境一如上（从主观思想上）来解决这问题。以是为教，强聒不舍。衡以恩格斯所说的「改革社会而使诸道德与正义是没有效果的」，那么佛家的大同世界说永无实现之一日。「终古众生无度日，世尊只合老尘嚣。」「辍踪天下，卒老于外。」儒佛同概，良非偶然。

（记得是王国维的四句诗，文字恐有讹误）

说了，我对佛家的实践和马列的实践不能融会过来，认为他们的实践领域不同，取途各别，均有是处。要屏轩轾，各家学说都有他不同的精神、面貌。

參誰字訣，作事時怎樣參？是否專心做事，沒有雜念就等於參誰字訣呢？

不必求其強同，……線的話也許說得不大妥當，但我也沒有更好的話來說出我的意思。

此外，還有二個小問題，就是 尊作釋的法門一段內說「次為法眼宗。上說過大般若經從破的一面去表現般若，法眼卻從顯的一面去表現般若，這是他與溈仰不同的法門」按溈仰宗 尊作也是列在顯的一面，而且尊作也說過「上舉溈仰法眼兩宗都從顯的一面表現着各別的法門底諸例……」明明也把溈仰列在顯的一面，以此推之「這是他與溈仰不同的法門」句中的溈仰是否為牛頭禪之誤。

又壇經「真如即是念之體，念即是真如之用」像這樣讀，體用無二無別，我認為是圓通的。

敬頌

道安

末學 徐令宣謹上 五、廿四、夜。

令宣同志：來書發揮各義都從體會過的將寫出來，甚好。惟實踐一義終不能會合在唯物觀點上面，這由於你思想的根源早中了唯心論的毒——熊十力先生是典型的代表——的緣故。擧要言之，第一你執有實法，此病須從禪宗醫治。第二你執有本體，此病係誤於體用兩字。體用不是不可安立，但祇可作對待之現象解，萬不可作不變之體由體起用解。第三忘我與無我作用無二，這是破執的實踐工夫，你會合不來馬列與佛法何耶

五月廿日

真如鈞鑒：尊示奉悉。佛法精義全在緣生無性，懂得緣生無性，所謂不遺一法，不立一法，自然都會過來。但我自己仍承認執有實法，於何見之？以實踐時不能相應。故於是理論仍為教條，成為戲論之業，不但無益，而反有害。這是值得我深省的。又我自懂得少許佛法以來，即想作一個不被感動的人，遇有懷疑，即便解疑。所以不論我的見解是否見破，大概是通過自己的腦子而直出來，自作自受，責無旁貸。與先生並無干涉事實，如此亦非有心存忠厚也。何況熊先生的我見如山，早已領過教耶！專肅敬頌

道安

後學 徐令宣敬上 六、一

銘樞先生道鑒：昨读（一九五二年四月十五日出版）
現代佛學一卷八期所載大作「我的禪觀」一文，偉論
卓識，甚佩甚佩。得朋識心之所同然者八九，其
有一二未心得者，為朋識識見學力踐行所未到。朋識
自維介居蜀鄙，孤陋寡聞，於禪理佛經無所云，
畧有涉獵，數十餘年，苦無印証，垂老白頭，恒以為此
身已矣。乃不意有若先生得我心者於
先生者萬里外，欣同調同道，首有塵如夢之悵迷悵者，
似稍有悟。今后若得如
先生者為之指示正途，亦未必非前因所在。大作中，如為
朋識最佩服欣幸者，如「平常心」「平等心」「反知」「無念
為宗」「識自本心，見自本性」等段，幅明印証得教

十年來之迷著一旦豁然揭穿，才佩服欣幸當何如

矣。累陳圓通請

賜教言「附陳和孫令空、黃有敵雨君「忙中淨土關中

禪七絕四首」「忙中淨土關中禪忙關兩忘性自圓

爲問關忙何処所，不忙不關細尋參」「忙中淨土關中

禪三五月風飄自圓意味，誰知無我隱清輝皓

魄耐尋參」「忙中淨土關中禪般若波羅本自圓

風妙妙風風妙妙，忘空色得尋參」「忙中淨土關

中禪珠走荷盤悟性圓，弱水三千至渡過無法

盡思尋參」亦請

不吝斧政，肅此敬叩

禪祺

楊朋誠手上 一九五一年十月八日（[illegible]）

四川南川公安段三十一号

真公大開士座右：前蒙　賜正，捧誦示，古對我机，不勝感幸。
我憶十餘年前在杭州殊勝寺閱藏經，心於一切現成句語，
又似有悟會，但未得遂澈，故提起則似覓相應，猶乖性生，
又依舊時行行復加之，未遇到宗下大善知識提撕，總落雜用功。
混過此生，甚是憐。今得遇　公，又蒙備偈雕琢，實為三生有
幸。嘗乞不棄於鈍，再賜鉗鎚，俾得有成，以盡於步。　公善
渡之本願也。羅漢琛下長慶因我互灯，今之被日冕林契疑指月
踪業未有著落，　公錄示妄見解，當乞　敢正此偈初語
大道滿虛的無言宣一是說甚個物？無來本來盡虛空，遍法界性相
無二無只一，然不可以思量語言形容。故云無言之言說乎台
歎云，有是二句，係說此道不能加以是非。若說是非則是頭上安頭，說
非又是斬頭求活。故云非有言說，諸非實又兩觸受，諸渠無甚處。
真以無之句，則是說此道是不可以言說，能又無他實物，乃日常服
是一時閱獨看碰著無非此道，又豈有現實万象，而陪生在空無

[illegible]洲中卯又喜曾设解，如镜中现，是从如果能心於大众，则一切
森罗万状皆映现於大圆镜中，此句我见如是，故自知全属义
解，或错会语意，何有宗门耶？思但真无知识，前不得不据实，所
陈以便良医对病下药。又 公前年临济灭时偈语，我亦依
文解义，妄呈见解，併求 指正。他说临济不必问如何是误，又识如[illegible]
不能也，是问要如何用功，真如无尽说，似他是说若能提起真照，自
随那无边虚无之方，所本係能见不可以言说，即所谓说似一物即不中也
常相至高名人不学，即金刚经常一切法相，即名法佛，此常亦在之法人
皆不能实际提高，吹毛用了，心见原麽是实，即此用常此用不可
信於用相也，我对此见解真如，以[illegible]子朴实，毛以实朴日著新[illegible] 怜
雷致之伟，得知深悟所真定，致生错路遂也。又我因得 公训示时，我
认识佛法，就真劳动中之一段我实日注在修实不是之自性，仍
用法不现，或比我前真修沙场中，默念金刚经要义，观於日是我
感觉法乳之恩，真以为无量矣。[illegible]此再求 法示併叩

道安

鈍根学人章缘淨顶礼 四月二六日

赐示乞寄江西[illegible]和平街李振[illegible]代转交

銘老慈鑒：久仰
泰斗，奈雲山遥隔，無緣一接清輝，暢聆
維摩妙法。何幸垂乃爾，觀音大士不離寐
光，普現十法界身，廣度有情。閣下於末法時於佛
教，於社會作中流之砥柱，挽佛法於將墜，定是
觀音現宰官身而為人說法者也。衲擕有心香一瓣
遥祝 法躬金剛，動靜延吉，為無量頌。
居士與僧不問生熟，皆一家人也。凡釋迦弟子至彌
勒下生，均同赴龍華三會，無緣者見過，將來見面之
機會甚多。因此不揣冒昧，而自薦之。青萍結緣
庶衲於薛下之門也。衲垂髫十二即披緇於武
進，行年十六即具足於華山，既受戒則登山涉水，遍
參知識，沐雨櫛風，六六訪師友，住常州天寧參禪有年，
寄跡寧波，觀宗諦老會下，學教數載。其他如圓瑛、
興慈、仁山、静權諸大法師均親近過，惜無降垂為龍，
若啞，所見所聞皆如過眼雲煙，於佛法海中僅識一滴
而已。衲之天性愛好書畫，所到之處，嘗與書畫名
家遊，平日以書畫自娱，亦以之而贈人，終年以此遣興，
聊以歲月度如幻之人生。衲之一書一畫均不離於佛
法。二十年來結緣多矣，昔曾於京滬個展多次，茲

法二十年來結緣多矣，前者於杭[illegible]作令[illegible]
得九思將評蘇聯今日月刊在一九四九年五月號用
鋅版刊登吾畫三幅，兩幅無量壽佛用山水布景，
一幅山水扇面，介紹文極●長●，英國報紙亦曾介紹過。
拙作流於國外者已有十國之多，國僑居杭州風景區數
年之英國人遊於杭州者甚多，昔日以來畫弘揚佛法，今
則此類之畫已荒任無人請教矣，遂從畫花卉仍不適時，
且山水花卉與佛法無關，既不能自利，又不能利人。
念生老乃大無常迅速，尚有感於中，即時放下萬
緣，飄然來山學習耕種，專修淨土，節廬蕭蔭山
高而寒，無法開荒，暫居南台睡佛殿一心念佛，探
知終南山佛爺掌荒地頗多，土質亦佳，又有森林，
山高而幽靜，結茅其間，自耕自食，專修淨業，並
與相宜，志在生西方，獲證五眼六通，復再倒駕慈航，
回入娑婆，普濟蒼生。
造三間小茅蓬，最少一百萬；請工人開四畝生荒，最少大
十萬；農具與傢具，最少五十萬；預備半年糧，最少五十萬；
共計最少二百六十萬元。袖素無積蓄，兩袖清風，舊友
多半星散，無通信地址，已遺失，無法求援。閱武漢佛
教賴　鼎力維持，冠於諸方，懇居代為設法，滿慈願，
弟子起頭難，茅蓬造成，荒地開就，今後一心修持，以

以來不能人矣若不住茅蓬種地亦佳一年兩住
半載總難安心修道開墾生產最合國策初
佳靈隱數載浙江幹校即在寺若不是修道心
切受訓儆了之機会苦多今已突度四十秋矣再
不精進修持轉瞬即是來生一失人身萬劫難復
且生死即在呼吸之間能無懼乎
初之得意書畫已照相留影者共有百餘幀久擬出版
力不從心展覽多次兼賣品之得意畫者有數幀在
花卉數十幅亦擬一觀如蒙 惠諒莫久代銷 初當記
末 府上將過去成績呈觀而請指教
終南山共約一百餘位生活極苦行持極好能入空
十餘日者有之坐禪方能過活者有之未能過法有能
資格者有之打般舟七者有之打餓七者有之不倒
單者甚多行無種苦行者皆有
佛爺掌距南五台百餘里有八位老修奇窮兩年
老誠如不能助我一肩之力思能再四別無良策唯有
冒昧陳情於
座下比想 洪鐘待扣音響能圓耳
前往西湖靈隱除學書畫外則學詩並錄數首請
斧削為禱 靈隱寺 巍巍寶殿出芳叢 野外

雲山一坐中　燕筆池邊觀水月　飛來峰下
聽松風　洞深古佛心無礙　寺古高僧念已
空　僧處凡情都解冥　不知滄海劫灰紅
己丑紀綫吳侯　烽煙彌漫遍殘冬　點點無言弄短節
莫把無私存眼底　應持生死挂肩峰　紛紛緣
布彌陀佛　喫飯安眠聽擊鐘　極樂求生時
恨晚　淨離苦海無神龍　歲晚遣課　寄身
幽谷俗俗塵消　念念西方攝解　富貴功
名拚掃卻　涅槃清淨猶相指　樂邦三聖來
迎早　苦海四生免劫燒　四入娑婆悟善度
蒼生同我定飄搖　友烺詩寄和如東坡步和此詩　一藝纏
僧總無多　有何閒暇撥東坡　心空及第無他
物　唯坐臨終出愛河　驚濤滄海虛懷勵志
堅　筆如舉鉏硯如田　禪餘寫幅丹青鸞　不
使人間布施錢　兹敬繪蓮花一幅　字二張与信同时
寄上　所祈之事　統希　慈允　請即　賜復　為此敬請
道安　通信處　陝西長安縣王曲鎮延壽堂藥店轉
南五台睡佛殿　衲智華謹啓　農曆十一月二十一日

敬啓者革命大業勝利完成建國之初百廢待舉釋迦以超倫絕代之姿垂究竟解脫之教東傳我國幾二千年法門式微亦將千載凡屬正信之士莫不扼腕嗞嗟是故組織現代佛學社出版現代佛學月刊當機應世建立新詮掃除蒙面之塵重現如來真相素仰

座下維護正法不遺餘力敢請隨喜匡持屈為社董之一十方三寶緇素同人銘泐德輝永永無旣此致

現代佛學社社長陳銘樞（印：陳銘樞）敬啓

一九五〇年七月

現代佛學社用箋

敬啟者：本社自發起以來，經諸同人多次洽商，籌備已漸就緒。擬于最近按照預定計劃出版月刊，亟盼大著下頒，編入發表。附奉本社第一次常務董事會議記錄，第一次編輯委員會議記錄各一份，即希荃照是荷。另簡歷調查表一紙，請即填就擲下為禱。此致

陳銘樞

1

社址：北京西安門外大街十一號

字第　號第　頁

陳銘樞先生：

頃接科學院來函，為編輯「文教年鑑」，需調查我會各會員之研究工作及其主要趨向，並望能就所知，就科學界之重要著述和發明發現見告，按此項工作意義至為重大，至希我會會員予以協助，請就以上各点分別列述，於十月廿五日以前寄交北京南河沿金鈎胡同甲十九號新哲學研究會籌備會

此致

敬禮！

十月九日

一、

新哲学研究会筹备会同志们：承命以我研究的工作和其主要趋向等告，兹复如下：

我是以辩证法唯物论——新哲学的方法论去研究佛学的创导者。我最近著书表述的意见见于在一九五〇年五月全国委员会第二次全会会上印发毛主席审阅的意见书内，摘给毛主席论佛学一书、上海弘化月刊印发的小册《佛学的新意义》一书和工人月出版

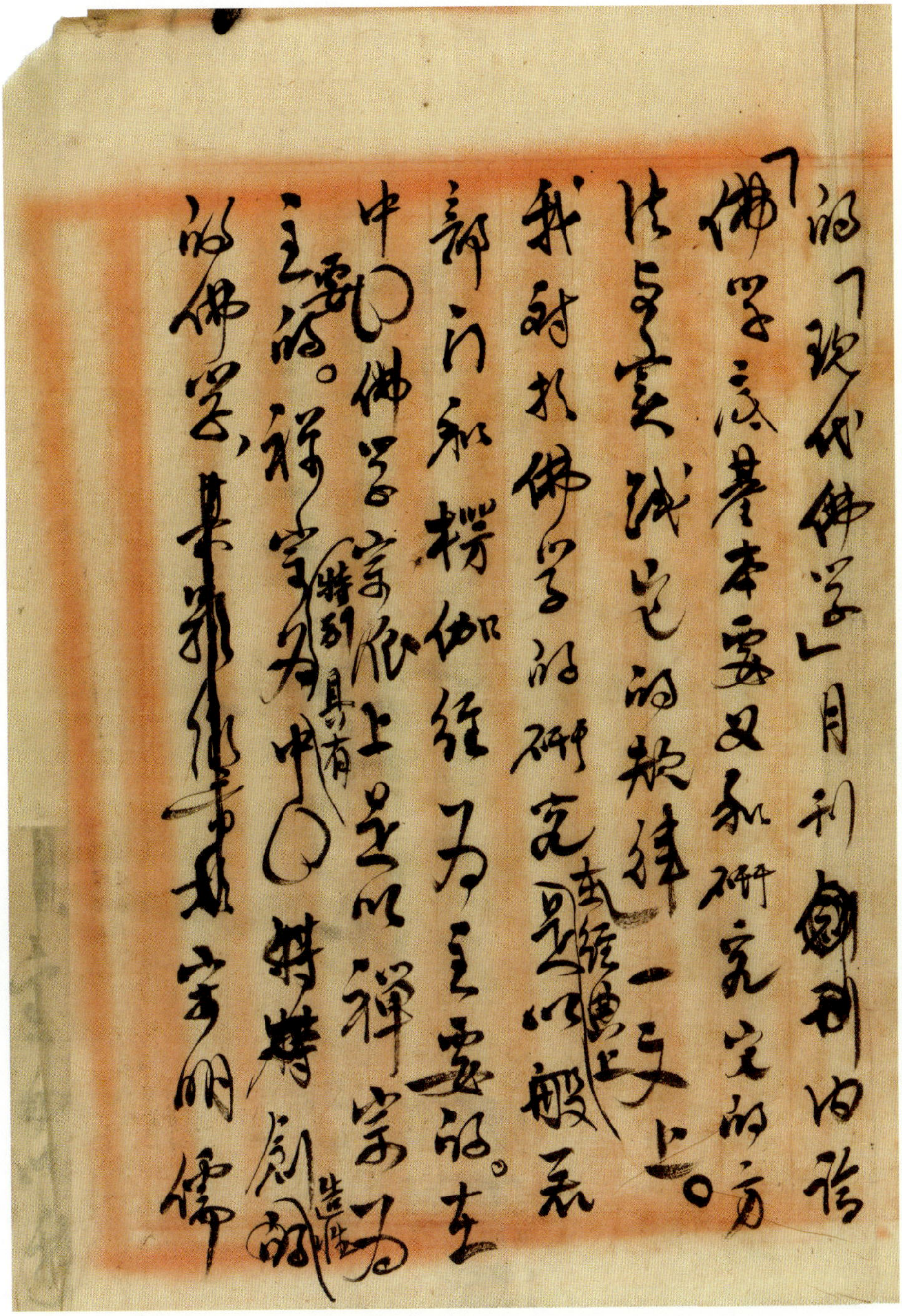

的「现代佛学」月刊的旨
佛学之基本要义和研究它的方
法与实践它的规律一文上。
我对于佛学的研究，在经典上是以般若系
部门和楞伽经为主要的。在
中国佛学宗派上是以禅宗为
主要的。禅宗为特别具有中国特特创造性的
的佛学，其影响于宋明儒

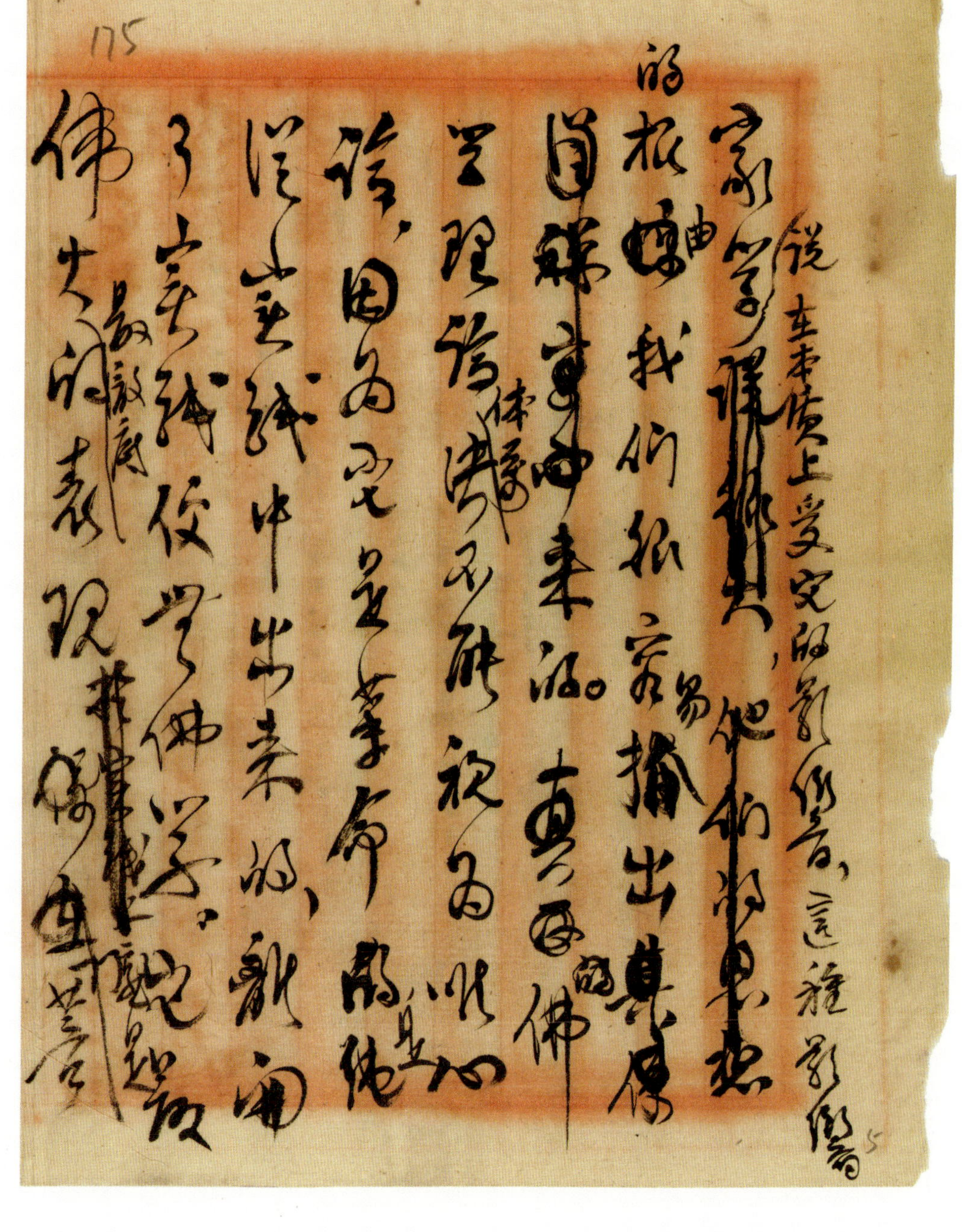

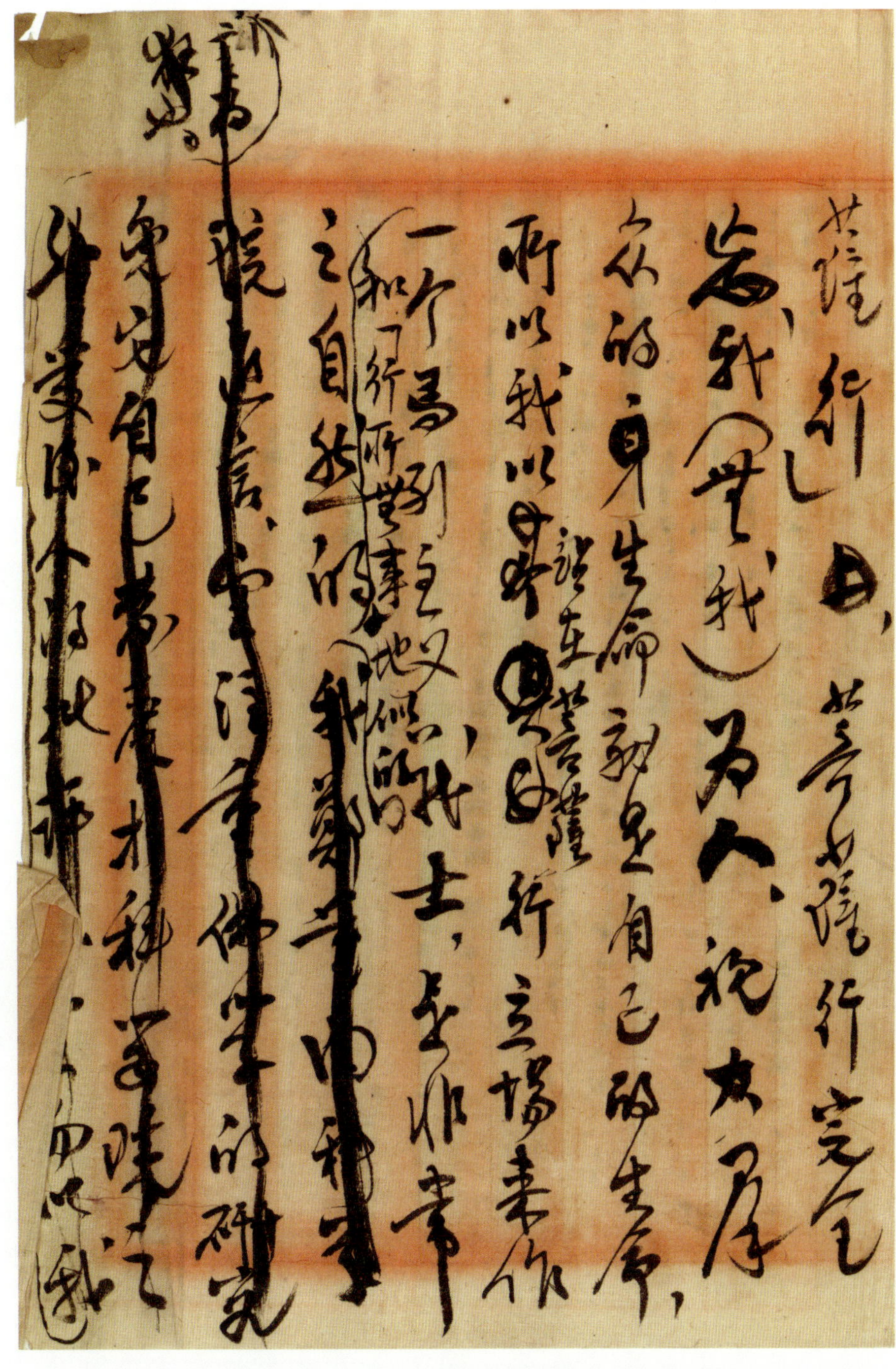
菩薩行」曰：菩薩行完全為我（無我）為人，視大群眾的身生命就是自己的生命，所以我以世界國（諸大菩薩）為行立場來作一個為國[illegible]士，真非常之自然的[illegible]

三

176

第　號　頁

復次，佛學的理論體系組織

嚴密、精微、細緻、廣博和內容

豐富，古來哲學家未有與比

的，而真正的佛教徒儘管他

研通了這些深邃的學說，

都不表現在言論上，乃在行為

上，但並不是說他輕視言論，乃

是他的言論就是代表實踐，

倘不能實踐，或實踐未到

三民主義同志聯合會用箋

月　日

6

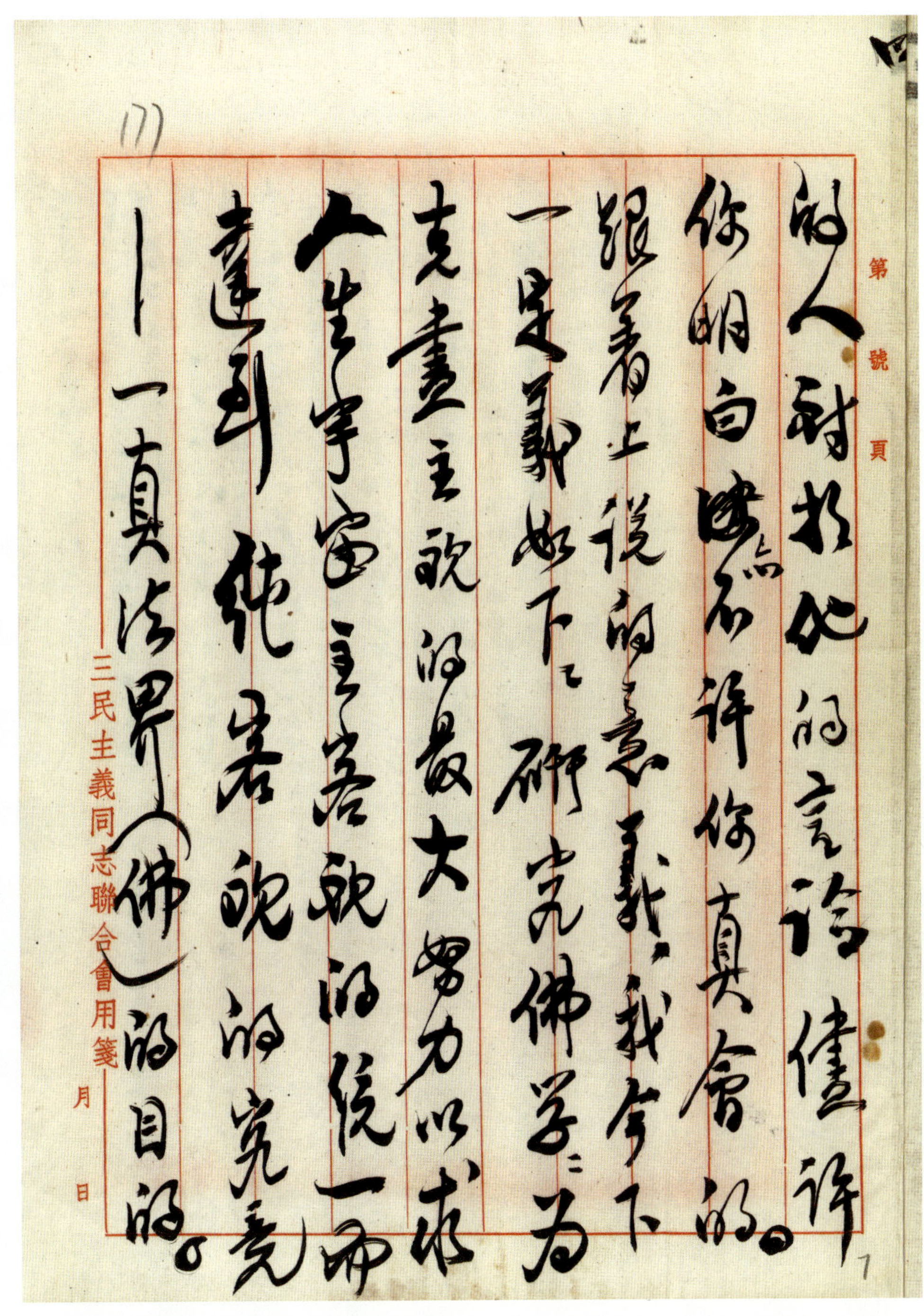

的人對於他的言論儘許
你明白些（點）也許你真會的。
跟着上說的意義，我今下
一定義如下：研究佛學為
克盡主觀的最大努力以求
人生宇宙主客觀的統一而
達到絕客觀的究竟
——一真法界（佛）的目的。

三民主義同志聯合會用箋

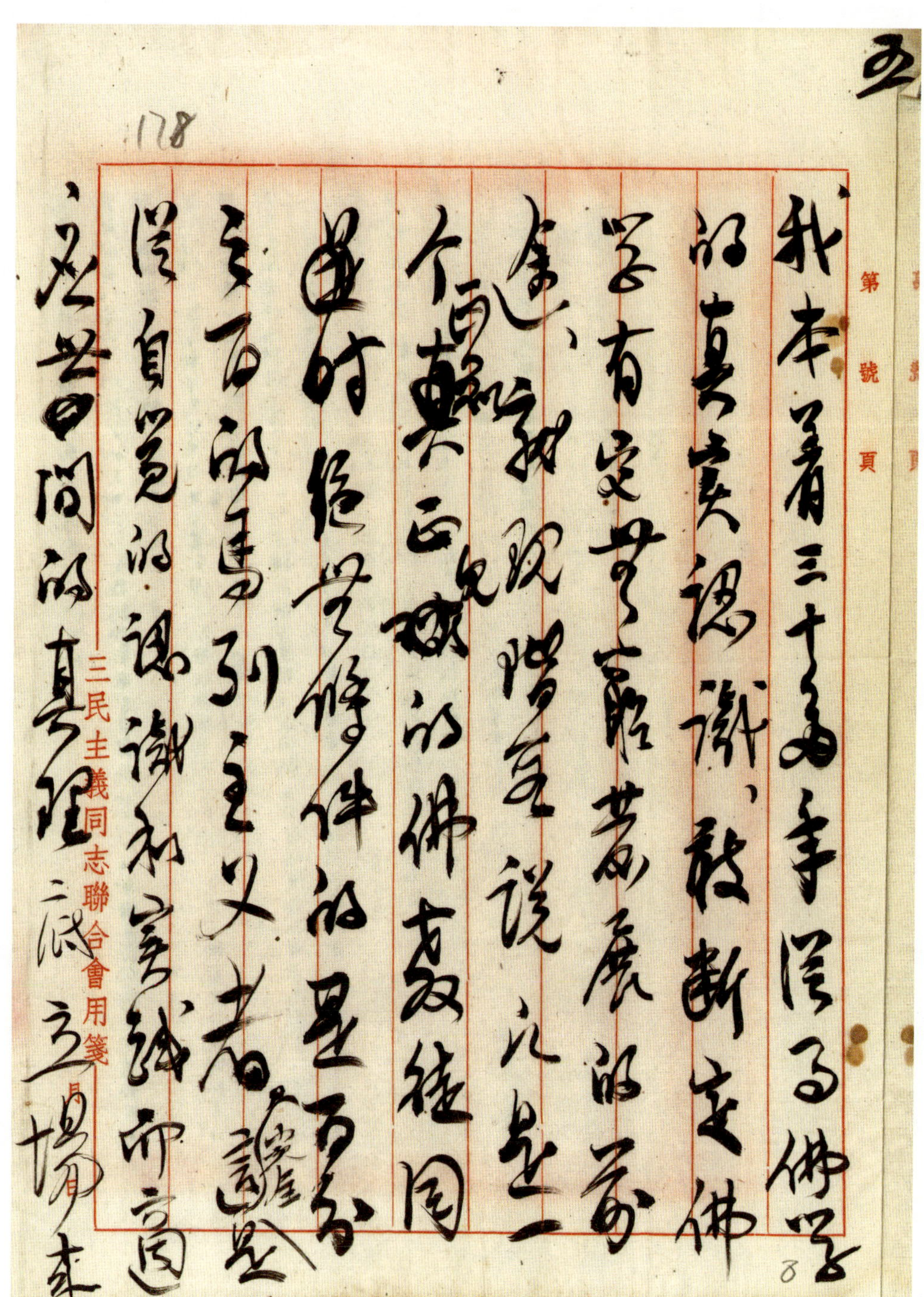

五

178

我本着三十多年研习佛学的真实认识，敢断定佛学有定无穷发展的前途，就现阶段说也是一个真正[illegible]的佛教徒同[illegible][illegible][illegible][illegible][illegible]的是百分之百的真马列主义者，这是从自觉的认识和实践而达到出世间的真理二谛立场来

三民主義同志聯合會用箋

第　號　頁

8

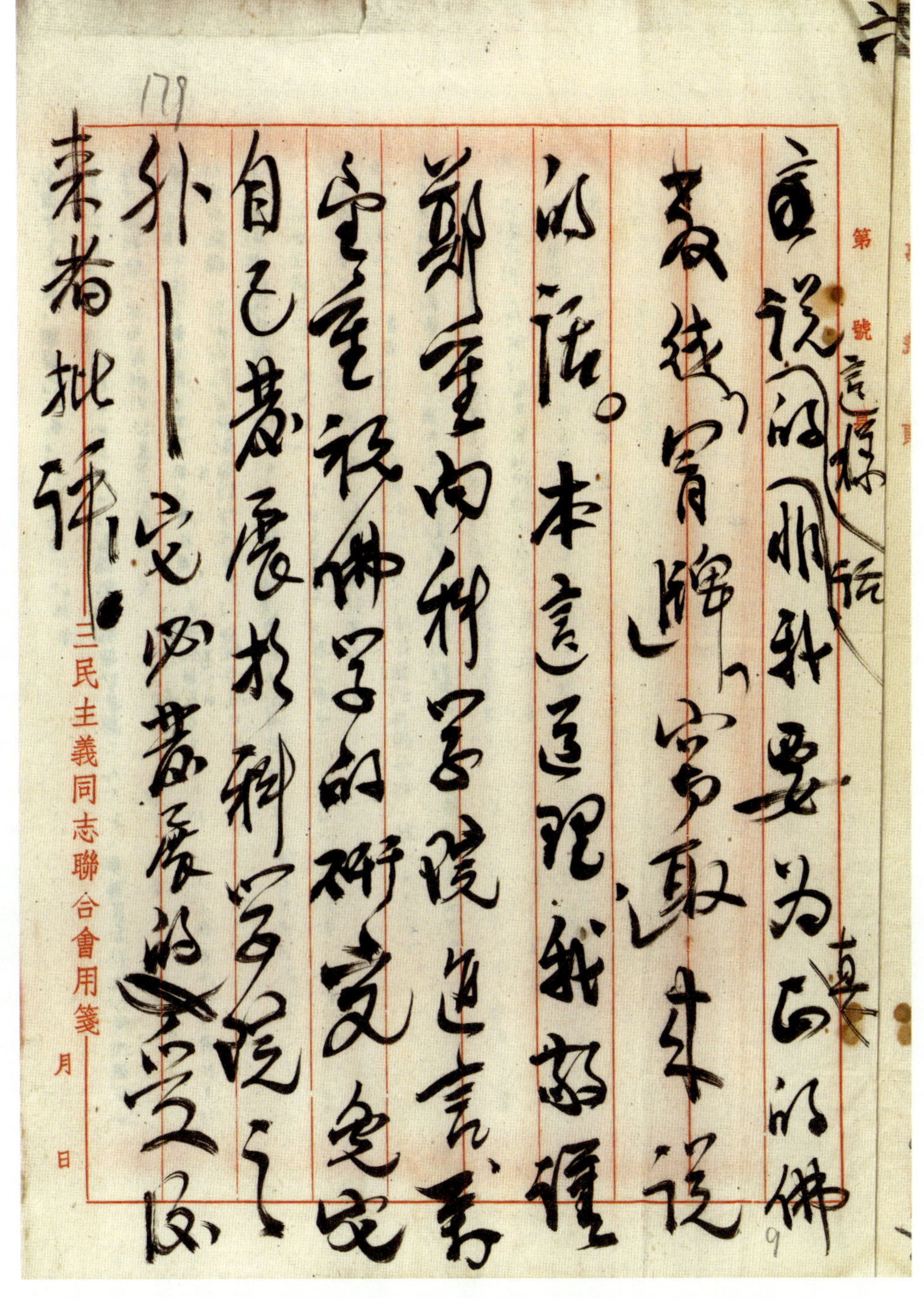

主說這樣的話，要為真的佛教徒們實際上取來說的話。本這道理，我敢謹鄭重向科學院進言，對於重視佛學的研究，免它自己發展於科學院之外，它必發展的益優，來者批評。

三民主義同志聯合會用箋

161

現代佛學社用箋

字第　號第　頁

逕啟者：本刊出版至今，已得各方重視，是以應就現有基礎上進求鞏固與發展，使成為新時代佛教界莊嚴之事業。爰經議決，在全國範圍內增聘社董，附奉會議紀錄一份及收支報告表五份，即希
慧照，並請酌量情形，介紹社董，以便函聘，無任企禱。

此致

陳銘樞居士

現代佛學社

十月廿四日

社址：北京西安門外大街十一號

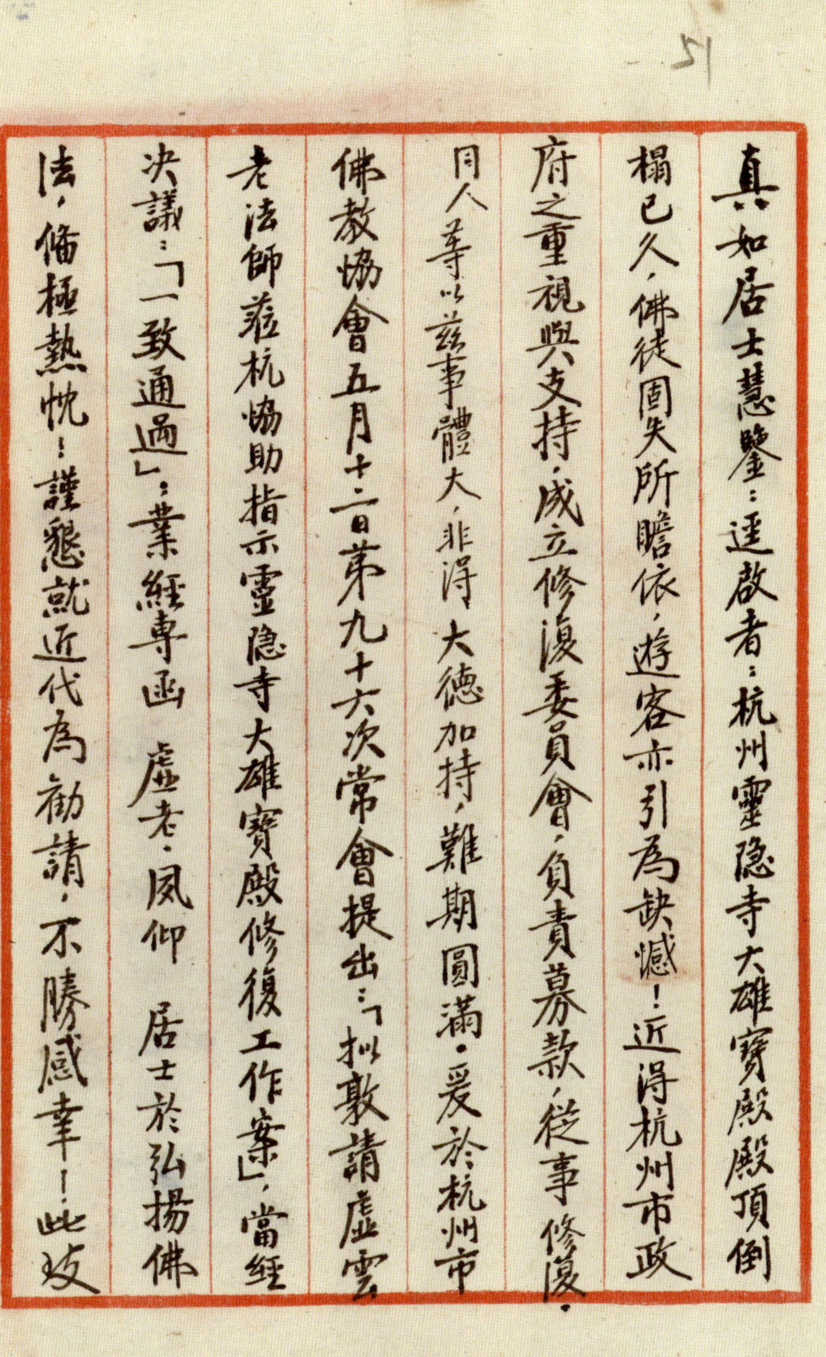

真如居士慧鑒：逕啟者：杭州靈隱寺大雄寶殿殿頂倒榻已久，佛徒固失所瞻依，遊客亦引為缺憾！近得杭州市政府之重視與支持，成立修復委員會，負責募款，從事修復。同人等以茲事體大，非得 大德加持，難期圓滿。爰於杭州市佛教協會五月十二日第九十六次常會提出：「擬敦請虛雲老法師蒞杭協助指示靈隱寺大雄寶殿修復工作案」，當經決議：「一致通過」。業經專函 虛老。夙仰 居士於弘揚佛法，備極熱忱，謹懇就近代為勸請，不勝感幸！此致

敬禮

杭州市佛教協會籌備會

敬啟 五月十九日